कर्म

महासमर-3

कर्म

महासमर-3

नरेन्द्र कोहली

वाणी प्रकाशन

प्रकाशन के उत्कृष्टतम 62 वर्ष

पेपरबैक पहला संस्करण : 2015
पेपरबैक दूसरा संस्करण : 2021
पेपरबैक तीसरा संस्करण : 2023
पेपरबैक चौथा संस्करण : 2025

vaniprakashan.com

उमा, मीनाक्षी, अशोक
तथा कृष्णन जी के लिए
सस्नेह

वाणी प्रकाशन
4695, 21-ए, दरियागंज, नयी दिल्ली-110 002
फ़ोन : + 91 11 23273167, 23275710

शाखाएँ
अशोक राजपथ, पटना-800 004, बिहार
कॉफ़ी हाउस कैम्पस, महात्मा गांधी मार्ग, प्रयागराज-211 001, उत्तर प्रदेश
महात्मा गांधी अन्तरराष्ट्रीय हिन्दी विश्वविद्यालय, वर्धा-442 001, महाराष्ट्र

sales@vaniprakashan.in
vaniprakashan@gmail.com

Kkarma : Mahasamar-3
by Narendra Kohli
ISBN : 978-93-5072-893-2
Novel/A Story of Mahabharat

मुद्रक : ब्लूएज प्रिंटेक प्रा.लि., फेस-1, फरीदाबाद

वाणी प्रकाशन का लोगो मक़बूल फ़िदा हुसैन की कूची से

आने वाली पीढ़ी के नाम...

हमारे समय के कालजयी लेखक

नरेन्द्र कोहली हिन्दी के ही नहीं अपितु तमाम भारतीय भाषाओं के उन विरले लेखकों में से एक हैं जिन्हें 'सम्पूर्ण साहित्यकार' की संज्ञा दी जा सकती है। साहित्य की लगभग सभी गद्य विधाओं—उपन्यास, कहानी, व्यंग्य, नाटक, निबन्ध, आत्मकथा तथा आलोचना इत्यादि में विपुल सृजन करने वाले नरेन्द्र कोहली अकेले ऐसे रचनाकार हैं जिनके प्रशंसकों तथा पाठकों की संख्या का सही-सही अन्दाज तथा अनुमान लगाना कठिन है।

'अभ्युदय', 'महासमर', 'सैरन्ध्री', 'हिडिम्बा', 'कुन्ती' तथा 'न भूतो न भविष्यति' जैसे आधुनिक क्लासिक या कहें कि कालजयी कृति की रचना करने वाले इस विलक्षण रचनाकार की संवेदना-परिधि में सम्पूर्ण भारतीय समाज, तमाम विविधताओं तथा जटिलताओं के साथ गम्भीर साँस लेता प्रतीत होता है। भारतीय संस्कृति के प्रत्येक पक्ष को सही परिप्रेक्ष्य में उजागर करने वाले इस साहित्यकार ने रामायण तथा महाभारत कथा को युग सापेक्ष तथा शाश्वत मानवीय अस्मिता के साथ विश्लेषित किया है। उनकी दृष्टि सम्पन्नता तथा बौद्धिक प्रखरता के आलोक में जीवन और जगत् के सभी रहस्य पाठकों के सामने एक नये संसार की तरह से प्रस्तुत हुए हैं।

कालजयी रचनाकार की सबसे बड़ी विशेषता यही होती है कि वह अपने साहित्य में एक समानान्तर संसार की रचना करते हुए जातीय स्मृतियों का एक अनमोल खजाना आनेवाली पीढ़ियों तथा अपने समकालीन समाज के लिए गढ़ता है।

यह भी कह दें कि दुनिया की महान् से महान् कृति भी समाज को सन्तुष्ट नहीं कर सकती परन्तु श्री कोहली का लेखन सभी वाद-विवादों से

परे अपने पाठक वर्ग में उतना ही पूजनीय है जितने महाकवि तुलसीदास का रामचरितमानस तथा महर्षि वेद व्यास का महाभारत।

प्राचीन के लौह तत्त्वों को भी अपनी जादुई कलम के स्पर्श से कंचन में परिवर्तित करनेवाले इस महान् रचनाकार का साहित्य आपको भूत, वर्तमान तथा भविष्य के सभी रहस्य समझने तथा परखने की दृष्टि प्रदान करता है। नरेन्द्र कोहली के साहित्य को नयी साज-सज्जा के साथ पाठकों को सौंपते हुए वाणी प्रकाशन प्रतिष्ठान स्वयं को गौरवान्वित अनुभव करता है।

– अरुण माहेश्वरी

प्रकाशक

कर्म

महासमर-3

1

कुन्ती और पाण्डवों के प्रबल आग्रह के बाद भी कृष्ण और उनके साथी, युधिष्ठिर के युवराज्याभिषेक के पश्चात् हस्तिनापुर में नहीं रुके। कृष्ण ने केवल इतना ही बताया कि उन लोगों का मथुरा पहुँचना आवश्यक था। भीम की बहुत इच्छा थी कि बलराम अभी कुछ दिन और रुकते तो भीम का गदा-युद्ध और मल्ल-युद्ध का अभ्यास और आगे बढ़ता। बलराम को इसमें कोई आपत्ति भी नहीं थी। वे मथुरा लौटने के लिए बहुत आतुर भी नहीं दीखते थे; फिर भी कृष्ण के बिना, वे हस्तिनापुर में रुक नहीं सकते थे।

कृष्ण ने चाहे उन्हें कुछ नहीं बताया था, किन्तु यादवों के मथुरा लौट जाने के पश्चात् युधिष्ठिर को भी चारों ओर से अनेक समाचार मिलने लगे थे।...जरासंध का सैनिक अभियान अब गुप्त नहीं रह गया था। विभिन्न राजसभाओं से राजदूत एक-दूसरे के पास जा रहे थे। पांचालों और यादवों में कोई प्रत्यक्ष संधि तो नहीं हुई थी; किन्तु पांचालों ने जरासंध के सैनिक अभियानों में सम्मिलित होने की कोई तत्परता नहीं दिखायी थी। यादवों को वे मित्र ही लग रहे थे। जरासंध ने हस्तिनापुर की राजसभा में भी कोई राजदूत नहीं भेजा था; किन्तु यह समाचार प्रायः सबको ही ज्ञात हो गया था कि जरासंध ने कालयवन के साथ किसी प्रकार का कोई समझौता कर लिया था; और सम्भवतः वे दोनों एक ही समय में विभिन्न दिशाओं से मथुरा पर आक्रमण करने वाले थे। निश्चित रूप में यादवों के लिए यह विकट संकट की घड़ी थी।

"हमें कृष्ण की सहायता के लिए जाना चाहिए।" अर्जुन ने कहा।

"जाना चाहिए का क्या अर्थ! हमें चल ही पड़ना चाहिए।" भीम ने उग्र भाव से समर्थन किया, "मथुरा में वे लोग तो राक्षसों की नृशंस सेनाओं से जूझ रहे हों, और हम यहाँ शान्ति से बैठे रहें?"

"ठीक कहते हो तुम लोग।" युधिष्ठिर सहमत तो था; किन्तु वह मुक्त

भाव से कुछ कह नहीं पा रहा था।

"क्या बात है पुत्र!" कुन्ती ने युधिष्ठिर के मनोभाव को कुछ-कुछ समझते हुए पूछा, "तुम्हारे मन में उत्साह नहीं है।"

"भैया के मन में युद्ध के लिए कभी भी उत्साह नहीं होता।" नकुल ने धीरे से कहा, "वे सदा शान्ति ही चाहते हैं।"

"तो यह युद्ध भी तो शान्ति स्थापित करने के लिए ही है।" भीम ने उत्तर दिया, "हम इन दुष्टों का विरोध नहीं करेंगे, तो वे लोग संसार में कभी शान्ति रहने ही नहीं देंगे।"

"पितृव्य का विचार है कि अब, जब कि जरासंध मथुरा की ओर चल पड़ा है, और काम्पिल्य को उसका भय नहीं रह गया है—पांचाल अपने अपमान का प्रतिशोध लेने के लिए, हस्तिनापुर पर आक्रमण कर सकते हैं, इसलिए भीम और अर्जुन को हस्तिनापुर छोड़ कर कहीं नहीं जाना चाहिए।"

"एक तो ऐसा कुछ होगा नहीं।" अर्जुन बोला, "यादवों की सहायता के बिना, पांचाल हस्तिनापुर पर आक्रमण करने का साहस नहीं कर सकते।...इस समय उन्हें न तो यादवों की सहायता मिल सकती है; और न ही ज्येष्ठ के युवराज बन जाने पर, यादव हस्तिनापुर पर आक्रमण में सहायक होंगे।...आप इतनी-सी बात पितृव्य को समझा नहीं सकते? और यदि पांचालों ने आक्रमण किया ही, तो हम दो ही तो नहीं होंगे। शेष सब लोग तो हैं। दुर्योधन, कर्ण और अश्वत्थामा को भी वीरता प्रकट करने का अवसर मिल जायेगा।"

"पितृव्य कहते नहीं हैं, किन्तु उनके मन में है कि पांचालों से यह शत्रुता, अर्जुन और भीम ने मोल ली है—इसलिए यदि पांचालों का आक्रमण हुआ तो उसका सामना अर्जुन और भीम को ही करना चाहिए। इसलिए वे अर्जुन और भीम को कदाचित् मथुरा जाने की अनुमति न दें।"

"इस शत्रुता के मूल में तो आचार्य द्रोण हैं।" भीम व्यग्र हो कर बोला, "वे ही इस समय सेनाओं और सेनापतियों के संचालक भी हैं—वे क्यों पांचालों से हस्तिनापुर की रक्षा नहीं करेंगे?"

"वे सेनाओं के प्रशिक्षक और संचालक हैं। वे ब्राह्मण हैं, गुरु हैं। वे युद्ध करने नहीं जायेंगे।"

भीम कुछ प्रचण्ड हुआ, "दुर्योधन नहीं लड़ेगा, दुःशासन नहीं लड़ेगा, कर्ण नहीं लड़ेगा, अश्वत्थामा नहीं लड़ेगा, आचार्य नहीं लड़ेंगे, तो युद्ध कौन करेगा—केवल भीम और अर्जुन?"

"हाँ," युधिष्ठिर शान्त भाव से बोला, " वे यह जता देना चाहते हैं कि युधिष्ठिर युवराज है। हस्तिनापुर का भावी राजा है। हस्तिनापुर उसका है।

इसलिए उसकी रक्षा युधिष्ठिर और उसके भाई ही करें। अन्य लोग क्यों हस्तिनापुर के लिए अपने प्राण दें?"

"ठीक है। अन्य लोग हस्तिनापुर की रक्षा के लिए प्राण न दें।" भीम बोला, "किन्तु जो लोग प्राण नहीं दे सकते, उनका पालन-पोषण हस्तिनापुर के राजकोष से क्यों हो? उनके विलास के साधन हस्तिनापुर क्यों उपलब्ध कराये?"

"इसका अर्थ केवल इतना है कि वे जरासंध के विरुद्ध यादवों की तनिक भी सहायता नहीं करना चाहते।" कुन्ती बोली, "वे समझते हैं कि मथुरा में यादव जितने शक्तिशाली होंगे—हस्तिनापुर में पाण्डव भी उतने ही प्रबल होंगे; इसलिए पाण्डवों को दुर्बल करने का एक मार्ग यह भी है कि मथुरा के यादवों की शक्ति नष्ट होने दी जाये।" कुन्ती ने रुक कर अपने पुत्रों को देखा, "तुम्हारे पितृव्य ने युधिष्ठिर को युवराज चाहे बना दिया हो, किन्तु तुम्हारे प्रति विरोध और द्वेष वे तब भी त्याग नहीं पाये हैं।"

"ठीक है। उनके मन में जो आये, करते रहें, हम तो मथुरा जायेंगे।" भीम ने अपना निश्चय सुना दिया, "यदि वे रोक सकते हों, तो रोक लें।"

"नहीं भीम! यह उचित नहीं है।" युधिष्ठिर की आँखों में पूर्ण निषेध था, "यदि तुमने ऐसा किया, तो राजवंश की मर्यादा भंग हो जायेगी और स्वेच्छाचारिता का मार्ग खुल जायेगा। राजा की आज्ञा का उल्लंघन नहीं करना है। यदि आज वर्तमान राजा की आज्ञा का उल्लंघन करेंगे, तो मैं राजा बन कर किसी को आज्ञापालन के लिए कैसे कह सकूँगा?"

"तो क्या हम उनकी सारी अनुचित और धर्मशून्य आज्ञाओं का पालन करते रहेंगे?"

"जब तक हम उन्हें अपना राजा मानते हैं, तब तक आज्ञा के औचित्य पर विचार करने का अधिकार हमें नहीं है," युधिष्ठिर बहुत कोमल स्वर में बोला, "वस्तुतः मर्यादा को भंग करना तो तनिक भी कठिन नहीं है; कठिन है मर्यादा का निर्वाह करना। मर्यादा के निर्माण में वर्षों लगते हैं, और भंग करने में क्षण भी नहीं लगता।"

तो कृष्ण वहाँ अपने प्राणों पर खेलता रहे और हम यहाँ बैठे पितृव्य की अनुमति की प्रतीक्षा करते रहें?" भीम किसी भी प्रकार सहमत नहीं हो पा रहा था।

"नही! हम बैठे क्यों रहेंगे? हम अपनी मर्यादा के भीतर ही कोई अन्य मार्ग खोजेंगे। विधान के निर्माता, अपने बनाये विधान का उल्लंघन नहीं कर सकते। हम अपनी प्रतिज्ञा भंग नहीं करेंगे, वचन का उल्लंघन नहीं करेंगे, मर्यादा का खण्डन नहीं करेंगे। धर्म-विरोधी आचरण हम नहीं करेंगे। हम कोई

न कोई मार्ग खोजेंगे ही।" युधिष्ठिर ने निष्ठापूर्ण दृढ़ता के साथ कहा।

राजसभा में आज दुर्योधन और उसके भाई कुछ अधिक ही उत्साह के साथ आये थे। उनके चेहरे उल्लसित थे; अन्यथा जब से युधिष्ठिर का युवराज्याभिषेक हुआ था, विकर्ण और यूयुत्सु के सिवाय, दुर्योधन के शेष भाई या तो राजसभा में आते नहीं ही थे, या फिर निरुत्साहित-से, सिर झुकाये बैठे रहते थे। आज दुर्योधन के साथ कर्ण और अश्वत्थामा भी थे। धृतराष्ट्र के निकट शकुनि तथा मन्त्री कणिक बैठे थे।

सभा में शान्ति हो गयी तो धृतराष्ट्र ने बात आरम्भ की, "पाण्डु की मृत्यु के पश्चात मैं दृष्टिहीन और असमर्थ व्यक्ति हस्तिनापुर का राजा बना। मेरा कोई युवराज भी नहीं था। राजकुमार बालक थे और शिक्षा ग्रहण कर रहे थे। परिणाम यह हुआ कि हस्तिनापुर का तेज शमित ही रहा। तब से आज तक एक बार भी हस्तिनापुर की सेना किसी दिशा में धन-ग्रहण के लिए नहीं गयी। अब युधिष्ठिर हमारे युवराज हैं। अपने अभिषेक के पश्चात प्रत्येक राजा और राजकुमार अपने शौर्य की प्रतिष्ठा के लिए, सैनिक अभियान करता है। मैं चाहता हूँ कि युवराज युधिष्ठिर की प्रतिष्ठा के साथ-साथ, हस्तिनापुर का तेज भी पुनःस्थापित हो। इसलिए रंगशाला में स्वयं को सर्वश्रेष्ठ योद्धा सिद्ध करने वाले अर्जुन और भीम, युवराज युधिष्ठिर का ध्वज ले कर, अपने भाइयों, नकुल और सहदेव के साथ दिग्विजय के लिए जायें और पराजित राजाओं से धन का संग्रह कर, हस्तिनापुर का रिक्त राजकोष परिपूरित करें।"

दुर्योधन की आँखें खुली-की-खुली रह गयीं: आज पिताजी ने अपना वचन पूरा कर दिया था। उन्होंने न केवल पाँचों भाइयों को अलग कर दिया था; चार को तो व्यावहारिक रूप से देश-बहिष्कृत ही कर दिया था। अब जायें ये, वनों और मरुभूमियों का आनन्द लें युद्ध करें। मरें, खपें। अपने लिए अधिक-से-अधिक शत्रु उत्पन्न करें।...दुर्योधन का मन हुआ, जोर का एक अट्टहास करे; और उच्च स्वर में कहे—लो! भोग लो हस्तिनापुर का राज्य!

"महाराज!" युधिष्ठिर उठ कर खड़ा हो गया।

"बोलो युवराज!"

"मैं जानता हूँ कि क्षत्रिय-कर्म मूलतः शस्त्र-कर्म ही है। यह भी जानता हूँ कि राजाओं के लिए दुष्ट-दलन तथा आत्मरक्षा के लिए युद्ध करना अनिवार्य हो जाता है। आपद्धर्म के रूप में शस्त्र-कर्म और युद्ध से मेरा विरोध भी नहीं है। किन्तु महाराज! अनावश्यक हिंसा तो हमारा धर्म नहीं है। और मैंने तो युवराज की प्रतिज्ञा के रूप में आनृशंसता का संकल्प किया है।..."

"तो तुम चाहते हो कि अर्जुन और भीम सैनिक अभियान पर न जायें?" धृतराष्ट्र के स्वर में जिज्ञासा से अधिक उपालम्भ और रोष था।

"मैं उसे नीति-विरुद्ध समझता हूँ।" युधिष्ठिर ने कहा, "उसकी कोई आवश्यकता नहीं है। अनावश्यक हिंसा तो पाप है महाराज! हस्तिनापुर के राजकोष को समृद्ध करने के लिए अनेक साधन हो सकते हैं। राजा यदि कृषक को अधिक सुविधा दे, तो कृषक के साथ राज्य भी सम्पन्न होता है। राजा देश में शान्ति और न्याय की स्थापना करे तो उद्योग विकसित होते हैं। राज्य में अच्छे मार्ग हों और उन पर यात्री सुरक्षित यात्रा कर सकें तो व्यापार की वृद्धि होती है महाराज! जिस राज्य में उद्योग तथा व्यापार विकसित होगा, वह राज्य तो स्वयं ही समृद्ध तथा सम्पन्न हो जायेगा।...सैनिक अभियान आरम्भ करना और अन्य न्यायी तथा शत्रुभाव न रखने वाले राजाओं का धन छीन कर ले आना धर्म नहीं, दस्युवृत्ति है तात!"

धृतराष्ट्र का स्वर अकस्मात् ही कोमल हो गया, "युवराज ने यह बात विचार कर नहीं कही। तुम्हारे पूर्वज आज तक अपना सम्मान बढ़ाने के लिए, अपनी प्रतिज्ञाएँ पूर्ण करने के लिए, स्वयं को समृद्ध करने के लिए, बल-प्रयोग ही करते रहे हैं पुत्र! क्या वे पाप ही करते रहे हैं? हस्तिनापुर के युवराज क्या अपने पूर्वजों का यही सम्मान करते हैं?"

युधिष्ठिर को जैसे तत्काल कोई उत्तर नहीं सूझा। क्षणभर सिर झुकाये चिन्तन करता रहा और फिर बोला, "महाराज! मैं अपने पूर्वजों के प्रति अनादर की बात सोच भी नहीं सकता। उनके द्वारा बल-प्रयोग के अपने कारण और अपने तर्क रहे होंगे। किन्तु महाराज! अपने पूर्वजों का पूर्ण आदर और सम्मान करते हुए भी, कोई पीढ़ी उनका अनुसरण नहीं करती। युग और परिस्थितियों के बदलने के साथ-साथ हमारा चिन्तन और व्यवहार भी बदलता है। वर्तमान परिस्थितियों में मुझे इस सैनिक-अभियान का कोई औचित्य दिखायी नहीं पड़ता।"

"तो क्या युवराज राजाज्ञा का विरोध कर रहे हैं?" धृतराष्ट्र ने सायास कोमल स्वर में पूछा।

"नहीं महाराज!" युधिष्ठिर ने तत्काल उत्तर दिया, "मैं तो मात्र विचार कर रहा हूँ। विचार के पश्चात् भी महाराज को यदि अपनी आज्ञा में परिवर्तन की आवश्यकता का अनुभव न हो, तो राजाज्ञा का पालन किया जायेगा।"

"तो युवराज चाहते हैं कि हम पूर्वजों का अनुकरण न करें और अपना व्यवहार बदलें?"

"हाँ, महाराज!"

"तो युवराज अपने भाइयों के साथ पंचालराज द्रुपद पर आक्रमण करने क्यों गये थे? क्या उस आक्रमण को उचित ठहराने के लिए युवराज के पास कोई तर्क है?"

युधिष्ठिर की मुद्रा से लगा कि शायद तर्क तो उसके पास है, किन्तु वह उसे वाणी देना नहीं चाहता।

"बोलो युवराज!" धृतराष्ट्र ने कहा, "वह अभियान तो तुम्हारे ही ध्वज के अधीन हुआ था। तुम्हारी अनुमति और सहयोग से हुआ था।"

"महाराज ठीक कहते हैं।" युधिष्ठिर बोला, "किन्तु इस विषय में अपने विचार, मैं सार्वजनिक रूप से प्रकट न करना चाहूँ तो?"

"क्यों? क्या सत्यवादी युधिष्ठिर इस गोपनीयता की आड़ में सत्य को छिपाने का प्रयत्न कर रहा है?" धृतराष्ट्र की वाणी मधुर और कोमल थी, किन्तु उसके शब्दों की ध्वनि अत्यन्त विषैली थी।

"नहीं! सत्य को छिपाने का प्रयत्न मैं नहीं कर रहा!" युधिष्ठिर के शब्दों में तेज झलका, "मुझे भय है कि मेरे मत को कहीं गुरुजनों के प्रति अनादर न मान लिया जाये।"

"अनादर की बात नहीं है। यह तो विचार-विमर्श है और विचार-विमर्श में मतभेद होगा ही! मतभेद में आदर और अनादर का प्रश्न नहीं है।" धृतराष्ट्र बोला, "यदि आदर-अनादर के प्रसंग के छद्म में युवराज अपना स्वतन्त्र मत प्रकट नहीं करेंगे, तो राजकाज में हानि होगी।"

युधिष्ठिर के युवराजत्व के निर्णय के दिन से ही भीष्म एक प्रकार के हल्के सुखद विश्राम का-सा अनुभव कर रहे थे। उनकी स्थिति उस पथिक की-सी हो गयी थी, जो गन्तव्य खोजते-खोजते, इतना चल चुका हो कि उसे लगने लगा हो कि शायद उसे गन्तव्य कभी नहीं मिलेगा। किन्तु, अब उन्हें गन्तव्य मिल गया था। हस्तिनापुर के राजसिंहासन पर उसका अधिकारी और योग्य व्यक्ति आसीन होगा—यह निश्यच हो गया था। युधिष्ठिर, सम्राट् पाण्डु का भी ज्येष्ठ पुत्र था, और कुरु राजकुमारों में भी सबसे बड़ा था। वह सर्वश्रेष्ठ योद्धा न सही, अच्छा योद्धा था और उसकी रक्षा के लिए उसके वीर और समर्थ भाई उसके साथ थे। यदि दुर्योधन किसी दिन अपनी दुर्मति छोड़ कर युधिष्ठिर से सहयोग करने लगे तो कुरुवंश और हस्तिनापुर का राज्य—दोनों ही पूर्णतः सुरक्षित हो जायेंगे...

जिस क्षण भीष्म को तनिक भी आभास होता था कि वे अपना दायित्व पूरा कर चुके हैं; और अब वे मुक्त हो सकते हैं—उन्हें गंगातट की अपनी

कुटिया पुकारने लगती थी...

किन्तु जो कुछ अब उनके सामने घटित हो रहा था—यह उन्हें बहुत शुभ नहीं लग रहा था। राजा और युवराज का न इस प्रकार मतभेद होना चाहिए और न ही राजा को अपने युवराज के साथ इस प्रकार व्यवहार करना चाहिए—जैसे कोई न्यायाधिकारी किसी अपराधी के साथ करता है। यदि राजा और युवराज ही राज्य की नीतियों पर सहमत नहीं होंगे, तो शेष मन्त्रियों और राज्याधिकारियों का क्या होगा?

और यह युवराज भी कैसा है? यह युद्ध का विरोध कर रहा है। भीष्म को सोच-सोच कर भी शायद ही कोई ऐसा क्षत्रिय स्मरण आये, जो युद्ध के लिए व्यग्र न हो, अथवा युद्ध को अच्छा न समझता हो; अथवा हिंसा को पाप कहता हो।...पर युधिष्ठिर तो आरम्भ से ही ऐसा है। वह सत्य, न्याय, समता और आनृशंसता की बात करता है। वस्तुतः यह धर्म पर चलना चाहता है। धर्म का मार्ग उसे सत्य की ओर ले जाता है। सत्य के लिए न्याय आवश्यक है। न्याय के लिए समता चाहिए। समता के लिए आनृशंसता। दूसरे पक्ष को भी उतना ही अधिकार देना पड़ेगा, जितना हम अपने लिए चाहते हैं।...और यदि युधिष्ठिर आरम्भ से ही ऐसा न होता, तो अब तक पाण्डवों और धार्तराष्ट्रों में कदाचित् युद्ध हो चुका होता। यह तो युधिष्ठिर की ही सहनशीलता है...

धृतराष्ट्र सचमुच ही युधिष्ठिर पर अनावश्यक दबाव डाल रहा था। दबाव नहीं—कदाचित् वह उसे घेर रहा था। इस प्रकार घेर रहा था कि निरीह से निरीह जंतु भी अपनी रक्षा के लिए आक्रमण करने को बाध्य हो जाये...किन्तु धृतराष्ट्र को रोका कैसे जा सकता है—वह राजसभा में अपने युवराज से विचार-विमर्श कर रहा है...

"युवराज ने अपना मत नहीं बताया!" धृतराष्ट्र ने पुनः कहा।

"यदि महाराज का इतना ही आग्रह है, तो मैं अपना मत अवश्य प्रस्तुत करूँगा; किन्तु, कृपया, इसे नीति का भेद ही माना जाये, गुरुजनों के प्रति अनादर नहीं।"

धृतराष्ट्र ने कुछ नहीं कहा, केवल अपनी दृष्टिहीन आँखें उसकी ओर उठाये प्रतीक्षा करता रहा, जैसे भूमिका-स्वरूप युधिष्ठिर जो कुछ कह रहा था, उसका कोई अर्थ ही न हो।

"पंचालराज पर मेरे ध्वज के अधीन किया गया आक्रमण न मेरी इच्छा से हुआ और न मैं उसे उचित ही समझता हूँ।"

"तो फिर क्यों किया गया आक्रमण?" धृतराष्ट्र के स्वर में हल्की

उत्तेजना थी।

"गुरु-दक्षिणा चुकाने के लिए।" युधिष्ठिर स्थिर स्वर में बोला, "गुरु-दक्षिणा, याचना नहीं होती कि उसके औचित्य-अनौचित्य पर विचार किया जाये। वह आदेश होता है, जिसका केवल पालन किया जा सकता है। उसके औचित्य-अनौचित्य पर विचार करना गुरु का कार्य है, शिष्य का नहीं! उसका दायित्व गुरु का है, शिष्य का नहीं। मैं गुरु-द्रोही नहीं हूँ, इसलिए गुरु-दक्षिणार्थ किये गये, उस अभियान में असहयोग नहीं कर सकता था।"

युधिष्ठिर ने अत्यन्त भीरु दृष्टि से भीष्म की ओर देखा : वे सिर झुकाये, आत्मलीन-से कुछ सोच रहे थे। फिर उसकी दृष्टि आचार्य की ओर गयी—वे भाव-शून्य, स्तब्ध से बैठे थे। निश्चित रूप से उनके लिए युधिष्ठिर का कथन अत्यधिक अनपेक्षित था।...

"और मैं पूछ सकता हूँ कि युवराज उस अभियान को उचित क्यों नहीं समझते?" धृतराष्ट्र के स्वर में पूर्णतः अमित्र भाव था।

"क्योंकि उस अभियान के मूल में धर्म नहीं, प्रतिहिंसा थी; और प्रतिहिंसा का जन्म नृशंसता से होता है।"

धृतराष्ट्र भी क्षण भर के लिए अवाक् रह गया; किन्तु उसने स्वयं को तत्काल सँभाल लिया, "क्या आचार्य को अपने अपमान का प्रतिशोध लेने का अधिकार नहीं था?"

"मैं अपने गुरु के आचरण का विश्लेषण इस रूप में नहीं करना चाहता।"

"जब युवराज ने इस प्रतिहिंसा को नृशंसता बताया है, तो उसका कारण बताने में संकोच क्यों?" धृतराष्ट्र अधिक-से-अधिक क्रूर होता जा रहा था, "तुम अपने गुरु के आचरण का विश्लेषण तो कर चुके वत्स! उस पर अपनी टिप्पणी भी कर चुके! अब यदि तुम उसका कारण नहीं बताओगे तो अपने गुरु पर निराधार दोषारोपण के अपराधी नहीं कहलाओगे क्या?"

युधिष्ठिर को लगा : सत्य ही वह इतना आगे बढ़ आया था कि अब पीछे लौटना सम्भव नहीं था।

"ब्राह्मण को क्षमाशील होना चाहिए। दोष को क्षमा करने से न उस दोष का विस्तार होता है, न उसका वंश आगे चलता है।" युधिष्ठिर ने कहा, "किन्तु प्रतिशोध और प्रतिहिंसा की भावना, प्रतिक्रिया की अन्तहीन शृंखला को जन्म देती है। प्रतिशोध के इस सफल अभियान से प्रतिहिंसा समाप्त नहीं हुई है महाराज! उसने कौरवों और पांचालों की अमैत्री को शत्रुता में परिणत कर दिया है। आचार्य ब्राह्मण हो कर भी पंचालराज को क्षमा नहीं कर सके, तो पंचालराज क्या अपने इस भयंकर अपमान, पराजय तथा आधे राज्य की

हानि को भूल जायेंगे?"

युधिष्ठिर ने रुक कर धृतराष्ट्र को देखा, "और महाराज!" इतना बड़ा प्रतिशोध लेने से पूर्व, हमें यह भी विचार करना चाहिए कि उस अपमान का स्वरूप क्या था? क्या वह सचमुच अपमान था भी? क्या हम पंचालराज के उस नीति-वाक्य को आचार्य का अपमान मान भी सकते हैं? क्या आज तक किसी ऋषि और राजा में मैत्री हुई है? क्या ऋषि कृष्ण द्वैपायन व्यास और हस्तिनापुर के किसी सम्राट् में कभी मित्रता हुई है? जो सम्बन्ध राजाओं और ऋषियों में है, उन्हें सौहार्द, पूजा-भाव, श्रद्धा, स्नेह इत्यादि के अन्तर्गत रखा जायेगा अथवा मैत्री के अन्तर्गत?...और यदि किसी कारणवश कोई हमें अपना मित्र नहीं मानता तो हम उसे अपना अपमान समझ, उसका प्रतिशोध लेंगे?

"नहीं! यह बात नहीं है।" अकस्मात् ही अश्वत्थामा उठ कर खड़ा हो गया, "आश्रम के दिनों में वे मित्र थे।"

"ठीक है! किन्तु क्या जीवन में सम्बन्ध सदा स्थिर ही रहते हैं? वे बनते-बिगड़ते नहीं? उनमें उतार-चढ़ाव नहीं आता, या उनमें सघनता-विरलता नहीं होती?"

"बात सम्बन्धों की नहीं है।" इस बार दुर्योधन बोला, "द्रुपद ने आश्रम के दिनों में आचार्य को यह वचन दिया था कि पंचाल का राज्य जितना उसका होगा, उतना ही आचार्य का भी होगा।"

"द्रुपद तब एक बालक थे; हस्तिनापुर में, तो आचार्य का स्वागत करते हुए पितामह तथा स्वयं महाराज ने कहा था कि कौरवों का जो कुछ भी है, वह सब उनका है।" युधिष्ठिर बोला, "अब आज यदि आचार्य चाहेंगे, तो क्या महाराज कौरवों का सारा राज्य, आचार्य को सौंप स्वयं वनवास के लिए चले जायेंगे?"

युधिष्ठिर ने जैसे अपनी विजयिनी दृष्टि धृतराष्ट्र पर डाली : किन्तु इस बार न तो धृतराष्ट्र ने ही कुछ कहा, और न अश्वत्थामा अथवा दुर्योधन ने ही।

क्षण भर के इस मौन का लाभ उठाया विदुर ने। वह तत्काल बोला, "महाराज! हम यहाँ आचार्य के आचरण का विश्लेषण कर, उस पर कोई टिप्पणी करने नहीं बैठे हैं। हमारे सामने समस्या अपने दिग्विजय के आह्वान की है। मैं समझता हूँ कि युवराज की इतनी बात से तो हम सहमत हो ही सकते हैं कि इस समय जब हमारे चारों ओर विभिन्न शक्तियों की सेनाएँ प्रयास करती दिखायी पड़ रही हैं, दिग्विजय के इस अभियान में अपनी शक्ति का ह्रास करना अनावश्यक होगा!"

"दिग्विजय से शक्ति का ह्रास नहीं, विकास होता है।" धृतराष्ट्र बोला। "युद्ध से सेनाएँ थकती हैं महाराज! आंशिक रूप से नष्ट भी होती हैं।" विदुर

बोला, "और सबसे बड़ी बात यह है कि प्रत्येक सैनिक अभियान के पीछे कोई कारण भी होना चाहिए, ऐसा कारण जो नीति-सिद्ध भी हो। अकारण युद्ध कभी भी लाभदायक नहीं होता; और यह तो कोई कारण हो ही नहीं सकता कि किसी राज्य में युवराज्याभिषेक अथवा राज्याभिषेक हो तो वह सैनिक अभियान भी करे ही।"

धृतराष्ट्र मौन ही रहा : स्पष्टतः उसे युधिष्ठिर और विदुर का परामर्श मान्य नहीं था। वह मौन था; किन्तु शान्त नहीं था। उसके मन में जैसे कोई बार-बार उसे धक्के मार-मार कर कह रहा था : 'स्वयं को बहुत बुद्धिमान समझता था न तू? देख लिया अपनी बुद्धिमानी का परिणाम! अक्रूर की बातों में आ कर तूने युधिष्ठिर को युवराज बना दिया; और हस्तिनापुर पर न जरासंध का आक्रमण हुआ, न द्रुपद का! युधिष्ठिर आज युवराज बना बैठा है और कैसे राजा की इच्छा का प्रत्याख्यान करता जा रहा है! कल वह राजा बन जायेगा, तब किसी की सुनेगा वह?...सोचा था कि उसके भाइयों को दिग्विजय के लिए भेज दूँगा। जैसे पाण्डु हस्तिनापुर से बाहर-ही-बाहर भटकता फिर रहा था, वैसे ही ये भी लड़ते-मरते रहेंगे किन्तु युधिष्ठिर यह भी नहीं होने दे रहा। और यह सब आनृशंसता के नाम पर...'

सहसा धृतराष्ट्र के मन में एक विचार आया, "विदुर! मुझे सूचना दी गयी है कि सौवीर का राजा हमारे प्रति अनादर का प्रदर्शन कर रहा है। उसने पिछले कर भी नहीं चुकाये हैं और वह गन्धर्वों से निरन्तर युद्ध कर विजयी होने के कारण, स्वयं को बहुत शक्तिशाली भी समझने लगा है। क्या हम उसे भी इस उद्दण्डता का कोई दण्ड नहीं दे सकते?"

विदुर समझ गया कि धृतराष्ट्र युद्ध के बिना नहीं मानेगा; जाने आज कैसी रक्त-पिपासा उसके मस्तक पर आरूढ़ थी।

"इतना तो सत्य है महाराज!" विदुर बोला, "कि उसने हमारे परामर्श की अवहेलना की है। आप चाहें तो उसके सम्मुख हम अपना शक्ति-प्रदर्शन कर सकते हैं। बहुत सम्भव है कि वहाँ युद्ध का अवसर ही न आये।"

"तो ठीक है, युधिष्ठिर! क्या तुम इस पर भी सहमत नहीं हो?" धृतराष्ट्र ने पूछा; और पुनः जोड़ा, "युवराज! क्या तुम भी महाराज का अनादर नहीं कर रहे हो?"

युधिष्ठिर ने तत्काल विनीत भाव से हाथ जोड़ दिये, "अपने पितृव्य तथा हस्तिनापुर के महाराज का अनादर कर, मैं पाप का भागी नहीं होना चाहता महाराज! मैं तो केवल नीति-विचार कर रहा था। यदि आपकी इच्छा है तो सौवीर के अभियान पर सेना भेज दें।"

"तो ठीक है!" धृतराष्ट्र ने कहा, "एक सप्ताह के भीतर सेना प्रयाण करे। सेना का मुख्य नायक अर्जुन हो। भीम, नकुल और सहदेव उसकी सहायता करें। प्रयत्न यही हो कि सौवीर-नरेश से अधिक-से-अधिक कर प्राप्त किया जाये, ताकि हस्तिनापुर समृद्ध भी हो और सौवीर-नरेश का अहंकार भी भंग हो।"

किसी ने कुछ नहीं कहा। धृतराष्ट्र ने सभा समाप्त होने का संकेत कर दिया।

आचार्य द्रोण राजसभा से चले तो उनके मन में अनेक दुश्चिन्ताएँ उथल-पुथल मचाये हुए थीं। जाने क्यों उनका मन बार-बार जैसे स्वतः ही कुरुओं और पांचालों की राजसभाओं को समानता के धरातल पर जोड़ रहा था...उस दिन पंचालराज द्रुपद ने कह दिया कि उनमें मित्रता नहीं हो सकती; और आज युधिष्ठिर ने स्पष्ट कह दिया कि वे मात्र एक राजकर्मचारी हैं, और राजकर्मचारी के कृत्यों पर घटना के पहले भी विचार किया जा सकता है और घटना के पश्चात् भी। गुरु-दक्षिणा के विरुद्ध वह कुछ नहीं बोला; किन्तु द्रोण की नीति उसके मनोनुकूल नहीं है। द्रुपद और द्रोण के विवाद में उसकी सारी सहानुभूति द्रुपद के पक्ष में है। द्रोण के व्यवहार को वह अनुचित मानता है।...कल वह हस्तिनापुर का राजा होगा। द्रुपद से उसका कोई विरोध नहीं है। द्रुपद से अहिछत्र का छीना जाना वह अन्याय मानता है। यदि द्रुपद ने अहिछत्र वापस लेने के लिए आक्रमण किया तो अहिछत्र की रक्षा द्रोण को अपने बल पर ही करनी होगी; हस्तिनापुर की सेनाएँ, उनकी ओर से नहीं लड़ेंगी। अपने जिन शिष्यों पर उन्हें इतना भरोसा है—वे सारे शिष्य तटस्थ भाव से एक ओर खड़े हो जायेंगे; क्योंकि गुरु-दक्षिणा में तो मात्र द्रुपद को पराजित कर बाँध लाने की ही आकांक्षा उन्होंने की थी। अहिछत्र की रक्षा को गुरु-दक्षिणा से तो नहीं जोड़ा जा सकता।...

द्रोण को लगा, उनकी आँखों के सामने एक बार फिर कोई भ्रमजाल हट रहा है; वे व्यर्थ ही स्वयं को बहुत सुरक्षित समझ रहे थे। वे समझ रहे थे कि हस्तिनापुर उनका अपना घर है, कुरुवंश जैसे उनका अनुचर और अनुयायी है। उनकी इच्छा यहाँ आदेश के रूप में स्वीकार की जायेगी। धृतराष्ट्र ने जिस समय उन्हें कुरु-सेनाओं का संचालक नियुक्त किया था, उस समय वे स्वयं को बहुत शक्तिशाली समझने लगे थे। सम्राटों से भी अधिक शक्तिशाली!...किन्तु यदि राजा बनने के पश्चात् युधिष्ठिर उन्हें उनके पद से हटा देना चाहे तो? निश्चित रूप से उसे, उनकी नीतियाँ रुचिकर नहीं होंगी! वह उन्हें कह सकता है कि 'आचार्य! आपने हम लोगों को प्रशिक्षित कर दिया; और हमने आपकी

गुरु-दक्षिणा चुका दी। अब आप हस्तिनापुर से विदा हों और अपनी कुटिया को पधारें।' यदि उसने बहुत सारी सम्पत्ति दे भी दी तो क्या?...उन्हें निराश्रित पा कर, द्रुपद आक्रमण करेगा। वह अपना राज्य भी लौटा लेगा; और उनका वैभव भी नष्ट कर देगा।...और द्रोण की स्थिति फिर वही हो जायेगी, जो पहले थी। एक गाय भी नहीं होगी उनके पास! वह अश्वत्थामा, जो आज किरीट धारण किये, रथों में घूमता-फिरता है, गोरस के अभाव में आटा घोल-घोल कर पियेगा।...

उन्हें लगा कि उनका मन भय के कारण कहीं भीतर दूर तक काँप गया है। वह किसी भयभीत बालक के समान आश्रय और सुरक्षा के लिए इधर-उधर देख रहा है।...द्रोण को लगा कि अपनी सारी धनुर्विद्या और युद्ध-शास्त्र के ज्ञान के कारण, वे अच्छे प्रशिक्षक, गुरु, परामर्शदाता और कदाचित् सेना की सहायता से, राजाज्ञा के संरक्षण में अच्छे सेनापति भी हो सकते हैं; किन्तु अपने गुरु भगवान परशुराम के समान, वे अपने बल पर राजाओं और उनकी सेनाओं से युद्ध करने की बात नहीं सोचते।...एक अनाम-सा भय है उनके भीतर...आत्मविश्वास का अभाव।...नहीं! शायद यह भी नहीं। उन्होंने शस्त्र तो देखे हैं, वास्तविक युद्ध नहीं देखे। बाण छूटते तो देखे हैं, मनुष्य का रक्त बहते नहीं देखा। उनका सैद्धान्तिक ज्ञान अभी व्यवहार में परिणत नहीं हो पाया...

तो क्या करें द्रोण?

अब वे आश्रम में लौट कर कुटीर में नहीं रह सकते। अब वे साधना नहीं करना चाहते, जीवन का भोग करना चाहते हैं। साधना और तपस्या किसलिए करता है कोई? विद्या और ज्ञान का धन कोई किसलिए संचित करता है? इसीलिए तो कि वह अपनी साधना, तपस्या और ज्ञान से अपने जीवन को अधिक सुख-सुविधापूर्ण बना सके। सुखों को भोग सके।...बहुत हो चुकी तपस्या और साधना। बहुत हो चुका ज्ञान का संचय।...अब द्रोण वापस तपोभूमि में स्वयं और अपने परिवार को तपाने के लिए नहीं जायेंगे।...वे यहीं रहेंगे, यहीं रहने का प्रयत्न करेंगे।...और वे युधिष्ठिर पर तनिक भी विश्वास नहीं करेंगे। वह उनका शिष्य हो कर भी राजा ही रहेगा। राजा हो कर, वह गुरु का पक्ष नहीं लेगा। वह नीति और न्याय की बात करेगा।...इसलिए यदि द्रोण को हस्तिनापुर में रहना है, तो युधिष्ठिर को यहाँ का राजा नहीं होना चाहिए। यदि अर्जुन का राज्याभिषेक हो जाये, तो कदाचित् द्रोण के लिए कोई संकट नहीं रहेगा।...अर्जुन जैसी गुरु-भक्ति किसी में नहीं है।...किन्तु तत्काल ही उनका मन ठिठक गया...अर्जुन भी तो युधिष्ठिर का ही भाई है। युधिष्ठिर के रहते वह सिंहासनारूढ़ क्यों होगा; और फिर कौन जानता है कि राजा हो कर, वह भी

युधिष्ठिर के ही समान, न्याय और नीति की बात नहीं करेगा?...

हस्तिनापुर का राजा तो केवल उसे होना चाहिए, जो राजा हो कर भी न्याय और नीति की बात न करे...जो द्रोण के विषय में उचित और अनुचित का विवेचन न करे...पर राजा हो कर कोई ऐसा क्यों करेगा?...

और सहसा द्रोण का ध्यान दुर्योधन की ओर चला गया...वह भी तो कब से हस्तिनापुर का राजा बनने का प्रयास कर रहा है...यदि कहीं वह राजा बन जाये, तो न्याय और नीति, उचित और अनुचित, धर्म और अधर्म की बात नहीं करेगा...। जो अधर्म से सिंहासनारूढ़ होगा, वह धर्म की बात क्यों करेगा? ...कैसा संयोग है कि अश्वत्थामा ने पहले दिन से ही युधिष्ठिर के स्थान पर दुर्योधन को ही चुना है। उसने बार-बार यह संकेत किया है कि उनका भविष्य पाण्डवों के साथ नहीं, दुर्योधन के साथ ही है।...किन्तु स्वयं उन्होंने ही कभी इस ओर ध्यान नहीं दिया। आज युधिष्ठिर के व्यवहार ने बलात् उन्हें सब सोचने को बाध्य कर दिया है।...

तो क्या वे दुर्योधन का साथ दें? क्या वे युधिष्ठिर को सत्ता से हटाने का प्रयत्न करें?...किन्तु युधिष्ठिर को हटाने का प्रयत्न...राजद्रोह...विप्लव...षड्यन्त्र ...राजनीतिक सत्ता की खींचतान...कहीं ऐसा न हो कि वे इस क्षेत्र के लिए अनभ्यस्त अपने मस्तिष्क और हाथों से कुछ करने जायें और उन्हें असफलता ही हाथ लगे।...बन्दी हों, देश-निष्कासित हों अथवा धन-सम्पत्ति से वंचित हों...उससे तो अच्छा है कि वे इन दोनों के संघर्ष में तटस्थ रहें...

और उनका मन सहसा जैसे कोई समाधान पा गया : वस्तुतः उन्हें तटस्थ ही रहना चाहिए...किन्तु दुर्योधन को यह मालूम हो जाना चाहिए कि वे तटस्थ हैं...वे पाण्डवों के पक्ष में नहीं हैं...'पाण्डवों के पक्ष में?' उनके मन ने पूछा। 'नहीं!' जैसे उन्होंने अपने मन के प्रश्न का उत्तर दिया, 'युधिष्ठिर के पक्ष में नहीं है।'...अर्जुन के प्रति अपने मोह को शायद वे दमित न कर पायें...किन्तु युधिष्ठिर के प्रति उनके मन में कोई मोह नहीं है...

वे अश्वत्थामा के सम्मुख अपनी मनःस्थिति स्वीकार कर लेंगे, तो दुर्योधन स्वयं ही जान जायेगा।

2

हस्तिनापुर के लिए यह स्थिति सर्वथा नयी थी। इससे पहले कभी ऐसा नहीं हुआ था। घटना का आरम्भ बहुत साधारण था। द्यूतगृह में दो व्यक्ति किसी विवाद के कारण परस्पर झगड़ पड़े थे। पहले उन्होंने एक-दूसरे पर मिथ्या

कथन और प्रवंचना के आरोप लगाये। फिर अपशब्द कहे गये, और अन्ततः उनमें हाथापाई हो गयी। हाथापाई में उनके साथ उनके समर्थक भी सम्मिलित हो गये। मारपीट हुई। द्यूतगृह में बहुत सारी वस्तुएँ टूटीं। लोगों के सिर फूटे। ...फिर जाने क्या हुआ कि वे लोग बाहर हाट में निकल आये और उन्होंने दो-तीन दुकानें लूट लीं। सारा हाट बन्द हो गया और नगर में एक प्रकार का त्रास फैल गया।

राजसभा में इस घटना पर विचार हुआ तो वे व्यापारी भी अपना पक्ष प्रस्तुत करने के लिए उपस्थित हुए, जिनकी दुकानें लूट ली गयी थीं। उनकी माँग तो इतनी ही थी कि उनके धन की सुरक्षा में नगरपाल असमर्थ रहा है। इसलिए राज्य की ओर से उनकी क्षतिपूर्ति की जानी चाहिए तथा उनकी और उनके धन की रक्षा की समुचित व्यवस्था की जानी चाहिए। किन्तु नगर-श्रेष्ठि इतने से ही सन्तुष्ट नहीं था। उसका कहना था कि इस घटना से नगर भर के व्यापारियों पर बहुत ही आतंककारी प्रभाव पड़ा है। अतः व्यापारियों का विश्वास लौटा लाने के लिए आवश्यक है कि इस घटना के लिए दोषी लोगों को सार्वजनिक रूप से कठोर दण्ड दिया जाये और हाट में इतने राजकीय सैनिक नियुक्त हों कि यदि फिर कभी ऐसी घटना की पुनरावृत्ति की सम्भावना हो तो वे लोग प्रभावकारी ढंग से उसे रोक सकें।

धृतराष्ट्र ने व्यापारियों को आश्वासन दे कर विदा कर दिया; और बोला, "यह क्या हो रहा है युवराज! मुझे तो व्यापारियों के सम्मुख इस प्रसंग में चर्चा करने में भी संकोच हो रहा था।"

"यह तो होना ही था महाराज!" युधिष्ठिर बोला, "आज नहीं होता, तो कल होता। जब कारण उपस्थित हों, तो उसका कार्य अपने-आप उपस्थित हो जायेगा।"

"क्यों होना था?" धृतराष्ट्र उच्च स्वर में बोला, "हस्तिनापुर में ऐसा कभी नहीं हुआ। यह मैं विचित्र बात सुन रहा हूँ कि स्वयं कुरुओं का युवराज कह रहा है कि ऐसा तो होना ही था।"

"महाराज! नगरपाल को इसके लिए दण्डित किया जाये।" दुर्योधन बोला, "जो प्रजा की रक्षा नहीं कर सकता, वह नगरपाल किस काम का!"

"नहीं महाराज!" युधिष्ठिर ने विरोध किया, " जिन परिस्थितियों में ऐसी घटनाएँ होती हैं, उन परिस्थितियों को उत्पन्न करने वाली नीतियों का निर्धारण, नगरपाल नहीं करता। इसलिए हमें व्यापारियों का विश्वास लौटाने के लिए नगरपाल को यह आदेश तो देना चाहिए कि जिन्होंने यह झगड़ा किया है और जो लूटपाट में सम्मिलित हुए हैं, उन्हें बन्दी बना कर राजसभा में उपस्थित किया

जाये; और नीति-निर्धारण के लिए उत्तरदायी लोगों को बताया जाये कि उनकी नीतियाँ प्रजा के हित में नहीं हैं, इसलिए नीतियों में परिवर्तन किया जाये।"

"महाराज!" दुर्योधन पुनः बोला, "मैं युवराज का तर्क समझ नहीं पा रहा। यदि वे यह मानते हैं कि नीति के दोष के कारण यह दुर्घटना हुई है, तो महाराज! नीति- निर्धारण तो राजसभा और आप करते हैं। क्या युवराज, राजसभा और महराज को दोषी ठहरा रहे हैं? क्या वे चाहते हैं कि नगरपाल को अपराधी न मान कर, महाराज को अपराधी माना जाये?"

"नहीं महाराज! युवराज के कथन का यह तात्पर्य कदापि नहीं है।" विदुर पहली बार विवाद में सम्मिलित हुआ, "युवराज का अभिप्राय तो मात्र इतना है कि राजसभा तथा सम्राट् द्वारा निर्धारित नीति के पालन के लिए नगरपाल दोषी नहीं है। सम्राट् ने नीतियाँ प्रजा के हित के लिए बनायी थीं, इसलिए सम्राट् के दोषी होने का प्रश्न ही नहीं उठता। वे तो केवल इतना ही कह रहे हैं कि नीतियों के परिणाम यदि मनोनुकूल न हों तो नीतियों में परिवर्तन करना चाहिए।"

"और मारपीट करने वाले दुर्वृत्तों तथा लूटपाट करने वाले पापियों को कोई दण्ड न दें?" धृतराष्ट्र ने पूछा।

"उन्हें अवश्य दण्डित किया जाये महाराज!" युधिष्ठिर बोला, "और यदि नगरपाल उन्हें बन्दी न करे, तो नगरपाल को भी दोषी माना जाये।"

"यदि ऐसी दुर्घटनाओं के लिए महाराज की नीतियाँ दोषी हैं तो दुकानें लूटने वाला वह दुर्वृत्त कैसे दोषी है?" दुर्योधन बोला, "यदि इन दुर्घटनाओं का कारण राज्य की नीति है, तो फिर किसी को भी दण्डित नहीं किया जाना चाहिए। किन्तु मुझे भय है कि आज यदि स्वयं युवराज, राजा की नीतियों को दोषी ठहराने लगेंगे, तो कल हस्तिनापुर की प्रजा, हस्तिनापुर के पथों और वीथियों में अपने राजा को दोषी ठहराती फिरेगी। क्या युवराज राजद्रोह का सूत्रपात कर रहे हैं? अथवा अपने कुलवृद्धों का अपमान करने का प्रयत्न कर रहे हैं?"

विदुर को लगा कि इससे पहले कि दुर्योधन के मित्र उसकी बातों के समर्थन में उठ खड़े हों और बात का बतंगड़ बना कर युधिष्ठिर की उचित बात को भी अनुचित ठहरा कर, उसे ही दोषी प्रमाणित करने की ओर बढ़ें, उसे विवाद का सूत्र अपने हाथ में ले लेना चाहिए।

"महाराज!" विदुर ने कहा, "मेरा विचार है कि युवराज को, अपने कथन को स्वयं ही स्पष्ट करने का अवसर दिया जाये। राजकुमार दुर्योधन उसकी व्याख्या करेंगे, तो सम्भवतः बीच में व्यक्तिगत मतभेद आने लगेंगे और उचित

कथन का भी अनुचित अर्थ निकलने लगेगा। वैसे इतना मैं अवश्य कहना चाहूँगा कि अपनी नीतियों का प्रजा पर प्रभाव देख कर उन पर पुनर्विचार करना प्रत्येक बुद्धिमान, न्यायप्रिय तथा प्रजावत्सल राजा का धर्म है।..."

"तो युवराज ही स्पष्ट करें।" धृतराष्ट्र ने विदुर की बात बीच में ही काट दी।

"महाराज! मैं इस घटना को कई धरातलों पर देखता हूँ।" युधिष्ठिर बोला, "पहला धरातल तो हाट का ही है। जो सूचनाएँ मुझे मिली हैं, उनके अनुसार वे दोनों व्यक्ति मदिरापान करने के पश्चात् द्यूतक्रीड़ा में संलग्न हुए थे। मदिरापान तथा द्यूतक्रीड़ा का राज्य की ओर से निषेध नहीं है; किन्तु शान्ति-भंग का निषेध है। इसलिए उन लोगों को बन्दी बना कर उपयुक्त दण्ड दिया जाना चाहिए; ताकि पुनः वे ऐसा अपराध करने का साहस न करें तथा अन्य लोग भी शिक्षा प्राप्त करें।...दूसरी ओर वे व्यापारी हैं, जिनकी दुकानें लूटी गयी हैं। उनकी क्षतिपूर्ति राज्य की ओर से हो, क्योंकि राज्य उनकी रक्षा के लिए उनसे कर लेता है। कर ले कर राज्य उनकी रक्षा करने में असफल रहा है, इसलिए राज्य को यह दोष, अपने ऊपर लेना ही होगा। तीसरे, नगरपाल और उसकी व्यवस्था को भी देखना होगा। जिस समय यह घटना घटित हो रही थी, उस समय नगरपाल के सैनिक, प्रहरी तथा दण्डधर कहाँ थे? उन्होंने झगड़ा आरम्भ होते ही उसे क्यों नहीं रोका? हाट में लूटपाट के समय वे क्यों अनुपस्थित थे? उन्होंने लूटपाट को क्यों नहीं रोका? और अन्त में उन सारे अपराधियों को बन्दी क्यों नहीं बनाया गया?...हमें राज्य की नीति पर भी पुनर्विचार करना चाहिए। द्यूतगृह और मदिरालय राज्य की अनुमति से चल रहे हैं। हम यह जानते हैं कि ये प्रजा के लिए आकर्षण के स्थल हैं; और हम यह भी जानते हैं कि मदिरापान के पश्चात् मनुष्य का विवेक नष्ट हो जाता है, अतः उसकी दुर्बुद्धि उससे अनेक अनर्थ कराती है। द्यूत उसमें लोभ जगाता है। लोभ से उसका विवेक पंगु हो जाता है। ऐसे में जो व्यक्ति मदिरापान कर द्यूतक्रीड़ा में संलग्न होगा—वह अपनी सद्वृत्तियों को नष्ट कर हीन वृत्तियों का क्रीड़ा-कन्दुक बना हुआ होगा। अतः ऐसी दुर्घटनाओं की सम्भावना बढ़ जाती है। इसलिए उचित यही है कि राज्य द्यूतगृह और मदिरालय खोलने की अनुमति न दे। न ये स्थान होंगे, न प्रजाजन का विवेक नष्ट होगा, न लोभ जागेगा, न दुर्घटनाएँ होंगी।"

युधिष्ठिर के चुप होते ही दुर्योधन, दुःशासन, कर्ण, अश्वत्थामा, कणिक तथा पुरोचन उठ कर खड़े ही नहीं हो गये, वे लोग एक साथ ही अपनी-अपनी बात कह भी रहे थे।

धृतराष्ट्र को लगा कि कुछ असाधारण घटित हुआ है; और फिर अनेक स्वरों से वह समझ गया कि कई लोग एक साथ बोलना चाहते हैं। उसने धीरे से आदेश दिया, "विदुर! इनसे एक-एक कर बोलने के लिए कहो।"

विदुर के कुछ कहने से पूर्व ही वे लोग जैसे अपने किसी मौन समझौते के अन्तर्गत एक-एक कर बैठ गये और अकेला कणिक खड़ा रह गया, "महाराज! युवराज की बात सुन कर यह तो स्पष्ट हो ही गया है कि वे महान् नीतिज्ञ एवं प्रजावत्सल शासक हैं। किन्तु महाराज! युवराज ने कदाचित् यह नहीं सोचा कि मदिरालय और द्यूतगृह राज्य की आय के कितने बड़े स्रोत हैं। युवराज चाहते हैं कि मदिरालय और द्यूतगृह बन्द कर दिये जायें, ताकि राज्य की आय का एक बड़ा स्रोत सूख जाये। मेरा यह आरोप है महाराज, कि सत्ता अधिग्रहण की दौड़ में आगे निकल जाने के लिए युधिष्ठिर लोकप्रिय नीतियों की घोषणाएँ कर रहे हैं, जो सम्राट्, साम्राज्य यहाँ तक कि स्वयं कुरुवंश की विरोधी हैं...।"

"महाराज!" विदुर बीच में ही बोला, "कृपया ध्यान दें कि यह द्यूत-संगठन अपने स्वार्थ के लिए महाराज के कानों में विष उँड़ेल रहा है। महाराज और युवराज में स्थायी मतभेद उत्पन्न कर रहा है।..."

"यही तो मैं भी कहना चाहता हूँ।" दुर्योधन उठ कर खड़ा हो गया, "युवराज यदि इस प्रकार सम्राट् का विरोध करेंगे तो सत्ता के इन दो अधीशों के इस मतभेद के कारण राज्य-कार्य सुचारु रूप से नहीं चल पायेगा।..."

विदुर अवाक्-सा दुर्योधन को देखता रह गया; किन्तु धृतराष्ट्र ने न तो विदुर की टिप्पणी पर कोई प्रतिक्रिया व्यक्त की, न दुर्योधन की!

और कणिक ने इस प्रकार पुनः बोलना आरम्भ किया, जैसे किसी और ने कुछ कहा ही न हो, "यदि राजकोष में धन ही नहीं आयेगा, तो राजा, प्रजा के प्रति अपना वात्सल्य कैसे प्रदर्शित करेगा? दूसरी बात यह है महाराज, कि ये प्रजा के मनोरंजन के स्थल हैं। उनका निषेध, होने पर प्रजा ऊब कर या तो द्रोह करेगी या राज्य द्वारा अनियन्त्रित मनोरंजन के साधन ढूँढ़ लेगी; अथवा उसकी ऊर्जा किन्हीं विध्वंसकारी गतिविधियों में लगेगी। या फिर यह भी सम्भव है कि वे लोग अपने घरों में गुप्त रूप से मदिरा का उत्पादन करें, उसका व्यवसाय करें। ऐसे में मदिरा तो बनेगी ही, प्रजाजन उसका सेवन भी करेंगे। अन्तर यही होगा कि राज्य को उसका कर नहीं मिलेगा और मदिरा के उत्पादन पर राज्य का नियन्त्रण न होने के कारण, मदिरा अधिक बनेगी और निकृष्ट कोटि की बनेगी। प्रजा उसका सेवन कर रोगी होगी। क्या युवराज चाहेंगे कि मदिरा के उत्पादन के कारण राज्य को जो कर मिलता है, वह न मिले; और राज्य द्वारा नियन्त्रित कुछ मदिरालयों के स्थान पर घर-घर

मदिरालय खुल जायें? क्या युवराज चाहेंगे कि लोग उत्तम मदिरा पी कर अपना मनोरंजन करने के स्थान पर घरों में निर्मित निकृष्ट मदिरा पीकर रोगी बन अपने प्राण गँवाएँ?" उसने रुक कर धृतराष्ट्र, युधिष्ठिर और भीम पर दृष्टि डाली, "यदि युवराज की नीति अपनायी गयी तो द्यूतगृहों के विषय में भी यही सत्य होगा। अभी तो हाट में कुछ गिने-गिनाये द्यूतगृह हैं, उनके बन्द होने पर घर-घर में द्यूत-क्रीड़ा होगी। उनसे कर प्राप्त करना राज्य के लिए सम्भव नहीं होगा। उनकी सुरक्षा-व्यवस्था राज्य कर नहीं पायेगा। कलह होगी, झगड़े होंगे, उत्पात होगा। और फिर कौन कह सकता है कि वेश्यावृत्ति भी प्रोत्साहित नहीं होगी! महाराज! युवराज यह भूल जाते हैं कि जब राजप्रासाद बनाये जाते हैं तो उसमें कूड़ा फेंकने का स्थान भी बनाना ही पड़ता है। यदि वह स्थान नहीं बनाया जायेगा, तो सारे घर में कूड़ा फैल जायेगा।" कणिक क्षणभर रुका और पुनः बोला, "और यदि यह सब जान कर भी युवराज राज्य और राजवंश के लिए समस्याओं का पर्वत खड़ा करना चाहते हैं, तो उन्हें कौन रोक सकता है! किन्तु वे स्मरण रखें कि आज जो कठिनाइयाँ वे वर्तमान महाराज के लिए खड़ी करना चाहते हैं, वे कल उनके सम्मुख भी आयेंगी, क्योंकि कल वे राज्य के स्वामी होंगे।"

अपने चेहरे पर एक धूर्त विजयिनी मुस्कान लिये कणिक अपने स्थान पर बैठ गया।

धृतराष्ट्र ने अपनी अन्धी आँखें युधिष्ठिर की दिशा में घुमायीं।

विदुर कोई कठोर बात कहने की तैयारी में था। उसे कणिक के तर्क बुरे नहीं लगे थे किन्तु उसका अभिप्राय जैसे काल-भुजंग के समान विदुर के सारे शरीर में अग्नि फैला गया था।...

तभी युधिष्ठिर बोला, "मैंने मन्त्री कणिक के विचार सुने हैं महाराज! उनके तर्कों की अवहेलना नहीं की जा सकती। किन्तु तर्क तो सदा ही पक्ष और विपक्ष दोनों ओर होते हैं। हमें प्रजा के साथ न्याय करना है तो हमें सत्य को देखना होगा, तर्क को नहीं। न्याय-भावना, सहानुभूति तथा विवेक से हीन तर्क-बुद्धि बहुत उपद्रवी होती है महाराज! मन्त्री कणिक के तर्क भी वैसे ही हैं। उनकी मूल धारणा है कि मदिरा और द्यूत मानव-जीवन की अनिवार्यताएँ हैं। जब इस दूषित धारणा पर विकृत बुद्धि द्वारा तर्क का भवन निर्मित किया जायेगा, तो परिणाम कणिक-नीति ही होगी।" युधिष्ठिर ने रुक कर जैसे प्रतिक्रिया जानने के लिए सबकी ओर देखा, "मैं यह जानता हूँ कि इस समय हस्तिनापुर में ही नहीं, प्रायः सारे जम्बूद्वीप में मदिरा और द्यूत, मनोरंजन के प्रमुखतम साधन हैं। मैं यह भी जानता हूँ कि क्षत्रियों ने ही इन्हें सबसे अधिक

प्रश्रय दे रखा है। राजवंशों में भी इनका बहुत प्रचलन है। वे भी इनके बिना नहीं रह सकते। यदि कोई क्षत्रिय द्यूतक्रीड़ा में सम्मिलित न होना चाहे तो उसे उसी प्रकार कायर, भीरु और कापुरुष समझा जाता है, जिस प्रकार युद्ध में सम्मिलित होने के अनिच्छुक क्षत्रिय को। किन्तु क्षत्रिय को वीर होना चाहिए, हिंस्र नहीं। उसे मनोरंजन करना चाहिए, मन की उदात्त वृत्तियों का भंजन नहीं। हमारे समाज ने ये कुछ कृत्रिम लक्षण क्षत्रियत्व के साथ जोड़ दिये हैं और मान लिया है कि जो द्यूतक्रीड़ा में सम्मिलित नहीं होता, मदिरा का सेवन नहीं करता, वह क्षत्रिय ही नहीं है।..."

"युवराज क्षत्रियत्व की परिभाषा न करें।" दुर्योधन ने उसे देखा, "स्वयं को राज्य की नीति-निर्धारण तक ही सीमित रखें।"

"ठीक है।" युधिष्ठिर अपनी बात की ओर लौटा, "मैं यही कह रहा था कि राज्य, मानव-कल्याण के लिए नीतियाँ बनाये तो मनुष्य को मनुष्य मानकर ही बनाये, उसे पशु मानकर नहीं। यदि हम दूषित वस्तुओं पर प्रतिबन्ध लगायेंगे और मनुष्य की सद्वृत्तियों को प्रेरित करेंगे, तो कोई कारण नहीं है कि मानव-मन का उचित विकास न हो।" युधिष्ठिर की दृष्टि जाकर भीष्म पर टिक गयी। भीष्म मुग्ध से हुए, उसकी ओर देख रहे थे। वह पुनः बोला, "राजा, प्रजा पर इसलिए कर लगाता है कि उस धन को प्रजा के कल्याण में लगाये। इसलिए नहीं कि उससे राजा, राजवंश अथवा राजकोश समृद्ध हों। यह धन यदि हम अपनी प्रजा को दुष्प्रेरित कर प्राप्त करते हैं, तो न इससे प्रजा का कल्याण है, न राज्य का और न राजा का। आर्य कणिक ने कदाचित् इस ओर ध्यान नहीं दिया कि राजा न तो स्वार्थान्ध व्यापारी है और न दस्यु—जो अपनी समृद्धि के लिए प्रजा के हितों की उपेक्षा करे। धनोपार्जन भी धर्म के माध्यम से ही होना चाहिए। धर्म से शून्य धन केवल पाप को ही प्रोत्साहित करता है। जो पदार्थ हमारी प्रजा के मन और आत्मा के लिए घातक है, उसका व्यापार कर हमने अपने लिए एक बड़ी राशि प्राप्त कर भी ली, तो अन्ततः वह लाभदायक नहीं होता है। केवल धनोपार्जन की दृष्टि से सोचा जायेगा, तो हमें दस्युओं को भी आमन्त्रित करना पड़ेगा कि आओ, प्रजा को लूटो और अपनी लूट का एक-चौथाई राज्य को कर-रूप में दे दो। क्या हम चाहेंगे कि हमारे राज्य की यह स्थिति हो जाये?..."

"किन्तु युवराज यह नहीं बता रहे कि राज्य की आय की यह हानि किस प्रकार पूरी करेंगे?" पुरोचन ने युधिष्ठिर की बात काट कर कहा।

विदुर ने देखा : सामान्यतः राजा और युवराज की बात काटने का साहस कोई नहीं करता, किन्तु आज दुर्योधन के मित्रों को इसमें तनिक भी संकोच

नहीं है। क्या इसलिए कि राजा उन्हें रोकते नहीं अथवा इसलिए कि आज युधिष्ठिर के भाई इस सभा में नहीं हैं और युधिष्ठिर अकेला पड़ गया है?

किन्तु अकेला पड़ जाने पर भी युधिष्ठिर हतप्रभ नहीं हुआ था। वह अपने पूर्ण तेज के साथ बोला, "राज्य की आय इसलिए होती है कि उससे प्रजा का कल्याण हो सके। यदि प्रजा का अकल्याण कर राज्य की आय बढ़ती है, तो उससे अच्छा है कि राज्य की आय न बढ़े। दूसरी बात यह है कि राजसभा ने जब भी विचार किया होगा, यही विचार किया होगा कि मदिरालयों और द्यूतगृहों से कितनी आय है। यह विचार कभी नहीं किया होगा कि उस कर को प्राप्त करने के लिए नियुक्त किये गये हमारे राजकर्मचारियों पर कितना व्यय हो रहा है। उस सारे व्यय को हमारी आय में से निकाल दिया जाये, तो ऐसी कितनी राशि बच जाती है, जिसके लिए हम प्रजा को ऐसे दूषित प्रलोभन दे रहे हैं, जिससे उनका जीवन नरक बन जाये? दूसरी ओर मुझे यह सूचना भी मिली है कि जिन राजकर्मचारियों को हम इसलिए नियुक्त करते हैं कि वे यह सारा कर उगाह कर राजकोष में जमा करायें, उन कर्मचारियों का सारा बल इस बात पर होता है कि वे मदिरालयों और द्यूतगृहों के स्वामियों से कर की आधी राशि ले कर उसे अपने पास रख लें और उन व्यापारियों को चुपचाप अपना व्यवसाय चलाने दें। इस प्रकार राज्य के कर का एक बहुत बड़ा अंश व्यवसायियों और राजकर्मचारियों में आधा-आधा बँट जाता है। राज्य को आय नहीं होती और प्रजा का अहित होता जाता है। इन सारे तथ्यों को ध्यान में रख कर मैं पूछता हूँ कि क्या राजसभा को यह विचार नहीं करना चाहिए कि हम किस लोभ में प्रजा के कल्याण की उपेक्षा कर रहे हैं?..."

"वाह युवराज!" इस बार शकुनि बोला, "आप चाहते हैं कि मदिरालय और द्यूतगृह बन्द कर दिये जायें? उनके स्वामियों का व्यापार समाप्त हो जाये और वे सम्मानित प्रजाजन भूखे मरें? उनके यहाँ काम करने वाले सेवक, भृत्य, दास-दासियाँ आजीविकाविहीन हो कर हस्तिनापुर की वीथियों में भिक्षाटन करें? इस विभाग के सारे राजपुरुष सेनानिवृत्त कर दिये जायें और फिर वे आजीविका की खोज में भटकते हुए महाराज को शापित करते रहें? युवराज! क्या ये लोग भी आपकी प्रजा नहीं हैं? क्या इनके हित के विषय में आपको कुछ नहीं सोचना चाहिए?"

"इतने लोगों की आजीविका के लिए क्या हम अपनी सारी प्रजा को इस नारकीय भोग की बलि चढ़ा दें?" युधिष्ठिर ने तेजस्वी वाणी में कहा, "और आजीविका के साधनों का कोई अन्त तो है ही नहीं। यदि हम कृषि और उद्योग का विकास करते हैं, उपयोगी शिल्प और ललित कलाओं को समृद्ध

करते हैं, तो उनमें इतने से लोगों के लिए अवश्य ही काम निकल आयेगा। वे परिश्रम करेंगे और अपनी आजीविका पायेंगे। दूसरी ओर प्रजा का अकल्याण भी नहीं होगा।" युधिष्ठिर ने रुक कर शकुनि को देखा "राज्य की आय प्रजा को समृद्ध कर बढ़ायी जाती है, प्रजा का शोषण कर नहीं। राजा प्रजा का पालन करता है, उसके साथ द्यूत खेल कर उसे वंचित नहीं करता।..."

युधिष्ठिर शायद और भी कुछ कहता, किन्तु दुर्योधन तड़प कर बीच में ही बोला, "तुम बार-बार प्रजा के हित की बात कर रहे हो; जैसे प्रजा का हित सोचने वाले अकेले तुम ही हो! यह क्यों नहीं सोचते कि सुरापान राजप्रासाद में भी होता है? महाराज भी करते हैं सुरापान। क्या तुम कहना चाहते हो कि महाराज दुर्व्यसन से ग्रस्त हैं? द्यूत हम भी खेलते हैं। मातुल इस कला के पण्डित हैं। तुम उन्हें अपमानित करना चाहते हो?"

"दुर्योधन! युवराज से इस प्रकार सम्बोधित नहीं हुआ जाये।" भीष्म जैसे अनायास ही बीच में बोल पड़े; और फिर कुछ सोच कर धृतराष्ट्र की ओर मुड़े "राजन्! दुर्योधन का व्यवहार राजसभा की मर्यादा के अनुकूल नहीं है।"

"रुष्ट न हों पितामह!" उत्तर में युधिष्ठिर ही बोला, "मैं यह जानता हूँ कि राजकुमार दुर्योधन, उनके मित्र अंगराज कर्ण तथा मातुल शकुनि द्यूत खेलते हैं; मैं यह भी जानता हूँ कि वे लोग द्यूत-संगठनों को चलाते भी हैं। सम्भवतः इसीलिए मेरी बात से दुर्योधन की भावनाएँ आहत हुई हैं। उसे लगा कि मैंने उसके पिता और मातुल पर आक्षेप किये हैं; यद्यपि यह सत्य नहीं है। महाराज और मातुल शकुनि मेरे लिए भी उतने ही आदरणीय हैं, जितने वे दुर्योधन के लिए हैं। किन्तु महत्त्वपूर्ण बात यह है कि नीति की चर्चा करते हुए मेरे सामने व्यक्ति नहीं होते। नामों को सम्मुख रख कर हम नीति-निर्धारण नहीं कर सकते। हमें नीति को व्यक्ति से बड़ा मानना होगा, चाहे वह व्यक्ति अपने-आपमें कितना ही बड़ा क्यों न हो। व्यक्ति के व्यसन अथवा दुर्व्यसन का निषेध चाहे सम्भव न हो, किन्तु राज्य की नीति में प्रजा के अकल्याण का निषेध होना ही चाहिए।"

"ठीक है युवराज! मैं समझ गया कि तुम अत्यन्त नीतिवान हो।" धृतराष्ट्र के स्वर में स्पष्ट व्यंग्य था, "किन्तु नीतियों पर विचार करने के लिए अभी तुम्हारी आयु पड़ी है। इस समय तो केवल इतना ही बताओ की हाट में जो घटना घट चुकी है, उसकी पुनरावृत्ति को रोकने तथा व्यापारियों को आश्वस्त करने के लिए क्या किया जाये?"

युधिष्ठिर के कुछ कहने से पहले ही दुर्योधन बोला, "महाराज! मेरा विचार है कि व्यापारियों की सम्पत्ति की रक्षा के लिए हाट में हमें सैनिकों की संख्या

बढ़ा देनी चाहिए। और चूँकि उनकी सम्पत्ति की रक्षा के लिए राजकीय सैनिक वहाँ रखे जा रहे हैं, इसलिए उन सैनिकों पर होने वाला दैनिक व्यय उन व्यापारियों से उगाहा जाये। इससे राज्य को अतिरिक्त सैनिकों का व्यय नहीं उठाना पड़ेगा और व्यापारी भी आश्वस्त हो जायेंगे।..."

"युवराज का क्या विचार है?" धृतराष्ट्र ने पूछा।

"मेरे विचार से हाट में अतिरिक्त सैनिक भेजना उचित ही है। इससे व्यापारियों में ही नहीं, हाट में आने-जाने वाले सामान्य-जन में भी आत्मविश्वास जागेगा। उपद्रव करने वालों में भय का संचार होगा। किन्तु, उन सैनिकों का व्यय व्यापारियों से लेना उचित नहीं होगा। राजा का कार्य शासन है, व्यापार नहीं। हम यदि सैनिक भेजने का शुल्क व्यापारियों से लेंगे, तो यह शासन नहीं, व्यापार होगा। उससे यह नयी प्रथा आरम्भ होगी कि जो भी व्यक्ति अथवा समुदाय, जब कभी राजकीय सैनिकों की सेवा प्राप्त करना चाहेगा, उसका शुल्क दे कर, वह सेवा प्राप्त कर लेगा; और जिस व्यक्ति अथवा समुदाय के पास शुल्क चुकाने के लिए धन नहीं होगा, वह राजकीय सैनिकों की सेवाएँ प्राप्त नहीं कर सकेगा।..."

"किन्तु उन सैनिकों पर जो व्यय होगा, वह कहाँ से आयेगा?" दुःशासन ने एक महत्त्वपूर्ण प्रश्न पूछने की-सी भंगिमा बना कर कहा।

"उसके लिए हम प्रजा से कर लेते हैं।" युधिष्ठिर बोला, "सारी प्रजा राजा को कर देती है। कोई यह नहीं कहता कि इस मास अथवा इस वर्ष राज्य ने उसकी रक्षा के लिए सैनिक नहीं भेजे, अतः वह कर नहीं देगा। प्रजा नियमित कर देती है, अतः राज्य को उन सबकी रक्षा करनी ही है—किसी एक वर्ग, सम्प्रदाय, जाति अथवा गोत्र की नहीं, सम्पूर्ण प्रजा की।" युधिष्ठिर क्षण भर थम कर बोला, "इसलिए मेरा विचार है कि हम सैनिकों की संख्या तो बढ़ा ही दें, उसके साथ-ही-साथ उन सारे लोगों को तत्काल बन्दी किया जाये, जिन्होंने हाट में उपद्रव किया है तथा उन दोनों व्यक्तियों को भी दण्डित किया जाये, जिन्होंने द्यूतगृह में झगड़ा आरम्भ किया था।...इसमें ज्यादा विलम्ब होने से प्रजा में संदेह तथा अनुत्साह का संचार होगा।..."

"मेरे विचार से यह अनुचित होगा महाराज!" दुर्योधन विरोध में पुनः उठ खड़ा हुआ, "हमें तो मात्र इन घटनाओं की पुनरावृत्ति रोकनी है, अनावश्यक रूप से अधिक-से-अधिक लोगों को बन्दी बना कर, दण्डित करके राज्य के शत्रुओं की संख्या में वृद्धि करना नीति-संगत नहीं है।" उसका आवेश क्रमशः मुखर होता जा रहा था, "किस-किसको बन्दी करेंगे आप, उस उपद्रव के लिए? उसमें पूरी-की-पूरी भीड़ सम्मिलित थी—सहस्रों लोग! आधा हस्तिनापुर बन्दी

कर लेंगे आप? उपद्रवों के लिए कभी किसी को अपराधी नहीं ठहराया जाता! वह तो प्राकृतिक आपदाओं के समान एक आकस्मिक और स्वतःस्फूर्त आपदा है, जिसकी चपेट में कोई भी आ सकता है, कोई भी उस सामूहिक आखेट की बलि चढ़ सकता है।"

"राजकुमार दुर्योधन एकदम ठीक कह रहे हैं महाराज!" कर्ण ने उसका समर्थन किया, "इस प्रकार की दुर्घटनाओं में लोगों को अपराधी ठहराने के लिए हम प्रमाण कहाँ से लायेंगे! वह तो एक सामयिक आवेश था। आवेश शान्त होते ही सब ओर शान्ति हो गयी है। ऐसे कृत्य न तो शत्रुता से किये जाते हैं, न अपराध-भावना से।"

"नहीं! मैं इससे सहमत नहीं।" युधिष्ठिर कुछ और अधिक दृढ़ता से बोला, "सामूहिक कृत्य होने के कारण कोई अपराध क्षम्य नहीं हो जाता। अपराध तो अपराध ही रहेगा, चाहे वह व्यक्ति करे, समूह करे अथवा समुदाय करे। यदि आज हम इस उपद्रव को क्षमा कर देंगे, क्योंकि इसमें बहुत सारे लोग सम्मिलित थे, तो अपराधी समय-समय पर अपना लाभ देखते हुए इस प्रकार के उपद्रवों का आयोजन करते रहेंगे। निरपराध लोगों की हत्याएँ होंगी और उनकी सम्पत्ति लूटी जायेगी। अपराधियों को कठोरतम दण्ड दिया जाना चाहिए, न कि उनके लिए अपराध करने की एक सुविधाजनक विधि का निर्माण करना चाहिए।"

"तुम क्या चाहते हो युधिष्ठिर! जो निरपराध लोग किसी क्षणिक उन्माद में उस उपद्रव में सम्मिलित हो गये, उनका वध कर दिया जाये?" दुर्योधन की भंगिमा तर्क करने की नहीं, झगड़ा करने की थी।

"मैं तो यह चाहता हूँ कि शान्तिप्रिय निरपराध प्रजा को यह ज्ञात हो जाये कि उन्माद उनका न विशेषाधिकार है, न ही ऐसा कवच, जिसे ओढ़ कर वे किसी की हत्या कर दें अथवा किसी का धन लूट लें अथवा किसी की सम्पत्ति जला डालें। शान्तिप्रिय अनुशासन-बद्ध प्रजा को अपने उन्माद और भावनाओं को नियन्त्रित रखना सीखना होगा, अन्यथा अपराधीजन केवल इसलिए प्रजा के सिरमौर हो जायेंगे, क्योंकि वे प्रजा की भावनाओं से खिलवाड़ कर उपद्रव करवा सकते हैं; और इसका परिणाम होगा—निरपराध तथा शान्तिप्रिय प्रजा की हानि तथा अपराधी मनोवृत्ति द्वारा समाज का स्थायी नेतृत्व!"

"मैं युधिष्ठिर से सर्वथा असहमत हूँ।" दुर्योधन तमक कर खड़ा हो गया।

उसके साथ ही दुःशासन, कर्ण, अश्वत्थामा, शकुनि, कणिक तथा पुरोचन भी उठ खड़े हुए, "हम युवराज से सहमत नहीं हैं।"

इस बार धृतराष्ट्र ने युधिष्ठिर को बोलने का अवसर नहीं दिया, "ठीक

है। मुझे लगता है कि इस विषय में राजसभा में पर्याप्त मतभेद है। अतः इस विषय में अधिक चिन्तन-मनन की आवश्यकता है। जब तक हम एकमत नहीं हो जाते, तब तक न तो नीति-निर्धारण हो सकता है, न उसका कार्यान्वियन।"

और धृतराष्ट्र ने सिंहासन से उठ कर दासी का कंधा पकड़ने के लिए हाथ बढ़ा दिया।

3

युधिष्ठिर ने स्वयं को बहुत संयत रखा था, किन्तु फिर भी उसकी चेतना पर एक प्रकार की खिन्नता छा गयी थी। सभा-भवन से बाहर निकलते हुए वह सोच रहा था कि यद्यपि दुर्योधन आज तक उसका विरोध ही करता आया था, किन्तु उसने भी इस प्रकार का विरोध कभी नहीं किया था। यह विरोध नहीं था, झगड़ा था। क्या केवल इसलिए कि आज भीम यहाँ नहीं था? वह अकेला था और दुर्योधन अपने भाइयों और मित्रों के साथ उस पर भारी पड़ सकता था? क्या विचार-विमर्श में भी संख्या और शारीरिक बल का महत्त्व अधिक हो जायेगा? क्या बुद्धि, विवेक, न्याय और तर्क का कोई महत्त्व नहीं है? क्या कुरुओं की राजसभा में भी वन्य पशुओं के समान, पशु-बल से ही निर्णय किया जायेगा? क्या वह इसलिए पराजित हो जायेगा, क्योंकि उसका विरोध करने वाले संख्या में अधिक हैं? धर्म इसलिए त्याज्य हो जायेगा, क्योंकि वह कुछ महत्त्वपूर्ण लोगों की इच्छा के मार्ग में विघ्न उत्पन्न करता है?...

तभी विदुर ने आकर उसके कंधे पर हाथ रखा, "बहुत खिन्न हो पुत्र?"

युधिष्ठिर मुस्कराया भर, कुछ बोला नहीं। उसने जैसे अपने-आपसे ही प्रश्न किया—'क्या उसकी खिन्नता, उसके चेहरे से ही प्रदर्शित हो रही है?'

"चलो मेरे साथ।" विदुर उसे अपने रथ की ओर ले आया, "बैठो।"

युधिष्ठिर रथ में बैठ गया तो विदुर ने सारथि से कहा, "तुम युवराज के रथ और सारथि को लेकर आओ।"

"काका! लाइए, मैं सारथ्य करता हूँ।" युधिष्ठिर बोला।

"नहीं युवराज!" विदुर ने उत्तर दिया, "मन्त्री के रहते युवराज को सारथ्य-कर्म नहीं करना होगा।" और अश्वों को हाँककर, उसने बात आगे बढ़ायी, "युधिष्ठिर! आज मैंने देखा कि तुम एक विचारशील, न्यायी तथा प्रजावत्सल राजा के समान राज्य की समस्याओं पर विचार कर सकते हो। आपत्तियों का उत्तर दे सकते हो। विरोधियों को संयत कर सकते हो। मुझे प्रसन्नता हुई पुत्र!" विदुर

ने रुककर उसे देखा, "किन्तु तुमने देखा, महाराज तुम्हारा पक्ष नहीं लेते, आचार्य द्रोण तुम्हारा समर्थन नहीं करते; तुम्हारे पितामह सिर झुकाये सब कुछ चुपचाप सुनते रहते हैं और मन-ही-मन कुछ बुनते रहते हैं। तुम्हारे विरोधी बहुत संगठित तथा आक्रामक हैं, और संख्या में बहुत अधिक। वाह्लीक, सोमदत्त तथा भूरिश्रवा जैसे तटस्थ लोग सर्वथा मौन हैं।..."

"देखा है काका!" युधिष्ठिर बहुत धीरे से बोला।

"पुत्र! क्या तुम्हें यह नहीं लगा कि कुरुओं की यह सभा अब सत्य बोलने का स्थान नहीं रही?" विदुर बोला, "तुमने उस दिन आनृशंसता के आधार पर सैनिक अभियान का विरोध किया था तो सैद्धान्तिक चर्चा में आचार्य द्रोण के दोष प्रकट होने लगे थे। वे तुमसे रुष्ट हो गये। आज तुम्हारे नीति-विवेचन से स्वयं महाराज अप्रसन्न हुए। उनके पुत्र तथा पक्षधर तो पहले ही तुम्हारे विरोधी हैं...।"

"पर काका! मैं तो केवल सत्य का विश्लेषण कर रहा था।"

"भ्रष्ट समाज में सत्य का विवेचन किसी को रुचिकर नहीं होता पुत्र!" विदुर बोला, "तुम जितना सत्य बोलोगे, नीति और धर्म का आग्रह करोगे, राजसभा में अपने लिए उतने ही विरोधी तथा शत्रु उत्पन्न करोगे।"

"किन्तु वे लोग क्यों नहीं चाहते कि राज्य में न्याय हो?"

"क्योंकि न्याय उनके स्वार्थ का विरोधी है!"

युधिष्ठिर ने आश्चर्य से विदुर को देखा, "क्या प्रजा का न्यायपूर्वक पालन राजा का स्वार्थ नहीं है?"

"यह सात्विक बुद्धि का तर्क है पुत्र!" विदुर मुस्कराया, "किन्तु जहाँ स्वार्थ की परिभाषा ही बदल चुकी है, जहाँ प्रजा सन्तान के समान प्रिय न होकर आखेट का साधन हो, वहाँ राजा का स्वार्थ प्रजापालन में नहीं होता।" विदुर ने रुक कर युधिष्ठिर को देखा, "क्या तुमने ध्यान नहीं दिया कि उपद्रवियों को दण्ड देने में न राजा की रुचि है, न उनके पुत्र और उसके मित्रों की!"

"क्यों?"

"तुम जानते हो, वे लोग कौन हैं?" विदुर ने पूछा।

"इसमें जानने को क्या है?" युधिष्ठिर बोला, "वे अपराधी हैं, क्या यह पर्याप्त नहीं है?"

"नहीं!" विदुर ने उत्तर दिया, "यदि तुम्हें यह मालूम हो जाये कि मदिरा पी कर उपद्रव करने वाला स्वयं दुर्योधन का सारथि था, तो क्या तब भी तुम यही कहोगे? यदि तुम्हें ज्ञात हो कि हाट में से लूटी गयी मूल्यवान वस्तुएँ उपद्रवियों के माध्यम से पुरोचन और कणिक के घर पहुँचा दी गयी हैं, तो? तुम क्या

समझते हो कि पुरोचन और कणिक इतने न्यायप्रिय हैं कि वे अपना अपराध स्वीकार कर, दण्ड के लिए न्यायाधिकरण में आत्मसमर्पण कर देंगे?"

युधिष्ठिर जैसे स्तब्ध रह गया। उसके मुख से शब्द निकलने में कुछ क्षण लगे, "पुरोचन और कणिक! किन्तु वे तो मन्त्री हैं! उनके पास धन का अभाव तो नहीं! फिर?..."

"धन का भाव और अभाव तो अपनी सन्तोष-रेखा का नाम है पुत्र! उतने धन से उन्हें सन्तोष नहीं।"

"तो दुर्योधन क्यों उनका समर्थन करता है? उसे क्या लेना-देना है कणिक, पुरोचन और अपने सारथि से? इनके दण्डित होने पर उसे दूसरा सारथि नहीं मिलेगा या दूसरे मन्त्री नहीं मिलेंगे?" युधिष्ठिर जैसे अब भी विश्वास नही कर पा रहा था।

"यदि वह अपराधियों, दुर्वृत्तों, अन्यायी स्वार्थियों का पालन-पोषण कर उन्हें अपने साथ नहीं मिलायेगा तो राज्याधिकार प्राप्त करने में उसके अन्यायपूर्ण षड्यन्त्रों में उसका समर्थन कौन करेगा?" विदुर ने सर्वथा तटस्थ भाव से पूछा।

"मेरे युवराज बन जाने के पश्चात् भी क्या उसने राज्याधिकार प्राप्त करने का प्रयत्न छोड़ा नहीं है?" युधिष्ठिर को आज विदुर की दी हुई प्रत्येक सूचना आश्चर्य में डाल रही थी।

"उसके व्यवहार से तुम्हें ऐसा लगता है क्या?" विदुर ने रथ को अपने फाटक के भीतर मोड़ा, "पहले वह राज्य प्राप्त करने के लिए प्रयत्न कर रहा था, अब संघर्ष कर रहा है।"

रथ रुक गया। वे दोनों उतरे।

पारंसवी ने द्वार पर उनका स्वागत किया, "अरे, आज तो युवराज भी आये हैं! स्वागत युवराज!"

"प्रणाम काकी!" युधिष्ठिर बोला, "मेरी तो हानि ही हुई। कल तक जिनका पुत्र था, आज उनका युवराज मात्र रह गया।"

"यदि ये मन्त्री हो कर भी पति हो सकते हैं, तो तुम युवराज होकर पुत्र क्यों नहीं हो सकते?" पारंसवी हँसी, "वैसे मैं जानती हूँ कि आप अपने भ्रातुष्पुत्र से चर्चा करने के लिए उसे अपने घर नहीं लाये, मन्त्री विदुर अपने युवराज से कोई गोपनीय चर्चा करने के लिए ही उसे यहाँ लाये हैं।"

"भोजन?" विदुर ने पूछा।

"तैयार है। आइए।"

वे भोजन करने बैठे, किन्तु दोनों में से किसी का भी ध्यान भोजन की

ओर नहीं था।

विदुर ने बात आरम्भ की, "मैं यह कह रहा था कि दुर्योधन अब प्रयत्न से संघर्ष तक आ गया है। आज का उसका सारा व्यवहार यही सिद्ध करता है। सम्भव है, भविष्य में वह षड्यन्त्र और फिर युद्ध तक पहुँचे।"

इस बार युधिष्ठिर ने कोई आश्चर्य प्रकट नहीं किया। उसके चेहरे पर कोई उद्वेग भी प्रकट नहीं हुआ। वह चुपचाप बैठा खाता रहा और फिर सहज भाव से बोला, "आपको ऐसा क्यों लगता है?"

"क्या तुम्हें नहीं लगता?" विदुर बोला, "राजसभा में बार-बार ऐसी चर्चाएँ आयेंगी। तुम सत्य-विवेचन करोगे; नीति और धर्म की बात करोगे। राजसभा में तुम्हारा विरोध बढ़ेगा।"

"क्यों? सत्य का समर्थन कोई नहीं करेगा?"

"न वे करेंगे जो अनधिकारपूर्वक सिंहासन का अधिग्रहण किये बैठे हैं; और न वे करेंगे, जिनके मुख स्वर्ण-मुद्राओं से भर दिये गये हैं।"

युधिष्ठिर ने मुख उठा कर विदुर की ओर देखा।

"आजकल दुर्योधन की ओर से सभासदों और अधिकारियों को बड़े-बड़े उपहार दिये जा रहे हैं।"

"क्या सभासदों को धन से क्रय किया जा सकता है?"

"प्रत्येक व्यक्ति की अन्तरात्मा का मूल्य स्वर्ण के तौल में भी होता है पुत्र!" विदुर बोला, "किसी का कम, किसी का कुछ अधिक! स्वार्ण के मोह से मुक्त हुए लोग संसार में बहुत कम होते हैं। और जो होते हैं, वे राजसभाओं में उपस्थित नहीं होते।"

युधिष्ठिर ने बहुत शान्त दृष्टि से विदुर को देखा, "काका! अनेक बार मेरे मन में आता है कि मैं यह राज्य छोड़ दूँ।"

"क्यों?" विदुर ने जैसे सकपका कर पूछा।

"कुल की शान्ति के लिए।" युधिष्ठिर बोला, "हम पाँचों भाई कहीं भी अपना जीवन सुख से व्यतीत कर सकते हैं। दुर्योधन यदि राज्य के बिना जी नहीं सकता, तो राज्य वही ले ले।"

विदुर कुछ क्षण चिन्तनलीन रहा और फिर बोला, "मैं जानता हूँ कि तुम्हारे मन में ऐसे विचार उठते होंगे। मेरे मन में भी उठे थे। किसी समय पितृव्य भीष्म के मन में भी कुछ ऐसे ही विचार उठे होंगे। पुत्र! पितृव्य ने राज्य न त्यागा होता तो आज कुरुवंश और हस्तिनापुर के राज्य का रूप ही कुछ और होता। उनके उस त्याग का फल हम आज भी भुगत रहे हैं। तुम्हारे पिता भी धृतराष्ट्र को राज्य सौंप वन न गये होते, तो भी स्थिति भिन्न होती।"

विदुर ने आँखों-ही-आँखों में युधिष्ठिर को तौला, "तुम क्या समझते हो कि तुम राज्य का त्याग कर दोगे तो कुरु-कुल में सर्वथा शान्ति हो जायेगी? दुर्योधन संतुष्ट और निष्क्रिय हो जायेगा?"

"राज्य पा कर भी संतुष्ट नहीं होगा वह?"

"नहीं! उसे सदा यह भय सतायेगा कि तुम अपना राज्य लौटा लेने का प्रयत्न करोगे; इसलिए पुत्र! वह तुम पाँचों में से किसी को भी जीवित नहीं रहने देगा। सत्ता पूर्णरूपेण उसके हाथों में आ गयी तो तुम लोग अपनी माता के साथ अपने प्राण बचाने के लिए इधर-उधर भागते दिखायी दोगे।" विदुर बोला, "और यह राज्य तुम्हें अधिकार के रूप में नहीं, दायित्व के रूप में सौंपा गया है। तुम अपना दायित्व छोड़ कर नहीं भाग सकते। तुम्हारे भाई तुम्हें राज्य त्यागने नहीं देंगे; तुम्हारी माता इसे स्वीकार नहीं करेंगी। कृष्ण तुम्हें इस प्रकार हस्तिनापुर का राज्य दुर्योधन के व्याज से जरासंध को सौंपने नहीं देगा। और प्रजा? तुम अपने कर्तव्य से कायरों के समान भाग नहीं सकते युधिष्ठिर!"

"आप ठीक कहते हैं काका! किन्तु यदि मैं भी इस राज्य के लिए उतना ही लालायित रहूँ, जितना कि दुर्योधन है, तो मुझमें और उसमें अन्तर ही क्या रह जायेगा?"

"तुम कुरुओं के इस राज्य को अपने पूर्वजों के यश की रक्षा और प्रजा के न्यायपूर्ण पालन के लिए ग्रहण करो। तुम अपने भाइयों और माता के प्राणों की रक्षा और उनके भरण-पोषण के लिए इस राज्य को धारण करो। राज्य वस्तुतः उनके लिए ही होता है, जिन्हें उसका मोह नहीं होता, जो उसके दास नहीं, स्वामी होते हैं। मुझे भय है युधिष्ठिर, कि यदि तुम इसी प्रकार सोचते रहे तो अपने पितामह के समान तुम्हारे व्यक्तित्व का क्षत्रिय तत्त्व तुम्हें राज्य त्यागने नहीं देगा और ब्राह्मण तत्त्व उसे ग्रहण करेगा नहीं; उससे राज्य की भी दुर्गति होगी और तुम्हारी भी!...और यदि किसी प्रकार तुम राज्य छोड़ भी दो, तो तुम्हारे स्थान पर भीम का राज्याभिषेक होगा, दुर्योधन का नहीं। कुल की अशान्ति तब इससे भी कहीं अधिक बढ़ जायेगी।"

"तो मुझे क्या करना है काका?"

"सावधान रहो। अपनी आँखें खुली रखो। निश्चिन्त हो कर तुम नहीं जी सकते। तुम्हारे चारों ओर भिन्न-भिन्न प्रकार के षड्यन्त्र चल रहे हैं। तुम्हारे भाई युद्ध के बहाने तुमसे दूर भेज दिये गये हैं और..."

युधिष्ठिर ने जैसे चिन्ताओं में से स्वयं को बलात् बाहर निकाला, "और क्या काका?"

"मथुरा में कृष्ण और उसके यादव बहुत कठिन स्थिति में घिर गये हैं।

एक ओर से जरासंध बढ़ता चला आ रहा है और दूसरी ओर से कालयवन! स्पष्ट है कि मथुरा के पास इतनी सैनिक शक्ति नहीं है कि वह इन दोनों का सामना कर सके। मुझे सूचना मिली है कि कृष्ण सारे यादवों के साथ मथुरा खाली कर, किसी सुरक्षित स्थान पर चले जाने की योजना बना रहा है..."

"क्या हम उनकी कोई सहायता नहीं कर सकते?" युधिष्ठिर ने व्याकुल हो कर पूछा।

"भीम, अर्जुन, नकुल और सहदेव यहाँ नहीं हैं। पितृव्य भीष्म, आचार्य द्रोण, कृपाचार्य, दुर्योधन, दुःशासन, कर्ण तथा अश्वत्थामा—यादवों की ओर से युद्ध करेंगे नहीं। महाराज धृतराष्ट्र क्यों जरासंध तथा कालयवन के विरुद्ध युद्ध कर अपनी सेना और कोश की क्षति करेंगे?...और सबसे बड़ी बात यह है पुत्र, कि कृष्ण यदि स्वयं ही मथुरा खाली कर युद्ध टाल रहा है, तो तुम उसकी ओर से युद्ध कैसे कर सकते हो? किन्तु मैं तुमसे यह नहीं कह रहा था कि तुम कृष्ण की सहायता करने जाओ। मैं तो तुम्हें मात्र इतना ही बता रहा था कि इस समय कृष्ण की ओर से किसी सहायता की आशा में भी मत रहो।" विदुर ने उसे देखा, "जो कुछ करना है, अपने बल पर करना है, कहीं से कोई सहायता नहीं आयेगी। तुम अकेले हो और चारों ओर से शत्रुओं से घिरे हुए हो, अतः सावधान रहो।"

भीष्म का मन बहुत खिन्न था।...क्या हो गया है कुरुओं की राजसभा को? प्रजा आ कर पुकार रही है कि नगर में उपद्रव हुआ है और राजा खड्ग खींचकर तत्काल घटनास्थल पर नहीं पहुँचता; नगरपाल अपराधियों को बाँध कर नहीं लाता। राजसभा में विचार होता रहता है कि उपद्रवियों को दण्डित किया जाये या न किया जाये।...धृतराष्ट्र का राज्य तो ऐसा ही होगा। सौवीर का राजा यदि हस्तिनापुर नरेश की अवज्ञा करेगा तो उसको दण्डित करने के लिए सेना हस्तिनापुर से चल कर जायेगी, किन्तु मुट्ठी भर अपराधी, हस्तिनापुर के ही हाट में राज-शक्ति की अवज्ञा कर, प्रजा को पीड़ित करते हैं, तो राजसभा निर्णय नहीं कर पाती कि उपद्रवियों को दण्डित भी किया जाना चाहिए अथवा नहीं। भीष्म को लगने लगा है कि हस्तिनापुर का राजा अब उपद्रवियों और अपराधियों को अभय दान कर रहा है।

वे ठीक ही सोच रहे थे कि धृतराष्ट्र को अब सिंहासन छोड़ कर हट जाना चाहिए। युधिष्ठिर की नीति ठीक है; और वह शासन करने में समर्थ भी दिखायी पड़ता है। वह चाहता था कि उपद्रवियों को बन्दी बनाकर दण्डित किया जाये; किन्तु जाने क्यों धृतराष्ट्र को लगने लगता है कि किसी मद्यप

को दण्डित करना, जैसे स्वयं धृतराष्ट्र पर ही कोई आरोप है! जैसे उसकी भी मदिरा बन्द कर दी जायेगी...

और सहसा भीष्म को लगा कि उनके मन में कुछ नयी बातें उद्‌घाटित होने लगी हैं...युधिष्ठिर की सात्विकता, धृतराष्ट्र, दुर्योधन, दुःशासन, शकुनि तथा कर्ण के लिए ही नहीं, अनेक मन्त्रियों और सभासदों के लिए भी कष्टकारी होती जा रही है। उन लोगों के मध्य उसकी उपस्थिति कुछ वैसी ही है, जैसी धूलिधूसरित लोगों के मध्य स्नान कर आये किसी स्वच्छ व्यक्ति का आना। वह मुख खोलता है तो व्यक्तियों और व्यक्तिगत सम्बन्धों को बीच में लाये बिना सत्य बोलने लगता है। उससे अनेक सभासदों के दोष उद्‌घाटित होने लगते हैं। उस दिन आनृशंसता का प्रतिपादन करने बैठा तो आचार्य द्रोण के मन का कलुष कैसे उभर कर सम्मुख आ गया!...आज उसने मदिरालयों और द्यूतगृहों के विरुद्ध कहा तो कितने ही सभासद कट कर रह गये—ये ही लोग तो चलाते हैं मदिरालय और द्यूतगृह! युधिष्ठिर ने तो द्यूत-संगठनों को ले कर दुर्योधन, शकुनि और कर्ण का नाम भी लिया था। राजशक्ति का केन्द्र ही विगलित हो चुका है। स्वयं धृतराष्ट्र भी आक्षेपों के चक्रव्यूह में घिर गया है। तभी तो दुर्योधन इतना तड़प रहा है।...

किन्तु राजनीतिक दृष्टि से युधिष्ठिर के लिए यह सब अच्छा नहीं है।

अभी-अभी तो उसका युवराज्याभिषेक हुआ है। अभी उसे अपनी सत्ता प्रतिष्ठित करनी है; शक्ति बढ़ानी है; राजसभा, सेना और प्रजा में अपना समर्थन जुटाना है। यदि वह सत्य बोलता रहा और उसका विरोध बढ़ता गया, तो वह दुर्बल होता जायेगा और कोई भी शक्तिशाली राजपुरुष उसकी बाँह पकड़, उसे सिंहासन से नीचे उतार देगा। मथुरा के उग्रसेन के साथ यही तो हुआ था। स्वयं उसके अपने पुत्र ने न केवल उसे सिंहासनच्युत किया वरन् कारागार में डाल दिया। शक्तिशाली यादव कुलवृद्धों में से किसी ने एक शब्द भी नहीं कहा, कंस के विरुद्ध!...मात्र अधिकार से तो कुछ नहीं होता। मानव-समाज में अधिकार प्राप्त करने के लिए शक्ति की आवश्यकता होती है और प्राप्त किये गये अधिकार को बनाये रखने के लिए समर्थन की!...आज तो युधिष्ठिर के विरुद्ध उठने वाला आक्रोश स्पष्टतः संगठित दिखायी दे रहा था। अब वह समय तो रहा नहीं कि किसी दोषी को उसका दोष बताया जाये तो वह उसे स्वीकार कर लज्जित हो, अपने आचरण को सुधारे। वे तो अपना रोष जताते हैं कि उनको अपराधों से रोका क्यों जा रहा है। अपने दूषित कृत्यों के लिए लोग तर्क करते हैं। उसे अपना अधिकार मानते हैं। यदि युधिष्ठिर मदिरा और द्यूत की और निन्दा करता, तो कदाचित् राजसभा में ही उनकी

प्रशंसा करने वाले लोग भी निकल आते। शायद वे लोग यह भी सिद्ध करने का प्रयत्न करते कि युधिष्ठिर ही बहुत अधिक शुद्धतावादी है; वह जीवन को अत्यन्त नीरस और संकीर्ण कर देना चाहता है, जीवन के सुख और भोग को नष्ट कर देना चाहता है।...

भीष्म को लगा, उनकी युवावस्था से आज तक लोग कितने बदल गये हैं। सात्विकता, शुद्धता और तपस्या को मूर्खता मानने लगे हैं ये लोग। भोग की प्रवृत्ति बढ़ती ही जा रही है—धर्म-अधर्म के विचार को त्याग कर! कोई यह सोचना ही नहीं चाहता कि जीवन क्या है? इसका लक्ष्य क्या है? जीने की ठीक विधि क्या है? वन्य-शूकर के समान, सिर झुकाकर भोग की ओर भागे जा रहे हैं। कोई सीमा नहीं है भोग की। जिसके पास जितना धन है, उसकी तृष्णा उतनी ही अधिक है। सारा क्षत्रिय समाज जैसे धृतराष्ट्र के समान दृष्टिहीन होकर और अधिक, और अधिक भोग की ओर लपक रहा है।... अपनी बाल्यावस्था में भीष्म ने जिन व्यसनों को क्षत्रियों के नाश के रूप में देखा था, उन्हें अब क्षत्रिय समाज गर्वपूर्वक अंगीकार ही नहीं कर रहा, उसका प्रदर्शन भी कर रहा है। मदिरा, द्यूत, मृगया, कामोत्सव...युधिष्ठिर अपवाद है...युधिष्ठिर के सारे भाई ही शायद अपवाद हैं। उनका पिता नहीं है, किन्तु कुन्ती ने उन्हें इन व्यसनों से बचाये रखा है, या फिर उनके ये जन्मजात गुण हैं,...या फिर इस परिवार में उनकी स्थिति ने ही उन्हें व्यसनों के विषय में सोचने का अवसर नहीं दिया है। किन्तु इस क्षत्रिय समाज में युधिष्ठिर अपना अस्तित्व कैसे बनाये रखेगा?...मदिरा का सेवन न करने पर वे उसको कंगला संन्यासी कहकर उसका निरादर करेंगे; मृगया न करने पर उसे भीरू कहेंगे; द्यूत में सम्मिलित न होने पर कृपण कहकर उसका तिरस्कार करेंगे और वह आनृशंसता की चर्चा करेगा तो कायर कहकर उसे अपमानित करेंगे। यह क्षत्रिय समाज तो जैसे अपने अबाध भोग और अहंकार में विवेकहीन हिंस्र पशु बन, विनाश के मार्ग पर फिसलता ही जा रहा है। कैसे रहेगा इनके मध्य युधिष्ठिर? सागर में रहकर कोई अपने शरीर को भीगने से बचा सका है?... समय की आँधी के विरुद्ध कौन चल सका है?...

और भीष्म का ध्यान कृष्ण की ओर चला गया।...कंस का वध कर वह मथुरा के सिंहासन पर नहीं बैठा। उसे अधिकार का लोभ नहीं है। धन की आकांक्षा नहीं है उसे। वह इस समाज में धर्म का मार्ग खोज रहा है। नहीं! खोज नहीं रहा, धर्म का मार्ग दिखा रहा है। उसे शायद झूठे मान-सम्मान की भी चिन्ता नहीं है। जो वह उचित समझता है, वही करता है—समाज चाहे उसे कलंकित करता रहे।...विदुर ने बताया था कि जरासंध और कालयवन के

सम्मिलित आक्रमण को देखते हुए, वह मथुरा को खाली करने की तैयारी कर रहा है। क्या कहेंगे क्षत्रिय उसे—कायर, भगोड़ा, रणछोड़...! किन्तु भीष्म का मन कहता है कि कृष्ण उचित ही कर रहा है। जब वह मथुरा में रहकर यादवों की रक्षा नहीं कर सकता तो व्यर्थ के इस नर-संहार का क्या लाभ? व्यर्थ की हिंसा क्यों?...भीष्म को आज भी स्मरण है, अम्बा का हरण करते हुए उन्होंने शाल्व को पराजित कर जीवित छोड़ दिया था। यही कहा था उन्होंने—'मैं निरीह हत्याएँ नहीं करता।' यदि कृष्ण असमर्थ यादवों को जरासंध और कालयवन से लड़ने की प्रेरणा देगा तो निरीह हत्याएँ ही तो होंगी...भीष्म देख रहे हैं कि कृष्ण धर्म को जानता है। वह धर्म का आचरण कर रहा है, चाहे लोग उसके विरुद्ध अपवाद ही फैलाएँ...

किन्तु युधिष्ठिर! और कुरुकुल में बढ़ता हुआ यह विरोध! यह आन्तरिक कलह! युधिष्ठिर तो युधिष्ठिर—इस सम्पूर्ण कुरुकुल का क्या होगा?...युधिष्ठिर के युवराज्याभिषेक के समय उन्होंने सोचा था कि अब धृतराष्ट्र ने युधिष्ठिर को युवराज मान लिया है तो कुरुकुल के सारे मतभेद जैसे समाप्त हो गये; किन्तु ऐसा लगता नहीं है। वह कलह तो जैसे और भी बढ़ गयी है। तो फिर क्या परामर्श दें वे युधिष्ठिर को—वह भी वैसा ही हो जाये, जैसे और सारे क्षत्रिय हैं? या वह इस सारे जंजाल को छोड़कर निकल जाये? छोड़ दे यह सब?...पर किसके लिए छोड़ना सम्भव है? उन्होंने छोड़ दिया; किन्तु क्या सचमुच छोड़ पाये हैं?...और युधिष्ठिर को वे दुर्योधन बनने का परामर्श कैसे दे सकते हैं?

कैसा द्वन्द्व था उनका! दुर्योधन को वे युधिष्ठिर बना सकते थे; और युधिष्ठिर को दुर्योधन बनाना नहीं चाहते थे।

उन्हें लगा कि उनके मन में सदा स्वार्थ और परमार्थ, लोभ और वैराग्य, ग्रहण और त्याग का संघर्ष चलता रहा है। वे सदा परमार्थ, त्याग और वैराग्य का पक्ष लेते रहे; किन्तु माता सत्यवती की प्रवृत्ति सदा ही स्वार्थ, लोभ और ग्रहण की ओर रही। और भीष्म को लगता था कि जैसे उनके अपने ही मन का द्वन्द्व उनके और माता सत्यवती के रूप में शरीर धारण कर संघर्ष कर रहा था। किन्तु माता से तो उन्हें सदा समझौता ही करना पड़ा। बाह्य जगत में माता सत्यवती के रूप में उनसे समझौता किया। फिर कदाचित वृत्तियों के ये ही रूप, पाण्डु और धृतराष्ट्र के रूप में प्रकट हुए। और वे ही पाण्डवों और धार्तराष्ट्रों के रूप में शरीर धारण कर, उनकी नाक के नीचे संघर्ष कर रहे हैं।

भीष्म को लगा, जैसे वे अब स्वयं को भी पहचान रहे हैं : वे अपनी प्रतिज्ञा के लिए जी रहे हैं। उन्होंने काम-भावना को कभी अपने मन में प्रवेश

करने नहीं दिया; किन्तु इस राजवंश से उन्हें अपार ममता नहीं है क्या? वे दुर्योधन की दृष्टताओं से परिचित होते हुए भी, उसका अहित नहीं चाहते। क्या आज भी उनके मन में वैराग्य और ममता–दोनों का ही अस्तित्व है? एक ओर उन्होंने स्वयं को इतना निर्मोही बना रखा है; और दूसरी ओर उनकी ममता कोई मर्यादा नहीं मानती!...किन ग्रहों की संधि में हुआ है उनका जन्म, कि जिसे गृहस्थी का कभी कोई सुख न मिला वही भीष्म, इतनी बड़ी गृहस्थी जोड़े बैठे हैं; और उसका एक भी तिनका बिखरने नहीं देना चाहते?

ऐसे में उनके सामने दो ही मार्ग है : उनकी अपनी प्रवृत्ति और प्रकृति चाहती है कि वे यह सब कुछ छोड़-छाड़ कर एकान्त में जाकर शान्ति से रहें। अध्यात्म के मार्ग पर चलें। दूसरी ओर वे यह भी देख रहे हैं कि हस्तिनापुर का राज्य, जिस मार्ग पर जा रहा है, वह क्रमशः पतन और फिर पूर्ण विनाश का मार्ग है। वे स्वेच्छा से इसे त्याग नहीं सकते। वे उसके साथ अपने वचन, अपने दायित्व-बोध, अपने धर्म से बँधे हैं। पाण्डवों और धार्तराष्ट्रों को, हस्तिनापुर को, इस अन्धे धृतराष्ट्र के भरोसे छोड़ कर, भरतवंश का सम्पूर्ण विनाश नहीं देख सकते। धृतराष्ट्र का स्वार्थ, कणिक की कूटनीत, शकुनि की प्रवृत्तियाँ-सब मिला कर कहाँ ले जायेंगी कुरुवंश को?...

दूसरा विकल्प है कि वे मात्र परामर्श अथवा टिप्पणी करने का मार्ग छोड़, सत्ता को पूर्णतः अपने हाथ में ले लें। कर्मण्य बनें। अपराधियों को दण्डित करें।...किन्तु अपनी प्रतिज्ञा के कारण ही नहीं, अपनी प्रकृति के कारण भी, वे सत्ता अपने हाथ में नहीं लेना चाहते। राजनीति की दलदल ही तो है, जिससे दूर रहने के लिए उन्होंने राजकाज त्यागने की प्रतिज्ञा की थी।...अब न वह वय है, न वह उत्साह, न रजोगुण का वह वेग। अब वे क्यों अपनी प्रतिज्ञा के विरुद्ध सत्ता अधिकृत कर, पाप के भागी बनें...?

द्वारपाल ने आ कर सूचना दी कि विदुर उनसे भेंट की अनुमति चाहते हैं।

भीष्म को लगा, विदुर अच्छे समय पर आया था। अकेले बैठे तो वे सोच कर, अपने आप से ही हार जाते हैं। विदुर आया है, तो उससे कुछ चर्चा होगी, कुछ सूचनाएँ मिलेंगी, कुछ उनके मन का वाष्प बाहर निकलेगा, वक्ष का ताप कम होगा।

विदुर ने आ कर प्रणाम किया, "कैसे हैं पितृव्य?"

"बैठो!" भीष्म ने उसके प्रश्न का सीधा उत्तर नहीं दिया, "कहाँ से आ रहे हो विदुर?"

"मेरा तो काम ही भटकना है पितृव्य!" विदुर हँसा, "कई बार सोचता हूँ तो

लगता है कि मैं करता ही क्या हूँ! एक स्थान से दूसरे स्थान तक भटकता रहता हूँ। एक व्यक्ति की सूचनाएँ, दूसरे व्यक्ति तक पहुँचाता रहता हूँ...और कुछ नहीं होता तो मन के ऊहापोह में डूबा रहता हूँ। इसमें मेरा कर्म क्या है?..."

भीष्म हँसे नहीं, गम्भीर हो गये, "तुम्हारे आने से पहले मैं भी मन के ऊहापोह में ही डूबा था। किन्तु देखता हूँ कि मेरा ऊहापोह मुझे अधिक-से-अधिक अकर्मण्य बनाता जा रहा है। किसी भी विषय को ले कर मेरे मन में पक्ष और विपक्ष—दोनों ओर के तर्क उभरते हैं। एक निश्चय करता हूँ तो उसके विरोधी तर्क भी मेरे मन में इतने प्रबल होकर उभरते हैं कि मैं यह समझ नहीं पाता कि मुझे करना क्या चाहिए। इसीलिए बैठा रहता हूँ और घटनाएँ जैसे मेरी आँखों के सामने घटित होती चलती हैं। मुझे लगता है कि एकदम अप्रभावी हो गया हूँ। यदि मेरी उपस्थिति का कुछ भी अर्थ होता, तो क्या कुरुओं की राजसभा में इस प्रकार की चर्चाएं होतीं? इस प्रकार का व्यवहार होता? यह है कुरुओं की सभा की मर्यादा?"

"चिन्तित न हों पितृव्य!" विदुर कोमल स्वर में बोला, "एक बार सभा में युधिष्ठिर की सत्ता स्थापित हो गयी, तो कुरु-सभा की मर्यादा भी लौट आयेगी!"

"तुम्हारा क्या विचार है कि धृतराष्ट्र के सिंहासन पर होते यह सम्भव हो पायेगा?"

भीष्म बोले, "कुरुओं के भविष्य को ले कर मेरे मन में संशय का विराट वृक्ष उग आया है पुत्र! कभी-कभी तो मैं एकदम निराश हो जाता हूँ। मुझे लगता है कभी भी कुरु अपना प्राचीन गौरव प्राप्त नहीं कर पायेंगे।"

"मैं यह मानता हूँ पितृव्य, कि प्रकृति निरन्तर कल्याण की ओर अग्रसर है। हमें उसकी सहायता ही करनी है। अपनी ओर से उसका प्रयत्न करते रहना चाहिए।" विदुर बोला, "अभी राजसभा में युधिष्ठिर के समर्थक दिखायी नहीं पड़ रहे। किन्तु, भीम और अर्जुन लौटेंगे। कुछ और लोगों का विवेक भी जागेगा। कृष्ण अपनी समस्या से उबरेगा तो पाण्डवों की सहायता को आयेगा। युधिष्ठिर के भीतरी और बाहरी सहायक, कुरुओं की मर्यादा को लौटायेंगे पितृव्य!"

भीष्म कुछ देर बैठे, जैसे विदुर के कथन पर मनन करते रहे; किन्तु न वे उसके समर्थन में कुछ बोले, न विरोध में। अन्ततः धीरे से उन्होंने पूछा, "भीम और अर्जुन का क्या समाचार है?"

"अर्जुन ने सौवीर-नरेश विपुल का वध कर दिया है। चारों पाण्डव अनेक छोटे-बड़े राजाओं को मित्र बनाते हुए, अपार धन का भण्डार संचित करते हुए,

वापस हस्तिनापुर की ओर चल पड़े हैं।" विदुर भीष्म की प्रतिक्रिया देखने के लिए रुक गया; किन्तु भीष्म निर्विकार भाव से उसकी बात सुन रहे थे। विदुर ने पुनः कहा, "किन्तु मथुरा का समाचार अच्छा नहीं है।"

"क्या हुआ मथुरा में?" भीष्म की आँखों में जैसे जीवन जागा, "क्या कृष्ण पराजित हुआ?"

"नहीं! कृष्ण पराजित नहीं हुआ!" विदुर ने उत्तर दिया, "वह समय रहते यादवों को, मथुरा से सुरक्षित निकाल कर ले गया है। वे लोग जरासंध और कालयवन की सेनाओं के आने के मार्ग से विपरीत में गये हैं—पश्चिम दिशा में। सुना कि कृष्ण उनके लिए पश्चिमी सागर के तट पर कुशस्थली में एक नवीन नगर बसाना चाहता है।"

"तुम कह रहे थे कि मथुरा का समाचार अच्छा नहीं है!"

"हाँ पितृव्य!" विदुर बोला, "मथुरा इस समय असहाय और असुरक्षित पड़ी है। सम्भवतः जरासंध और कालयवन उसे जला कर क्षार कर देंगे। उधर, कृष्ण यादवों को ले कर एक सर्वथा नये मार्ग पर जा रहा है। उसके साथ वृद्ध, स्त्रियाँ और बालक हैं। सम्भवतः वे सेना की प्रयाण-गति के समान तीव्र वेग से नहीं चल सकते। मार्ग अपरिचित है और बीच-बीच में कृष्ण की अमित्र शक्तियों के राज्य हैं। मथुरा पहुँच कर जब जरासंध किसी को नहीं पायेगा तो वह उनका पीछा करेगा। उसके मार्ग को रोकना सरल नहीं होगा। ऐसे में भय है कि मथुरा के यादवों का मार्ग में ही सम्पूर्ण विनाश न हो जाये।"

भीष्म चिन्तित हो उठे, "किन्तु कृष्ण ने किसी से सहायता क्यों नही माँगी? उसका कोई दूत हस्तिनापुर तक भी नहीं आया!..."

"यह तो कृष्ण ही जाने पितृव्य!" विदुर बोला, "कृष्ण के विषय में कहा जाता है कि उसकी चिन्तन-प्रक्रिया अद्भुत है। वह क्षण-भर में अनेक विकल्पों के विषय में सोच लेता है। शत्रु की प्रतिक्रिया को तत्काल भाँप लेता है। भविष्य की घटनाओं का ठीक-ठीक अनुमान कर लेता है। उसके मन की बात का पता तो तब लगता, जब घटना घटित हो चुकती है। "

"अद्भुत है यह कृष्ण भी।" भीष्म बोले और विदुर की उपस्थिति को सर्वथा भूल कर पूर्णतः आत्मलीन हो गये।

4

"दशार्णराज हिरण्य वर्मा के विशेष दूत के रूप में आये, दशार्ण के राजपुरोहित, महाराज के दर्शनों की अनुमति चाहते हैं।" मन्त्री ने हाथ जोड़ कर पंचालराज

द्रुपद से निवेदन किया।

"उन्हें उपस्थित करो।" द्रुपद के चेहरे पर स्वागत की मुस्कान उभरी।

...यह तो बहुत ही अच्छा हुआ कि हिरण्य वर्मा ने स्वयं ही अपने राजपुरोहित को भेज दिया...द्रुपद सोच रहे थे...नहीं तो इन्हीं दिनों उनके मन में भी हिरण्य वर्मा के पास संदेश भिजवाने का विचार उभरा था।...शिखण्डी का विवाह हो गया था। हिरण्य वर्मा की पुत्री काम्पिल्य के राजप्रासाद में सुख से रह रही थी। अब द्रुपद को अपने उस लक्ष्य की ओर बढ़ना ही चाहिए था, जिसके लिए उन्होंने यह सम्बन्ध स्वीकार किया था। हिरण्य वर्मा जैसा शक्तिशाली राजा जिसका समधी हो, उस द्रुपद को कौरवों से युद्ध को टालना नहीं चाहिए। पांचालों और दशार्णों की सम्मिलित सेना की शक्ति देख कर, सम्भव है, कुछ अन्य राजा भी उनके पक्ष में आना चाहें। अब अपने अपमान का प्रतिशोध लेने में और विलम्ब करने का कोई कारण नहीं है।...

"महाराजा की जय हो!" दूत ने उपस्थित हो कर कहा, "मैं आपके लिए अपने महाराज के सौहार्द के साथ-साथ एक संदेश भी लाया हूँ।"

"राजपुरोहित!" द्रुपद बोले, "दशार्णराज हिरण्य वर्मा हमारे समधी हैं। अब उनके और हमारे परिवार एक हैं। हममें कोई भेद नहीं है, अतः निःसंकोच उनका संदेश कहें। मैं उसे सुनने को अत्यन्त उत्सुक हूँ।"

किन्तु दूत ने संदेश कहा नहीं। वह संकोचपूर्वक द्रुपद की ओर देखता हुआ मौन खड़ा रहा।

"क्या बात है राजपुरोहित!" द्रुपद पुनः बोले, "आप संदेश कह क्यों नहीं रहे?"

"पंचालराज! मेरे महाराज का संदेश राजनीतिक नहीं, पारिवारिक है। मेरी इच्छा है कि मैं वह संदेश या तो पूर्ण एकान्त में कहूँ, या केवल परिवारजनों के मध्य!" दूत ने रुक कर कहा, "उस संदेश का राजसभा में सार्वजनिक रूप से कहा जाना, इस समय दोनों ही राजपरिवारों के लिए शोभनीय नहीं होगा।..."

द्रुपद के चेहरे पर चिन्ता की छाया प्रकट हुई... ऐसा कौन-सा संदेश है जो राजसभा में नहीं कहा जा सकता?...किन्तु वैसा आग्रह करना भी उचित नहीं था। जब दूत कह ही रहा है कि संदेश राजसभा के उपयुक्त नहीं है, तो उसकी बात स्वीकार कर ही ली जानी चाहिए। पारिवारिक संदेश...

"आइए!" अन्ततः द्रुपद बोले, और सभा से उठ कर साथ के निजी प्रकोष्ठ में चले गये।

द्रुपद जब आसनासीन हो गये तो दूत ने निकट उपस्थित हो कर अत्यन्त शालीनता से कहा, "महाराज! हमारे महाराज हिरण्य वर्मा ने कहलाया है कि

पंचालराज ने उनके साथ कपट किया है। यह उनके लिए कष्टप्रद भी है और अपमानजनक भी।..."

द्रुपद राजदूत को देखते ही रह गये.. और फिर जैसे अनायास ही उनके मुख से निकला, "...मैंने हिरण्य वर्मा के साथ कपट किया है? अपने ज्येष्ठ पुत्र के साथ उनकी पुत्री का विवाह कर उनका अपमान किया है?..."

"महाराज, मुझे यह कहने के लिए क्षमा करें, किन्तु दशार्णराज को यह सूचना मिली है कि आपने अपने जिस पुत्र का उनकी पुत्री के साथ विवाह किया है, आपका वह पुत्र, पुरुष न हो कर, स्त्री है।..."

"क्या?" द्रुपद अपनी उत्तेजना में आसन पर बैठे नहीं रह सके, "मैं अपनी उस सन्तान के विषय में, जिसका उसके जनम से आज तक मैंने पालन-पोषण किया है, नहीं जानता कि वह स्त्री है या पुरुष, वह मेरा पुत्र है या पुत्री!" उन्होंने आग्नेय नेत्रों से दशार्णराज के दूत को देखा, "महराज हिरण्य वर्मा अपने घर में बैठे यह जान गये हैं और मुझे संदेश भिजवा रहे हैं कि मेरा पुत्र स्त्री है...!"

"हाँ, महाराज! उन्हें यही सूचना मिली है।" दूत ने सहज भाव से कहा।

"किससे सूचना मिली है उन्हें?" द्रुपद ने पूछा, "क्या मेरे प्रासाद में उन्होंने अपने गुप्तचर नियुक्त कर रखे हैं?"

"नहीं महाराज!" दूत गम्भीरता से बोला, "आपके साथ अपने सम्बन्ध को देखते हुए, वे ऐसी अशिष्टता कैसे कर सकते हैं।..."

"तो फिर उन्हें किसने यह सूचना दी है? कौन है जो मेरे पुत्र को मुझसे भी अधिक जानता है?"

"आपकी पुत्रवधू ने अपनी दासियों के माध्यम से यह सूचना अपने पिता तक पहुँचायी है।" दूत ने उत्तर दिया।

द्रुपद स्तब्ध रह गये...यदि शिखण्डी की पत्नी कह रही है कि वह पुरुष नहीं है, तो द्रुपद उसका प्रत्याख्यान कैसे कर सकते हैं?...किसी पिता को यह कैसे ज्ञान हो सकता है कि उसका पुत्र क्लीव है, निर्वीर्य है?...किन्तु यह दूत तो शिखण्डी को स्त्री कह रहा है...

"दशार्णराज की पुत्री ने क्या सूचना दी है?" द्रुपद का स्वर कोमल और जिज्ञासु हो गया, "मेरा पुत्र क्लीव है? निर्वीर्य है? वह पति नहीं हो सकता या पिता नहीं बन सकता?..."

"राजकुमारी की सूचना है कि राजकुमार शिखण्डी पुरुष नहीं हैं। वह पौरुष-शून्य पुरुष, क्लीव, नपुंसक अथवा निर्वीर्य नहीं, पूर्ण स्वी है—स्त्री! और स्त्री के लिए किसी राजकुमारी को वधू के रूप में ग्रहण अन्याय और

अत्याचार है।"

"ठहरो राजपुरोहित! ठहरो!" द्रुपद ने अपना सिर पकड़ लिया, "मेरे जीवन में अनेक चमत्कारी घटनाएँ घटी हैं, किन्तु इतना चकित मुझे किसी ने भी नहीं किया। तुम्हारी सूचना ने वस्तुतः मुझे चकित ही नहीं, ध्वस्त कर दिया है...ओह! इतने वर्षों तक अपनी जिस सन्तान को मैं पुरुष समझता रहा, वह वस्तुतः स्त्री है।..." अपनी उद्विग्नता में द्रुपद एक स्थान पर खड़े नहीं रह सके, "किसी और ने यह बात कही होती, तो उसका सिर उसके कंधों पर दिखायी न देता...किन्तु यह सूचना स्वयं मेरी पुत्रवधू ने दी है...वह क्लीवता का आरोप लगाती, उसे नपुंसकता से लांछित करती, किन्तु स्त्री...शिखण्डी स्त्री है?... मैंने पुत्र के रूप में उसका पालन-पोषण किया है, राजकुमारों के अनुरूप उसे शस्त्र-शिक्षा दी गयी है। वह द्रोण का शिष्य रहा है...और वह स्त्री है!..."

वे रुक गये। उन्होंने अत्यन्त स्थिर दृष्टि से राजपुरोहित को देखा, "आपको कुछ और कहना है राजपुरोहित?"

"महाराज! दशार्णराज ने कहा है कि यदि यह सिद्ध न हुआ कि राजकुमार शिखण्डी पूर्ण पुरुष है, तो वे अपने इस अपमान का प्रतिशोध लेने के लिए, अपनी तथा अपने मित्र राजाओं की सेना के साथ पांचालों पर आक्रमण करेंगे और आपको, आपके परिवार तथा मन्त्रियों सहित समूल नष्ट कर देंगे..."

द्रुपद की आँखों में आक्रोश झलका...द्रोण ने उन्हें पराजित क्या कर दिया, जिसे देखो, वही उन्हें आँखें दिखा रहा है...उन्होंने अपने आक्रोश को संयत किया...यह दशार्णराज का न तो अहंकार था, न अकारण शक्ति-प्रदर्शन।...यदि उनका यह आरोप सत्य था तो निश्चय ही उन्हें अधिकार था कि वे अपने अपमान का प्रतिशोध लेने के लिए पांचालों पर आक्रमण करें...यदि कल द्रुपद की अपनी पुत्री कृष्णा के साथ ऐसी ही कोई दुर्घटना घट जाये तो क्या द्रुपद उसे क्षमा कर देंगे? कभी नहीं...यदि शिखण्डी के विषय में यह सूचना सत्य है तो द्रुपद निश्चय ही अपराधी हैं और दण्डनीय हैं...

"दशार्णराज के क्रोध और पीड़ा को मैं समझता हूँ राजपुरोहित!" अन्ततः द्रुपद बोले, "किन्तु इतना समय और अवसर तो मुझे मिलना ही चाहिए कि मैं स्वयं इस सूचना के सत्य का अन्वेषण कर सकूँ।"

"कौन इसका विश्वास करेगा कि आपको यह ज्ञात नहीं है कि शिखण्डी स्त्री है?" राजदूत ने कहा, "वह आपकी सन्तान है।"

"आप ठीक कहते हैं राजपुरोहित!" द्रुपद बोले, "मुझ पर कपटी, पाखण्डी और प्रवंचक होने का ही आरोप है अथवा महामूर्ख होने का भी?..."

"शिव! शिव!!" राजदूत ने अपने कानों को हाथ लगाया, "यह हम कैसे कह

सकते हैं! पंचालराज को उनका बड़े से बड़ा शत्रु भी मूर्ख नहीं कह सकता।"

"तो राजपुरोहित!" द्रुपद बोले, "यदि मैंने अपनी पुत्री को पुत्र बना कर, संसार के सम्मुख प्रस्तुत करने का कपट और पाखण्ड किया है, तो मैं उसका विवाह करने की मूर्खता क्यों करता? कोई भी व्यक्ति समझ सकता है कि विवाह के पश्चात् यह कपट और पाखण्ड चल नहीं सकता; तो मैं स्वयं ही अपने कपट का भेद प्रकट करने का प्रयत्न क्यों करूँगा? क्या मैं इस कोटि का महामूढ़ हूँ?"

दूत मौन खड़ा रहा। द्रुपद का तर्क उसकी समझ में आ रहा था; किन्तु कितने आश्चर्य की बात थी कि स्वयं पिता नहीं जानता है कि उसकी सन्तान स्त्री है या पुरुष!...

"इसलिए कहता हूँ राजपुरोहित! मुझे भी यह अवसर मिलना चाहिए कि मैं सत्य जान सकूँ और आरोपों का परीक्षण कर सकूँ...।"

"आप ठीक कहते हैं महाराज!" अन्ततः दूत बोला, "यह अधिकार तो किसी को भी मिलना ही चाहिए।"

"तो राजपुरोहित! आप अतिथिशाला में विश्राम करें।" द्रुपद बोले, "मुझे अवसर दें कि मैं अपने मन का पूर्ण सन्तोष कर लूँ और आपको दशार्णराज के लिए कोई उपयुक्त उत्तर दे सकूँ।"

"जैसी महाराज की इच्छा!" दूत सहमत हो गया।

द्रुपद फिर राजसभा में नहीं जा सके। उन्होंने महामन्त्री को सूचना भिजवा दी और विश्राम-कक्ष में चले आये। दासी को आदेश दे दिया कि किसी को भी भीतर न आने दे...और आ कर वे गवाक्ष पर खड़े हो गये। गवाक्ष से गंगा की धारा दिखायी देती थी और कुछ एक घाट भी। इस प्रकार एकान्त में अपने चक्षुओं से गंगा-सेवन करने से, उन्हें प्रायः अपनी चिन्ताओं से विश्राम मिलता था...

आरम्भ में तो द्रुपद के मन में जैसे एक ज्वार उठा था कि वे इसी समय शिखण्डी को बुला कर सार्वजनिक रूप में कहें कि वह सिद्ध करे कि वह स्त्री नहीं, पुरुष है...और यदि वह पुरुष नहीं है, तो उसने अपने माता-पिता को भी भ्रम में क्यों रखा?...पुरुष-वेश का यह कपट किसलिए?...किन्तु अगले ही क्षण उनके विवेक ने उनके क्रोध के ज्वार को भाटा में परिणत कर दिया...क्रोध में कुछ भी करना उचित नहीं था...यदि शिखण्डी स्वयं को पुरुष प्रमाणित न कर सका तो यह उसके लिए ही नहीं, स्वयं उनके अपने लिए भी अत्यन्त अपमानजनक होगा...यदि शिखण्डी का पुरुषत्व मिथ्या सिद्ध हुआ तो उसके लिए कौन शिखण्डी को दोषी

मानेगा...और शिखण्डी उसके लिए दोषी हो भी कैसे सकता है? वह आज युवक है, किन्तु जब उसका जन्म हुआ था...उस समय तो उसने नहीं कहा होगा कि वह कन्या नहीं है...उसकी धाय और उसकी माता ने स्वयं देखा होगा कि सद्यःजात शिशु कन्या है या कुमार!...शिखण्डी ने तो उन्हें आ कर सूचना नहीं दी थी कि उन्हें पुत्र-लाभ हुआ है!...यह सूचना तो उन्हें दासी ने दी थी...और दासी को यह सूचना प्रसाविका ने दी होगी...किन्तु प्रसाविका मिथ्या-भाषण क्यों करेगी?...क्या केवल अधिक पुरस्कार के लोभ में?...क्या वह यह नहीं जानती कि जिस दिन यह भ्रम भंग होगा, उस दिन उसे इस अनृत के लिए मृत्यु-दण्ड भी मिल सकता है?...और यदि आरम्भिक असत्य प्रसाविका के मुख से ही निकला, तो भी इतने वर्षों तक इस भ्रम को किसने बनाये रखा? किसने शिखण्डी को पुरुष-वेश दिया? किसने उसे बताया कि वह कुमारक है, कन्या नहीं...?

...उन दिनों पटरानी से निराश हो कर द्रुपद ने सन्तान के लिए दूसरा विवाह किया था और उन्हें आज भी स्मरण है...उन्होंने अपनी दूसरी रानी मनस्विनी से कहा था 'रानी! मुझे पुत्र की तीव्र आकांक्षा है। मेरा पुत्र नहीं होगा तो उस कुरु-वृद्ध भीष्म का वध कौन करेगा?'

मनस्विनी ने उन्हें निःसंकोच देखा था– 'राजन्! अपनी वंश-परम्परा चलाये रखने के लिए तो अनेक लोग पुत्र की कामना करते हैं; किन्तु किसी के वध के लिए...'

'तुम नहीं जानतीं रानी!' द्रुपद ने कहा था–'हमारा तो इतिहास ही कुछ ऐसा है। कुरुओं से पांचालों की परम्परागत अमैत्री है। प्रत्येक पीढ़ी उस अमैत्री को थोड़ा-सा और खिसका कर, शत्रुता की ओर बढ़ा देती है...और प्रत्येक पांचाल राजा अपने पुत्र से कहता है; कि वह कुरुओं से प्रतिशोध अवश्य ले। कुछ-न-कुछ होता भी रहता ही है; किन्तु भीष्म के जीवित रहते पांचाल कुछ नहीं कर सकते। भीष्म का वध आवश्यक है। पांचालों को एक ऐसा राजकुमार चाहिए, जो भीष्म का वध कर, कुरुओं को पांचाल-शक्ति का बल दिखा सके। ...मुझे तुमसे एक पुत्र चाहिए देवी! एक पुत्र, जो भीष्म का वध कर सके।...'

तो द्रुपद का यह पुत्र-सम्बन्धी अनुरोध इस प्रकार पूरा किया गया?...द्रुपद को लगा, उनके पग केवल चल नहीं रहे, धमक उत्पन्न कर रहे हैं। उनका आक्रोश उन्हें निरन्तर तपा रहा था और उनका विवेक था कि उन्हें अपने आक्रोश को रंच मात्र भी अभिव्यक्त नहीं करने दे रहा था...

शिखण्डी को देख कर उन्हें सदा ही लगा था कि यह कन्या-राशि का बालक है...कोमल...भीरु...मौन...संकोची! जब तक उसकी बाल्यावस्था थी, तब तक तो फिर भी उनका ध्यान उसकी ओर अधिक नहीं गया...तब तक

वह अपने समवयस्कों से न अध्ययन में पीछे था, न क्रीड़ाओं में, न शारीरिक बल में, न शारीरिक विकास में।...किन्तु किशोरावस्था के आते ही, जैसे वह अपने समवयस्कों से पिछड़ने लगा। वह उनके समान न ऊँचाई में बढ़ रहा था, न उसकी भुजाएँ उस प्रकार पुष्ट थीं। उसका अधिकांश समय एकान्त में व्यतीत होता था। वह अपने शरीर को अन्य किशोरों की तुलना में ढँके भी अधिक रहता था...क्या यह सब केवल इसलिए था कि शिखण्डी किशोर न हो कर किशोरी है?...वे यह तो देखते रहे और कहते रहे कि वह कोमल है, आकार-प्रकार में भिन्न है, कन्या राशि का किशोर है; किन्तु यह कभी नहीं सोचा कि वह सचमुच ही कन्या है...उन्होंने तो उसे राजकुमारों जैसी शिक्षा प्राप्त करने के लिए द्रोणाचार्य के पास भेज दिया था। क्या द्रोण भी उसकी वास्तविकता नहीं जान सके?...शिष्य, गुरु के निकट रहता है तो असंख्य अवसर ऐसे आते हैं, जब ऐसे तथ्य छिपाए नहीं जा सकते—व्यायाम के समय, सरिता-स्नान के समय, अभ्यास के समय...किन्तु द्रोण ने तो कभी शिखण्डी को यह कह कर नहीं लौटाया कि वह किशोर नहीं; किशोरी है!...क्या शिखण्डी ने द्रोण को भी भ्रम में रखा? अथवा द्रोण ने स्वयं ही द्रुपद को भ्रम में रखा?...अथवा...अथवा...शिखण्डी पुरुष है और हिरण्य वर्मा और उसकी पुत्री ही भ्रम में हैं?

द्रुपद ने रुक कर द्वार की ओर देखा, "रानी मनस्विनी को बुला लाओ। इसी समय, तत्काल!"

रानी को संदेश मिला तो वह धक्-सी रह गयी। उसको इतना तो ज्ञात था ही कि काम्पिल्य से हिरण्य वर्मा का दूत आया है; किन्तु उसे यह ज्ञात नहीं हो सका था कि दूत क्या संदेश लाया है...फिर भी उसका आशंकित मन, प्रत्येक श्वास पर चौंकता था...वह जानती थी कि वर्षों से छिपाया गया यह भेद अब और नहीं छिप सकता...शिखण्डी का विवाह इस रहस्य से आवरण उतार ही देगा। शिखण्डी सारे विश्व को भ्रम में रख सकता है, किन्तु अपनी पत्नी को कैसे भ्रम में रखेगा?...

सम्भव है कि कोई और ही बात हो—रानी ने अपने मन को समझाया—महाराज उसके पति हैं। पति द्वारा पत्नी को बुलाया जाना कोई ऐसी असम्भावित बात तो नहीं है। सम्भव है, राजा को उनसे कोई काम हो; सम्भव है, अपने किसी बोझ को रानी के साथ बाँट कर हल्का करना चाहते हों; सम्भव है, वे कुछ समय के लिए उनकी संगति चाहते हों...रानी की बुद्धि, एक के पश्चात् एक नया तर्क खोज रही थी, और उसका मन था कि एक ही रट लगाये हुए था—'नहीं, और कोई भी बात नहीं हो सकती। हिरण्य वर्मा का दूत आया है, तो और कोई बात हो ही नहीं सकती...'

रानी ने कक्ष में प्रवेश किया।

द्रुपद रानी की ओर मुड़े : रानी के मन का भय, उसकी आशंकाएँ और दुविधाएँ—सब कुछ उसके आनन पर प्रतिबिम्बित था। द्रुपद ने दासी को बाहर जा कर, कपाट भिड़ा देने का संकेत किया। दासी ने वैसा ही किया।

"मनस्विनी!"

"महाराज!"

"हिरण्य वर्मा का दूत कहता है कि हमारा पुत्र शिखण्डी, पुरुष नहीं, स्त्री है...कन्या है..."

रानी ने देखा, यही एक क्षण था, जब वह अपनी त्रुटि सुधार सकती थी। यदि आज उसने सत्य नहीं कहा तो वह कभी यह स्वीकार नहीं कर सकेगी; और झूठ को प्रमाणित कर दिखाने का उसके पास कोई उपाय नहीं था...किन्तु उसके कण्ठ से शब्द तो फूटे...

द्रुपद रानी के निकट आ गये और अत्यन्त कोमल स्वर में बोले, "क्या यह सत्य है रानी?"

रानी ने अपना सम्पूर्ण साहस जुटा कर द्रुपद की ओर देखा मगर जैसे अनायास ही उसके मुख से निकल गया, "हाँ, आर्यपुत्र!"

द्रुपद का नियन्त्रित आवेश उनके एक-एक रोम से प्रकट हो रहा था; और रानी का आशंकित मन अनवरत एक ही रट लगाये हुए था कि यह नियन्त्रण किसी भी क्षण टूट सकता है...

"तो मुझे भ्रम में क्यों रखा गया?" द्रुपद का स्वर कठोर नहीं था, किन्तु उसकी ध्वनि सर्वथा निर्मम थी।

रानी ने अपनी असहायता में सहम कर राजा की ओर देखा।...किन्तु द्रुपद ने भी देखा कि उन आँखों में भूल की स्वीकृति नहीं, असहायता और उपालम्भ ही अधिक था...

"मुझे भ्रम में क्यों रखा?" उन्होंने दुहराया; किन्तु इस बार कदाचित् वे स्वयं अपने-आप से ही प्रश्न कर रहे थे।

रानी को कुछ बल मिला। राजा आक्रामक नहीं थे। वे रानी को उसका अपराध बता कर उसे ताड़ना देने के लिए यह सब नहीं कह रहे थे। वे तो जैसे एक जाले में फँस गये थे और उसमें से मुक्त होने के लिए तड़प रहे थे। यदि वे मुक्त हो गये, तो क्या मुड़ कर देखेंगे कि जाल किसका था? किसने फैलाया था? किस पदार्थ का बना था?...कदाचित् नहीं...

"महाराज!" रानी बोली, "आपको स्मरण होगा, मैं आपकी दूसरी रानी थी।..."

"हाँ! क्यों?" द्रुपद रानी के इस प्रश्न की प्रासंगिकता नहीं समझ पा रहे थे।

"आपको यह भी स्मरण होगा कि पहली रानी के होते हुए भी, आपने दूसरा विवाह क्यों किया था?"

"पटरानी का तब तक कोई पुत्र नहीं था।..."

"पटरानी का कोई पुत्र नहीं था, इसलिए पुत्र के लिए आपने दूसरा विवाह किया। विवाह के पश्चात् मुझे बार-बार याद दिलाया गया कि आपको एक ऐसा पुत्र चाहिए, जो कुरुश्रेष्ठ भीष्म का वध कर सके।..."

"हाँ, रानी!"

"ऐसे में यदि प्रसव के पश्चात् मैं आपको यह सूचना भिजवाती कि कन्या का जन्म हुआ है, तो आपके प्रासाद में मेरी क्या सार्थकता रह जाती? सम्भवतः आप तीसरा विवाह करते..."

द्रुपद अपनी आँखों में शून्य भरे रानी को देखते रहे। उनकी स्थिति ऐसी हो रही थी, जैसे वे कोई ऐसा स्वप्न देख रहे हों, जिसमें वे देख और सुन तो सकते हों, किन्तु कर कुछ नहीं सकते हों...बोलते हों तो कण्ठ से शब्द न फूटता हो, हिलना चाहते हों तो शरीर उनका आदेश न मानता हो...

"किन्तु आर्यपुत्र! आपको भ्रम में रखने की मेरी तनिक इच्छा नहीं थी...।"

"तो क्या इच्छा थी तुम्हारी?" द्रुपद जैसे बड़े प्रयत्न के पश्चात् ही कह पाये।

"मैं कुछ समय प्राप्त करना चाहती थी...दूसरे प्रसव तक का समय!" रानी सिर झुका कर धीरे से बोली, "मुझे आशा थी कि दूसरे प्रसव में मैं पुत्र को जन्म दूँगी। पुत्र के जन्म के पश्चात् मैं आपको शुभ सूचना देती और पिछले भ्रम का निवारण भी कर देती...किन्तु...!" उसने रुक कर राजा की ओर देखा, "दूसरे प्रसव का अवसर ही नहीं आया तो मैं पिछले भ्रम का निवारण कैसे करती...?"

द्रुपद एक ठण्डी भावहीन दृष्टि से अपने आस-पास देखते रहे...फिर अकस्मात् रानी की ओर मुड़े, "यदि तुम जानती थीं कि शिखण्डी पुरुष नहीं है, तो इस शिखण्डिनी का विवाह क्यों किया तुमने? क्या तुम्हें इतनी भी बुद्धि नहीं है कि समझ पाती कि उसके विवाह के पश्चात् यह रहस्य किसी भी प्रकार अनुद्घाटित नहीं रह सकेगा? शिखण्डिनी के जन्म पर नहीं बताया था, तो उसके विवाह के पूर्व तो मुझे सावधान कर देतीं।..." द्रुपद का स्वर कातर हो उठा, "तुम नहीं जानतीं कि तुमने किस संकट में डाल दिया है, हम सबको..."

"आर्यपुत्र!" मनस्विनी अत्यन्त शान्त स्वर में बोली, "अब जब सब कुछ उद्घाटित हो ही गया है, तो अपने मन का पाप आपसे कह ही देती हूँ..."

द्रुपद ने सिर उठा कर रानी की ओर देखा...अब यह कौन-सा नया रहस्य उद्घाटित करने जा रही है?

"पटरानी की जुड़वाँ सन्तानों के जन्म के पश्चात् मुझमें तनिक भी साहस शेष नहीं रह गया था कि मैं आपको शिखण्डी के कन्या होने की सूचना देती ...आपने पटरानी का तिरस्कार कर पुत्र के लिए मुझे स्वीकार किया था...और अब स्थिति यह थी कि तिरस्कृत रानी ने आपको पुत्र भी दिया था और पुत्री भी; और एक मैं थी जो आपकी अपेक्षा पर खरी नहीं उतरी थी...यह भ्रम बना हुआ था कि मैं ज्येष्ठ पुत्र की माता थी...आपको पहला पुत्र देने वाली... ।"

"तुम शिखण्डी को युवराज बनाना चाहती थीं?" द्रुपद जैसे तड़प कर बोले।

"नहीं आर्यपुत्र!" रानी ने भी उसी तत्परता से उत्तर दिया, "राज्य का लोभ कभी नहीं रहा मुझे; किन्तु मैं राजपरिवार में अपना सम्मान बनाये रखना चाहती थी...पुत्रवती से पुत्रहीन नहीं होना चाहती थी।..."

"तुम स्त्रियों की ईर्ष्या, स्पर्धा और आकांक्षा..." द्रुपद पहली बार अनियन्त्रित हो कर बोले, "अपने प्रासाद की प्राचीर के भीतर तुम अपनी सपत्नी से युद्ध करती रहतीं, तो और बात थी; किन्तु अब तुमने मुझे दशार्णराज की सेना के सम्मुख निरीह स्थिति में डाल दिया है। उन्होंने मुझे मित्रों, सम्बन्धियों और मन्त्रियों सहित यमलोक भेज देने की धमकी दी है...यदि हमने तत्काल शिखण्डी के पुरुष होने का प्रमाण नहीं दिया तो वे पांचालों पर आक्रमण करेंगे।"

"तो क्या हो गया आर्यपुत्र!" मनस्विनी बोली, "वे अपनी शक्ति के मद में डूबे पांचालों पर आक्रमण करना चाहते हैं, तो कर लें—न आर्यपुत्र दुर्बल हैं, न पुत्र धृष्टद्युम्न, न पांचाल ही भीरु हैं। दशार्णराज आक्रमण नहीं कर रहे, अपनी मृत्यु को निमन्त्रण दे रहे हैं।"

"तुम ठीक कह रही हो रानी!" द्रुपद टहलते हुए रानी से दूर चले गये, "किन्तु द्रुपद, धृष्टद्युम्न तथा पांचालों का क्षत्रियत्व, अधर्मयुद्ध के लिए नहीं है। हम हिरण्य वर्मा के अपराधी हैं; किन्तु इसलिए अपनी शक्ति के बल पर एक धर्मप्राण राजा तथा उसकी सेना को नष्ट नहीं कर सकते। धृष्टद्युम्न ने अग्नि-दीक्षा इसलिए नहीं ली कि अपनी माता के असत्य की रक्षा करने के लिए, अपनी पुत्री के सत्य के लिए युद्ध करने वाले हिरण्य वर्मा को अपने शस्त्रबल से नष्ट कर दे। हमारे शस्त्र अधर्म और अन्याय के दमन के लिए हैं

रानी! उनको स्थापित करने के लिए नहीं!"

"तो आप उनसे युद्ध नहीं करेंगे?"

"यदि शिखण्डी पुरुष नहीं है, तो हिरण्य वर्मा से युद्ध करना अधर्म है। ...अपने पापों का दण्ड हम दूसरों को नहीं दे सकते रानी! अपनी शक्ति का दुरुपयोग हम नहीं करेंगे। पांचालराज द्रुपद, किसी को प्रवंचित भी करे और अपनी सैनिक शक्ति से उसे नष्ट भी कर दे—ऐसा सम्भव नहीं है। मैं क्षत्रिय राजा हूँ, अनार्य दस्यु नहीं।...तुम्हारा धर्म था कि शिखण्डी के विवाह से पूर्व, तुम मुझे वास्तविकता बता देतीं...।" द्रुपद का स्वर कातर हो उठा था।

"आर्यपुत्र!" रानी बोली, "आप स्मरण करने का प्रयत्न करेंगे तो आपको याद आ जायेगा कि इस विवाह के लिए मैं उत्सुक नहीं थी। इसके लिए आप ही अधिक उत्सुक थे और उत्कण्ठित थीं आपकी पटरानी..."

"मैं उत्सुक था कि अपने पुत्र का विवाह कर एक धर्मपरायण शक्तिशाली क्षत्रिय राजपरिवार से सम्बन्ध स्थापित करूँ, ताकि हस्तिनापुर के विरुद्ध हम अधिक बलवान हो सकें। मैं अपने पुत्र के विवाह के माध्यम से धर्मपरायण शक्तिशाली आर्य राजाओं को अधर्म के विरुद्ध संगठित करने का प्रयत्न कर रहा था...।"

"और आपकी पटरानी इस सम्बन्ध से अपनी सपत्नी और उसके पुत्र को ध्वस्त करने का प्रयत्न कर रही थीं।..."

"धृष्टद्युम्न की माता?"

"हाँ, महाराज!"

"उसने विमाता हो कर भी यदि शिखण्डी के विवाह में उत्साह दिखाया तो यह उसकी उदारता है मनस्विनी!"

"नहीं महाराज! उन्हें किसी प्रकार यह संदेह हो गया था कि शिखण्डी वह नहीं है, जो वह दिखायी देता है। इसलिए वे चाहती थीं कि उसके विवाह की चर्चा चले। यदि शिखण्डी अथवा मेरी ओर से विवाह का विरोध होता तो वे हमारा रहस्य प्रकट कर सकती थीं; और यदि विवाह हो जाता तो कुछ इस प्रकार की स्थिति उत्पन्न हो सकती थी, जैसी अब हो गयी है। वे जानती थीं, कि मैं और मेरा पुत्र न विवाह को स्वीकार करने की स्थिति में थे, न उसका तिरस्कार करने की..." मनस्विनी बोली, "स्वयं को असहाय पा कर मैंने विधाता के सम्मुख पूर्ण समर्पण कर दिया था आर्यपुत्र! किन्तु आपको सत्य बताने का साहस न कर सकी...।"

द्रुपद चुपचाप टहलते चले गये।...जब कक्ष के कई चक्कर लगा चुके तो बोले, "अब मुझे बताओ, मैं क्या करूँ?...मैं निरपराध दशार्णराज के साथ युद्ध

कर व्यर्थ ही निरीह हत्याएँ करना नहीं चाहता और न ही यह देख सकता हूँ कि उनके शस्त्रों के सम्मुख पांचाल निर्विरोध कटते रहें।"

"मैं क्या कह सकती हूँ देव!" मनस्विनी धीरे से बोली, "हम दशार्णराज के अपराधी तो हैं ही। यदि उनसे संघर्ष नहीं चाहते, तो हमें अपना अपराध स्वीकार कर लेना चाहिए...।"

द्रुपद ने मनस्विनी की ओर इस प्रकार देखा, जैसे न तो उससे सहमत हो पा रहे हों और न ही उसका विरोध कर पा रहे हों। फिर बोले, "यदि बात मेरे और हिरण्य वर्मा के मध्य ही होती तो कदाचित् मैं क्षमा माँग भी लेता; किन्तु जब यह घटना प्रचारित होगी, तो सारा आर्यावर्त्त ही नहीं, सारा जम्बूद्वीप जानेगा कि द्रुपद प्रवंचक है। वह इतना पतित है कि उसने अपनी पुत्री के लिए हिरण्य वर्मा की दुहिता को वधू के रूप में अंगीकार किया...।"

मनस्विनी ने अपने पति को इस प्रकार देखा, जैसे पूछ रही हो—तो?

द्रुपद कुछ देर आत्मलीन रहे; फिर जैसे किसी निष्कर्ष पर पहुँच कर बोले, "तुम जाओ रानी! और शिखण्डी को मेरे पास भेजो। मैं उससे पूछूँ तो सही कि उसने इतने दिनों तक मुझे भ्रम में कैसे रखा...?"

"उसमें उसका क्या दोष है आर्यपुत्र! सद्यःजात शिशु क्या जानता है कि वह कन्या है अथवा कुमारक! उसे तो जैसे रखा गया, वैसे ही रहा। सत्य जानने पर, उसे प्रकट करने की इच्छा हुई भी होगी, तो वह अपना संकोच न छोड़ पाया होगा...।"

"मैं उसके दोष की बात नहीं कर रहा हूँ।" द्रुपद बोले, "मैं उसके कौशल की चर्चा कर रहा हूँ। उसने इतने वर्षों तक सारे संसार को भ्रम में रखा था : क्या वह अपनी पत्नी को भी भ्रम में नहीं रख सकता था?" द्रुपद कुछ रुक कर बोले, "इस समय तो मुझे उससे यही कहना है कि या तो वह अपने श्वसुर को विश्वास दिलाये कि वह पुरुष है, या फिर अपनी पत्नी से कोई ऐसी संधि करे कि वह इस रहस्य को सदा के लिए अनावृत ही रहने दे; अन्यथा मेरे पास सिवाय आत्महत्या के और कोई मार्ग नहीं बचेगा...।" वे गवाक्ष की ओर मुड़ गये, "जाओ! किसी से कहलवा कर उसे मेरे पास भेज दो।"

मनस्विनी ने दासी को शिखण्डी के पास भेजना उचित नहीं समझा। उसे बिना सारी स्थिति समझाए, बिना कोई चेतावनी दिये, इतनी बड़ी चुनौती का सामना करने के लिए भेज देना, किसी भी प्रकार न्याय नहीं है। अब तक जो कुछ हुआ, उसके लिए न वह दोषी था और न ही उसका दायित्व उस पर डालना ही उचित था। उसका जिस रूप में पालन-पोषण किया गया, वह उसी को स्वीकार कर बड़ा होता गया...

रानी शिखण्डी के कक्ष में आयी। संयोग से वह उसे अपने कक्ष में ही मिल गया। वह काम्पिल्य में घटी इन सारी घटनाओं से अनभिज्ञ, आखेट पर जाने की तैयारी में था।...रानी को उस पर दया आयी। वस्तुतः उसकी यह पुत्री, माता की परिस्थितियों के दुर्भाग्य के जाल में फँस गयी थी; और उसी को अपनी नियति मानकर तदनुरूप जीवन व्यतीत कर रही थी। यह शिखण्डिनी, जिसे इस समय या तो अपने पति के घर होना चाहिए था, अथवा पति के स्वप्न देखने चाहिए थे—क्षत्रिय राजकुमार के समान आखेट की तैयारी कर रही थी।...जिसे अपने रूप को सँवार कर, पुरुष मन को मथने का प्रयत्न करना चाहिए था, वह विभिन्न व्यायामों, मुद्राओं, अभ्यासों तथा वस्त्रों की सहायता से अपने सारे नारी सौन्दर्य को नष्ट करने पर लगी थी। जिन समृद्ध उरोजों और नितम्बों को, उनके आकार-प्रकार को एक नैसर्गिक आकर्षण देना चाहिए था, वे उसके कठोरता से बंधे वस्त्रों में स्वयं को विलीन करने को बाध्य थे; जिन नैनों को कटाक्ष बरसाने चाहिए, वे अपनी चपलता त्याग, गम्भीरता के जाल बुन रहे थे; जिन अधरों पर संसार का मधुरतम संगीत होना चाहिए था, उनको वह अपनी दृढ़ता के प्रतिनिधि बनाने पर तुली थी...

"आओ माता!" शिखण्डिनी ने स्नेह से मुस्कराते हुए उसका स्वागत किया।

"पुत्र शिखण्डी!" मनस्विनी ने अपने अभ्यासानुसार उसे सम्बोधित किया, "मैं एक बड़ी जटिल समस्या ले कर तुम्हारे पास आयी हूँ।"

"आदेश करें माता!" शिखण्डिनी बोली, "क्षत्रिय राजकुमारों का तो जीवन ही जटिल समस्याएँ सुलझाने के लिए होता है।"

"पुत्र!"

"क्या बात है माता?" शिखण्डिनी के स्वर में वह आश्वासन था, जो असहाय सन्तान से बात करते हुए पिता के स्वर में होता है।

"क्या तुम्हारे मन में कभी नहीं आता कि तुम सहज रूप से अपना शृंगार करो, अपने नारीपन से पुरुष मन को आकृष्ट करो?"

"आज यह क्यों पूछ रही हैं माता?"

"तुम्हें अपने साथ यह अत्याचार करते देख कर सहज ही मन में यह जिज्ञासा उठती है पुत्र!..."

"यदि ऐसा हुआ होता तो कदाचित् मैं कब से अपने इस छद्मवेश को उतार फेकता माँ!" शिखण्डिनी बोली, "मुझे तो अपने इस शरीर पर रोष आता है—क्यों मुझे नारी का शरीर मिला...!"

"क्योंकि तुम एक नारी हो।..."

"नहीं!" शिखण्डिनी बोली, "आपका विचार सत्य नहीं है माता! मैं नारी हो कर पुरुष वेश धारण किये हुए नहीं हूँ। मैं पुरुष हूँ, जिसे विधाता ने किन्हीं अज्ञात कारणों से नारी शरीर वहन करने के लिए बाध्य कर दिया है।"

"शिखण्डी!"

"हाँ, माता!" शिखण्डिनी बोली, "मुझे यह वेश-भूषा कभी बोझ नहीं लगी; वरन् मुझे आक्रोश इस बात का था कि मुझे अपने नारी शरीर को छिपाने के लिए अनावश्यक वस्त्र क्यों धारण करने पड़ते हैं। अपने नयनों के कटाक्ष से किसी प्रशस्त-वक्ष पुरुष को आहत करने की आकांक्षा मेरे मन में कभी नहीं जागी; वरन् मैंने तो सदा अपने बाणों से वन में उन्मुक्त घूमते व्याघ्रों को असमर्थ कर देने का स्वप्न देखा है...।"

"विचित्र संयोग है पुत्र!" मनस्विनी समझ नहीं पायी कि वह शिखण्डिनी से कह रही है अथवा स्वयं अपने-आपसे, "अपने स्वार्थ के कारण अपनी जिस पुत्री के शरीर को मैंने पुरुष-वेश दिया था, उसका शरीर तो परिवर्तित हुआ नहीं, उसका मन परिवर्तित हो गया।..."

"मुझे मालूम नहीं है माता, कि आपके द्वारा दिये गये पुरुष-वेश के कारण मेरा मन परिवर्तित हो गया, अथवा मेरा मन जन्म से ही पुरुषमन था, इसलिए उसे पुरुष वेश ही प्रिय रहा...।"

सहसा मनस्विनी चौंकी, "पुत्र! इस समय हम सब संकट में हैं। इसलिए तुम्हारे पास आयी हूँ...।"

"क्या हुआ माता?"

"तुम्हारे श्वसुर को ज्ञात हो गया है कि तुम स्त्री हो, इसलिए वे अपने अपमान का प्रतिशोध लेने के लिए पंचाल पर आक्रमण करने वाले हैं; और तुम्हारे पिता यह युद्ध, किसी भी मूल्य पर करना नहीं चाहते...।"

"ओह!"

"एक प्रश्न पूछती हूँ पुत्र!" मनस्विनी बोली, "यदि उत्तर न देना चाहो तो तुम्हें बाध्य नहीं करूँगी।"

"पूछें माता!"

"मैं तुम्हारे विवाह का प्रस्ताव अस्वीकार करने का साहस न कर सकी; किन्तु तुमने उसका विरोध क्यों नहीं किया?" मनस्विनी ने शिखण्डिनी की ओर देखा, "क्या तुम्हें यह भय नहीं था कि तुम्हारा रहस्य उद्‍घाटित हो जायेगा और तुमको सबके सम्मुख लज्जित होना पड़ेगा?"

शिखण्डिनी ने तत्काल उत्तर नहीं दिया। उसके हाथ अपने बाणों से खेलते रहे और उसका मन कुछ सोचता रहा। अन्ततः वह बोली, "रहस्य खुलने का

भय मुझे था; किन्तु एक कमनीय, कोमल, नारीत्व पूर्ण किशोरी मेरी भुजाओं में होगी, इस सुख की कल्पना इतनी मादक थी कि मेरी बुद्धि मदान्ध हो गयी थी।...उस समय मैंने इस पक्ष पर तनिक भी विचार नहीं किया कि इस कमनीय, कोमल, नारीत्व से पूर्ण किशोरी को मद में विह्वल कर देने के लिए, एक पूर्ण पुरुष शरीर चाहिए, जो मेरे पास नहीं है...।"

मनस्विनी स्तम्भित रह गयी : उसने तो कभी अपनी पुत्री के मन को जानने का प्रयत्न ही नहीं किया था। वह क्या जानती थी कि अपनी जिस पुत्री को उसने अन्य लोगों के लिए रहस्य बना रखा है, वह स्वयं उसके लिए भी रहस्य ही है...

"तो तुमने अपने नारीत्व को दशार्णराज कुमारी से छिपाया भी नहीं?..."

"नहीं माता! यदि मैं स्वयं को उससे छिपाता, तो उसके लिए मुझे उससे दूर रहना पड़ता।" शिखण्डिनी बोली, "जिस कमनीय कन्या की कल्पना ने मुझे मदान्ध कर रखा था, उसे अपने कक्ष के एकान्त में अपने बिस्तर पर पा कर, मैं अपने-आपको रोक नहीं सका। मैंने उसे समझाया कि काम-सुख के उपकरण अपने ही शरीर में होते हैं। दूसरा व्यक्ति तो उन्हें प्रेरित भर करता है। इससे कोई अन्तर नहीं पड़ता कि प्रेरित करने वाले का शरीर स्त्री का है या पुरुष का।...मैंने अपने इस शरीर के साथ भी उसे पूर्ण सुख दिया माँ! और स्वयं भी काम-सुख से आह्लादित हुआ...।"

"किन्तु वह उस सुख से आप्यायित नहीं हुई पुत्र!" मनस्विनी बोली, "उसने अपनी दासियों को इस सूचना के साथ अपने पिता के पास भेज दिया कि तुम पुरुष नहीं, स्त्री हो...।"

"ओह!" शिखण्डिनी कुछ देर के लिए जैसे अन्यमनस्क हो गयी; और फिर जब उसका ध्यान अपनी माता की ओर लौटा तो उसने पूछा, "अब आप क्या चाहती हैं माता?"

"मैं तो केवल तुम्हारा सुख चाहती हूँ पुत्र!" मनस्विनी बोली, "किन्तु इस समय मैं तुम्हारे पिता का संदेश लायी हूँ।"

शिखण्डिनी ने अपनी माता की ओर देखा।

"वे चाहते हैं कि या तो तुम अपने श्वसुर के सम्मुख अपना पुरुषत्व प्रमाणित करो, या फिर अपनी पत्नी से किसी प्रकार से ऐसी संधि कर लो, जिससे वह तुम्हारा रहस्य उद्घाटित न करे...।"

"और यदि मैं दोनों में असफल हुआ माता, तो?" शिखण्डिनी ने कुछ मौन रह कर पूछा।

"ऐसी स्थिति में यदि तुम्हारे पिता ने आत्महत्या न कर ली तो दशार्णराज

हिरण्य वर्मा पंचाल पर आक्रमण करेंगे और राजपरिवार के किसी भी सदस्य को जीवित नहीं छोड़ेंगे; क्योंकि तुम्हारे पिता उनका प्रतिरोध करना धर्मसंगत नहीं मानते...।" मनस्विनी ने शिखण्डिनी की ओर देखा, "तुम्हारे पिता इसी क्षण तुमसे मिलना चाहते हैं...।"

मनस्विनी को लगा, उसका कण्ठ अवरुद्ध हो रहा है और अपनी असहायता पर वह एक बार वक्ष फाड़ कर रो लेना चाहती है...

"माता!" शिखण्डिनी ने माँ के कंधे पर हाथ रखा।

उस स्पर्श ने जैसे मनस्विनी के मन में आये सारे अवरोध हटा दिये। वह फफक कर रो पड़ी, "संसार में कोई मेरे जैसी भी अभागी माता होगी पुत्र!" वह बोली, "मैंने अपने स्वार्थवश तुम्हें इस कठिनाई में डाला। तुम्हारा सारा जीवन नष्ट किया; और मैं ही तुम्हें यह संदेश दे रही हूँ कि अपना पुरुषत्व प्रमाणित करो...।"

शिखण्डिनी गम्भीर हो गयी, "इन सब बातों के लिए, यह समय नहीं है माता! इस समय तो पांचालों को बचाना है, सोमकों की रक्षा करनी है और काम्पिल्य की शान्ति को अक्षुण्ण बनाये रखना है...।"

"तो तुम क्या करोगे पुत्र?"

"आप जायें! निश्चिंत हो कर विश्राम करें।" शिखण्डिनी बोली, "मैं कोई-न-कोई मार्ग निकाल लूँगा।..."

द्रुपद प्रतीक्षा करते रहे, किन्तु शिखण्डी उनसे मिलने नहीं आया। उन्हें आश्चर्य हुआ। पंचाल के राजप्रासाद में माता-पिता के आदेशों की इस प्रकार उपेक्षा नहीं की जाती...

उन्होंने दासियों के साथ सैनिक संदेशवाहक भी भेजे; किन्तु शिखण्डी नहीं आया। संदेशवाहकों ने लौट कर बताया कि शिखण्डी अपने कक्ष में नहीं था। उसकी परिचारिकाओं ने बताया कि उसने अपनी माता, रानी मनस्विनी के साथ देर तक वार्तालाप किया था। उसके पश्चात् वह अपने कक्ष से निकल कर, कहीं बाहर चला गया था। जाने से पूर्व वह एक पत्र अपनी निजी परिचारिका को दे गया था कि जब महाराज स्वयं अथवा उनके सैनिक उसे खोजते हुए आयें तो वह पत्र उनको दे दिया जाये; किन्तु उस पत्र को पढ़ने का अधिकार, केवल महाराज द्रुपद को ही होगा।...

द्रुपद अपने हाथ में पत्र लिये बैठे रहे...कहाँ चला गया शिखण्डी?...उन्हें इस कष्ट में फँसा देख, वह स्वयं को बचाने के लिए भाग गया?...पर भाग कर कहाँ जायेगा?...कहीं वह अपने श्वसुर के पास ही तो नहीं चला गया?...

उनके मन में आशा की एक किरण जागी। उन्होंने पत्र खोला, शिखण्डी

ने अपने हस्तलेख में लिखा था :

पिताजी,

मैं जा रहा हूँ। मुझे खोजने का प्रयत्न न कीजिएगा। मैं अब नहीं मिल सकता। दशार्णराज हिरण्य वर्मा को संदेश भेज दीजिए कि आप उसके सामने मेरा पुरुषत्व प्रमाणित नहीं कर सकते; वे आपके सामने मेरा नारीत्व प्रमाणित करें और पांचालों को जो दण्ड देना चाहें, दे लें।...

आपका पुत्र
—शिखण्डी

द्रुपद हाथ में पत्र पकड़े बैठे-के-बैठे रह गये।

5

चारों पाण्डवों का रथ हस्तिनापुर में वैसे ही प्रविष्ट हुआ, जैसे उसने प्रयाण किया था—कंधे पर गदा रखे, आगे-आगे भीम; कंधे पर तूणीर बाँधे, हाथ में धनुष लिये रथारूढ़ अर्जुन; और उसके पीछे उसके चक्रों की रक्षा करते, सन्नद्ध नकुल और सहदेव। अन्तर केवल इतना था कि जाते हुए तो वे एक अभियान के लिए जा रहे थे, जिसका परिणाम अनिश्चित था; किन्तु इस समय वे लोग एक महत्वपूर्ण विजय के पश्चात् लौट रहे थे। उनकी मनःस्थिति अनिश्चित नहीं थी। उनका मनोबल बढ़ा हुआ था और विजय का मद भीम के चेहरे पर बहुत स्पष्ट था।

अर्जुन के रथ के पीछे-पीछे अनेक छकड़े थे, जिनमें अनेक मूल्यवान वस्तुएँ लदी हुई थीं—स्वर्ण, रजत तथा उनके बने आभूषण। विभिन्न धातुओं के बने पात्र। विभिन्न प्रकार की शोभा की वस्तुएँ। उनके पीछे गोधन, ऊँट तथा हाथी। रथों में अनेक नये तथा कुछ विस्मृत पुराने मित्र भी, कुरुओं की सभा में अपनी निष्ठा का प्रमाण देने के लिए साथ आये थे।

भीष्म, युधिष्ठिर तथा विदुर ने नगर-द्वार पर ही उनका स्वागत किया; और उनके साथ-ही-साथ नगर में प्रवेश भी किया। मुख्य पथ के दोनों ओर के भवनों और अट्टालिकाओं की अटारियों में खड़े स्त्री-पुरुषों ने अपना आह्लाद प्रकट किया। स्वयं भीष्म ने नगर में किसी भी अवसर पर ऐसा उत्साह नहीं देखा था। राजसभा तक का मार्ग जैसे लोगों से अटा पड़ा था और विजेताओं पर अनवरत पुष्पवर्षा होती रही थी।

राजसभा में धृतराष्ट्र ने ऊष्माशून्य शब्दों में उनका स्वागत किया, "हस्तिनापुर में तुम लोगों का स्वागत है पुत्र! क्या तुम लोग सौवीर तक पहुँच

पाये? सौवीर-नरेश को समझा पाये कि उसे हस्तिनापुर के कर का भुगतान करना चाहिए?"

भीम ने अत्यन्त आश्चर्य से धृतराष्ट्र की ओर देखा : क्या पितृव्य को कोई सूचना नहीं है? वे लोग तो अश्वारोहियों के माध्यम से प्रतिदिन सूचनाएँ भिजवाते रहे थे।...

"हाँ, महाराज! हम लोग सौवीर तक पहुँचे थे। हमने सौवीर-नरेश को उसकी भूल बतायी थी।" भीम बोला, "किन्तु वह अपनी भूल समझना नहीं चाहता था। अतः वह अपनी सेना सहित युद्ध करने के लिए आया।..."

"तो तुम्हें युद्ध करना पड़ा पुत्र?" धृतराष्ट ने सर्वथा अनजान की भाँति पूछा।

"हम महाराज को निरन्तर सूचनाएँ भिजवाते रहे हैं।" भीम कुछ आवेश के साथ बोला।

"और मैं महाराज को निरन्तर सूचित करता रहा हूँ।" विदुर ने कहा।

"हाँ! हाँ! पर मैं तुम लोगों के मुख से सुनना चाहता हूँ।"

धृतराष्ट्र के दृष्टिहीन, निर्विकार चेहरे पर धृष्टता के लक्षण उभरे।

"हमें युद्ध करना पड़ा राजन्! युद्ध में अर्जुन के बाणों ने सौवीर-नरेश विपुल के प्राण ले लिए। उनके पुत्र को राज्य सौंप, हमने उससे कर प्राप्त किया है।" भीम की वाणी में गर्व था, "यवनराज का भी हमें वध करना पड़ा। दत्तमित्र और सौमित्र जैसे योद्धा भी हमारे सम्मुख जीवित नहीं बच पाये। मार्ग में पड़ने वाले अनेक मित्र राज्यों से हमने पुरानी मैत्री को और अधिक सघन किया है, अमित्र राज्यों को मित्र बनाया है, और प्रतिकूल राज्यों को ध्वस्त कर दिया है। उन सबसे प्राप्त उपहार हम छकड़ों में भर कर हस्तिनापुर लाये हैं। हस्तिनापुर का कोष अब पहले से कहीं अधिक समृद्ध हो गया है; और यहाँ से सौवीर-राज्य तक कुरुवंश का यशोध्वज प्रतिष्ठित हुआ है महाराज! आज जम्बूद्वीप में हस्तिनापुर के इतने मित्र हैं तात, जितने पहले कभी नहीं रहे होंगे।"

भीम ने संकेत किया और सैनिकों ने बाहर से ला कर, धृतराष्ट्र के सम्मुख उपहारों का ढेर लगा दिया।

विदुर ने धृतराष्ट्र को उन उपहारों के विषय में बताया तो उसके चेहरे पर प्रसन्नता के लक्षण प्रकट हुए।

तभी भीम ने पुनः कहा, "महाराज! हमारे मित्र राज्यों के अनेक राजा तथा राजकुमार, हमारे साथ हस्तिनापुर के भावी सम्राट, युवराज युधिष्ठिर के प्रति अपनी मैत्री और निष्ठा प्रकट करने के लिए राजसभा में उपस्थित होने

की अनुमति चाहते हैं।"

धृतराष्ट के चेहरे की प्रसन्नता विलीन हो गयी। वहाँ अब एक प्रकार का अप्रसन्न भाव था; किन्तु वह बोला कुछ नहीं। वह अवाक-सा, भीम की दिशा में मुख उठाये बैठा रहा।

"महाराज!" विदुर ने उसके निकट जा कर कहा, "हमारे अतिथि आपकी अनुमति की प्रतीक्षा में हैं।"

धृतराष्ट्र के मुख से अब भी वाणी नहीं फूटी। उसने जैसे अनिच्छापूर्वक, हाथ से उन्हें बुलाने का संकेत भर कर दिया।

नकुल और सहदेव बाहर जा कर आदरपूर्वक अतिथियों को भीतर ले आये। उन्होंने आ कर पहले धृतराष्ट्र को और फिर युधिष्ठिर को प्रणाम किया। भीम और अर्जुन ने उनका परिचय दिया और उन्होंने उस परिचय से स्वयं को गौरवान्वित अनुभव किया।

धृतराष्ट्र मूक भाव से चेहरा उठाये अपने ज्योतिहीन नैनों को स्थिर रखे, बैठा रहा। उसने उनमें से किसी के भी स्वागत में कुछ नहीं कहा। जब सबका परिचय हो चुका तो सभा में उनको बैठने का निमन्त्रण देने के स्थान पर बोला, "आप लोग लम्बी यात्रा करके आये हैं। थके होंगे। जाइए, विश्राम कीजिए।"

भीम के मौन संकेत पर नकुल और सहदेव, जिस प्रकार उन लोगों को आदरपूर्वक भीतर लाये थे, वैसे ही सम्मानपूर्वक बाहर ले गये।

और तब अर्जुन ने कहा, "महाराज! हमारे ये अतिथि, राजा तथा राजकुमार हैं। हस्तिनापुर में इनके ठहरने का समुचित राजसी प्रबन्ध होना चाहिए।"

"क्यों?" दुर्योधन बोला, "ये तुम्हारे अतिथि हैं, महाराज के नहीं। तुम इन्हें अपने साथ ठहराओगे।"

अर्जुन और भीम, दोनों ने ही धृतराष्ट्र की ओर देखा; किंतु धृतराष्ट्र पूर्ववत् मौन-मूक बैठा रहा।

"हम हस्तिनापुर राज्य के प्रतिनिधि के रूप में, हस्तिनापुर की सेना ले कर गये थे।" अर्जुन बोला, "इन लोगों ने हस्तिनापुर के राजा को अपना मित्र स्वीकार किया है और हस्तिनापुर को उपहार दिये हैं। ये हस्तिनापुर के राजा और युवराज के प्रति अपना सम्मान प्रकट करने के लिए आये हैं। क्या उन्हें हमारा व्यक्तिगत अतिथि मानना उचित होगा?"

और साथ ही भीम ने जोड़ा, "यदि दुर्योधन यह समझता है कि वे हमारे व्यक्तिगत अतिथि हैं तो यही स्वीकार कर लेंगे, किन्तु या तो हमें उस योग्य राजसी प्रासाद दिया जाये, जिसमें ऐसे अतिथि ठहराए जा सकें, अथवा उसके निर्माण की अनुमति दी जाये।...हम जिस खण्डहर में रह रहे हैं, वह तो इस

योग्य नहीं है कि उसमें हस्तिनापुर का भावी सम्राट् स्वयं निवास करे, अथवा अपने अतिथियों को ठहराए।"

"तुम युधिष्ठिर को केवल 'युवराज' कहो।" शकुनि ने उसे टोका, "सम्राट के अतिरिक्त किसी और व्यक्ति को सम्राट् कहना उचित नहीं है।"

भीम उसको कोई उत्तर देता, उससे पूर्व ही दुर्योधन बोला, "और यदि सम्राट् तुम्हें हस्तिनापुर में एक प्रासाद बनवाने की अनुमति दे दें, तो तुम उसके लिए धन कहाँ से लाओगे?"

भीम की आँखों में ज्वाला धधकी, "धन तो मेरे सामने पड़ा है, जिसे हम चारों भाई प्राप्त करके लाये हैं। हस्तिनापुर में इतना धन एकत्रित करने के उपलक्ष्य में हमने अर्जुन को धनंजय की संज्ञा दी है।"

"यह धन हस्तिनापुर के राजकोष का है।" कर्ण ने आपत्ति की, "इसका उपयोग तुम अपने निजी कार्यों में कैसे कर सकते हो?"

"वैसे तो वे अतिथि भी हस्तिनापुर राज्य के ही हैं। जहाँ अतिथि जायेंगे, वहीं ये उपहार भी जायेंगे।" भीम बोला, "मेरी बात समझ रहे हो न महावीर?"

दुर्योधन चौंका। भीम कर्ण को 'महावीर' कह रहा था; किन्तु उसकी वाणी में तनिक भी सम्मान नहीं था। वह विद्रूप कर रहा था।

"तुम्हें इस धन के उपयोग की अनुमति नहीं दी जा सकती।" दुर्योधन बोला, "राज्य की ओर से युद्ध करने वाला सैनिक अथवा सेनापति राज्य का स्वामी नहीं हो जाता भीम!"

भीम उठ खड़ा हुआ। उसने अपनी गदा कंधे पर रखी और बोला, "स्वामी और सेवक का निर्णय तो बाद में होगा। इस समय तो मैं देखता हूँ कि कौन मुझे रोकेगा!..."

युधिष्ठिर ने पहली बार मुख खोला, "भीम! ध्यान रहे कि तुम दुर्योधन का विरोध करते हुए, महाराज का निरादर कर रहे हो। यह उचित नहीं है।..."

और तब धृतराष्ट्र बोला, "तुमने अपने मित्रों को अभी कहाँ ठहराया है पुत्र?"

"वे नगर के बाहर राजोद्यान के सैनिक शिविर में ठहराए गये हैं तात्!" अर्जुन बोला, "किन्तु वह अस्थायी प्रबन्ध है।"

धृतराष्ट्र के चेहरे पर पूर्ण निरीहता छा गयी, "मैंने कई बार सोचा है कि हमें हस्तिनापुर में कुरुओं के यश के अनुकूल तथा राजसी अतिथियों के सम्मान के योग्य, एक अतिथि-प्रासाद का निर्माण करवा ही लेना चाहिए। किन्तु दुर्भाग्य, कि मैं अन्धा इस विषय में कुछ कर ही नहीं पाया। युवराज!

तुम यह कार्य अवश्य करवाना पुत्र!" और वह पुनः भीम से सम्बोधित हुआ, "पुत्र! आज से भी प्रासाद बनवाऊँगा तो अतिथियों की हस्तिनापुर में उपस्थिति तक वह पूरा नहीं हो पायेगा। इसलिए आपद्धर्म के रूप में सैनिक शिविर में ही उनके ठहरने की स्थायी व्यवस्था कर दो। उन्हें वहीं राज-सम्मान दो। सुविधाएँ दो। उन्हें किसी प्रकार का अभाव न खटके।" वह क्षणभर रुक कर बोला, "तुम लोगों ने भी बहुत श्रम किया है पुत्र! यात्रा, युद्ध और यात्रा। तुम लोगों को भी कुछ विश्राम करना चाहिए। कुछ मनोरंजन, कुछ भोग-विलास! तुम लोगों को विश्राम की बहुत आवश्यकता है। केवल कर्म, व्यक्ति को बहुत थका देता है। युधिष्ठिर ने भी राज-कार्य में बहुत मन खपाया है। इस अल्प-वय में राजनीतिक समस्याओं का बहुत बोझा है, उसके मन पर!...तुम लोगों को विश्राम की बहुत आवश्यकता है।..."

धृतराष्ट्र उठ खड़ा हुआ।

अपने कक्ष में आ कर धृतराष्ट्र की स्थिति कुछ विचित्र-सी हो गयी। वह समझ नहीं पा रहा था कि वह क्या चाहता है। पाण्डवों द्वारा सौवीर-नरेश विपुल की पराजय से वह प्रसन्न था। दत्तामित्र तथा सौमित्र का मारा जाना भी उसके लिए सुखद था। अपनी एक ही विजय-यात्रा में पाण्डव इतना धन एकत्रित कर लाये थे कि भविष्य में हस्तिनापुर के अत्यन्त समृद्ध राज्य बन जाने में कोई संदेह ही नहीं था। धृतराष्ट्र को हस्तिनापुर की रक्षा और समृद्धि के लिए इन पाण्डवों की बहुत आवश्यकता थी।...किन्तु धृतराष्ट्र उन्हें हस्तिनापुर की राजसभा में देखना भी नहीं चाहता था। भीम का वह स्वामियों का-सा व्यवहार, उसके लिए असह्य था। भीम और अर्जुन नहीं थे, तो दुर्योधन किस प्रकार बलपूर्वक अपनी बात कहता था और युधिष्ठिर पर छा जाता था; किन्तु भीम तो जैसे राजसभा और युद्ध-क्षेत्र में कोई अन्तर ही नहीं समझता। वह राजसभा में उसके पिता के सम्मुख, दुर्योधन की हत्या कर सकता है।...क्या पाण्डु के ये पुत्र, अपने पिता के ही समान, हस्तिनापुर के बाहर-बाहर नहीं रह सकते? हस्तिनापुर को इनके बल और वीरता का लाभ तो मिलता रहे, किन्तु हस्तिनापुर पर इनका कोई अधिकार न हो। ये राज्य के मात्र सेवक बनकर नहीं रह सकते क्या?...

"क्या बात है आर्यपुत्र!" गान्धारी ने पूछा, "आज आप कुछ बुझे-बुझे से लगते हैं?"

"बुझा-बुझा?" धृतराष्ट्र का स्वर रुआँसा हो आया, "मुझे लग रहा है कि मेरे हाथों से सारा जीवन फिसलता जा रहा है। आज तक कण-कण कर जो

कुछ प्राप्त किया था, वह सब कुछ छिन रहा है मुझसे। कुछ नहीं बचेगा मेरे पास। मैं कंगाल हो जाऊँगा। पता नहीं, रहने को कोई स्थान भी मिलेगा या नहीं। खाने को कुछ जुटा पाऊँगा या नहीं। क्या है मेरे भाग्य में?"

"यह सब आपको क्यों लगता है आर्यपुत्र?" गान्धारी बोली, "कौन-सा संकट आया है आप पर? इस समय आप हस्तिनापुर के राजसिंहासन पर वर्तमान हैं। हस्तिनापुर शक्तिशाली और सम्पन्न राज्य है। अभी-अभी हमारी सेनाएँ युद्ध जीत कर लौटी हैं। चारों ओर उथल-पुथल मची है; किन्तु न जरासंध का साहस हुआ कि वह हस्तिनापुर की ओर मुख करे, न कालयवन का, न यादवों का, न पांचालों का। किस बात से आशंकित हैं आप?"

"तुम राजसभा में होंती, तो तुम भी आशंकित ही नहीं, आतंकित भी हो उठतीं।" धृतराष्ट्र बोला, "जाने मनुष्य इतना मूर्ख क्यों है! अपने शत्रुओं का स्वयं पालन-पोषण करता है। समय रहते कुछ भी नहीं समझता। जब पानी सिर से ऊपर पहुँच जाता है, तभी सचेत होता है।"

"पर हुआ क्या?" गान्धारी कुछ खींझ कर बोली, "यह जो आप बिना संदर्भ बताये, शून्य में दार्शनिक वाक्य उछालते रहते हैं, ये तनिक भी अच्छे नहीं लगते मुझे। बात बताइए मुझे—हुआ क्या है?"

किन्तु धृतराष्ट्र पर गान्धारी की इस फटकार का भी कोई प्रभाव नहीं हुआ; वह जैसे अपने प्रवाह में बहता चला गया, "मूर्खों के समान एक ओर अपने हाथ में धन, सम्पत्ति, सत्ता और शक्ति संचित करता रहा, और दूसरी ओर उनका पालन-पोषण करता रहा कि वे बड़े हो कर सब कुछ छीन लें मुझसे। सेना दे कर भेज दिया और समझ लिया कि वे वहीं लड़ते-भिड़ते मर-खप जायेंगे। यह नहीं सोचा कि वे विजयी हो कर, धन-सम्पत्ति प्राप्त कर, शक्तिशाली मित्र बना कर लौटेंगे और मेरे ही सामने, मेरी ही राजसभा में, मेरे पुत्र को धमकियाँ देंगे..."

गान्धारी समझ गयी, धृतराष्ट्र के मन में विचारों का बहुत गहरा भँवर बन चुका था। उससे उबार कर उसे धरातल पर लाना कठिन था। उन विचारों से उसके मन को हटाने का एक ही मार्ग था—नारी-शरीर का स्पर्श। अन्यथा धृतराष्ट्र अपने उसी भँवर में गहरा धँसता जायेगा।

गान्धारी ने धृतराष्ट्र के कंधे पर हाथ रखा। अपनी अंगुलियों से उसके केश सहलाए। उसके कपोलों और अधरों को अपने स्पर्श से उत्तप्त किया और जब क्रमशः धृतराष्ट्र की लोभी भुजाएँ उसके शरीर को थामने के लिए लपकीं, तो उसने अपने-आपको पूर्ण रूप से उनमें समर्पित कर दिया।

अब धृतराष्ट्र पूर्णतः गान्धारी से ही सम्बोधित था। उसकी चेतना को

जैसे उस भँवर से खींच कर गान्धारी ने अपने अंगों से श्लिष्ट कर लिया था। धृतराष्ट्र को अपने स्पर्श से संचित करते ही, वह उसके हृदय का हाहाकार सुन सकती थी।...

"किस बात से इतने विचलित हैं आर्यपुत्र?"

"गान्धारी!" अब धृतराष्ट्र उसके प्रश्न की न उपेक्षा कर सकता था, न विषयान्तर कर सकता था, "तुम आज देखतीं। पाण्डव लौट कर हस्तिनापुर आये हैं। हस्तिनापुर की प्रजा जैसे हर्ष से उन्मत्त हो उठी है। जो समाचार मुझे मिले हैं, उनके अनुसार तो ऐसा लगता है कि हस्तिनापुर की प्रजा, पाण्डवों से ही प्रेम करती है। हम तो जैसे कुछ हैं ही नहीं। भीम और अर्जुन का लौटना तो उन्हें ऐसा लगा है, जैसे बालकों को प्रवास से लौटे हुए अपने माता-पिता लगते हैं। हम तो जैसे नागों को ही दूध पिला रहे हैं। और कितना धन लाये हैं पाण्डव! भीम कहता है, वह धन उसका है। वह उससे प्रासाद बनवायेगा। फिर कितने मित्र बना कर लाये हैं वे अपने साथ! मुझे तो लगता है कि वे अपनी स्वतन्त्र सेना ही बना रहे हैं। उन सबको ले कर वे राजधानी में आ गये हैं।...कल तक जहाँ दुर्योधन और उनके मित्र, इस नगर में स्वामी-से घूमते थे, आज सर्वत्र उनका अनादर हो रहा होगा। स्वामी तो हैं पाण्डव और उसके मित्र। चारों ओर उनकी लोकप्रियता, उनकी शक्ति और उनका दबदबा देख कर मुझे भय-सा लगने लगा है। मुझे लगता है, किसी भी क्षण, मेरी बाँह पकड़ कर, वे मुझे सिंहासन से उठा कर, भूमि पर खड़ा कर देंगे। फिर वे या तो सहारा देकर मुझे राजसभा से बाहर कर देंगे, या फिर धक्का दे कर बाहर पथ पर फेंक देंगे।"

"ऐसा कुछ नहीं होगा आर्यपुत्र! आप व्यर्थ ही भयभीत हैं।"

"मैं अपने ही नगर में, अपनी ही सभा में बैठा हुआ भयभीत हूँ, तो यह न तो व्यर्थ ही है और न अकारण ही। तुम मेरे इस भय को नहीं देख सकतीं। तुममें और मुझमें यही तो अन्तर है।..."

"क्या?" गान्धारी ने पूछा।

"मैं अन्धा होते हुए भी दूर तक देख सकता हूँ, देखना चाहता हूँ; और तुम आँखें होते हुए भी उन पर पट्टी बाँध लेती हो...।"

गान्धारी ने अपनी दोनों हथेलियों में थाम कर, धृतराष्ट्र का चेहरा अपने वक्ष में भींच लिया, "मैं मूर्खा हूँ क्या?"

"नहीं!" धृतराष्ट्र ने मुग्ध भाव से कहा, "तुम मूर्खा कैसे हो सकती हो! तुम मनीषा हो, साक्षात् बुद्धि।"

"तो चिन्ता छोड़ कर उपाय कीजिए।" गान्धारी ने धृतराष्ट्र को अपने

बाहुपाश में बाँध लिया; और धृतराष्ट्र के मुख से सुख का सीत्कार निकल गया।

सन्ध्या समय कणिक आया। धृतराष्ट्र ने उसे बुला भेजा था।

उसे सम्मानपूर्वक बैठा कर धृतराष्ट्र बोला, "मन्त्रिप्रवर! मेरे भाई पाण्डु के पुत्र अब बड़े और समर्थ हो गये हैं। युधिष्ठिर अब युवराज है और उसके भाई अब उसे भावी सम्राट् भी कहने लगे हैं। उनके बल का विस्तार हो रहा है। मुझे बताओ, मुझे उनसे संधि करनी चाहिए अथवा विग्रह?"

कणिक ने धृतराष्ट्र के अन्धे चेहरे का सूक्ष्म निरीक्षण किया। अपने मुख से कुछ कहने से पहले उसे भली प्रकार भाँप लेना चाहिए कि राजा के मन में क्या है। कहीं ऐसा न हो कि उसका परामर्श राजा को अनुकूल न पड़े और कोई पुरस्कार पाने के स्थान पर वह पाण्डवों के हत्थे चढ़ जाये।...

"आपने महामन्त्री विदुर से परामर्श किया है राजन?"

"नहीं!"

"क्यों?"

"क्योंकि मैं जानता हूँ कि उसका परामर्श क्या होगा।" धृतराष्ट्र ने कहा। उसके चेहरे पर सुखद भाव नहीं थे।

कणिक ने कुछ कहा नहीं; किन्तु उसके मन में कुछ बातें स्पष्ट हो रही थीं।...राजा को मालूम था कि विदुर का परामर्श क्या होगा...और कदाचित् वह उसके अनुकूल नहीं था। इसलिए राजा ने उसे बुलाया था। क्या राजा को यह भी मालूम था कि उसका परामर्श क्या होगा? क्या राजा को उसका परामर्श अधिक अनुकूल पड़ने की सम्भावना है?

फिर भी कणिक को सँभल कर चलना चाहिए। इस संघर्ष में उसने अपने पक्ष का चुनाव चाहे कर लिया है, किन्तु उसे अपने वैकल्पिक मार्ग अवरुद्ध नहीं करने हैं। राजा का हित करते हुए अपना अहित नहीं करना है।...

"राजन्!" कणिक बोला, "मैं तो नीति की बात कहता हूँ। निर्णय तो आपको ही करना है कि आपको किससे कैसा व्यवहार करना है, किससे कैसा सम्बन्ध रखना हैं।"

"नीति की ही बात कहो ब्राह्मण!" धृतराष्ट्र बोला, "नीति क्या कहती है?"

"नीति कहती है राजन्, कि जिसके विकास से आपको भय लगता है, जिसकी शक्ति और क्षमता में वृद्धि होने से आपको रात को नींद नहीं आती, जिसके प्रभाव-विस्तार से आपको प्रसन्नता नहीं होती—उसे अपना शत्रु ही मानें।"

"शत्रु?"

"वह कदापि आपका मित्र नहीं हो सकता; और जो मित्र नहीं हो सकता, वह राजनीति में आपका शत्रु ही है।" कणिक बोला, "महाराज! राजनीति में पिता, पुत्र, भाई अथवा अन्य कोई निकट सम्बन्धी भी आपका प्रतिस्पर्धी हो सकता है। और प्रतिस्पर्धी का अर्थ है, वह जो आपकी सत्ता का ह्रास करे। राजनीति तो कहती है कि ऐसे किसी व्यक्ति पर विश्वास नहीं करना चाहिए। उनमें से किसी की ओर से निश्चिन्त नहीं होना चाहिए। उन पर अपने गुप्तचर नियुक्त करने चाहिए और समस्त भेद जान लेने चाहिए। वे भेद शस्त्र होते हैं महाराज! समय आने पर उन शस्त्रों से ही अपने शत्रु पर प्रहार करना चाहिए।..."

"मान लिया कि वे मेरे शत्रु हैं, तो क्या मुझे उनसे संधि नहीं कर लेनी चाहिए? मुझे उन्हें इतना अपना नहीं बना लेना चाहिए, कि वे मेरे शत्रु न रह कर, मेरे मित्र हो जायें?"

"शत्रु और मित्र तो मात्र निजी स्वार्थ से बनते हैं महाराज! संधियाँ होती और टूटती रहती हैं।" कणिक बोला, "राजा को तो संधि करनी ही इसलिए चाहिए कि वह उसे तोड़ सके। संधि को कभी भी वास्तविक संधि नही मानना चाहिए। सन्धि तो केवल इसलिए होती है, क्योंकि उस समय हम विग्रह कर नहीं सकते। संधि तो नाम ही है, समय की प्रतिकूलता अथवा दुर्बलता का।"

"शत्रु पर प्रहार से तुम्हारा क्या अभिप्राय है कणिक?"

कणिक ने धृतराष्ट्र को देखा : क्या यह चक्षुहीन राजा बुद्धिहीन भी है अथवा इतना धूर्त है कि अबोध बन कर कणिक के मुख से ही अधिक से अधिक कहलवाना चाहता है?...कणिक का मन भी जैसे तीव्रगामी मृग के समान संकट की चेतावनी पा कर रुक गया!...राजा अपने मन की गुत्थी सुलझाना चाहता है या उसके मन की थाह लेना चाहता है? यदि अपने मन की गुत्थी सुलझाना चाहता है तो वह कणिक के मन की थाह क्यों पाना चाहता है? और यदि कणिक के मन की थाह पाना चाहता है तो उसका अभिप्राय क्या है?

कणिक की दृष्टि, धृतराष्ट्र की ज्योतिहीन आँखों पर टिक गयी; आज यह राजा है; किन्तु इसका पुत्र युवराज नहीं है। इसका अर्थ है कि आज सत्ता इसके हाथ में है, कल नहीं भी हो सकती।...यदि सत्ता सचमुच युधिष्ठिर के हाथ में चली गयी, तो धृतराष्ट्र को पाण्डवों के विरुद्ध दिये गये सारे परामर्श, कणिक को बहुत मँहगे पड़ेंगे। युधिष्ठिर की कृपादृष्टि पाने के लिए स्वयं धृतराष्ट्र ही कणिक के साथ हुई अपनी मंत्रणा की चर्चा कर दे...तो?

किन्तु कणिक का अत्यधिक संशयग्रस्त मन भी इस बात पर विश्वास नहीं कर पा रहा था। राजनीति में पगा उसका मन बार-बार कह रहा था कि भीष्म की बात और थी, धृतराष्ट्र कभी स्वेच्छा से राजनीतिक सत्ता तथा धन-वैभव का त्याग नहीं कर सकता।...और अब, जब उसको दिख रहा है कि उसके सत्ता से हटते ही, सब कुछ युधिष्ठिर के हाथों में चला जायेगा, तो क्या वह उसे रोकने का उपाय नहीं करेगा? और उस उपाय में कणिक को धृतराष्ट्र की सहायता करनी चाहिए। धृतराष्ट्र अथवा दुर्योधन के हाथों में सत्ता होगी तो उन्हें कणिक के परामर्श की सहस्रों बार आवश्यकता होगी। वह बार-बार उन्हें परामर्श देगा, मार्ग सुझाएगा, उनका लाभ कराएगा, तो स्वयं भी लाभ में रहेगा। युधिष्ठिर सम्राट् बन कर हस्तिनापुर के सिंहासन पर बैठ गया, तो निश्चित रूप से विदुर उसका महामंत्री होगा, ऐसे में हस्तिनापुर की राजसभा में कणिक के लिए कोई स्थान नहीं होगा...युधिष्ठिर की राजनीति भी अध्यात्म का सहारा लेकर चलेगी।...

"महाराज!" कणिक बोला, "मैं तो नीति की बात कर रहा हूँ। नीति यह कहती है कि राजनीति में प्रतिकूल को अनुकूल बनाने का तो एक ही मार्ग है—लोभ! भय भी लोभ का ही एक रूप है। भविष्य में और अधिक पाने की इच्छा लोभ है; और वर्तमान को छिनने से बचाये रखने का लोभ, भय कहलाता है। इसलिए जब हमारा 'प्रतिकूल' लोभी हो, तो उसके लोभ का लाभ उठा कर, उसे अनुकूल बना लेना चाहिए। लोभ से मनुष्य अनुकूल ही नहीं बनता, वह दास भी बन सकता है। किन्तु जिस व्यक्ति में 'लोभ' न हो, जो अपने लोभ के लिए धर्म का त्याग करने में असमर्थ हो—वह अनुकूल नहीं बन सकता। अतः ऐसे लोग, जो सैद्धान्तिक धरातल पर हमारे प्रतिकूल हैं, जिनमें लोभ नहीं है, जो राजनीति में धर्म की बात करते हैं—उनके अनुकूल होने की कोई सम्भावना नहीं है।...और जो अनुकूल नहीं हो सकता, वह हमारा शत्रु है। शत्रु पर प्रहार का एक ही अर्थ है, उसका प्राणान्त! जो परिवर्तित नहीं हो सकता, उसे नष्ट होना होगा।..."

कणिक ने देखा : अब धृतराष्ट्र न उतना अशान्त लग रहा था, न उतना असंतुष्ट। उसकी अपारदर्शी अन्धी आँखों ने उसके मन के भावों को बहुत छिपा रखा था; फिर भी चेहरे की रेखाएँ अब बहुत कुछ व्यक्त भी करने लगी थीं।

धृतराष्ट्र अभी कणिक की बातों पर विचार कर ही रहा था कि दुर्योधन आ गया, "पिताजी!"

"बोलो वत्स!"

"क्या आप चाहते हैं कि हस्तिनापुर छोड़ कर कहीं चला जाऊँ?"

धृतराष्ट्र के मन पर आघात हुआ : यह दुर्योधन हर बार यही करता है। आते ही कोई-न-कोई ऐसी बात कह देता है, जिससे धृतराष्ट्र आमूल-चूल विचलित हो उठता है। क्या वह धीरे से क्रमशः अपनी कठिनाई नहीं बता सकता, ताकि धृतराष्ट्र उस पर सोच-विचार कर, सहज रूप से उसकी कठिनाई को दूर करने का कोई उपाय कर सके?

"क्यों पुत्र! क्या हो गया? तुम्हें हस्तिनापुर छोड़ने की आवश्यकता क्यों आ पड़ी?"

"पिताजी!" दुर्योधन का स्वर आवेश में दग्ध हो रहा था, "आप मेरे साथ यह नाटक मत किया कीजिए। सबकुछ समझते-बूझते-जानते हुए भी जब दिखाते हैं कि आप कुछ नहीं जानते, तो मुझे क्रोध आता है। और मेरा क्रोध आपका तो कुछ बिगाड़ना नहीं चाहता, अपना ही रक्त पीता रहता है।"

"पुत्र! तुम्हें कितनी बार समझाया है मैंने," धृतराष्ट्र बोला, "यह क्रोध तो जोंक है, स्वयं पोषित की हुई जोंक! यह अपने स्वामी का ही रक्त पीती है और उससे पुष्ट और शक्तिमती होती है।"

"देखिए पिताजी! आप मुझे वह सब मत समझाया कीजिए, जो कुछ आपको विदुर समझाया करता है।..." दुर्योधन बोला।

"वह तुम्हारा पितृव्य है। उसे काका कहा करो।..."

दुर्योधन ने देखा : पिता के चेहरे पर वैसी ही मुस्कान थी, जैसी अनभिप्रेत को गम्भीरतापूर्वक कहते हुए होती थी।...दुर्योधन अभी तक समझ नहीं पाया था कि पिता क्यों ऐसा करते थे। क्या वे दूसरों को बहकाने के लिए ऐसा करते थे? किन्तु इस समय यहाँ तो कोई और था भी नहीं, जिसे बहकाया जा सके! इस समय वे स्वयं अपने-आपको बहका रहे थे?...या वे दुर्योधन को बहकाना चाहते थे?...या यह उनकी क्रीड़ा मात्र थी? जिस किसी विचार का पिता उपहास करना चाहते थे, उसे वे अपनी इसी मुद्रा में उच्चरित करते रहते थे...।

"पिताजी!" दुर्योधन के स्वर में परिवर्तन तो हुआ, किन्तु आवेश अब भी कम नहीं हुआ था, "आप इस विदुर को पदच्युत क्यों नहीं कर देते?"

धृतराष्ट्र चेहरा उठा कर अपनी अन्धी आँखों से दुर्योधन की ओर देखता रहा, और फिर बोला, "यह प्रश्न मैंने भी कई बार अपने-आपसे पूछा है।"

"तो क्या उत्तर मिला आपको?"

"विदुर की विचित्र स्थिति है पुत्र!" धृतराष्ट्र निर्विकार भास से बोल रहा था, "वह हमारा भाई भी है और दासीपुत्र भी। मुझे लगता है कि पितामह ने उसे कदाचित् इसलिए मंत्री बना दिया था कि वह कहीं सिंहासन के लिए

प्रतिस्पर्धी न बन जाये। मैं भी जानता हूँ कि उन्होंने अच्छा ही किया कि उसे मंत्री बना दिया। मेरे लिए एक पाण्डु की ही प्रतियोगिता कम नहीं थी।..."

"किन्तु किसी मंत्री को पदच्युत करने का राजा को पूर्ण अधिकार है।" दुर्योधन का विरोध तनिक भी शिथिल नहीं हुआ था।

"न वह वैसा मंत्री है, न मैं वैसा राजा हूँ।" धृतराष्ट्र बोला, "जैसे मैंने अपने जन्मजात अधिकार में यह राज्य पाया है, वैसे ही उसने मंत्रित्व पाया है। ...मैंने अपने राज्य-काल में चाहे अच्छे राजा की कीर्ति अर्जित न की हो, उसने अच्छे मंत्री का यश अवश्य पाया है। प्रजा पर न केवल उसकी बुद्धि की धाक है, लोग उसके चरित्र के विषय में भी आश्वस्त हैं। अब यदि उसे पद से हटाने का प्रयत्न किया जायेगा, तो उसकी प्रतिक्रिया अच्छी नहीं होगी।...और..."

"और क्या?"

"मुझे अनेक बार ऐसा लगता है कि स्वयं मुझे भी उसकी आवश्यकता है।"

"आपको?"

"हाँ!"

"क्यों?"

"मैं जब व्यक्तिगत कारणों से दुखी होता हूँ, तो उससे बातचीत कर मुझे सांत्वना मिलती है।" धृतराष्ट्र विचित्र ढंग से हँसा, "और जिस बात का वह समर्थन करता है, बहुधा मैं समझ जाता हूँ कि वह मेरे हित में नहीं है।..." सहसा जैसे धृतराष्ट्र सचेत हुआ, "विदुर को छोड़ो। तुम बताओ कि तुम्हें हस्तिनापुर छोड़ कर जाने की क्या आवश्यकता पड़ गयी?"

"हस्तिनापुर आजकल इतना अधिक पाण्डवमय हो रहा है कि मेरा यहाँ दम घुटता है।" दुर्योधन बोला, "मैं आज स्पष्ट रूप से आपको बता रहा हूँ कि मैं पाण्डवों के साथ इस नगर में नहीं रह सकता!"

"तो?"

"मैं कहीं और चला जाता हूँ।"

"वहाँ भी तुम्हें शान्ति न मिली, तो?"

"तो मैं आत्महत्या कर लूँगा।" दुर्योधन बोला।

दुर्योधन के शब्द वज्र के समान, धृतराष्ट्र के मस्तक पर गिरे। वह तड़प कर बोला, "यह मत कहो। अपने भाइयों के साथ मिल-जुल कर रहना सीखो, जैसे मैं अपने भाई के साथ रहा था।"

"वे मेरे भाई नहीं हैं।"

"न सही! हस्तिनापुर में बहुत सारे ऐसे लोग भी रहते हैं, जो तुम्हारे भाई

नहीं हैं। जो भाई नहीं हैं, वे अनिवार्यतः शत्रु नहीं होते।"

"किन्तु पाण्डव मेरे शत्रु ही हैं। मैं उनके साथ नहीं रह सकता।" दुर्योधन बोला, "यदि आप उन्हें नगर से नहीं निकालते, तो मैं ही चला जाऊँगा।"

सहसा धृतराष्ट्र के मन में राजसभा का दृश्य घूम गया। उसने पाण्डवों की प्रशंसा करते हुए कहा था—'तुमने बहुत श्रम किया है, अब तुम्हें कुछ विश्राम करना चाहिए।...क्यों कहा था यह धृतराष्ट्र ने? क्या उस समय उसके भी मन में वही था, जो इस समय दुर्योधन के मन में है?...क्या दुर्योधन भी इतना ही चाहता है कि पाण्डवों को भी किसी अन्य नगर में भेज दिया जाये, जहाँ उसे उनका सामना न करना पड़े?...यदि धृतराष्ट्र दिग्विजय के व्याज से भीम और अर्जुन को सिन्धु-सौवीर तक भेज सकता है, तो उन्हें विश्राम के लिए किसी अन्य नगर में नहीं भेजा जा सकता?...किन्तु...

"यदि वे कुछ दिनों के लिए दूसरे नगर में चले भी जायें, तो फिर लौट कर तो हस्तिनापुर में ही आयेंगे न! हस्तिनापुर से इन कुछ दिनों की अनुपस्थिति से उनके प्रति तुम्हारा विरोध समाप्त हो जायेगा क्या? उनके लौटने पर पुनः तुम्हारे मन की यही स्थिति नहीं हो जायेगी क्या?"

दुर्योधन के मन का उल्लास उसके अधरों पर आ गया, "आप उन्हें एक बार वारणावत भेज दीजिए? फिर लौटने, न लौटने के विषय में मैं स्वयं देख लूँगा।..."

धृतराष्ट्र के मन में दुर्योधन के शब्द बहुत देर तक गूँजते रहे : क्या कहना चाहता है दुर्योधन? वह वारणावत की ही चर्चा क्यों कर रहा है? और लौटने के विषय में वह इस प्रकार क्यों कह रहा है, जैसे पाण्डव वहाँ से लौटेंगे ही नहीं!...कोई योजना है क्या उसके मन में? पहले भी उसने प्रमाणकोटि में ऐसा ही प्रयत्न किया था, किन्तु भीम वहाँ से बच निकला।...इस बार दुर्योधन ने क्या सोचा है?...किन्तु यह पूछने का न धृतराष्ट्र को साहस हो रहा था, न ही इच्छा।...जो कुछ दुर्योधन करना चाहता है, करे।...धृतराष्ट्र तो बस इतना ही जानता है कि वह अपने भ्रातुष्पुत्रों को उनके श्रम के पश्चात् विश्राम करने के लिए वारणावत भेज रहा है...

किन्तु पूछे बिना उससे रहा भी नहीं गया, "वारणावत ही क्यों भेजना चाहते हो पुत्र?"

"बहुत सुन्दर नगरी है वह! जलवायु की दृष्टि से भी स्वास्थ्यवर्धक है। वहाँ महादेव शिव का एक विराट मन्दिर है। वहाँ वार्षिक उत्सव की तैयारियाँ हो रही हैं। युवराज और उसके लोकप्रिय भाइयों को अपने मध्य पा कर वारणावतवासियों को बहुत प्रसन्नता होगी। प्रजा के सुख के लिए युवराज और

उसके भाइयों को इतना तो करना ही चाहिए।..."

धृतराष्ट्र को लगा, दुर्योधन भी उसी की शैली में बोलना सीख गया है।

"और यदि उन्होंने जाना अस्वीकार कर दिया तो?"

"आप आदेश देंगे तो सर्वप्रथम तो वह मूर्ख युधिष्ठिर, अस्वीकर करने की बात सोचेगा ही नहीं। अपने पितृव्य की आज्ञा की उपेक्षा कर वह धर्मराज कैसे कहलायेगा!...और यदि उन्होंने ऐसा कुछ किया तो सम्राट् की अवज्ञा के आरोप में राजसभा में युवराज को पदच्युत करने के प्रस्ताव पर विचार किया जायेगा।"

"राजसभा में तुम्हें उस प्रस्ताव के कितने समर्थक मिलेंगे?"

"आप उसकी चिन्ता न करें!" दुर्योधन हँसा।

"क्यों? क्या बहुमत उसके साथ नहीं होगा?"

"नहीं!" दुर्योधन विश्वास के साथ बोला, "कुरुवृद्ध आपके साथ होंगे, क्योंकि राजा के आदेश का पालन उनके लिए जीवन का सर्वश्रेष्ठ कर्तव्य है। मंत्रियों में से एक विदुर को छोड़ दें, तो शेष सारे मंत्री धन और पदोन्नति के लोभ में हमारे साथ हैं। पितामह को जैसे ही यह आभास होगा कि पाण्डवों के हस्तिनापुर में रहने के कारण कुरुकुल में द्वेष बढ़ेगा, और उनके वारणावत जाने से कुरुकुल की कलह शान्त हो जायेगी, तो वे भी पाण्डवों के वारणावत जाने का समर्थन कर देंगे...।"

"और आचार्य द्रोण? कृपाचार्य?"

"आचार्य द्रोण वहीं होंगे, जहाँ अश्वत्थामा होगा; और अश्वत्थामा मेरे साथ है। कृपाचार्य न आपके विरुद्ध जा सकते हैं, न अश्वत्थामा के...।"

धृतराष्ट्र कुछ नहीं बोला; किन्तु उसके मन में चिन्तन-प्रक्रिया बड़ी तीव्रता से चल रही थी : वह तो पाण्डवों को अत्यन्त शक्तिशाली समझ रहा था; किन्तु दुर्योधन ने तो उनकी जड़ें ही काट डालीं। तो क्या कुरुओं की राजसभा में सिवाय विदुर के पाण्डवों का कोई सहायक नहीं है? पितृव्य भीष्म का उन पर स्नेह अवश्य है, किन्तु वे तो मध्यस्थ हैं। वे किसी का भी पक्ष लेना नहीं चाहते; और सबसे बड़ी बात तो यह है कि वे कुरुकुल में आन्तरिक कलह एकदम नहीं चाहते...किन्तु कृष्ण? कंस का वध करने वाला, जरासंध को पराजित करने वाला, वीरवर कृष्ण! यदि कृष्ण पाण्डवों की सहायता को आ गया तो?...

"पिताजी! क्या निश्चय किया आपने?"

"ठहरो पुत्र! तनिक धैर्य से काम लो! तुम्हारी ही बातों पर विचार कर रहा हूँ।" धृतराष्ट्र बोला, "किन्तु एक बात का ध्यान रहे, मैं भीम और अर्जुन

के साथ आये अतिथि राजाओं के वापस लौट जाने तक युधिष्ठिर को कोई आदेश नहीं दूँगा।"

"यही तो आपका दोष है," दुर्योधन ने जैसे असहायता में पैर पटके, "कार्य करेंगे भी तो इतनी धीमी गति से कि उसका आनन्द ही नष्ट हो जाये।"

पिता के सम्मुख अपना रोष जता कर दुर्योधन चल पड़ा; किन्तु बाहर निकल, अपने रथ में बैठते ही उसके चेहरे पर मन की प्रसन्नता के सारे लक्षण प्रकट हो गये। उसका मन हो रहा था कि वह उच्च स्वर में कोई बहुत अश्लील-सा गीत गाये; या फिर अपने मित्रों में बैठ कर इतनी मदिरा पिये कि उसकी चेतना ही लुप्त हो जाये।

किन्तु उसने दोनों में से एक भी कार्य नहीं किया और अपने रथ को स्वयं हाँकता हुआ, पुरोचन के घर जा पहुँचा।

पुरोचन ने उसे इस प्रकार, अपने द्वार पर आया देख कर आश्चर्य प्रकट किया, "राजकुमार आप?"

"हाँ, पुरोचन!"

"मुझे ही बुला लिया होता!"

"समाचार ही ऐसा था कि रुक नहीं पाया; और सीधा यहीं चला आया।"

"क्या समाचार है राजकुमार?"

"पिताजी पाण्डवों को वारणावत भेजने के लिए सहमत हो गये हैं।"

"अरे!" पुरोचन के चेहरे पर प्रसन्नता का भाव झलका, "यह तो दुर्लभ विजय है राजकुमार! इसका तो उत्सव होना चाहिए।"

"मूर्ख हो तुम!" दुर्योधन तनिक रोष के साथ बोला, "हम गोपनीयता की रक्षा के लिए साँस तक नहीं ले रहे, और तुम उत्सव की बात कर रहे हो!"

"क्षमा करें राजकुमार! वह तो बस अभ्यासवश मुख से निकल गया, अन्यथा मेरा अभिप्राय कदाचित् यह नहीं था।" पुरोचन बोला, "कब जा रहे हैं पाण्डव?"

"अभी पिताजी ने आदेश दिया नहीं है। किन्तु हमें भी कोई जल्दी नहीं है। अच्छा ही है कि वे लोग कुछ समय के पश्चात् ही जायें। हमें भी तैयारी के लिए कुछ समय चाहिए ही।"

"मैं कब चला जाऊँ?"

"सम्भव हो तो आज ही चले जाओ।"

"भवन का जीर्णोद्धार कराऊँ या नवनिर्माण?"

"जो मन में आये, वही कराओ—जीर्णोद्धार, नवनिर्माण...जो इच्छा हो, कराओ।

धन की चिन्ता मत करना। बस, कार्य निर्विघ्न पूरा होना चाहिए।"

"आपके आदेश का पूर्णरूपेण पालन होगा राजकुमार!"

"अच्छा! चलता हूँ।" दुर्योधन उठ खड़ा हुआ।

"अरे, कुछ देर तो ठहरें राजकुमार! सत्कार के लिए...।"

"नहीं! समय नहीं है।" दुर्योधन बोला, "अभी तो न मित्र कर्ण को सूचित किया है, न मातुल शकुनि को...न ही दुःशासन यह सब जानता है। उन्हें सूचित कर दूँ, तो मेरी हृदय-गति भी कुछ सहज हो।"

"जो राजकुमार की इच्छा!" पुरोचन ने हाथ जोड़ दिये।

6

भीष्म ने अपने कक्ष से बाहर निकल कर धृतराष्ट्र का स्वागत किया, "क्या बात है पुत्र! आज तुम प्रातः ही इधर कैसे चले आये? राजसभा में तो तुमसे भेंट होती ही।"

"राजसभा में तो भेंट होती है तात्; किन्तु बात नहीं होती।" धृतराष्ट्र ने आसन पर बैठते हुए कहा, "आपके पास बैठ कर, पुत्र के रूप में आपसे कुछ चर्चा करना चाहूँ, तो उसके लिए तो राजसभा कोई उपयुक्त स्थान नहीं है न तात्!"

भीष्म कुछ चकित हुए : धृतराष्ट्र को बहुत दिनों के पश्चात् स्मरण आया था कि वह उनका पुत्र है। उसे तो बस एक ही बात याद थी कि वह हस्तिनापुर का राजा है।...

"कहो धृतराष्ट्र! क्या बात है?" भीष्म बोले, "कोई गोपनीय बात है?"

"गोपनीय तो कुछ नहीं है पितृव्य! सारी राजसभा देखती है कि भीम और दुर्योधन एक-दूसरे को सहन नहीं कर पाते। बस, गदाओं की टकराहट ही नहीं हुई। लगता है कि किसी दिन वह भी हो जायेगी।..."

"तो तुम दुर्योधन को समझाते क्यों नहीं?" भीष्म बोले, "तुम्हें पिता और राजा—दोनों रूपों में दुर्योधन को अपने नियन्त्रण में रखना चाहिए।"

धृतराष्ट्र कुछ देर मौन बैठा रहा और फिर अत्यन्त निराश स्वर में बोला, "तात! आपने तो ऐसी बात कह दी, जैसे सारा दोष दुर्योधन का ही है।"

भीष्म की इच्छा हुई कि धृतराष्ट्र को डाँट दें : यह अन्धा पिता यह क्यों नही समझता कि इसका मन भी मोहान्ध हो चुका है? इसने आज तक यह स्वीकार नहीं किया कि सारे उत्पात की जड़ में दुर्योधन की ईर्ष्या ही है।

"तो क्या हम मान लें कि भीम और दुर्योधन एक समान दोषी हैं?"

भीष्म ने पूछा।

"पितृव्य!" धृतराष्ट्र ने अपना रुआँसा चेहरा भीष्म की ओर उठाया, और अपनी दृष्टिहीन आँखें जैसे शून्य में किसी बिन्दु पर टिका दीं, "मैं कोई आरोप ले कर आपके पास नहीं आया हूँ, और न ही मैं दोष की मात्रा का निर्धारण कर रहा हूँ। मैं तो कुरुकुल के भविष्य के प्रति अपनी आशंकाएँ लेकर आपके पास आया हूँ।..."

"क्या हैं तुम्हारी आशंकाएँ पुत्र?" भीष्म का मन कुछ कोमल हो गया।

"यदि मेरे पुत्रों और पाण्डु के पुत्रों में इस प्रकार मतभेद, वैर-विरोध चलता रहा तो इस वंश का क्या होगा पितृव्य?" धृतराष्ट्र की वाणी जैसे अवरुद्ध हो गयी, "क्या हमने अपने पुत्रों को शस्त्र-शिक्षा इसलिए दी है कि वे लोग परस्पर युद्ध कर, एक-दूसरे का रक्त बहाएँ?...और जहाँ तक नियन्त्रण की बात है तात्! आप जानते हैं कि दुर्योधन कितना हठी है। आप उसे उसके शैशव से देखते आये हैं। मुझे अपने पुत्र को तो पुत्र ही मानना पड़ेगा न! जैसा भी वह है! वयस्क हो जाने पर ये लड़के किसी की बात मानते भी तो नहीं हैं—आप भीम को आदेश दे सकते हैं कि वह दुर्योधन के कार्यों में हस्तक्षेप न करे? न हम इनमें परिवर्तन ला सकते हैं, न इनका किसी और व्यक्ति से विनिमय कर सकते हैं। स्वयं अपना ही दमन कर सकते हैं, इनका दमन तो हमसे होता नहीं!...आज की पीढ़ी में विद्रोह बहुत है। मुझे शंका है कि इनमें से किसी का दमन करने का प्रयत्न करूँ, तो कहीं वह अमर्यादित हो कर, कुछ ऐसा न कर बैठे, जो अशोभनीय अथवा दुखदायक हो... ।"

"तुम चाहते क्या हो धृतराष्ट्र?" भीष्म ने अपने मन में आये विचार को जिह्वा तक नहीं आने दिया। उनकी स्मरणशक्ति अभी धूमिल नहीं हुई है। उन्हें धृतराष्ट्र की शैशव और युवावस्था भी याद है। वह कम हठी नहीं था। अपनी इच्छाएँ चाहे वह रो कर मनवाता था, चाहे एड़ियाँ पटक कर। क्षमता होती तो शायद वह शस्त्र भी उठाता।...आज वही स्थिति दुर्योधन की है; और धृतराष्ट्र का हठ है कि दुर्योधन की प्रत्येक इच्छा पूरी की जाये...

"मैं क्या चाहूँगा पितृव्य! मेरी तो यही इच्छा है कि कुरु-कुल और कुरु-राज्य में शान्ति बनी रहे। कल ये लड़के और उनके समर्थक हस्तिनापुर के चौराहों पर सशस्त्र युद्ध करते दिखायी देंगे, तो हम क्या करेंगे पितृव्य?"

"इसलिए तो पूछ रहा हूँ कि तुम क्या चाहते हो? दुर्योधन को तुम रोक नहीं सकते और कलह भी तुम नहीं चाहते?..."

"आज आप इस प्रकार मुझसे रुष्ट क्यों हैं तात्?" धृतराष्ट्र ने बुरा-सा मुँह बनाया, "आप भीम को रोक सकेंगे? आप उससे कहें कि वह दुर्योधन से

झगड़ा न करे!"

"आज तक भीम को ही तो रोका है मैंने।" भीष्म अत्यन्त शान्त स्वर में बोले, "मेरी बात तो तुम रहने दो। आज तक कभी तुम्हारी भी किसी आज्ञा का उल्लंघन किया है पाण्डु के पुत्रों ने? तुम्हारे अपने पुत्रों से अधिक वे सम्मान करते हैं तुम्हारा। तुम्हारी प्रत्येक आज्ञा का पालन करते हैं, प्रत्येक इच्छा को पूर्ण करते हैं।"

लगा, धृतराष्ट्र के मुख में जैसे अपने असमर्थ क्रोध से झाग के बुलबुले आ गये, "मेरी इच्छा का वे इतना ही सम्मान करते हैं तात्, तो मैं उनसे कह दूँ कि मेरी इच्छा है कि दुर्योधन हस्तिनापुर का युवराज हो? छोड़ देगा युधिष्ठिर अपना पद?..."

भीष्म एकदम सनाका खा गये : क्या कह रहा है यह धृष्ट, चक्षुहीन मूर्ख! क्या यही कहने के लिए यहाँ आया है? आज तक इसके मन में यही था?...कहाँ तो इसको चाहिए था कि यह राज-पाट युधिष्ठिर को दे कर, स्वयं उदासीन हो जाता, किन्तु वह, यह तो करेगा नहीं; युधिष्ठिर को युवराज पद दे कर, स्वयं आजीवन सम्राट् बन बैठा है हस्तिनापुर का...और अब यह युवराज-पद भी छीन लेना चाहता है युधिष्ठिर से? इस वाक्य के रूप में इसके मन का विष अनायास ही छलक आया है, या जान-बूझ कर उनके सामने सुचिन्तित रूप से अपना मन खोल रहा है? इसका क्या भरोसा, यह इसी प्रकार की बात युधिष्ठिर के सम्मुख भी कह दे।...भीष्म जानते हैं युधिष्ठिर को। धृतराष्ट्र ने यदि ऐसा कुछ कह दिया तो युधिष्ठिर सब कुछ छोड़-छाड़ कर चल देगा।...जिस राज्य के लिए ये पिता-पुत्र अपने प्राण दिये हुए हैं, उसका कोई मोह नहीं है युधिष्ठिर को...कभी-कभी भीष्म के मन में एक बिम्ब उभरता है...उन्हें लगता है कि काल-चक्र घूम कर पुनः वहीं आ गया है, जहाँ वह उस समय था, जब उन्होंने दासराज के सम्मुख राज्य त्यागने की प्रतिज्ञा की थी ...आज उनके स्थान पर युधिष्ठिर खड़ा था और दासराज के स्थान पर स्वयं धृतराष्ट्र था...और भीष्म का मन बार-बार यह कहता है कि वह प्रतिज्ञा दुहराई नहीं जानी चाहिए। उस प्रतिज्ञा से किसी का कोई भला नहीं हुआ—उनका भी नहीं, जिनके लिए प्रतिज्ञा की गयी थी।...भीष्म को अपने किये पर पश्चात्ताप चाहे न हो, किन्तु वे नहीं चाहेंगे कि युधिष्ठिर फिर वैसी ही प्रतिज्ञा करे...

"युधिष्ठिर तुम्हारी इच्छा का विरोध तब भी नहीं करेगा।" भीष्म शुष्क स्वर में बोले, "किन्तु धृतराष्ट्र! इस स्थिति का लाभ उठाने का लोभ तुम्हारे मन में न ही आये तो अच्छा है..." भीष्म का स्वर शुष्क से कठोर होता गया, "क्योंकि यदि तुमने कभी ऐसी इच्छा प्रकट की, तो बाध्य हो कर मुझे अपनी

इच्छा प्रकट करनी होगी कि मैं चाहता हूँ कि युधिष्ठिर, हस्तिनापुर का युवराज नहीं, सम्राट् बने।" भीष्म ने उसे तीखी दृष्टि से देखा, "मैं तुम्हारी राजाज्ञा का विरोध नहीं करूँगा; किन्तु कुलवृद्ध के रूप में अपनी इच्छा प्रकट करने से किसी भी धर्म का उल्लंघन नहीं होगा। ऐसे में तुम्हारे लिए संकट बढ़ सकता है।" वे रुके, "अब तुम स्पष्ट शब्दों में कहो कि तुम अपने मन में क्या ले कर मेरे पास आये हो?"

धृतराष्ट्र का मन काँप गया : दुर्योधन, जो मन में आये, कहता रहे; किन्तु धृतराष्ट्र को मालूम है कि यदि किसी दिन पितृव्य भीष्म ने ऐसी इच्छा प्रकट कर दी, तो न दुर्योधन के शस्त्रधारी मित्र ही कुछ कर पायेंगे, और न धन-क्रीत मंत्री ही। जिस दिन पाण्डव राज्य पर अधिकार करना चाहेंगे, उस दिन हस्तिनापुर की सारी प्रजा उठ कर उनके साथ खड़ी हो जायेगी...

धृतराष्ट्र को स्मरण नहीं है कि आज तक कभी भीष्म उससे इस प्रकार की शुष्क, कठोर और कटु वाणी में बोले हों।

"आप रुष्ट न हों पितृव्य!" धृतराष्ट्र रुआँसे स्वर में बोला, "आप भी मुझसे रुष्ट हो जायेंगे, तो मैं चक्षुहीन असहाय प्राणी किसके सहारे जिऊँगा? मैंने तो केवल इतना ही चाहा था कि हम कुरुकुल की कलह समाप्त कर दें।..."

यह धृतराष्ट्र इसी प्रकार रोने लगता है, और तब भी यदि उन्होंने सहानुभूति न दिखायी, तो वह अपना माथा पीटने लगेगा, अपने कपोलों को मार-मार कर लाल कर लेगा...

'यह विकलांग मूर्ख...' भीष्म का मन पसीज गया।

"यह कलह कैसे दूर होगी?" उन्होंने पूछा।

"साथ रह कर तो उनमें प्रेम अंकुरित नहीं हुआ है पितृव्य, उल्टे विरोध बढ़ता ही जा रहा है।" धृतराष्ट्र बोला, "इसलिए मैंने सोचा, कि इससे पहले कि कोई दुर्घटना हो जाये, क्यों न हम उन लोगों को कुछ समय के लिए विलग कर दें...।"

"क्या तुम दुर्योधन को कहीं भेज रहे हो?"

"नहीं। दुर्योधन को भेजूँगा, तो मुझे भी जाना पड़ेगा। इसलिए मैंने सोचा कि कुन्ती अपने पुत्रों को लेकर कुछ समय के लिए वारणावत चली जाये। बहुत सम्भव है कि आँखों से दूर रहने से लड़कों का परस्पर विरोध कुछ शान्त हो जाये...।"

'यह धूर्त, कुन्ती और उसके पुत्रों को निर्वासित कर रहा है, जैसे इसने पाण्डु को किया था।' भीष्म के मन में एक स्वर गूँजा।

"क्या यह निर्वासन है?" भीष्म पूछे बिना नहीं रह सके।

अकस्मात् ही धृतराष्ट्र ने बिना किसी चेतावनी अथवा संकेत के, अपनी हथेलियों से कपोलों को पीटना आरम्भ कर दिया, "मर जा तू धृतराष्ट्र! मर जा! जी कर क्या करेगा अब!..."

"धृतराष्ट्र!" भीष्म ने आगे बढ़ कर, उसका हाथ पकड़ लिया, "क्या कर रहे हो! बन्द करो ये सब! जो मैं पूछ रहा हूँ, उसका उत्तर दो।"

"पितृव्य! मैं परिवार की कलह बचाना चाहता हूँ; और आप मुझे कह रहे हैं कि मैं अपने भ्रातुष्पुत्रों को निर्वासित कर रहा हूँ! जब आपका भी मुझ पर विश्वास नहीं रहा..." और सहसा उसका रुदन फूट पड़ा, "वारणावत सुन्दर नगर है। वहाँ की जलवायु स्वास्थ्यवर्धक है। युधिष्ठिर के मस्तक पर राज्यकार्य का बोझ है। शेष चारों भाई लम्बी यात्रा कर अनेक युद्ध जीत कर आये हैं। इस सारे परिश्रम के पश्चात् यदि मैं उन्हें विश्राम और मनोरंजन के लिए वारणावत जैसे नगर में भेज रहा हूँ, तो आपको मुझ पर संदेह हो रहा है कि मैं उन्हें निर्वासित कर रहा हूँ! वहाँ महादेव का वार्षिक उत्सव हो रहा है। कुन्ती को वहाँ रहना अच्छा लगेगा। मैं उन लोगों के लिए कुछ शुभ भी सोचता हूँ, तो इस प्रकार कलंकित होता हूँ...।"

"अच्छा! रोना बन्द करो!" भीष्म बोले, "तुम्हारे विचार में वे लोग कितनी अवधि तक वहाँ रहेंगे तो यह द्वेष शान्त हो जायेगा?"

"यह मैं क्या जानूँ तात्! यह मैं आप पर ही छोड़ता हूँ कि जब आप आवश्यक समझें, उन्हें वापस बुला लें।" धृतराष्ट्र को तत्काल लगा कि बिना सोचे-समझे, वह कुछ जल्दी में ही बोल गया है। उसने रुकते-रुकते भी जोड़ दिया, "वैसे इस समय दुर्योधन के मन में युधिष्ठिर के युवराज बनने की द्वेषाग्नि धधक रही है; और अर्जुन तथा भीम में विजय-यात्रा का तेज दमक रहा है। इतना समय तो दें कि वे लोग शान्त हो लें...।"

"और मैंने जब उन्हें वापस बुलाया, तो तुम फिर से तो नहीं रोने लगोगे?"

धृतराष्ट्र के चेहरे पर उपालम्भ जागा, "तो कुन्ती के पुत्रों को न ही भेजें पितृव्य! मेरा क्या है! मैं तो अन्धा हूँ—देख भी नहीं पाता कि सामने क्या हो रहा है। जब राजसभा में वे शस्त्र-बद्ध हो परस्पर लड़ने लगें, तो आप ही सँभाल लीजिएगा उन्हें। न मानें, तो दो-चार का वध कर दीजिएगा। पौत्र हैं भी तो बहुत सारे आपके...।"

भीष्म ने उसके उपालम्भ को जान-बूझ कर अनदेखा कर दिया; और उसके व्यंग्य पर उनका मन टिका ही नहीं—उनका मन अटक गया था धृतराष्ट्र के शब्दों—'कुन्ती के पुत्रो—पर! वह उन्हें 'भ्रातुष्पुत्र' नहीं कह रहा था, 'कौरव' भी नहीं कह रहा था, पाण्डु के नाम 'पाण्डव' भी नहीं। वह उन्हें कह रहा था

'कुन्ती के पुत्र...जैसे कुरुवंश से उनका कोई सम्बन्ध ही न हो...'

"कब भेजना चाहते हो?" भीष्म ने पूछा।

"वे अपने अतिथियों को विदा कर लें और महादेव के महोत्सव की तिथि को ध्यान में रख कर, स्वयं ही यात्रा का मुहूर्त निश्चित कर लें।"

भीष्म कुछ नहीं बोले। धृतराष्ट्र उनके मौन में से कुछ पढ़ने का प्रयत्न करता रहा...और अन्ततः बोला, "अच्छा पितृव्य! चलता हूँ।" वह उठ कर खड़ा हो गया, "आपकी सहमति पा कर, मेरे मन का बोझ उतर गया।"

भीष्म के मन में एक भयंकर ज्वार उठा : ऐसा क्यों है कि विकलांग, निरीह और असहाय धृतराष्ट्र हर बार उन्हें इतना असमर्थ कर देता है कि वे समर्थ होते हुए भी कुछ कर नहीं पाते?...पर वे ऐसा कुछ करना भी तो नहीं चाहते, जिससे कुरुकुल की शान्ति नष्ट हो।...परिणाम हर बार यही होता है ...जैसे कोई माँ अपने झगड़ते हुए दो पुत्रों को पृथक् कर उनमें से आज्ञाकारी पुत्र को समझाती है—'तू तो जानता ही है कि वह दुष्ट है। तू ही मान जा मेरे लाल! तू तो अच्छा बेटा है।' कदाचित् भीष्म ने भी हर बार पाण्डवों के साथ यही किया है...

7

"माँ! मैं एक बहुत ही हर्षवर्द्धक समाचार लाया हूँ।"

"क्या समाचार है पुत्र?"

युधिष्ठिर को घर लौटने में आज पर्याप्त विलम्ब हो गया था। उसके भाई तो कब के आ गये थे और उसके लौटने की प्रतीक्षा कर रहे थे। अब यह क्रम बहुत असाधारण भी नहीं रह गया था। युवराज के अनेक दायित्वों के कारण, उसे अनेक बार भाइयों से पृथक् भी रहना पड़ता था।

कुन्ती बहुत उत्सुक हो कर उसकी ओर देख रही थी और चारों भाई भी उसे घेर कर खड़े हो गये थे।

"बैठो! बैठो!!" युधिष्ठिर हँसा, "आसन ग्रहण करो माँ! इतनी भी क्या उत्सुकता कि मुझे जल भी नहीं पिलाया...।"

"तुम भी तो भीतर आ कर, जल पी कर, चैन से बैठ कर यह बात कह सकते थे।" कुन्ती बोली, "तुमने भी तो द्वार में प्रवेश बाद में किया और घोषणा पहले कर दी। हम सुनने को अधिक उत्सुक हैं, या तुम सुनाने को अधिक आतुर हो?"

जल लाते हुए सेवक से नकुल ने पात्र ले कर, कुन्ती की ओर बढ़ाया,

"लो माँ! अपने हाथों से जल दो। यह न हो कि किसी और के हाथों से ग्रहण कर, भैया को तृप्ति ही न हो।"

कुन्ती ने पात्र युधिष्ठिर की ओर बढ़ाया, "समाचार क्या है?"

"बहुत हर्ष का समाचार है माँ!" युधिष्ठिर बोला, "मथुरा छोड़ कर कुशस्थली की ओर जाते हुए, यादवों की रक्षार्थ जरासंध और कालयवन की सेनाओं को अटकाए रखने के लिए कृष्ण, मार्ग में ही रुक गया था। उसने मुचकुन्द की गुफाओं में भटका कर क़ालयवन का वध कर दिया है माँ! और अब जरासंध भी बहुत उत्साह से उनका पीछा नहीं कर रहा। बहुत संभव है कि यादव सुरक्षित कुशस्थली पहुँच जायें माँ! वहाँ उन्हें जरासंध का तनिक भी भय नहीं रहेगा।"

"अद्भुत है यह कृष्ण!" कुन्ती जैसे अपने-आप से कह रही थी, "अकेले लड़के ने कालयवन को मार डाला! आर्यावर्त्त के त्रास को!"

"बहुत लम्बी यात्रा की है कृष्ण ने यादवों के साथ। उनमें स्त्रियाँ, शिशु, वृद्ध और रोगी लोग भी रहे होंगे।" अर्जुन बोला, "यह सब कृष्ण की आस्था के कारण ही है। उसके विश्वास को कोई डिगा नहीं सकता।"

"इसका अर्थ यह हुआ कि वे लोग कुशस्थली में एक नया नगर बसायेंगे! नया राज्य स्थापित करेंगे! कृषि का प्रबन्ध करेंगे, उद्योग लगायेंगे, व्यापार करेंगे, सैन्य-संगठन करेंगे..."

"क्या जरासंध वहाँ आक्रमण नहीं कर सकता?" भीम ने पूछा, "कुशस्थली के आस-पास भी तो उसके अनेक मित्र राजा हैं।"

"आक्रमण कर क्यों नहीं सकता!" अर्जुन बोला, "किन्तु कुशस्थली को चारों ओर से घेरा नहीं जा सकता। यादव सेना जब भी युद्ध करेगी, उसकी पीठ पर समुद्र होगा, जरासंध नहीं।"

"तो उसमें कठिनाई बढ़ भी तो सकती है।" नकुल बोला, "उनके पास पीछे हटने का स्थान ही नहीं होगा।"

"अरे बुद्धू!" भीम ने नकुल के कंधे पर प्रेमपूर्वक थपकी दी, "क्षत्रिय हो कर, युद्ध-क्षेत्र में पीछे हटने की बात करता है! क्षत्रिय या तो विजय प्राप्त करता है या वीरगति! वह पीछे नहीं हटता।"

"किन्तु मध्यम! तुमने इस ओर ध्यान नहीं दिया कि कृष्ण उन जड़ क्षत्रियों में से नहीं है, जो बिना सोचे-समझे युद्ध करते हैं। वह तो मथुरा छोड़ कर ही भाग गया। और कोई क्षत्रिय करेगा ऐसा?" अर्जुन ने रुक कर अपने भाइयों को देखा, "ज्येष्ठ के युवराज्याभिषेक के अवसर पर जब कृष्ण यहाँ आया था, तभी युद्ध-नीति को ले कर, मेरा उससे वार्तालाप हुआ था।"

"क्या कहता था वह?" भीम के साथ-साथ अन्य तीनों भाई भी उत्सुकता से अर्जुन की ओर देख रहे थे।

"सबसे महत्वपूर्ण बात तो यह है कि परम्परा से आये ज्ञान तथा नियमों को उनके घेरे के भीतर से स्वीकार न कर, उनसे बाहर निकल, मौलिक रूप से उनका चिन्तन करता है।..."

"युद्ध के विषय में वह क्या सोचता है, यह बताओ।" भीम ने टोका।

"उसका कहना है कि जड़ता से कोई कार्य नहीं करना चाहिए–युद्ध भी नहीं!" अर्जुन बोला, "उसका कर्म चैतन्य है। दूसरी बात यह है कि हमारी दृष्टि कर्म पर हो, फल पर नहीं।..."

"तुमने फिर शास्त्र आरम्भ कर दिया।" भीम का अधैर्य मुखर हुआ।

"नहीं मध्यम!" अर्जुन बोला, "वह कहता है कि युद्ध करते हुए, विजय अथवा वीरगति की बात न सोच कर, 'युद्ध' की हर बात सोचनी चाहिए।"

"अरे, युद्ध के विषय में सोचते रहेंगे, तो युद्ध करेंगे कब?" भीम हँसा, "तुम और तुम्हारा कृष्ण!"

"भीम!" युधिष्ठिर बोला, "पहले पूरी बात सुनो। बीच में मत टोको।"

"वह कहता है कि यदि हम यह सोचते हैं कि हमें कब, किस शस्त्र का प्रयोग करना है, शस्त्र का प्रयोग किस दूरी से करना है, शत्रु-सेना के किस अंग पर आक्रमण करना है, शत्रु के शरीर के किस खण्ड पर प्रहार करना है, तो हमें यह भी सोचना चाहिए कि हमें कब, कहाँ और कैसे युद्ध करना है। युद्ध के लिए जैसे हम अपना शस्त्र चुनते हैं, वैसे ही हमें स्थान और समय भी चुनना चाहिए। उसका विचार है कि समय और स्थान से बड़ा शस्त्र और कोई नहीं है। यदि शत्रु ने हमें ऐसे समय और स्थान पर घेर लिया है, जहाँ हम अपनी पूरी क्षमता से युद्ध नहीं कर सकते, तो हमें अपना समय और स्थान चुनना चाहिए। युद्ध में क्षत्रिय के लिए कायरता अधर्म है, सजग रह कर अपनी युद्ध-नीति तथा व्यूह का निर्माण तो अधर्म नहीं है। इसलिए उसने मथुरा छोड़ दी और कुशस्थली चुन ली। यह कायरता नहीं, व्यूह-रचना है।"

"इसमें कर्म और फल कहाँ से आ गये?" भीम ने आपत्ति की।

"उसका कहना है कि 'युद्ध' तो कर्म है तथा 'विजय' अथवा 'वीरगति' उसके फल हैं।" अर्जुन बोला, "सामान्यतः हम लोग विजय अथवा वीरगति को अपना लक्ष्य मानते हैं, युद्ध को नहीं। वह जब युद्ध करता है, तो उसका लक्ष्य युद्ध ही है–'विजय' तथा 'वीरगति' तो उसके अनिवार्य फल मात्र हैं, जो प्रकृति के नियमों के अधीन हमें प्राप्त होंगे ही। विजय अथवा वीरगति की चिन्ता करते रहेंगे, तो युद्ध नहीं हो पायेगा।..." अर्जुन रुक गया, "इसे इस

प्रकार समझो कि कृष्ण मथुरा में था और जरासंध तथा कालयवन ने अपनी विराट सेनाओं के साथ, उस पर आक्रमण किया। परम्परागत क्षत्रिय चरित्र की दृष्टि से उसे मथुरा में रहकर प्रत्यक्ष युद्ध कर विजय प्राप्त करनी चाहिए थी; और यदि ऐसा सम्भव नहीं था तो उसे तथा यादव वीरों को युद्ध-क्षेत्र में वीरगति प्राप्त करनी चाहिए थी। यदि कृष्ण इस स्थिति को स्वीकार कर लेता तो यादव पुरुष तो युद्ध में अवश्य ही मारे जाते और जरासंध, यादव-स्त्रियों, वृद्धों तथा बालकों को उनके घरों में बन्द कर जीवित ही जला देता। इसलिए कृष्ण ने युद्ध न करने की ठानी। जरासंध और कालयवन के पास बड़ी सेनाएँ थीं; इसलिए उन्हें मथुरा को घेरने में सुविधा थी। उनके लिए 'गति' कठिन थी, 'स्थिति' सरल। कृष्ण के पास कम लोग थे, इसलिए उसे गति में सुविधा थी, स्थिति में नहीं। उसने यादवों को चलाया। जरासंध और कालयवन की सेनाएँ अपनी लम्बी यात्रा कर मथुरा पहुँची थीं। वे थक चुकी थीं और रुकना चाहती थीं। कृष्ण ने उन्हें कुशस्थली की ओर फिर लम्बी यात्रा पर बाध्य किया। कालयवन की आधी सेना मार्ग में ही खप गयी। कृष्ण लड़ेगा किन्तु मथुरा में नहीं, कुशस्थली में लड़ेगा। यदि जरासंध भी वहाँ पहुँच गया, तो बहुत सम्भव है कि कृष्ण सागर में चला जाये। वे लोग नौकाएँ और जलपोत बना सकते हैं। जरासंध के पास जल-सेना नहीं है। आर्यावर्त्त के किसी राजा के पास नहीं है। सम्भवतः कृष्ण तब भी लाभ में ही रहेगा।"

"इस दृष्टि से कृष्ण भगोड़ा तो नहीं है; केवल इतना ही है कि उसने अपनी युद्ध-नीति बदल दी है।" भीम बोला, "और ठीक ही है। हम क्यों शत्रु की सुविधा से युद्ध करें? अपनी सुविधा से क्यों न करें?"

"इतना ही नहीं मध्यम! कृष्ण के प्रत्येक कृत्य में तुम्हें यही बात दिखायी देगी। अनेक बार ऊपर से देखने पर उसके कार्य धर्म के विपरीत प्रतीत होते हैं; किन्तु सूक्ष्म दृष्टि से देखो तो बात केवल इतनी-सी ही है कि वह प्रत्येक कार्य अत्यन्त मौलिक रूप में करता है। प्रचलित लोक-रीति, उसकी दृष्टि को अवरुद्ध नहीं कर पाती। ऊपर से धर्म-विरुद्ध लगने वाले उसके कार्य, वस्तुतः वास्तविक धर्म के सर्वथा अनुकूल होते हैं। साधारण व्यक्ति कृष्ण की लीला को समझ तो पाता नहीं, उसके अनेक अर्थ निकालता रह जाता है।"

"अर्जुन पर तो कृष्ण का ऐसा सम्मोहन छा गया है कि..." कुन्ती हँस कर बोली, "जब देखो, उसके शब्दों और व्यवहार की व्याख्या करता रहता है।"

"तो इसमें अनुचित क्या है माँ!" अर्जुन ने जैसे अपना बचाव किया, "तुम्हें मालूम है, कृष्ण को जानने के प्रयत्न में, मैंने इस सृष्टि को कितना अधिक जाना है।"

"ओ-हो-हो!" भीम हँसा, "अर्जुन के कृष्ण तथा सृष्टि में अभेद है। कृष्ण ही सृष्टि है; और सृष्टि ही कृष्ण है। व्यक्ति एक को जान जाये, तो दूसरे के भेद तो अपने-आप ही खुलते चले जाते हैं।"

"हँसो मत मध्यम!" अर्जुन के स्वर में आवेश था, "यह न उपहास का विषय है, न परिहास का। कृष्ण का उपहास मुझे सुहाता नहीं है। इस सृष्टि को जितना कृष्ण समझता है, उतना और कोई नहीं समझता। वे दोनों एक-दूसरे के विरुद्ध जा ही नहीं सकते।..."

"अच्छा! विवाद मत बढ़ाओ।" कुन्ती बोली, "अर्जुन! पुत्र, तुम अपने मध्यम को जानते नहीं क्या? वह तो अपने विषय में भी इस प्रकार चर्चा करता है, जैसे अपना भी उपहास ही कर रहा हो। और भीम! पुत्र, सचमुच ही कुछ विषय और व्यक्ति उपहास से परे होते हैं। अर्जुन के मन में कृष्ण के प्रति श्रद्धा है, इसलिए उसे तुम्हारा यह परिहास भी रुचिकर नहीं होगा।"

"अर्जुन के मन में कृष्ण के प्रति श्रद्धा है तो मेरे मन में उसके प्रति प्रेम है।" भीम पुनः हँसा, "अन्तर यही है कि जिनसे आप प्रेम करते हैं, उनसे आप हास-परिहास भी कर सकते हैं; और जिनके लिए श्रद्धा होती है, उनकी केवल प्रशंसा। इसलिए मैं करता हूँ तो प्रेम! श्रद्धा से तो सारी आत्मीयता समाप्त हो जाती है माँ!"

"इस बार तो मध्यम ने बड़ी समझदारी की बात कही है।" सहदेव बोला, "ऐसा अवसर बार-बार तो आता नहीं।"

"अच्छा, बस करो।" कुन्ती ने फिर हस्तक्षेप किया, "मुझे तो इस बात की प्रसन्नता है कि यादव सुरक्षित स्थान पर पहुँच गये हैं। नहीं तो कारामुक्त हो कर भी भैया वसुदेव को कोई सुख नहीं मिलता।..."

"ज्येष्ठ!" भीम ने जैसे माँ की ओर ध्यान न देते हुए, मन की तरंग में कहा, "यह तो बताओ कि तुम्हें रहने के लिए युवराज के उपयुक्त प्रासाद कब मिलेगा? इस खण्डहर में कब तक रहेंगे हम लोग? इसमें न तो अपने मित्रों को ठहरा सकते हैं, न अतिथियों को। अब यदि कृष्ण और बलराम कुशस्थली से आयें..."

"कुशस्थली का नाम अब उन्होंने द्वारका रख दिया है।" सहदेव ने टोका।

"द्वारका सही!" भीम ने सहदेव के शब्दों को ऐसे झटका, जैसे कोई अपनी नाक पर बैठी किसी धृष्ट मक्खी को उड़ाता है, "इतनी दूर से, इतनी लम्बी यात्रा करके वे आयें और हमारे पास उन्हें सुविधाजनक ढंग से ठहराने के लिए स्थान भी न हो, यह कोई बात हुई!"

"मध्यम! यदि ज्येष्ठ को नया प्रासाद मिल भी गया, तो लाभ क्या होगा!"

नकुल बोला, "कुछ दिनों में ज्येष्ठ का विवाह हो जायेगा, और वे कहेंगे कि इस प्रासाद में केवल युवराज और उनका परिवार ही रहेगा, जैसे पितृव्य ने कह दिया था।..."

"चुप! ऐसी बात स्वप्न में भी मत कहना। तुम्हारा ज्येष्ठ अपने पितृव्य जैसा नहीं है।" कुन्ती ने कहा।

"क्या बात है? आज परिहास-निषेध क्यों है इस घर में?" सहदेव ने अपना चेहरा ऊपर उठा कर कहा, जैसे आकाश से अपने प्रश्न का उत्तर माँग रहा हो।

"मैंने कभी पितृव्य से इसकी चर्चा नहीं की है।" युधिष्ठिर बोला, "वैसे इस खण्डहर में रहते-रहते मुझे तो अपनी आवश्यकता के लिए यह पर्याप्त ही लगने लगा है। नये प्रासाद में शायद मेरा मन ही न लगे।"

"आपका मन तो मैं लगा दूँगा।" भीम बोला, "पहले आप प्रासाद का प्रबन्ध तो कीजिए।"

"भीम! क्या तुम्हें नहीं लगता कि हम अपने ऊपर जितना अधिक व्यय करेंगे, प्रजा पर उतना ही आर्थिक बोझ बढ़ेगा?"

"ज्येष्ठ!" अब भीम के स्वर में तनिक भी हल्कापन नहीं रह गया था, "दुर्योधन जिस प्रकार राजकोष के धन का अपव्यय कर रहा है, उसको देखते हुए, एक नया, विशाल राजप्रासाद तो हमारी न्यूनतम आवश्यकता है; और फिर जितना धन हम दिग्विजय से लाये हैं, उतना तो बीसियों प्रासाद बनाने के लिए पर्याप्त है।"

"मैं दुर्योधन का अपव्यय इसी क्षण से रोक देता, किन्तु वह मेरे अधिकार में नहीं है।" युधिष्ठिर बोला, "और दिग्विजय से लाया गया धन भी तो प्रजा के कल्याण के लिए है, राजा के विलास के लिए नहीं।"

"उसे रोक नहीं सकते, तो मुझे व्यय करने दीजिए।" भीम बोला, "मैं यह कदापि नहीं देख सकता कि प्रजा से कर-रूप में प्राप्त धन के साथ-साथ हमारे बाहुबल से अर्जित धन भी दुर्योधन और उसकी चाण्डाल चौकड़ी के विलास में व्यय हो।"

"पर यदि हम भी उसी प्रकार व्यय करें, जिस प्रकार दुर्योधन कर रहा है, तो राजकोष आधे ही समय में खाली हो जायेगा।" युधिष्ठिर ने आपत्ति की।

"यदि राजकोष को खाली होना ही है, तो अच्छा है कि हम दोनों ही मिल कर करें। भाई के कार्य में हमें सहयोग तो करना ही चाहिए।" भीम बोला, "पर मुझे पूरा विश्वास है कि आप चाहें भी तो आपको कोई उस प्रकार व्यय करने नहीं देगा, जैसे दुर्योधन करता है। वह तो बैठे-बिठाए सूतपुत्र को अंगदेश

का राज्य भी दे सकता है, और आप अपने लिए एक प्रासाद भी नहीं बनवा सकते!"

"भीम! तुम अपने और दुर्योधन के झगड़े में उस बेचारे कर्ण को क्यों ले आते हो?" कुन्ती ने उसे टोका, "इस प्रकार की अकारण शत्रुता मुझे अच्छी नहीं लगती पुत्र!"

"माँ! तुमने कभी जा कर उस सारथिपुत्र..."

"सारथि मत कहो उसे! कर्ण कहो।" कुन्ती के चेहरे पर अरुचि का भाव आया, "इस प्रकार के सम्बोधनों का क्या लाभ, जिनसे किसी के गुण प्रकट होने के स्थान पर तिरोहित हो जाते हों?"

"अच्छा! कर्ण ही सही!" भीम बोला, "तुम जा कर उससे पूछो माँ, कि वह क्यों अकारण अर्जुन से शत्रुता करता है।"

"अज्ञान है उसका।" कुन्ती बोली, "और क्या!"

"अज्ञान नहीं। दुष्टता है उसकी!" भीम ने बलपूर्वक कहा, "तुम नहीं जानतीं कि कितना कलुषित है उसका मन! दुर्योधन की सारी दुष्टताओं के मूल में या तो शकुनि होता है या कर्ण!"

"नहीं पुत्र! यह उसकी दमित महत्त्वाकांक्षा का क्षार है, जो तुम्हें अच्छा नहीं लगता।"

"माँ!" इस बार सहदेव बोला, "महत्त्वाकांक्षाएँ किसमें नहीं होतीं, किन्तु उनकी अपूर्णता या असफलता को यदि व्यक्ति झेल न पाये, और उसके कारण दुष्टता पर उतर आये, तो उसका अपराध क्षम्य तो नहीं है।"

"अर्जुन के प्रति उसके व्यवहार को उचित तो मैं भी नहीं ठहराती पुत्र!" कुन्ती ने उत्तर दिया, "किन्तु कुछ लोग होते ही अभागे हैं। दुर्भाग्य से पीड़ित व्यक्ति को क्षमा ही कर देना उचित है।"

"अभागा क्यों माँ?" सहदेव बोला, "मुझे तो वह असाधारण रूप से सौभाग्यशाली प्रतीत होता है। सूतपुत्र होते हुए भी, वह महाराज अंगेश हो गया। इससे बड़ा सौभाग्य क्या होगा?"

"राज्य की प्राप्ति भी सौभाग्य हो सकती है," कुन्ती धीमे स्वर में बोली, "किन्तु सत्संगति और भले लोगों का स्नेह—सबसे बड़ा सौभाग्य होता है। उसे अपनी जननी और जनक का स्नेह नहीं मिला। राधा और अधिरथ उससे बहुत प्रेम करते होंगे; किन्तु जननी और जनक की बात ही और है।" कुन्ती ने अपने पुत्रों पर एक दृष्टि डाली, "उसे संगति मिली है दुर्योधन, दुःशासन और शकुनि की। उसे उनका प्रेम प्राप्त है, या उनका स्वार्थ उसे घेरे हुए हैं—यह कहना तो कठिन है। वह तुम लोगों का मित्र होता—राज्य उसे मिलता, न मिलता; तो भी

वह इससे अधिक सुखी होता।"

"माँ ठीक कह रही हैं।" युधिष्ठिर बोला, "ऐसे लोग सचमुच क्षम्य ही नहीं, दयनीय भी होते हैं, जिन्हें मिलने के लिए सुख चारों ओर से बहता चला आ रहा हो, फिर भी वे लोग, सुख तक पहुँच न पायें..."

तभी बाहर किसी रथ के रुकने की आहट हुई और किसी ने द्वार खटखटाया।

नकुल उठा, "मैं देखता हूँ माँ!"

थोड़ी देर में वह धृतराष्ट्र के सारथि के साथ लौटा, "युवराज के लिए महाराज का संदेश आया है।"

"क्या बात है?" युधिष्ठिर ने पूछा।

"महाराज ने आपको तत्काल आने के लिए कहा है युवराज! वे आपसे मिलना चाहते हैं।"

"इसी समय?" युधिष्ठिर ने आश्चर्य से पूछा, "आधे प्रहर पूर्व तक तो मैं उन्हीं के साथ था!"

"उन्होंने आपको साथ ही लिवा लाने के लिए कहा है युवराज!"

"अच्छा, चलो!" युधिष्ठिर उठ खड़ा हुआ, "जाने क्या काम हो!"

"भैया!" भीम धीरे से बोला, "प्रासाद की बात भी कर लीजिएगा। यह न हो कि उनके कार्य तो होते रहें; और हमारा काम पड़ा-का-पड़ा रह जाये।"

धृतराष्ट्र युधिष्ठिर की प्रतीक्षा ही कर रहा था।

"आओ वत्स!" उसने अत्यन्त मधुर ढंग से युधिष्ठिर का स्वागत किया। उसके चेहरे पर तनिक भी उद्विग्नता नहीं थी। वह अत्यन्त शान्त दिखायी पड़ रहा था।

"क्या बात है पितृव्य?" युधिष्ठिर ने निकट के आसन पर बैठते हुए पूछा।

"वत्स! सहसा तुम्हारा स्मरण हो आया, तो मुझे स्वयं अपने-आप पर आश्चर्य भी हुआ और ग्लानि भी।..."

युधिष्ठिर ने आश्चर्य से उसकी ओर देखा।

"तुम्हारे वे अतिथि चले गये पुत्र?" धृतराष्ट्र ने पूछा, "जिन्हें भीम और अर्जुन सौवीर अभियान से लौटते हुए, अपने साथ लाये थे?"

"हाँ, पितृव्य! वे सब लोग लौट गये हैं।"

"देखो! इतनी-सी बात पूछनी भी याद नहीं रहती।" धृतराष्ट्र बोला, "राजसभा में एक तो व्यर्थ के विवाद ही बहुत रहते हैं; दूसरे वहाँ इतने बाहरी

लोगों के बीच, परिवार की छोटी-छोटी घटनाओं के विषय में पूछना, कुछ समीचीन भी नहीं लगता।" धृतराष्ट्र ने रुक कर एक दीर्घ निःश्वास छोड़ा, "इस अल्प वय में तुम पर भी राजकार्य का कितना बोझ आ पड़ा है युधिष्ठिर! थक जाते होगे। तुम विश्राम भी तो नहीं करते पुत्र!" वह खाँसा, "यही सोच रहा था मैं। तुम लोगों की सुख-सुविधा का ध्यान रखना मेरा धर्म है; और मैं तुम्हें तो इस शासन-तन्त्र में उलझाए ही रहता हूँ, तुम्हारे चारों भाइयों को भी भेज दिया, कठिन यात्रा पर—युद्ध करने के लिए! बहुत परिश्रम किया है तुम लोगों ने! कुछ आराम भी करना चाहिए तुम्हें!"

"आपकी कृपा है पितृव्य! आप हमारा इतना ध्यान रखते हैं।" युधिष्ठिर बोला, "हम श्रम के साथ पर्याप्त विश्राम भी कर लेते हैं, आप निश्चिन्त रहें।"

"नहीं पुत्र! यह कोई विश्राम नहीं है।" धृतराष्ट्र बोला, "यहाँ रह कर तो कितना भी विश्राम करना चाहो, तुम्हें कोई विश्राम करने नहीं देगा। आज देखो न, तुम राजसभा से अपने भवन में गये, और मैंने तुम्हें बुला लिया। ऐसे ही, जिसे आवश्यकता होगी, वह तुम्हें कष्ट देगा ही।...और तुम्हारा तो वह स्वभाव ही नहीं है। न तुम कभी मृगया के लिए जाते हो...।"

"मुझे वह नृशंसता लगती है पितृव्य!"

"किन्तु क्षत्रिय तो मृगया करते ही हैं।" धृतराष्ट्र बोला, "तुम इसे नृशंसता कहोगे तो युद्ध कैसे करोगे?"

"मैं अनावश्यक हिंसा को क्षत्रिय के लिए अनिवार्य नहीं मानता। आत्मरक्षा तथा न्यायरक्षा के लिए किया गया युद्ध ही धर्मसंगत है। अपने मनोरंजन, अहंकार अथवा लोभ के कारण किया गया युद्ध भी नृशंसता है तात्!"

"लगता है, तुम विदुर की संगति में कुछ अधिक ही रहने लगे हो। वह शैशव से ऐसी ही बातें करता रहा है।" धृतराष्ट्र बोला, "तुम चौसर भी नहीं खेलते...।"

"चौसर, मात्र चौसर रहे, तो मुझे कोई विशेष आपत्ति नहीं है पितृव्य! किन्तु चौसर अब द्यूत में परिणत हो गया है। द्यूत तो पराये धन के हरण का कारण है...।"

"वह भी नृशंसता है क्या?" धृतराष्ट्र हँसा।

"आप हँस रहे हैं पितृव्य! किन्तु है वह भी नृशंसता ही।" युधिष्ठिर बोला, "किसी व्यक्ति के श्रम द्वारा अर्जित धन से उसको इस प्रकार वंचित कर, उसे पीड़ित करना, नृशंसता ही है महाराज!"

"तो पुत्र! तुम्हारा मनोरंजन कैसे होगा? तुम आराम कैसे करोगे? अपने

शरीर और मन को ढीला कैसे छोड़ोगे?"

"विश्राम भी सुख के ही समान, मन की एक स्थिति है तात्! लोग, विश्राम के बहाने सघन वनों में अश्व दौड़ाते हुए स्वेद से नहा जाते हैं, शरीर थक कर चूर हो जाता है। और वे उसे विश्राम मानते हैं।"

"तो तुम्हारा मनोरंजन कैसे होगा?"

"मेरा मनोरंजन और विश्राम न मदिरा में है, न द्यूत में, न मृगया में।" युधिष्ठिर बोला।

"और दासियों में भी तुम्हें कोई रुचि नहीं है?"

"नहीं, महाराज!"

"तो?"

"सत्संगति में मेरे मन को पर्याप्त शान्ति मिल जाती है महाराज!" युधिष्ठिर ने उत्तर दिया, "अध्ययन में, मनन में, ध्यान में मैं बहुत सुख पाता हूँ।"

"तो पुत्र! तुम्हें इनका भी अवसर नहीं मिलता होगा। एक तो शासन-कार्य से तुम्हें अवकाश नहीं मिलता; दूसरे, हस्तिनापुर इन बातों के लिए उपयुक्त स्थान भी नहीं है। यहाँ तो धन-सम्पत्ति है, राग-रंग है, मदिरा है, द्यूत है, गणिकाएँ हैं।...तुम्हारे युवराज्याभिषेक पर भी महर्षि कृष्ण द्वैपायन व्यास हस्तिनापुर नहीं आये। उन्होंने कहलवाया था कि जो कार्य मेरे बिना भी हो सकता है, उसमें सम्मिलित होने के लिए, मैं हस्तिनापुर जैसे रजोगुणी और भोगी नगर में क्यों जाऊँ।" धृतराष्ट्र ने रुक कर युधिष्ठिर की प्रक्रिया की प्रतीक्षा की, "हमारे राज्य में गंगातट पर ही एक नगर है वारणावत! प्राकृतिक सौन्दर्य से भरा-पूरा है। कहते हैं, वहाँ की जलवायु बहुत ही स्वास्थ्यवर्धक है और आनन्ददायिनी है। वहाँ के लोग सीधे-सादे और सात्विक वृत्ति के हैं। वहाँ महादेव शिव का एक विराट मन्दिर है, और उनका वार्षिक महोत्सव भी होने वाला है। वहाँ सम्पूर्ण जम्बूद्वीप से अनेक विद्वान, साधक, संन्यासी, ऋषि, मुनि और तपस्वी लोग आयेंगे। मेरी इच्छा है कि तुम अपनी माता तथा भाइयों सहित, कुछ समय के लिए वारणावत चले जाओ।" उसने अपनी अन्धी आँखें युधिष्ठिर के चेहरे की ओर उठायीं; किन्तु युधिष्ठिर मौन ही रहा।

"हस्तिनापुर में मैं तुम्हारे लिए कोई उपयुक्त प्रासाद भी नहीं बनवा पाया हूँ", धृतराष्ट्र पुनः बोला, "किन्तु वारणावत में बहुत ही सुन्दर और श्रेष्ठ भवन है, तुम लोगों के निवास के लिए। भीम मुझसे रुष्ट भी था, इस बात को लेकर! वारणावत का भवन देखकर उसका रोष भी दूर हो जायेगा। तुम वहाँ शासन-कर्म के बोझ से दूर रहोगे; अच्छे, सात्विक और विद्वान लोगों से मिल सकोगे। प्राकृतिक सौन्दर्य का सुख उठा सकोगे; और इच्छा भर अध्ययन, मनन

और ध्यान कर सकोगे। महादेव के महोत्सव में सम्मिलित हो सकोगे तथा समाज का आनन्द उठा सकोगे।" धृतराष्ट्र जैसे टोह लेने के लिए क्षण-भर रुका और युधिष्ठिर को मौन पाकर बोला, "तुम लोग फाल्गुन शुक्ला अष्टमी के दिन रोहिणी नक्षत्र में अपनी यात्रा आरम्भ कर दो।"

युधिष्ठिर अपने स्थान पर बैठा हुआ चुपचाप धृतराष्ट्र की बात सुनता रहा : वह समझ नहीं पा रहा था कि वह प्रसन्नता प्रकट करे या आश्चर्य।...क्या सचमुच धृतराष्ट्र को उनका इतना ध्यान था और वह सत्य ही उनके विश्राम की चिन्ता कर रहा था; अथवा कोई और ही बात थी!...

"जब तक तुम लोग लौटकर हस्तिनापुर आओगे," धृतराष्ट्र ने पुनः कहा, "तब तक भीम की इच्छानुसार मैं तुम लोगों के लिए एक खुला, विराट और सुविधाजनक प्रासाद बनवा दूँगा। प्रासाद बनकर तैयार होते ही मैं तुम लोगों को सूचित करूँगा और वापस बुला लूँगा।"

धृतराष्ट्र के इस सारे प्रस्ताव को युधिष्ठिर सहज उत्साह से ग्रहण नहीं कर पा रहा था...यह मात्र प्रस्ताव होता तो धृतराष्ट्र, किसी समय सहज रूप से चर्चा कर सकता था कि यदि वे जाना चाहें तो जायें; किन्तु यहाँ तो सारी योजना बना कर, एक प्रकार से आदेश दिया जा रहा है। उनकी यात्रा की तिथि निश्चित है। वारणावत में उनके निवास के लिए स्थान निश्चित है। उनके लौटने की अवधि निश्चित है।...तो?...क्या सत्य ही पितृव्य का स्नेह जागा है और वे चाहते हैं कि पाण्डव अपने मनोरंजन के लिए जायें; या यह हस्तिनापुर से उनका निष्कासन है?...यह तो निष्कासन का आदेश ही अधिक प्रतीत होता है।...यदि ऐसा है, तो निश्चित रूप से यह दुर्योधन की इच्छा से ही हो रहा होगा।...

"तुम प्रसन्न नहीं हो पुत्र?" धृतराष्ट्र ने पूछा।

युधिष्ठिर ने अकबका कर उसकी ओर देखा : यह व्यक्ति उन्हें हस्तिनापुर से निष्कासित करने के पश्चात् पूछ रहा है कि क्या वह प्रसन्न नहीं है?...

"ऐसी कोई बात नहीं पितृव्य!" युधिष्ठिर धीरे से बोला, "मेरे लिए आपका आदेश सर्वथा आकस्मिक था...।"

युधिष्ठिर ने दृष्टि उठा कर धृतराष्ट्र को देखा : शायद वह कहे, 'नहीं पुत्र! यह आदेश नहीं है। तुम लोग न जाना चाहो, तो मत जाओ।'...किन्तु नहीं! धृतराष्ट्र ने न ऐसा कुछ कहा, न ही ऐसा कुछ कहने की उसकी इच्छा थी।

"अच्छा! चलता हूँ तात्, अनुमति दें!" युधिष्ठिर उठ खड़ा हुआ।

धृतराष्ट्र ने आशीर्वाद की मुद्रा में हाथ उठा लिया; एक भी शब्द नहीं कहा।

राजभवन से निकल कर युधिष्ठिर सीधा विदुर के पास चला गया। उसका मन यह स्वीकार नहीं कर पा रहा था, कि यह उनके हित में धृतराष्ट्र का एक सीधा-सादा प्रस्ताव है।...युधिष्ठिर के हस्तिनापुर में न रहने से शासन का सारा भार धृतराष्ट्र पर पड़ेगा।...तो वह ऐसा क्यों चाहेगा?...क्या वे लोग राजसभा में कोई ऐसा प्रस्ताव लाना चाहते हैं, जिसमें युधिष्ठिर की उपस्थिति से कोई बाधा होगी?...क्या यह दुर्योधन का कोई षड्यन्त्र है?...

विदुर ने सारी बात सुनी और चिन्तित स्वर में बोला, "मुझे नहीं लगता कि महाराज धृतराष्ट्र ने यह प्रस्ताव मात्र तुम्हारे मनोरंजन के लिए रखा है।"

"यह प्रस्ताव तो है ही नहीं काका! यह तो प्रत्यक्ष आदेश है।"

"मेरा भी यही विचार है।" विदुर बोला...और सहसा उसके चेहरे पर आक्रोश झलका, "युधिष्ठिर! जिस दिन महाराज ने तुम्हें युवराज घोषित किया था, मुझे उसी दिन आश्चर्य हुआ था। जितना मैं उस व्यक्ति को जानता हूँ, उसके अनुसार यह असम्भव था। मैं आज तक यह गुत्थी नहीं सुलझा पाया था कि ऐसा कैसे हो गया। आज का यह आदेश सुन कर मुझे लगता है कि मैं कुछ-कुछ समझ रहा हूँ।..."

"युधिष्ठिर ने प्रश्नवाचक दृष्टि से विदुर की ओर देखा।

"आज ही हम सबको सूचना मिली है कि यादव मथुरा से दूर कुशस्थली में पहुँच गये हैं और अपनी सुरक्षा के लिए द्वारका के निर्माण में संलग्न हैं; और आज ही महाराज ने तुम्हें यह निष्कासन-आदेश सुना दिया है। इन दोनों घटनाओं में तुम्हें कोई सम्बन्ध दिखायी देता है क्या?"

"नहीं!" युधिष्ठिर बोला, "इन दोनों का क्या सम्बन्ध?"

"मुझे लगता है कि तुम्हें युवराज बनाने के पीछे यादवों की शक्ति कार्य कर रही थी।" विदुर बोला, "तुम्हें स्मरण होगा पुत्र, कि मथुरा से अक्रूर के आने पर उनकी उपस्थिति में महाराज ने तुम्हें युवराज बनाने का निर्णय लिया था। आज महाराज को मालूम हो गया है कि यादव अब इतनी दूर हैं कि सहज ही हस्तिनापुर पहुँच नहीं सकते; और इन दिनों जरासंध और उसके मित्रों की सेनाएँ, उनसे उलझने को तैयार खड़ी हैं। यादव अपने आवास के लिए, आजीविका के लिए, रक्षा के लिए—एक नगरी का निर्माण कर रहे हैं। वे अपने झंझटों और समस्याओं में इतने व्यस्त हैं कि हस्तिनापुर आ ही नहीं सकते। इस समय यदि तुम लोगों को नगर से निष्कासित कर दिया जाये..."

विदुर ने रुक कर युधिष्ठिर की ओर देखा : किन्तु युधिष्ठिर कदाचित् इस

निष्कर्ष की सत्यता-असत्यता पर विचार कर रहा था। वह कुछ बोला नहीं।

"और यदि मेरा यह अनुमान ठीक है पुत्र," विदुर पुनः बोला, "तो एक तो तुम्हारा निष्कासन अकारण नहीं, दूसरे हस्तिनापुर की राजसभा में महाराज के इतने समर्थक हैं कि वे तुम्हें हस्तिनापुर से निष्कासित करने का साहस कर रहे हैं।"

"यदि ऐसा होता काका, तो वे मुझे युवराज-पद से ही हटा सकते थे।"

"नहीं! उसका साहस महाराज नहीं कर सकते।"

"कारण?"

"प्रजा विद्रोह कर देगी। शायद तुम्हें ज्ञात नहीं है कि तुम राजसभा को उतने प्रिय नहीं हो, जितने प्रजा को हो। तुम्हारी सत्यवादिता तथा जनोन्मुख दृष्टिकोण से राजसभा के सदस्यों को हानि हुई है और प्रजा को लाभ। फिर राजसभा के सदस्यों को खरीदा जा सकता है, प्रजा को नहीं!" विदुर बोला, "मेरा यह अनुमान इसलिए है कि प्रजा तो इसे तुम्हारा निष्कासन मानेगी ही नहीं। वह यही मानेगी कि युवराज अपने भाइयों और माता के साथ अपने आनन्द के लिए, वारणावत में विहार करने गये हैं। महाराज ने अपने आदेश के लिए, ओट ही ऐसी ली है। प्रजा षड्यन्त्र को समझ नहीं पायेगी और महाराज की कृपा के लिए प्रसन्न होगी।...इस अनुमान के आधार पर एक और निष्कर्ष मेरे मन में उभर रहा है।..."

"क्या काका?"

"राजसभा में कदाचित् अब तुम्हें आचार्य द्रोण और पितृव्य भीष्म का समर्थन भी प्राप्त नहीं है। कृपाचार्य भी आचार्य द्रोण का ही साथ देंगे। यदि ऐसा न होता तो तुम्हें इस प्रकार का आदेश कभी न दिया जाता।"

"काका, यदि ऐसा ही है, तो मेरे युवराज बने रहने का अर्थ ही क्या है? मुझे स्वेच्छा से ही युवराज-पद छोड़ देना चाहिए।" सहसा युधिष्ठिर बोला।

"नहीं पुत्र!" विदुर ने उसके कंधे पर हाथ रखा, "यह कभी मत करना। तुम अपने पिता की ही भूल दुहराना चाहते हो? भैया पाण्डु इस प्रकार हस्तिनापुर छोड़ कर न गये होते, तो आज यह स्थिति ही न आती।"

"तो मैं क्या करूँ तात्?" युधिष्ठिर के स्वर में पीड़ा थी, "मैंने अपने गुरु को भी रुष्ट किया, अपने पुरोहित को भी..."

"एक बात स्मरण रखो पुत्र!" विदुर बोला, "लोक-कल्याण में निःस्वार्थ बुद्धि से किया गया कार्य ही धर्म है। धर्म-राज्य से न्याय-पक्ष सुखी होता है और अन्याय-पक्ष पीड़ित। तुम्हारा दुर्भाग्य यह है कि तुम अधर्मियों की सभा में धर्म की बात कर रहे हो; और तुम्हारा सौभाग्य यह है कि तुम्हारे कंधों पर

धर्म-स्थापना का शुभ कर्तव्य आ पड़ा है।...वैसे यह सारा कुछ मेरा अनुमान मात्र ही है।...इस समय मेरे लिए सबसे महत्त्वपूर्ण प्रश्न यह है कि तुम्हें हस्तिनापुर से हटा कर, ये लोग यहाँ क्या करना चाहते हैं? तुम्हें क्यों हटाया जा रहा है हस्तिनापुर से? क्या यहाँ कोई ऐसा षड्यन्त्र चल रहा है यदि तुम हस्तिनापुर से चले जाओ, तो पुनः हस्तिनापुर में प्रवेश न कर सको?"

"किन्तु पितामह? पितामह क्यों हमारे प्रतिकूल हो गये? वे तो धर्म स्तम्भ हैं!"

विदुर कुछ देर सोचता रहा, फिर धीरे से बोला, "मैं यह नहीं कह रहा कि वे तुम्हारे प्रतिकुल हो गये हैं। इसकी सम्भावना बहुत कम है। किन्तु उनकी बुद्धि इतनी सरल है कि उन्हें किसी भी प्रकार धर्म के अथवा स्नेह के तर्क-जाल में बाँधा जा सकता है; और पुत्र! ऊपर से इतना कठोर दिखने वाला यह व्यक्ति भीतर से कहीं बहुत दुर्बल भी है। वह बहुत शीघ्र विचलित हो जाता है; और थोड़े से आग्रह पर किसी भी प्रस्ताव को अपनी सहमति दे देता है। वे इस कुल से इतना प्रेम करते हैं कि उनकी सद्‌भावना का कभी भी अनुचित लाभ उठाया जा सकता है। जैसे किसी भी विकलांग अथवा चिर-रोगी बालक के लिए उसके पिता के मन में एक सहज विह्वलता होती है, वैसे ही पितृव्य के मन में महाराज के लिए है। महाराज को उसका लाभ उठाना आता है—कभी रो कर, कभी लड़ कर। अब पता नहीं कि उन्होंने इस बार किस विधि का प्रयोग किया है।...वैसे भी पितृव्य अब वृद्ध हो गये हैं। बहुत संघर्ष-क्षमता नहीं बची होगी उनमें। महाराज के षड्यन्त्रों से वे कब तक लड़ सकते हैं?"

"ठीक है काका!" युधिष्ठिर उठ खड़ा हुआ, "मै सोचता हूँ कि हम लोग यात्रा की तैयारी करें। जो होगा, समय आने पर देखा जायेगा। हानि जो हो, सो हो, एक लाभ यह अवश्य होगा कि वारणावत की स्वच्छ एवं दुरभिसंधि-मुक्त जलवायु में कुछ समय निश्चिन्तता से व्यतीत होगा।"

विदुर ने कुछ नहीं कहा; किन्तु एक वाक्य उसके मन में गूँजता ही रहा—हाँ पुत्र! यदि वे तुम्हें निश्चिन्त रहने दें, तो!...

और युधिष्ठिर के मन में बार-बार कृष्ण की छवि उभरती रहीः कहाँ वे लोग सोच रहे थे कि कृष्ण, यादवों को सुरक्षित स्थान पर ले गया है; और कहाँ अब युधिष्ठिर को लग रहा है कि कृष्ण उनसे बहुत दूर चला गया है। इतनी दूर कि शायद उनके कष्ट में उनकी सहायता को भी न आ सके। यादवों ने अपने कष्ट स्वयं झेले हैं, पाण्डवों को भी अपने कष्ट स्वयं झेलने होंगे।...पर सचमुच उनकी सहायता को कृष्ण कभी नहीं आयेगा?...

8

पाण्डवों को वारणावत ले जाने के लिए हस्तिनापुर का कदाचित् सबसे भव्य और सबसे अधिक सुसज्जित रथ आया था। किसी का इतना सम्मान तो महाराज की विशेष कृपा होने पर ही होता है। इतनी भव्य विदाई की कल्पना स्वयं पाण्डवों ने भी अपने लिए कभी नहीं की थी। दासियों ने मार्ग में पुष्प बिखेरे। राजकन्याओं ने अटारियों से पुष्प-वर्षा की। मार्ग के दोनों ओर सुसज्जित अश्वारोही खड़े थे। उनके पीछे हस्तिनापुर की अपार जनता थी। युवराज युधिष्ठिर, महावीर भीम, महान धनुर्धर अर्जुन, अश्व-विद्या के आचार्य नकुल, महान खड्गधर सहदेव तथा करुणामयी माता कुन्ती के जय-जयकार के उद्घोष हस्तिनापुर के आकाश को प्रकम्पित कर रहे थे।

कुन्ती अपने पुत्रों के साथ जा कर महाराज धृतराष्ट्र और महारानी गान्धारी से विदा ले आयी थी। उसने एक बार अश्रुभरी आँखों से हस्तिनापुर के राजप्रासाद को देखा था। वह आज दूसरी बार यहाँ से निष्कासित हो रही थी।...वह नहीं जानती थी कि अब पुनः यहाँ प्रवेश मिलेगा भी या नहीं। विचित्र बात थी जो स्वामी थे, वे अतिथि के समान विदा हो रहे थे; और जिन्होंने बलात् आधिपत्य जमा रखा था, वे स्वामी थे, वे स्वामी के समान, उन्हें विदा कर रहे थे।...और कितने प्रसन्न थे वे उन्हें विदा करते हुए!...

भीष्म ने उन्हें भारी मन से विदा किया था। युधिष्ठिर समझ नहीं पाया कि वे इतने उदास क्यों थे। यदि वे उन्हें वारणावत नहीं भेजना चाहते थे, तो पितामह ने उन्हें रोका क्यों नहीं? उन्होंने कोई विशेष बात भी नहीं की थी। आशीष के रूप में सिर पर हाथ रखा, उदास आँखों से उन्हें निहारा और कहा, "सुखी रहो पुत्रो।..." जैसे उन्हें यह सब अपनी इच्छा से विरुद्ध करना पड़ रहा हो। उन्हें अपनी इच्छा के विरुद्ध कार्य करने को कौन बाध्य कर सकता था? कौन बाध्य कर रहा था?...

दुर्योधन, दुःशासन और शकुनि भी उन्हें विदा करने आये थे। उनके मंत्री भी थे; किन्तु दुर्योधन का प्रिय पुरोचन दिखायी नहीं दे रहा था।

"आज पुरोचन तुम्हारे साथ नहीं है?" युधिष्ठिर ने दुर्योधन से पूछा।

"ओह! उसे मैंने तुम्हारी अगवानी के लिए वारणावत भेज दिया है।" वह बोला, "वहाँ भी तो कोई होना चाहिए युवराज का स्वागत करने वाला, युवराज की असुविधाओं को दूर करने वाला।"

विदा करने आये लोग, एक-एक कर चले गये। नगर-द्वार के बाहर निकल कर, युधिष्ठिर ने साथ चले आते पुरवासियों को भी कह-सुन कर वापस लौटा

दिया। एक विदुर ही वापस नहीं गये।

जब सब लोग लौट गये, तो विदुर ने धीरे से युधिष्ठिर से कहा, "पुत्र युधिष्ठिर! मैं अब तक केवल यही सोच रहा था कि तुम लोगों को हस्तिनापुर से इसलिए हटाया जा रहा है, क्योंकि पीछे, यहाँ कुछ घटित होना है।...किन्तु अब मुझे यह आभास होने लगा है कि यहाँ कुछ घटित होने के स्थान पर, वारणावत में घटित होने की सम्भावना अधिक है।...और यदि वारणावत में कुछ घटित हुआ, तो तुम दर्शक नहीं होगे उसके। घटना तुम्हारे साथ घटित हो सकती है।"

"हमारे साथ क्या घटित हो सकता है काका?" युधिष्ठिर ने आश्चर्य से पूछा।

"अभी क्या कह सकता हूँ पुत्र!" विदुर बोला, "मुझे पूर्ण सूचना नहीं है। प्रयत्न कर रहा हूँ। अनुमान यही है कि कोई दुर्घटना ही होगी। इसलिए अपनी रक्षा के लिए सदा सावधान रहना।..."

"काका! अब हम छोटे बच्चे नहीं रहे।" युधिष्ठिर कुछ उत्साह के साथ बोला, "हम पाँचों भाई एक साथ रहें, तो बड़े से बड़ा योद्धा भी हमारा कुछ नहीं बिगाड़ सकता।"

"मैं जानता हूँ पुत्र!" विदुर बोला, "इसलिए मुझे आशंका है कि तुम्हारे शत्रु तुम पर प्रत्यक्ष आक्रमण नहीं करेंगे। अपने पितामह को देख रहे हो न—कितने वीर हैं वे। उन्हें शस्त्रों से कोई पराजित कर सकता है? किन्तु षड्यन्त्रों को समझने और तोड़ने की क्षमता विकसित नहीं की कभी उन्होंने, इसलिए आजीवन निष्क्रिय किये रखा गया उन्हें—जैसे पक्षाघात रोगी को कर देता है। तुम्हें भी षड्यन्त्रों के प्रति सावधान रहना होगा पुत्र!"

युधिष्ठिर ने विदुर की ओर कुछ इस दृष्टि से देखा, जैसे वह विदुर का मंतव्य, पूर्णरूपेण समझ न पाया हो; और पूछ रहा हो कि और ऐसे कौन-से शस्त्र हो सकते हैं, जिनसे उनके लिए संकट दूर हो सकता है?

"तुम्हें स्मरण होगा कि प्रमाणकोटि में दुर्योधन ने भीम को विष दिया था और बाँध कर गंगा में फेंक दिया था। उस समय दुर्योधन अल्पवयस्क था और उसके सहायक भी कम थे। अब यदि वह कोई षड्यन्त्र रचेगा, तो वह अधिक जटिल, सूक्ष्म और भयंकर होगा।" विदुर ने रुक कर युधिष्ठिर को देखा, "तब दुर्योधन ने भीम के प्रति बहुत प्रेम दर्शाया था और उसने भीम को मोदक खिलाये थे। प्रमाणकोटि का निर्माण भी उसी ने करवाया था। अब अपने पिता के साथ मिल कर वह तुम सबसे प्रेम जता रहा है। तुम्हें विदा करने भी आया था; और वारणावत में तुम्हारे रहने के लिए भवन का जीर्णोद्धार कराने के

लिए उसी का प्रिय मंत्री पुरोचन गया है। इन सब तथ्यों को ध्यान में रखते हुए, मैं निश्चिन्त नहीं रह सकता पुत्र! इसलिए तुमको कह रहा हूँ कि अपने इस प्रवास को मनोरंजन अथवा विहार की दृष्टि से न देख कर, अपने लिए संकट की घड़ी ही समझो।" विदुर जैसे साँस लेने के लिए रुका, "भोजन में विष के प्रति सावधान रहो। स्थानीय लोगों में अपने विरुद्ध किये गये प्रचार के कारण, उनकी सम्भावित शत्रुता से सावधान रहो—चाहे वे तुम्हारी सुरक्षा के व्याज से ही तुम्हें घेर कर क्यों न खड़े हों। सारी व्यवस्था करने वाले पुरोचन से भी सावधान रहो—कभी-कभी सेवा के छद्म में भी अनिष्ट किया जाता है। भवन के भीतर रहो तो अग्नि से सावधान रहो, सरोवर अथवा सरिता के निकट जाओ तो जल से सावधान रहो। भवन को अग्निसात् किया जा सकता है, नौका को जल में डुबोया जा सकता है।..." विदुर ने पुनः युधिष्ठिर को देखा, "जहाँ तक मेरी बुद्धि कार्य करती है, वे लोग तुम पर शस्त्रास्त्रों से आक्रमण करने का दुस्साहस नहीं करेंगे। उसमें वे पराजित भी हो सकते हैं; और विजयी होने पर भी, उन पर हत्या का आरोप प्रमाणित हो सकता है। इसलिए वे दूसरी प्रकार के उपकरणों का प्रयोग करेंगे। विष, अग्नि तथा जल उसमें प्रमुख हैं।..." विदुर ने युधिष्ठिर के चेहरे को पढ़ा, "क्यों? चिन्तित हो गये क्या?"

"नहीं! चिन्तित क्या होना है!" युधिष्ठिर बोला, "किन्तु यह सोच रहा हूँ कि जब सारे परिवेश में मृत्यु की गन्ध फैली हो; इतने समर्थ और शक्तिशाली लोग हमारी हत्या करने पर तुले हों, तो हम कब तक उनसे अपनी रक्षा कर पायेंगे?"

"हताश मत होओ पुत्र!" विदुर बोला, "प्रकृति की व्यवस्था पर भरोसा रखो। इस सृष्टि में प्रत्येक जीव को अन्ततः नष्ट होना ही है; किन्तु अपनी आयु भर उसे जीवित रहने का पूर्ण अधिकार है, और प्रकृति ने उसकी रक्षा की भरपूर व्यवस्था भी कर रखी है। वन में सिंह, कुंजर तथा अजगर जैसे विशाल, बलवान तथा घातक पशुओं के विद्यमान होते हुए भी मूषक, शशक तथा कपोत जैसे लघु तथा अल्पबल वाले जीव, अपने पूर्ण समाज के साथ जीवित रहते हैं। उसके लिए आवश्यक होता है कि हम अपनी इन्द्रियों को अपने वश में रखें, धैर्य बनाये रखें; और उद्यम करते रहें।...जब दावाग्नि का प्रकोप होता है तो बड़े-बड़े वृक्ष तथा बड़े-बड़े बलवान पशु जल कर क्षार हो जाते हैं; किन्तु अपने उद्यम से बनाये गये गह्वर में छिपा मूषक पूर्णतः सुरक्षित रहता है। सदा सचेत और सजग रह कर, वन में विभिन्न मार्गों से सजग भाग कर अपने आश्रय में सुरक्षित पहुँच जाते हैं।" विदुर रुक गया।

सहसा युधिष्ठिर का ध्यान अपने परिवेश की ओर लौटा : माता और

भाई रथ में बैठे उनकी प्रतीक्षा कर रहे थे; और वे लोग उनसे दूर खड़े परस्पर बातें करते जा रहे थे।

"काका! अब आप चलिए!" युधिष्ठिर बोला, "आपका सारथि भी प्रतीक्षा कर रहा है।"

"चलता हूँ पुत्र!" विदुर बोला, "सावधान रहना और धैर्य बनाये रखना। मैं यहाँ हूँ। प्रयत्न करूँगा कि तुमसे सम्पर्क बना रहे और जो कुछ सम्भव हो, तुम्हारे लिए करता रहूँ।"

"काका!" युधिष्ठिर धीरे से बोला।

"क्या बात है पुत्र?"

"मुझे कभी-कभी आपके लिए भी भय लगता है। कहीं वे लोग आपका कोई अनिष्ट न करें।"

"मेरी चिन्ता मत करो पुत्र! महाराज धृतराष्ट्र से मुझे कोई भय नहीं है। दुर्योधन मेरी हत्या का साहस नहीं करेगा। वैसे मुझसे उसको यह आशंका भी नहीं है कि मैं उसका राज्य छीन लूँगा। यह भय उसे केवल तुमसे ही है। वह तुम्हें मार्ग से हटाना चाहेगा। शेष लोगों से तो मात्र अधीनता-स्वीकृति की अपेक्षा है।" विदुर बोला, "वैसे भी मैं असावधान नहीं हूँ। मेरा तंत्र भी दुर्योधन के तंत्र से दुर्बल नहीं है। महामंत्री के रूप में शासन के कुछ साधन मेरे पास भी है।"

"महादेव आपकी रक्षा करें काका!"

विदुर ने स्नेहपूर्ण बोझिल हाथ से उसका कंधा थपथपाया, "तुम युधिष्ठिर हो पुत्र! युद्ध में स्थिर। युद्ध किसी भी प्रकार का हो, संघर्ष कितना भी लम्बा हो; और उस संघर्ष का मूल्य चाहे कितना ही अधिक क्यों न चुकाना पड़े—तुम युद्ध से भागोगे नहीं!"

विदुर लौट गया, तो कुन्ती ने पूछा, "क्या बातें हुई विदुर से?"

युधिष्ठिर ने माँ के प्रश्न का उत्तर नहीं दिया। उसने सारथि की ओर देखा।

"चलूँ युवराज?" सारथि ने पूछा।

"तुम्हारा परिवार कहाँ है सारथि?"

"हस्तिनापुर में युवराज!"

"और तुम हमारे साथ वारणावत जाओगे। परिवार से तुम्हारा मिलन कब होगा?"

"जब आप लौट कर हस्तिनापुर आयेंगे युवराज!"

"नहीं! यह अन्याय है। हम वहाँ वर्ष-दो-वर्ष रह गये तो?" युधिष्ठिर बोला, "नहीं सारथि! तुम अपने परिवार के पास लौट जाओ।"

"मुझे राजकुमार दुर्योधन जीवित नहीं रहने देंगे।" सारथि बोला, "उन्होंने कहा था, मैं आपका साथ कभी न छोड़ूँ।"

"मैं तुम्हारी स्थिति समझता हूँ सारथि!" युधिष्ठिर के स्वर में स्नेह बहुत स्पष्ट था "मैं तुम्हें ऐसा कुछ भी करने को नहीं कह रहा, जिससे तुम्हारी हानि हो। तुम इस समय सीधे अपने घर जाओ। अपनी पत्नी और बच्चों को ले कर वारणावत आ जाओ, और हमारा सारथ्य करो। चाहो तो स्वतः स्वतन्त्र रूप से आ जाओ, अथवा हमारा सामान ले कर आने वाले छकड़ों के साथ आ जाना। दुर्योधन को इसमें क्या आपत्ति हो सकती है! और फिर उसे सूचना भी कैसे होगी? तुम हमारे साथ अकेले वारणावत में रहोगे, तो तुम्हारा मन उदास होगा। पत्नी और बच्चों की स्मृति तुम्हें व्याकुल करेगी। इधर तुम्हारी पत्नी और बच्चे, तुम्हारे बिना असुविधा में रहेंगे। तुम उन्हें भी ले कर वारणावत आ जाओ। फिर चाहे हम वहाँ वर्ष-दो वर्ष रह भी जायें, तुम्हें और तुम्हारे परिवार को असुविधा नहीं होगी।..."

युधिष्ठिर को लगा, सारथि सहमत तो हो गया है; किन्तु अपने मुख से स्पष्टतः कुछ कह नहीं पा रहा।

"नकुल!" युधिष्ठिर ने कहा, "तुम वल्गा थाम लो।"

सारथि ने वल्गा नकुल को दे दी। युधिष्ठिर ने स्पष्ट देखा कि कृतज्ञता से सारथि की आँखें गीली हो गयी थीं। रथ से उतरते हुए वह बहुत धीरे से बोला, "आप बहुत कृपालु हैं युवराज! आप जैसा प्रजा-पालक पा कर हस्तिनापुर धन्य हुआ।"

"चलो नकुल!"

नकुल ने रथ हाँक दिया।

"विदुर से क्या बातें हुईं?" कुन्ती ने पुनः पूछा।

"सम्भावित षड्यन्त्रों से सावधान रहने के लिए कह रहे थे काका!"

"इसलिए तुमने सारथि को विदा कर दिया?"

"हाँ, माँ! यदि वह साथ रहता, तो हम खुल कर वार्तालाप भी नहीं कर पाते।"

"उचित ही किया पुत्र!" कुन्ती बोली, "तो क्या विदुर को किसी षड्यन्त्र की सूचना है?"

"ऐसा तो उन्होंने नहीं कहा; किन्तु अनुमान यही है। उनका विचार है कि हमें अकारण ही वारणावत नहीं भेजा जा रहा।"

"मैं तो पहले ही कह रहा था कि हमें वारणावत जाना स्पष्ट अस्वीकार कर देना चाहिए।" भीम बोला, "पर मेरी कोई सुने, तब न!"

"किन्तु मध्यम! अस्वीकार करने के लिए हमारे पास कोई आधार भी तो होना चाहिए।" सहदेव बोला, "वे हमें विहार के लिए वारणावत जैसे सुन्दर नगर में भेजें, और हम उत्तर में कहें कि आप षड्यन्त्र कर रहे हैं! क्या कहेंगे लोग हमें?"

"कहेंगे तुम्हारा सिर!" भीम झल्ला कर बोला, "नहीं जानते हम! बस, हमारी इच्छा!"

"भीम!" युधिष्ठिर बोला, "यदि हम वारणावत नहीं जायेंगे, तो षड्यन्त्रकारी चुप तो बैठेंगे नहीं! वे हस्तिनापुर में भी षड्यन्त्र रचेंगे। हाँ! तब उन्हें मालूम हो जायेगा कि हमें उनसे षड्यन्त्रों की आशंका है, अथवा हमें उसकी सूचना है। ऐसे में उनका प्रहार और भी गोपनीय और तीव्र होगा। दूसरी बात यह है कि कुलवृद्धों की आज्ञा की अवज्ञा का कलंक हम पर लगेगा और राजाज्ञा के उल्लंघन का आरोप भी।...अब हम वारणावत जा रहे हैं। हम सावधान हैं। हमें मालूम है कि कुछ-न-कुछ तो हो ही रहा है। काका भी खोज में लगे हैं। हमें सूचनाएँ मिलती रहेंगी; और हमारे शत्रु समझेंगे कि हम सर्वथा असावधान हैं। ऐसे में हम उनके षड्यन्त्र से बच भी जायेंगे, उनका षड्यन्त्रकारी रूप भी प्रकट हो जायेगा; और लोगों की सहानुभूति भी हमारे ही साथ रहेगी।..."

"इतना विराट चक्र!" भीम भन्ना कर बोला, "सरल-सी बात है कि दुर्योधन हमारी हत्या का प्रयत्न कर रहा है। जब हमें यह ज्ञात है तो हम और किस प्रमाण की प्रतीक्षा में हैं? एक गदा मार कर उस नीच को मृत्यु की गोद में सुला देना चाहिए।"

"मध्यम!" अर्जुन धीरे से बोला, "इसलिए संसार पर बलवानों ने नहीं, बुद्धिमानों ने शासन किया है।"

"तो, तुम्हीं लोग कर लो शासन!" भीम रोषपूर्ण स्वर में बोला, "हस्तिनापुर से तो निष्कासित हो ही चुके हैं, अब देखना है कि वारणावत में क्या होता है।..."

रथ ने गति पकड़ी तो वे सब लोग या तो आत्मलीन हो गये, या फिर सरपट पीछे भागती हुई दृश्यावली में खो गये; किन्तु युधिष्ठिर का मन जैसे लौट-लौट कर हस्तिनापुर की ओर ही जा रहा था : वह आज तक दुर्योधन के मन को समझ नहीं पाया था। जो व्यक्ति अपने भाइयों से प्रेम नहीं कर सकता, वह जीवन में किसी और से प्रेम कैसे करेगा? और यदि जीवन में प्रेम ही नहीं है, तो जीवन का करना ही क्या है? जीवन मात्र भोग ही तो नहीं

है। भोग तो आत्मक्षय है। प्रकृति चाहती है कि मनुष्य अपना कुछ क्षय तो करे, इसलिए उसने भोग की प्रवृत्ति गहरे में छिपा दी है। पर प्रकृति यह भी तो चाहती है कि मनुष्य अपना कुछ विकास भी करे। वह विकास क्या इसी प्रकार होगा? दुर्योधन के पास किस वस्तु का अभाव है? क्यों यह समझ नहीं पाता कि उसके पास सहस्रों की संख्या में गोधन हो, तो भी वह उतना ही दूध पी सकेगा, जितना वह एक गाय होने पर पियेगा। उसके पास एक सहस्र प्रासाद हों, तो भी वह उतने ही स्थान पर सो पायेगा, जितने स्थान पर वह एक कोठरी मात्र होने पर सोता...कैसा मनुष्य है वह? कैसा अभागा, जो प्रेम को नहीं समझता?...युधिष्ठिर को दुर्योधन दयनीय लगने लगा...जिस मनुष्य के जीवन में प्रेम नहीं है, स्नेह नहीं है, उसके जीवन में सुख हो कैसे सकता है? और जो सुखी नहीं हो सकता, वह तो दया का ही पात्र है...

दुर्योधन को इस मार्ग पर चलने से क्या कोई नहीं रोक सकता? पितृव्य धृतराष्ट्र उसे रोकना चाहेंगे नहीं, क्योंकि शायद वे भी उसी को सुख मानते हैं, जिसे दुर्योधन सुख मानता है।...पितामह?...किन्तु दुर्योधन शायद पितामह के निषेध को भी नहीं मानेगा। तो क्या पितामह उसे सीधे मार्ग पर लाने के लिए बल-प्रयोग कर सकते हैं? पाण्डवों की रक्षा के लिए, दुर्योधन को उसके अपराधों के कारण बन्दी कर सकते हैं? उसका वध कर सकते हैं? नहीं! राजसत्ता उन्हें ऐसा नहीं करने देगी। वैसे भी पितामह मध्यस्थ हैं। उनके लिए धृतराष्ट्र और पाण्डव एक समान हैं। वे चाहेंगे तो दोनों की सुरक्षा चाहेंगे; एक की रक्षा के लिए दूसरे का वध नहीं करेंगे। हस्तिनापुर में दुर्योधन की प्रताड़ना तो सम्भव है; किन्तु उसे दण्डित करना सम्भव नहीं है—पाण्डवों के वध से पहले भी नहीं; और पाण्डवों के वध के पश्चात् भी नहीं।...तो फिर हस्तिनापुर में पाण्डवों की सुरक्षा के लिए हो ही क्या सकता है?...तो कहीं इसलिए तो पितामह ने उन्हें चुपचाप हस्तिनापुर से निकल जाने नहीं दिया? उनकी सुरक्षा के लिए...वे चाहते हैं कि धार्तराष्ट्रों और पाण्डवों में से किसी का भी अहित न हो।...स्वयं युधिष्ठिर भी यही चाहता है; किन्तु दुर्योधन ऐसा क्यों नहीं चाहता? प्राप्ति का सुख तो युधिष्ठिर फिर भी थोड़ा-बहुत समझता है; किन्तु दूसरे को वंचित अथवा पीड़ित करने का सुख...? दुर्योधन के लिए कदाचित् वही बड़ा सुख है। दूसरे को वंचित किये बिना वह अपनी उपलब्धि का सुख अनुभव नहीं कर सकता।...हस्तिनापुर के पास इतना धन-धान्य है कि वह धार्तराष्ट्रों और पाण्डवों—दोनों के लिए ही पर्याप्त है।...और यदि कुछ और अर्जित करने की आवश्यकता हो, तो वे लोग उसमें भी सक्षम हैं। वे लोग एक ही वंश की सन्तान हैं—परस्पर भाई हैं। उनकी सम्मिलित शक्ति किसी भी अन्य राज्य

पर भारी पड़ेगी। वे लोग विभक्त हो जायेंगे, तो कदाचित् ऐसा नहीं रहेगा। पाण्डवों को स्वयं से पृथक् कर अथवा उनका वध कर, धार्तराष्ट्र निश्चय ही दुर्बल होंगे।...फिर भी दुर्योधन ऐसा ही चाहता है। वह केवल अपनी प्राप्ति नहीं चाहता, दूसरों की हानि भी चाहता है।...उसे सब कुछ केवल अपने लिए चाहिए, मात्र अपने लिए। अपनी सुख-सुविधा के लिए ही नहीं; अपने भोग और वैभव के लिए ही नहीं, अपने अहंकार की तुष्टि के लिए भी। प्रजापालन की दृष्टि से तो उसने कभी सोचा ही नहीं है।...उसकी भोगेच्छा की तृप्ति तो शायद कभी हो भी जाये; किन्तु उसके अहंकार की तुष्टि कदाचित् संभव नहीं है। शरीर के भोग की तो अपनी सीमा है किन्तु अहंकार की कोई सीमा नहीं है...।

9

वारणावत के नगर-द्वार पर कुन्ती और उसके पुत्रों के स्वागत के लिए बड़ा जन-समूह एकत्रित था। आस-पास के उपनगरों और ग्रामों से भी लोग उनका स्वागत करने आये थे। उनके लिए बहुत प्रसन्नता का विषय था कि स्वर्गीय सम्राट् पाण्डु तथा वर्तमान युवराज का परिवार वारणावत में आया था।

उस अपार भीड़ के शीर्ष पर चार व्यक्ति थे—हस्तिनापुर से आया हुआ—दुर्योधन का मंत्री—पुरोचन, वारणावत के महादेव-स्थान का कुलपति देवदत्त, नगरपाल बुद्धिमित्र, तथा सेना-प्रमुख वीरदेव। युधिष्ठिर ने सबका अभिनन्दन स्वीकार किया। उनका कुशल-क्षेम पूछा।...अनेक लोग उपहार भी लाये थे। युधिष्ठिर ने उनका स्पर्श कर, स्वीकृति की औपचारिकता का निर्वाह कर, उपहार लौटा ले जाने के लिए कहा। लोगों ने जब उपहार स्वीकार किये जाने के लिए अधिक आग्रह किया तो वह बोला, "राजा, राजपरिवार तथा राजकर्मचारी, प्रजा के उपहारों के पात्र नहीं हैं। राजा, प्रजा से कर लेता है; आर्थिक दण्ड से प्राप्त धन भी राजकोष में ही जाता है। पराजित शत्रुओं तथा करदाता राजाओं से भी राजकोष को धन प्राप्त होता है; मित्र राजाओं से उपहार भी मिलते हैं। प्रजा के उपहारों के लिए सुपात्र, केवल ज्ञानवान ब्राह्मण ही हैं। यदि प्रजा उन्हें उपहार देती है तो उसका कारण उनकी श्रद्धा है, भय अथवा लोभ नहीं।"

युधिष्ठिर ने स्पष्ट देखा, उसके तर्क को उसके प्रजा-जनों ने सहज स्वीकार नहीं किया था। उनके चेहरों पर प्रसन्न होने के स्थान पर चकित होने का भाव ही अधिक था।

युधिष्ठिर कुछ कहता, उससे पूर्व ही एक ग्रामीण बोला, "किन्तु युवराज!

हम जब नगरपाल से मिलने जाते हैं, तो उनके लिए भी कोई-न-कोई उपहार लेकर ही जाते हैं। उन्होंने तो कभी उपहार अस्वीकार नहीं किये!"

"पर आप लोग नगरपाल के लिए उपहार ले कर क्यों जाते हैं?"

"उन्हें प्रसन्न करने के लिए युवराज!" वह ग्रामीण अत्यन्त सहज भाव से बोला, "हमें उनसे कोई-न-कोई काम पड़ता ही रहता है। यदि हम उन्हें प्रसन्न नहीं रखेंगे, तो वे हमारा काम क्यों करेंगे?"

"आप अपने नगरपाल से उचित कार्य करवाते हैं अथवा अनुचित?"

"सर्वथा उचित युवराज! केवल धर्म-सम्मत कार्य। अनुचित कार्य हम क्यों करवायेंगे!"

"प्रजा का उचित, न्यायानुकूल तथा धर्म-सम्मत कार्य करने के लिए, राज्य नगरपाल को पर्याप्त धन देता है। यदि आपका उचित कार्य, नगरपाल बिना उपहार के नहीं करता, तो वह उपहार नहीं, उत्कोच है—जो अनुचित है। प्रजा से उत्कोच लेने वाला राजपुरुष अपराधी माना जाता है।..."

"यह झूठ बोल रहा है युवराज!" नगरपाल बुद्धिमित्र बोला।

युधिष्ठिर ने उस ग्रामीण को देखा : उसके व्यक्तित्व में धूर्तता अथवा चतुराई का कोई लक्षण दिखायी नहीं पड़ा। वह संयत स्वर में बोला, "तुम नगरपाल को पहचान सकते हो?"

"नहीं युवराज!" वह बोला, "हम उनके सम्मुख सिर झुकाए हुए जाते हैं और सिर झुकाए ही लौट आते हैं। उनका चेहरा तो मैंने आज तक देखा ही नहीं है।"

"बुद्धिमित्र!" युधिष्ठिर बोला, "तुमने देखा, वह तुम्हें पहचानता तक नहीं! बहुत सम्भव है, कि वह तुम तक पहुँचता ही न हो। कोई और राजपुरुष, नगरपाल, बन कर उपहार स्वीकार करता हो। किन्तु यह स्थिति श्लाघ्य तो नहीं ही है। जहाँ प्रजा, अपने राजपुरुषों का सम्मान न करती हो, उनके लिए श्रद्धा न रखती हो—उनसे भयभीत हो, अथवा उन्हें लुब्ध करने की सोचती हो—वहाँ सत्य का, न्याय का, धर्म का शासन नहीं है। तुम उत्कोच लेते हो या नहीं—उसके प्रमाण तो बाद में ही प्रकट होंगे; किन्तु ये लक्षण सुशासन के नहीं हैं।"

"मैं कहता हूँ युवराज! यह व्यक्ति झूठ बोल रहा है।" बुद्धिमित्र क्रोध से बोला, "आप इसे दण्डित करें, अथवा मैं ही..."

"तुम भ्रष्ट शासक हो या नहीं—कह नहीं सकता; किन्तु उद्दण्ड, धृष्ट तथा निर्लज्ज अवश्य हो।" युधिष्ठिर के स्वर में अधिकार मुखर हुआ, "तुम मेरे सामने प्रजा को धमकाने का प्रयत्न कर रहे हो। प्रजा को राजा से अपनी

कठिनाइयाँ तथा कष्ट कहने दो; राजा को उसकी छानबीन करने दो। सत्य अपने-आप सामने आ जायेगा। तुम प्रजा को धमकाने तथा राजा को भ्रमित करने का प्रयत्न मत करो।"

बुद्धिमित्र चुप तो हो गया; किन्तु अपने आवेश को दमित नहीं कर सका। उसकी आँखों से उसका क्रोध पहले से भी कुछ अधिक उग्रता के साथ प्रकट हो रहा था।

सहसा किसी ने उद्घोष की प्रतिध्वनि-स्वरूप जयजयकार किया। भीड़ में कुछ हलचल हुई, जैसे कुछ आगे बढ़ कर, युधिष्ठिर के निकट आना चाह रहे हों।

दूसरी ओर दण्डधरों ने अपने दण्ड उठा लिये। वे भीड़ पर दण्ड-प्रहार कर रहे थे, और लोग चीत्कार कर इधर-उधर भाग रहे थे।

"यह क्या है सेना-प्रमुख?" युधिष्ठिर ने पूछा; और साथ ही आदेश दिया, "रोको इसे!"

"युवराज! यदि भीड़ को रोका न गया तो वह आपकी ओर बढ़ती आयेगी। वह आपको आहत भी कर सकती है।"

"रोको इसे!" युधिष्ठिर क्रोध से बोला, "आहत तो मुझे तुम कर रहे हो। प्रजा अपने युवराज से मिलने आयी है, और तुम इन शान्तिपूर्ण किन्तु उत्साही लोगों पर दण्ड-प्रहार कर रहे हो!"

"यह आपकी सुरक्षा के लिए है युवराज!"

"मैं आक्रमण करती हुई सेना से अपनी रक्षा कर सकता हूँ। यह तो सामान्य प्रजा है।" युधिष्ठिर बोला, "रोको इसे।"

सेना-प्रमुख ने संकेत किया और दण्डधर रुक गये।

"तुम अपने सैनिकों और दण्डधरों के साथ तत्काल अपने शिविर में चले जाओ।" युधिष्ठिर ने कहा।

"युवराज! हम आपकी सुरक्षा के लिए हैं। हमारे हटते ही..."

"मेरी सुरक्षा के लिए मेरे महावीर भाई मेरे साथ हैं।" युधिष्ठिर पुनः बोला, "तुम लोग तत्काल अपने शिविर में चले जाओ।" वह मुड़ा, "बुद्धिमित्र! तुम सन्ध्या समय हमसे, हमारे शिविर में मिलना। पुरोचन! तुम जा कर व्यवस्था देखो। हम महादेव के दर्शन करके आ रहे हैं। भोजन तैयार रखना। भीम को भूख लग रही होगी।" वह अपने रथ की ओर मुड़ा, "आइए कुलपति!"

रथ चला तो कुलपति देवदत्त ने पूछा, "युवराज! आपने सारे राजपुरुषों को विदा क्यों कर दिया? वे लोग आपके स्वागत के लिए आये थे!"

"मुझे वे राजपुरुष एकदम प्रिय नहीं हैं कुलपति, जो राजाओं का

स्वागत-सत्कार करने में ही अपने कर्तव्यों की इतिश्री मान लेते हैं, और प्रजा का तनिक भी ध्यान नहीं रखते।" युधिष्ठिर बोला, "और मुझे आपसे एकान्त में कुछ बातें भी करनी हैं।"

"कहें युवराज!"

"मुझे अपने नगर के विषय में बताएँ कुलपति! कैसा है आपका नगर? कैसे हैं लोग? प्रजा सुखी है या दुखी? यहाँ क्या दर्शनीय है? क्या करणीय है? मैं चाहता हूँ कि हम हस्तिनापुर की चिन्ता छोड़ वारणावत की ही चिन्ता करें। हमारा राज्य हस्तिनापुर तक ही तो सीमित नहीं है—वारणावत भी हमें उतना ही प्रिय होना चाहिए।"

"आप ठीक कहते हैं युवराज!" कुलपति बोले, "हमारा नगर प्राकृतिक दृष्टि से अत्यन्त सुन्दर नगर है। हम हरनन्दी के तट पर हैं, और गंगा हमसे थोड़ी ही दूर है। सरिता-तट इतना मनोरम है कि सारा नगर ही उस पर बस गया। तो फिर हरनन्दी के तट पर महादेव का स्थान क्यों न बनता। यह भी सम्भव है कि यह स्थान इतना सुन्दर था कि आरम्भ में प्रकृति के उपासक यहाँ आ बसे हों और उन्होंने प्रकृति के सौन्दर्य में ही महादेव का रूप देखा हो तथा यहाँ महादेव का स्थान बना दिया हो। मेरे शैशव में तो यहाँ केवल ब्राह्मण परिवार ही थे, जो महादेव की उपासना करते थे और ज्ञान का अर्जन तथा वितरण करते थे। शायद उनकी आवश्यकताओं की पूर्ति के लिए व्यवसायी यहाँ आये तथा सेवा के लिए साधारण जन! पता नहीं महादेव के प्रति श्रद्धा बढ़ने के कारण, बाहर से भक्तजन आने लगे या महादेव की उपासना के उत्सव को व्यापारियों ने इतने सुन्दर समाज का रूप दे दिया कि वह सैलानियों को भी आकृष्ट करने लगा। तब तक तो यह नगर महादेव के उपासकों तथा उनकी आवश्यकताएँ पूरी करने वालों के परिवारों का ही था। नगर में उपासना और साधना की चर्चा होती थी। यही हमारा कर्म था, यही हमारा क्रम था। तब झगड़े नहीं होते थे; और कोई विवाद अथवा मतभेद होने पर हमारी पंचायत अपने-आप उसका समाधान खोज लेती थी। फिर जाने क्या हुआ कि हस्तिनापुर से सम्राट् ने एक नगरपाल भेज दिया। उसके साथ कुछ सैनिक तथा क्षत्रिय परिवार भी आये। तब भी हमारा नगर सुन्दर और शान्त ही बना रहा। किन्तु इधर जितने राजपुरुष, दण्डधर, सैनिक तथा उनके नायक बढ़े हैं, उतना ही नगर का जीवन दूषित हुआ है। अब साधना-उपासना की बातें कम हैं, भोग और व्यापार की चर्चा अधिक है। नगरपाल और सेना प्रमुख को तो आप देख ही चुके हैं युवराज! मुझे तो लगता है कि महादेव के वार्षिक समारोह के लिए, इस बार जितने यात्री आये हैं, उतने पहले कभी नहीं

आये। और जो लोग आये हैं, उनमें उपासना की प्रवृत्ति कम, भोग की प्रवृत्ति ही अधिक है। जाने वे कौन लोग हैं..."

"आपको ऐसा लगने का कारण?" युधिष्ठिर ने पूछा।

"यदि वे लोग महादेव के स्थान के महत्त्व के कारण आये हैं, तो उन्हें महादेव के स्थान पर भी तो आना चाहिए। स्थान में तो यात्रियों की संख्या बढ़ी नहीं, हाँ! सरिता-तट पर विहार करने वालों की संख्या बहुत अधिक है—मदिरा की दुकानों की संख्या बढ़ी है; और उन दुकानों के दर्शनार्थियों की संख्या, बल और उत्साह भी! द्यूत-क्रीड़ा में सम्मिलित होने वाले भी बहुत हैं; कुछ और मनोरंजन भी हों, तो मैं कह नहीं सकता। मैं इतना ही जानता हूँ कि हमारे नगर की सात्विकता नष्ट हो रही है।..."

"आपने कभी नगरपाल से ये बातें कहीं?"

"मुझे तो नगरपाल में ही कोई सात्विकता दिखायी नहीं देती," कुलपति बोले, "फिर भी एक बार कह तो बैठा ही था।"

"क्या उत्तर दिया उसने?"

"क्या उत्तर देता! बोला—'शासन करना मेरा काम है, मैं जानता हूँ, वह कैसे करना है। आप भजन और भक्ति में लगे रहिए।'"

"ठीक है। आप चिन्ता न करें!" युधिष्ठिर बोला, "उसे मैं शासन करना भी सिखाऊँगा और विद्वानों का सम्मान करना भी!"

वे लोग महादेव के दर्शन कर, अपने शिविर में आ गये। पुरोचन ने उन्हें बताया था कि उनके ठहरने के लिए जो भवन निश्चित किया गया है, उसका जीर्णोद्धार हो रहा है। उसमें अभी कुछ दिन लगेंगे। इसलिए उनके ठहरने के लिए इस अस्थायी शिविर की व्यवस्था की गयी थी। भवन के तैयार होते ही, वे लोग जा कर उसमें सुख से रह सकेंगे।

पुरोचन ने अस्थायी शिविर में भी सारी सुविधाओं की व्यवस्था कर रखी थी। अतः उसमें भी लम्बे समय तक निवास किया जा सकता था। युधिष्ठिर को लगा कि पुरोचन चाहे मनुष्य कैसा भी हो, किन्तु वह कुशल व्यवस्थापक था।

उन्हें भोजन करा, जब पुरोचन विदा हो गया, तो कुन्ती ने पूछा, "कहो पुत्र! क्या विचार है तुम्हारा?"

"माँ! मेरे मन में एक बात बहुत देर से खटक रही है।" सहदेव बोला, "यदि हम यह मान लें कि हमें हस्तिनापुर से किसी षड्यन्त्र के अन्तर्गत हटाया गया है, तो दुर्घटना के दो स्थान हो सकते हैं। यदि वह घटना हस्तिनापुर में घटित होनी है, तो हमारी उपस्थिति को बाधा मान कर हमें हस्तिनापुर से

हटा मात्र दिया गया है। हमें कहाँ भेजा गया है, यह महत्त्वपूर्ण नहीं है। ऐसे में उस घटना से हमारे अधिकार तो छिन सकते हैं, हमें कोई शारीरिक क्षति नहीं हो सकती। किन्तु यदि वह घटना यहाँ वारणावत में घटित होनी है, तो निश्चित रूप से वह हमारे साथ घटित होगी; अर्थात् उससे हमारे प्राणों पर संकट आयेगा। तब प्रश्न यह भी है कि ऐसा करने के लिए वारणावत को ही क्यों चुना गया है? यहाँ ऐसे षड्‌यन्त्र के लिए उन्हें क्या सुविधा है?"

"विदुर काका का भी यही विचार था," युधिष्ठिर बोला, "इसलिए उन्होंने कहा था कि वे हस्तिनापुर में सावधान रहेंगे, और हम यहाँ सावधान रहें।"

"मुझे तो वारणावत में दुर्योधन के प्रिय मंत्री पुरोचन की उपस्थिति खलती है।" अर्जुन बोला, "मैं यह मानने के लिए एकदम तैयार नहीं हूँ कि उसे मात्र सेवा के लिए यहाँ भेजा गया है।"

"मेरा भी यही विचार है।" भीम बोला, "उन्होंने हमें हस्तिनापुर से निष्कासित कर दिया है; और अब वे चाहते हैं कि हम हस्तिनापुर में कभी न लौटें। उसके लिए आवश्यक है कि वारणावत में हमारे प्राणों का हरण हो।..."

"इस बात में तो कोई संदेह ही नहीं रह गया है कि उनका लक्ष्य क्या है" सहदेव बोला, "अतः हमें यही शोध करना पड़ेगा कि यहाँ हमारे प्राण लेने में उन्हें क्या सुविधा है।"

"उसके लिए आवश्यक है कि हम उनके 'शस्त्र' का पता लगाएँ।" अर्जुन बोला, "विदुर काका के मतानुसार तो वे साधारण शस्त्रों से हमारे प्राण लेने का साहस नहीं कर सकते।"

"एक बात तो मेरी समझ में आती है," युधिष्ठिर ने कहा, "कि जहाँ का प्रशासन अपराधी मनोवृत्ति का हो, अथवा अपराधियों को आश्रय देता हो, जहाँ प्रतिदिन अपराध होते हों, जहाँ की प्रजा अपनी अपराधी मनोवृत्ति के कारण अथवा प्रतिदिन अनिवार्य रूप से घटित होने वाले अपराधों के कारण, बाध्यता में ही सही, अपराधों को दैनंदिन की घटना के रूप में स्वीकार कर, उसके प्रति सहिष्णु हो चुकी हो—वहाँ बड़े-से-बड़े अपराध को भी सहज रूप से पचा लिया जाता है। उन अपराधों का विरोध नहीं होता...।"

"और यहाँ वैसा ही वातावरण है।" सहदेव बोला, "मेरा विचार है कि ज्येष्ठ का स्थिति का मूल्यांकन सर्वथा सत्य है।"

"हाँ! नगरपाल तथा सेनाप्रमुख का व्यवहार तो हम देख ही चुके हैं।" भीम ने भी सहमति प्रकट की, "कुलपति ने यह भी बताया है कि मदिरा और द्यूत का व्यवसाय भी यहाँ सर्वत्र व्याप्त है।"

"बहुत सम्भव है कि इन राजपुरुषों की नियुक्ति भी उसी षड्‌यन्त्र के

अन्तर्गत की गयी हो, ताकि यदि हमारे साथ कोई अघटनीय घटित हो ही जाये तो ये राजपुरुष, सत्य पर आवरण डाल, उसे सदा के लिए छिपा दें।" युधिष्ठिर बोला, "यदि कोई न्यायप्रिय, अथवा हमसे सहानुभूति रखने वाला नगरपाल होता तो कदाचित् हमारे विरुद्ध रचे गए षड्यन्त्र में विघ्न-स्वरूप होता; अथवा, दुर्घटना के पश्चात् वह सत्य को प्रजा तथा हस्तिनापुर की राजसभा तक पहुँचा देता।"

"इसका अर्थ यह है कि हमें इस नगरपाल, सेनाप्रमुख, राजपुरुषों तथा सैनिकों से सावधान रहना चाहिए।" भीम बोला, "वे हमारी रक्षा के व्याज से हमें घेरे रहेंगे, प्रजा को हमारे निकट नहीं आने देंगे; और अन्ततः उस अवरोध के भीतर, हमारे प्राण लेने में हमारे हत्यारों की सहायता करेंगे।"

"हाँ!" युधिष्ठिर ने उत्तर दिया, "यदि परिस्थितियों का हमारा विश्लेषण ठीक है तो।..."

"तो पुत्र! हम यहाँ से कहीं और क्यों नहीं चले जाते?" कुन्ती बोली, "जब हम जानते हैं कि हमारे साथ कुछ अघटनीय घटने ही वाला है तो हम उसकी प्रतीक्षा में क्यों बैठे रहें?"

"माँ!" युधिष्ठिर बहुत अनुरोधपूर्ण स्वर में बोला, "यदि हमारे कहीं और चले जाने से ही यह संकट टल जाता, तो मैं सबसे पहले यही प्रस्ताव करता। किन्तु प्राण रहते, दुर्योधन हस्तिनापुर का राज्य छोड़ नहीं सकता; और हमारे जीवित रहते, उसे यह राज्य मिल नहीं सकता। उसने अपने जीवन का तादात्म्य राज्य से कर लिया है। वह एक उन्माद की-सी स्थिति में है। वह तब तक हमारे प्राण लेने का प्रयत्न करता रहेगा, जब तक वह स्वयं मृत्यु की गोद में सो नहीं जाता। इसलिए हम कहीं भी जायें, उसके गुप्तचर, उसके क्रीत हत्यारे हमारे पीछे लगे ही रहेंगे।"

"यह सृष्टि बहुत बड़ी है पुत्र! और यह दुर्योधन की इच्छा से नहीं चलती। दुर्योधन की शक्ति इतनी नहीं है, जितनी तुम समझ रहे हो।"

"माँ! शक्ति दुर्योधन की नहीं है; उसे तो भीम और अर्जुन में से कोई भी तत्काल नष्ट कर देगा।" युधिष्ठिर बोला, "शक्ति तो है सत्ता तथा धन की। कहने को पितृव्य हस्तिनापुर के महाराज हैं; और मैं युवराज; किन्तु सारी सत्ता दुर्योधन के हाथों में संचित हो गयी है। सारा राजकोष उसके पास है; और इस सृष्टि में असंख्य ऐसे मनुष्य हैं, जो अपने छोटे-से लाभ के प्रलोभन में, किसी के भी प्राण ले सकते हैं।...कर्ण को ही देखिए। नाम-मात्र का एक राज्य उसे दे कर, उसने कर्ण को खरीद लिया है। इस समय कर्ण के जीवन में न अपनी कोई इच्छा है, न आकांक्षा। वह दुर्योधन का दास है; और यदि मन में दुर्योधन

की इच्छाओं से स्वतन्त्र कोई इच्छा है तो यही कि वह अपने प्राण दे कर भी, दुर्योधन को प्रसन्न कर सके। क्रीत दास भी इतना परतन्त्र नहीं होता, जितना कर्ण को, उसकी मानसिक दासता ने कर दिया है।..."

"यह हमारा दुर्भाग्य है पुत्र!"

"हमें तो माँ, इस प्रकार दुर्योधन की आँखों के सम्मुख पड़े रहना है कि उसे यह संदेह न हो कि हम षड्यन्त्रों के विषय में कुछ जानते हैं। अवसर आने पर अपनी रक्षा करनी है और सम्भव हो तो अवसर मिलते ही, तब तक के लिए विलुप्त हो जाना है, जब तक हम इतने समर्थ न हो जायें कि दुर्योधन से सीधे टकरा सकें।"

"मुझे आज्ञा दो ज्येष्ठ! मैं दुर्योधन को गदा के एक प्रहार से यम-गृह भेज दूँ।" भीम जैसे तत्काल ही इस अभियान पर निकल पड़ने को पूर्णतः तत्पर था।

युधिष्ठिर हँसा, "यह सम्भव नहीं है भीम! रंगशाला में ही जाने कैसे वह तुमसे भिड़ गया : या तो इसलिए कि वह मात्र प्रदर्शन-युद्ध था और उसी में किसी व्याज से तुम्हें कोई घातक चोट पहुँचाना चाहता था, या तब तक वह अधिक अनुभवी नहीं था। अब वह तुमसे तब तक द्वन्द्व-युद्ध नहीं करेगा, जब तक उसके पास एक भी सैनिक तुमसे लड़वाने के लिए है। तुम उस तक पहुँच ही नहीं पाओगे।...और वैसे भी हम हत्यारे नहीं हैं भीम!" युधिष्ठिर जैसे एक-एक शब्द पर ठहर कर बोला, "आत्मरक्षा के लिए लड़ना और बात है, मात्र आशंका के आधार पर हम किसी की हत्या नहीं कर सकते।"

"तो उसके इस नगरपाल को ही ठिकाने लगा देते हैं। जब हम उसके षड्यन्त्र-जाल को ही काट फेंकेंगे तो वह हमारा क्या बिगाड़ लेगा!"

"तुम अपने ही राज्य के एक नगरपाल को अकारण ही मार डालोगे तो मध्यम, प्रजा तुम्हारे विषय में क्या सोचेगी?" सहदेव बोला।

"सोचने दो, प्रजा जो भी सोचती है।" भीम बोला, "वह कौन-सी हमारी ऐसी सहायक है कि हम उसकी चिन्ता करें!"

"नहीं भीम!" युधिष्ठिर ने उसे टोका, "जन-सामान्य तो सदा सत्य का ही पक्षधर है। प्रजा में अपनी आस्था खो कर, राज्य करने का अधिकार हमें नहीं है।" युधिष्ठिर कुछ रुक कर बोला, "और इस बात पर भी ध्यान दो कि कुलपति के अनुसार यहाँ समाज में सम्मिलित होने के लिए सहस्रों लोग आये हुए हैं, जो कदाचित् भक्त अथवा तीर्थ-यात्री नहीं हैं। तो कौन हैं वे? सम्भव है कि वे दुर्योधन के भेजे हुए छद्म सैनिक ही हों!..."

"मैं सैनिकों से भयभीत नहीं हूँ।"

"भयभीत तो मैं भी नहीं हूँ।" युधिष्ठिर बोला, "किन्तु भय यही है कि वे लोग प्रजा में मिल कर, विद्रोही मुद्रा में कुछ ऐसा अनिष्ट न करें, जिससे सामान्य जन का अहित हो।"

"तो आप नगरपाल तथा सेनाप्रमुख को बुलाकर, उनके कृत्यों का स्पष्टीकरण क्यों नहीं माँगते?" अब तक चुप बैठा हुआ नकुल बोला, "उन्हें पदच्युत किया जा सकता है, निगड़बद्ध किया जा सकता है।"

"नहीं!" सहदेव बीच में ही बोला, "राजनीति यही है कि जब तक हमें ठीक-ठाक यह ज्ञात न हो जाये कि हमारे विरुद्ध कैसा षड्यन्त्र रचा गया है, जब तक हम उस षड्यन्त्र के विरुद्ध रक्षा-कवच का निर्माण नहीं कर लेते, हमें प्रत्याक्रमण का प्रयत्न नहीं करना चाहिए।"

"हाँ! यह न हो कि हम यहाँ शासन को व्यवस्थित करने का प्रयत्न करें और भ्रष्ट राजपुरुष अपने समर्थकों तथा सैनिकों की सहायता से विद्रोह की-सी स्थिति उत्पन्न कर दें। हम राज्य की प्रभुसत्ता स्थापित करने के लिए उनसे युद्ध करें और राज्य की सेना के विरुद्ध युद्ध करने के आरोप में हस्तिनापुर की ओर से हमारे विरुद्ध कोई कार्यवाही हो जाये; और हम राज्य के प्रति अपनी निष्ठा ही प्रमाणित करते रह जायें।" अर्जुन बोला।

"तो फिर करना क्या है?" भीम ने झल्ला कर पूछा।

"कुछ नहीं! आँखें खुली रखनी हैं। आक्रमण करने वाले हाथ को थाम लेने के लिए स्वयं को सन्नद्ध रखना है।" युधिष्ठिर बोला, "और अपनी इन्द्रियों को वश में रखना है, विवेक को सन्तुलित रखना है और धैर्य को बनाये रखना है।"

"युधिष्ठिर ठीक कहता है पुत्र!..."

कुन्ती की बात पूरी भी नहीं हुई थी कि द्वारपाल भीतर की ओर आता हुआ दिखायी दिया।

वह निकट आया, तो उसके कुछ कहने से पूर्व ही युधिष्ठिर बोला, "मैंने तुमसे कहा था कि हम विश्राम कर रहे हैं। जब तक तुम्हें पुकारा न जाये, तब तक न तुम भीतर आओगे और न किसी को आने दोगे।"

द्वारपाल कुछ हत्प्रभ तो हुआ, किन्तु अधिक विचलित नहीं हुआ, "हाँ! आपने कहा तो था आर्य, पर मैंने सोचा कि आप विश्राम कर चुके होंगे। वैसे भी बाहर कुछ प्रजाजन आये हैं। वे अपने युवराज से मिलना चाहते हैं। क्या उनसे कह दूँ कि युवराज वारणावत में विश्राम करने आये हैं, वे किसी से मिलना नहीं चाहते?..."

इससे पहले कि भीम कुछ बोलता अथवा उठ कर उस द्वारपाल को उठा कर

बाहर फेंक आता, अर्जुन ने उसका हाथ दबाया। भीम ने उसकी ओर प्रश्नवाचक दृष्टि से देखा। अर्जुन ने संकेत किया : धैर्यपूर्वक चुपचाप बैठे रहो।

"नहीं! यह कहने की आवश्यकता नहीं है।" युधिष्ठिर ने आदेश दिया, "तुम उन्हें भीतर आने दो।"

द्वारपाल के लौटने में कहीं यह भाव नहीं था कि वह युवराज के आदेश पर किसी को बुलाने जा रहा है। वह तो इस प्रकार टहलता हुआ जा रहा था, जैसे वह किसी वाटिका में मन बहला रहा हो; और उसकी पीठ की ओर बैठे लोग युवराज तथा अन्य राजकुमार न हो कर, वाटिका में अनधिकृत रूप से घुस आये लोग हों, जिन्हें वह अभी खरी-खोटी सुना कर ही आया हो।

"मेरा विचार है कि किसी के आदेशानुसार वह जान-बूझ कर इस प्रकार का व्यवहार कर रहा है, जिससे हम उत्तेजित हो कर उसे दण्डित करें और वह बाहर जा कर कह सके कि राजकुमार अत्यन्त अशिष्ट और कठोर हैं, राजकर्मचारियों के साथ दुर्व्यवहार करते हैं।" सहदेव बोला, "क्या यह सायास हमें कलंकित करने का प्रयत्न नहीं है ज्येष्ठ?"

"मुझे भी कुछ ऐसा ही लग रहा है। वे लोग प्रजा के सम्मुख बार-बार यह तथ्य रेखांकित करना चाहते हैं कि राजकुमारों के कारण प्रजा को असुविधा होती है; और उन्हें अपमानित होना पड़ता है। हमारे आने पर भी सेना-प्रमुख ने कदाचित् इसलिए प्रजा पर दण्ड-प्रहार करवाये थे।" युधिष्ठिर बोला, "या फिर यह सब—यहाँ के राजकर्मचारियों की अनुशासनहीनता तथा उद्दण्डता का प्रमाण है!"

द्वारपाल चार व्यक्तियों के साथ भीतर आया और उन्हें वहाँ छोड़ किसी से बिना कुछ कहे, वापस लौट गया।

युधिष्ठिर ने नकुल को संकेत किया, "कोई प्रवेश न करे।"

नकुल जा कर द्वार के निकट खड़ा हो गया; और उसने कोश में से निकाल कर, नग्न खड्ग हाथ में ले लिया।

युधिष्ठिर ने उन चारों की ओर देखा।

उन्होंने हाथ जोड़ कर प्रणाम किया, "युवराज! हम आपकी असहाय प्रजा हैं। कुछ निवेदन करने आये हैं।"

"कहिए!" युधिष्ठिर का स्वर कोमल ही नहीं, स्नेह-सिंचित भी था, "अपना कष्ट कहिए।"

"युवराज!" उनमें से एक अत्यन्त सम्मान के साथ बोला, "हम साधारण गोपाल हैं युवराज! हमारे पास अपनी गोशाला के सिवाय और कुछ भी नहीं

है।...अब या तो आप हमारी गोशाला की सारी गायें ले लें, या फिर उनके पालन के साधन हमारे लिए जुटा दें।"

"स्पष्ट शब्दों में अपनी कठिनाई कहिए।" युधिष्ठिर ने मृदु स्वर में कहा।

"युवराज! पिछले कुछ दिनों से वारणावत में भूसा इतना महँगा हो गया है कि उसे खरीदना हमारे सामर्थ्य से बाहर है। ऐसे में हम अपने गोधन को क्या खिलाएँ?"

"भूसा महँगा क्यों हो गया है?"

"हाट में से बहुत सारा भूसा, राजपुरुष खरीद रहे हैं और व्यापारियों को मुँह-माँगा दाम दे रहे हैं। अब व्यापारी बचे हुए भूसे को कम दाम में बेचना ही नहीं चाहते।"

"राजपुरुष भूसा क्यों खरीद रहे हैं?"

"मुझे तो मालूम नहीं है युवराज! मुझे तो इतना ही ज्ञात हुआ है कि वे कहते हैं कि राजकुमारों के स्वागत के लिए हस्तिनापुर के मंत्री को इसकी आवश्यकता है।" वह व्यक्ति बोला, "आपकी क्या कोई राजकीय गोशाला है युवराज?"

युधिष्ठिर ने क्षण-भर सोचा और बोला, "हमारी आवश्यकता पूरी हो गयी है। अब यदि व्यापारी दाम कम न करें अथवा हाट में भूसा कम मिले, तो आ कर मुझे सूचित कीजिएगा कि राजपुरुषों ने किस व्यापारी से भूसा खरीदा है।"

"जो आज्ञा युवराज!" वे लोग प्रणाम कर चले गये।

उनके जाने के पश्चात् नकुल निकट आ गया। युधिष्ठिर ने अपने भाइयों की ओर देखा, "क्या समझे?"

"राजकुमारों के नाम पर भूसा खरीदने वाला हस्तिनापुर का मंत्री यह पुरोचन ही होगा।" भीम बोला, "हमें तो भूसे की आवश्यकता है नहीं। यह यहाँ से भूसा खरीद कर हस्तिनापुर भेजता है क्या?"

"पुरोचन गोशाला के लिए तो भूसा नहीं ही खरीद रहा है।" सहदेव बोला, "यदि हमारे निवास के लिए वह भवन-निर्माण करवा रहा है, तो उसे ईंटें बनाने के लिए, गारे में थोड़े-बहुत भूसे की आवश्यकता अवश्य पड़ेगी...किन्तु भूसा अधिक हो गया तो ईंटों की प्रज्वलनशीलता बढ़ जाये...।"

"ठहरो सहदेव!" युधिष्ठिर बोला, "विदुर काका ने कहा था कि अग्नि भी दुर्योधन का एक शस्त्र हो सकती है। कहीं ऐसा तो नहीं कि पुरोचन जान-बूझ कर ऐसी ईंटें बनवा रहा हो, जो अत्यधिक प्रज्वलनशील हों?"

"ज्येष्ठ का विचार ठीक है।" अर्जुन बोला, "निश्चय ही वह कुछ ऐसी ही

तैयारी कर रहा होगा।"

"मेरा विचार है कि हमें किसी-न-किसी प्रकार हाट से भी सम्पर्क बनाये रखना चाहिए कि पिछले दिनों किन-किन वस्तुओं के मूल्य चढ़े हैं और राजपुरुषों ने बड़ी मात्रा में क्या-क्या खरीदा है।" सहदेव बोला, "इस छोटी-सी नगरी का हाट कितना ही बड़ा क्यों न हो, ऐसी बातें छिप नहीं पायेंगी।"

"सहदेव ठीक कह रहा है।" कुन्ती बोली, "तुम लोग शिविर में कम-से-कम ठहरो। किसी-न-किसी व्याज से हाट के विषय मे सूचनाएँ प्राप्त करते रहो; और प्रजा में जितना अधिक घुल-मिल सको, वह तुम्हारे लिए उतना ही लाभदायक होगा।"

"और हम अग्नि से सावधान रहें तथा वारणावत के किसी राजपुरुष पर विश्वास न करें। वे सब-के-सब या तो दुर्योधन के गुप्तचर होंगे, अथवा उसके विश्वसनीय सेवक!" अर्जुन बोला।

10

वारणावत में पहुँचने के ठीक दसवें दिन युधिष्ठिर से मिलने के लिए पुरोचन आया।

"युवराज! मुझे अत्यन्त खेद है कि आपके पहुँचने से पूर्व ही मैं आपके लिए शिव-भवन का जीर्णोद्धार करा उसे आपके निवास-योग्य नहीं बना सका।" वह बोला, "किन्तु उसमें मेरा कोई दोष तो है नहीं। आपने देखा ही होगा कि यहाँ के लोग कितने आलसी हैं। काम तो कोई करना ही नहीं चाहता। यही कारण है कि एक मास में होने वाला काम, तीन मास में पूरा होता है। मैंने तो बहुत प्रयत्न किया कि श्रमिकों को कुछ अधिक पारिश्रमिक दे कर काम कुछ जल्दी करा लूँ; किन्तु वे लोग जैसे अपने ही राजा को लूट लेना चाहते हैं। तीन-तीन, चार-चार गुना पारिश्रमिक माँगते हैं। आप ही सोचिए, मैं राजकोष का धन इस प्रकार लुटा तो नहीं सकता न?"

"पर तुम आज मुझे यह सब क्यों बता रहे हो?" युधिष्ठिर ने पूछा।

"युवराज! बात यह है कि आज शिव-भवन को मैं आपके रहने के योग्य बना सका हूँ; इसलिए आपकी सेवा में उपस्थित हुआ हूँ।" वह बोला, "इससे पूर्व आपसे यह सब कहने का मैं साहस ही नहीं कर सका कि कहीं आप यह न समझें कि मैं अपनी अक्षमता को दूसरों के सिर मढ़, स्वयं को दोष-मुक्त करना चाहता हूँ।"

"तो अब तुम क्या चाहते हो?"

"युवराज अपने भाइयों तथा माता सहित शिव-भवन में पधारें। वहाँ आपके निवास का यथोचित प्रबन्ध है।"

"किन्तु हम लोग तो इस शिविर में ही पर्याप्त सुखी हैं। हमें किसी प्रकार की कोई असुविधा नहीं है।" युधिष्ठिर ने कहा, "हमारे यहीं बने रहने में तुम्हें क्या आपत्ति है?"

पुरोचन ने अपने कान छुए और अपने कपोलों को अपनी हथेलियों से कम-से-कम तीन बार पीटा, "नहीं युवराज! महाराज मुझे जीवित ही भूमि में गाड़ देंगे। उन्होंने मुझे आपसे पहले प्रस्थान कर यहाँ पहुँचने का आदेश दिया। राजकुमार दुर्योधन ने विशेष आग्रह किया। अब यदि उन्हें सूचना मिलती है कि मैंने उचित व्यवस्था नहीं की और आपको अपने भाइयों और माता के साथ शिविर में ही रहना पड़ा तो वे मुझसे कितने रुष्ट होंगे!" पुरोचन ने पुनः हाथ जोड़े, "नहीं युवराज! यह शिविर हस्तिनापुर के युवराज और उनके भाइयों के उपयुक्त नहीं है। इसमें हस्तिनापुर के राजवंश का अनादर होता है। आप हठ न करें, मुझ पर कृपा करें; अन्यथा मैं व्यर्थ ही दण्डित होऊँगा।"

"उस भवन की ऐसी क्या विशेषता है, जिसके कारण तुम हमें वहीं ले जाना चाहते हो?" सहदेव ने पूछा।

लगा, भीम भी कुछ बोलने वाला है, किन्तु वह अपने अधरों पर आये शब्द जैसे अन्तिम क्षण में पी गया।

पुरोचन के चेहरे पर कुछ क्षणों के लिए व्यग्रता का भाव आया, किन्तु वह तत्काल सहज हो गया, "वह भवन आपके लिए ही तैयार किया गया है युवराज! वह आपके पद और व्यक्तित्व के अनुकूल है। विस्तृत है, सुन्दर है, सुविधाजनक है। उसमें आपकी सुरक्षा की पूर्ण व्यवस्था।...।"

"तुम हमें इतना असुरक्षित क्यों समझते हो कि बार-बार हमारी सुरक्षा की चर्चा करते हो?" अर्जुन ने पूछा।

इस बार प्रयत्न करके भी पुरोचन अपना सन्तुलन बनाये नहीं रख पाया। उसकी आँखों में तथा चेहरे पर व्याकुलता स्पष्ट झलक आयी। मुख से तत्काल शब्द भी नहीं फूट पाये। वह फटी आँखों से अर्जुन को देखता रह गया।

"नहीं राजकुमार! आप जैसे वीर असुरक्षित होंगे, तो सुरक्षित कौन होगा!" अन्ततः वह बोला, "मैं तो एक सेवक के समान अपने स्वामी के लिए चिन्तित रहता हूँ, कि कहीं मेरे किसी प्रमाद से आपको कोई कठिनाई न हो। सेवक का तो धर्म यही है राजकुमार!" वह चर्चा को वापस अपने लक्ष्य की ओर लाने के लिए रुका, "आप एक बार उस भवन में आ जायें, आपको स्वयं ही वह अत्यन्त प्रिय हो जायेगा। उसे छोड़कर आप स्वयं ही कहीं नहीं जायेंगे।"

"क्या बहुत सुन्दर है तुम्हारा यह शिव-भवन?" भीम ने पूछा।

"राजकुमार! उसका सौन्दर्य तो देखते ही बनता है।" वह बोला, "आपको लगेगा, जैसे भवन चित्रों का ही बना हुआ है, दीवारें तो कहीं दिखायी ही नहीं देतीं। और चित्र इतने सजीव हैं कि जीवित व्यक्ति का भ्रम हो जाये।"

"अच्छा, चलो।" अन्ततः युधिष्ठिर बोला, "चलने की व्यवस्था करो।"

शिव-भवन वस्तुतः अत्यन्त भव्य था। उसके कंगूरे दूर से ही दिखायी देते थे और मुख्य द्वार किसी नगर-द्वार के ही समान विशाल और विराट था। उस पर सुन्दर और सुसज्जित चित्रकारी की गयी थी।

पुरोचन घूम-घूमकर उन्हें भवन दिखाता रहा। सारे भवन में बड़े-बड़े आकार के मनोहर भित्तिचित्र बने हुए थे, जिसमें जीवन के विभिन्न भोगों का अत्यन्त आकर्षक चित्रण था। झरोखों और गवाक्षों पर पत्थर की बनी हुई मनोहर जालियाँ थीं। बाहर विस्तृत उद्यान था। भवन के ही परिसर में मुख्य भवन से कुछ हट कर दास-दासियों के लिए छोटे-बड़े घर बने हुए थे। मुख्य भवन के पीछे एक ऊँची प्राचीर थी; और उसके साथ लगता हुआ सैनिकों का शिविर था। निश्चय ही शिव-भवन अत्यन्त विस्तृत, आकर्षक, सुन्दर तथा अनेक प्रकार की सुविधाओं से सुसज्जित था।

"तुमने हमारे लिए सचमुच बहुत सुन्दर भवन की व्यवस्था की है पुरोचन!" विदा होते हुए पुरोचन से कुन्ती ने कहा, "मैं महादेव से प्रार्थना करती हूँ कि वे तुम्हें, तुम्हारे कार्यों का उचित फल दें। वे तुम्हें, तुम्हारी माता तथा भाइयों को भी निवास के लिए ऐसा ही भवन प्रदान करें।"

"आपकी कृपा बनी रहे राजमाता!" पुरोचन ने बहुत झुक कर कुन्ती को प्रणाम किया; किन्तु उसकी आँखों में झलकता निषेध किसी से छिपा नहीं रह सका।

पुरोचन चला गया तो युधिष्ठिर ने अपने भाइयों की ओर देखा, "कैसा है शिव-भवन?"

"आपका क्या विचार है ज्येष्ठ?" नकुल ने पूछा, "आपको यह सुरक्षित लगता है?"

"यह तो सर्वथा अशिव-भवन है।" युधिष्ठिर बोला, "मुख्य द्वार को सेवक और प्रहरी के कक्षों से इतना संकीर्ण कर दिया गया है कि उसमें से एक छोटा-सा रथ भी कठिनाई से पार हो सके। पीछे की ओर ऊँची प्राचीर है और उसमें कोई द्वार भी नहीं है। यह तो हमें इस भवन में बन्दी करने की योजना है। यदि कोई विपत्ति आ जाये, तो हम सरलता से इसमें से निकल भी नहीं पायेंगे।..."

"कहीं ऐसा तो नहीं कि वे हमें इसमें बन्द कर भवन को आग लगाना चाहते हों, ताकि हम बाहर निकल ही न पायें और अग्नि की भेंट हो जायें?" भीम बोला।

"कुछ ऐसा ही लगता है मुझे!" युधिष्ठिर बोला, "भित्ति-चित्रों को ध्यान से देखो, ये चित्र भित्तियों से काफी उठे हुए और बड़े-बड़े हैं; अर्थात् भित्तियों के ऊपर काफी मात्रा में दूसरे पदार्थ हैं, सम्भवतः वे सारे पदार्थ प्रज्वलनशील और अग्नि को उद्दीप्त करने वाले हैं। सम्भव है, दीवारों के निर्माण में भी कुछ ऐसे ही पदार्थ का प्रयोग किया गया हो! इस भवन के निर्माण में तो मुझे लाक्षा का पर्याप्त प्रयोग दिखायी देता है।..."

"इसका अर्थ तो यह है कि दुर्योधन चाहता है कि हम लोग भवन के भीतर हों और पुरोचन मुख्य द्वार बन्द कर यदि इसे आग लगा दे तो इसमें से निकल भी न सकें। शिव-भवन नहीं, यह तो लाक्षागृह है, जो तत्काल भभक उठेगा। लोग इसे प्राकृतिक दुर्घटना मान लेंगे और किसी को पता भी नहीं चलेगा कि हमारी हत्या की गयी है।" भीम बोला।

"इतना ही नहीं!" अर्जुन ने समर्थन किया, "उस विपत्ति में दास-दासियाँ अथवा कर्मचारी हमारी सहायता के लिए भी नहीं आ सकेंगे। यदि बाहर से कोई हमारी सहायता के लिए आना चाहे, अथवा हम निकलना चाहें, तो प्राचीर के पीछे, हमारी सुरक्षा के व्याज से ठहराये गये, उसके सैनिक, भवन को घेर लेंगे और न हमें बाहर निकलने देंगे, न बाहर से किसी को हमारी सहायता के लिए आने देंगे।"

"तो जब यह निश्चित ही है कि यह लाक्षागृह विशेष रूप से हमें जला कर हमारी हत्या करने के लिए ही बनाया गया है, तो हम वापस उसी शिविर में क्यों नही चले जाते?" भीम ने पूछा।

"हाँ, पुत्र!" कुन्ती बोली, "जान-बूझ कर इस प्रकार स्वयं को अग्नि में झोंकना कहाँ की बुद्धिमत्ता है?"

युधिष्ठिर चुपचाप उनकी बातों पर विचार करता रहा और फिर धीरे से बोला, "अब मेरी समझ में आ रहा है कि विदुर काका ने क्यों कहा था कि अपनी इन्द्रियों को वश में रखना और धैर्य मत छोड़ना।"

"यह तो ठीक है कि यदि हम इस भवन में नहीं रहेंगे तो उन्हें ज्ञात हो जायेगा कि हमें उनके षड्यन्त्र का आभास हो गया है।" सहदेव ने कहा, "ऐसी स्थिति में वे कोई और षड्यन्त्र रचेंगे; और बहुत सम्भव है कि हम अपने अज्ञान में ही मारे जायें।"

"वह तो ठीक है।" कुन्ती पुनः बोली, "अज्ञान में मारे जाना एक बात है;

यहाँ तो हम जान-बूझकर मरने के लिए बैठे हैं।"

"नहीं माँ!" युधिष्ठिर गम्भीर स्वर में बोला, "हम जान-बूझ कर यहाँ बैठे मृत्यु की प्रतीक्षा नहीं करेंगे; हम जानी-बूझी मृत्यु से बचने का प्रयत्न करेंगे।"

"किन्तु यहाँ बचने का उपाय ही क्या है?"

"उपाय तो करना पड़ता है माँ!" युधिष्टिर बोला, "उपाय करने से ही कंस के कारागार में जन्मा कृष्ण बाहर आ गया था। हम उपाय करेंगे, तो क्या इस षड्यन्त्र से अपनी रक्षा नहीं कर पायेंगे?"

"क्या करोगे पुत्र?"

"उस पर विचार करते हैं।" युधिष्ठिर बोला, "विदुर काका ने कहा था, दावाग्नि में बड़े-बड़े वृक्ष और जीव-जन्तु जल जाते हैं; किन्तु अपने बिल में छिपा मूषक उससे सर्वथा सुरक्षित रहता है।...इसका अर्थ समझती हो माँ?"

"समझती हूँ!" कुन्ती बोली, "विदुर को इस षड्यन्त्र का आभास रहा होगा, इसलिए उसने तुम्हें अपनी रक्षा के लिए बिल खोदने का सुझाव दिया होगा।"

"हाँ, माँ!" युधिष्ठिर बोला, "मुझे मालूम नहीं है कि विदुर काका को इस षड्यन्त्र का निश्चित ज्ञान था अथवा यह उनका अनुमान मात्र था; किन्तु उनका अनुमान अब यथार्थ के रूप में हमारे सम्मुख है। अतः हमें इस लाक्षागृह के भीतर ही एक भूमिगत गुफा खोद लेनी चाहिए, ताकि यदि हम अग्नि में घिर जायें, तो उस गुफा में शरण ले सकें।"

"किन्तु हमारी सुरक्षा के लिए यह पर्याप्त नहीं होगा।" नकुल बोला, "भवन जल जाने के पश्चात् वे परिणाम देखने के लिए हमारी खोज करेंगे।"

"खोज ही लेंगे, तो क्या कर लेंगे?" भीम रोषपूर्ण स्वर में बोला।

"उनके सैनिक हम पर शस्त्रों से आक्रमण करेंगे।..." नकुल बोला।

"शस्त्रों से आक्रमण करना होता, तो वे अब तक कर चुके होते," युधिष्ठिर बोला, "किन्तु यदि उन्होंने आक्रमण किया, तो हम पाँचों उनकी सेनाओं पर भारी पड़ेंगे।"

"तो हम अभी ही क्यों उन पर भारी नहीं पड़ लेते?" भीम बोला।

"क्योंकि अभी उन्होंने हम पर आक्रमण नहीं किया है।" युधिष्ठिर बोला, "और आक्रमणकारियों से युद्ध करने तथा अनुमानों से आशंकित होकर राजपुरुषों पर आक्रमण करने में बहुत अन्तर है।"

"ज्येष्ठ ठीक कह रहे हैं।" सहदेव ने अपनी सहमति जतायी, "किन्तु एक भूमिगत गुफा ही हमारी सुरक्षा के लिए पर्याप्त नहीं है।"

"हाँ! वह पर्याप्त नहीं है।" युधिष्ठिर बोला, "हमें चाहिए कि हम प्रातः ही

मृगया के व्याज से इस भवन से निकल जायें। वारणावत के भीतर और बाहर के सारे मार्गों से पूर्णरूपेण परिचित हो लें, ताकि विपत्ति में यहाँ से निकलने में सुविधा रहे। जब हम इस भवन में नहीं रहेंगे, तो इसकी रक्षा की चिन्ता भी हमें नहीं रहेगी। हमारी अनुपस्थिति में वे इस भवन को अग्निसात् कर भी दें, तो हमारी कोई हानि नहीं है।..."

"और पीछे माँ जो होंगी भवन में!" सहदेव बोला।

"वैसे तो दुर्योधन यह सब माँ की हत्या के लिए नहीं कर रहा है। वह हम लोगों के प्राण लेना चाहता है; क्योंकि हम उसके प्रतिस्पर्धी हैं।" युधिष्ठिर बोला, "फिर भी हम माँ को इस भवन में अकेली क्यों छोड़ेगे! वे महादेव के स्थान चली जाया करेंगी। कुलपति तथा अन्य ब्राह्मणों के घरों में भेंट करने चली जाया करेंगी। उनके कष्टों को जानने का प्रयत्न करेंगी; कुछ ज्ञान-चर्चा करेंगी; कुछ कथा-वार्ता सुनेंगी।...क्यों माँ?"

"ठीक है पुत्र! तुम लोगों की अनुपस्थिति में मुझे यहाँ करना भी क्या है?" कुन्ती बोली।

"और जब हम भवन में हों," युधिष्ठिर पुनः बोला, "हमारा प्रयत्न होना चाहिए कि अधिक-से-अधिक बाहरी व्यक्ति भी हमारे साथ, इस भवन में हों—दास-दासियां, कर्मचारी, ब्राह्मण, भेंट करने वाले, अपनी कठिनाइयाँ कहने वाले—जैसे भी लोग हों। इस परिसर के भीतर जितने अधिक लोग होंगे, उनके लिए अग्नि-काण्ड करना उतना ही कठिन हो जायेगा। और फिर वे हमें मारना चाहते हैं, सामान्य लोगों की इस प्रकार की भीड़-की-भीड़ को जलाना उनके लिए भी सम्भव नहीं होगा।..."

"भैया ठीक कह रहे हैं!" नकुल ने अनायास ही युधिष्ठिर का समर्थन कर दिया।

"केवल रात्रि के उतने भाग के लिए हमें बहुत सावधान रहना चाहिए, जिस समय हम भवन के भीतर हैं, और बाहर का कोई व्यक्ति भवन में नहीं है। रात्रि के उन दो प्रहरों को हमें पाँच भागों में बाँट लेना चाहिए; और बारी-बारी से पुरोचन पर दृष्टि रखनी चाहिए। मेरा विचार है कि अग्नि-प्रज्वलन का कार्य वह स्वयं ही करेगा। ऐसे काम के लिए वह किसी अन्य व्यक्ति पर निर्भर नहीं रहेगा। यदि ऐसा न होता तो वह हमें इस भवन में पहुँचा, अग्नि-प्रज्वलन का कार्य किसी विश्वसनीय व्यक्ति पर छोड़ कर, हस्तिनापुर लौट गया होता। उसके यहाँ ठहरे रहने का अर्थ ही यही है कि यह कार्य स्वयं ही करेगा।"

"मेरी तो इच्छा होती है कि अवसर देख कर, किसी समय इस पुरोचन की

गर्दन मरोड़ कर फेंक दूँ।" भीम बोला, "न रहेगा बाँस, न बजेगी बाँसुरी।"

"यदि वस्तुतः वही बाँस होता तो मैं तुम्हें इसकी अनुमति दे भी देता।" युधिष्ठिर ने अत्यन्त शान्त स्वर में कहा, "किन्तु उसकी हत्या से न यह षड्यन्त्र समाप्त होगा, न हम सुरक्षित हो पायेंगे।"

"किन्तु उसे दण्ड तो मिलना ही चाहिए भैया!" अर्जुन बोला।

"समय आने पर वह भी होगा।" युधिष्ठिर बोला, "हमें आज रात से ही किसी भीतरी कक्ष में, अपने लिए भूमिगत शरणस्थली बनानी आरम्भ कर देनी चाहिए।"

"हाँ, पुत्र! इस कार्य में तनिक भी विलम्ब उचित नहीं है।" कुन्ती ने समर्थन किया।

दिन भर किसी-न-किसी व्याज से पुरोचन भवन में आता-जाता रहा। कभी वह कर्मचारियों को उनका कार्य समझाता था, कभी दासियों को उनके कार्य पर नियुक्त करता था। ताकि कभी उसे कोई भूली बात स्मरण हो आती थी, इसलिए वह लौट आता था; कभी युधिष्ठिर अथवा कुन्ती से किसी विषय में उनकी इच्छा जाननी आवश्यक हो जाती थी...युधिष्ठिर उसे देखता रहा : क्यों कर रहा था वह यह सब? क्या इसलिए कि वह उन लोगों पर दृष्टि रख सके? या फिर क्या वह भवन निरीक्षण कर रहा था किसी कारण, पाण्डवों को संदहे न हो!...और युधिष्ठिर सोचता रहा कि यदि वह प्रतिदिन इसी प्रकार भवन के भीतर मँडराता रहा तो वे लोग अपने लिए भूमिगत आश्रय कैसे बनायेंगे?...ऐसे तो उसकी दृष्टि से कुछ भी नहीं छिप पायेगा...उसे किसी-न-किसी प्रकार से पुरोचन का प्रवेश नियन्त्रित करना होगा, उसके इन निर्बाध अधिकारों में कटौती करनी ही होगी।...और कोई तो ऐसा स्थान खोजना पड़ेगा जहाँ पुरोचन अथवा किसी भी अन्य राजपुरुष, कर्मचारी, दास-दासी का प्रवेश किसी भी प्रकार सम्भव न हो, तभी तो भूमिगत आश्रय का सुरक्षित निर्माण हो पायेगा।...

कुन्ती ने युधिष्ठिर को इतना गम्भीर देखा, तो स्वयं को रोक नहीं पायी, "क्या बात है पुत्र! तुम कुछ अधिक ही चिन्तित हो?"

युधिष्ठिर ने अपनी चिन्ता, माँ को कह सुनायी। कुन्ती अभी कोई उत्तर दे भी नहीं पायी थी कि पुरोचन पुनः उपस्थित हो गया, "महारानी! एक निवेदन के लिए उपस्थित हुआ हूँ।"

और युधिष्ठिर ने आश्चर्य से देखा : कुन्ती के चेहरे पर किसी प्रकार का कोई विरोध या रोष प्रकट नहीं हुआ। उसकी वाणी में पुरोचन के प्रति कोई अरुचि भी नहीं थी। वह अत्यन्त मधुर स्वर में बोली, "कहो पुरोचन! मुझे भी

तुमसे कुछ कार्य था। तुम स्वयं न आये होते, तो किसी दासी को भेज कर तुम्हें बुलाना पड़ता।"

"कहें महारानी! पहले आप अपनी आवश्यकता कहें। यह पुरोचन आपकी किसी भी इच्छा की पूर्ति कर स्वयं को धन्य मानेगा।" पुरोचन अत्यन्त शालीन स्वर में बोला।

"पुरोचन! भवन के पूर्व-खण्ड में कितने कक्ष हैं?"

"चार महारानी!"

"तो एक काम करो वत्स!" कुन्ती बोली, "उन चारों कक्षों का सारा सामान—आसन, मंच, चित्र, मूर्तियाँ, या जो कुछ भी उनमें हो, वह सब बाहर निकलवा लो। वे कक्ष सर्वथा खाली कर दो!"

पुरोचन कुछ चकित हुआ, "उन कक्षों का क्या होगा महारानी?"

"वैसे तो छः कक्ष होते तो अधिक अच्छा होता; किन्तु अब चार कक्षों से ही काम चला लेंगे।" कुन्ती बोली, "पिछला कक्ष मेरी पूजा और साधना का कक्ष होगा। आगे के तीनों कक्षों में ये पाँचों भाई अपनी पूजा, साधना, मंत्र-जाप, मनन तथा ध्यान का कार्य करेंगे। उन कक्षों में सिवाय हम छः व्यक्तियों के और कोई प्रवेश नहीं करेगा। उनकी सफाई भी हम स्वयं करेंगे..."

"अरे नहीं महारानी!" पुरोचन बात काट कर बोला, "कोई ब्राह्मण स्त्री नहा-धो कर उन कक्षों की सफाई का कार्य कर दिया करेगी।"

"नहीं!" कुन्ती का स्वर आदेशात्मक था, "अपने आराध्यदेव की सेवा दास-दासियों से नहीं करायी जाती। उनके तो हम स्वयं ही दास हैं। उन कक्षों को स्वच्छ रखना हमारा अपना कार्य है; उससे हमारे देव प्रसन्न होंगे।"

"जैसी आपकी इच्छा महारानी!" पुरोचन का स्वर हताश था। वह जाने के लिए मुड़ा। उसकी अस्त-व्यस्तता देख कुन्ती अपनी मुस्कान रोक नहीं पायी, "तुम कुछ कहने के लिए आये थे पुरोचन!"

"ओह! हाँ, महारानी!" वह झटपट-सा मुड़ा, "मैं यह सूचना देने आया था, कि हस्तिनापुर से आपके साथ आये रसोइये मैंने वापस हस्तिनापुर भेज दिये हैं। वे लोग अपने परिवारों के बिना यहाँ बहुत प्रसन्न नहीं थे। उनके स्थान पर मैंने यहीं के रसोइये नियुक्त कर दिये हैं। वे लोग यहीं के रहने वाले हैं और उनके परिवार भी यहीं हैं। न उन्हें आवास की असुविधा है और न उन्हें कहीं लौटने की जरूरत है।..."

युधिष्ठिर का माथा ठनका : वे लोग केवल अग्नि से अपनी रक्षा का प्रबन्ध कर रहे थे। यह पुरोचन कहीं कोई दूसरा षड्यन्त्र तो नहीं रच रहा? उसने उनके रसोइये हस्तिनापुर भेज दिये थे...पुरोचन के रसोइये...क्या दुर्योधन,

भीम को विष दिये जाने की घटना की पुनरावृत्ति करना चाहता है?

किन्तु कुन्ती ने अत्यन्त सहज भाव से उत्तर दिया, "यह तुमने अच्छा ही किया पुरोचन! वस्तुतः मैं आज से ही संकल्प कर रही हूँ कि या तो भोजन स्वयं अपने हाथों से पका कर, अपने पुत्रों को खिला कर स्वयं खाऊँगी; अथवा केवल उन रसोइयों के हाथ का भोजन खाऊँगी, जिनके कम-से-कम दो-दो पुत्र हों। उनका बनाया हुआ भोजन, स्वयं अपने हाथों से परोस कर पहले उनके पुत्रों को खिलाऊँगी; और तब स्वयं खाऊँगी।"

पुरोचन के चेहरे की मलिनता कुछ सघन हुई, "ऐसा क्यों महारानी?"

"इसलिए वत्स, कि जिनका बनाया हुआ भोजन मेरे पुत्र खायेंगे, उनके पुत्रों को मैं खिलाऊँगी, तो यह ऋण इसी लोक में उतर जायेगा। उसके लिए पुनः एक जन्म नहीं लेना पड़ेगा।" कुन्ती ने रुक कर कहा, "अब ये रसोइये वारणावत के ही निवासी हैं, तो उनके परिवार भी यहीं होंगे। तुम जाओ और उनसे कह दो कि वे लोग भोजन के समय अपने दो-दो पुत्रों को ले कर आ जायें। ऐसा न हो कि उनको विलम्ब हो, और उनके कारण हमें भी भूखे बैठे रहना पड़े।"

"किन्तु महारानी!" पुरोचन कुछ अटपटाया-सा बोला, "यदि किसी के दो पुत्र न हुए तो?"

"तो उसे रसोइये के काम पर मत लगाना।" कुन्ती बोली, "तुम उनसे पूछ लो। जाओ, शीघ्र जाओ! ऐसा न हो कि उनमें कोई ऐसा व्यक्ति सम्मिलित हो जाये, जिसके दो पुत्र न हों।"

पुरोचन शिथिल पगों से मुड़ा, तभी कुन्ती ने कहा, "और सुनो पुरोचन, मैं कल से दोनों समय पचास-पचास ब्राह्मणों को भोजन कराऊँगी तथा दक्षिणा दूँगी। उसका भी प्रबन्ध हो जाना चाहिए।"

पुरोचन चला गया, किन्तु लग रहा था कि उसके पग उठ ही नहीं रहे थे।

युधिष्ठिर ने प्रशंसा-भरी दृष्टि से अपनी माँ को देखा, "तुम अद्भुत हो माँ! कहाँ मैं सोच रहा था कि इस संकट में तुम घबराओगी और कहाँ तुमने ऐसा चमत्कार किया है माँ कि भोजन में विष की समस्या तो अब हो ही नहीं सकती; और वे चार कक्ष भी पूर्णतः सुरक्षित हो गये हैं, जहाँ हम अपना भूमिगत आश्रय बना सकते हैं।...किन्तु माँ! ब्राह्मणों का भोजन?"

"ब्राह्मणों को भोजन कराना तो वैसे भी हमारा सामान्य कर्म होना चाहिए पुत्र!"

"वैसे तो ठीक है; किन्तु इस संकट के समय?"

"पहली बात तो यह है कि हम अपने सामान्य धर्म का पालन कर रहे हैं।

दूसरे, विष का संकट और भी कम हो जायेगा, क्योंकि भोजन में विष मिलाने से पचास ब्रह्महत्याएँ हो जायेंगी। तीसरे, हमसे मिलने के लिए कौन आ रहा है, इस पर पुरोचन दृष्टि नहीं रख सकेगा। ब्राह्मण के वेश में तुम अपने गुप्तचरों को भी बुला सकते हो।"

11

कुन्ती ने पहले अपने चारों रसोइयों के आठ पुत्रों को भोजन कराया और उसके पश्चात् पचास ब्राह्मणों की पंक्ति बैठायी। उन्हें भोजन करा कर, वस्त्र तथा धन दे कर, एक-एक को विदा किया। अन्तिम ब्राह्मण की बारी आयी तो उसने वस्त्रों को थाम तो लिया; किन्तु आशीर्वाद दे कर चुपचाप आगे बढ़ जाने के स्थान पर धीरे से बोला, "मेरी आवश्यकता इससे कुछ अधिक है।"

"क्या चाहिए ब्राह्मण?" कुन्ती ने पूछा।

"अपनी याचना गुप्त रखना चाहता हूँ राजमाता! अतः एकान्त में ही प्रार्थना कर पाऊँगा।"

कुन्ती अपने पुत्रों तथा ब्राह्मण के साथ एक पृथक् कक्ष में चली गयी।

"अब कहिए ब्राह्मण देवता!" युधिष्ठिर बोला।

"मुझे पहचानते हैं युवराज?"

युधिष्ठिर ही नहीं, पाँचों भाइयों तथा कुन्ती ने उसे ध्यान से देखा। युधिष्ठिर को लगा, कि उसे कहीं देखा तो है—शायद विदुर काका के निकट! किन्तु यह ब्राह्मण!...

"मुझे हस्तिनापुर से महामंत्री विदुर ने भेजा है।" वह धीरे से बोला, "मैं खनक हूँ—परिखा और सुरंग खोदता हूँ।"

"खनक!!!" युधिष्ठिर ने उसे देखा, "तो क्या महामंत्री को निश्चित प्रमाण मिल गये हैं कि दुर्योधन हमें जला कर नष्ट कर देना चाहता है?"

"हाँ, युवराज! वह आततायी है।" खनक बोला, "आपका यह शिव-भवन घी, तेल, चर्बी, घास, लकड़ी तथा लाक्षा से बनाया गया है।..."

"हुँ!" युधिष्ठिर कुछ सोच रहा था, "अग्नि-दाह कब होगा?"

"सम्भवतः कृष्ण पक्ष की चतुर्दशी को।"

"तो हमें सावधान रहना चाहिए; पुरोचन पर दृष्टि रखनी चाहिए और भूमिगत आश्रय के निर्माण में शीघ्रता करनी चाहिए।" युधिष्ठिर जैसे अपने-आपको भी कह रहा था और अपने भाइयों को भी।

"उसी कार्य के लिए मुझे महामंत्री ने भेजा है युवराज!" खनक बोला, "मैं

इस भवन के नीचे से एक सुरंग खोद दूँगा। महामंत्री चाहते हैं कि दुर्योधन द्वारा अग्नि प्रज्वलित किये जाने से पहले ही आप इस भवन को आग लगा, उस सुरंग की सहायता से, सुरक्षित स्थान पर, बाहर निकल जायें। शिव-भवन के जल जाने और आपके न मिलने से दुर्योधन यही समझेगा कि आप लोग अग्नि में नष्ट हो गये हैं। वह आप लोगों की ओर से निश्चिन्त हो जायेगा और असावधान भी। हरनन्दी पार कर, आप वन में से होते हुए, गंगा-तट पर पहुँच जायें। गंगा-तट पर सूर्यदेव का एक मन्दिर है। वहीं आपको महामंत्री का अनुचर, एक चतुर नाविक मिलेगा। वह आपको गंगा पार करा देगा। गंगा के उस पार वन में गुप्त रूप से अनिश्चित काल तक सुरक्षित रूप से निवास कर सकेंगे। दुर्योधन निष्क्रिय हो गया होगा, अतः आप लोग उसके भावी षड्यन्त्रों से बचने की कोई दीर्घव्यापी सुरक्षित व्यवस्था कर पायेंगे।"

युधिष्ठिर स्तब्ध-सा खड़ा सब कुछ सुनता रहा; और फिर जैसे निःश्वास छोड़ता हुआ बोला, "हमारे प्राण बचाने वाले विदुर काका ही हैं।" वह सक्रिय हुआ, "हम उनके अत्यन्त आभारी हैं। अब आओ खनक! हम तुम्हें कुछ दिखाएँ।"

युधिष्ठिर उसे ले कर पूर्वी खण्ड के अन्तिम कक्ष में पहुँचा।

खनक चकित रह गया, "आप लोगों ने सुरंग खोदनी आरम्भ कर दी?"

"हाँ, खनक!" अर्जुन बोला, "कृष्ण वहाँ द्वारका का निर्माण कर रहा है, और हम यहाँ मूषक के समान, बिल खोद रहे हैं।"

"खनक! एक बात बताओ," भीम ने कहा, "हमने तो अभी बहुत थोड़ी-सी खुदाई की है; और समझ नहीं पा रहे हैं कि इसमें से खोदी गयी यह मिट्टी कहाँ डालें? तुम यदि यहाँ से बाहर तक की सुरंग खोदोगे, तो वह सारी मिट्टी कहाँ डालोगे? इस कक्ष में तो इतना स्थान है नहीं!"

"तो आपने क्या सोच कर सुरंग खोदनी आरम्भ की थी राजकुमार?" खनक ने पूछा।

किन्तु उत्तर भीम के स्थान पर युधिष्ठिर ने दिया, "हस्तिनापुर से विदा होते हुए विदुर काका ने अग्नि की सम्भावना की बात की थी। हमने उसी को ध्यान में रख कर मात्र एक भूमिगत आश्रय बनाने का कार्य आरम्भ किया है। सुरंग खोद कर बाहर निकल जाने की बात हमने नहीं सोची थी।"

"ठीक है युवराज!" खनक बोला, "यह तो ठीक है कि सुरंग-निर्माण में इतनी मिट्टी निकलेगी कि आप उसे एक कक्ष में क्या, सम्पूर्ण भवन में भी छिपा नहीं सकेंगे। उसके लिए आवश्यक है कि आप बड़ी संख्या में श्रमिक लगा कर, इस भवन के चारों ओर एक परिखा का निर्माण करें। उससे निकलने

वाली मिट्टी को आप प्रत्यक्ष रूप से कहीं भी फिंकवाएँगे ही, मैं इस सुरंग की मिट्टी भी गुप्त रूप से उसी पर डाल दिया करूँगा।"

"यह ठीक है!" युधिष्ठिर बोला, "तुम सुरंग खोदने का कार्य प्रारम्भ करो, मैं परिखा का निर्माण करवाता हूँ। परिखा से निकली हुई मिट्टी कहीं फिंकवाने की क्या आवश्यकता है! उसी मिट्टी से परिखा के साथ-साथ ऊँची प्राचीर भी बनवाते चलते हैं।"

"यही ठीक रहेगा।" खनक सहमत हो गया।

"तुम अकेले सुरंग खोद लोगे?" भीम ने पूछा, "या हमारी सहायता की आवश्यकता पड़ेगी?"

"नहीं राजकुमार! आप निश्चिन्त रहें।" खनक बोला, "मेरा तो कार्य ही यही है।"

पुरोचन की आँखें फटी-की-फटी रह गयीं : क्या हो रहा यह सब? क्या ये लोग यह भवन खोद डालेंगे?...

वह उनके निकट पहुँचा। लगभग बीस श्रमिक कुदाल लिये हुए भूमि खोद रहे थे।...किन्तु क्यों खोद रहे हैं? किसने उन्हें यह आदेश दिया है?...और सबसे महत्त्वपूर्ण प्रश्न था कि क्यों खोद रहे हैं ये लोग?...

"ऐ!" उसने चिल्ला कर कहा, "बन्द करो यह! क्या कर रहे हो यह सब?"

किन्तु श्रमिकों पर जैसे उसके कथन का कोई प्रभाव ही नहीं पड़ा, या शायद उन्होंने सुना ही नहीं!...ये लोग बहरे हैं क्या?

उसने आगे बढ़ कर एक श्रमिक का कुदाल पकड़ लिया, "मैं कह रहा हूँ, बन्द करो यह सब! क्या कर रहे हो तुम लोग?"

श्रमिक ने उसकी ओर टेढ़ी आँखों से देखा, "तुम मुझे कार्य रोकने के लिए कह रहे हो, या केवल पूछ रहे हो कि मैं क्या कर रहा हूँ?"

"मैं दोनों बातें कह रहा हूँ।" पुरोचन बोला, "कार्य रोको और इस खुदाई का कारण बताओ।"

श्रमिक तनिक भी हत्प्रभ नहीं हुआ। बोला, "तुम कारण पूछने के लिए खुदवाई रुकवा रहे हो या खुदाई रुकवाने के लिए कारण पूछ रहे हो?"

क्रोध से पुरोचन की आँखें लाल हो गयीं, "जानते हो, किससे बातें कर रहे हो?"

"नहीं!" श्रमिक बोला, "क्योंकि मैं तो बातें कर ही नहीं रहा। बातें तो तुम मुझसे कर रहो हो; इसलिए तुम ही जानो, तुम कौन हो!"

"मैं मंत्री हूँ हस्तिनापुर का।" पुरोचन अपने क्रोध को संयत नहीं रख पाया, "मैंने इस भवन का कुछ निर्माण करवाया है, कुछ जीर्णोद्धार कराया है। मेरी आज्ञा के बिना, तुम लोग यहाँ खुदाई कैसे कर रहे हो?"

"देखो!" वह श्रमिक बहुत शान्त स्वर में बोला, "जितना ज्ञान मुझे है, उसके अनुसार मंत्री युवराज से बड़ा नहीं होता; और यहाँ खुदाई का आदेश युवराज ने दिया है। तुम मुझे कार्य करने से रोक कर युवराज की आज्ञा का उल्लंघन कर रहे हो।"

'युवराज!' पुरोचन चौंका—'युवराज को खुदाई की क्या आवश्यकता थी?'

वह भवन की ओर बढ़ा : ये पाण्डव कोई योजना तो नहीं बना रहे? पर खुदाई? क्यों खोद रहे हैं ये?

भवन में प्रवेश से पहले ही उसे युधिष्ठिर बाहर आता हुआ दिखायी दिया। उससे कुछ ही पीछे शेष चारों भाई थे; और वे लोग शस्त्रों से पूर्णतः सज्जित थे।

"युवराज!"

"बोलो पुरोचन!"

"कहाँ जा रहे हैं आप लोग?"

"क्या मंत्री को हमारी गति-विधि के विषय में इस सीमा तक पूछने का अधिकार है?" भीम कुछ रोष के साथ बोला, "क्या कहीं जाने के लिए हमें तुम्हारी अनुमति लेना पड़ेगी?"

पुरोचन को तत्काल अपनी भूल का अनुभव हुआ। वस्तुतः अपने आवेश में वह यह भूल गया था कि उसका यह व्यवहार आपत्तिजनक होता जा रहा है। कदाचित् वह दुर्योधन की योजनाओं को कार्यान्वित करने में इतना तल्लीन था कि मार्ग में आने वाली छोटी-सी बाधा से भी विचलित हो जाता था, या अपनी सोची हुई रेखा से, घटनाओं को तनिक-सा भी भिन्न होते देख, वह मानसिक संतुलन खो बैठता था?...या क्या उसने मान लिया था कि पाण्डवों का अब न अपना कोई पद है, न बल, न इच्छा, न अस्तित्व?...

वह कोई उत्तर देता, उससे पहले ही युधिष्ठिर बहुत कोमल स्वर में बोला, "मंत्री-प्रवर! हम लोग मृगया के लिए जा रहे हैं।" उसने हँस कर उसकी ओर देखा, "बहुत व्यग्र दिखायी पड़ रहे हो पुरोचन! क्या कोई बात तुम्हारी इच्छा के प्रतिकूल हो गयी है?"

पुरोचन ने अपने-आपको सँभाला, "नहीं युवराज! ऐसा कुछ नहीं है; किन्तु मैं इधर आया तो देखा कि अनेक श्रमिक भूमि खोद रहे हैं। पूछने पर उन्होंने

बताया कि वे आपके आदेश से एक परिखा का निर्माण कर रहे हैं।...आपका आदेश है तो परिखा का निर्माण होना ही चाहिए; किन्तु मैंने इस भवन का जीर्णोद्धार किया है, और कुछ नया निर्माण कराया है, इसलिए मैं जानता हूँ इस भवन की प्रकृति क्या है। भवन के इतने निकट यदि इतनी गहरी और चौड़ी परिखा खोदी जायेगी तो भवन के धसक जाने की आशंका है युवराज!"

"ओह!" युधिष्ठिर ने चिन्तित मुद्रा में कहा, "भवन के धसकने की आशंका...तुमने ठीक सोचा है पुरोचन! हमें इसका ध्यान रखना होगा। या तो हम परिखा को भवन से कुछ दूरी पर खुदवाएँ, या फिर अधिक गहरी न खुदवाएँ। ठीक है। इस विषय में हमें वास्तुशिल्पी से अवश्य परामर्श करना चाहिए...।"

"क्या परिखा-खनन बहुत आवश्यक है युवराज?" पुरोचन ने धृष्टतापूर्वक पूछ ही लिया।

"सामान्यतः दुर्ग और प्रासादों की रक्षा के लिए ऊँची प्राचीरें और गहरी परिखाएँ खोदी ही जाती हैं पुरोचन! हम यहाँ, एक पराये नगर में प्रायः अपरिचित लोगों के मध्य रह रहे हैं। नगर के बाहर वन हैं। आगे बढ़ने पर गंगा-पार के वनों में राक्षसों की बस्तियाँ हैं। कभी भी कोई आक्रमण हो सकता है। यह हमारे जीवन का ही नहीं, साम्राज्य की प्रतिष्ठा का भी प्रश्न है पुरोचन! इसलिए इस शिव-भवन की रक्षा के लिए सारे उपाय तो हमें करने ही चाहिए...।"

"तो खाई से निकाली गयी इस मिट्टी के पर्वत का क्या होगा युवराज?"

"इस मिट्टी से परिखा के साथ-साथ एक ऊँची प्राचीर बन जायेगी।" युधिष्ठिर ने उत्तर दिया, "मिट्टी का उपयोग भी हो जायेगा तथा सुरक्षा का एक और उपकरण भी तैयार हो जायेगा।"

"ठीक है युवराज! शिव-भवन की सुरक्षा का ध्यान तो आपको रखना ही चाहिए। बस, इसके धसकने की सम्भावना के प्रति सचेत रहिएगा।" पुरोचन की इच्छा हो रही थी कि कहीं एकान्त में बैठ कर मन खोल कर हँसे।...इन मूर्खों को देखो, अपनी मृत्यु की रक्षा के उपाय कर रहे हैं। जो भवन इनको जला कर भस्म कर देगा, ये उसी की रक्षा का प्रबन्ध कर रहे हैं। ये सोचते हैं कि इन पर बाहर से कोई आक्रमण करेगा; यह नहीं सोचते कि इसी भवन के भीतर से प्रलयंकारी अग्नि उठेगी; और अग्नि प्रज्वलित करने वाले गंगा-पार के वनों के राक्षस नहीं, इनके अपने कुटुम्ब के लोग होंगे।...उसका मन हो रहा था कि अभी किसी दूत को हस्तिनापुर भेज कर, दुर्योधन को समाचार दे कि पाण्डव अपनी रक्षा के लिए कौन-कौन से उपाय कर रहे हैं...

महादेव-स्थान के कुलपति के पाँच शिष्यों ने आ कर कुन्ती को प्रणाम किया, "हम उपस्थित हैं महारानी! क्या आज्ञा है?"

"क्या कुलपति ने नहीं बताया कि तुम्हें क्या करना है?" कुन्ती ने पूछा।

"नहीं महारानी! उन्होंने तो केवल यही कहा था कि आप जो भी आज्ञा देंगी, हमें वही करना है।"

"तो पहली आज्ञा तो यह है पुत्रो!" कुन्ती बोली, "कि तुम लोग मुझे महारानी मत कहो!"

"तो क्या कहें महा...?" वे रुक गये।

"अपनी गुरुपत्नी को क्या कहते हो?"

"उन्हें तो हम 'माता' ही कहते हैं।" वे बोले, "गुरुकुल में वास की अवधि के लिए तो वे हैं ही हमारी माता।"

"तो पुत्र! मुझे भी माता ही कहो।" कुन्ती ने कहा, "और मेरी इच्छा है कि तुम लोग मेरी सहायता करो।"

"आदेश करें माता!"

"इस भवन का यह पूर्व खण्ड, हमारी उपासना का खण्ड है। मैं यह चाहती हूँ कि भवन में हमारी अनुपस्थिति में भी उसकी पवित्रता बनी रहे। इसलिए हमारी अनुपस्थिति में, तुम लोग यहाँ, इस खण्ड को घेर कर, वेद-मंत्रों का पाठ करो। इसे तुम अपना अभ्यास ही समझो, क्योंकि यहाँ सुनने वाला और कोई नहीं होगा। किन्तु, उससे वातावरण पवित्र होगा, और हमारी अनुपस्थिति में कोई अन्य व्यक्ति इस ओर नहीं आयेगा। अन्यथा कोई दुष्ट हमारे उपासना-कक्षों की पवित्रता भंग करता रहेगा। मैंने सुना है कि वारणावत में मदिरा-पान का प्रचलन बहुत बढ़ गया है।"

"आपने ठीक ही सुना है माता!" उनमें से एक बोला, "यह वारणावत का अभिशाप है। हमारे गुरुदेव कहते हैं कि वारणावत पहले ऐसा नहीं था।"

"मैं जानती हूँ पुत्र!" कुन्ती बोली, "और आजकल तो महादेव का समारोह चल रहा है। सैकड़ों लोग बाहर से आये हैं...।" कुन्ती रुकी, "उन लोगों के इस शिव-भवन में आने की कोई सम्भावना नहीं है। मैं तो इसी भवन में अथवा इसके आस-पास काम करने वाले राजपुरुषों, कर्मचारियों तथा दास-दासियों की चर्चा कर रही हूँ।"

"ठीक है माता! हम प्रतिदिन प्रातः से सन्ध्या तक यहाँ वेद-मंत्रों का पाठ करेंगे।"

"सुखी रहो पुत्र!"

मन्दिर में पूजा करने के पश्चात् कुन्ती, गुरु-पत्नी से मिलने के लिए, उनके आवास पर गयी।

गुरुपत्नी ने स्वागत किया, "आइए देवि! आशा है, कुलपति ने आपकी इच्छानुसार पाँच ब्रह्मचारी शिव-भक्त भेज दिये होंगे!"

"हाँ, बहन! वे लोग पहुँच गये थे। उन्हें मंत्र-पाठ का कार्य सौंप कर ही आयी हूँ।..."

"महारानी!" गुरुपत्नी बोलीं।

कुन्ती ने उनकी ओर देखा : उसे लगा कि गुरुपत्नी के स्वर में स्नेह का विशेष आवेश था, "क्या बात है बहन?"

"महारानी!" गुरुपत्नी ने विह्वल कण्ठ से कहा, "मैं आपके शील-व्यवहार से प्रसन्न भी हूँ और चकित भी!"

"क्यों बहन!" कुन्ती मुस्करायी, "ऐसा क्या है मेरे व्यवहार में?"

"आप हस्तिनापुर के भूतपूर्व सम्राट् की पत्नी हैं। वर्तमान युवराज की माता हैं। कल राजमाता बनेंगी..."

"तो क्या हुआ?" कुन्ती ने आश्चर्य से पूछा।

"इस पर भी आप मुझे बहन कहती हैं; स्वयं मुझसे भेंट करने आती हैं। हमारे दिये हुए कुशासन पर हमारे निकट बैठ जाती हैं। हमारे साथ चर्चा करती हैं। हमारा सुख-दुख सुनती हैं..."

"तो इसमें आश्चर्य की क्या बात है बहन?" कुन्ती ने ममतामय उल्लास के साथ पूछा, "मैं किसी पर कोई कृपा नहीं करती; अपने ही लाभ के लिए आती हूँ। क्या मुझे भले लोगों का, सुन्दर विचारों का समीप्य अच्छा नहीं लगता? आप लोगों के पास बैठती हूँ तो कुछ सीखती हूँ। उपयोगी विषयों पर चर्चा करती हूँ।..."

"यही तो आश्चर्य है!" गुरु-पत्नी बोलीं, "नगरपाल और सेना-प्रमुख की पत्नियाँ तो स्वयं को स्वामिनी समझती हैं...और आप तो महारानी हैं।"

"उन पर दया करो बहन! वे अभागी हैं, जो अच्छे चरित्र और अच्छे विचारों का महत्त्व नहीं समझतीं।" कुन्ती बोली, "जो लोग पद और अधिकार को ही सब कुछ मानते हैं, वे जीवन के सात्विक गुणों का महत्त्व समझ नहीं पाते।"

"तभी तो मुझे आश्चर्य होता है कि आप कैसी महारानी हैं।" गुरु-पत्नी बोलीं, "आप न अपने आभूषणों का प्रदर्शन करती हैं, न अपने वस्त्रों की चर्चा करती हैं। न आप अपना अधिकार जमाती हैं, न आदेश दे कर हमें यह जताना चाहती हैं कि हम आपसे बहुत तुच्छ हैं। हमें अपने यहाँ दासियों के

समान आने का आदेश न दे कर, स्वयं हमारे यहाँ आती हैं।...आपमें अपने कुल का, पद का, महत्ता का तनिक भी अहंकार नहीं है... ।"

"जितना है, उतना ही बहुत है बहन! सारा जीवन इस अहंकार से ही तो लड़ते रहते हैं हम, फिर भी उससे मुक्त नहीं हो पाते।" कुन्ती बोली, "मैं शतश्रृंग के आश्रमों में भी रही हूँ और भोजपुर तथा हस्तिनापुर के राजप्रासादों में भी। मैंने पाया है कि आश्रमों का जीवन अधिक सात्विक, शान्त तथा सुखद था। राजप्रासादों में अहंकार, ईर्ष्या तथा संघर्ष है। उसमें सुख और शान्ति नहीं है।"

"ऐसा है तो लोग राजप्रासादों को छोड़ ही क्यों नहीं देते?" गुरु-पत्नी के साथ बैठी, एक अन्य ब्राह्मणी ने प्रश्न किया, "इच्छा करते ही कोई राजप्रासाद प्राप्त तो नहीं कर सकता; किन्तु अपनी इच्छा भर से उसे छोड़ तो सकता ही है।"

कुन्ती हँसी, "कहती तो ठीक हो बहन! किन्तु विधाता ने मानव-मन बनाया ही कुछ ऐसा है कि यह जानते हुए भी कि भोग उसके लिए हानिकारक है; वह भोग त्याग नहीं सकता। कहना बहुत सरल है कि अपनी वस्तु को व्यक्ति जब चाहे छोड़ दे; किन्तु छोड़ नहीं पाता। वस्तुतः मनुष्य पदार्थ को जितना ग्रहण करता है, पदार्थ उससे कहीं अधिक, उसे ग्रहण कर लेता है। ...हम पदार्थ को त्याग भी दें, तो पदार्थ हमें नहीं त्यागता। पितृव्य भीष्म का इसलिए तो इतना महत्त्व है कि उन्होंने ग्रहण में समर्थ होते हुए भी जीवन के भोगों का त्याग कर दिया।" कुन्ती ने रुक कर गुरु-पत्नी को देखा, "इसलिए तो कहती हूँ कि आप लोगों की तपस्या का ही पुण्य है कि आप लोग कठिन कार्य, सहज ही कर पाते हैं। अर्जन की, भोग की लालसा नहीं है आप लोगों को। जीवन में सन्तोष है, इसलिए सुख भी है। अपने नगरपाल से कहिए तो कि यदि कहीं से धन-प्राप्त होने की सम्भावना दिखायी दे, और वह शान्त होकर बैठा रहे, उसे प्राप्त करने का प्रयत्न न करे—है उसमें ऐसा संयम?"

"आप कदाचित् ठीक कहती हैं देवि!" गुरु-पत्नी बोलीं, "आजकल आप जिस रूप में इस महादेव-स्थान को देख रही हैं, पहले हमारा सारा वाराणवत ही ऐसा था। यहाँ केवल तपस्वी तथा साधक ब्राह्मण परिवार बसे हुए थे। उनमें जीवन का ऐश्वर्य अर्जित करने की कोई लालसा नहीं थी। धन से किसी का महत्त्व नहीं आँका जाता था। सब लोग जीवन की न्यूनतम आवश्यकताओं की पूर्ति कर ही संतुष्ट थे। ईर्ष्या कहीं नाममात्र को भी नहीं थी, क्योंकि ईर्ष्या करने योग्य कुछ था ही नहीं। स्पर्धा थी तो मात्र साधना और ज्ञान की; किन्तु..."

"किन्तु क्या बहन?"

"फिर ये व्यापारी आ कर बसे। राजपुरुष आये। सुन्दर स्थान देख कर विहार करने के लिए धनी लोग आये। हरनन्दी का यह सारा तट, जहाँ केवल साधक लोग अपने परिवारों के साथ संयम का मर्यादित जीवन व्यतीत किया करते थे, जो सदा वेद-मंत्रों के पवित्र उच्चार से गुंजरित रहता था, अब विभिन्न प्रकार की विलास-सामग्रियों से सज्जित होने लगा। जिनके पास धन है, और जो आये ही विहार करने हैं—उनके लिए तो महादेव के स्थान की पवित्रता भी कोई अर्थ नहीं रखती। उनके लिए हमारा सरल और सादा जीवन, हमारे उच्च आदर्शों का फलीभूत परिणाम न हो कर, मात्र हमारी असमर्थता, मूर्खता और असहायता का परिणाम था। उनके लिए हमारा मार्ग आदरणीय नहीं, उपहास्य था। उन्होंने बड़ी-बड़ी अट्टालिकाएँ खड़ी कर लीं, प्रासाद बना लिये, दीर्घाकार रथ बनवाये...वारणावत में भी भड़कीले और मूल्यवान वस्त्राभूषणों की दुकानें खुलीं। विलास की सामग्रियाँ दिखायी देने लगीं। मदिरालय, द्यूतालय, और जाने क्या-क्या...!"

"वे लोग इसे नगर की समृद्धि मानते होंगे; किन्तु वस्तुतः इससे नगर की पवित्रता नष्ट हुई है।" कुन्ती बोली, "ऐसा नहीं है कि ब्राह्मणेतर वर्ण, संयमित जीवन व्यतीत नहीं कर सकते, किन्तु तब ब्राह्मण की जीवन-पद्धति ही उनका आदर्श होनी चाहिए।..."

"देवी! आज तो हमारे अपने घरों में ब्राह्मण जीवन-पद्धति की रक्षा नहीं हो पा रही। दूसरे लोगों को हम क्या कहें!" गुरु-पत्नी बोलीं।

"क्यों? क्या हुआ?" कुन्ती ने पूछा।

"हमारे बच्चों के सामने तपोभूमि नहीं, व्यवसायियों की अट्टालिकाएँ हैं। उनके विलास और विहार हैं।" गुरु-पत्नी बोलीं, "अब वे भी हमसे पूछते हैं कि वेद-मंत्रों का पाठ करने के स्थान पर, वे भी कोई व्यवसाय ही क्यों न कर लें? राजसभा में चाकरी ही क्या बुरी है?..."

"क्यों? क्या वे यह नहीं देखते कि ज्ञान, साधना और संतोष में कितना सुख है? उसका कितना सम्मान है?" कुन्ती ने आश्चर्य से पूछा।

"एक तो, अब इन सब आदर्शों का सम्मान रह ही नहीं गया है। वे लोग नित्य-प्रति देख रहे हैं कि समाज में न ज्ञान का सम्मान है, न चरित्र का। सम्मान और बल—या तो धन में हैं, या राजसत्ता में। इसलिए उनसे सम्मान की बात करना व्यर्थ है।" गुरु-पत्नी बोलीं, "और यदि कहीं सम्मान दिखता भी हो तो उनका मानस अब बदल गया है। वे कहते हैं कि राजा उनके सामने सम्मान दिखाने के लिए झुके—इसके लिए वे आधा पेट खा कर, वस्त्राभूषण-विहीन,

साधारण कुटीर में क्यों रहें? इससे तो अच्छा है कि वे सम्मान प्रदर्शित करते हुए, राजा के सम्मुख नत-मस्तक हों और परिणाम-स्वरूप अट्टालिकाओं में रहें, रथों पर यात्राएँ करें, दास-दासियों से सेवित हों, स्वादिष्ट भोजन करें, उनकी स्त्रियाँ भी वस्त्राभूषणों से सज्जित हों।...आप समझ रही हैं महारानी!" वे बोलीं, "आज के बच्चों के लिए धन और सत्ता अधिक महत्त्वपूर्ण है, सम्मान नहीं।"

"अब मैं क्या कहूँ देवि!" कुन्ती उदास स्वर में बोली, "मैं तो आज तक अपने पुत्रों को आदर्श जीवन के लिए ही प्रस्तुत करती आयी हूँ। वे क्षत्रिय-पुत्र हैं, अतः क्षत्रिय जीवन में जिएँगे। किन्तु क्षत्रिय का जीवन भी अपनी प्रकार की एक तपस्या है। उसे अधिक बलवान, सत्तावान और ऐश्वर्यवान हो कर भी निर्धन, निर्बल और ज्ञानी ब्राह्मण को अपने से उच्च समझना है; क्योंकि वह समाज का मूर्तिमान ज्ञान है। क्षत्रिय को अपने प्राण दे कर भी, समाज में न्याय की रक्षा करनी है। धन, सम्पत्ति तथा अधिकार के मध्य रह कर भी स्वयं को लोभ से बचाना है; और धन तथा ऐश्वर्य का उचित वितरण करना है। मेरे पुत्र मदिरापान नहीं करते; उनकी द्यूत में रुचि नहीं है। उन्हें मैंने और उनके गुरुओं ने त्यागपूर्वक योग करना सिखाया है।...पर आप ठीक कहती हैं : समय बदल रहा है; लोगों की धारणाएँ परिवर्तित हो रही हैं। जब आचार्य द्रोण जैसे ब्राह्मण, अपना आश्रम छोड़, राजवंश के आश्रय में आ गये और राजकीय सेनाओं का अंग बन कर क्षत्रियों के समान युद्ध करने को प्रस्तुत हैं तो साधारण ब्राह्मण बालकों को क्या कहा जा सकता है। लगता है कि इस समाज में ज्ञान ने अपनी श्रद्धा ही खो दी है।..."

कुन्ती ने रुक कर गुरु-पत्नी तथा उनके साथ बैठी ब्राह्मणियों पर एक दृष्टि डाली और बोली, "अच्छा! अब चलती हूँ।" वह उठ कर खड़ी हो गयी, "ओह! बातों-ही-बातों में, यह तो मैं भूल ही गयी कि मैं आप लोगों को भोजन के लिए आमन्त्रित करने आयी थी।..."

गुरु-पत्नी हँसी, "कितनी बार भोजन के लिए आमन्त्रित करेंगी महारानी! आजकल तो हमारा भोजन, अपने घर पर कम, शिव-भवन में ही अधिक होता है।"

"तो क्या हुआ बहन!" कुन्ती बोली, "विद्वानों का हम इतना भी सम्मान नहीं करेंगे, तो यह कृतघ्न समाज नष्ट नहीं हो जायेगा क्या।" वह रुकी, "आप लोग कृष्ण-पक्ष की एकादशी को रात का भोजन हमारे यहाँ करें। सपरिवार सब लोग आयें। बच्चों को भी पीछे घर पर न छोड़ें। मैं सबको अलग-अलग निमन्त्रित नहीं कर पा रही; किन्तु मेरा निमन्त्रण कुलपति के परिवार के माध्यम से महादेव के सारे ब्राह्मण परिवारों को है। कृपा कर इसे

अपनी अवज्ञा न मानें—मेरी असमर्थता ही समझें। सब लोग अवश्य आयें।"

"आपके वारणावत में आने से लगता है कि पुराना युग फिर से लौट आया है। हमें सत्य ही अपनी तपस्या और साधना का क्षेत्र और सम्मान मिल रहा है।" गुरु-पत्नी बोलीं, "महारानी! मैं आपको चक्रवर्ती सम्राट् की माता बनने का आशीर्वाद देती हूँ।"

सन्ध्या समय पुत्रों के लौटने पर कुन्ती ने उन्हें बताया कि वह कृष्ण पक्ष की एकादशी के भोजन के लिए ब्राह्मणों को आमन्त्रित कर आयी है।

"यह तो तुमने अच्छा किया माँ!" युधिष्ठिर बोला, "किन्तु मैं सोचता हूँ कि अब हमें बहुत अधिक समय तक यहाँ नहीं रहना है। सुरंग तैयार होते ही हमें यहाँ से निकल जाना है; अन्यथा कृष्ण-पक्ष की चतुर्दशी को पुरोचन इस लाक्षागृह को अग्निसात् कर हस्तिनापुर लौट जायेगा।..."

"तो?"

"तो एकादशी की रात को ब्राह्मणों के साथ ही हम जन-साधारण को भी भोजन के लिए बुला लें। जाने से पहले एक बार साधारण लोगों को भी भोजन करा देना चाहिए।" युधिष्ठिर बोला।

"हाँ।" भीम हँसा, "ताकि हमारे जाने के पश्चात् वे लोग हमें स्मरण कर, कुछ देर तो रोएँ।"

"ठीक है पुत्र! तुम लोग वारणावत के जन-सामान्य को भी भोजन का निमन्त्रण दे दो।" कुन्ती बोली, "अच्छा! आज दिन भर क्या किया?"

"माँ!" सहदेव बोला, "हरनन्दी नदी का सारा तट हमारा परिचित है। उसके पार के वन इतने परिचित हैं कि वृक्ष गिनवा लो। सारी पगडण्डियाँ ही हमारी पहचानी हुई नहीं हैं, उन पगडण्डियों ने भी हमारे पैरों की आहट को पहचान लिया है। वह मन्दिर भी हमने भली प्रकार देख लिया है, जहाँ विदुर काका का नाविक हमें मिलेगा।"

"वह नाविक तुम्हें मिला क्या?"

"नहीं! वह तो वहाँ नहीं था।"

"तो जब हम यहाँ अग्नि प्रज्वलित कर वहाँ पहुँचें; और तब तक वह नाविक वहाँ न पहुँचा तो?" कुन्ती ने शंका की।

"माँ! मेरा विचार है कि वह अब तक अवश्य ही वहाँ पहुँच गया होगा और कहीं छिप कर रह रहा होगा।" युधिष्ठिर बोला, "तुम ही सोचो माँ! वह प्रत्यक्ष रूप से उस मन्दिर के पास नौका ले कर हमारी प्रतीक्षा करेगा, तो कोई भी उसे देख कर पूछ सकता है कि वह वहाँ क्या कर रहा है। उससे

गोपनीयता नष्ट होगी माँ!"

"ठीक है पुत्र।...तुम्हें विदुर पर इतना विश्वास है तो...।"

"विदुर काका हमें संकट में कभी असहाय नहीं छोड़ेंगे माँ!" युधिष्ठिर बोला।

12

शिव-भवन में प्रातः से ही बहुत सारी गतिविधियाँ एक साथ चल रही थीं। आज पाण्डव मृगया के लिए वन नहीं गये थे। भृत्यों और दासियों को भी प्रातः जल्दी उठना पड़ा था। काम ही इतना अधिक था। एक ओर यज्ञ की तैयारी हो रही थी, दूसरी ओर अतिथियों को बैठाने की व्यवस्था हो रही थी, तीसरी ओर भोजन का उपक्रम हो रहा था। भृत्यों और दासियों की भाग-दौड़ चल रही थी। महादेव-स्थान के ब्रह्मचारी अपनी ओर से सक्रिय थे, ताकि कुलपति के आगमन से पूर्व ही अपेक्षित तैयारी हो सके। रसोइये अपने लक्ष्य को समय से पूरा करने के लिए प्राणपण से जुटे हुए थे। एक विचित्र प्रकार की आपाधापी का वातावरण था।

अपने समय से कुलपति आये और उन्होंने यज्ञ आरम्भ करवाया। यज्ञ की पूर्ति पर उन्होंने आशीर्वाद दिया, "धर्म पर दृढ़ रहो युवराज!"

युधिष्ठिर ने हाथ जोड़, उन्हें प्रणाम किया, "धर्म क्या है कुलपति! ग्रहण अथवा त्याग?"

कुलपति ने ध्यान से युधिष्ठिर को देखा : यह धर्म सम्बन्धी मात्र एक जिज्ञासा है अथवा इसका कोई विशेष प्रयोजन है? पर उससे क्या! प्रश्न का उत्तर तो दोनों ही स्थितियों में एक ही होगा।...

"धर्म न मात्र ग्रहण में है युवराज, न मात्र त्याग में! धर्म तो सात्विक त्याग तथा सात्विक ग्रहण—दोनों में है।" कुलपति बोले, "ग्रहण में न्याय की रक्षा है, अथवा त्याग में। ग्रहण जनहित में है अथवा त्याग। कर्तव्य की पूर्ति ग्रहण में होती है अथवा त्याग में। महत्त्वपूर्ण न ग्रहण है, न त्याग। महत्त्वपूर्ण तो उसका कारण और उसका परिणाम है।"

"अधिकार का निर्णय कौन करता है कुलपति?" युधिष्ठिर ने दूसरा प्रश्न किया।

कुन्ती ने आश्चर्य से युधिष्ठिर को देखा : वह मात्र जिज्ञासा नहीं कर रहा था—यह सब तो उसके मन का ऊहापोह था। क्या अब भी वह यह सोच रहा था कि हस्तिनापुर पर किसका अधिकार है? क्या अब भी उसके मन में द्वन्द्व

था कि उसके लिए राज्य का ग्रहण उचित है अथवा त्याग? क्या अभी तक वह निर्णय ही नहीं कर पाया है कि उसे क्या करना है? दुर्योधन उन सबकी हत्या करने का प्रयत्न कर रहा है, और युधिष्ठिर अभी भी यही सोच रहा है कि हस्तिनापुर पर उसका अधिकार है भी या नहीं? कैसा मनुष्य है यह—दूसरा पक्ष उनके सर्वनाश पर तुला हुआ है; और वह अभी अपने आचरण का निरीक्षण ही कर रहा है कि वह धर्म-सम्मत है या नहीं!...

कुलपति बोले, "अधिकार का निर्णय, प्रचलित सामाजिक विधान करता है, मानव की धर्म-चेतना करती है; और अन्ततः स्वयं प्रकृति करती है।"

"कभी-कभी इनमें परस्पर विवाद भी तो हो सकता है।" युधिष्ठिर बोला, "सामाजिक विधान तथा प्राकृतिक विधान एक-दूसरे के प्रतिकूल भी तो हो सकते हैं आर्य कुलपति!"

"हाँ, युवराज!" कुलपति बोले, "ऐसे में प्राकृतिक विधान सदा विजयी होता है। वैसे प्राकृतिक विधान हमारे उन्हीं अधिकारों का समर्थन करता है, जो सृष्टि के हित में होते हैं।"

"सामाजिक विधान से मान्य हमारे अधिकार यदि कोई बलात छीन रहा हो तो धर्म, संघर्ष में है अथवा शान्ति बनाये रखने के लिए समर्पण में?"

"न्यायपूर्ण संघर्ष, अन्यायपूर्ण शान्ति से सदा महान् है। यदि कोई अन्यायपूर्ण बल से हमारे अधिकार छीनता है, तो संघर्ष हमारा धर्म है!" कुलपति बोले, "युवराज! त्याग उसका होता है, जो हम अर्जित कर चुके हैं, जो हमारे अधिकार में है। जो हमसे छिन गया, जिसे हम प्राप्त नहीं कर सके, उसका हम त्याग नहीं करते।"

युधिष्ठिर कुछ क्षणों तक मनन करता रहा : और फिर बोला, "प्रतिशोध हमारा धर्म है अथवा क्षमा?"

"आततायी को दण्ड देना धर्म है और पाश्चात्ताप करने वाले को क्षमा।"

"कोई हमारी हत्या का प्रयत्न करे, तो धर्म मात्र आत्मरक्षा में है अथवा उस भावी हत्यारे का वध भी अनिवार्य है?" युधिष्ठिर ने पूछा।

"धर्म तो आत्मरक्षा ही है युवराज! किन्तु यदि आत्मरक्षा में दूसरे का वध करना पड़े तो वह भी धर्म ही है।"

"यदि हम हत्यारे का वध करते हैं तो आनृशन्सता की रक्षा कैसी होगी?"

"हत्यारे का वध नहीं किया जायेगा, तो वह और हत्याएँ करेगा—उससे नृशंसता की वृद्धि होगी। अतः आनृशंसता इसी में है कि हत्यारे का वध

किया जाये।" कुलपति बोले, "आत्मरक्षा तो प्रत्येक स्थिति में धर्म है युवराज! आत्मरक्षा के मार्ग में आयी, किसी भी बाधा को हटाना नृशंसता नहीं है।"

"पुत्र!" सहसा कुन्ती ने वार्तालाप में हस्तक्षेप किया, "धर्म-चर्चा यदि लम्बी हो जाये और अतिथि ब्राह्मण भूखे बैठे रहें, तो यह भी नृशंसता है। कुछ लोगों की भूख धर्म-चर्चा से अवश्य मिट जाती है वत्स, किन्तु सामान्य जन को भूख मिटाने के लिए अन्न की ही आवश्यकता होती है।"

"क्षमा करें माता!" युधिष्ठिर जैसे स्वप्न में से जागा, "मैं अपने द्वन्द्व मिटाने के प्रयत्न में दूसरों की भूख को भूल ही गया था।"

"तुम्हारे द्वन्द्व में समझती हूँ पुत्र! परामर्श तो किसी का भी निषिद्ध नहीं है। किन्तु द्वन्द्व मिटाने के लिए माता का आदेश भी धर्मसंगत है।" कुन्ती बोली, "उठो! भूखे को अन्न दो। अपराधी को दण्ड दो। पीड़ित को न्याय दो।"

युधिष्ठिर ने माता के अधिकार के सम्मुख हाथ जोड़े और अपने आसन से उठ खड़ा हुआ।

भोजन रात को देर तक चलता रहा। पंक्ति पर पंक्ति बैठती रही और खा कर उठती रही। कुलपति और उनके साथ आये ब्राह्मण तथा उनके परिवार खा चुके तो वारणावत के जन-सामान्य के लिए भोजन परोसा गया। एक पृथक् मण्डप में नगरपाल तथा उसके सम्बन्धियों ने भोजन किया। नगर का व्यापारी वर्ग एक अलग मण्डप में भोजन कर रहा था।...

सबको भोजन करा विदा करते हुए पर्याप्त रात बीत गयी। अतिथि विदा हो चुके तो भृत्य, सेवक, दास-दासियाँ—भोजन कर अपने-अपने घर चले गये।

भीम ने युधिष्ठिर की ओर देखा, "ज्येष्ठ, अब?"

"सारे शिव-भवन का भली प्रकार निरीक्षण करो। कहीं पुरोचन का कोई गुप्तचर छिपा न हो।" युधिष्ठिर बोला, "किसी अतिथि की कोई वस्तु छूट न गयी हो; और कोई भूखा अभी तक भोजन की आशा में न बैठा हो...।"

"और पुरोचन भी अपने कक्ष में बेसुध पड़ा सो रहा हो।" सहदेव ने जोड़ा।

"चलो।" भीम ने अपने भाइयों को संकेत किया; और वह अपने हाथ में एक बड़ा दीपक लिये चल पड़ा।

उन चारों के जाने के पश्चात् कुन्ती ने युधिष्ठिर की ओर देखा, "तुम अब भी चिन्तित हो पुत्र?"

"हाँ, माँ!" युधिष्ठिर बोला, "मैं अब भी सोच रहा हूँ कि हम क्या चुपचाप यहाँ से निकल नहीं सकते? क्या शिव-भवन को जलाना आवश्यक है?"

"मैं तुम्हारा द्वन्द्व समझती हूँ," कुन्ती बोली, "किन्तु हमारे यहाँ से चले जाने मात्र से दुर्योधन के षड्यन्त्र समाप्त नहीं होंगे। हम चाहते हैं कि उसके षड्यन्त्रों का अन्त हो। वह भ्रम में रहे कि हमारी मृत्यु हो चुकी है; और हम एक नया जीवन पा सकें।...विदुर भी तो यही चाहता है पुत्र!"

"ठीक है माँ! किन्तु शिव-भवन को जलाने से पुरोचन भी इसमें जीवित जल जायेगा।"

कुन्ती की दृष्टि कठोर हो गयी, "तुमने धर्म का बहुत चिन्तन-मनन किया है। आज प्रातः भी तुम कुलपति से यही चर्चा कर रहे थे; किन्तु तुम्हारा द्वन्द्व मिटा नहीं? यदि शिव-भवन में आग नहीं लगेगी तो विदुर और उस खनक का सारा श्रम नष्ट हो जायेगा। सुरंग पकड़ी जायेगी और हमारे प्राणों की रक्षा का प्रयत्न करने वाले सभी लोग, दुर्योधन के द्वारा दण्डित होंगे। पुरोचन लौट कर दुर्योधन के पास जायेगा और तुम्हारी हत्या के लिए किये गये उद्यम का पुरस्कार पायेगा। तुम्हारे लिए दूसरे लाक्षागृह का निर्माण करवायेगा...क्या यह सब स्वीकार है तुम्हें?"

"वह सब ठीक है माँ! मेरा इससे कोई मतभेद नहीं है; किन्तु एक सोये हुए व्यक्ति की इस प्रकार हत्या...यह नृशंसता है माँ!"

"तो तुम चाहते हो कि तुम्हारा कोई एक भाई उसे जगा कर उसके साथ युद्ध करे?" कुन्ती बोली, "किन्तु ऐसे में भी वह युद्ध नहीं करेगा। चीत्कार करेगा। लोगों को बुलाएगा। दुहाई देगा। तुम्हें कलंकित करेगा कि तुम एक निष्ठावान सेवक का वध करवा रहे हो।"

"तो क्या करूँ माँ?" युधिष्ठिर जैसे हताश था।

"इस तथ्य को समझो पुत्र, कि इस सृष्टि में बहुत कोमल होना—तुम्हारा धर्म नहीं है। तुम क्षत्रिय हो। तुम्हें भूखे को अन्न, अपराधी को दण्ड तथा पीड़ित को न्याय देना ही होगा...।"

कुन्ती की बात समाप्त ही हुई थी कि चारों भाई लौट आये, "ज्येष्ठ!"

"क्या पुरोचन अभी सोया नहीं है?" युधिष्ठिर ने पूछा।

"पुरोचन तो बेसुध सोया पड़ा है।" भीम बोला, "किन्तु पश्चिम खण्ड के एक कक्ष में एक भीलनी और सम्भवतः उसके पाँच पुत्र भी सोये पड़े हैं।..."

"वे लोग इस स्थिति में नहीं हैं कि उनसे यह सब पूछा जा सके!" अर्जुन बोला, "वे लोग मदिरा पी कर अचेत हैं। उन्हें जगाने का हमारा कोई भी प्रयत्न सफल नहीं हुआ।"

"मदिरा! उन्हें यहाँ मदिरा किसने दी?" युधिष्ठिर ने जैसे अपने-आपसे पूछा, "क्या वे मदिरा पी कर आये थे? तो फिर वे उसे कक्ष तक पहुँचे कैसे?"

"इन बातों पर बाद में विचार करेंगे!" भीम बोला, "लगता है, उन्होंने अपनी क्षमता से बहुत अधिक खाया है, या उन्हें खिलाया गया है। उनके आस-पास अभी भी खाद्य-पदार्थ और मिष्ठान्न पड़े हैं। इसका अर्थ है कि उन्होंने पंक्ति में बैठ कर नहीं खाया। उन्हें किसी ने इस कक्ष में सयत्न पहुँचाया है। उनके मुख से मदिरा की दुर्गन्ध आ रही है। इसी से हमने अनुमान लगाया कि वे मदिरा पी कर अचेत हुए हैं। पंक्ति में बैठ कर खाते तो उन्हें मदिरा कौन देता, या वे मदिरा कैसे पीते! उन्हें किसी ने विशेष रूप से इस कक्ष में बैठा कर खूब मदिरा पिलायी है और जम कर भोजन कराया है।"

"तो उनका उन्माद उतारो। उनकी चेतना लौटाओ।" युधिष्ठिर बोला, "हम अधिक प्रतीक्षा भी नहीं कर सकते। विलम्ब होने से कोई विघ्न-बाधा उठ खड़ी हो सकती है।"

"उनकी चेतना लौट नहीं सकती।" सहदेव बोला, "जहाँ तक वैद्यक का मेरा ज्ञान है, वे लोग मृतप्राय हैं। वे अधिक देर तक जीवित नहीं रहेंगे।"

"मृत्यु का कारण?"

"सम्भवतः विषपान!"

"नहीं! भोजन में विष होता तो जाने कितने लोग इस समय मृत्यु से लड़ रहे होते। भोजन तो सबने वही किया है। मेरा विचार है कि उन्हें मदिरा में विष दिया गया है।"

युधिष्ठिर सहदेव को देखता रहा, "पर यह सब किसने किया? क्यों किया?"

"मेरा विचार है ज्येष्ठ, कि यह सब एक षड्यन्त्र है। यह या तो पुरोचन ने स्वयं किया है, या उसके संकेत पर, उसके किसी साथी ने।" अर्जुन बोला, "हम लोग, जब दूसरी ओर व्यस्त थे, तब कोई चुपके से उन्हें इस कक्ष में ले आया; और उन्हें भोजन के साथ, विषैली मदिरा पिलाता रहा!"

"किन्तु इस हत्या का प्रयोजन?" कुन्ती ने पूछा।

"यदि किसी ने उनसे अपनी व्यक्तिगत शत्रुता का प्रतिशोध लिया है, तो बात और है।" अर्जुन बोला, "अन्यथा उन्हें शिव-भवन में ला कर उनकी हत्या का अभिप्राय एक ही है कि यह कलंक हमारे माथे पर लगे कि हमने इस भील-परिवार की हत्या की है। इससे वारणावत के लोगों में हमारे विरुद्ध आक्रोश जागे। शिव-भवन में उनके शव मिलें और हम यह भी न बता सकें कि उनकी हत्या किसने की और क्यों की; तो जन-सामान्य हमें प्रजा-द्रोही मान, स्वतः हमारा शत्रु हो जायेगा। ऐसे में हम जन-सामान्य की सहानुभूति से वंचित होंगे। पुरोचन के लिए शिव-भवन को अग्निसात् करना सरल हो

जायेगा। संभव है कि खुला विद्रोह होने पर, प्रजा अग्निदाह में उसकी सहायता करे, अथवा स्वयं ही अग्निदाह कर दे।"

इस बार युधिष्ठिर बोला, तो उसका स्वर पर्याप्त बदला हुआ था, "हमें शत्रु के इस षड्यन्त्र का एक लाभ भी हो सकता है। यदि वे जीवित नहीं हैं, अथवा जीवित नहीं रहेंगे, तो वे छः शव ही हैं। यदि हम शिव-भवन में आग लगा देते हैं, तो उनके शव भी जल जायेंगे। वे पहचाने नहीं जा सकेंगे। यही माना जायेगा कि वे हमारे ही शव हैं। दुर्योधन को हमारी निश्चित मृत्यु का प्रमाण मिल जायेगा; और निश्चिन्त हो जायेगा। किन्तु ..." युधिष्ठिर रुक गया, "मुझे एक बात निश्चित रूप से बताओ सहदेव! क्या सचमुच उनके उपचार की, उनके जीवित रहने की कोई सम्भावना नहीं है?"

"नहीं ज्येष्ठ!" सहदेव बोला, "बहुत सम्भव है कि इस समय तक उनका प्राणान्त हो भी चुका हो।"

"तो ठीक है भीम! तुम अपना काम करो।" युधिष्ठिर बोला, "खनक से तुम्हारी चर्चा हो चुकी है न?"

"हाँ, ज्येष्ठ! उसे मैंने कह दिया है।" भीम बोला, "वैसे उसे कुछ कहने की आवश्यकता भी नहीं थी। वह बहुत चतुर है। विदुर काका ने उसे सब समझा रखा है। अग्नि की लपटें देखते ही वह भी जन-सामान्य की भीड़ में जा मिलेगा; और महादेव-स्थान के ब्राह्मणों की सहायता से हमारे शवों को खोजने के व्याज से वह सुरंग का मुख भस्म तथा मिट्टी इत्यादि से इस प्रकार भर देगा, कि किसी को सुरंग के मुख का पता ही नहीं चलेगा।"

"ठीक है, तो जाओ।"

"ज्येष्ठ!"

"हाँ, सहदेव!"

"अग्निदाह के पश्चात् उन्हें पाण्डवों के शव मिलें और शस्त्र न मिलें, तो क्या उन्हें संदेह नहीं होगा?"

युधिष्ठिर चुपचाप खड़ा सोचता रहा।

"तो तुम चाहते हो कि हम अपने शस्त्र भी यहीं छोड़ जायें; और भविष्य में आने वाली कठिन परिस्थितियों का सामना निःशस्त्र हो कर करें?..."

"शस्त्र तो तुम वैसे भी अपने पास नहीं रख सकोगे अर्जुन!" युधिष्ठिर बोला, "वन में हम तपस्वी ब्राह्मणों का वेश धारण करेंगे तो शस्त्र क्या हमारा भेद नहीं खोल देंगे?"

"राम और लक्ष्मण तो वन में भी सशस्त्र ही रहे।" नकुल ने आपत्ति की।

"उन्होंने अपना परिचय कभी छिपाया नहीं था।..." सहदेव बोला, "हम तो..."

"छोड़ दो अपने शस्त्र! मैं जो हूँ तुम्हारे साथ—शस्त्रों का ब्रह्मास्त्र!" भीम अत्यन्त उल्लसित स्वर में बोला, "सारे शत्रुओं को अपनी भुजाओं में बाँध, पीस कर रख दूँगा।"

"ठीक है। तो जाओ भीम!" युधिष्ठिर बोला, "अपने कुछ शस्त्र उस भील परिवार के निकट रख दो; और कुछ शयन-कक्ष में छोड़ दो। उन्हें शिव-भवन की भस्म में तुम्हारी गदा, अर्जुन के बाणों के अग्रभाग और हम सबका खड्ग अवश्य मिलें।...जाओ।"

भीम ने सुरंग के कपाट खोल दिये, "पहले आप लोग प्रवेश करें। माता को ले कर आगे-आगे चलें। मैं अभी आता हूँ।"

भीम उन्हें सुरंग में उतार कर अपने हाथ में उल्मुक लिये हुए पुरोचन के कक्ष में पहुँचा। पुरोचन बेसुध पड़ा सो रहा था। उसके चेहरे पर बड़ी उल्लसित मुस्कान थी, जैसे कोई स्वप्न देख रहा हो।...भीम को लगा, वह इस समय यही स्वप्न देख रहा होगा कि कृष्ण-पक्ष की चतुर्दशी है। रात हो गयी है। पाण्डव सो गये हैं; और आस-पास कोई नहीं है। उसने शिव-भवन में आग लगा दी है; और पाण्डव अपनी राजमाता के साथ उसमें जल कर भस्म हो गये हैं।...या हो सकता है कि अपने स्वप्न में वह इस समय दुर्योधन के सम्मुख खड़ा, अपने कृत्यों का बखान कर रहा हो; और उससे पुरस्कृत हो प्रसन्न हो रहा हो...

'तो ले फिर यह पुरस्कार भी!' भीम मन-ही-मन बोला; और उसने आग बढ़ कर पुरोचन के कक्ष में स्थान-स्थान पर आग लगा दी। जब उसे विश्वास हो गया कि अग्नि दहक उठी है, तो उसने उसके द्वार को भी अग्नि को समर्पित कर दिया।

भीम खड़ा मुस्कराता हुआ देखता रहा। पुरोचन का कक्ष धू-धू कर जल रहा था। पुरोचन का चीत्कार भीम के कानों को अत्यन्त मधुर लगा। वह निश्चिन्त भाव से आगे बढ़ा; उसने भीतर प्रवेश कर, शिव-भवन के मुख्य द्वार को भी आग लगा दी...अपने शस्त्र ला कर भील परिवार के निकट रखे और उस कक्ष को भी उल्मुक का स्पर्श करा दिया...और फिर तो वह स्थान-स्थान पर अग्नि प्रज्वलित करता ही चला गया। ऐसा लग रहा था, जैसे अग्नि उस लाक्षागृह के प्रत्येक कण में निवास कर रही थी। भीम को तो अपने उल्मुक से मात्र संकेत ही करना था। उसका उल्मुक आगे बढ़ता और वह भित्ति, द्वार अथवा गवाक्ष धू-धू कर जलने लगता।...भीम को जब पूर्ण विश्वास हो गया

कि शिव-भवन में अग्नि इतनी प्रचण्ड हो चुकी है कि उसमें प्रातः तक कोई प्रवेश भी नहीं कर पायेगा, तो वह शान्त-भाव से सुरंग में उतर गया।

सुरंग के पहले ही मोड़ पर उसे माता तथा भाई प्रतीक्षा करते मिले।

"चलो! चलो! शीघ्र चलो!" भीम बोला, "यह न हो कि सुरंग में धुआँ भर जाये और हमारा दम घुटने लगे।"

हरनन्दी को पार करते-करते कुन्ती एकदम थक चुकी थी; और लगता था कि उसके लिए अब और चलना कठिन था। भीम ने कुन्ती को अपनी भुजाओं में उठा कर, अपने कंधे पर बैठा लिया। कुन्ती उसे रोकती ही रह गयी, "क्या कर रहा है! अरे मैं गिर जाऊँगी!"

"मैं गिरने दूँगा, तब न माँ!" उसकी गति में तनिक भी अन्तर नहीं आया था।

"अरे तुम कैसे चलोगे भीम?"

"मेरी चिन्ता मत करो माँ!" वह बोला, "तुम कहो तो मैं नकुल तथा सहदेव को भी कंधे पर बैठा लूँ!" उसने सचमुच ही उनकी ओर हाथ बढ़ा दिये।

वे दोनों हँसे; किन्तु समझ गये कि थकान उनके चेहरों पर भी प्रकट हो रही है।

"मुझे अनुमान नहीं था कि मैं इतने में ही थक जाऊँगा।" सहदेव बोला, "मैं तो समझता था कि मैं बिना रुके हुए, बिना सोये हुए, सैकड़ों योजन चल सकता हूँ।"

"तुम ठीक कहते हो सहदेव! तुम सचमुच चल भी सकते हो; पर यह भीम किसी को चलने दे, तब न! यह तो सबको दौड़ाता हुआ ला रहा है।" युधिष्ठिर बोला, "पर चिन्ता न करो। हम लोग गंगा-तट पर पहुँचने ही वाले हैं। वहाँ पर नाविक मिल गया तो कोई कठिनाई नहीं होगी।"

अर्जुन भी भीम के बराबर ही चल रहा था। अन्तर इतना ही था कि भीम ने कुन्ती को उठा भी रखा था और आगे-आगे चलता हुआ, वह मार्ग भी साफ करता जा रहा था। मार्ग में पड़ने वाली लताएँ और शाखाएँ—उसके हाथों में आते ही चरमराने लगती थीं। और अभी तक भीम ने थकान का कोई लक्षण नहीं दिखाया था। युधिष्ठिर, नकुल तथा सहदेव कुछ पिछड़ गये थे और अनुभव कर रहे थे कि इसी गति से चलना पड़ा तो वे अधिक नहीं चल पायेंगे।...

"अर्जुन, देखो!" सहसा भीम रुक गया, "क्या वह सामने गंगा-तट वाला, वही सूर्य-मन्दिर नहीं है?"

अर्जुन ने ध्यान से देखा : अन्धकार में कुछ भी स्पष्ट नहीं था, फिर भी वह आकार वृक्षों से कुछ भिन्न था; और कदाचित् कोई भवन ही था। गंगा के तट पर इतनी बड़ी किसी शिला की सम्भावना नहीं थी, "शायद वही मन्दिर है...।"

भीम कुछ और उत्साह से आगे बढ़ा। अर्जुन उसके साथ-साथ दौड़ा। युधिष्ठिर, नकुल तथा सहदेव ने भी क्षमता भर अपनी गति तीव्र कर दी।

भीम आ कर उस स्थान पर रुक गया : वह मन्दिर ही था। उसने कुन्ती को अपने कंधे पर से उतार कर, भूमि पर खड़ा कर दिया, "माँ! यहाँ बैठो। मैं उस नाविक को देख आऊँ।"

भीम मन्दिर के चारों ओर घूम आया। मन्दिर के भीतर के भी दोनों कक्षों में उसने देख लिया; किन्तु वहाँ कोई भी नहीं था।"

तब तक युधिष्ठिर, नकुल तथा सहदेव भी वहाँ पहुँच गये थे।

"अब?" युधिष्ठिर जैसे अपने-आपसे पूछ रहा था।

"मेरा विचार है, यहाँ थोड़ी प्रतीक्षा कर लो।" कुन्ती बोली, "कुछ विश्राम भी हो जायेगा...।"

"नहीं माँ!" युधिष्ठिर बोला, "हमें गंगा पार करके ही रुकना चाहिए।"

"यहाँ कौन तुम्हारे पीछे दौड़ा चला आ रहा है!" कुन्ती बोली।

"पीछे तो कोई नहीं आ रहा।" युधिष्ठिर बोला, "और कोई आ भी जाये तो हम उससे निपटने में समर्थ हैं। भय उसका नहीं है माँ! भय तो इस बात का है कि कोई हमें देख न ले। किसी को भनक भी पड़ गयी, तो सारी गोपनीयता नष्ट हो जायेगी। और तब इस भाग-दौड़ का कोई अर्थ नहीं रहेगा।"

"ठीक है।" भीम बोला, "मैं चल कर देखता हूँ कि गंगा में कितना जल है। यदि बहुत गहरा न हो तो...।"

"गहरा हो या न हो।" युधिष्ठिर बोला, "गंगा तो गंगा ही है। उसे हम अपने पैरों पर चल कर पार नहीं कर सकते। तैरना तो पड़ेगा ही। गंगा का पाट इतना सँकरा भी नहीं है कि इस अवस्था में, जब हम लोग इतने थके हुए हैं—तैर कर उसे पार कर जायें।..."

"तो यहाँ बैठे रहने का विचार है क्या?" भीम कुछ खीझ-भरे स्वर में बोला; और अगले ही क्षण, जैसे वह स्वयं ही शान्त हो गया, "अच्छा! मुझे तनिक देख आने दो। धारा यदि बहुत अधिक वेगवती नहीं हुई तो मैं एक-एक कर, तुम सब लोगों को पार ले चलूँगा..."

"बौरा गया है एकदम!" युधिष्ठिर धीरे से बोला, "यह इस अवस्था में भी गंगा को पाँच बार तैर कर पार करना चाहता है।"

किन्तु तब तक भीम आगे बढ़ गया था तथा अर्जुन भी उसके साथ-साथ

चल पडा था। वे दोनों गंगा में, घुटने-घुटने पानी में थे कि वृक्ष के पीछे से एक छाया प्रकट हुई, "राजकुमार!"

"कौन हो?" भीम स्फूर्तिपूर्वक पलटा और लगा कि वह उस पर झपट ही पड़ेगा।

अर्जुन को उसी क्षण लगा : उन्हें अपने शस्त्र अवश्य साथ लाने चाहिए थे। शस्त्रों से उनके पहचान लिये जाने की सम्भावना अवश्य थी; किन्तु बिना शस्त्र के असहाय स्थिति में मृत्यु को प्राप्त करने की भी सम्भावना थी।

"शान्त हों राजकुमार!" वह छाया आकर उनके सम्मुख आकर खड़ी हो गयी, "मैं महामंत्री विदुर द्वारा भेजा गया नाविक हूँ।" उसने वह सारा वार्तालाप दुहरा दिया, जो हस्तिनापुर से विदा होते हुए युधिष्ठिर और विदुर में हुआ था।

"नाव कहाँ है?" भीम ने पूछा।

"आप सबको यहाँ ले आयें। मैं नौका लाता हूँ।"

नाव आकार में बड़ी और सुदृढ़ थी। उसमें पाल भी लगे हुए थे और नाविक उसे चप्पुओं से भी खे रहा था। वायु अनुकूल थी। नौका ने थोड़ी ही देर में गति पकड़ ली।

"तुम्हें सूचना कहाँ से मिली कि हम आ रहे हैं?"

"मैं तो खनक के साथ ही हस्तिनापुर से आया था युवराज! और यहीं आपकी प्रतीक्षा कर रहा था।" नाविक बोला, "आपको गंगा पार करा, वन में खुलने वाला सुरंग का द्वार बन्द करके लौट जाऊँगा।"

"और खनक?"

"खनक, शिव-भवन में खुलने वाला सुरंग का द्वार पाट, वारणावत का सारा समाचार ले, हस्तिनापुर में महामंत्री के पास पहुँचेगा।" वह बोला।

"और हमें कहाँ छोड़ोगे?" युधिष्ठिर ने पूछा।

"युवराज! आपको गंगा-पार तट-वन में छोड़ दूँगा।" उसने शालीन स्वर में उत्तर दिया, "महामंत्री ने कहा था कि आप लोग अगला संकेत मिलने तक वहीं वास करेंगे।"

"राक्षसों के उस वन में?" कुन्ती ने पूछा।

"हाँ, महारानी! वह राक्षसों का वन अवश्य कहलाता है; किन्तु अज्ञातवास के लिए बहुत ही उत्तम स्थान है। वहाँ कोई आता-जाता नहीं। वहाँ कोई आपको खोज नहीं पायेगा।" नाविक धीरे से बोला।

किसी ने उसकी बात का कोई उत्तर नहीं दिया। सब जैसे अपनी-अपनी चिन्ताओं में लीन हो गये थे।

13

खनक और नाविक दोनों ही विदुर के सम्मुख खड़े थे।

"महामंत्री!" खनक बोला, "लोगों के कोलाहल से ही मेरी आँखें खुलीं। मैंने देखा कि लाक्षा-गृह धू-धू कर जल रहा था। अग्नि की लपटें आकाश को छू रही थीं; और लोग भयंकर कोलाहल कर रहे थे। ऐसा लगता था, जैसे सारा वारणावत ही जाग उठा हो; और लाक्षागृह को घेर कर खड़ा हो गया हो।"

"मैं भी यथाशीघ्र उठ कर भागा। सचमुच वहाँ सारा वारणावत एकत्रित था। किन्तु अग्नि इतनी प्रचण्ड थी कि कोई भी उसके निकट जाने का साहस नहीं कर रहा था। किसी ने दो-एक बाल्टियाँ पानी डालने का प्रयत्न भी किया; किन्तु दो-एक बाल्टियों से वहाँ होना ही क्या था! वैसे सेना-प्रमुख अपने सैनिकों के साथ वहाँ आ गया था। नगरपाल और उसके राजपुरुष भी उपस्थित थे; किन्तु वे लोग आग को बुझाने की कोई व्यवस्था करने के स्थान पर, लोगों को दूर हटा कर लाक्षागृह को स्वयं घेर कर खड़े हो गये थे। न कोई अग्नि के निकट जा रहा था, न किसी को जाने दिया जा रहा था।"

"लोगों की प्रतिक्रिया क्या थी?" विदुर ने पूछा, "वे लोग परस्पर कुछ-न-कुछ कह तो अवश्य रहे होंगे।"

"जन-मत बहुत स्पष्ट था आर्य!" खनक बोला, "वे लोग प्रकट रूप से धृतराष्ट्र तथा दुर्योधन को धिक्कार रहे थे। वे कह रहे थे कि राज्य के लालच में धृतराष्ट्र और दुर्योधन ने पाण्डवों को इस प्रकार जला कर मार डाला है। जो लोग अपने भाइयों और भतीजों की रक्षा नहीं कर पाये, वे उनकी रक्षा क्या करेंगे! लोग पुरोचन को भी गालियाँ दे रहे थे। कुछ लोग उसे खोज भी रहे थे; किन्तु वह किसी को मिला ही नहीं।"

"क्या वह भी उस अग्नि में भस्म हो गया?" विदुर ने पूछा।

"सम्भावना तो यही है आर्य! वह जीवित होता तो कहीं तो दिखायी देता। फिर उसके कक्ष से एक व्यक्ति की अस्थियाँ भी मिली हैं।"

विदुर कुछ संतुष्ट दिखायी पड़ा, "फिर?"

"प्रभात तक तो लोग अग्नि के निकट नहीं जा सके। जब अग्नि स्वतः शान्त हो गयी और सैनिक अपने शिविर में लौट गये तो वारणावत के लोगों ने तप्त भस्म को जल का छिड़काव कर शान्त किया, जैसे चिन्ता को शान्त कर रहे हों। उन्होंने भस्म को टटोल-टटोल कर देखा। उसी समय मैंने सावधानी से भस्म से ही सुरंग का मुख-द्वार पाट दिया। मैं भी उन्मत्त की भाँति उच्च स्वर में पाण्डवों को स्मरण कर, भस्म उछालता रहा था। वस्तुतः मेरे इस प्रकार

भस्म उछालने से ही कोई व्यक्ति मेरे निकट नहीं आ सका; और मैं यह कार्य कर पाया। किन्तु आर्य!..."

विदुर ने अपनी आँखें उसके चेहरे पर टिका दीं।

खनक ने अपनी आँखें झुका रखी थीं, "किन्तु आर्य! उस भस्म में से, पश्चिम खण्ड के एक कक्ष में से छः शवों की जली हुई अस्थियाँ मिली हैं। पाँच पंजर बड़े हैं और एक छोटा। लोगों का विचार है कि छोटा पंजर महारानी कुन्ती का और बड़े पंजर पाँचों पाण्डवों के हैं...।"

विदुर ने चौंक कर नाविक को देखा।

"यह सम्भव नहीं है आर्य!..." वह बोला।

"उन अस्थियों के पास एक दीर्घाकार गदा, खड्ग तथा बाणों के अग्र भी मिले हैं। लोगों का विचार है कि वह गदा राजकुमार भीम..."

"यह सम्भव नहीं है आर्य!" नाविक पुनः बोला, "मैंने स्वयं उन लोगों को अपनी नौका में बैठा कर, गंगा-पार हिडिम्ब-वन के निकट छोड़ा है।"

"तुम्हें कोई भ्रम तो नहीं हुआ?" विदुर ने पूछा, "किन्हीं और लोगों को गंगा पार करा, मान बैठे हो कि महारानी और उनके पुत्रों को गंगा पार करा आये हो?"

"नहीं आर्य! मैंने उनसे बातें की हैं। अपनी आँखों से, अत्यन्त निकट से महारानी, युवराज और राजकुमारों को देखा है।" नाविक ने बलपूर्वक कहा, "इसमें किसी भ्रम अथवा संशय का कोई अवकाश नहीं है। क्या किसी और व्यक्ति को देख कर, राजकुमार भीम का भ्रम हो सकता है?"

विदुर के मन को थोड़ी सांत्वना मिली; किन्तु वह पूछे बिना नहीं रह सका, "क्या उन अस्थि-पंजरों में कोई असाधारण दीर्घाकार पंजर भी था?"

"नहीं आर्य!" खनक पूर्णतः निश्चित स्वर में बोला, "उनमें से कोई भी अस्थिपंजर ऐसा नहीं था, जिससे राजकुमार भीम का भ्रम हो सके।"

विदुर आश्वस्त हुआ।...निश्चय ही वे पाण्डवों के अस्थि-पंजर नहीं हैं। ...किन्तु फिर वे अस्थियाँ किसकी हैं?...क्या यह पाण्डवों की चतुराई थी कि उन्होंने वे अस्थियाँ वहाँ डलवायीं...या सचमुच कोई छः व्यक्ति वहाँ दग्ध हुए हैं?...यदि किसी प्रकार यह प्रमाणित हो सकता...

"अच्छा! तुम लोग जाओ।" विदुर ने खनक और नाविक से कहा, "किन्तु सावधानी से जाओ; और हस्तिनापुर में एक क्षण के लिए भी मत रुको। यथाशीघ्र यहाँ से निकल जाओ। वारणावत के तो आसपास भी कहीं दिखायी मत देना। समय आने पर मैं स्वयं तुम लोगों से सम्पर्क करूँगा।"

"जो आज्ञा आर्य!"

विदुर के मन में विभिन्न कल्पनाएँ जन्म लेने लगीं : यह समाचार धृतराष्ट्र को मिलेगा तो वह अत्यन्त दुखी होने का अभिनय करेगा। वह रोयेगा। सम्भव है, वह भूमि पर सिर पटक-पटक कर, अपना दुख जताए।...किन्तु भीतर-ही-भीतर उसका मन सहस्रदल कमल के समान खिल उठेगा।...आज वह अनुभव करेगा कि हस्तिनापुर का राज्य पूर्णतः उसका और दुर्योधन का हुआ। उसके जीवन में इससे बड़ा सुख और कोई नहीं है... राज्य...हस्तिनापुर का राज्य...

शकुनि स्वयं को संसार का सबसे बड़ा कूटनीतिज्ञ समझ कर कूदता फिरेगा। कदाचित् वह दुर्योधन पर कृतज्ञता का भार लाद देगा। दुर्योधन को पहले ही सत्य, न्याय और धर्म में कोई आस्था नहीं है। अब उसके मन में यह धारणा दृढ़बद्ध हो कर बैठ जायेगी कि संसार में केवल पाप ही फलीभूत होता है। पुण्य, सत्य और धर्म की चर्चा और चिन्ता करने वाले लोग सर्वथा मूर्ख हैं। उसका अहंकार और भी स्फीत होगा। उसका तत्काल युवराज्याभिषेक होगा; और वह उन्मुक्त हो कर स्वेच्छाधारी शासन करेगा...राजसभा में प्रतिदिन विदुर और उसकी टकराहट होगी...

पितृव्य भीष्म!...उनके लिए विदुर के मन में करुणा उमड़ती है...वे यह समाचार सुन कर बहुत दुखी होंगे...सम्भव है, उनकी आस्था डोल जाये...उनका मन टूट जाये...एक बार विदुर के मन में आता है कि वह उन्हें बता दे कि पाण्डव जीवित हैं...किन्तु दूसरे ही क्षण लगता है कि उनके मन के कष्ट को बचाने के लिए, यदि विदुर ने यह गोपनीयता भंग की, और कहीं पितृव्य के व्यवहार, आचरण अथवा वार्तालाप में से कोई संकेत फूट निकला तो विदुर का सारा किया-धरा व्यर्थ हो जायेगा...

यह ठीक है कि पाण्डवों से बहुत प्रेम करते हैं...किन्तु वृद्ध लोगों में शायद जीवन के झटके झेलने की अद्भुत क्षमता होती है। उन्होंने जीवन में इतने उतार-चढ़ाव देखे होते हैं कि एक-आध और शोक भी उसी में कहीं समा जाता है। वे बहुत जल्दी जीवन से समझौता कर लेते हैं।...पितृव्य जब यह विश्वास कर लेंगे कि पाण्डव नहीं रहे हैं, तो वे दुर्योधन को भी उसी प्रकार हस्तिनापुर का युवराज मान लेंगे, जैसे उन्होंने युधिष्ठिर को स्वीकार किया था। वात्सल्य में यही तो दोष है कि वह दुष्ट व्यक्ति से भी प्रेम कर सकता है।...और यदि पितृव्य को पता चल ही गया कि पाण्डवों की हत्या दुर्योधन ने की है, तो क्या करेंगे वे?...क्या इन छः हत्याओं का दण्ड देने के लिए दुर्योधन, शकुनि, कर्ण और धृतराष्ट्र का वध करेंगे? ...नहीं! वे शायद किसी को कुछ नहीं कहेंगे! स्वयं को समझा लेंगे कि

राजनीति तो ऐसा ही क्षेत्र है, जिसमें ईर्ष्या-द्वेष के कारण हत्याएँ भी होती ही हैं।...और यदि पाण्डवों का वध हो ही चुका है, तो उनके वंश में अब बचा ही कौन है—दुर्योधन ही तो!...ऐसे में वे दुर्योधन को क्षमा कर देंगे। उससे स्नेह भी करेंगे। भूल जायेंगे कि वह अपने भाइयों का ही नहीं, उनके वंश के श्रेष्ठतम तत्त्व का भी हत्यारा है।...और यदि उन्हें यह सूचना मिल जाये कि दुर्योधन ने हत्या का प्रयत्न अवश्य किया था; किन्तु पाण्डव अभी जीवित हैं, तो?...तो कदाचित् वे सोचने लगेंगे कि दुर्योधन ने अपनी मूर्खता में यह प्रयत्न ही तो किया था न! हत्या तो नहीं हुई। और यदि हुई ही नहीं है, तो अपराध कैसा और दण्ड कैसा?...

विदुर स्वयं समझ नहीं पाया कि वह पितृव्य को करुणा का पात्र समझे अथवा दया का?...पिछली पीढ़ी के दृढ़-बद्ध धारणाओं वाले ये हिमालय!... अपनी सारी चारित्रिक विशेषताओं के साथ भी ये समाज को कोई उचित गति नहीं दे पाये...

भीष्म को कुन्ती और उसके पुत्रों की मृत्यु का समाचार मिला और शोक उनके मन में कहीं बहुत गहरे उतर गया।...पाण्डु की मृत्यु के पश्चात् से, जैसे वे भूल ही गये थे कि संसार में अकाल-मृत्यु नाम की भी कोई घटना होती है...वे युधिष्ठिर को उसका अधिकार दिला कर प्रसन्न थे।...किन्तु अधिकार क्या होता है? जिसे अधिकार दिलाने के लिए वे इतना प्रयत्न कर रहे थे, नहीं जानते थे कि प्रकृति उसके अधिकार को मान्यता नहीं दे रही। अधिकार तो उसी का है, जिसे मिल जाये।...उन्होंने अपने जीवन में अनेक बार देखा है कि वे हों या माता सत्यवती—वे किसी को अधिकार नहीं दिला पाये। जाने मनुष्य अपनी किस क्षमता पर अहंकार करता है। चित्रांगद गया, विचित्रवीर्य गया, पाण्डु गया।...जब तक पाण्डु जीवित रहा, भीष्म प्रयत्न करते रहे कि राज्याधिकार उसी के हाथ में रहे; किन्तु राज्य का भोग सदा धृतराष्ट्र ने ही किया। उन्होंने निर्णय किया था कि राज्याधिकार युधिष्ठिर का है; किन्तु प्रकृति ने निर्णय किया कि नहीं, हस्तिनापुर का युवराज दुर्योधन ही होगा। क्या करेंगे भीष्म! विधाता के सम्मुख अपनी पराजय ही तो स्वीकार कर सकते हैं...उन्हें अब स्वीकार कर ही लेना चाहिए कि सामाजिक विधान से अधिकार चाहे युधिष्ठिर का ही था; किन्तु प्रकृति यह अधिकार दुर्योधन को ही देना चाहती है। अतः वही हस्तिनापुर का युवराज और अन्ततः सम्राट होगा...

और सहसा भीष्म के मन में संशय जागा : पाण्डवों की मृत्यु के पीछे दुर्योधन का ही कोई षड्यन्त्र तो नहीं?...उनके भीतर का तेज जैसे धधक

उठा...यदि ऐसा कुछ है तो...किन्तु उस तेज की दाहकता क्षण भर में ही कहीं विलीन हो गयी...जो हो गया, सो हो गया। जो अब जीवित नहीं हैं, उनके साथ तादात्म्य कर भीष्म जीवितों के साथ शत्रुता नहीं कर सकते। जीवन के सूत्र तो उन्हीं के हाथों में देने होंगे, जो जीवित हैं।...

किन्तु धर्म? न्याय?

भीष्म की समझ में नहीं आया कि क्या उत्तर दें।...वे धर्म अथवा न्याय के नाम पर, अपने वंश का नाश तो नहीं कर सकते। कृष्ण ने ठीक ही कहा था : उन्होंने पदार्थ त्यागे हैं, अपनी आसक्ति नहीं!...यदि दुर्योधन अपराधी है भी, तो उसे दण्डित कर, वे किसे न्याय दिलायेंगे? न्याय माँगने वाला तो कोई है ही नहीं। सारे न्याय और अधिकार तो जीवन के लिए ही हैं।...और जीवित दुर्योधन है, दुर्योधन!...

14

पाण्डवों के प्रेत-कर्म में सम्मिलित होने के लिए प्रायः सभी सम्बन्धी तथा मित्र राजा हस्तिनापुर में एकत्रित हो गये थे; अनेक ऋषि-कुल भी अपनी संवेदना प्रकट करने आये थे। फिर भी जैसे राजप्रासाद के शोक में गम्भीरता की कुछ कमी थी। यद्यपि दुर्योधन अत्यधिक दुखी प्रतीत होता था और संवेदना प्रकट करने आये प्रत्येक व्यक्ति के सम्मुख छाती फाड़ कर रोता था; किन्तु उसके दुख से प्रभावित होने वाले लोग कम ही थे। अधिकांश लोगों ने उसके इस शोक को संशय की दृष्टि से देखा था; और दुर्योधन के मित्रों तथा सम्बन्धियों ने अपनी निजी भेंट में पाण्डवों की मृत्यु पर अपना सन्तोष भी प्रकट किया था। दुर्योधन के मित्रों के लिए तो कई बार अपने उल्लास को छिपा कर रखना ही कठिन हो जाता था।

महर्षि व्यास हस्तिनापुर में आ कर सबसे पहले धृतराष्ट्र को ही सांत्वना देने गये। धृतराष्ट्र को उनके आने की सूचना दी गयी तो उसने हाथों से अपना माथा पीट लिया; और धाड़ मार कर रो पड़ा। उसने महर्षि के अपने निकट आने की भी प्रतीक्षा नहीं की। बिना किसी सहारे के उठ कर, रोता हुआ उनकी ओर चल पड़ा; और इसी प्रक्रिया में ठोकर खा कर गिर पड़ा।

महर्षि ने आगे बढ़ कर स्वयं अपने हाथों से उसे उठाया, "धैर्य रखो राजन्!"

"अब धैर्य का क्या काम भगवन्!" वह रोता हुआ बोला, "जिन लोगों को यहाँ बैठ कर मेरा प्रेत-कर्म कराना चाहिए था, अपने उन्हीं पुत्रों का प्रेत-कर्म

करा रहा हूँ। यह विधाता का कैसा न्याय है!..."

"अपने पितृव्य की ओर देखो पुत्र!" व्यास बोले, "उनकी आँखों के सामने चित्रांगद और विचित्रवीर्य का देहान्त हुआ; पाण्डु और माद्री गये। उन्होंने अपना धैर्य खोया होता, तो तुम्हारा पालन-पोषण किसने किया होता?..."

"मैं पितृव्य जैसा निर्मल हृदय कहाँ से लाऊँ तात्! मैं तो एक साधारण अन्धा व्यक्ति हूँ, जो अपने पुत्रों से किसी सांसारिक जीव के समान प्रेम करता है।..." धृतराष्ट्र ने अपनी छाती पीटनी आरम्भ कर दी, "यमराज मुझे ले जायें, पर मेरे पुत्र!...युधिष्ठिर, भीम, अर्जुन, नकुल, सहदेव...सब-के-सब चले गये; और अनुज-वधू कुन्ती भी!...वह अपने पुत्रों को ले कर हस्तिनापुर आयी थी—किसके भरोसे? मेरे ही तो! वह अपना घर समझ कर आयी थी हस्तिनापुर! और मैं उनकी रक्षा भी नहीं कर सका।..."

धृतराष्ट्र ने इतना प्रबल चीत्कार किया कि दासियों ने आगे बढ़ कर उसे इस आशंका से पकड़ लिया कि कहीं वह अपना सिर ही भूमि पर न दे मारे।...

व्यास का स्थिर हृदय भी क्षण भर के लिए विह्वल हो उठा; किन्तु स्वयं को संयत कर वे बोले, "धृतराष्ट्र! अपना मोह त्यागो। पाण्डवों की रक्षा करने और न करने का अहंकार छोड़ो। विधाता के विधान में कोई हस्तक्षेप नहीं कर सकता। हम सब तो निमित्त मात्र ही हैं। यदि वे चाहते तो पाण्डव जलते हुए लाक्षागृह में से भी जीवित बच आते।..."

निमिष भर के लिए जैसे धृतराष्ट्र का रुदन रुक गया। उसने चौंक कर व्यास की ओर मुँह उठाया और जैसे अनायास ही पूछ बैठा, "क्या यह सम्भव है महर्षि?...किन्तु अगले ही क्षण उसका रुदन पुनः वेग पकड़ गया, "यदि यह सम्भव था तो "विधाता ने उन्हें क्यों बचा नहीं लिया? हाय मेरे बच्चो...!"

"बैठ जाओ धृतराष्ट्र!" अब तक महर्षि का स्वर स्थिर हो चुका था, "विधाता की योजना वे ही जानें। यद्यपि पाण्डवों की मृत्यु, मेरे लिए भी अत्यधिक कष्टप्रद है; किन्तु मैं विधाता के आदेश को स्वीकार करने के अतिरिक्त दूसरा कोई विकल्प नहीं देखता। तुम भी इसे स्वीकार करो।"

उन्होंने धृतराष्ट्र को पुनः चीत्कार करने का अवसर नहीं दिया। उसके माथे पर हाथ रख कर आशीर्वाद दिया और उसे हतप्रभ बैठा हुआ छोड़ कर चल पड़े, "मैं विदुर से मिलने जा रहा हूँ।"

विदुर के प्रणाम के उत्तर में आशीर्वाद दे कर व्यास बैठ गये।

"पाण्डवों की मृत्यु से धृतराष्ट्र बहुत दुखी है।" व्यास बोले, "मैंने कभी नहीं सोचा था कि वह पाण्डवों से इतना प्रेम करता है।"

विदुर ने दृष्टि उठा कर उन्हें देखा भर, कुछ कहा नहीं। उसके चेहरे के भाव कुछ ऐसे थे, जैसे वह कुछ समझ ही नहीं पा रहा था।

"क्या बात है विदुर?" व्यास का स्वर वात्सल्य से भरपूर था, "तुम पूर्णतः अन्यमनस्क हो। तुम्हारा स्वास्थ्य तो ठीक है न?"

विदुर ने कुछ कहने के लिए मुँह खोला; और फिर बिना कुछ कहे ही कुछ सोचकर मुख बन्द कर लिया।

व्यास की गम्भीरता ने चिन्ता की ओर पग बढ़ाये, "तुम्हारे मन पर कोई बहुत बड़ा बोझ है। तुम कुछ कहना चाह कर भी, कह नहीं पा रहे। क्या बात है?"

"कुछ विशेष नहीं है तात्।

व्यास ने पुनः अपनी सहज मुद्रा साध ली। वे उल्लसित रूप से हँसे, "गोपनीयता का प्रयत्न व्यर्थ है। तुम्हारी प्रकृति ऐसी नहीं कि तुम मुझसे कुछ छिपा सको। तुम्हारा आनन साक्षात् अभिव्यक्ति है। जो कुछ तुम्हारे मन में होगा, वह तुम्हारे चेहरे पर आ जायेगा।"

विदुर के चेहरे पर एक कटु मुसकान उभरी, "ऐसा नहीं है पूज्य! यदि ऐसा होता तो मैं एक दिन भी धृतराष्ट्र के राज्य में सुरक्षित नहीं रह सकता था।..."

बहुत प्रयत्न करने पर भी व्यास अपने चेहरे पर उभरने वाले विकारों को रोक नहीं पाये, "क्या कह रहे हो?"

"आप तो व्यर्थ ही चिन्तित हो गये।" इस बार विदुर कुछ मुक्त हो कर हँसा, "मैं तो केवल इतना ही कह रहा था कि वह अत्यन्त चाटुकारिता-लोभी है। और आप जानते हैं कि मैं उसका प्रशन्सक नहीं हूँ। फिर भी यदि मैं उसके इतने निकट बना हुआ हूँ तो केवल इसी कारण कि मैं अपने हृदय के रहस्यों को स्वयं अपने-आप तक सीमित रखने में पूर्णतः सक्षम हूँ।"

"तुम उसके हितैषी नहीं हो?" व्यास जैसे न कहना चाहते हुए भी कह गये, "वह तुम्हारा भाई है।"

"हितैषी और प्रशंसक में अन्तर है देव!" विदुर बोला, "मैं उसका प्रशंसक नहीं हूँ।"

"अच्छा है कि उसके प्रशंसक नहीं हो," व्यास बोले, "अन्यथा कदाचित् तुम उसके हितों की रक्षा नहीं कर पाते।...किन्तु इस समय तुम्हारे मन पर कौन-सा बोझ है, जिसे तुम छिपा नहीं पा रहे?"

"छिपाना चाह नहीं रहा।" विदुर बोला।

"तो फिर स्पष्ट कहो।" व्यास बोले, "संकोच किस बात का है?"

"संकोच!" विदुर जैसे कुछ सोचने लगा, "हाँ, संकोच तो है ही!"

"क्यों है?"

"वर्षों से एक प्रश्न दराँती-सा मेरे मन में चुभ रहा है देव! नहीं चाहता था कि उसका उत्तर आपसे माँगूँ। किन्तु मैं स्वयं उसका उत्तर खोज नहीं पाया।"

"मुझसे क्यों नहीं पूछना चाहते?" व्यास बोले, "मैं दिन भर और करता ही क्या हूँ! लोगों के प्रश्नों के उत्तर ही तो देता रहता हूँ!"

"सोचता हूँ कि कहीं इस प्रश्न की अनी मेरे वक्ष के स्थान पर आपके वक्ष में न चुभती रहे।"

व्यास जैसे सतर्क हो गये : ऐसा कौन-सा प्रश्न है! और फिर जैसे सायास स्वयं को एकाग्र कर बोले, "तो अवश्य पूछो पुत्र! अभी पूछो, इसी क्षण। मुझे पहले ज्ञात हो जाता तो मैं तुम्हें कदापि इतने लम्बे काल तक उसकी चुभन न सहने देता।"

विदुर थोड़ी देर चुप रहा, जैसे अपना आत्मबल संचित कर रहा हो; फिर बोला, "देव! राजा का पुत्र राजा होता है, श्रेष्ठि का पुत्र श्रेष्ठि, और ऋषि का पुत्र ऋषि! किन्तु आप जानते हैं कि कुरु-वंश में रह कर, मैं धृतराष्ट्र और पाण्डु का भाई-समान हो सकता हूँ; किन्तु सम्राट् विचित्रवीर्य का पुत्र नहीं हो सकता। राजकुल में रह कर भी मैं राजकुमार अथवा राजा नहीं हो सकता। आपकी इच्छा और पितृव्य भीष्म की समस्त सद्‌भावना के होते हुए भी, मैं राजकुल में पोषित एक दासी-पुत्र ही हो सकता हूँ। किन्तु यदि आप, अपने इस पुत्र को अपने साथ, अपने आश्रम में ले जाते, जैसे आपके पिता आपको अपने साथ ले गये थे तो कदाचित् मैं ऋषिपुत्र हो सकता था, जैसे आप हुए थे। ऋषि पराशर ने आपको निषाद-पुत्र बनने के लिए आपकी माता के पास नहीं छोड़ा, तो आपने मुझे दासीपुत्र बनने के लिए, मेरी माता के पास क्यों छोड़ दिया?"

पहले तो व्यास की बड़ी-बड़ी अधमुँदी आँखें जैसे अपने पूरे आकार में खुल गयीं और उसके पश्चात् क्रमशः पूर्णतः मुँद गयीं, जैसे वे ध्यान कर रहे हों।

विदुर के चेहरे पर अपराध-बोध झलका, "मुझे पहले से ही आशंका थी देव, कि यह प्रश्न आपको कष्ट देगा, इसीलिए मैं आपसे पूछने में संकोच कर रहा था।"

ऋषि की आँखें खुल गयीं। उनके अधरों पर उनकी सहज मुस्कान आ विराजी, "मुझे तनिक भी कष्ट नहीं हुआ है पुत्र! वस्तुतः तुम्हारे इस एक प्रश्न ने मेरे अपने मन में अनेक प्रश्न जगा दिये हैं। किन्तु पहले मैं तुम्हारे प्रश्न का उत्तर दूँगा; और उसके पश्चात् अपने प्रश्नों का उत्तर चाहूँगा।"

"जैसी आपकी इच्छा।"

"मुझे प्रसन्नता है वत्स, कि तुम्हारे मन में भी वही इच्छा जागी है, जो वर्षों पूर्व मेरे अपने मन में अंकुरित हुई थी। यह मात्र यही प्रमाणित करता है कि तुम्हारे मन में भी मेरे प्रति वही आकर्षण है, जो मेरे मन में तुम्हारे लिए है। मैं तुम्हें कैसे बताऊँ कि तुम्हें अपने आश्रम में ले जा कर, एक ऋषिपुत्र के रूप में तुम्हारा पालन-पोषण करने में मुझे कितनी प्रसन्नता होती! किन्तु पुत्र! मैं धर्म से बाध्य हूँ।"

"क्या बाध्यता है पूज्यपाद?"

"नियोग का धर्म अपने आप सन्तान प्राप्त करना नहीं है; वह सन्तान का दान है। यह जानते हुए भी कि यह पुत्र मेरा है—सुख में है या दुख में—उसके प्रति अपने मन में मोह विकसित नहीं करना है, तभी तो वह दान है। वह सन्तान तो, माँ तथा उसके पति के वंश की है। इसलिए विदुर! तुम्हें इस वंश में रहना पड़ा। तुम्हारा जन्म विचित्रवीर्य के क्षेत्र से भी नहीं हुआ; किन्तु तुम्हारी माता, इस क्षेत्र के स्थानापन्न के रूप में आई थी पुत्र! अतः तुम्हें इस दंश को सहना होगा। तुम वंशानुक्रम से राजा या ऋषि न हो कर भी धर्म के ज्ञाता बनो। ज्ञान तुम्हें रक्त और समाज के बन्धनों से मुक्त कर देगा। ज्ञान में सीमाओं के अतिक्रमण की अद्‌भुत शक्ति है पुत्र! वह तुम्हें दासीपुत्र के कलुष से भी शुद्ध कर देगा।"

"मेरी पीड़ा वह नहीं है तात्!" विदुर मन्द स्वर में बोला, "मुझे अपनी माँ को माँ कहने में तनिक भी संकोच नहीं है, न उनकी स्थिति को जान कर कोई असन्तोष ही है। यथार्थ की सहज स्वीकृति मेरी नीति रही है!... किन्तु इस हस्तिनापुर में नित्य धर्म की हत्या होती है। जिसके मन में धर्म की तनिक-सी भी कल्पना है, उसका यहाँ दम घुटता है। कौरवों का यह शासन मेरी हत्या नहीं कर रहा; किन्तु मैं यहाँ प्रत्येक क्षण मरता रहता हूँ, जैसे कोई मन्थर-गति-विष शनैः-शनैः किसी को मृत्यु की ओर धकेलता चलता है।..."

"मृत्यु से डरते हो पुत्र?"

"नहीं! मैं इस नारकीय जीवन से मुक्ति चाहता हूँ।"

व्यास की आँखें कुछ फैल गयीं और उन्होंने विदुर को कुछ इस ढंग से देखा, जैसे वे उसके मन को पढ़ रहे हों। उन्होंने बहुत ही धीमे स्वर में पूछा, "क्या धृतराष्ट्र ने पाण्डवों की हत्या करवायी है?"

विदुर जैसे स्तम्भित रह गया। वह ऋषि को निर्निमेष देखता रहा। उसके श्वास-प्रश्वास की क्रिया भी जैसे थम गयी।

"मुझसे भयभीत होने का कोई कारण नहीं है पुत्र!" व्यास का

वात्सल्य-भरा स्वर विदुर की धमनियों में प्रवेश करता जा रहा था, "मुझसे किसी का कोई अनिष्ट नहीं हो सकता : और तुम तो मेरे पुत्र हो विदुर!"

सहसा विदुर ने अत्यन्त जीवन्त हो कर कहा, "आप मुझसे वे ही प्रश्न क्यों नहीं पूछते, जो मेरे प्रश्न को सुन कर आपके मन में जागे थे?"

"यह भी उन्हीं से सम्बद्ध प्रश्न है पुत्र!" व्यास बोले, "तब भी मेरे मन में यही जिज्ञासा जागी थी कि तुम राजप्रासाद के भोग त्याग कर मेरे आश्रम में क्यों आना चाहते हो? इस नगर और इस प्रासाद के जीवन में ऐसा क्या है, जो तुम्हारे मन में मोह के स्थान पर वैराग्य जगा रहा है?...मैं वही प्रश्न तुमसे दूसरे शब्दों में पूछ रहा हूँ—क्या धृतराष्ट्र ने अपने भ्रातुष्पुत्रों की हत्या करवायी है?"

"मेरी किस बात से आपके मन में यह आशंका जागी है?"

व्यास देख रहे थे कि विदुर स्पष्ट शब्दों में उनके प्रश्न का उत्तर नहीं दे रहा था। मिथ्या भाषण उसकी प्रकृति नहीं थी; और सत्य बोलने का वह साहस नहीं कर रहा था...या कदाचित् सत्यभाषण उसे नीति-युक्त नहीं लग रहा था...

"युवराज युधिष्ठिर को उसके भाइयों तथा माता के साथ राजधानी हस्तिनापुर से हटा कर वारणावत भेजने का कोई विशेष कारण मेरी समझ में नहीं आया।" व्यास धीरे से बोले, "धृतराष्ट्र का कहना है कि पाण्डवों की उस मनोरम स्थान को देखने की बड़ी इच्छा थी; किन्तु सारे हस्तिनापुर में मुझे एक भी व्यक्ति ऐसा नहीं मिला, पाण्डवों नें जिसके सम्मुख वारणावत जाने की इच्छा प्रकट की हो। फिर पाण्डवों को वारणावत के प्राचीन प्रासाद में नहीं ठहराया गया था। यह शिव-भवन नाम का कोई और ही प्रासाद था, जिसे धृतराष्ट के आदेश से दुर्योधन के विश्वस्त अनुचर पुरोचन की देख-रेख में, उसी की उपस्थिति में अंशतः बनवाया गया था। पाण्डव इतने असावधान नहीं थे कि मदिरा पी कर इतने उन्मत्त हो जाते कि उन्हें प्रासाद के अग्निसात् हो जाने का भी पता न लगता और उनमें से कोई एक व्यक्ति भी जीवित न बच पाता। राजप्रासादों का निर्माण करते हुए इन बातों का विशेष रूप से ध्यान रखा जाता है कि उन्हें अग्नि इत्यादि का भय न हो। वह ऋषि का कुटीर तो है नहीं कि दीप-शिखा से भी उसका फूस अग्नि ग्रहण कर ले।...और तुम कह रहे हो कि हस्तिनापुर में प्रतिक्षण न्याय और धर्म की हत्या हो रही है...!"

"आप सर्वज्ञ हैं देव! आपसे कुछ भी गोपन नहीं है।" विदुर ने श्रद्धापूर्वक कहा।

व्यास के नयन पुनः मुँद गये। उनकी मुँदी आँखों से दो अश्रु ढुलके, "इस

पापी धृतराष्ट्र के जन्म का निमित्त मैं बना। मैं...।"

उनकी आँखें खुलीं। वे अब भी अश्रुओं से डबडबायी हुई थीं।

"विदुर!" वे बोले, "प्रकृति के खेल अद्भुत हैं और प्रभु की लीला अपार है। कई बार हमारे सम्मुख सब कुछ घटित हो रहा होता है; और हम असहाय खड़े देखते रह जाते हैं। ऐसा कभी नहीं होता कि संसार का जन-मत पाप, अधर्म, अकल्याण और विनाश के पक्ष में हो; किन्तु फिर भी एक दुष्ट अल्पमत अपने बाहुबल, अपने दुस्साहस और पापिष्ठ बुद्धि के सहारे पाप-कृत्य करता चलता है और एक विराट जन-समुदाय, संख्या में बहुत अधिक होते हुए भी अपनी भीरुता, असंगठन और निरुपायता के कारण खड़ा देखता रह जाता है। किन्तु फिर भी पुत्र! न तो न्याय और धर्म को हताश होना चाहिए, और न ही अन्याय और अधर्म के प्रतिशोध का प्रयत्न त्यागना चाहिए।"

"आप ठीक कहते हैं देव!"

"तो फिर ऐसा कैसे हुआ कि हस्तिनापुर में वर्तमान रहते हुए, धृतराष्ट्र और दुर्योधन की अभिलाषाओं और क्षमताओं को समझते हुए भी तुमने पाण्डवों की कोई सहायता नहीं की? उनकी सुरक्षा के लिए तुमने कोई प्रयत्न नहीं किया? उन्हें कोई चेतावनी नहीं दी और वारणावत चले जाने दिया? यह कैसे सम्भव है कि तुम उन्हें मृत्यु के मुख में समाते हुए देखते रहे और स्वयं निरुपाय, असहाय, अकर्मण्यों की भाँति हताश खड़े देखते रहे?" व्यास की आँखों से शीतल चन्द्रिका के स्थान पर जैसे अग्नि-स्फुलिंग बरसने लगे, "सत्य कहो विदुर! क्या पाण्डवों का वस्तुतः निधन हो चुका है?"

विदुर को अनुभव हुआ, जैसे किसी ने उस पर वज्राघात किया हो। जाने ऋषि की दृष्टि में क्या था, जिसने विदुर की शिराओं में प्रवाहित रक्त को अग्नि में परिणत कर दिया था। उन्हें लग रहा था, जैसे वे भी वारणावत के शिव-भवन में ही उपस्थित हों; और शिव-भवन धू-धू कर जल रहा हो...

व्यास पूछ रहे थे, "सत्य कहो विदुर! क्या पाण्डवों का वस्तुतः निधन हो चुका है?...सत्य कहो विदुर!"

विदुर चुपचाप व्यास को देखता रहा : क्या सत्य कह दे? एक सत्य को पहले ही स्वीकृति दे चुका है। उसमें किसी का कोई अहित नहीं था। व्यासदेव को जानना ही चाहिए था कि धृतराष्ट्र क्या कर रहा है; युवराज बनने के लिए दुर्योधन किस सीमा तक जा सकता है। ऋषि इस सत्य का प्रचार करेंगे, तो धर्म की हानि होगी...किन्तु दूसरा सत्य...ऋषि सरल हैं। सत्य के उपासक हैं। वे व्यवहार-चतुर नहीं भी हो सकते...यदि उनसे किसी को पाण्डवों की स्थिति का आभास हो गया...

"सत्य कहो विदुर!"

"तात! राजा किसी का शत्रु हो जाये, तो उसकी रक्षा की भी जा सकती है, क्योंकि शत्रु होने पर भी प्रत्येक राजा हत्यारा नहीं होता! राजा हत्यारा हो भी तो बन्धु-बान्धव रक्षा कर सकते हैं; किन्तु जब राजा, पिता का स्थानापन्न पितृव्य तथा भाई-बन्धु—सब ही हत्यारे हो जायें, तो रक्षा कैसे होगी।...ऐसा व्यक्ति एक बार बच भी जाये तो उसे पुनः खोज कर, उसकी हत्या कर दी जायेगी। यदि वह विष से बच जाये तो उसे अग्नि में भस्म किया जा सकता है; अग्नि से बच निकले तो उसे खड्ग से खण्ड-खण्ड किया जा सकता है। ऐसे व्यक्ति के लिए जीवन की कोई सम्भावना नहीं है। उसके लिए केवल मृत्यु है, जीवन नहीं। उसका अस्तित्त्व, मात्र उसके अनस्तित्व में ही सम्भव है।..."

व्यास के आनन पर मुस्कान फैल गयी, "तुमने मुझे प्राणदान दिया पुत्र! मैं तुम्हारा आभारी हूँ।" वे पुनः गम्भीर हो गये, "प्रत्येक खड्ग के लिए एक ढाल होती है। हमें उस ढाल को ही खोजना चाहिए। जब तक ढाल न मिल जाये, तब तक अस्तित्त्व को अनस्तित्व ही बने रहना चाहिए।..." उन्होंने रुक कर, बहुत स्नेह से विदुर को देखा, "तुम्हारा हस्तिनापुर में बने रहना धर्म के अस्तित्व के लिए आवश्यक है पुत्र! मैं विधाता के रहस्य को आज ही समझ पाया हूँ। तुम्हें कौरव-कुल में इसलिए जन्म दिया गया था कि तुम अधर्म के प्लावन को भीतर से रोक सको। अब तुम यहाँ रह कर धर्म की रक्षा करते रहो, धर्म तुम्हारी रक्षा करेगा।"

विदुर ने दोनों हाथ जोड़ कर जैसे उनका आशीर्वाद स्वीकार किया और उनके आदेश का पालन करने की स्वीकृति दी।

"तुमने पाण्डवों की खोज का प्रयत्न नहीं किया पुत्र?" व्यास ने सीधा प्रश्न किया।

विदुर ने भी रहस्यात्मकता त्यागी, "मेरी यात्रा गुप्त नहीं रह सकेगी देव! मैं जहाँ भी जाऊँगा, दुर्योधन के गूढ़ पुरुष मेरे पीछे जायेंगे। उनको खोज निकालने का मेरा प्रयत्न, उनके सदा के लिए विलुप्त कर दिये जाने का कारण बन जायेगा। कौरवों का शासन अब धर्म का शासन नहीं रहा देव! कंस और जरासंध—दोनों की नृशंसता को यह अकेला ही आत्मसात् कर चुका है।"

"तुम्हारी चिन्ता उचित ही है। विधाता ने मुझे पापी धृतराष्ट्र के जीवन का निमित्त बनाया है, तो कदाचित् वह उसका प्रायश्चित्त भी मुझसे ही करवाना चाहता है।"

"क्या आप उनकी खोज में जायेंगे?" विदुर समझ नहीं पाया कि वह व्यासदेव से इस खोज का आग्रह कर रहा था, अथवा उसका निषेध कर

रहा था।

"कुछ कहना कठिन है विदुर!" व्यास बोले, "क्या करूँगा, यह मैं स्वयं भी नहीं जानता; किन्तु यह मैं कदापि नहीं चाहूँगा कि न्याय, मेरे देखते-देखते शून्य में विलीन हो जाये। मैं प्रयत्न करूँगा कि शून्य में खो गया न्याय, फिर से प्रकट हो सके।"

"किन्तु न्याय की रक्षा?"

"यह अवश्य ही चिन्ता का विषय है।" व्यास जैसे अपने-आपसे कह रहे थे, "उसकी रक्षा का प्रबन्ध किये बिना, उसे प्रकट करना, उसकी हत्या में सहायक होने के समान है!"

विदुर की चिन्ता कुछ कम हुई : व्यासदेव स्थिति की गम्भीरता को भली प्रकार समझ रहे थे। निश्चित रूप से उनकी ओर से किसी प्रकार के अनिष्ट की कोई आशंका नहीं हो सकती थी...

"किन्तु उनकी रक्षा कौन करेगा?" विदुर का स्वर पूर्णतः चिन्तामुक्त नहीं था, "जो उनकी रक्षा करेगा, वह धृतराष्ट्र और दुर्योधन के विरोध, क्रोध और शत्रुता को आमन्त्रित करेगा। धृतराष्ट्र और दुर्योधन के मित्र शक्तिशाली हैं। द्रोण, अश्वत्थामा तथा कर्ण उनके पक्ष में हैं...।"

"पाण्डवों की रक्षा वही करेगा जो धृतराष्ट्र से भयभीत नहीं होगा, जो उसका शत्रु होगा, अथवा उसकी मैत्री का इच्छुक नहीं होगा।" व्यास बोले, "बताओ विदुर! ऐसा वीर कौन है?"

"जहाँ तक मेरी दृष्टि देख पाती है, कौरवों के चिर-शत्रु पांचाल हैं। इस परम्परागत शत्रुता को कुछ सम्राट् विचित्रवीर्य ने पोषित किया; और कुछ सम्राट पाण्डु ने। और उसे चरमावस्था तक पहुँचाया आचार्य द्रोण ने। जब द्रोण, द्रुपद से रुष्ट हुए तो उन्हें भी काम्पिल्य के परम शत्रु के रूप में हस्तिनापुर ही दिखायी दिया था। पता नहीं पितृव्य भीष्म ने आचार्य को आश्रय देते हुए इस ओर अधिक ध्यान क्यों नहीं दिया। मैं आज तक समझ नहीं पाया कि द्रोण को कौरव राजकुमारों की सहायता से द्रुपद को अपमानित करने की अनुमति देने के पीछे पितृव्य की कौन-सी नीति या राजनीति थी...!"

"पांचालों से पाण्डवों को किसी प्रकार की सहायता मिलने की क्या आशा हो सकती है? द्रोण के वज्र के रूप में अर्जुन ही तो सर्वाधिक वेग से टूट पड़ा था, द्रुपद पर। द्रुपद पाण्डवों को धार्तराष्ट्रों से पृथक् नहीं करेगा। वह कौरवों से प्रतिशोध चाहता है, द्रोण का गर्वोन्नत मस्तक भूमि पर रगड़ना चाहता है—तो वह अर्जुन से भी अपना प्रतिशोध अवश्य चाहेगा।" व्यास ने अस्वीकृति में सिर हिलाया, "कोई और...विदुर किसी और के विषय में सोचो...।"

विदुर का मन जैसे किसी सागर में डुबकियाँ लगा-लगा कर, किसी अमूल्य रत्न की खोज कर रहा था। उसकी दृष्टि एक के पश्चात एक राज्य पार करती जा रही थी। प्रत्येक राज्य के अधिपति के चरित्र, प्रकृति और उसके स्वार्थ तथा लोभ का परीक्षण कर रही थी।...किन्तु कोई राजा इस योग्य दिखायी नहीं पड़ रहा था, जिस पर पाण्डवों की रक्षा का भार डाला जा सके, जिस पर विश्वास किया जा सके।...सहसा उसकी आँखों में आशा की ज्योति दिखायी दी, "शायद वासुदेव कृष्ण यह कार्य कर सकें...।"

व्यास ने उसे परीक्षक दृष्टि से देखा, "वासुदेव कृष्ण!...तुम्हें ऐसा क्यों लगता है?..."

"वैसे तो धार्तराष्ट्र भी पाण्डवों के भाई हैं। कदाचित् उनका सम्बन्ध और भी निकट का है।" व्यास धीरे से बोले।

"हाँ! अब मात्र सम्बन्धों पर विश्वास नहीं किया जा सकता।" विदुर के स्वर में निराशा झलकी, "किन्तु फिर भी कृष्ण साधारण सम्बन्धियों जैसा नहीं है।" और तत्काल उसके स्वर में उत्साह भर आया, "बात केवल सम्बन्ध की ही नहीं है। वह अधर्म, अन्याय और अत्याचार का घोषित शत्रु है। वह अपने अत्याचारी मातुल का वध कर सकता है, तो हत्यारे दुर्योधन का भी विरोध कर सकता है।...सबसे महत्त्वपूर्ण यह है कि वह किसी से भी भयभीत नहीं है। विरोध के भय से वह सत्य का त्याग नहीं कर सकता।..."

"किन्तु वत्स! वह राजा नहीं है। द्वारका के यादवों की सेना, उग्रसेन की सेना है, कृष्ण की नहीं।" व्यास बोले, "फिर इस समय उसके शत्रुओं की भी कमी नहीं है। जरासंध अभी पूर्णतः समर्थ और शक्तिशाली है। दामघोष, रुक्मी, शिशुपाल—सब जरासंध के मित्र हैं। कृष्ण का मित्र कौन है?"

"आप ठीक कहते हैं।" विदुर गम्भीर स्वर में बोला, "कृष्ण अपने ही शत्रुओं से निबट ले, वही पर्याप्त है। मैंने सुना है कि स्वयं द्वारका के यादवों में भी उसके प्रतिद्वन्द्वी, प्रतिस्पर्धी और विरोधी उत्पन्न हो गये हैं...!"

व्यास चुपचाप बैठे कुछ सोचते रहे। उनकी आँखें वैसे ही अधमुँदी रहती थीं, बीच-बीच में पूरी तरह भी मुँद जाती थीं। विदुर समझ नहीं पा रहा था कि वे चिन्तन ही कर रहे हैं अथवा ध्यान-मग्न हो गये हैं...

अन्ततः व्यास ने अपनी आँखें खोलीं, "वत्स! अपना धर्म मैं करूँगा। तुम अपना धर्म निभाओ। राजनीति मेरा क्षेत्र नहीं है, अतः वह कार्य तुम पर छोड़ता हूँ। जो देश और काल सुरक्षित हो मुझे बता देना—मैं वहीं धर्म को शून्य में प्रकट कर दूँगा।"

"आप उनके पास जायेंगे तात्?"

"मैं कुछ कह नहीं सकता पुत्र!" व्यास मुस्कराये, "मुझे केवल इतना बता दो कि वे कहाँ विलुप्त हुए हैं।"

विदुर के मन में आशंका पुनः जागी—बता दें? कहीं ऐसा न हो कि ऋषि इस रहस्य की गोपनीयता की रक्षा न कर पायें...

व्यास ने जैसे उसके मन की बात पढ़ ली, "विश्वास अमूल्य धन है वत्स! उसका त्याग मत करो।"

विदुर को ग्लानि का अनुभव हुआ : उसने व्यर्थ ही ऋषि की क्षमताओं पर संदेह किया, "मेरे केवट ने उन्हें वारणावत के बाहर वन में से गंगा पार करायी थी और उन्हें मेरा परामर्श दिया था कि वे विकट से विकट वन के भीतर चले जायें, ताकि दुर्योधन के गूढ़ पुरुष उन्हें खोज न पायें...।"

"तुम्हारा कल्याण हो वत्स!" व्यास उठ कर खड़े हो गये, "तुमने संसार में से धर्म को लुप्त होने से बचा लिया है। तुम्हारे जन्म का निमित्त बनकर जो पुण्य मैंने अर्जित किया है, आशा है, उसी के बल पर मैं धृतराष्ट्र के जनक होने के पाप का प्रायश्चित्त कर सकूँगा।"

विदुर स्वयं ही समझ नहीं पा रहा था कि कृष्ण को देखते ही उसके मन में श्रद्धा क्यों जागती थी। इस युवक में ऐसा क्या है, कि वह उसके मन में विपुल विश्वास और आश्वासन जगाता है। किन्तु कृष्ण पर जैसे न किसी के वय का आतंक था, न पद का, न धन का, न सत्ता का... वह पितृव्य भीष्म से भी उसी सुविधा, सरलता, सहजता तथा समकक्षता से वार्तालाप कर सकता था, जितनी सहजता से वह छोटे बालकों से बात करता था। किन्तु फिर भी उसमें न उदण्डता थी, न अहंकार। जैसे सबके प्रति उसके मन में श्रद्धा थी, सबके प्रति प्रेम! उसके लिए न कोई उपेक्षणीय था, न आसधारण रूप से महिमा-मण्डित। सब जैसे उसके अपने थे; और वह सबका था।

यह उसकी हस्तिनापुर की दूसरी यात्रा थी... कितनी उदास और कितनी हताश! अब हस्तिनापुर में न उसकी बुआ कुन्ती ही थी और न उसके भाई। कृष्ण ने जब यह समाचार सुना होगा, तो कैसा लगा होगा उसको? क्या उसे अनुभव नहीं हुआ कि अब हस्तिनापुर से जैसे उसका कोई सम्बन्ध ही नहीं है। क्या उसके वक्ष में सहसा विराट् शून्य नहीं उभर आया होगा?...

किन्तु कृष्ण ने अपने व्यवहार से ऐसा कोई आभास नहीं दिया। वह तो हस्तिनापुर का और भी आत्मीय हो गया था। पहले वह केवल पाण्डवों का सम्बन्धी था; किन्तु अब तो भीष्म ही नहीं, धृतराष्ट्र, गान्धारी, दुर्योधन, शकुनि और कर्ण...सब जैसे उसके अपने हो गये थे। हस्तिनापुर आ कर वह इन

सबसे ही नहीं मिला था, वह राजप्रासाद के भृत्यों और कर्मचारियों से भी पूरी आत्मीयता से मिला था। वह उनसे इस रूप में नहीं मिला था, जैसे पाण्डव उसके आत्मीय थे और उनका देहान्त उसके लिए अत्यन्त शोकपूर्ण घटना थी। वह तो इस प्रकार मिल रहा था, जैसे पाण्डव इन सबके आत्मीय थे और उनके देहान्त से इन सबकी कभी पूरी न हो सकने वाली क्षति हुई है। वह इन सब लोगों को सांत्वना देता फिर रहा था।...विदुर को पहले तो लगा कि वह उन सब लोगों की कदाचित् जान-बूझकर उपेक्षा कर रहा है, जो पाण्डवों के प्रिय रहे थे; किन्तु बाद में ऐसा भी कुछ नहीं रहा। कृष्ण उन सबसे भी मिला। वह हस्तिनापुर की वीथियों में इस प्रकार घूमा, जैसे वे राजप्रासाद के गलियारे हों। जन-सामान्य से उसने पाण्डवों की इस प्रकार प्रशंसात्मक चर्चा की, जैसे वे सब लोग पाण्डवों के मित्र, सम्बन्धी और आत्मीय हों...सारे हस्तिनापुर में जैसे पाण्डवों की चर्चा का, उनकी प्रशंसा का, उनके प्रति जिज्ञासाओं का प्रभंजन चल रहा था...हस्तिनापुर की वायु जैसे इन दिनों पाण्डवों का ही नाम लेती थी...

विदुर को कई बार लगा...कृष्ण यह सब सायास कर रहा है। वह पाण्डवों के विषय में सूचनाएँ प्राप्त करने का तो प्रयत्न नहीं कर रहा? क्या वह अपने व्यवहार से पाण्डवों की मृत्यु के प्रश्न को जीवन्त करने का प्रयत्न कर रहा है?

और अन्त में, जब विदुर को कोई आशा भी नहीं रह गयी थी कि कृष्ण उससे भी मिलने आयेगा, कृष्ण उसके सम्मुख आ खड़ा हुआ।

"काका!" विदुर के कानों में जैसे अमृत टपका...वही पाण्डवों वाला सम्बोधन! यह व्यक्ति जहाँ जाता है, क्या इसी प्रकार पाण्डवों की स्मृति को जीवन्त बनाता है?...

"आओ गोविन्द! मैंने प्रायः मान लिया था कि तुम सारे हस्तिनापुर से मिलोगे, बस काका से ही नहीं मिलोगे।

"ऐसा कैसे सम्भव है!"

"तो फिर इतना विलम्ब क्यों किया?"

"मैं यदि पहले आ जाता तो लोगों को यह शंका नहीं होती कि कृष्ण के लिए महामंत्री विदुर अन्य लोगों की तुलना में अधिक आत्मीय हैं?" कृष्ण ने अपनी मुस्कान की मोहिनी विदुर पर फैलायी, "और ये लोग पाण्डवों के विषय में कोई विशेष चर्चा करना चाहते हैं!"

"विशेष चर्चा!" विदुर चौंका, "अब उनकी क्या चर्चा होगी गोविन्द!...वैसे जब से तुम हस्तिनापुर आये हो, मुझे लगता रहा है कि तुमने पाण्डवों की इतनी धूम मचायी है, जितनी उनके जीवनकाल में भी कभी सम्भव नहीं हुई।"

"मैंने यह सब सायास किया है काका!"

"प्रयोजन!"

"मेरी इच्छा है कि पाण्डवों के जीवन और मृत्यु के एक-एक क्षण के विषय में, एक-एक सूत्र के सम्बन्ध में लोग जिज्ञासा करें। हमें यह जानने का अधिकार है कि पाण्डवों को वारणावत क्यों भेजा गया? शिव-भवन में आग क्यों लगी? वह इस प्रकार जल कैसे गया? पाण्डवों की मृत्यु धुएँ से दम घुटने से हुई? वे जल कर मरे? किसी ने उन्हें जलते हुए देखा? उनके शव किसने देखे? उन शवों को किसने पहचाना? उनको किसने हटाया? उनका दाह किसने किया?"...कृष्ण ने रुक कर विदुर को देखा, "ऐसे ही अनेक प्रश्न हैं।"

विदुर को लगा, उसका मन कृष्ण के इन प्रश्नों से सहम गया है। कृष्ण नहीं जानता कि वह क्या कर रहा है। वह पाण्डवों का हितैषी है। उनके प्रेम के कारण ही वह द्वारका से यहाँ तक की यात्रा करके आया है। उनके प्रति अपने स्नेह के कारण ही वह उनकी इतनी धूम मचाये हुए है; किन्तु क्या वह जानता है कि वह क्या कर रहा है? कहीं उसकी छान-बीन के कारण, उसके द्वारा उठाये गये प्रश्नों के माध्यम से, इस चर्चा के परिणामस्वरूप, किसी को भी संदेह हो गया कि पाण्डव जीवित हैं, तो उनकी खोज आरम्भ हो जायेगी। ...और पाण्डव खोज लिये गये तो दुर्योधन के छोड़े हुए भेड़ियों से उनकी रक्षा कौन करेगा? क्या कृष्ण समझ नहीं रहा कि वह उनका हित करने के प्रयत्न में उनका अहित कर बैठेगा...?

"प्रयोजन? कृष्ण, प्रयोजन क्या है तुम्हारा?"

कृष्ण इस बार मुस्कराया नहीं। कुछ आवेश के साथ बोला, "सत्य का उद्घाटन। मैं यह जानना चाहता हूँ कि क्या वस्तुतः पाण्डवों का प्राणान्त हो चुका है? यदि वे अब जीवित नहीं हैं, तो क्या उनकी मृत्यु वस्तुतः संयोगाश्रित अथवा आकस्मिक है?..."

"तुम्हें उनकी मृत्यु में कोई संदेह है?"

"हाँ, काका!"

"क्यों?"

"जब तक किसी बात का प्रत्यक्ष और विश्वसनीय प्रमाण न मिले, उसे स्वीकार नहीं करना चाहिए।"

"क्या पाण्डवों की मृत्यु का प्रमाण विश्वसनीय नहीं है?"

कृष्ण थोड़ी देर मौन बैठा रहा; किन्तु उसके चेहरे पर न चिन्ता के लक्षण थे; न चिन्तन के। लगता था जैसे वह प्रतीक्षा कर रहा है।...और तब विदुर ने अनुभव किया, वह स्वयं विदुर के ही चेहरे पर किसी आलेख के प्रकट होने

की प्रतीक्षा कर रहा था।

"तुमने उत्तर नहीं दिया कृष्ण!" अपने आवरण को बनाये रखने के लिए विदुर बोला।

"मैंने पिछली बार ही देखा था कि हस्तिनापुर में पाण्डव सुरक्षित नहीं हैं। वे तथा उनके शुभचिन्तक—सभी जानते थे कि दुर्योधन उनके वध के लिए षड्यन्त्र रचता रहा है। फिर ऐसे में वे इतने असावधान कैसे रह सकते थे? ...मैं वारणावत जाऊँगा। मैं शिव-भवन की भस्म में भी पाण्डवों को ढूँढे बिना नहीं रहूँगा।"

"क्या सावधानियों के होते हुए भी अनिष्टकारी घटनाएँ नहीं घटतीं?"

"घटती हैं। किन्तु हत्याओं के भी प्रमाण होते हैं और हत्यारों के लिए दण्ड।"

विदुर ने पहली बार कृष्ण के स्वर में आवेश का अनुभव किया।

"जब तुम इतना कुछ जानते हो कृष्ण, तो यह भी समझते होगे कि हत्यारे भी असावधान नहीं हैं। उनके बधिक चारों ओर घूम रहे हैं। तुम शवों में प्राण डालोगे, तो वे पुनः उनकी हत्या कर देंगे।"

"यह भी समझता हूँ।" कृष्ण बोला, "इसलिए मृत्यु के निश्चित प्रमाण खोज रहा हूँ।"

"प्रमाण मिलने पर क्या करोगे?"

"यह जानना चाहूँगा कि मृत्यु का कारण क्या है? कौन है?"

विदुर की हृदय-गति कुछ बढ़ गयी, जैसे उसका समस्त धैर्य चुक गया हो। उसे लगा, उसकी आतुरता अनिष्ट भी कर सकती है; किन्तु अब वह स्वयं को रोक नहीं पायेगा।...

"यदि हत्यारे अत्यन्त शक्तिशाली हों, तो?"

कृष्ण की मोहिनी लौट आयी, "हत्यारे सदा शक्तिशाली ही होते हैं काका! दुर्बल, निरीह और असहाय लोग हत्याएँ नहीं करते।"

विदुर मौन हो गया : कहे या न कहे? यदि पाण्डवों की रक्षा की चर्चा कृष्ण से नहीं करेगा, तो फिर किससे करेगा? और कौन पाण्डवों की रक्षा की व्यवस्था करेगा?...उसका मन इतना आशंकित क्यों है?...कृष्ण अभी नवयुवक है...अपनी सफलताओं ने उसे चरम आत्मविश्वास से भर दिया है।...पर क्या वह पाण्डवों की स्थिति ठीक-ठीक समझ पायेगा?...

"सत्य क्या है काका?" कृष्ण ने अत्यन्त मधुर और आत्मीय ढंग से पूछा।

विदुर को लगा, कृष्ण के इस प्रकार के आग्रह का प्रतिरोध वह नहीं कर पायेगा।

"सत्य क्या है काका?" कृष्ण ने पुनः पूछा।

कृष्ण द्वैपायन ने भी इसी प्रकार विदुर को सत्य बोलने का आदेश दिया था...अब कृष्ण भी वही कर रहा था। कृष्ण द्वैपायन और वासुदेव कृष्ण...

विदुर ने स्वयं को साधा और धीरे से बोला, "तुम्हें एक अत्यन्त गोपनीय बात बता रहा हूँ कृष्ण! किन्तु वचन दो कि असावधानी में, आवेश में अथवा किसी अन्य परिस्थिति में यह किसी भी प्राणी के सम्मुख प्रकट नहीं करोगे। किसी के भी सम्मुख प्रकट नहीं, तो सुनो!" विदुर इतने धीरे से बोला कि उसके कानों को भी सुनने में कठिनाई हुई, "भगवान वेद व्यास ने कहा है कि जिन्हें तुम खोज रहे हो, उनकी समुचित रक्षा-व्यवस्था होने पर, उन्हें वे किसी भी उचित देश और काल में शून्य में से प्रकट कर सकते हैं।" विदुर की दृष्टि, कृष्ण के आनन पर जम गयी।

कृष्ण के चेहरे पर उल्लास का स्रोत फूट आया, "मुझे विश्वास था...मुझे विश्वास था...।" वह धीरे से बुदबुदाया, "वे जीवित हैं।..."

सहसा कृष्ण को जैसे कुछ याद आ गया, "वे कहाँ हैं?"

"कहाँ हैं—मैं नहीं जानता।"

"भगवान वेद व्यास ने उन्हें देखा है क्या?" कृष्ण ने उत्सुकता से विदुर को देखा, "वे कैसे जानते हैं कि पाण्डव जीवित हैं?"

"मुझसे यह सब मत पूछो।" विदुर धीरे से बोला, "उनके संदेश पर विचार करो। वे उन्हें शून्य में से प्रकट करने की बात कह रहे हैं। और फिर उनकी रक्षा।..."

"हाँ, उनकी रक्षा!" कृष्ण जैसे अपने-आपसे कह रहा था, "शून्य में से उन्हें प्रकट किया भी गया, उनके शवों में प्राण डाले भी गये, तो क्या लाभ—यदि उनकी रक्षा न की गयी।...रक्षा की व्यवस्था आवश्यक है।" और कृष्ण की चेतना कहीं दूर से लौट आयी, "उनकी रक्षा की व्यवस्था मात्र ही पर्याप्त नहीं है काका! कोई कब तक उनकी रक्षा करता रहेगा? उनके प्रकट होते ही तत्काल कुछ ऐसा करना होगा कि वे धृतराष्ट्र तथा दुर्योधन के आतंक से सदा के लिए मुक्त हो सकें। उनके प्रकट होने का क्षण ही उनकी शक्ति का ऐसा प्रबल उद्घोष करे कि उनके समस्त शत्रुओं के कलेजे दहल जायें। वे नतमस्तक हो जायें। पाण्डवों का वर्चस्व स्थापित हो जाये और उन्हें किसी शत्रु से कोई भय ही न रहे। पाण्डवों के प्रकट होने का क्षण ही, उनके जयघोष का क्षण हो, उनकी जय-यात्रा का आरम्भ हो...।"

"यह सब कैसे सम्भव है केशव?" कृष्ण के चेहरे पर असाधारण तेज देख कर, विदुर जैसे अभिभूत हो गया था।...'सचमुच अद्भुत है यह कृष्ण!'...वह

सोच रहा था।

"कैसे होगा—यह मैं अभी नहीं जानता।" कृष्ण ने पुनः आत्मलीन होते हुए कहा, "किन्तु यह करना ही होगा। मैं करूँगा इसे!"

जाने विदुर के भीतर क्या घटित हो गया...उसकी इच्छा हुई कि वह हाथ जोड़ कर, कृष्ण के सम्मुख भक्ति-भाव से खड़ा हो जाये और कहे—'तुम समर्थ हो केशव! तुम्हारे सिवाय और कौन ऐसा सोच सकता है...!'

सहसा विदुर चौंका : यह कृष्ण की सम्मोहिनी शक्ति थी क्या? ऐसी अनुभूति तो उसे पहले कभी नहीं हुई। पितृव्य भीष्म की उपस्थिति में भी नहीं, भगवान वेदव्यास की उपस्थिति में भी नहीं।...कृष्ण में ऐसा क्या है?...

और कृष्ण सहज भाव से उसके सम्मुख बैठा कह रहा था, "काका! हमें अत्यधिक सावधान रहना चाहिए। तनिक-सी भी असावधानी से सब कुछ नष्ट हो सकता है। आप भगवान वेदव्यास से कहिएगा—पाण्डवों के प्रकट होने के समय उनकी सुरक्षा का दायित्व मेरा है। मैं वचन देता हूँ कि उनका तनिक-सा भी अनिष्ट नहीं होने दूँगा। हाँ!...उनके प्रकट होने का देश और काल मैं बताऊँगा। उन्हें वहीं शून्य में से प्रकट किया जाये, जहाँ मैं कहूँ। वे मेरे संकेत के बिना, किसी भी उपस्थिति में अपना परिचय न दें। जो चुनौती उनके सामने आये, उसे स्वीकार करें। अपने चरम वीरत्व को प्रकट करें। किसी से भयभीत न हों। किसी आक्रमणकारी का वध करने से न चूकें। एक बार सिद्ध कर दें कि संसार में उनसे बड़ा वीर और कोई नहीं है। आवश्यकता पड़ने पर वे संसार के समस्त वीरों के विरुद्ध अकेले ही युद्ध कर सकते हैं।"

विदुर स्तब्ध-सा बैठा, कृष्ण की बातें सुनता रहा...क्या कृष्ण के मन में कोई योजना है? क्या इतनी जल्दी उसने सारा प्रपंच रच लिया है? उसने निश्चय कर लिया है?...

"वैसे क्या योजना है गोविन्द?" विदुर से पूछे बिना नहीं रहा गया।

कृष्ण ने तत्काल उत्तर नहीं दिया।

विदुर समझ नहीं सका कि अपनी तल्लीनता में कृष्ण ने उसका प्रश्न नहीं सुना, अथवा प्रश्न का उत्तर देना उसने आवश्यक नहीं समझा...या उसके पास प्रश्न का उत्तर नहीं था...?

किन्तु ऐसा कुछ भी नहीं था। कृष्ण ने जब उत्तर दिया तो विदुर समझ गया कि कृष्ण ने जिस समय उसका प्रश्न पूरे ध्यान से सुना था, उसी समय वह कहीं और उस सारी योजना का ताना-बाना भी बुन रहा था। कृष्ण सम्पूर्णतः उसके सम्मुख भी उपस्थित था, और किसी अन्य धरातल पर स्थित होने के कारण, उसके सामने से पूर्णतः अनुपस्थित भी था। क्या कृष्ण एक ही समय, एक से

अधिक स्थानों पर उपस्थित होने की क्षमता रखता है?...

"योजना अभी बनी नहीं है काका!" योजना के अभाव की स्वीकृति देते हुए भी कृष्ण के स्वर में पूरी आस्था विद्यमान थी, "किन्तु इतना मैंने निश्चय कर लिया है कि पाण्डवों को सीधे-सीधे दुर्योधन से भिड़ा देना है, ताकि दुर्योधन और उसके संगी-साथी भी पाण्डवों के वीरत्व से परिचित हो लें। इस बार ऐसा हो कि पाण्डव अपने प्राणों के भय से दुर्योधन से छिपते न फिरें। स्वयं दुर्योधन एक बार चिन्तित हो जाये कि पाण्डव उसका काल हैं। किन्तु..." कृष्ण कुछ कहते-कहते रुक गया।

"किन्तु क्या?" कथा सुनने वाले किसी शिशु के समान विदुर उत्सुक हो उठा था।

"किन्तु क्या, उसके लिए आवश्यक है कि यह युद्ध दुर्योधन की सुविधा के अनुसार उसके मनोवांछित समय और स्थान पर न लड़ा जाये। ऐसा भी न हो कि वह राजा की महिमा से मण्डित अपने वीरों से संरक्षित आत्मबल के उच्च धरातल से लड़े और पाण्डव स्वयं को अपदस्थ, दीन-हीन, असहाय और मित्र-विहीन समझ रहे हों। कुछ ऐसा हो कि दुर्योधन के संगी-साथी हतोत्साहित, पराजित, निष्प्रभ तथा निस्तेज मनःस्थिति में हों; अपराध-भावना से त्रस्त हों; और पाण्डव उत्साह से भरे हुए, आत्मबल से भरपूर, न्याय का युद्ध करने वाले धर्मप्रवृत्त वीर हों।..."

"ऐसा कैसे हो सकता है केशव!" निःश्वास के समान विदुर के मुख से शब्द स्वतः निकले।

"इसे ऐसा ही होना होगा।" कृष्ण के स्वर में कहीं कोई संशय अथवा द्वन्द्व नहीं था। उसका स्वर जैसे स्वयं नियति का आदेश था।

विदुर उसे देखता ही रह गया। कृष्ण जैसे वह साधारण कृष्ण था ही नहीं। उसका स्वर जैसे किसी और लोक से आ रहा था; और उसके उस मानवी मुख से जैसे स्वयं प्रकृति बोल रही थी।

"किन्तु काका! दो बातें उन्हें अवश्य कह दीजिएगा।" वह पुनः बोला, "उन्हें कितनी भी बड़ी विजय प्राप्त हो जाये, वे स्वयं को कितने भी शक्तिशाली क्यों न अनुभव करें, उन्हें कितने भी शक्तिशाली और समर्थ लोग अपने समर्थक और मित्र के रूप में क्यों न दिखायी पड़ने लगें—उन्हें न तो अपना छद्म रूप त्यागना है, न अपना वास्तविक परिचय देना है।...जब भी उन्हें प्रकट करना होगा, उनका वास्तविक परिचय मैं दूँगा। उनको पाण्डवों के रूप में मैं प्रकट करूँगा।...और दूसरी बात, उन्हें कितनी भी बड़ी कोई उपलब्धि क्यों न हो जाय...सृष्टि का सम्पूर्ण धन ही क्यों न उनके चरणों में

आ गिरे—उन पाँचों भाइयों की एकता और सद्भावना में तनिक भी दरक नहीं पड़नी चाहिए। उनका किसी भी प्रकार का परस्पर मतभेद, उनके लिए अत्यन्त घातक हो सकता है।..."

कृष्ण ने अपनी बात समाप्त कर, विदुर की ओर देखा : विदुर अपना सम्पूर्ण बड़प्पन त्याग, अत्यन्त विनीत भाव से उसकी ओर देख रहा था। विदुर की आँखों में कभी आदर झाँकता था, कभी जिज्ञासा, कभी अस्पष्टता...

"क्या है काका?" कृष्ण भी जैसे आकाश के मेघों से धरातल पर उतर आया था। वह अत्यन्त सहज और सामान्य था—एक सरल शिशु के समान।

"तुम्हारा संदेश कदाचित् उन तक पहुँच जायेगा।" विदुर बोला, "किन्तु तुम करने क्या जा रहे हो?"

"अभी तो मैं स्वयं भी नहीं जानता।" कृष्ण अबोध शिशु के समान मुस्काया, "किन्तु मुझे ऐसा ही करना है।"

"भगवान तुम्हें सफलता दे!" विदुर समझ नहीं पाया कि वह कृष्ण को और क्या कहे।

उद्धव और बलराम अभी-अभी कृष्ण के पास से उठ कर गये थे; और कृष्ण सोने की तैयारी में था। तभी बाहर कुछ असाधारण शब्द हुआ। पहियों की ध्वनि तथा अश्वों के शब्द से निश्चित था कि वह कोई तीव्र वेग से आने वाला रथ ही था, जिसे कम समय में बलपूर्वक रोक दिया गया था।...किन्तु इस समय? यह तो किसी से भेंट करने जाने का समय नहीं था! सारा हस्तिनापुर सो गया होगा; और नगर के बाहर से आने वाले किसी रथ को नगर-द्वार बन्द हो जाने के कारण, बाहर ही रुक जाना पड़ा होगा। तो फिर यह...

कृष्ण ने गवाक्ष से देखा : रथ में से कोई स्त्री उतर रही थी। उसने सारथि को आदेश दिया तो कृष्ण ने उसके स्वर को पहचाना...यह तो सत्यभामा थी! ...सत्यभामा इस समय यहाँ?...अपनी प्रिया को इस प्रकार अपने निकट पाने का उल्लास भी जागा; किन्तु सत्यभामा के इस प्रकार अकस्मात् आने में किसी विपत्ति की भी आशंका थी।

कृष्ण तत्काल बाहर निकल आया।

सारथि को आवश्यक निर्देश दे कर सत्यभामा भवन की ओर मुड़ी। वह खड़ी सोच ही रही थी कि भीतर संदेश ले जाने के लिए प्रहरी को कहे अथवा स्वयं ही आगे बढ़े, कि कृष्ण ने पुकारा, "सत्या!"

"आर्यपुत्र!" सत्यथामा विकट आतुरता से कृष्ण की ओर लपकी।

कृष्ण ने उसे अपनी भुजाओं में थाम लिया, नहीं तो कदाचित् वह गिर

ही पड़ती। कृष्ण समझ नहीं पाया कि वह इतनी अधिक निढाल थी कि अपने पैरों पर खड़ी नहीं हो पा रही थी अथवा उसने स्वेच्छा से स्वयं को कृष्ण की भुजाओं में उँडेल दिया था!

उसने ध्यान से देखा : सत्यभामा के चेहरे पर उससे मिलने की प्रसन्नता तथा यात्रा की क्लान्ति के साथ-ही-साथ, किसी भीषण क्षति के दुख और क्षोभ के भी चिह्न थे। वह अत्यधिक कातर और दीन दिखायी दे रही थी।

कृष्ण अपनी भुजाओं के सहारे से सत्यभामा को भीतर लाया। परिचारिका ने दीपाधार के कुछ और दीप प्रज्वलित कर दिये।

"क्या बात है सत्या?" कृष्ण ने सत्यभामा को पलंग पर बैठाया, "इतनी लम्बी यात्रा कर, इस प्रकार असमय? कोई संदेहवाहक नहीं, कोई समाचार नहीं! कोई विशेष प्रयोजन?"

कृष्ण का स्वर गम्भीर था और उसमें चिन्ता की एक हल्की-सी रेखा भी सम्मिलित थी; किन्तु उसके मन मे कहीं यह सम्भावना भी थी कि अभी सत्यभामा आँखों में अश्रु भर कर कहेगी कि कृष्ण के बिना, द्वारका में उसका मन नहीं लगा; इसलिए उसे हस्तिनापुर आना ही पड़ा और फिर वह अकस्मात् ही वेगपूर्ण खिलखिलाहट के साथ हँस पड़ेगी।...सत्यभामा की चंचल ऊर्जा के लिए कुछ भी सम्भावित था। वह अपने मन के वेग के साथ दौड़ती थी, जैसे चंचल ऊर्मियाँ, धारा के साथ दौड़ती हैं।

सत्यभामा की आँखों में सचमुच ही अश्रु बह निकले। कृष्ण को सम्मुख पा कर उसके चेहरे पर आश्वस्ति का जो भाव उपजा था, वह भी जैसे विलीन हो गया। पहली बार उसकी वेदना निर्बन्ध हो कर चेहरे पर प्रकट हुई।

"आर्यपुत्र!" वह क्रन्दन के मध्य बोली, "उन्होंने मेरे पिता का वध कर दिया है।"

"किसका वध?" कृष्ण के मुख से अनायास ही निकल गया।

"मेरे पिता, आर्य सत्राजित का!" सत्यभामा बिलख पड़ी।

"किसने किया?" कृष्ण के स्वर में क्रोध का विस्फोट नहीं था, किन्तु आश्चर्य अवश्य था—कदाचित् हत्यारे के दुस्साहस के प्रति।

"द्वारका में तो यही माना जा रहा है कि यह कुकृत्य शतधन्वा ने किया है।"

"कारण?"

"स्यमन्तक मणि!" सत्यभामा बोली, "वह स्यमन्तक मणि भी ले गया है आर्यपुत्र!"

"उसे बन्दी नहीं किया गया?"

"नहीं!" सत्यभामा ने अपने आँसू पोंछे, "वैसे भी द्वारका में उसके समर्थक और सहयोगी अत्यन्त शक्तिशाली हैं; अन्यथा वह यह दुस्साहस ही कभी न करता।"

"सहयोगी और समर्थ हैं तो क्या हुआ!" कृष्ण बोला, "अपराधी को दण्ड तो दिया ही जायेगा।"

"यही तो कह रही हूँ," सत्यभामा बोली, "उसके समर्थकों ने शासन को पंगु कर रखा है। राजा और राजसभा की ओर से शतधन्वा को ढूँढ़ने तथा उसे दण्डित करने का कोई प्रयत्न नहीं हुआ है।"

"कौन है उसके साथ?" कृष्ण ने पूछा; और फिर स्वयं ही जोड़ दिया, "अक्रूर और कृतवर्मा ही तो?"

"हाँ! वे ही दोनों हैं।"

"वे इतने शक्तिशाली हो गये हैं कि राजा उग्रसेन हत्यारों को दण्ड देने में अक्षम हो गये हैं! द्वारका में आर्य सत्राजित के मित्र हैं, मेरे पिता वसुदेव हैं...कोई भी?" कृष्ण आश्चर्य से सत्यभामा की ओर देख रहा था।

"शतधन्वा के मित्रों के पास इतनी शक्ति चाहे न हो; किन्तु वे सुधर्मा सभा को किसी निर्णय तक नहीं पहुँचने देते। सभा सक्रिय तो तब हो, जब निर्णय कर पाये कि अपराधी कौन है।"

"तुमने पिताजी को बताया नहीं कि अपराधी कौन है?"

"वे मेरी सुनेंगे या सुधर्मा सभा की—जहाँ स्वयं अक्रूर और कृतवर्मा हैं।" सत्यभामा बोली, "सभा में प्रत्येक वक्तव्य के साथ प्रमाण माँगे जाते हैं : किन्तु प्रमाण तो तब प्रस्तुत किये जा सकते हैं, जब कोई प्रमाण जुटाए।" सत्यभामा रुकी, "और आप जानते ही हैं कि पिताजी सभा से स्वतन्त्र हो कर, कभी कोई निर्णय नहीं करते। उन्हें तो आप ही मना सकते हैं। आप वहाँ थे नहीं, और मेरो पिता की हत्या, उनके मन में क्रोध जगा नहीं पायी।"

कृष्ण कुछ नहीं बोला। सत्यभामा भी चुप हो गयी।...जब कृष्ण का मौन लम्बा होता गया तो सत्यभामा ने पूछा, "क्या बात है आर्यपुत्र! क्या आपको मेरा यहाँ आना उचित नहीं लगा?"

कृष्ण के अधरों पर हल्की-सी मुस्कान आयी, जो उसकी प्रसन्नता की नहीं, विद्रूप का प्रतीक थी, "मैं हस्तिनापुर आया था पाण्डवों की मृत्यु के लिए दोषी लोगों को दण्डित करने के विचार से; और द्वारका में, मेरी अपनी द्वारका में आर्य सत्राजित जैसे महत्त्वपूर्ण नागरिक की हत्या हो जाती है, और शासन-तन्त्र निष्क्रिय बैठा रहता है। उनकी पुत्री को इतनी लम्बी यात्रा कर हस्तिनापुर में अपने पति के पास आना पड़ता है, ताकि वह उसे न्याय दिला सके।..." कृष्ण

के मन की तृष्णा उसके चेहरे पर आ गयी, "कंस का वध इसलिए तो नहीं किया गया था कि यादवों पर अनेक कंस शासन करने लगें...।"

सत्यभामा कुछ नहीं बोली। वह अपनी पूरी खुली आँखों से अपने पति को देखती रही।

"अपने विरुद्ध किये गये अपराधों का प्रतिकार करने के लिए, पीड़ित को स्वयं उठना पड़े तो यह शासन के लिए धिक्कार की स्थिति होती है।" कृष्ण ने बहुत धीरे से कहा, "कंस के दमन और शोषण से मुक्त हो कर जब यादवों को समृद्धि मिली तो उनको सन्तोष नहीं हुआ; उनकी धन-लिप्सा का विस्तार ही हुआ है। उनका अहंकार भी स्फीत हुआ है और स्वार्थ भी। वे अपने-अपने स्वार्थ की दृष्टि से सोचते और कर्म करते हैं। सामान्य हित तथा न्याय उनका प्रिय नहीं रहा।...इसका अर्थ यह हुआ कि वे अपने विनाश की ओर चरण बढ़ा रहे हैं।..."

"आप क्या कह रहे हैं आर्यपुत्र!"

"ठीक कह रहा हूँ प्रिये!" कृष्ण ने कहा, "सत्राजित मेरे श्वसुर थे; इसलिए मैं तो उनके हत्यारे को ढूँढ़ ही निकालूँगा और उसे दण्डित भी करूँगा; किन्तु यदि किसी साधारण जन के विरुद्ध अत्याचार हो तो उसका प्रतिकार कौन करेगा? शासन का विधान किसलिए है? प्रजा अपनी आय में से राज्य-कर किसलिए देती है? इसलिए कि शक्तिशाली लोग सुख-सुविधा से रहें और स्वेच्छाचारी जीवन व्यतीत करें? समाज और राज्य का विधान, उनके लिए नहीं है क्या?"

"आर्यपुत्र!"

"प्रिये! शतधन्वा को इस हत्या के लिए मृत्यु-दण्ड मिलेगा और यदि सक्रिय सहायता का प्रमाण मिला तो अक्रूर काका और कृतवर्मा भी अदण्डित नहीं रहेंगे।"

"तो आप द्वारका कब चलेंगे?"

"द्वारका!" क्षण-भर को कृष्ण मौन हो गया, "कुन्ती बुआ और उनके पुत्रों की उदक-क्रिया कर चुका हूँ। अस्थि-संचय के लिए वारणावत जाना चाहता था; किन्तु अब..."

कृष्ण ने द्वार से बाहर झाँका। प्रहरी आ कर खड़ा हो गया, "आज्ञा वासुदेव!"

"सुलभ!" कृष्ण ने कहा, "देखो, यदि उद्धव सोया नहीं है, तो उसे बुला लाओ।"

उद्धव के आने तक कृष्ण ने मौन धारण किये रखा। सत्यभामा जानती

थी कि कृष्ण की इस समय चिन्तन प्रक्रिया चल रही है। सम्भव है कि मन-ही-मन योजना बन रही हो। वह कृष्ण की इस मुद्रा को पहचानती थी। यह भी जानती थी कि कृष्ण के मन में कर्म का निर्णय पहले होता है और विधि बाद में निर्धारण होती है...सम्भवतः इस समय विधि-निर्धारण की ही प्रक्रिया चल रही थी।...

उद्धव आया। उसने सत्यभामा को प्रणाम किया।

"तुम सो तो नहीं गये थे उद्धव?" कृष्ण ने पूछा।

"नहीं! सोया नहीं था।" उद्धव का स्वर गम्भीर था, "सत्या भाभी के आने की सूचना मुझे मिल गयी थी। मैं समझ गया था कि द्वारका में कुछ-न-कुछ असाधारण घटित हो गया है। तभी तो भाभी को इस प्रकार इतनी लम्बी यात्रा कर यहाँ आना पड़ा।"

"तो तुम तत्काल आये क्यों नहीं?"

"सोचा, पहले तुम भाभी से बात कर लो; फिर तो मुझे बुला ही लोगे।"

कृष्ण ने संक्षेप में उद्धव को सत्राजित के वध का समाचार दिया और बोला, "मैं कल प्रातः द्वारका के लिए चल पड़ूँगा। इस कार्य में जितना विलम्ब होगा, शतधन्वा को पकड़ना उतना ही कठिन होता जायेगा।"

"मैं व्यवस्था करता हूँ।" उद्धव जाने के लिए मुड़ा।

"ठहरो उद्धव!" कृष्ण ने पुकारा, "तुम मेरे साथ नहीं चल रहे हो!"

"क्यों?"

"तुम वारणावत जाओ। पाण्डवों की अस्थियों के संचय के लिए।"

"ओह!" उद्धव के मुख से निकला, "हत्यारे तो यहाँ भी हैं।"

"सावधान रहना।" कृष्ण ने चेताया, "जहाँ-जहाँ पाण्डवों के जाने का प्रमाण मिले, वहाँ-वहाँ जाना। जो-जो पाण्डवों से मिला हो, उससे मिलना। अधिक-से-अधिक जानने का प्रयत्न करना; किन्तु प्रकट केवल यही हो कि तुम अत्यन्त शोक-संतप्त हो कर, भावनावश संतप्त भटक रहे हो और मात्र प्रेत-कर्म का विधान पूरा कर रहे हो।...आशा है, तब तक मैं शतधन्वा को खोज निकालूँगा।"

"शतधन्वा के पीछे अकेले जाओगे कृष्ण?"

"नहीं! भैया बलराम को साथ ले जाऊँगा। शतधन्वा को उसके अपराध का दण्ड भी देना है और उससे स्यमन्तक मणि भी लौटानी है। भैया साथ जाने से मना नहीं करेंगे।" कृष्ण ने अपनी भुजाएँ आगे बढ़ायीं, "आओ! तुमसे गले तो मिल लूँ!...प्रातः तुम्हारे जागने से पूर्व ही मैं चल पड़ूँगा।"

उद्धव आगे बढ़ कर कृष्ण के वक्ष से लग गया, "प्रातः सारा हस्तिनापुर

तुम्हारे विषय में पूछेगा।"

"हाँ! उन्हें बता देना कि कृष्ण अपने श्वसुर के हत्यारे को दण्डित करने गया है।" कृष्ण ने धीरे से कहा, "दुर्योधन और धृतराष्ट्र, शतधन्वा के कृतज्ञ होंगे कि उसने उनके वक्ष पर बैठे कृष्ण से उन्हें मुक्ति दिला दी।"

"और पितामह तथा विदुर काका?"

"उनको मेरा प्रणाम कहना और मेरी ओर से खेद प्रकट करना कि विदा होते हुए मैं उनसे मिल नहीं सका।"

15

सन्ध्या हो रही थी।

अन्न-जल के बिना चलते-चलते, वे सब थक कर चूर हो चुके थे। कुन्ती को भीम ने अपने कंधे पर उठा रखा था और आगे-आगे चल रहा था। उसके पश्चात् अर्जुन था और उनके पीछे-पीछे युधिष्ठिर, नकुल तथा सहदेव, अपने सम्पूर्ण संचित बल को लगा कर किसी प्रकार घिसटते चल रहे थे।

कुन्ती यद्यपि पैदल नहीं चल रही थी; किन्तु भीम के द्वारा कंधे पर उठाये जाने से पूर्व ही वह अपनी क्षमता-भर चल चुकी थी। जिस क्षण उसे लगा था कि वह अपनी शक्ति पर तो खड़ी भी नहीं रह सकती, तब ही उसने भीम से सहारा माँगा था। भीम ने कदाचित् माँ के कहे बिना ही उसकी स्थिति समझ ली थी और उसे अपने कंधे पर बैठा लिया था। पुत्र के कंधे पर बैठ कर इस प्रकार यात्रा करना कुन्ती के लिए सुविधाजनक नहीं था। वे लोग ऐसे वन में से यात्रा कर रहे थे, जहाँ एक पगडण्डी तक नहीं थी। वह तो भीम ही था, जो लगातार मार्ग बनाता चल रहा था। वह कभी लपक कर चलता, कभी धीरे; कभी उचकता, कभी झुकता; कभी झपटता और कभी कूद ही जाता। इन लगातार धक्कों और झटकों से कुन्ती को लगता था, जैसे कोई उसे उठा-उठाकर पटक रहा है। उसकी अपनी ही हड्डियाँ जैसे उसके अपने मांस में चुभ रही थीं। इस समय उसके मन में एक ही इच्छा थी कि कहीं, किसी भी समतल स्थान पर वह अपने इस शरीर को पूर्णतः पसार कर, शान्ति से सो जाये।

वे लोग पिछली आधी रात और आज का सारा दिन बिना विराम लिये चलते रहे थे। वारणावत में उन्होंने आगन्तुकों को तो इतना भोजन करवाया था; किन्तु स्वयं चुपचाप भाग निकलने की तैयारी में कुछ भी खा नहीं पाये थे। कदाचित् भोजन की ओर उनका ध्यान ही नहीं गया था। सुरंग से निकलने

के पश्चात् से इतनी दूर निकल जायें, जहाँ उन्हें पहचानने वाला कोई न हो; और न ही कोई उन पर किसी प्रकार का संदेह कर पाये। ऐसे में न वे कहीं रुके, न उन्होंने भोजन के विषय में सोचा; और न ही वन में कोई फल इत्यादि प्राप्त करने का प्रयत्न किया।

भोजन का ध्यान आते ही कुन्ती को भूख की इतनी तीव्र अनुभूति हुई, जैसे उन छः प्राणियों की भूख मिल कर, उसी के पेट में समा गयी हो। अपनी भूख उसके लिए शायद इतनी कष्टप्रद नहीं थी, जितनी यह अनुभूति कि उसके पाँचों पुत्र न केवल कल रात से भूखे हैं, वरन् अनवरत भागते हुए, उन्हें इतना श्रम भी करना पड़ रहा है, जिसके पश्चात् उन्हें सामान्य से कई गुना अधिक भोजन और विश्राम मिल जाना चाहिए था।...कुन्ती अपने सूखे होंठों को गीला करने के लिए उन पर जिह्वा फेरती तो उसकी आँखें बरबस ही नकुल और सहदेव के अधरों की ओर चली जातीं—बेचारे बच्चे! कैसे मुरझा गये हैं, और परस्पर लगातार भागते चले जा रहे हैं।...

भीम के प्रति उसके मन में गर्व की अनुभूति जाग रही थी। वह यह तो जानती ही थी कि उसके इस पुत्र में सामान्य व्यक्ति की तुलना में असाधारण शक्ति और ऊर्जा है; किन्तु उसके इस सामर्थ्य का अनुमान उसे कभी नहीं था। उसे लगने लगा था कि अब उसे अपने पुत्रों के प्रति अपने मन में बैठा 'बेचारे बच्चे' का भाव निकाल फेंकना चाहिए। वे अब समर्थ हो गये हैं; किन्तु यदि भीम इतना समर्थ न होता, तो क्या इससे अच्छा न होता। तब वह भी थकता और कहीं बैठ कर विश्राम करने की इच्छा तो प्रकट करता। तब वह बेचारे नकुल और सहदेव को इस प्रकार घसीटता ही न जाता।...युधिष्ठिर की अवस्था भी बहुत अच्छा नहीं थी।...अर्जुन अभी पूर्णतः हताश दिखायी नहीं दे रहा था, यद्यपि थक वह भी गया था।

अपने अधरों तक आया शब्द, 'जल' कुन्ती ने कितनी ही बार लौटा दिया था; किन्तु अब और रुकना उसके लिए सम्भव नहीं था।

"पुत्र भीम!" उसने पहली बार अनुभव किया कि वह अपनी भूख-प्यास तथा थकान से उस सीमा तक पहुँच गयी है, जहाँ दो शब्द बोलने का श्रम भी जैसे महान पराक्रम के समान था।

"क्या बात है माँ?" भीम ने अपनी गति को तनिक भी शिथिल नहीं होने दिया।

"जल!" कुन्ती ने अपने सूखे अधरों पर जीभ फेरी, "थोड़ा-सा जल मिलेगा क्या?"

"बहुत प्यास लगी है न माँ!" भीम अपनी माँ को वैसे ही बहला रहा था,

जैसे कोई माता अपने पुत्र को बहलाती हो। उसके पग तनिक भी शिथिल नहीं हुए थे; किन्तु उसकी आँखें, उस झुटपुटे में इधर-उधर देख रही थीं—क्या कहीं जल के वर्तमान होने का कोई प्रमाण है...

भीम के साथ-साथ, सारे भाइयों की आँखें भी दसों दिशाओं में घूम रही थीं। ...कहीं थोड़ा-सा जल होने का कोई प्रमाण...

सहसा भीम की आँखों में एक हल्की-सी चमक आयी, "माँ! वह देखो जलचर सारस।"

"हाँ पुत्र!" कुन्ती के चेहरे पर भी सन्तोष का भाव प्रकट हुआ, "सम्भव है कि निकट ही कहीं जल हो।"

भीम के पग रुक गये। वह निकट के सबसे बड़े वृक्ष के पास न केवल रुक गया, वरन् उसने कुन्ती को कंधे से उतार कर वृक्ष के तने के सहारे से बैठा दिया, "मैं देखता हूँ माँ!"

चारों भाइयों के चेहरों पर भी प्रफुल्लता की झलक आयी, जैसे वे लोग अपने गंतव्य पर पहुँच गये हों। किसी ने कुछ कहा नहीं, किन्तु सब मानो आश्वस्त थे कि किन्हीं भी कारणों से, अब वे थोड़ा विश्राम कर सकेंगे।...भीम अभी दृष्टि उठाये सोच ही रहा था कि वह किस दिशा में जाये कि एक-एक कर नकुल, युधिष्ठिर तथा अर्जुन, अपनी माँ को घेर कर उसके निकट ही भूमि पर बैठ गये।

भीम समझ रहा था कि वे लोग सीमातीत रूप से थक भी चुके हैं और भूख-प्यास से निढाल भी हैं।...ऐसी स्थिति में किसी से भी किसी सहायता की अपेक्षा करने का कोई अर्थ नहीं था। यदि वे लोग इस प्रकार श्रान्त-क्लान्त न होते तो वे तीन भाई, तीन दिशाओं में जल की खोज में जाते, चौथी दिशा से तो वे आ ही रहे थे।...वैसे सत्य तो यह था कि उनका दिशा-ज्ञान भी लुप्त हो गया था। वे तो जैसे बिना देखे, बिना सोचे-समझे, केवल एक ही लक्ष्य मन में रख कर भागते आये थे कि किसी प्रकार वारणावत से अधिक-से-अधिक दूर निकल जायें; और सघन-से-सघन किसी ऐसे वन में धँस जायें, जहाँ आज तक किसी मनुष्य ने पैर भी न रखा हो, ताकि दुर्योधन का कोई चतुर-से-चतुर गुप्तचर भी यह कल्पना न कर पाये कि उनके वहाँ होने की सम्भावना भी हो सकती है।

"आप लोग विश्राम कीजिए। मैं जल की खोज में जाता हूँ।" भीम के मन की स्थिति उस माँ की-सी हो रही थी, जो स्वयं भी बहुत थकी हुई हो, किन्तु अपनी सन्तान का कष्ट देख कर अपना कष्ट भूल जाये।

किसी ने भी मुख से कुछ नहीं कहा, बस, अपनी आँखों से ही स्वीकृति दे दी।

सारस पक्षी को देख कर, भीम ने यह अनुमान तो लगाया था कि निकट ही कहीं कोई जलाशय तो होना चाहिए; किन्तु उसकी दिशा को जानने के लिए पक्षी कोई सहायता नहीं कर सकते थे। उसके लिए तो भूमि पर पशुओं के पद-चिह्नों से ही सहायता मिल सकती थी।...कुछ अनुमान और कुछ अभ्यास के आधार पर भीम आगे बढ़ता जा रहा था, किन्तु एक चिन्ता उसके मन में लगातार बनी हुई थी कि कहीं वह वन में भटकता हुआ, अपने भाइयों और माता से ही दूर न चला जाये। यदि ऐसा कुछ हो गया तो समय तथा दूरी का विस्तार और भी कष्टप्रद हो जायेगा। अभी तो सूर्य का इतना प्रकाश था कि वह मार्ग देख सकता था; किन्तु थोड़ी ही देर में पूर्ण अन्धकार हो जायेगा। तब जाने इस वन में कुछ दिखायी दे या न दे।

भीम सावधानीवश वनस्पतियों की टहनियों को तोड़ता, मार्ग पर पत्तों को बिखेरता तथा लताओं को उलझाता हुआ, लौटने के लिए मार्ग में चिह्न छोड़ता जा रहा था।

उसका अनुमान ठीक निकला : जल पी कर लौटते हुए कुछ पशुओं ने उसके अनुमान की पुष्टि ही नहीं की, उसे स्पष्ट दिशा-निर्देश भी करा दिया। थोड़ी ही देर में भीम जलाशय के सम्मुख खड़ा था।

जल देखते ही भीम अपनी वृत्ति के आवेश में, सीधा जलाशय में जा कूदा। उसने दो-तीन डुबकियाँ लगायीं और पानी के कुछ घूँट पिये तो उसका मन कुछ शान्त हुआ; और उसकी बुद्धि ने काम करना आरम्भ किया : माँ को प्यास लगी थी। उसके भाई भी अवश्य ही जल की प्रतीक्षा कर रहे होंगे और वह यहाँ जल-क्रीड़ा में लगा है...

किन्तु वह जल ले कर किसमें जायेगा?...उसके पास कोई भाजन भी तो नहीं है। उन्होंने जिस मनःस्थिति में शिव-भवन छोड़ा था, उसमें यह तो सोचा ही नहीं था कि उन लोगों को भोजन पकाना भी होगा, खाना भी होगा। उसके लिए रसोई की आवश्यकता होगी और रसोई में भाँड भी होनी चाहिए, भाजन भी और पात्र भी!...और तो और, उन्होंने अपने शस्त्र भी साथ नहीं लिये, कि शत्रुओं से युद्ध ही कर सकें। शस्त्र साथ न लाने का निर्णय उचित था क्या?...

सहसा भीम ने अपने मस्तक को झटका...वह फिर किसी और विवाद में उलझ रहा है। शस्त्र साथ लाने या न लाने, उसके औचित्य अथवा अनौचित्य के विषय में सोचने का एक यही उपयुक्त समय तो नहीं था। उसे तो

शीघ्रतिशीघ्र अपनी माता और भाइयों के लिए जल ले कर वहाँ पहुँचना है। ...कदाचित् जल ले जाने की दृष्टि से ही उसे अपने शस्त्रास्त्रों का स्मरण हो आया था। उसके पास यदि तूणीर भी होता, तो वह उसमें जल भर कर ले जा सकता था।...किन्तु इस समय?...इस समय तो वह आस-पास के वृक्षों से पत्ते तोड़ कर उन्हें तिनकों से जोड़कर उनके पात्र बनाने में भी समय नहीं गँवा सकता था...वैसे अपने निकट के वृक्षों पर उसे कोई बड़ा पात्र दिखायी भी नहीं पड़ रहा था...तो?...उसके पास बस अपना उत्तरीय ही था, जिसमें... वह पुनः चौंका। क्या हो गया उसे! वह अपने उत्तरीय में जल की गाँठ बाँध कर तो ले नहीं जा सकता। अधिक-से-अधिक अपना गीला उत्तरीय ही ले जा सकता है।...तो वह अपना गीला उत्तरीय ही ले जाये। कम-से-कम माँ का चेहरा तो गीले वस्त्र से पोंछ सकेगा, उनके मुख में जल की दो-चार बूँदें तो टपका सकेगा।...

भीम ने उत्तरीय को भली प्रकार गीला किया, बहुत सावधानी से उसे अपनी दोनों हथेलियों में थामा और जलाशय से बाहर निकल आया। उसके पग, वेगपूर्वक उस वृक्ष की दिशा में उठ रहे थे, जहाँ वह अपनी माता और भाइयों को छोड़ कर आया था। उसने उत्तरीय को अपनी अंजलि में इस प्रकार सहेज कर रखा था कि जल की एक बूँद भी धरती पर न गिरने पाये। किन्तु उसकी अंजलि कोई भाजन तो थी नहीं कि जल की बूँद उसमें से रिस न सकती।...पानी की एक बूँद धरती पर टपक पड़ती तो उसके पग अपनी गति कुछ और बढ़ा देते...किन्तु पगों से भी अधिक गति से उसका मस्तिष्क चल रहा था...अब वह जान गया था कि जलाशय कहाँ है। जल में डुबकियाँ लगाने तथा जल पी लेने से उसकी क्लान्ति भी मिट गयी थी।...अब वह माता को अपने कंधें पर बिठा कर, अथवा यदि उन्हें कंधे पर बैठने में कष्ट हो तो गोद में उठा कर यहाँ तक ला सकता है। वे आवश्यकतानुसार, मन भर कर जल पी लें ताकि अंगों की सारी क्लान्ति मिट जाये।...उसके भाई भी थके हुए हैं, किन्तु इतने निढाल तो नहीं हैं कि चलकर यहाँ तक भी न आ सकें। वे लोग धीरे-धीरे यहाँ तक आ ही जायेंगे।...और एक बार यहाँ तक आ जाने के पश्चात् आगे प्रस्थान करने तक, वे लोग इस जलाशय के निकट ही विश्राम कर सकते हैं। उन्हें भोजन भी तो...और सहसा भीम को लगा, उसे तो बहुत जोरों की *असह्य* भूख लगी है। उसके डग और भी बड़े-बड़े तथा वेगशाली हो गये। वह प्रायः दौड़ रहा था...

लौट कर वृक्ष के पास आया तो भीम ने देखा, माँ और चारों भाई सब-के-सब

निढाल हो कर, वहीं, भूमि पर ही लेट गये थे। कदाचित् वे लोग इतने थक गये थे कि इस बात का विचार भी उनके मन से निकल गया था कि वे लोग भूमि पर बिना कुछ बिछाए ही, मिट्टी पर लेट गये थे। उनके वस्त्र धूल से मैले हो रहे थे। उनके अंग मिट्टी से सने जा रहे थे। स्वच्छता-अस्वच्छता का विचार करने के लिए उनके पास ऊर्जा ही नहीं बची थी। उनकी क्लान्ति कदाचित् अपनी सारी सीमाएँ लाँघ गयी थी।...

भीम निकट आया। सबसे पहले वह कुन्ती के पास गया; किन्तु माँ को पुकारते-पुकारते रुक गया...शायद माँ सो चुकी थीं। उन्हें जगाना उचित होगा क्या? किन्तु उन्हें प्यास लगी थी...वे भूखी भी थीं।...भीम को स्मरण हो आया कि उसको लेकर प्रायः यही द्वन्द्व माँ के मन में भी रहता था। वह अपनी क्षमता से भी अधिक खेल कर, थका-हारा माँ के पास लौटता था। उसे भूखा जान, माँ जब उसके लिए भोजन लातीं, तब तक वह सो चुका होता था। माँ सदा ही इस द्वन्द्व में खड़ी रह जातीं कि उसके लिए भोजन की आवश्यकता अधिक है अथवा निद्रा की। भूखे पेट को भोजन चहिए तो थके तन को विश्राम भी तो चाहिए ही।...

भीम को लगा, यदि वे लोग सो गये हैं तो उन्हें जगाना उचित नहीं है। वे लोग थोड़ा सो लेंगे तो कुछ अधिक स्वस्थ और बलशाली होकर जागेंगे। आगे की यात्रा पर चलने से पहले वे लोग जल पी लेंगे।...और फिर वह जल लाया भी कहाँ है! एक गीला उत्तरीय मात्र ही तो था उसके पास! गीले उत्तरीय से उनका चेहरा पोंछने के लिए उन्हें जगा देगा तो बहुत लाभप्रद कार्य नहीं था।...

पहली बार भीम का ध्यान इस ओर गया कि अब तक अन्धकार घिर चुका था। रात हो गयी थी।...सोना तो था ही...कल सारी रात न केवल वे लोग सोये नहीं थे, आधी रात के बाद से तो लगातार चलते ही रहे थे। आज दिनभर भी कहीं थमे नहीं थे। आज रात तो सोना ही था। भीम स्वयं यदि आज चल भी लेता, तो भी माँ और भाई नहीं चल पाते। कहीं तो सोना था ही। अब यहाँ सो गये हैं, तो यहीं सही!

पर कैसे सोये हैं!...जिन लोगों को प्रासादों में पर्यंकों के कोमल बिस्तर पर नींद नहीं आती थी, वे नंगी धरती पर बिना किसी आस्तरण के सो रहे हैं।...केवल उस दुष्ट दुर्योधन के कारण! आरम्भ से ही वह उनके पीछे पड़ा है। वे लोग मौन-मूक, चुपचाप सब कुछ सहते रहे हैं...और सहसा भीम के मन ने दूसरी दिशा में सोचना आरम्भ कर दिया...जब वे जानते हैं कि उनके सारे कष्टों का कारण, वह दुष्ट दुर्योधन ही है, तो वे लोग कायरों के समान, इस

प्रकार रात के अन्धकार में छुप कर भाग क्यों रहे हैं?...वे पाँचों भाई अपने अस्त्र-शस्त्र लेकर सीधे-सीधे उनसे लड़ क्यों नहीं लेते? आत्मरक्षा तो कोई पाप नहीं है! दुष्ट-दलन अपराध नहीं है। क्षत्रिय राजा का तो धर्म है दुष्ट-दलन! ...तो फिर वे भाग क्यों रहे हैं?...उन्हें अपनी क्षमता पर विश्वास नहीं है? या हस्तिनापुर का राजा सचमुच इतना शक्तिशाली है कि वह सूर्य के उजाले में, सब के देखते हुए, अपने सैनिकों द्वारा उन्हें घेर कर मार डालेगा?...किन्तु यदि वह इतना ही शक्तिशाली था तो उसने उन्हें वारणावत में इस प्रकार धोखे से जला कर मार डालने का प्रयत्न क्यों किया?...और यदि सेना की ही बात है तो क्या वे लोग सेना एकत्रित नहीं कर सकते? एक बार वे भी प्रयत्न कर देखें—क्या हस्तिनापुर की सेना का कोई भी भाग, उनके पक्ष में आ खड़ा नहीं होगा? और यदि हस्तिनापुर की सेना उनके पक्ष में नहीं आती, तो क्या वे एक नयी सेना नहीं बना सकते?..किन्तु सेना के निर्माण के लिए तो धन चाहिए। धन नहीं होगा तो सैनिकों को वेतन कहाँ से दिया जायेगा?...और फिर सेना भी इतनी समर्थ, जो हस्तिनापुर की सेना से टकरा सके।...

सहसा भीम का ध्यान कृष्ण की ओर चला गया।...कृष्ण ने जब कंस का वध कर, यादवों को उस अत्याचारी से मुक्त कराया था, तब कृष्ण के पास कौन-सी सेना थी? वह भी तो अपने साहस और बल के आधार पर ही शक्तिशाली मथुरापति से जा टकराया था। वे तो केवल दो ही भाई थे—निःशस्त्र। बिना किसी शस्त्र के, उन्होंने राज्य की सारी शक्ति को चुनौती दी थी।...पाण्डव तो फिर पाँच हैं।...भीम को पूरा विश्वास है कि वह अकेला ही दुर्योधन और उसके भाइयों को यमलोग पहुँचा सकता है... किन्तु युधिष्ठिर!...तो क्या वे लोग यह सारा कष्ट मात्र युधिष्ठिर के कारण सहन कर रहे हैं...युधिष्ठिर की भीरुता के कारण...या युधिष्ठिर के धर्म के कारण?...नहीं! युधिष्ठिर भीरु नहीं है...वह कायर नहीं...किन्तु धर्म?...भीम को, युधिष्ठिर की यह आनृशंसता कभी प्रिय नहीं रही!...दुर्योधन की एक दुष्टता के उत्तर में, भीम ने उसके साथ अपने सारे प्रेम-सम्बन्ध तोड़ दिये थे। दुर्योधन की ग्रीवा को मरोड़ने में, उसके वक्ष पर अपनी गदा का प्रहार करने में, अथवा उसके वक्ष को अपने तीक्ष्ण बाणों से बींधने में भीम को रंचमात्र भी संकोच नहीं होगा। वरन् उसे रक्त में लोटता देख, भीम को तो प्रसन्नता ही होगी।...किन्तु युधिष्ठिर का मन जाने कैसा है। वह अब भी दुर्योधन को अपना भाई मानता है। वह दुर्योधन को अपनी, अपने भाइयों की तथा अपनी हत्या के लिए, न केवल क्षमा कर सकता है वरन् अभी भी उससे भाइयों जैसा प्रेम कर सकता है।...भीम को क्रोध आता है। वह

युधिष्ठिर की इस उदार हृदयता, क्षमाशीलता तथा शान्तचित्तता को तनिक भी समझ नहीं पाता।...वह मनुष्य है या पाषाण? उस पर किसी विरोध, षड्यन्त्र, आघात अथवा कष्ट का कोई प्रभाव ही नहीं होता।...या वह सचमुच ही स्थिरबुद्धि है, जिसका चिन्तन और कर्म अपनी इच्छा और भावना के अनुसार चलता है; दूसरों के व्यवहार का उस पर कुछ भी प्रभाव नहीं होता...वह तो कहो कि युधिष्ठिर पर अपनी माता और भाइयों का दायित्व है; उनकी सुख-सुविधा के लिए धन की भी आवश्यकता है और अधिकार की भी; अन्यथा अपने लिए तो कदाचित् कभी कुछ भी न माँगता। क्षत्रिय कुल में जन्म न लिया होता, तो कदाचित् अब तक वह संन्यासी हो गया होता...कुछ लोग शायद जीवन से अपने लिए कुछ नहीं माँगते...

भीम का मस्तिष्क भी जैसे शिथिल होने लगा। उसकी पलकें भारी होने लगीं। उसकी चेतना स्वयं अपने-आपको ही बता रही थी कि उसे नींद आ रही है; और उसने स्वयं अपने-आप को नहीं रोका, तो वह भी अपने भाइयों के साथ भूमि पर लुढ़क जायेगा।...किन्तु तभी जैसे भीम जाग गया...वे लोग दुर्योधन से बच कर, इसलिए तो नहीं भागे थे कि वन के पशुओं के मुख का ग्रास बन जायें। उसकी माता और उसके भाई, वन में सर्वथा असुरक्षित सोये हुए थे। उनके पास कोई शस्त्र नहीं था। यदि वह भी थक कर सो गया तो...उसका जागना तो और भी कठिन होगा।...

भीम ने अपने मस्तक को दो-तीन झटके दिये...नहीं! उसका सोना उचित नहीं है। वह सो नहीं सकता...जब तक उसके भाइयों में से कोई अपनी नींद पूरी कर जाग नहीं जाता, तब तक वह सो नहीं सकता। कुछ भी हो जाये, उसे प्रहरी बन कर जागना ही पड़ेगा...

16

शाल वृक्ष पर बैठे हिडिम्ब ने अपनी बहन हिडिम्बा की ओर देखा, "यह बैठे-बैठे ही सो गया क्या?"

उनींदी हिडिम्बा ने सायास अपनी आँखें खोलीं, "क्या बड़बड़ाते जा रहे हो?"

"तुम्हें नींद आयी है क्या?" हिडिम्ब ने पूछा।

"आयी तो है!" वह बोली।

"तो भूखी ही सोयेगी क्या? और मुझे भी भूखा रखेगी?"

"भोजन का प्रबन्ध नहीं करोगे तो भूखी ही सोऊँगी; और तुम भी भूखे

ही रहोगे!"

"भोजन का ही तो प्रबन्ध कर रहा हूँ मूर्खे!" हिडिम्ब बोला, "आँखें खोल और ध्यान से उसे ओर देख!"

"क्या है उस ओर?" हिडिम्बा ने अपना मुख उधर घुमाया।

"छः मनुष्य!" हिडिम्ब उल्लसित स्वर में बोला, "एक स्त्री है और पाँच पुरुष! हृष्ट-पुष्ट हैं। शरीर पर भरपूर मांस है। जी भर कर खाना और तान कर सोना।"

"तो अभी तक तुम लाये क्यों नहीं? किसकी प्रतीक्षा कर रहे हो?"

"सोच रहा था कि यह मोटा भी सो जाता...पर यह तो बैठा है। पता नहीं बैठा-बैठा ही सो गया या यह प्रहरी बना सारी रात जागता ही रहेगा!"

"तो तुम अपने ही क्षेत्र में एक जागते हुए मनुष्य से डरते हो?"

"डरता नहीं हूँ।" हिडिम्ब ने रोषपूर्वक उसकी ओर देखा, "तेरा काम सरल करने की सोच रहा था!"

"मेरा काम?"

"हाँ! पर अब वह तो सोयेगा नहीं।" हिडिम्ब बोला, "ऐसा कर, पहले तो जो यह जाग रहा है, उसी को मार डाल। फिर जो सोये हुए हैं, उनकी ग्रीवा मरोड़ दे।"

"मैं?" हिडिम्बा के स्वर में आपत्ति का भाव था, "तुम क्यों नहीं जाते? आजकल तुम बहुत आलसी हो गये हो। सारा काम मुझसे ही करवाना चाहते हो। मुझे वैसे भी नींद आ रही है। तुम जाते हो तो जल्दी जाओ, नहीं तो मैं सोने लगी हूँ।"

"यहीं पेड़ पर ही सोयेगी? घर भी नहीं जायेगी?"

"मुझे नींद आ रही है न!..."

"नींद तो तेरी मैं खोलता हूँ!" हिडिम्ब ने खींचकर हिडिम्बा को एक लात मारी, "यहाँ तब से वृक्ष पर टँगे हैं कि अब स्वादिष्ट और कोमल नर-मांस खाने को मिलेगा; और इसे नींद आ रही है!"

हिडिम्बा डगमगायी। तनिक भी असावधान होती, तो वृक्ष से नीचे जा गिरती।

हिडिम्बा को लगा, उसकी नींद ही नहीं उड़ गयी। उसकी भूख भी जैसे समाप्त हो गयी है। उसके मन में भीषण क्रोध जन्म ले रहा था; और वह क्रोध उन सोये हुए मनुष्यों के प्रति नहीं अपने इस भाई के प्रति था, जो दिन-प्रतिदिन आलसी होता जा रहा था। बस, खाता था और सोता था। हाथ तक हिलाना नहीं चाहता था। कहने को तो वह स्वयं को हिडिम्ब-वन

का राजा कहता था; किन्तु प्रजा-पालन करने के लिए नहीं, अपनी आज्ञाओं का पालन करवाने के लिए।...और इधर तो जितना आलसी होता जा रहा था, उतना ही क्रोधी भी। आज प्रातः से तीसरी-चौथी बार उसने हिडिम्बा को मारा था। छोटी-सी बात पर इस प्रकार क्रुद्ध हो जाता था कि आपे में ही नहीं रहता था...

"तू जाती है या नहीं?" हिडिम्ब ने उसे घूरा।

"तुम स्वयं क्यों नहीं चले जाते?" हिडिम्बा का मन, अपने भाई के क्रोध से सहमा हुआ अवश्य था; किन्तु वह अपने रोष को भी नियन्त्रित नहीं कर पा रही थी।...एक बार तो उसके मन में आया कि वह अपने भाई पर ही झपट पड़े। उसे भूमि पर पटक कर उसके वक्ष पर चढ़ जाये।...उन मनुष्यों से तो वह बाद में निबट लेगी, पहले अपने भाई का ही रक्त पी जाये।...इसका यह आतंक भी समाप्त हो और प्रतिक्षण इसकी मार खाने से भी मुक्ति मिले...

"मेरी इच्छा! मैं नहीं जाता।" हिडिम्ब बोला, "इस वन का राजा मैं हूँ। तेरा काम है मेरी आज्ञाओं का पालन करना, मेरी सेवा करना..."

हिडिम्बा समझ गयी, इस क्षण उसका निस्तार नहीं है। उसे जाना तो पड़ेगा ही; किन्तु अपनी असहायता का बोध, उसके क्रोध को कम करने के स्थान पर और भी प्रचण्ड कर रहा था।

"और यदि न जाऊँ तो?" उसने कहा।

"हड्डियाँ तोड़ कर रख दूँगा तेरी!" हिडिम्ब की आँखों में रक्त उतर आया।

इससे पहले कि वह सचमुच उसकी हड्डियाँ तोड़ने का उपक्रम करता, हिडिम्बा वृक्ष से नीचे उतर आयी। इस समय उसकी विचित्र स्थिति हो रही थी।...एक ओर उसे नींद आ रही थी और उसका मन हो रहा था कि किसी एकान्त स्थान में जा कर लेट जाये और देर तक गहरी नींद में सोयी रहे। दूसरी ओर उसे भूख भी...किन्तु उसे लगा कि थोड़ी देर पहले तो उसे भूख लगी थी; पर अब शायद भूख उसके क्रोध के नीचे दब गयी थी। सम्भवतः अब उसे नींद भी नहीं आ रही थी। नींद शायद उचट गयी थी...

और अन्ततः उसे लगा कि वह कुछ भी समझ नहीं पा रही है। कदाचित् उसका मन इस जीवन से ही उचट गया था। भूख की स्थिति में भी उसके भाई ने स्वादिष्ट नर-मांस की चर्चा की थी, तो उसके मन में तनिक भी उत्साह नहीं उपजा था कि लपक कर जाये और उन सारे नरों को, अथवा उनमें से किसी एक-आध को मार कर ले आये...उसे कच्चा खाये अथवा भूनने का प्रबन्ध करे...अब उसे अपना भाई भी अच्छा नहीं लगता था। उसकी संगति में

न उसके मन में उल्लास जागता था, न शरीर में ऊर्जा। उसकी आज्ञाओं को मान कर, उसकी सेवा कर, उसे तनिक भी प्रसन्नता नहीं होती...

इस क्षण भी उसकी इच्छा हो रही थी कि अपने भाई की आज्ञा मान कर, उन मनुष्यों की ओर जाने के स्थान पर, वह किसी भी नयी और अजानी दिशा में निकल जाये, जहाँ न उसका भाई हो और न ही ये अजाने मनुष्य! वह किसी ऐसे स्थान पर चली जाये, जहाँ...जहाँ...किन्तु उसके आगे, सिवाय अपने मन की व्याकुलता के, उसे और कुछ भी समझ में नहीं आता...जाने वह क्या चाहती है...

वह अपने मन के ऊहापोह में ही यहाँ चली आयी थी; और अब वे मनुष्य उसके अत्यन्त निकट थे। उसे लगा, उस उदासीनता में भी, चाहे अभ्यासवश ही क्यों न हो, क्षण भर के लिए, उसके मन में नर-मांस का स्वाद जागा...वह और आगे बढ़ आयी। पाँच लेटे हुए और एक बैठा हुआ मानव शरीर...। अपने अभ्यास से वह जानती थी कि यदि एक मनुष्य बैठा हुआ है और जाग रहा रहा है, तो उसके जीवित रहते हुए, वह उसके सोये साथियों को हाथ नहीं लगा सकती। इसलिए पहले तो उसे उस बैठे हुए मनुष्य से ही निबटना होगा...

वह उस बैठे हुए मनुष्य की ओर बढ़ी। वह एक वृक्ष के तने से टेक लगाये, उसकी जड़ों के उभरे हुए अंश पर निःस्पन्द बैठा था। सम्भव था कि वह भी सोया हुआ ही हो; अथवा सोया हुआ न हो, यूँ ही बैठा, आँखें मूँदे हुए सुस्ता रहा हो। यदि सोया हुआ है, तो व्यर्थ की ध्वनि से उसे जगाना, आखेट के नियमों के विरुद्ध था। और यदि वह जाग ही रहा था, तो उसकी असावधानी में ही उस पर आक्रमण करना उचित था।

हिडिम्बा के मन का द्वन्द्व फिर उसके पैरों की बेड़ी बन रहा था : एक ओर वह स्वयं को इन मनुष्यों के आखेट के लिए साध रही थी और दूसरी ओर उसका मन लगातार विद्रोह कर रहा था कि वह अपने इस दुष्ट भाई हिडिम्ब के लिए आखेट क्यों करे? वह इन छः मनुष्यों का आखेट करे, अपनी जान जोखम में डाले; और वह वहाँ बैठा-बैठा टाँगें पसार कर उनके मांस का स्वाद ले।...वह नर-मांस का भक्षण तो करता ही है, कई बार तो हिडिम्बा को लगता है कि वह उसका भी रक्त पी रहा है। वह उससे इस प्रकार कार्य करवाता है, जैसे वह उसकी बहन न हो, दासी हो...अपनी शक्ति का इतना अहंकार है उसे...और शक्ति इसलिए रह गयी है कि उसके बल पर बहन को तो प्रत्येक जोखम में धकेल दे और स्वयं पीछे बैठा-बैठा नर-मांस की प्रतीक्षा करे...

हिडिम्बा और निकट आ गयी। अब वह उस व्यक्ति के नयन-नक्श

देख सकती थी। उसके शरीर का आकार-प्रकार भी कुछ स्पष्ट होने लगा था। वह सोया हुआ नहीं था। उसकी आँखें अधमुँदी थीं; और कदाचित् वह किसी गम्भीर चिन्ता में व्यस्त था। सर्वथा अन्यमनस्क...बैठा तो वह चौकसी करने ही था, अन्यथा अब तक सो गया होता; किन्तु इस समय वह चौकस था नहीं। ...किन्हीं विचारों में लीन उसका चेहरा कैसा शिशु-सा मन-मोहक था! चेहरा शिशु-सा मनमोहक और शरीर असाधारण रूप में हृष्ट-पुष्ट पुरुष का...उसकी भुजाएँ अद्भुत रूप से बलिष्ठ और वक्ष विशाल था।...

हिडिम्बा क्षणभर में ही भूल गयी कि वह इस मनुष्य की हत्या कर इसका मांस खाने के लिए यहाँ आयी है। उसका मन तो जैसे अपनी व्याकुलता भूलता जा रहा था। उसकी आँखें मुग्ध हो कर, उस चेहरे और शरीर को एकटक निहारती रहना चाहती थीं। उसे लगा कि क्षणभर में ही उसके मन में एक उद्याम आवेग उठा कि इस वक्ष को चीर कर उसका रक्त पीने के स्थान पर, उस पर अपना मस्तक टेक दे। वह चाहती है कि इस शरीर में अपने नख गड़ाने के स्थान पर अपनी हथेलियों से उसे धीरे-धीरे सहलाए और उसे अपने दाँतों से काटने के स्थान पर अपने अधरों से स्थान-स्थान पर उसका चुम्बन करे।...वह चाहती है कि ये बलिष्ठ भुजाएँ उसके शरीर को समेट कर, अपने वक्ष में भींच लें... इतना...इतना कि उसके श्वास रुकने लगें...

हिडिम्बा को लगा कि उसका शरीर बहुत भूखा है; किन्तु उसकी भूख इस युवक को खा कर नहीं, इसे पा कर ही मिटेगी।...उसे पता ही नहीं चला कि कब उसके मन ने इस युवक पर आघात करने का विचार त्याग दिया...वह तो उससे अपने आहत मन के लिए कुछ सांत्वना पाने की अपेक्षा करने लगी थी। वह मुग्ध होने और क्षुब्ध करने की क्रीड़ा के लिए प्रस्तुत हो रही थी...

...उसने जैसे अचेतन ही अपने रूप पर एक दृष्टि डाली; और फिर उस युवक को देखा...सामने बैठा युवक, राक्षस नहीं था। उसने अपने शरीर पर हिडिम्ब के समान पशुओं की मज्जा नहीं मल रखी थी। मानव-अस्थियाँ उसका श्रृंगार नहीं थीं...

हिडिम्बा के पग अपने-आप ही पीछे हट गये। उसके हाथों ने अपने कण्ठ में पड़ी हड्डियों की माला उतार फेंकी। बिखरे हुए केशों को समेट कर, उसकी वेणी बना ली। निकट के पौधे से कुछ पुष्प तोड़ कर, केशों में गूँथ लिये; और अपने उधड़े हुए बदन को उत्तरीय से अच्छी प्रकार ढँक लिया...

उसका शरीर वैसे तो उमड़-उमड़ कर उस युवक से लिपट जाना चाहता था, जैसे कोई नागिन अपने आखेट के चारों ओर लिपट जाती है, या जैसे कोई लता किसी वृक्ष से इस प्रकार लिपटती है कि उसका एक तन्तु भी वृक्ष

से पृथक् नहीं रहजाता...और उसका मन था कि संकुचित हो कर अपने-आपमें सिमटता जा रहा था जैसे कोई कछुआ अपने अंगों को समेटता है अथवा जैसे कोई केंचुआ अपने शरीर को अपने ही शरीर में लीन कर लेना चाहता है।... तन और मन के इस द्वन्द्व से कैसा तो सुख मिल रहा था उसको! ऐसा सुखी तो उसका मन कोमल से कोमल नर-मांस खा कर भी नहीं हुआ था।...

हिडिम्बा भीम के निकट आ खड़ी हुई।

आहट पा कर भीम सचेत हुआ। वह अचकचा कर उठ खड़ा हुआ किन्तु उसे देख कर आश्चर्य हुआ कि उसके सामने कोई हिंस्र जन्तु नहीं, एक स्वस्थ युवती खड़ी थी, शायद कोई वनकन्या थी।...तपस्वियों के किसी आश्रम की ब्रह्मचारिणी तो नहीं लगती थी; किन्तु वह दुर्योधन की गूढ़ पुरुष भी नहीं हो सकती थी।

हिडिम्बा ने अब तक भीम को बैठे हुए ही देखा था। जब वह खड़ा हुआ तो उसने उसकी ऊँचाई को मुग्ध नेत्रों से देखा और एक मूक उपालम्भ दिया, 'तुम मुझे अपनी इन बलिष्ठ भुजाओं में भर क्यों नहीं लेते युवक!'

हिडिम्बा मुख से कुछ नहीं बोली तो भीम ने ही पूछा, "कौन हो देवि! किसी विपत्ति में पड़ कर यहाँ आयी हो?"

हिडिम्बा के मुख पर एक संकोच-भरी मुस्कान बिखर गयी...यह अपनी विपत्ति के विषय में नहीं जानता, उसकी विपत्ति के विषय में पूछ रहा है। किन्तु उसने उनकी विपत्ति की चर्चा करने से पहले उनका परिचय जानना ही उचित समझा, "मैं भी तुमसे यही पूछना चाहती हूँ भद्र, कि तुम कौन हो? भूमि पर इस प्रकार सोये हुए ये अन्य सुन्दर पुरुष कौन हैं? यह सौम्य नारी कौन है?"

भीम चौंका : यह हमारा परिचय क्यों जानना चाहती है?...दुर्योधन के गुप्तचर क्या यहाँ तक फैले हुए हैं?

"पहले अपना परिचय दो शुभे!" भीम बोला, "तुम्हारे लिए इतना ही जान लेना पर्याप्त है कि सोये हुए ये चारों पुरुष मेरे भाई हैं; और यह सौम्य नारी मेरी माता हैं।...तुम कौन हो?...और इस भयंकर वन में क्या कर रही हो?"

हिडिम्बा को लगा, यही उपयुक्त अवसर था। बोली, "हिडिम्ब नामक नर-भक्षक की बहन हिडिम्बा हूँ। राक्षसों के अपने क्षेत्र-विभाजन के अनुसार मेरा भाई इस क्षेत्र का स्वामी है।..."

भीम कुछ बोला नहीं; किन्तु उसके मन में स्वतः ही जैसे एक तार बजता जा रहा था...'अर्थात् वह यहाँ का दुर्योधन है; जिसने बलात् यहाँ आधिपत्य जमा रखा है...'

"...उसने मुझे तुम लोगों का वध करने के लिए भेजा है, ताकि वह तुम लोगों का मांस खा सके।..."

'हाँ! हम किसी बेल के साथ लटकते कद्दू हैं कि तुम हमें उमेठ कर अपने आँचल में ले कर चलती बनो...!' भीम के मन ने प्रतिध्वनि की।

किन्तु तभी भीम चौंका : क्या कह रही है यह? यह स्त्री कितनी सहजता और स्पष्टता से उनका वध करने के लिए आने की बात स्वीकार कर रही है; किन्तु न तो उसमें वैसी आक्रामकता है, न वैसी हिंस्रता।...राक्षसियाँ ऐसी होती हैं क्या?...भीम उसे देख रहा था...उसके रूप-रंग आकार-प्रकार में कहीं ऐसा तो कोई भेद था नहीं, जिससे यह माना जा सके कि वह किसी मनुष्येतर जाति की प्राणी थी। हाँ! आर्यों से उसकी आकृति कुछ भिन्न प्रकार की थी...तो ऐसे होते हैं नर-भक्षी!...उसकी वेश-भूषा भिन्न थी...वह उनकी प्रथा थी या इस वन में रहने के कारण उसे पर्याप्त साधन उपलब्ध नहीं थे?...नहीं तो कदाचित् यह नारी...यदि इसे भली प्रकार स्नान करा, उचित वस्त्राभूषण पहनाये जायें, तो कदाचित् यह नारी कमनीय हो सकती है...

"तो तुम हमारा वध करती क्यों नहीं?" भीम को लगा, उसके मन में न भय था, न आशंका...उसके स्वर में तो क्रीड़ा का-सा भाव था, जैसे प्रायः किसी अबोध बालक से बात करते हुए किसी वयस्क की वाणी में होता है, "सबसे पहले मेरा वध करो। तुम देखोगी कि मेरे इस शरीर में बहुत सारा मांस है। उससे कई दिनों तक तुम दोनों अपना पेट भर सकते हो।...लो, मुझे मारो।" भीम ने अपनी दोनों भुजाएँ फैला दीं।

हिडिम्बा का मन हुआ कि दौड़ कर, इस क्रीड़ारत पुरुष की इन फैली हुई भुजाओं में समा जाये।...किन्तु उसने स्वयं को संयत किया।...उसके पास अधिक समय नहीं था। हिडिम्ब वहाँ उसकी प्रतीक्षा कर रहा था; और किसी भी क्षण यहाँ आ सकता था।

वह भीम के समीप आ गयी, "तुम पेट भरने का खाद्य नहीं हो किन्तु! तुम तो मेरे जीवन का स्थायी सुख हो।...सुनो!" वह लगभग भीम की भुजाओं में आ गयी, "अब न तो मैं तुम्हारे प्राण लूँगी, न अपने भाई को ऐसा करने दूँगी।...इससे पहले कि हिडिम्ब यहाँ आ जाये, तुम मेरे साथ चलो। मैं आजीवन तुम्हारी रक्षा करूँगी। इस वन्यक्षेत्र में अनेक कन्द्राएँ हैं, दुरूह स्थान हैं, जहाँ वह तुम्हें कभी नहीं खोज पायेगा। वहाँ तक पहुँचना उस जैसे आलसी व्यक्ति के वश का ही नहीं है।...मैं तुम्हें अपने साथ वहाँ ले चलूँगी...चलो! शीघ्र चलो!!" साथ चलने के बहाने हिडिम्बा ने जैसे अजाने ही भीम को अपनी भुजाओं में भर लेने का प्रयत्न किया, "चलो!"

भीम अपने-आप से डर गया...कहीं उसका मन इस उत्कट प्रलोभन के सम्मुख समर्पण ही न कर दे। उसे इस क्षेत्र का अनुभव नहीं था...किन्तु देह का यह आकर्षण...वह मांस के इस आकर्षण को अस्वीकार नहीं कर सकता था...इस आकर्षण से ही तो भयभीत था वह...। स्वयं को दृढ़तापूर्वक नियन्त्रित करता हुआ वह बोला, "तुम मेरी रक्षा क्यों करना चाहती हो?"

"मैंने तुम्हारा अपने पति के रूप में वरण कर लिया है।"

"किन्तु मैंने तो तुम्हारा वरण नहीं किया।" भीम बोला।

"तो मुझे ग्रहण करो।"

"सुन्दरी!" भीम बोला, "इच्छा होने पर भी मैं तुम्हें ग्रहण नहीं कर सकता!"

हिडिम्बा हत्प्रभ खड़ी रह गयी : क्या संसार में ऐसे पुरुष का भी अस्तित्त्व है, जो किसी स्त्री के कामाह्वान का तिरस्कार कर सके? उसने तो आज तक कुत्ते के समान लपलपाती जिह्वा वाले पुरुष ही देखे हैं...किन्तु उसके सम्मुख यह बलिष्ठ पुरुष कह रहा था कि वह उसे ग्रहण नहीं कर सकता...

"कारण?" हिडिम्बा की वाणी हताशा से लड़खड़ा रही थी।

"मेरे अग्रज अभी अविवाहित हैं।" भीम बोला, "अपने निर्दोष बड़े भाई के अविवाहित रहते, विवाह कर मैं परिवेत्ता नहीं बनना चाहता। परिवेदन पाप है शुभे!"

हिडिम्बा अवाक्-सी खड़ी भीम को देखती रही : जाने वह क्या कह रहा था। अन्ततः उसके मुख से निकला, "वह क्या होता है?"

"निर्दोष बड़े भाई के अविवाहित रहते, छोटे भाई का विवाह करना परिवेदन कहलाता है तन्वंगि! और यह पाप है।..."

"पता नहीं तुम मनुष्यों ने अपने विवाह के लिए कैसे-कैसे नियम बना रखे हैं! तुम इसे स्त्री और पुरुष की प्राकृतिक आवश्यकता क्यों नहीं समझ सकते? तुम मुझे ग्रहण नहीं करोगे तो मुझे कितनी पीड़ा होगी—उसके विषय में क्यों नहीं सोचते?..." और सहसा हिडिम्बा उसके इतने निकट आ गयी कि भीम के लिए उसे ग्रहण करने के सिवाय और कोई विकल्प ही न रह जाये।...और फिर अकसमात् ही उसके स्वर में भय का स्रोत फूट निकला, "मैं कहती हूँ, भाग चलो। मेरा भाई यहाँ आ गया तो तुम्हें कदापि जीवित नहीं छोड़ेगा।" उसने भीम का हाथ पकड़ कर खींचा।

पहली बार भीम का स्वर कुछ कठोर हुआ, "तुम चाहती हो कि मैं सोयी हुई माता और अपने भाइयों को इस प्रकार असुरक्षित छोड़ कर, काम-लोलुप और कायर व्यक्ति के समान तुम्हारे साथ भाग जाऊँ?" उसने अपना हाथ

छुड़ा लिया।

भीम को लगा कि उसने क्षणभर के लिए अपने मन में जन्मी दुर्बलता को निकाल फेंका है। यह स्त्री सचमुच राक्षसी है। क्या करने के लिए प्रेरित कर रही है उसे! क्या भीम को काम-सुख, अपने भाइयों तथा माता के प्राणों से अधिक प्रिय होगा...

"इन सबको जगाओ।" हिडिम्बा आशंकित तथा त्वरित स्वर में बोली, "मेरा भाई अधिक देर तक मेरी प्रतीक्षा नहीं करेगा। विलम्ब होने पर वह स्वयं यहाँ आ जायेगा; और तुममें से किसी एक को भी जीवित नहीं छोड़ेगा।...इन सबको जगाओ।" वह पुनः बोली, "तुम सब मेरे साथ भाग चलो। मैं तुम सबकी रक्षा का दायित्व लेती हूँ।"

भीम को हिडिम्बा के विषय में अपनी धारणा बदलनी पड़ी। हिडिम्बा सचमुच उन सबकी रक्षा करना चाहती थी।...भीम की दृष्टि अपनी माँ के चेहरे पर टिकी—अपने सारे कष्टों, असुविधाओं तथा आसन्न संकटों को भुला कर माता तथा भाई किस प्रकार शान्ति से सो रहे थे! उन लोगों को जीवन में भीम कोई बड़ा सुख दे पाये, न दे पाये; क्या उन्हें वह प्रहर-दो प्रहर की सुख की नींद भी नहीं दे सकता? एक पूरी रात तथा दिनभर की भागदौड़ और थकान के पश्चात् वे लोग नंगी धरती पर पड़े सो रहे हैं; क्या भीम उनके इस छोटे-से सुख की रक्षा भी नहीं कर सकता? वह उनका यह सुख केवल इसलिए नष्ट कर दे कि किसी नर-भक्षी राक्षस के यहाँ आ जाने की सम्भावना है...?

सहसा भीम को लगा कि हस्तिनापुर और वारणावत से वे जिस दुर्योधन के भय से निकल भागे हैं, उसी का कोई प्रतिरूप यहाँ इस वन में भी, उन्हें भागने को बाध्य करना चाहता है। दुर्योधन के प्रति भीम के मन में संचित सारा क्रोध जैसे एक बार ही जाग उठा।...दुर्योधन से भीम आमने-सामने युद्ध नहीं कर सका।...दुर्योधन के पास हस्तिनापुर की सेनाएँ थीं, राजसत्ता थी, और युधिष्ठिर आज भी उसे अपना भाई मानता है...किन्तु इस समय जैसे इस राक्षस के रूप में दुर्योधन अकेला ही उससे युद्ध करने आ रहा था...उसके साथ न सेना थी, न राजसत्ता; न ही युधिष्ठिर इस राक्षस हिडिम्ब को अपना भाई मान सकता था।...और फिर युधिष्ठिर तो इस समय सो रहा था।

अकस्मात् भीम को लगा कि वह हिडिम्ब से बचना नहीं चाहता। वह उससे एक बार लड़ ही लेना चाहता है। उसके पास कोई शस्त्र नहीं था; किन्तु इस समय शस्त्रों की उसे कोई चिन्ता नहीं थी। उसके हृदय का संचित क्रोध ऐसे सारे दुर्योधनों से लड़ लेना चाहता था, जो किसी के प्राण हर लेना चाहते हैं, किसी के अधिकार छीन लेते हैं अथवा किसी को अपना स्थान छोड़कर

भागने के लिए बाध्य करते हैं। यदि युद्ध का यह अवसर भी हाथ से निकल गया, तो भीम का अपना ही आक्रोश उसके शरीर तथा मन में उमड़-घुमड़ करता हुआ उनकी क्षति करता रहेगा।

"आर्य! अपने भाइयों को जगाइए।" हिडिम्बा बोली, "मेरा भाई किसी भी क्षण यहाँ आ सकता है। आप उसे नहीं जानते कि वह कितना क्रूर हो सकता है।" वह सोयी हुई कुन्ती की ओर बढ़ी।

"नहीं!" भीम उसके मार्ग में खड़ा हो गया, "मेरी माता और मेरे भाई बहुत थके हुए हैं। उन्हें जगाया नहीं जायेगा—किसी के आदेश से नहीं, किसी के भी भय से नहीं!"

हिडिम्बा के चेहरे से भय के चिह्न लुप्त हो गये। उसने किसी मुग्धा के समान आँखों में प्रशंसा तथा पूर्ण समर्पण का भाव भर कर, भीम को इस प्रकार देखा कि भीम भीतर तक सिहर उठा।

"मैं तुम्हारा भाव समझती हूँ वीर!" वह बोली, "किन्तु मेरे भाई की शक्ति को तुम नहीं जानते। वह यहाँ आ गया तो उससे तुममें से किसी का भी बचना सम्भव नहीं होगा।"

भीम पर किसी ने जैसे कशाघात कर उसके भीतर सोए हुए दुर्द्धर्ष योद्धा को जगा दिया था; और इस योद्धा के मन में बड़ी प्रबल कामना थी कि उसके सम्मुख खड़ी यह रमणी भी उसका बल, युद्ध-कौशल तथा सामर्थ्य अवश्य देख ले...ऐसा न हो कि उसे यह युद्ध इस रमणी की अनुपस्थिति में लड़ना पड़े...

"तुम उसकी तनिक भी चिन्ता न करो सुमध्यमे!" भीम की वाणी में स्पष्ट ही स्नेह झलक रहा था, "मैं तुम्हारे भाई से भयभीत नहीं हूँ। वैसे भी बहुत दिनों से ढंग का व्यायाम नहीं हुआ है। यदि वह आ जाता है और युद्ध का साहस जुटा पाता है तो मेरा बदन तनिक खुल जायेगा।"

"वह राक्षस है। नर-भक्षी राक्षस!" हिडिम्बा के स्वर में भय भी था और चिन्ता भी, "आर्य! आप..."

तभी भीम ने वृक्षों के झुरमुट में से एक विकराल आकृति को निकलते देखा। भीम को लगा कि उसके मन में जैसे बहुप्रतीक्षित अवसर के आ उपस्थित होने की प्रसन्नता जागी है।

"पृथुश्रोणि! देखो, क्या यही है तुम्हारा वह त्रिलोकजयी भाई?"

हिडिम्बा ने ही उसे मुड़ कर नहीं देखा, भीम ने भी उसे ध्यान से देखा : निश्चय ही वह असाधारण रूप से दीर्घाकार व्यक्ति था। शरीर से हृष्ट-पुष्ट था और पर्याप्त बलशाली भी लगता था। अपनी वेशभूषा और भंगिमा से उसने स्वयं को पर्याप्त कुरूप तथा भयंकर बना रखा था। किन्तु इतना तो स्पष्ट ही

था कि उसका शरीर जितना खाता था, उतना व्यायाम नहीं करता था। वक्ष की तुलना मे पेट का क्षेत्रफल भी अधिक था और उभार थी। शरीर का मांस अभी लटका तो नहीं था; किन्तु मांसपेशियों की तुलना में वसा का आधिक्य पहली ही दृष्टि में स्पष्ट हो जाता था।...उसके सिर के केश रूखे और प्रायः खड़े थे। ऐसा नहीं लगता था कि नापित की कैंची ने उन्हें कभी सँवारा भी हो। उसने अपने कण्ठ में अस्थियों की एक माला धारण कर रखी थी, जिसके मध्य में एक नर-मुण्ड लटक रहा था। सम्भवतः वे अस्थियाँ उन अभागे मनुष्यों की थीं, जिनका वह भक्षण कर चुका था।

हिडिम्बा की आँखों में भय तैर गया। उसने अपनी उन भयभीत आँखों से भीम की ओर देखा; किन्तु भीम के चेहरे पर चुनौती स्वीकार करने का उल्लास था।

भीम सोच रहा था : क्या वारणावत में ही अपने शस्त्रों का त्याग करना उचित था? शस्त्रों के कारण उन्हें अपने पहचान लिये जाने का भय था...किन्तु पहचाने जाने की समस्या तो वहाँ होगी जहाँ मनुष्य बसते हों। यदि उन्हें निर्जन वनों में ही रहना है तथा हिंस्र पशुाओं अथवा नर-भक्षी राक्षसों का सामना करना है, तो उनके लिए पहचान लिये जाने का जोखम कम, तथा आत्मरक्षा के लिए शस्त्रों की आवश्यकता अधिक है...

सहसा भीम के अपने ही मन में जिज्ञासा जन्मी : क्या वह इस प्रकार राक्षस से भयभीत है?...और उसके उत्तर में भीम कुछ और तन कर सीधा खड़ा हो गया...

"भागिए आर्य! भागिए!" हिडिम्बा कह रही थी, "अब भी समय है।"

वह पर्याप्त ऊँचे स्वर में बोली थी और अब हिडिम्ब अधिक दूर भी नहीं था। उसने सुन लिया था कि उसकी बहन, उसके आखेट को भागने के लिए कह रही थी। वह भीम अथवा सोयी हुई कुन्ती तथा शेष पाण्डवों की ओर बढ़ने के स्थान पर हिडिम्बा पर ही झपटा, "ठहर दुष्टे! मैं वहाँ आहार की प्रतीक्षा में भूखा बैठा हूँ; और तेरे अंग यहाँ पुरुष-समागम के सुख के लिए व्याकुल हो रहे हैं! मैं करता हूँ तेरी व्याकुलता शान्त..."

भीम ने अनुभव किया कि अपनी माता और भाइयों की ही नहीं, इस राक्षसी हिडिम्बा की रक्षा भी उसका धर्म है। हिडिम्बा ने उन्हीं की रक्षा के प्रयत्न में अपने भाई से यह शत्रुता मोल ली थी।...वैसे भी भीम इस दुष्ट राक्षस को अपने सामने हिडिम्बा पर अत्याचार करते नहीं देख सकता। वह इसे भाई-बहन का घरेलू विवाद कह कर भी नहीं टाल सकता...

भीम को पता ही नहीं चला कि कब उसने निश्चय कर लिया और कब

उसने हिडिम्ब पर प्रहार कर दिया।

हिडिम्ब अभी भीम की ओर से आक्रमण की अपेक्षा नहीं कर रहा था ...वैसे भी अपनी शक्ति के मद में वह कल्पना भी नहीं कर सकता था कि कोई मनुष्य उस पर इस प्रकार आक्रमण भी कर सकता है। वह स्वयं नहीं समझ पाया कि वह प्रहार की तीव्रता से स्तब्ध खड़ा रह गया अथवा उसकी अनपेक्षितता से...

इस स्तब्धता से उबरने में उसे कुछ क्षण लगे। वह भीम की ओर पलट कर बोला, "तू बीच में क्यों पड़ता है? वह मेरी बहन है, तेरी संरक्षिता नहीं। हमें आपस में निबट लेने दे। फिर हममें से जो जीवित बचे और तुम लोगों पर प्रहार करे, उससे युद्ध कर लेना।"

"नहीं!" भीम बोला, "वह स्त्री है। प्रत्येक असहाय स्त्री की रक्षा करना क्षत्रिय का धर्म है...और फिर यह तो हमारी मित्र भी है।"

"तुम्हारी मित्र!" हिडिम्ब चकित हो कर बोला, "यह इस वन में रहने वाली राक्षसी तुम्हारी मित्र कैसे हो गयी?"

"यह हमारी रक्षा का प्रयत्न कर रही थी।...और मित्र किसे कहते हैं?"

हिडिम्ब ने दाँत पीसे और मुट्ठियाँ भींच लीं। वह जैसे भीम पर कूद पड़ा, "मित्र है या सखी—इसका निर्णय बाद में करना। इस समय तो अपने प्राण बचा।"

हिडिम्ब घूँसा तान कर भीम की ओर इस प्रकार झपटा, जैसे भीम कोई अचल लक्ष्य हो, जो अपना स्थान और स्थिति परिवर्तित ही नहीं करेगा। भीम उसकी मनःस्थिति को भाँप गया। हिडिम्ब के निकट आते ही कूद कर एक ओर हो गया, और अपनी झोंक में आगे गये हिडिम्ब की पीठ पर उसने उचक कर एक लात मारी। हिडिम्ब मुँह के बल भूमि पर जा गिरा और उच्च स्वर में डकराया, जैसे कोई आहत पशु डकराता है।

भीम के मन में आशंका जागी : यह दुष्ट तो चिला-चिल्ला कर चैन से सोयी उसकी माता और भाइयों की निद्रा भंग कर देगा।

हिडिम्ब अभी उठा ही था कि भीम ने उसे जा पकड़ा और घसीटता हुआ, उसे तीस हाथ दूर ले गया।

हिडिम्बा के मन में जागी आशंकाएँ शान्त हो गयीं : नहीं! हिडिम्ब इस युवक का कुछ नहीं बिगाड़ पायेगा। यह निश्चय ही हिडिम्ब से अधिक बलवान है।...और हिडिम्बा ने जैसे मात्र मनोक्रीड़ा के लिए सोचा...यदि कहीं यह युवक उसके भाई से तनिक भी दुर्बल पड़ता तो हिडिम्ब उसके सामने ही उसके कण्ठ में दाँत गाड़ कर उसका रक्त पी जाता और फिर स्वयं उसे भी जीवित नहीं

छोड़ता।...वैसे भी यदि यह युवक उसे नहीं मिला तो...

तभी भीम ने हिडिम्ब को भूमि पर पटक कर, उसके वक्ष पर तीन-चार घूँसे लगाये। उसके प्रत्येक प्रहार पर हिडिम्ब के कण्ठ से किसी-न-किसी प्रकार का स्वर फूटता था, चाहे वह हुंकार हो अथवा चीत्कार; किन्तु भीम के मुख से एक भी ध्वनि नहीं निकली थी, जैसे वह युद्ध कर ही न रहा हो। यदि हिडिम्बा उनकी ओर पीठ कर लेती और मात्र ध्वनियों के आधार पर ही अनुमान लगाती तो हिडिम्ब के साथ किसी और व्यक्ति के होने का कोई आभास भी उसे न मिलता। हिडिम्बा ने देखा कि भीम हिडिम्ब के मुख पर, अपना हाथ रख उसके मुख से निकलने वाले इन चीत्कारों को भी रोकने का प्रयत्न कर रहा है। कदाचित् वह नहीं चाहता था कि वहाँ किसी प्रकार का कोलाहल हो...और सहसा उसका ध्यान, उस युवक के साथियों की ओर चला गया और जैसे सारी स्थिति उसकी समझ में आ गयी।...यह युवक एक भयंकर नर-भक्षी राक्षस से लड़ रहा था! वह तनिक भी दुर्बल पड़ेगा तो, उसके प्राण भी जा सकते हैं; किन्तु अपने प्राणों की रक्षा के लिए भी वह अपने साथियों की सहायता नहीं चाहता...उल्टे उसका सारा ध्यान इस ओर है कि कहीं इस युद्ध के कारण उसके साथियों की नींद न उचट जाये...उसे अपने प्राणों का भय नहीं है, अपने प्रियजनों की नींद उचटने का भय है...

हिडिम्बा का मन कभी इतना विह्वल नहीं हुआ था...किसी के मन में इतना भी प्रेम होता है?...अपने साथियों की नींद के सम्मुख उसके अपने प्राणों का कोई मूल्य नहीं है?...हिडिम्बा ने अपने समाज में प्रेम के नाम पर केवल अपना सुख प्राप्त करना ही सीखा था; कभी-कभी सुख का आदान-प्रदान भी देखा था; किन्तु प्रेम में दूसरे के सुख के लिए अपने प्राण देते हुए हिडिम्बा ने किसी को पहली ही बार देखा था।...और हिडिम्बा को लगा कि वह भी इस युवक के लिए अपने प्राण दे देगी। यदि कहीं हिडिम्ब ने इसके प्राण ले लिये तो वह हिडिम्ब को जीवित नहीं छोड़ेगी, चाहे इस प्रयत्न में उसके अपने प्राण चले जायें...

तभी हिडिम्ब भीम की पकड़ से छूट गया। उसने भीम को परे धकेला और उछल कर खड़ा हो गया। भीम सन्नद्ध स्थिति में खड़ा था। वह हिडिम्ब के आक्रमण की प्रतीक्षा कर रहा था। किन्तु हिडिम्ब ने भीम पर आक्रमण करने के स्थान पर, उल्टी दिखा में छलाँग लगायी और कुन्ती तथा अन्य पाण्डवों की ओर भागा।

क्षण भर के लिए तो भीम ठगा-सा खड़ा रह गया...क्या हिडिम्ब डर कर भाग रहा है?...किन्तु जैसे अगले ही क्षण उसकी समझ आ गया...वह उससे

युद्ध करने के स्थान पर उसकी माता और उसके भाइयों पर आक्रमण करने जा रहा था। वे लोग सोये हुए थे, उनमें से किसी एक पर घातक प्रहार किया ही जा सकता है।...निश्चित रूप से हिडिम्ब को जाग्रत, सावधान तथा बलशाली भीम से लड़ने की तुलना में, सोये हुए उसके साथियों का वध करना सरल प्रतीत हुआ था...

भीम ने आश्चर्य से देखा, हिडिम्बा उससे पहले अपने भाई की योजना समझ गयी थी और लपक कर उसका मार्ग रोक कर खड़ी हो गयी थी। हिडिम्ब आक्रमण करते हुए, किसी हिंस्र पशु के समान दहाड़ा और उसके साथ ही भीम दौड़ कर उस पर कूदा। हिडिम्बा तक पहुँचने से पहले ही भीम ने उसे जा दबोचा था; किन्तु हिडिम्ब भीम को पराजित करने के स्थान पर उससे छूट भागने का अधिक प्रयत्न कर रहा था।...किन्तु अब भीम समझ चुका था कि हिडिम्ब का लक्ष्य क्या था।...

तभी भीम ने अर्जुन का स्वर सुना, "मध्यम! चिन्ता मत करो। मैं आ रहा हूँ। नकुल और सहदेव, माँ की रक्षा कर लेंगे।..."

"नहीं!" भीम ने अब तक हिडिम्ब की ग्रीवा अपनी भुजा में दबा ली थी, "तुम तटस्थ ही रहो। इससे तो मैं अकेला ही निबट लूँगा। बहुत शक्तिशाली बना फिरता है; किन्तु इसमें दम है नहीं।"

"तो तुम इससे अधिक क्रीड़ा मत करो; प्रत्युष में निशाचर, विशेष रूप से बलशाली हो जाते हैं।" अर्जुन ने पुकार कर कहा, "और फिर हमें आगे की यात्रा भी करनी है।"

भीम ने उत्तर नहीं दिया। उसने हिडिम्ब को फिर से भूमि पर पटक दिया और उसकी भुजाओं को अपनी हथेलियों से धरती पर बाँध कर, उसके वक्ष पर अपना घुटना टेक दिया था...

इस कोलाहल से कुन्ती की आँखें भी खुल गयी थीं। उसने देखा कि उसके सारे पुत्र जाग गये थे। थोड़ी दूर दो व्यक्ति लड़ते दिखायी दे रहे थे, जिनमें से एक भीम था।...और सामने एक अत्यन्त स्वस्थ, हृष्ट-पुष्ट युवती खड़ी थी। कुन्ती को अपनी ओर देखते पा कर युवती ने हाथ जोड़ कर प्रणाम किया।

"तुम कौन हो?" कुन्ती के मुख से अनायास ही निकल गया, "हम तो इस वन में किसी मनुष्य की कल्पना भी नहीं कर रहे थे।"

"मैं सालकटंकरी हूँ आर्ये!" हिडिम्बा बोली, "इस हिडिम्ब-वन के स्वामी राक्षसराज हिडिम्ब की बहन!"

"यहाँ क्या कर रही हो?" कुन्ती ने पूछा।

"अपने नरभक्षी भाई के आदेश पर आप लोगों का वध करने आयी थी;

किन्तु आपके पुत्र को देख कर, काम की प्रेरणा से उनकी वशवर्तिनी हो गयी हूँ। मैने उन्हें अपना पति स्वीकार कर लिया है।..."

कुन्ती का हृदय धक् रह गया, "क्या उसने भी तुम्हें अपनी पत्नी स्वीकार कर लिया है?"

"नहीं! उन्होंने तो ऐसा कुछ नहीं कहा है।" हिडिम्बा बोली, "राक्षस समाज में तो किसी भी स्त्री को अधिकार है कि वह अपने मनोनीत पुरुष को स्थायी अथवा अस्थायी रूप से अपना पति स्वीकार कर ले। कोई भी पुरुष उसकी इच्छा का विरोध नहीं करता।..."

"क्या तुमने इसकी सूचना अपने भाई को दे दी है?" कुन्ती ने पूछा।

"नहीं। उसे मैंने सूचना नहीं दी है; किन्तु वह अपने-आप ही समझ गया है।" हिडिम्बा बोली, "इसलिए वह आपके पुत्र और मेरे प्राणवल्लभ से युद्ध कर रहा है।..."

"अर्थात् उसे सम्बन्ध स्वीकार नहीं है?"

"उसे इस सम्बन्ध से क्या लेना-देना!"

हिडिम्बा बोली, "यह तो स्त्री-पुरुष का परस्पर सम्बन्ध है इसमें किसी और का तो कोई काम ही नहीं है।"

भीम की पकड़ से छूट कर हिडिम्ब पुनः उन लोगों की ओर भागा; किन्तु इस बार उसका लक्ष्य, कुन्ती नहीं, हिडिम्बा थी।...इस बात को हिडिम्बा भी समझ गयी थी और अन्य पाण्डव भी...। हिडिम्बा ने देखा कि उसके प्राणवल्लभ के ये साथी, उसे उसके भाई से बचाने के लिए सावधान खड़े हो गये थे...किन्तु तब तक भीम पुनः हिडिम्ब को घसीट कर परे ले गया था और हिडिम्बा खड़ी सोचती रह गयी कि ये अपरिचित लोग अकारण ही उसके भाई से उसकी रक्षा के लिए सन्नद्ध क्यों हो गये थे? वे बिना किसी लाभ के, लोभ के ही अपने प्राणों को जोखम में डालकर उसकी रक्षा करना चाहते थे?...या क्या वे सब लोग उसे प्राप्त करना चाहते थे? राक्षसों में तो किसी स्त्री की रक्षा का एक ही अर्थ था...यहाँ तो जिस पुरुष के सम्मुख उसने स्वयं आत्मसमर्पण की इच्छा प्रकट की थी, वह ही उसे अंगीकार करने का इच्छुक नहीं था...और ये सब लोग तो...और वैसे भी हिडिम्बा को उनमें से किसी का भी व्यवहार काम-प्रेरित नहीं लग रहा था। उनकी माता हिडिम्बा से वार्तालाप कर रही थी, तो उनमें से किसी ने भी हस्तक्षेप नहीं किया था। किसी ने उसे अपनी ओर आकृष्ट करने का प्रयत्न नहीं किया था।...

सहसा भीम ने हिडिम्ब को अपने हाथों में उठा लिया। हिडिम्ब एक निष्क्रिय लोथ-सा उसकी हथेलियों पर पड़ा रहा। भीम ने उसे कई बार घुमाया

और फिर भूमि पर दे मारा। हिडिम्ब मरते हुए पशु के समान डकराया। उसने मुख से रक्त वमन किया और शान्त हो गया।

थोड़ी देर तक उसके शव के पास खड़ा भीम उसे देखता रहा। वह पुष्टि कर लेना चाहता था कि उसमें प्राण तो शेष नहीं है। हिडिम्ब के शरीर में कोई स्पन्दन नहीं जागा, तो भीम अपनी माता और भाइयों की ओर लौटा।

कुन्ती को लगा कि आज जैसे वह अपने इस बेटे को पहली बार देख रही है। यह तो वह जानती थी कि भीम पर्याप्त बलशाली है; किन्तु उसने आज तक उसे हृष्ट-पुष्ट बालक के रूप में ही देखा था। वह आज तक स्वयं को उसकी संरक्षिका मानती आयी थी।...उसकी देख-भाल करना, उसकी रक्षा करना, उसका पालन-पोषण करना—वह अपना दायित्व मानती थी। अपने पुत्रों में से यदि उसने किसी पर कोई दायित्व डाला था, अथवा दायित्व डालने योग्य समझा था, तो वह युधिष्ठिर ही था। और उसके पीछे भी उसके मन में सदा धारणा यही थी कि अभी उसका वय इस योग्य नहीं हुआ है; किन्तु पिता के न रहने पर, बाध्य हो कर इस छोटी अवस्था में ही उसे ये दायित्व सँभालने पड़ रहे हैं।...

किन्तु आज उसने भीम का एक नया ही रूप देखा था। सहसा ही भीम उसके संरक्षण से निकल कर उसका रक्षक हो गया था। उसका ही क्यों... आज उसने उन सबकी रक्षा की थी; और कितना आत्मविश्वास था उसमें! उसने उस नर-भक्षी हिडिम्ब से प्राणान्तक युद्ध करते हुए भी किसी भाई को सहायतार्थ नहीं पुकारा था। अर्जुन ने स्वयं अपनी ओर से कहा, तो उसने उसे तटस्थ रहने का ही परामर्श दिया...तो इसका अर्थ है कि उसका यह पुत्र पूर्णतः समर्थ हो चुका है और युवा भी...हाँ! युवा भी। कुन्ती समझ नहीं पायी कि उसके मन में मात्र विस्मय ही था या प्रसन्नता भी...पुनः सोचने पर उसे लगा कि कदाचित! ये दोनों ही भाव हैं; किन्तु साथ ही थोड़ी आशंका का भी मिश्रण है...वह इस अर्थ में तो युवा हो ही गया था कि इस नर-भक्षी राक्षस को अकेले ही बिना किसी शस्त्र के उसने अपने भुजबल और मल्ल-कौशल से मार डाला था...किन्तु वह इस अर्थ में भी युवा हो गया था कि उसे देख कर युवतियों के मन मचलने लगे थे...उसकी दृष्टि हिडिम्बा पर पड़ी...यह राक्षसी तो शुद्ध असंस्कारी, अनघड़ प्रकृति-पुत्री थी, वह भी पहचान गयी थी कि भीम अब युवा हो गया है, और उस पर अधिकार जमाने के लिए वह उपस्थित भी हो गयी।...विचित्र बात थी न...माँ को भी पुत्र की प्रेमिका से मालूम हुआ कि उसका पुत्र युवा हो गया है...जैसे माली को भी खिली हुई कलिका को देख कर ही ज्ञात होता है कि उसके उद्यान में वसन्त आ गया है...

भीम निकट आया तो सबसे पहले हिडिम्बा ही उसकी ओर लपकी, "आर्य पुत्र!" उसने आलिंगन के लिए अपनी दोनों भुजाएँ फैला दीं।

भीम ने उसकी बढ़ी हुई भुजाओं को अपनी अँगुलियों में थाम लिया, "राक्षसि! तेरे भाई का मैंने वध कर दिया है...।"

"मैंने देखा है प्रिय! और मैं अत्यन्त प्रसन्न हूँ।" उसके चेहरे पर सचमुच आह्लाद छाया हुआ था।

"तो तू सचमुच राक्षसी है, जो अपने भाई के हत्यारे के कण्ठ में भुजाएँ डालने के लिए व्यग्र हो रही है!" भीम बोला।

"हमारे समाज में तो प्रायः प्रत्येक पुरुष अपने बल से ही अपने लिए स्त्री प्राप्त करता है। स्त्री के पिता तथा भाइयों को पराजित कर, उनका वध कर स्त्री की इच्छा के विरुद्ध वह उसे बाँध कर बलपूर्वक उठा ले जाता है। मैं तो स्वेच्छा से, अपने पति के रूप में तुम्हारा वरण कर रही हूँ।..."

भीम के मन में द्वन्द्व जागा; वह हिडिम्बा की भुजाओं को अपनी मुट्ठी में बाँधे, उसके स्पर्श से अपने शरीर में जागे काम-जनित उद्वेग के रोमांच का भोग भी कर रहा था; और उसका विवेक उसके शरीर को, इस युवती को ग्रहण कर लेने की अनुमति भी नहीं दे रहा था...

"फिर तो तू और भी तिरस्करणीय है।" भीम बोला, "तेरा कामावेग किसी भी और सम्बन्ध तथा स्नेह को नहीं जानता।"

हिडिम्बा तनिक भी हतप्रभ नहीं हुई, "स्त्री जिससे प्रेम करती है, उसके मित्रों को अपना मित्र और उसके शत्रुओं को अपना शत्रु समझती है। पत्नी के सम्बन्ध, उसके पति के सम्बन्धों से ही तो निर्धारित होते हैं।"

"वह तेरा प्रेम नहीं, कामावेग है।" भीम बोला, "जब काम का ज्वार उतर जायेगा तो तुझे अपने सम्बन्ध स्मरण आने लगेंगे। फिर तुझे यह भी याद आयेगा कि मैंने तेरे भाई का वध किया है। उस समय तू उसका प्रतिशोध चाहेगी...।" भीम ने हिडिम्बा को झकझोर दिया।

हिडिम्बा ने जैसे अपने सुख के अतिरेक में आँखें मूँद लीं, "मुझे और झकझोरो। मुझे पीटो और कूटो! ऐसा शक्तिशाली पुरुष संसार में और कहाँ होगा!"

भीम के मन में संकोच का अंकुर फूटा; वह जिसे दण्ड समझ रहा था, वह जैसे हिडिम्बा का काम-सुख था। वह राक्षस-समाज में पली थी। उसकी मर्यादाएँ भी आर्यों से भिन्न थीं; किन्तु भीम की अपनी मर्यादा थी। उसकी माता और उसके भाई, उसके सम्मुख खड़े उसके व्यवहार को बड़े ध्यान से देख रहे थे।

भीम ने उसे मुक्त कर दिया, "जा! जहाँ चाहे चली जा!"

"क्या?" हिडिम्बा की आँखें खुल गयीं। उसकी आँखों में आश्चर्य भी था, पीड़ा भी और भीम के कथन के प्रति अविश्वास भी।

"मध्यम, चलो!" अर्जुन ने कहा, "दिन का प्रकाश हो रहा है, यहाँ से दूर चले जाना चाहिए।"

"चलो!" भीम न केवल उनके साथ आ मिला, वरन् वह उनसे भी आगे चल रहा था।

कुन्ती का असमंजस बढ़ता जा रहा था। वह देख रही थी कि वह युवती शुद्ध प्रकृति के समान निश्छल और सरल थी। वह अपनी प्राकृतिक आवश्यकताओं को सहज ही स्वीकार कर रही थी। न उसका दुराव से परिचय था, न परिष्कार से! वह निश्चित रूप से भीम की अनुरागिनी थी और निर्द्वन्द्व शब्दों में उसे स्वीकार कर रही थी।...वह कदाचित् विभिन्न समाजों के भेदों और विभाजनों को नहीं समझती थी। वह नहीं समझती थी कि भीम के साथ उसका विवाह क्यों नहीं हो सकता। उसने यह जानने का भी प्रयत्न नहीं किया था कि वे लोग कौन हैं और उसके तथा भीम के समाज में क्या अन्तर है...भीम की ओर से भी कुन्ती कम आशंकित नहीं थी। इस समय अपने क्रोध अथवा संकोच वह सालकटंकटी को चली जाने को कह रहा था; किन्तु इस वय के तरुण को नारी-शरीर का एक स्पर्श, उसका एक वचन अथवा एक मुस्कान कब नवनीत के समान पिघला दे—इस विषय में निश्चित रूप से क्या कहा जा सकता है! सालकटंकटी को क्रोध से झकझोरते हुए भी भीम की भुजाओं के रोमों का रोमांच कुन्ती ने देखा था...

किन्तु सालकटंकटी किसी पाण्डु-पुत्र की धर्मपत्नी होने योग्य संस्कारों से सम्पन्न नहीं थी। वह कुरुवंश की वधू नहीं हो सकती थी। वैसे भी वह अभी भीम को विवाह करने की अनुमति नहीं दे सकती थी। इस संकट-काल में वह अपने पुत्रों के विवाह की बात सोच भी नहीं सकती थी। अभी तो वे छः थे; यदि पुत्रों के साथ वधुओं की रक्षा और भरण-पोषण की आवश्यकता भी जुड़ गयी तो समस्या और भी गम्भीर हो जायेगी।...वैसे भरण-पोषण की शायद उतनी समस्या न हो। पाँच पुत्र हैं कुन्ती के। इतना अन्न तो जुटा ही लेंगे कि अपना और उसका पेट भर सकें; किन्तु सुरक्षा?...उनकी संख्या जितनी अधिक होगी, सुरक्षा का कार्य उतना ही कठिन होता जायेगा।...वे अपने अस्तित्त्व को गुप्त रखना चाहते हैं। वे धृतराष्ट्र तथा दुर्योधन का यह भ्रम बनाये रखना चाहते हैं कि कुन्ती और उसके पुत्र वारणावत में जल कर यमलोक जा चुके हैं।...ऐसे में वह बहुएँ बटोरेगी तो इस भ्रम को बनाये रखना कठिन होता जायेगा...

और फिर निर्दोष युधिष्ठिर के अविवाहित रहते, भीम विवाह कर ही कैसे सकता है? अपने परिवार में, परिवेदन की अनुमति, वह दे ही कैसे सकती है? ...क्या वह भीम को केवल इसलिए परिवेत्ता बन जाने दे, क्योंकि एक राक्षसी उसे देख कर काम-विह्वल हो गयी है? एक असंस्कारी नारी की प्राकृतिक भूख के कारण वह अपने परिवार तथा समाज की मर्यादाएँ तोड़ दे?...

कुन्ती समझ नहीं पा रही थी कि वह क्या करे! अपने पुत्रों को क्या परामर्श दे!...किन्तु अपने अनिर्णय में वे यहीं तो बैठे नहीं रह सकते। उन्हें तो हस्तिनापुर की सीमाओं से दूर निकल जाना है। वहाँ—जहाँ दुर्योधन, उनके होने की कल्पना भी न कर सके...

कुन्ती के पग आगे बढ़े तो आँखें पलट कर पीछे देखने लगीं।... हिडिम्बा भी उनके पीछे-पीछे आ रही थी। यह तो अच्छा ही था कि भीम का ध्यान उसकी ओर नहीं था। वह तो यह मान कर कि अब आगे चलना है, आगे-आगे चल पड़ा था। यदि कहीं उसका ध्यान हिडिम्बा की ओर चला जाता तो कदाचित् वह उसके प्रति और भी कठोर हो जाता।...कुन्ती को लगा कि एक ओर जहाँ वह एकदम नहीं चाहती कि यह सालकटंकटी उनके साथ आये अथवा भीम के साथ उसका कोई सम्बन्ध हो—वहीं उसके मन में इस अबोध तरुणी के प्रति ममत्व का भाव भी था। वह सरला तो इस प्रकार काम से अभिभूत थी कि कदाचित् वह यह जानती ही नहीं थी कि वह कर क्या रही है। वह वन में रहने वाली किसी मृगी के समान ही कामविह्वल हो कर, भीम के पीछे-पीछे चल रही थी। आर्यों के समाज की जटिल संरचना तथा ऋषियों द्वारा रचे गये कर्मशास्त्र के नियमों का उसे कोई ज्ञान नहीं था।

"पुत्री!" कुन्ती को स्वयं ही अपने मुख से अनायास फूटे इस सम्बोधन पर आश्चर्य हुआ, "तुम हमारे साथ कहाँ जाओगी?"

"मुझे न रोकें देवि!" सालकटंकटी की आँखों में अश्रु थे, "आपके पुत्र को न पा सकी तो मैं जीवित नहीं रह पाऊँगी। मैंने अपने मनोनीत पति को पाने के लिए अपने भाई की बलि दी है।..."

कुन्ती के पग रुक गये, "तुम अपनी ओर से ठीक ही कह रही हो पुत्री! किन्तु तुम यह नहीं समझ रही हो कि विवाह एक स्त्री तथा पुरुष का मात्र देह-सम्बन्ध ही नहीं है...।"

हिडिम्बा ने कुन्ती की बात पूरी नहीं होने दी, "जानती हूँ माता! देह-सम्बन्ध की ही क्या बात है! मैं उनकी पूरी सेवा करूँगी। भोजन लाऊँगी। झाड़-बुहार करूँगी। वे लेटेंगे तो उनके पैर दबाऊँगी। पूरी सेवा करूँगी।"

कुन्ती हँसी, "तुम बहुत भोली हो सालकटंकटी! तुम सारा सम्बन्ध केवल

मेरे पुत्र से ही रखना चाहती हो।..."

"माता! वह सम्बन्ध है ही स्त्री और पुरुष का।" वह बोली, "वैसे आपकी भी सेवा कर दिया करूँगी। जो आप कहेंगी, वे सारे काम करूँगी। अपने भाई की भी तो प्रत्येक आज्ञा का पालन करती ही थी मैं।"

कुन्ती को उस पर क्रोध नहीं आया। उसके मन में सहज ममत्व उपजा। वह उसकी पीड़ा देख रही थी...किस प्रकार वह इस सरला की मनोकामना पूरी करे?...अपनी मर्यादा का वह उल्लंघन कर नहीं सकती।

"देखो! स्त्री-पुरुष को सम्बन्धों का धर्मसम्मत सामाजिक विधान है–विवाह!" कुन्ती बोली, "मैं तुम्हें यही समझाने का प्रयत्न कर रही हूँ कि विवाह, केवल एक स्त्री और एक पुरुष का मात्र देह-सम्बन्ध नहीं है। यह उनका अपना स्वतन्त्र सम्बन्ध नहीं है। यह तो पूरे परिवार में एक नये सदस्य का जुड़ना है। नये सदस्य द्वारा उस पूरे परिवार को अपना सदस्य स्वीकार करना है। उसके लिए आवश्यक है कि तुम्हारा पूरा परिवार इस सम्बन्ध की स्वीकृति दे। हमारा पूरा परिवार तुम्हें स्वीकार करने को तैयार हो।...तुम्हारे परिवार में कोई और भी है अथवा केवल तुम ही हो?"

"मेरे भाई हिडिम्ब का आर्यपुत्र ने वध कर दिया है।...और कोई है ही नहीं। अब तो अपना पूरा परिवार मैं ही हूँ। वैसे इसमें परिवार को करना ही क्या है! यदि मुझे एक पुरुष प्रिय है, और मैं उसकी संगति में ही प्रसन्न रह सकती हूँ, तो मेरे परिवार को उसमें क्या करना है?"...उसने कुन्ती को इस प्रकार देखा, जैसे कुन्ती जाने क्यों किसी निरर्थक विवाद के कारण उसे पीड़ित कर रही है।

"माँ! तुम क्यों व्यर्थ ही उसके साथ सिर खपा रही हो! यह नहीं समझेगी। चलो तुम!" भीम अपनी स्वाभाविक उग्रता के साथ बोला।

"तनिक धैर्य रखो पुत्र!" कुन्ती बोली, "तुम क्यों व्याकुल हो रहे हो?"

"मैं तुम्हारे लिए व्याकुल हूँ माँ!" भीम आकस्मिक रूप में शान्त हो गया, "कि यह सालकटंकटी नर-भक्षण की अभ्यस्त है। यह तुम्हारा भेजा खा जायेगी।"

"चुप रह दुष्ट!" कुन्ती को भीम के व्यवहार में सालकटंकटी के प्रति विरोध के स्थान पर एक दुर्ललित विनोद दिखायी पड़ा। वह हिडिम्बा से सम्बोधित हुई, "बात यह है पुत्री, कि कन्या के परिवार वाले, उससे प्रेम करते हैं। कन्या के सुख से उनको सुख, और उनके दुख से उनको दुख होता है। इसिलए यह उनका दायित्व है कि विवाह से पहले वे उस परिवार को भली-भाँति परखें, जिसमें उनकी कन्या जा रही है। उन्हें देखना है कि उनकी

कन्या का उचित भरण-पोषण हो, उसे जीवन की आवश्यक सुविधाएँ प्राप्त हों; उसका उचित मानसिक और शारीरिक विकास हो; और वहाँ उसके शरीर, उसके सम्मान तथा उसके हितों की रक्षा हो। यदि वे इन सब बातों का ध्यान नहीं रखते, तो वे कन्या के प्रति अपराधी हैं।..."

"मेरा तो परिवार है नहीं माता! इसलिए उसके अपराध, पाप, पुण्य इत्यादि की चर्चा ही व्यर्थ है।" सालकटंकटी बोली, "हाँ! आप अपने परिवार की सोचें। यदि आपके परिवार को किसी कारण से मैं स्वीकार्य नहीं हूँ, तो मैं अपने पति को ले कर आपसे कहीं दूर चली जाऊँगी..."

इस बार कुन्ती ने हिडिम्बा की बात पूरी नहीं होने दी, "मुझे इसी बात का भय है हिडिम्बे! तुम हमें इसलिए अस्वीकार हो; क्योंकि तुम हमारे परिवार में जुड़ कर उसकी बुद्धि तथा विकास करने के स्थान पर, उसे भंग करोगी। मेरे ये पाँच पुत्र, जो आज तक सर्वथा एक हैं, जिनमें किसी भी प्रकार का रंचमात्र भी भेद नहीं है, तुम उनको तिनके-तिनके के समान बिखेर दोगी..."

हिडिम्बा ने बिना हत्प्रभ हुए, चकित दृष्टि से कुन्ती को देखा, "तो इसमें अनुचित क्या है, माता! प्रत्येक दम्पती का अपना एक घर होता है। वन के सारे पशु-पक्षी इसी प्रकार रहते हैं। यदि कोई दम्पती अपने माता-पिता तथा बन्धुओं से दूर एकान्त में वनों, पर्वतों और सरोवरों में विहार करें तो यह भी कोई पाप है? माता! आपके समाज में यौवन का सुख भी अपराध है क्या, काम-सुख अधर्म है क्या?"

कुन्ती पुनः सहज हो गयी थी : इस अबोध वन-कन्या के प्रति विरोध क्या और आक्रोश क्या! इसकी बुद्धि सीमित है, इसका ज्ञान सीमित है। इसका संसार वन के पशु-पक्षियों तक ही परिमित है। मानव-समाज की परिवार-परिकल्पना के साथ इसका कभी साक्षात्कार ही नहीं हुआ।

"सुनो हिडिम्बे! मनुष्य वन में बसने वाला पशु-पक्षी नहीं है। उसकी आवश्यकताएँ, बुद्धि तथा मर्यादा वन के पशु-पक्षियों से कहीं अधिक विस्तृत तथा उदात्त हैं। पशु-पक्षियों को प्रकृति ने बहुत सीमित बुद्धि दी है। उनका जीवन केवल दम्पती तक सीमित है और उसका लक्ष्य मात्र सन्तानोत्पत्ति है। मानव केवल दम्पती नहीं, परिवार बनाता है। समाज बनाता है। मनुष्य को प्रकृति ने पशु-पक्षियों की तुलना में कहीं अधिक विकसित बुद्धि दी है। अतः उसका दायित्व भी अधिक विस्तृत है। यहाँ हमारी आवश्यकता केवल पति अथवा पत्नी से पूर्ण नहीं होती। हमें परिवार के अन्य सदस्यों—माता, पिता, बहन तथा अन्य सम्बन्धियों की भी आवश्यकता होती है। अतः उनके प्रति हमारा दायित्व भी होता है। तुम मेरे इस पुत्र को लेकर विहार करती फिरोगी,

तो हमारे परिवार का विकास नहीं होगा, उसका ह्रास होगा। इस पर केवल सन्तान उत्पन्न करने का ही दायित्व नहीं है कि यह तुम्हारे साथ चला जाये। इस पर माता तथा भाइयों का भी दायित्व है, अन्य सम्बन्धियों का भी दायित्व है; इसे कुछ समाज और राज्य के विषय में सोचना है।..."

सालकटंकटी जैसे पहली बार हतप्रभ हुई, "यह सब तो मैंने कभी सोचा ही नहीं है। मैं तो केवल अपनी ही आवश्यकता जानती हूँ।" वह रुकी, "पर देवि! आप जो कुछ कह रही हैं, वह सब मुझे सिखायेंगी, तो क्या मैं नहीं सीखूँगी? मैं राक्षस-कन्या अवश्य हूँ; किन्तु न तो यातुधानी हूँ और न ही निशाचरी!"

"माँ!" युधिष्ठिर ने धीरे से कहा, "यदि यहाँ ही रुकना चाहो तो मैं कुछ जल तथा खाद्य-सामग्री की खोज में जाऊँ। तुम भूल रही हो, तुम्हें जल ग्रहण किये हुए दस प्रहर बीत चुके हैं। नकुल और सहदेव भी कष्ट में होंगे।"

कुन्ती को ध्यान आया, वारणावत से निकले हुए उन्हें सचमुच दस प्रहर हो चुके हैं। रात को भी तो वे लोग भूख, प्यास और थकान से निढाल हो कर रुके थे सो वहीं बैठे-बैठे ही सो गये थे।...

कुन्ती के कुछ कहने से पूर्व ही हिडिम्बा बोली, "यहाँ से आधा प्रहर की दूरी पर शालिहोत्र मुनि का आश्रम है माता! उसके निकट ठण्डे और स्वादिष्ट जल का सरोवर है। फलों के भी अनेक वृक्ष हैं। चलिए, मैं आपको वहीं ले चलती हूँ। वहाँ आप स्नान कर, हवन इत्यादि भी कर सकते हैं, जो मुनि लोग किया करते हैं। वह अग्नि, धुआँ...।"

"पर सालकटंकटी! हमने अभी यह निश्चय तो किया ही नहीं है कि हम तुम्हें साथ ले चलना भी चाहते हैं या नहीं!" कुन्ती ने अपने स्वर को मधुर बनाते हुए कहा।

"क्यों?" हिडिम्बा ने पुनः आश्चर्य से कहा, "माता! यदि आप मुझे साथ नहीं ले जायेंगी, तो वह सब सिखायेंगी कैसे, जो आप मुझे सिखाना चाहती हैं?"

कुन्ती को लगा, उसका मन इस सरला पर मुग्ध हो कर ही रहेगा। इतनी सरल है कि अपने मन के बाहर जैसे कुछ समझती ही नहीं। उसे यह कैसे समझाया जा सकता है कि उसे कुरुकुल की वधू के अनुकूल शिक्षा देने में इतना समय लग जायेगा कि भीम के धैर्य की सारी सीमाएँ टूट जायेंगी; भीम इतनी लम्बी प्रतीक्षा नहीं कर सकता।...

"माँ! शालिहोत्र मुनि का आश्रम ठीक रहेगा।" अर्जुन बोला, "क्योंकि ...।" उसने अपनी बात अधूरी ही छोड़ दी। कुन्ती ने देखा, उसकी दृष्टि

हिडिम्बा पर टँगी हुई थी। निश्चय ही, उसके सम्मुख अपनी बात कहते हुए उसे गोपनीयता भंग होती हुई लगी होगी।

"सुनो पुत्री!" इस बार कुन्ती ने अपने स्वर को असाधारण रूप में कोमल कर लिया, "मैं जानती हूँ कि तुम्हें यह जान कर दुख होगा; किन्तु अपने ज्येष्ठ पुत्र के अविवाहित रहते, मैं अपने दूसरे पुत्र का विवाह नहीं कर सकती। हमारे समाज में इसे परिवेदन कहते हैं और उसे अधर्म माना जाता है।..."

हिडिम्बा की आँखों में हताशा उतर आयी, "किन्तु मैं आपके ज्येष्ठ पुत्र से विवाह नहीं करना चाहती माता!"

"मैं जानती हूँ पुत्री, कि तुम्हारा मनोनीत पति मेरा द्वितीय पुत्र है। मैं भी नहीं चाहती कि तुम मेरे किसी अन्य पुत्र की ओर इस दृष्टि से देखो। वे तुम्हें अनुकूल नहीं पड़ेंगे। अतः तुम इसे अपना भाग्य स्वीकार कर लो कि यह विवाह नहीं हो सकता।"

क्षण-भर के लिए सालकटंकटी जैसे स्तब्ध रह गयी; और फिर उस क्षोभ को जो उसके कण्ठ में फँस गया था, निगल कर बोली, "आप जानती हैं, यदि मेरे पति मुझे नहीं मिले, तो मैं जीवित नहीं रह पाऊँगी।" वह कुन्ती के सम्मुख भूमि पर बैठ गयी; और फिर उसने कुन्ती के चरण पकड़ लिये, "इतना तो मैं समझ गयी हूँ कि आर्य-नियमों से कदाचित् यह विवाह नहीं हो सकता; किन्तु राक्षस-नियमों में विधान है माता! मुझे आप पुत्रवधू स्वीकार करें या न करें; मुझे अपने साथ अपने परिवार में ले चलें, न ले चलें; किन्तु मुझे अपने प्रिय के साथ कुछ समय व्यतीत करने दें।...और यदि यह भी नहीं," उसने रुक कर अपनी संकल्प-भरी आँखें ऊपर उठायीं, "तो अपने पुत्र को आदेश दें कि वह अपने हाथों से मेरा गला घोंट दे।..."

"वह ऐसी निरीह हत्या कैसे कर सकता है हिडिम्बे!" कुन्ती बोली, "वह नर-भक्षी नहीं है।"

"तो फिर मुझे अपने चरणों में मरने दें।"

इससे पहले कि कोई कुछ समझ पाता, हिडिम्बा ने कुन्ती के चरणों में धरती पर अपना सिर दे मारा...

" हिडिम्बे!" कुन्ती से पहले, भीम उस तक पहुँच गया; और उसने उसे भुजाओं से पकड़ कर उठा लिया।

कुन्ती ने देखा, भीम की आँखों में सालकटंकटी के लिए अपार ममता थी; और सालकटंकटी को तो जैसे अपना स्वर्ग ही मिल गया था।

कुन्ती के मन में संशय जागा : इन दोनों को पृथक् रखना धर्म है क्या? ...किन्तु इतना तो उसके मन में स्पष्ट था कि आर्यों के अनुसार इन दोनों का

संयोग धर्म नहीं है...पर वह, यह भी देख रही थी कि हिडिम्बा के मन में यह विचार उतना ही स्पष्ट था कि उन दोनों का मिलना ही धर्म था। उसके मन में भीम के दर्शन मात्र से काम जाग उठा था। अपने मन में तथा उन सबके सम्मुख वह उसे अपना पति स्वीकार कर चुकी थी। अतः उनका मिलन ही धर्म था...तो क्या कुन्ती भीम को राक्षस-विधि स्वीकार करने दे?...

"देखो हिडिम्बे!" कुन्ती अत्यन्त स्नेह से बोली और उसने जैसे हिडिम्बा को भीम से ले कर अपने पास बैठा लिया, "हमें तुमसे कोई विरोध नहीं है। हम तुम्हें तनिक भी कष्ट देना नहीं चाहते! तुम्हारे सुख के लिए जो कुछ करना हमारे वश में है, वह हम करेंगे।"

"तो माता!" सालकटंकटी बोली, "मुझे आप जीवन-दान दीजिए।" उसकी आँखों में याचना का पारावार उमड़ रहा था, "मैं जानती हूँ, आप लोग मेरे समान वन के निवासी नहीं हैं। जाने किन कारणों से आप यात्रा करते हुए, वन में आ गये हैं; किन्तु हैं आप यात्री ही। मुझ पर कृपा कर कुछ दिन शालिहोत्र मुनि के आश्रम में टिक जाइए और मुझे राक्षस-विधि के अनुसार सन्तान-जन्म तक अपने कन्त के साथ रमण करने की अनुमति दें।...उसके पश्चात् मैं आपको नहीं रोकूँगी।"

कुन्ती ने युधिष्ठिर की ओर प्रश्न-भरी दृष्टि से देखा।

युधिष्ठिर के मन में भी पर्याप्त ऊहापोह था। वह इस सारी घटना को धर्म की दृष्टि से देख रहा था और सुरक्षा की दृष्टि से भी। उन्हें यहाँ अनिश्चित काल तक अपने-आपको छुपाए रखना था। इस दृष्टि से उन्हें किसी भी अपरिचित व्यक्ति को अपने निकट नहीं आने देना चाहिए था...वे लोग स्वयं तो ब्राह्मण तपस्वियों का रूप धारण कर, गोपनीय ढंग से रह सकते हैं। कोई भी उन पर संदेह नहीं करेगा। उनका यह बताना भी आवश्यक नहीं है कि वे पाँचों परस्पर भाई ही हैं। कोई भी पाँच तपस्वी एक साथ रह सकते हैं। माँ भी एक वृद्धा ब्राह्मणी के रूप में उनके साथ रह सकती हैं। अपना परिचय गुप्त रखने के लिए, माँ को किसी एक की माता भी बताया जा सकता है; किन्तु सालकटंकटी अपनी अवस्था और अभ्यास के कारण तपस्विनी के रूप में नहीं रह पायेगी। जैसी काम-विह्वला वह है, उसका भीम से सम्बन्ध छिपाना वैसे भी कठिन होगा; और इस वन में सालकटंकटी के अनेक परिचित एवं सम्बन्धी भी होंगे। वे उसे देखते ही यह जानना चाहेंगे कि वह किन लोगों के साथ रह रही है।... हिडिम्ब की मृत्यु की सूचना उसके सम्बन्धियों और राक्षस समाज को मिलेगी। वे लोग हिडिम्ब का वध करने वाले को खोजेंगे। हिडिम्बा को देख, वे उससे इस विषय में जिज्ञासा न करें, यह सम्भव नहीं है।...किन्तु,

इस अज्ञात क्षेत्र में हिडिम्बा का उनके साथ होना, उनके लिए लाभकारी भी हो सकता है। उससे अधिक इस वन-प्रदेश को और कौन जानता होगा—इसके दुरूह और सुरक्षित स्थल, इसके जोखम-भरे स्थल, वन्य-पशुओं की स्थिति और नर-भक्षी राक्षसों के स्थान...

किन्तु सुरक्षा से भी अधिक युधिठिर को धर्म की चिन्ता थी। उसके मन में इस संदर्भ में तनिक भी संदेह नहीं था कि प्राणों की रक्षा से अधिक श्रेयस्कर, धर्म की रक्षा है। अपनी रक्षा के लिए वे सालकटंकटी को मरने के लिए नहीं छोड़ सकते थे...और यदि वे इन दोनों दायित्य को जोड़ दें तो उन लोगों को एक अल्पकालीन सहयोगिनी मिल जायेगी और सालकटंकटी की मनोकामना पूरी होगी...

युधिष्ठिर हिडिम्बा की ओर मुड़ा, "देखो सालकटंकटी! तुम्हारी मनोकामना पूर्ण करने के लिए राक्षस-पद्धति के अनुसार गर्भाधान तक की अवधि के लिए हम तुम्हें अपने भाई का संग करने की अनुमति दे सकते हैं; किन्तु उसके लिए तुम्हें हमारे कुछ नियमों को स्वीकार करना होगा।"

हिडिम्बा ने कातर दृष्टि से युधिष्ठिर की ओर देखा, "आर्य, कहें।"

"तुमने नियमों को सुने बिना स्वीकार करने का वचन नहीं दिया है। इसका अर्थ यह है कि सुनने के पश्चात् सम्भव है, तुम उन नियमों को स्वीकार न करना चाहो। किन्तु यदि ऐसा हुआ, तो हम अपने भाई के साथ तुम्हारे सम्बन्ध की अनुमति नहीं देंगे।"

"कहें आर्य!"

"किन्हीं कारणों से हम अपना परिचय गुप्त ही रखना चाहते हैं; इसलिए जब तक हम स्वयं ही न बताना चाहें, तुम हमारा परिचय जानने का प्रयत्न नहीं करोगी।" युधिष्ठिर बोला, "तुम्हें अनायास ही हमारे विषय में जो सूचनाएँ मिलेंगी, उन्हें तुम गोपनीय मानोगी और अपने किसी स्वजन-सम्बन्धी से भी उसकी चर्चा नहीं करोगी।"

"आर्य! मैं अपने प्रिय को ले कर ऐसे दुरूह और गुप्त स्थान पर चली जाती, जहाँ हमें न कोई मिलता, न हमारा परिचय पूछता; किन्तु माता ने उसकी भी तो अनुमति नहीं दी है।" हिडिम्बा बोली।

"प्रातः जब स्नान-ध्यान कर मध्यम, मांगलिक परिधान धारण कर ले, तो तुम अपने साथ विहार के लिए उसे कहीं भी ले जा सकती हो; किन्तु सूर्यास्त से पूर्व तुम्हें, उन्हें ले कर लौट आना होगा।"

"मुझे स्वीकार है आर्य!" हिडिम्बा बोली, "मैं आपके इन नियमों को भंग करने की कल्पना भी नहीं कर सकती।...और इसे भी सदा आपका अनुग्रह

ही मानूँगी।"

कुन्ती को लगा, हिडिम्बा का रंचमात्र भी राक्षसी उद्दण्डता का नहीं है। वह अपने पालन-पोषण की दृष्टि से पर्याप्त सुशील और शालीन युवती लग रही थी। कुन्ती का मन जैसे ममता से उमड़ आया। उसने हिडिम्बा को अपनी बाँहों में भर, हृदय से लगा लिया।

"अच्छा! अब चलो!" युधिष्ठिर ने कहा, "हमें शीघ्र ही यहाँ से दूर निकल जाना चाहिए।"

भीम समझ नहीं पा रहा था कि इस सारी घटना की उसके मन में क्या प्रतिक्रिया हुई है। क्या वह प्रसन्न था कि माता तथा युधिष्ठिर ने सालकटंकटी को स्वीकार कर लिया था? यदि वह प्रसन्न था तो स्पष्टतः उसके अपने मन में भी सालकटंकटी की कामना रही होगी।...क्या सचमुच उसके मन में यह कामना थी?...या यह मात्र हिडिम्बा की अपनी कामना की ही प्रचण्डता थी, जिसने माता तथा ज्येष्ठ के मन में उसके प्रति ममता और सहानुभूति जगा दी थी, और स्वयं भीम के मन में कामना...

"रात को मैं आप लोगों के लिए जल लेने गया था," सहसा भीम ने कहा, "किन्तु मेरे लौटने तक तो आप सब सो गये थे, किसी ने जल तो पिया ही नहीं।...मैं जल लाऊँ क्या?"

युधिष्ठिर ने कुछ चकित हो कर भीम की ओर देखा : जल की तो अब किसी को याद ही नहीं थी, फिर...और फिर युधिष्ठिर को समझने में देर नहीं लगी कि भीम इस विधि से अपना संकोच दूर कर, सहज होने का प्रयत्न कर रहा था।

"माँ! तुम्हें प्यास लगी है क्या?" युधिष्ठिर ने पूछा।

"तत्काल तो ऐसी कोई आवश्यकता नहीं लग रही।" कुन्ती बोली, "किन्तु अब स्नान भी करना है। जल तो...।"

"माता! शालिहोत्र मुनि के आश्रम की ओर चलें। वहाँ शीतल और स्वादिष्ट जल का सरोवर भी है।" हिडिम्बा बोली, "दूसरा एक सरोवर विपरीत दिशा में भी है; किन्तु न तो उसका जल उतना अच्छा है; और न ही उसका परिवेश उतना शान्त है। उसके आस-पास हिंस्र पशु भी अधिक हैं।"

"निकट कौन-सा है?" युधिष्ठिर ने पूछा।

"निकटता का क्या है!" कुन्ती ने हिडिम्बा के उत्तर की प्रतीक्षा नहीं की, "सालकटंकटी ठीक कह रही है—हमें आश्रम की ओर जाना चाहिए। वहाँ सन्ध्या-उपासना की भी सुविधा होगी; और परिवेश कुछ सुरक्षित भी होगा।"

"माता ठीक कहती हैं।" हिडिम्बा ने समर्थन किया।

"तो फिर उधर ही चलो।" युधिष्ठिर बोला, "सालकटंकटी! मार्ग दिखाओ।"

हिडिम्बा आगे-आगे चल पड़ी। उसके साथ-साथ भीम चल रहा था। उनके पीछे कुन्ती और युधिष्ठिर थे; और अन्त में अर्जुन, नकुल और सहदेव थे।

कुन्ती ने आकाश की ओर देखा और उसके मुख पर एक वक्र मुस्कान उभरी : कौन जानता था कि उसे अपनी पहली पुत्रवधू इस प्रकार मिलेगी...

17

आश्रम के निकट पहुँचने में उन्हें अधिक समय नहीं लगा। वे प्रसन्न थे कि रात के दो प्रहरों के विश्राम ने उन लोगों को पर्याप्त समर्थ बना दिया था। सबसे बड़ा आश्चर्य तो यह था कि कुन्ती भी अपने-आप बिना किसी सहायता के चल पा रही थी; और असुविधा का अनुभव नहीं कर रही थी।...किसी ने तात्कालिक रूप से जल की आवश्यकता भी अनुभव नहीं की थी। शायद रात की शीतलता ने उनकी तृषा शान्त कर दी थी।

आश्रम से कुछ पहले ही हिडिम्बा रुक गयी, "सामने आश्रम है। बायीं ओर सरोवर है। आपकी इच्छा हो तो मैं इस वृक्ष के नीचे आप लोगों के बैठने की व्यवस्था कर दूँ। आप लोग थोड़ा भोजन और विश्राम कर लें तो मैं कुटीर-निर्माण में लगूँ।"

युधिष्ठिर ने देखा—अच्छा स्थान था। प्राकृतिक शोभा मन को शान्ति देती थी। जल की भी सुविधा थी। यह स्थान नगर से दूर था; किन्तु मानव-अस्तित्व से दूर नहीं था। पास ही आश्रम था। यायावर संन्यासी भी यहाँ आते रहेंगे। प्रयत्न करने पर नगरों के समाचार भी आवश्यकतानुसार मिल जाया करेंगे। सुरक्षा की दृष्टि से भी यह स्थान ठीक ही था।

"अच्छा, माँ! आप लोग यहाँ विश्राम करें।" युधिष्ठिर ने कहा, "मैं आश्रम के कुलपति से मिल कर आता हूँ।"

"आप स्नान कर कुछ जलपान तो कर लें आर्य!" हिडिम्बा बोली, "मुनि दिन भर आश्रम में ही रहते हैं।"

"नहीं!" युधिष्ठिर बोला, "उनके आश्रम में आये हैं, तो उनको प्रणाम कर, उनसे अनुमति तो लेनी ही होगी।"

"यह स्थान तो आश्रम से बाहर है।" हिडिम्बा ने कहा।

"तुम नहीं जानतीं सालकटंकटी!" कुन्ती ने समझाया, "आश्रमों की सीमाएँ, राज्यों की सीमाओं के समान नहीं होतीं कि हम उसके भीतर या बाहर होने की चिन्ता करें। हम आश्रम के निकट आये हैं और आश्रम का सद्भाव

चाहते हैं—इतना ही पर्याप्त कारण है कि हम मुनि के दर्शनों के लिए जायें। वह हमारी मर्यादा है।"

"क्षमा करें देवि! क्षमा करें!" हिडिम्बा ने हाथ जोड़ दिये, "मैं अपने अज्ञान में चपलता कर बैठी। मैं अपनी राक्षस-मर्यादा के अनुसार, आश्रम की अधिकार-सीमा निश्चित कर रही थी।"

युधिष्ठिर के प्रणाम के उत्तर में मुनि ने आशीर्वाद दिया, "तुम पर प्रभु की कृपा हो।"

उन्होंने मौन बैठे युधिष्ठिर का निरीक्षण किया, "तुम क्षेत्र में नये आये लगते हो। अपना परिचय दो वत्स!"

"अभी तो साधारण वनवासी ही समझें मुनिवर! इससे अधिक परिचय दे नहीं सकता।" युधिष्ठिर बोला, "अधर्म और अन्याय से पीड़ित यात्री हैं।"

मुनि ने ध्यान से उसे देखा, जैसे उसके चेहरे पर से कुछ पढ़ने का प्रयत्न कर रहे हों। फिर मुस्कराकर बोले, "तुमने बहुत अच्छा किया, मिथ्या भाषण नहीं किया।...यहाँ किसलिए आए हो?"

"धर्म और न्याय की खोज में निकले हैं। कुछ दिन आपकी छत्रछाया में रहने के इच्छुक हैं।" युधिष्ठिर धीरे से बोला।

मुनि की आँखें उसी प्रकार युधिष्ठिर के मन के आर-पार देखती रहीं, "धर्म की आशा में आये हो अथवा न्याय की?"

"दोनों में कोई अन्तर है क्या कुलपति!" युधिष्ठिर कुछ चकित हो कर बोला, "मैं तो दोनों को अभिन्न समझता हूँ।"

"दोनों अभिन्न तो हैं, क्योंकि अन्ततः न्याय ही धर्म है!" मुनि मुस्कराए, "किन्तु पुत्र! मैं तुम्हें धर्म दे सकता हूँ, न्याय नहीं! आश्रम में तुम्हें धर्म भी मिल सकता है और न्याय-बोध भी; किन्तु न्याय तो राजसभा में ही मिल पायेगा। न्याय के साथ दण्ड-विधान भी जुड़ा है। न्याय के लिए दुष्ट-दलन करना पड़ता है, धर्म के लिए आत्म-दमन! न्याय माँगा जाता है, धर्म साधा जाता है। न्याय में अधिकार है, धर्म में दायित्व। धर्म ऋषि देता है और न्याय राजा!"

"और यदि राजा न्याय न करे तो?" युधिष्ठिर के मुख से अनायास ही निकल गया।

"तो वह धर्म से च्युत होता है। ऐसा उसी राजसभा में होता है, जिसका सम्बन्ध आश्रम से विच्छिन्न हो चुका है। जिस राजसभा में ऋषि का सम्मान नहीं होता, वहाँ न धर्म होता है न न्याय!" मुनि ने रुक कर युधिष्ठिर की ओर

देखा, "धर्म और न्याय का अन्तर समझ में आया वत्स?"

"हाँ मुनिवर!" युधिष्ठिर बोला, "धर्म और न्याय सहयात्री तो हैं; किन्तु अभिन्न नहीं!"

"यदि तुम धर्म से संतुष्ट हो सकोगे, तो वह इस आश्रम में पर्याप्त मिल जायेगा। चाहो तो सुविधाजनक स्थान पर कुटीर बना लो। तुम्हारे साथ कोई है या अकेले हो?"

"मेरी माता है। चार भाई हैं; और एक भाई की पत्नी है।"

"तो अपनी आवश्यकतानुसार कुटीर बना लो। आश्रमवासियों से जो सहायता अपेक्षित हो, वह कहो।" सहसा मुनि रुके, "तुम लोगों ने अभी भोजन तो नहीं किया होगा?"

"नहीं आर्य!"

"तो तुम लोग स्नान-ध्यान कर लो। मैं थोड़े-से फल और दूध भिजवाता हूँ।"

युधिष्ठिर प्रणाम कर लौट आया। उसने देखा, वृक्ष के नीचे थोड़ा-सा क्षेत्र जैसे झाड़-बुहार कर स्वच्छ कर लिया गया था। माँ स्नान कर आयी थीं और ध्यान कर रही थीं। शेष लोग भी कुछ उसी प्रकार की व्यवस्था में लगे हुए थे। ऐसा लग रहा था कि उनकी अनिश्चितता समाप्त हो गयी थी और या तो उनका मन परिस्थितियों के अनुकूल बन चुका था, या फिर मन ने यह संकल्प कर लिया था कि वह परिस्थितियों को अनुकूल बना लेगा। युधिष्ठिर को सबसे अधिक आश्चर्य अपनी माता को देख कर होता था। कैसे वे प्रत्येक स्थिति को सहज ही स्वीकार कर लेती थीं, कैसे वे नये व्यक्ति को अंगीकार कर लेती थीं। हिमालय-क्षेत्र का कोई आश्रम हो या हस्तिनापुर का राजप्रासाद, किसी प्रासाद का ध्वंसावशेष हो या वारणावत का लाक्षागृह, हिडिम्बवन का निर्जन वन हो या शालिहोत्र मुनि का आश्रम—वे सब स्थानों पर समान भाव से सहज और आश्वस्त थीं।

तभी कुन्ती ने आँखें खोलीं और युधिष्ठिर को सम्मुख देख कर बोली, "मुनि से भेंट हुई?"

"हाँ माँ! उन्होंने कुटीर बनाने की अनुमति दे दी है।"

"भोजन की भी कुछ व्यवस्था करो पुत्र! तुम्हारे छोटे भाई भूखे हैं।"

"कुलपति ने कहा है कि वे फल और दूध भिजवा रहे हैं।"

"उनकी कृपा है पुत्र!"

सन्ध्या तक उनके दो कुटीर बन कर तैयार हो गये थे। उनमें से एक आकार में दूसरे से पर्याप्त बड़ा था और वह पाँचों भाइयों के लिए था। दूसरा कुटीर छोटा था और वह कुन्ती और हिडिम्बा के लिए था। हिडिम्बा ने प्रातः से अब तक अनथक श्रम किया था। कुटीर बनाने जैसे कार्य में वह प्रवीण प्रतीत होती थी। न उसे शाखा तोड़ने में कोई असुविधा थी, न लकड़ी फाड़ने में; न वह वृक्ष पर चढ़ने में संकोच करती थी, न कूद कर नीचे आने में उसे कोई कठिनाई थी। वह वन के स्वच्छन्द जीव के समान, सहज स्वाभाविक रूप में जैसे अपने दैनंदिन के कार्य कर रही थी। आरम्भ में उसने एक-आध बार हिडिम्बा को राक्षसों का राजा और इस क्षेत्र का स्वामी अवश्य कहा था; किन्तु थोड़ी ही देर में जैसे वह एकदम ही भूल गयी थी कि वह इस प्रकार हिडिम्बवन के स्वामी अथवा राजा की बहन है। कुन्ती तथा उसके पाँचों पुत्रों की वह इस प्रकार सेवा कर रही थी, जैसे या तो वह उनकी दासी हो अथवा वे उसके अत्यन्त आत्मीय तथा चिरप्रतीक्षित अतिथि हों, जो एक लम्बे अन्तराल के पश्चात्, आज उसके घर आये हों। कदाचित् वह अपनी सेवा से ही उनका मन जीत लेना चाहती थी।

रात के भोजन के पश्चात् कुन्ती तथा हिडिम्बा छोटे कुटीर में चली गयीं। पाँचों भाई बड़े कुटीर में सोने की व्यवस्था करने लगे तो अर्जुन बोला, "यह आश्रम सघन वन के मध्य है। और वन भी कैसा! हिडिम्बवन से अधिक दूर नहीं है। हिडिम्ब को तो मध्यम ने मार दिया है; किन्तु यह आवश्यक तो नहीं कि वन में एक ही हिडिम्ब हो। यहाँ और भी अनेक राक्षस हो सकते हैं। यदि हम सब इस प्रकार सो गये और रात को राक्षसों, हिंस्र पशुओं अथवा दुर्योधन के मित्रों में से किसी ने हम पर आक्रमण किया, तो हमारी सुरक्षा की क्या व्यवस्था होगी?"

"मैं हूँ न!" भीम बोला, कल रात भी तो तुम लोग सोए हुए थे; तो क्या कर लिया हिडिम्ब ने?"

"हाँ! कल तो तुम जाग रहे थे; किन्तु कब तक जागोगे?" अर्जुन बोला, "तुम्हें भी तो नींद आयेगी ही; और जब आयेगी तो हमारी नींद की तुलना में वह अधिक प्रगाढ़ होगी।"

"तो?" युधिष्ठिर ने पूछा।

"हमें अपने शस्त्र वारणावत में नहीं छोड़ने चाहिए थे।" नकुल बोला, "बिना शस्त्र के तो केवल मल्ल-विद्या ही काम आ सकती है; और वह भी निःशस्त्र शत्रुओं के सम्मुख!"

"हमें शस्त्रों की आवश्यकता है और निकट भविष्य में भी रहेगी।" सहदेव

बोला, "किन्तु ज्येष्ठ का तर्क एकदम ठीक है कि वारणावत में लाक्षागृह के जल जाने के पश्चात् हमारे शव तो मिलते, किन्तु शस्त्र न मिलते तो दुर्योधन को यह विश्वास कैसे होता कि वे शव हमारे ही हैं!"

"दुर्योधन को अपनी मृत्यु का विश्वास दिलाना जितना आवश्यक था, उतना ही आवश्यक अपनी सुरक्षा का प्रबन्ध भी है।" नकुल बोला, "हमने दुर्योधन को तो यह विश्वास दिला दिया कि हमारी मृत्यु हो गयी है; फिर वारणावत में न मरे और यहाँ मर गये तो? दुर्योधन की इच्छा तो हमारे वध की है—वध वारणावत में हो या शालिहोत्र आश्रम में—इससे उसे कोई अन्तर नहीं पड़ता। अपनी रक्षा के लिए शस्त्र तो हमें रखने ही चाहिए थे।"

"अरे तुम्हारा शस्त्र मैं हूँ न!" भीम हँसा, "नकुल! तुम तो इतने भीरु कभी नहीं थे!"

"मध्यम!" अर्जुन ने नकुल के कुछ कहने से पहले ही कहा, "प्रश्न नकुल के भीरु होने का नहीं है। न ही मैं यह विवाद चलाना चाहता हूँ कि हमें शस्त्र लाने चाहिए थे या नहीं। हमें अब यह तथ्य स्वीकार कर लेना चाहिए कि हमारे पास इस समय शस्त्र नहीं हैं। यह प्रश्न करते ही हमारे पहचाने जाने का जोखम बढ़ जाता है। मध्यम के बल का हम भरोसा कर सकते हैं, यह भी ठीक है; किन्तु क्या अकेले मध्यम के बल का भरोसा कर हमें अपनी सुरक्षा का सारा भार उनको सौंप देना चाहिए—स्वयं निष्क्रिय हो कर शान्ति से बैठ जाना चाहिए?"

"तुम ठीक कह रहे हो अर्जुन!" युधिष्ठिर बोला, "किन्तु हमें यह भी जानने का प्रयत्न करना चाहिए कि आश्रम में जो अन्य लोग रहते हैं, उनकी सुरक्षा का क्या सम्बध है? क्या वे स्वयं को असुरक्षित अनुभव करते हैं? क्या आश्रमवासियों की हत्याओं की घटनाएँ होती रहती हैं?"

"अरे मैं जो कह रहा हूँ कि मैं हूँ यहाँ!" भीम पुनः बोला, "मुझ पर भरोसा नहीं है, तुम लोगों को? मैं इस वन के सारे राक्षसों को अकेला ही मार सकता हूँ।"

"मध्यम! आप ठीक कह रहे हैं।" सहदेव हँसा, "किन्तु जिस समय आप इस वन के सारे राक्षसों को एकत्रित कर, किसी एक कोने में, एक-एक कर उन्हें मार रहे होंगे, उसी समय कोई सिंह सालकटंकटी को उठा कर ले गया तो आप राक्षसों को छोड़ेंगे या सालकटंकटी को?"

सबने मिल कर एक ठहाका लगाया और भीम ने खिसियाए-से स्वर में कहा, "सहदेव! तू पिटेगा।"

युधिष्ठिर ने पहचाना कि यह कहते हुए भी भीम के चेहरे पर खीझ कम थी, रीझ अधिक।...

बाहर कई लोगों की पदचाप सुनायी दी।...

वे चौकन्ने हो गये। भीम जैसे अपना दायित्व समझ कर सबसे पहले उठकर खड़ा हो गया।...युधिष्ठिर सोच रहा था : कहीं माँ तो नहीं आयीं? ...किन्तु माँ तो वहीं से पुकार सकती थीं; और पदचाप भी अनेक लोगों की थी।...

आगन्तुक, कुटीर के द्वार पर आ गये। तब युधिष्ठिर ने देखा : वे तो स्वयं मुनि शालिहोत्र थे। उनके साथ उनके कुछ शिष्य भी थे।

"पधारिए मुनिवर!" युधिष्ठिर ने उठ कर उनका स्वागत किया।

अन्य चारों भाई भी मुनि के सम्मान में उठ खड़े हुए।

"मैं यह देखने आया था कि आप लोग किसी असुविधा का अनुभव तो नहीं कर रहे?"

"असुविधा तो कोई नहीं है आर्य!" युधिष्ठिर बोला, "किन्तु एक जिज्ञासा है। यदि आप अन्यथा न मानें, तो कृपा कर थोड़ी देर हमें वार्तालाप-लाभ प्रदान करें।"

मुनि बिना कुछ कहे, एक आसन पर बैठ गये। उन्होंने अपने शिष्य को भी बैठने का संकेत किया।

"आर्य कुलपति!" युधिष्ठिर अत्यन्त शान्त स्वर में बोला, "इस वन में जहाँ हिंस्र पशु भी रहते हैं और नर-भक्षी हिंस्र राक्षस भी—आपने अपनी तथा अपने आश्रमवासी शिष्यों की सुरक्षा का क्या प्रबंध किया है?"

मुनि शालिहोत्र मधुर भाव से मुस्कराए, "मेरे मन में एक क्षीण-सा विचार था कि शायद आप लोगों को यह समस्या विचलित कर रही हो।"

युधिष्ठिर ने कुछ नहीं कहा। वह मुनि के आगे बोलने की प्रतीक्षा करता रहा।

मुनि थोड़ी देर तक आँखें झुकाए जैसे भूमि को देखते रहे। उन्होंने जब अपना चेहरा ऊपर उठाया तो उस पर शान्ति ही नहीं, एक दिव्य मुस्कान थी, "यदि मैं कहूँ कि हमने अपनी सुरक्षा का कोई उपाय नहीं किया है, तो आप भयभीत तो नहीं हो जायेंगे?"

"भयभीत तो हम नहीं होंगे; किन्तु हम जानना चाहेंगे कि आश्रम की रक्षा कैसे होती है?"

मुनि ने युधिष्ठिर को देखा, "यह कुटीर किसने बनाया?"

"हमने!"

"क्यों बनाया?"

"क्योंकि यह हमारे लिए उपयोगी है!"

"यदि कोई इसे नष्ट करने का प्रयत्न करेगा, तो इसकी रक्षा कौन करेगा?"

"हम करेंगे।"

"तुम इसकी रक्षा कब तक करोगे वत्स?"

"जब तक हमें इसमें रहना है। जब तक यह हमारे लिए उपयोगी है।"

मुनि ने पुनः युधिष्ठिर को देखा, "तुम्हें अपने प्रश्न का उत्तर मिला या नहीं वत्स?" मुनि ने युधिष्ठिर के उत्तर की प्रतीक्षा नहीं की। उनकी आँखें मुँद गयीं। वे आत्मलीन हो गये। इस बार वे बोले तो उनकी वाणी में अद्भुत संगीत था, "हमें प्रभु ने बनाया है वत्स! इसलिए बनाया है, क्योंकि हम उसके लिए उपयोगी हैं। जब तक उसके लिए हमारा कोई उपयोग है, वह हमारी रक्षा करेगा; और जिस दिन हमारा कोई उपयोग नहीं रह जायेगा, उस दिन हमारी रक्षा कोई नहीं कर पायेगा...।"

युधिष्ठिर चकित-सा मुख खोले, अवाक्, मुनि को देखता रह गया। उसने मुनि से इस प्रकार के उत्तर की अपेक्षा नहीं की थी।...रक्षा से उसका कदापि यह अभिप्राय नहीं था। वह क्षत्रिय राजकुमार था। उसने आज तक युद्ध-कला और शस्त्रविद्या की ही शिक्षा ली थी। वह तो रक्षा और प्रहार के ही तर्क जानता था...

"आपका तात्पर्य यह है," युधिष्ठिर के कुछ कहने से पूर्व ही भीम कुछ तीव्र स्वर में बोला, "कि यदि कोई खड्ग ले कर मेरा वध करने आये, तो मैं चुपचाप बैठा, यह जानने की प्रतीक्षा करता रहूँ कि प्रभु के लिए मेरी उपयोगिता है या नहीं? वह मेरी रक्षा करेगा या नहीं?"

"मध्यम!" युधिष्ठर ने जैसे उसे चेतावनी दी।

"उसे तर्क से क्यों रोकते हो वत्स! जो तुम्हारे मन में आया, वह तुमने पूछा; अब जो उसके मन में आया है, उसे पूछने दो।" मुनि भीम की ओर मुड़े, "मैंने जो कुछ कहा था, अपनी रक्षा के विषय में कहा था वत्स! तुम्हारी रक्षा के लिए नहीं! जब तक तुम यह मानते हो कि अपनी रक्षा के लिए तुम स्वयं उत्तरदायी हो, तब तक तुम अपनी रक्षा स्वयं ही करो।"

"किन्तु आर्य कुलपति! ईश्वर ने प्रत्येक जीव को अपने जीवन की रक्षा की इच्छा दी है; और उसे विभिन्न प्रकार के साधन दिये हैं।" अर्जुन बोला, "तो क्या आत्मरक्षा की भावना, ईश्वर की इच्छा के विरुद्ध है?"

"और क्षत्रिय को तो शस्त्र-व्यवसायी ही बनाया गया है : यही उसका धर्म माना गया है।" युधिष्ठिर ने कहा, "जब क्षत्रिय शस्त्र धारण करता है, तो क्या वह ईश्वर की इच्छा का विरोध करता है?"

मुनि शालिहोत्र मुस्कराए, "नहीं! न तो कोई धर्म का विरोध कर रहा है, न ईश्वर की इच्छा का। जिन लोगों की चर्चा तुमने की है, वे सब अपने धर्म

का ही निर्वाह कर रहे हैं। इसलिए मैंने तुम्हारे मध्यम से कहा था, कि अपनी रक्षा तुम स्वयं करो।"

"किन्तु मुनिवर! प्रभु का नियम तो एक ही होगा। ऐसा तो नहीं हो सकता कि जो मेरे लिए धर्म है, वह आपके लिए धर्म न हो।" सहदेव बोला, "क्या धर्म भी अनेक होंगे?"

"तुमने उचित प्रश्न किया है पुत्र!" मुनि बोले, "धर्म तो एक ही है, किन्तु अवस्था का अन्तर होता है।"

"वह कैसे?"

"एक पिता अपने शिशु को अनेक खिलौने खरीद कर देता है; किन्तु जब पिता यह कहता है कि वह अपने उन खिलौनों में से एक-आध खिलौना, किसी अन्य बालक को दे दे, तो उस शिशु की प्रतिक्रिया क्या होगी?" मुनि ने पूछा।

"सामान्यतः तो शिशु अपना खिलौना किसी को नहीं देगा।" भीम ने कहा।

"क्यों?"

"बालक को खिलौने से मोह होता है। वह उनको किसी और के साथ बाँट नहीं सकता।"

"किन्तु वह खिलौना तो उसके पिता ने ही ले कर दिया था...।"

"हाँ! किन्तु..."

"और पिता चाहेगा तो उसे और खिलौना भी ले देगा।..."

"हाँ! किन्तु वह बालक इस बात को समझता नहीं है।"

"और पिता की इच्छा होगी तो वह बालक की इच्छा के विरुद्ध भी उसके खिलौने छीन लेगा।"

"हाँ! किन्तु वह बालक इस बात को समझता नहीं है।"

"ठीक है!" मुनि सहज भाव से मुस्कराए, "अब उस बालक की कल्पना करो, जो इस बात को समझता है कि उसका पिता समर्थ है; और वह अपनी इच्छा से ही बालक को वह सब कुछ देगा, जिसकी बालक को आवश्यकता है। वह बालक अपने पिता पर कभी अविश्वास नहीं करता। उसकी इच्छा का कभी विरोध नहीं करता। पिता की आँख बचा कर, उसके धन से कभी खिलौने क्रय करने नहीं जाता।...वैसे ही हम सब मनुष्य भी हैं पुत्र! जिसकी समझ में आ जाता है कि प्रभु हमारा पिता है—हम उससे न पृथक् हैं, न उसकी इच्छा और प्रेम से बाहर, वह अपनी समस्त इच्छाओं और आवश्यकताओं को उसके अधीन कर देता है। यह जीवन भी उसी का दिया हुआ खिलौना है। उसकी

इच्छा से ही हमारे पास है; और उसकी इच्छा न रहने पर यह हमारे पास नहीं रहेगा।...और फिर एक बात और भी है पुत्र!" मुनि ने रुक कर उनकी ओर देखा, "बालक जब इतना बड़ा हो जाता है कि वह खिलौने की निरर्थकता समझ जाता है, तो उसका मोहभंग हो जाता है। वह पिता से कुछ माँगता नहीं, बस उसके निकट रहना चाहता है। उसके प्रेम को पाना चाहता है—भाव के ही रूप में, पदार्थ के रूप में नहीं! तो पिता की इच्छा जान कर, वह उस खिलौने को किसी को भी दे सकता है; और जब तक वह उसे अपने पास रखता है, अपने पिता की धरोहर मान कर ही रखता है।"

"किन्तु क्या मानव-समाज इस प्रकार के व्यवहार से चल सकता है?" युधिष्ठिर ने पूछा।

"मैं मनुष्य के बनाये हुए समाज के व्यवहार की बात नहीं कर रहा, मैं ईश्वर की बनायी हुई सृष्टि की चर्चा कर रहा हूँ। मनुष्य अपने समाज के लिए स्वयं नियम बनाता है, और उन्हीं पर चलता है। उसे ईश्वर के नियमों की चिन्ता नहीं होती। जो ईश्वर के बनाये हुए नियमों पर चलता है, वह न मानव-समाज के नियमों की चिन्ता करता है, न उसके व्यवहार की।"

"आप सर्वथा सत्य कह रहे हैं मुनिवर!" युधिष्ठिर पुनः बोला, "किन्तु जीवन की सारी पद्धनियों में जो सर्वश्रेष्ठ है, वह सब के लिए प्रचारित होनी चाहिए। इसलिए मैं जानना चाहता हूँ कि इस प्रकार जीवन-यापन करना आपके लिए सम्भव कैसे है?"

शालिहोत्र थोड़ी देर मौन रहे, जैसे विचार कर रहे हों; फिर बोले, "पुत्र! सारी सृष्टि तीन गुणों—सत्, रज तथा तम—पर चल रही है। इसमें प्रत्येक गुण जीव के पिण्ड में भी है और ब्रह्माण्ड में भी। हमारे भीतर के गुण ही बाह्य सृष्टि में से अपने समतुल्य गुणों को आकृष्ट करते हैं। यदि हम अपने भीतर से रजोगुण तथा तमोगुण सर्वथा समाप्त कर दें, तो बाह्य सृष्टि के ये गुण हमारी ओर आकृष्ट नहीं होते, न हम पर प्रभाव डालने की बात सोचते हैं। यदि मेरे मन में से रजोगुण और तमोगुण सर्वथा निकल जायें तो वन के हिंस्र पशुओं तथा नरभक्षी राक्षसों के मन में भी मुझ पर आक्रमण करने का विचार नहीं आयेगा; और यदि आयेगा तो वे मुझ पर आक्रमण करने का साहस नहीं कर पायेंगे। यह ईश्वरीय नियम है पुत्र!"

"मैं कैसे मानूँ कि आप जो कह रहे हैं, वह सत्य है?" भीम के स्वर में उद्दण्डता नहीं थी; किन्तु स्पष्टवादिता का खुरदुरापन अवश्य था, "यदि मैं किसी हिंस्र जन्तु के सम्मुख यह मान कर खड़ा हो जाऊँ कि मेरे मन में उसके प्रति विरोध नहीं है, इसलिए वह मुझ पर आक्रमण नहीं करेगा; और वह मुझ

पर आक्रमण कर दे, तो मैं व्यर्थ ही मारा जाऊँगा।...”

“मुनिवर!”...युधिष्ठिर ने कुछ कहना चाहा।

शालिहोत्र मुनि ने उसे रोक दिया, “तुम चिन्ता मत करो वत्स! मुझे तुम्हारे भाई की यह स्पष्ट सीधी जिज्ञासा तनिक भी कष्टकर नहीं लगी है। मैं तो प्रसन्न हूँ कि यह नवयुवक सत्य बोलने का साहस कर सका। “वे भीम की ओर मुड़े, “मेरी दो बातें स्मरण रखो पुत्र! और उन पर विश्वास भी करो। पहली यह कि ईश्वरीय नियमों का जब तक स्वयं अनुभव न करो, दूसरे व्यक्ति के कहने मात्र से उसका विश्वास मत करो। दूसरी यह कि, यदि तुम वस्तुतः जल में स्थित हो, तब ही तैरने के लिए हाथ-पैर मारो। यदि हवा में स्थित रह कर तैरने की मुद्राएँ बनाओगे तो व्यर्थ ही अपना नाक-मुँह तुड़वा बैठोगे।... जब तक तुम्हारी स्थिति यह है कि ‘देखूँ, सिंह मुझ पर आक्रमण करता है या नहीं; और यदि उसने आक्रमण कर दिया तो मैं व्यर्थ ही मारा जाऊँगा,’ तब तक तो तुम सिंह से अपनी रक्षा के लिए खड्ग बाँध कर ही चलो। किन्तु यदि तुम्हारे मन की स्थिति यह हो जाती है कि ‘सिंह और मैं एक ही प्रभु के जीव हैं, अथवा एक ही परमपिता की सन्तान हैं, इसलिए सिंह का मुझ पर आक्रमण करने का प्रश्न ही नहीं उठता। यदि उसने आक्रमण कर ही दिया तो वह प्रभु की ही इच्छा से है। यदि प्रभु यह चाहते हैं कि मेरा मांस खा कर ही सिंह के प्राणों की रक्षा हो, तो मेरे मांस की सार्थकता ही इसमें है कि वह प्रभु की इच्छा पूरी करे। अतः मैं सहर्ष अपना मांस सिंह को सौंप दूँगा।’...तो ही तुम स्वयं अपनी रक्षा का विचार त्याग कर, ईश्वर पर निर्भर हो, निर्भीक भाव से सिंहों के मध्य विचरण करो।” और मुनि उठ खड़े हुए, “अच्छा पुत्र! मेरे आश्रम में तुम किसी प्रकार की चिन्ता मत करो। तुम यहाँ सर्वथा सुरक्षित हो। निश्चिन्त हो कर सो जाओ।...”

मुनि ने आशीर्वाद की मुद्रा में हाथ उठाया; और कुटीर से बाहर चले गये।

18

प्रातः जब भीम ने पूजा-उपासना कर ली और आहार कर मांगलिक वेश धारण कर लिया तो कुन्ती ने कहा, “पुत्र! सालकटंकटी ने मेरी पर्याप्त सेवा की है। मैं उससे प्रसन्न हूँ। वह विशुद्ध प्रकृति-पुत्री, सरल और अबोध है। उसके मन में किसी प्रकार का छल-कपट नहीं है। मैंने उसे तुमसे सम्बद्ध इच्छा-पूर्ति का वरदान दिया है। इसलिए इसे मेरा आदेश ही समझो। हमें अभी कुछ दिन यहाँ रहना है इसलिए तुम सालकटंकटी की काम-तृप्ति के लिए, सन्तान-प्राप्ति

तक उसके साथ विहार करो।" कुन्ती ने रुककर भीम को निहारा, "उसकी इच्छानुसार, तुम इसे अपना राक्षस-विवाह ही समझना। तुम्हें उसके साथ आजीवन नहीं रहना है; न ही यहाँ से चलते हुए वह हमारे साथ जायेगी। उसने कुरुकुल की पुत्रवधू होने की इच्छा नहीं की है, न वह उसकी कल्पना ही कर सकती है। उसने केवल तुम्हारा कामाह्वान किया है।...उसमें इतने अनुरक्त मत होना कि उससे विलग होते हुए, तुम्हें कष्ट हो। उनके समाज में याचना धर्म-पत्नी की अवधारणा ही नहीं है, इसलिए वह केवल काम-संगिनी बनने की ही याचना कर सकी है।..." कुन्ती जैसे क्षण-भर के लिए अटकी, "यदि वह सन्तान की कामना करती, तो मैं इसे एक प्रकार का नियोग ही मानती; किन्तु उसकी अनुरक्ति सन्तान में नहीं; तुममें है। अतः यह नियोग न होकर अस्थायी पतित्व मात्र है।"

"मैं समझता हूँ माँ!" भीम बोला, "तुम्हारी इच्छा के विपरीत कुछ नहीं होगा।"

"और पुत्र!" कुन्ती पुनः बोली, "उसने मेरी बहुत सेवा की है। उसका मन किसी भी प्रकार मत दुखाना।"

"अच्छा माँ! अच्छा।" भीम हँस कर बोला, "लगता है, तुम उस पर रीझ गयी हो।"

भीम कुटीर से बाहर निकला तो उसने हिडिम्बा को अपनी प्रतीक्षा में खड़ा पाया। वह उसकी ओर देख कर मुस्करायी—एक निरावृत्त और उन्मुक्त मुस्कान। भीम को लगा, मुस्कराने पर उसका नारी-सुलभ आकर्षण और भी बढ़ जाता है।...और इस समय तो वह अपनी ओर से पूर्ण श्रृंगार करके आयी थी। प्रातः उसने स्नान भी किया था और केश-विन्यास भी। आज सारा प्रसाधन चेहरे को विकराल बनाने के लिए नहीं, मधुर बनाने के लिए किया गया लगता था। सम्भव है कि माँ ने उसे किसी प्रकार का सहयोग भी दिया हो। उसके पास सूती वस्त्र नहीं थे, किन्तु उसका मृग-चर्म रक्त से सना हुआ और दुर्गंध-युक्त नहीं था। पुष्पों के श्रृंगार ने उसे नर-मांस का भक्षण करने वाली राक्षसी के स्थान पर किसी आश्रम की कन्या बना दिया था। किन्तु, एक तो उसका आकार, मुनि-कन्याओं की अपेक्षा, पर्याप्त दीर्घ था, और दूसरे उसके चेहरे पर सलज्ज संकोच के स्थान पर पर्याप्त खुला निमन्त्रण था।...'निमन्त्रण' शब्द भीम के मन में खटका। उसके चेहरे पर पुरुष को लुब्ध करने वाला नारी-सुलभ निमन्त्रण कम, पुरुष का भोग-भाव ही अधिक था।

भीम की समझ में नहीं आया कि वार्तालाप कैसे आरम्भ करे...वह अभी तक अपने मन के द्वन्द्वों से भी उबर नहीं पाया था। उसके भीतर का शुद्ध पुरुष इस संयोग को अपने लिए भोग-सुख का एक अतिरिक्त अवसर मान कर किसी-किसी क्षण किलक लेता था; किन्तु उसका मन अभी तक इसे न तो स्वच्छ और निर्दोष भोग मान पाया था और न ही इसे अपना प्राप्य ही मान पाया था। बीच-बीच में उसके मन में यह भाव भी उभर आता था कि वह मनुष्य के स्थान पर कोई पदार्थ हो गया है। उस पदार्थ की कामना, इस सालकटंकटी ने की है; और उसे प्रसन्न करने के लिए वह उसे सौंपा गया है...

हिडिम्बा ने आगे बढ़ कर मुखर उत्तप्त भाव से उसकी भुजा थाम ली, "आओ, चलें!"

भीम के मन में तत्काल प्रतिक्रिया हुई, यह सर्वथा पाशविक कामुकता थी। यह मानवीय श्रृंगार-भाव नहीं था; और प्रेम तो यह किसी भी प्रकार था ही नहीं।...

भीम ने अपना हाथ छुड़ा लिया।

हिडिम्बा हतप्रभ रह गयी, "क्या हुआ?"

"यह तपोभूमि है। यहाँ लोग कामनाओं से रहित होकर आते हैं, या कामनाओं से मुक्ति पाने के लिए आते हैं। हमें तपस्या का सम्मान करना चाहिए। इस स्थान को अपनी वासना की भूमि नहीं बनाना चाहिए।"

हिडिम्बा कुछ भी नहीं समझी।

भीम चल पड़ा तो वह भी उसके पीछे हो ली।

आश्रम की सीमा पार कर, वे सघन वन में आ गये, तो भीम रुका। हिडिम्बा उसके निकट आ गयी।

"आश्रम में तुमने क्या कहा था?" हिडिम्बा उसके गले में लगभग झूल ही गयी।

भीम का ध्यान उस ओर गया। अब वह उसे 'आर्य' अथवा 'आप' न कह कर, 'तुम' कह रही थी; और किसी भी प्रकार उससे दूर नहीं रह सकती थी।

भीम ने उसे अपनी भुजाओं में थामा तो उसे लगा कि उसका रक्त भी उत्तप्त हो रहा है; और शरीर जलने लगा है। उसके मन के द्वन्द्व कहीं सो गये थे और काम का वेग अन्य किसी विचार को निकट नहीं आने दे रहा था।... उसकी भुजाएँ कसती गयीं और उसका आलिंगन प्रगाढ़ होता गया।

"तुम इतने शक्तिशाली हो!" हिडिम्बा बोली, "मैंने सदा तुम जैसे शक्तिशाली पति की ही कल्पना की थी। उस रात तुम्हें देखते ही मैं समझ गयी थी कि तुम मेरे लिए ही आये हो।"

"तुमको इतना कुछ मालूम था तो तुम इतने सघन वन में छिपी मेरी प्रतीक्षा क्यों करती रहीं? मुझे खोजने के लिए नगर में क्यों नहीं आ गयीं?" भीम स्वयं ही अपने प्रश्न पर खिलखिला कर हँस पड़ा।

उसे हँसते देख कर हिडिम्बा भी अट्टहास कर हँसी और अपना प्रेम उँड़ेलते हुए उसके वक्ष पर बलपूर्वक घूँसे मारती हुई बोली, "तुम बहुत दुष्ट हो। ऐसी बातें कहते हो, जिनका अर्थ मैं समझ नहीं पाती।"

भीम ने अनुभव किया कि उसकी हथेलियाँ भारी थीं और घूँसे प्रहारक थे। किसी साधारण पुरुष से वह इस प्रकार अपना प्रेम जताती तो उसकी हड्डियाँ तोड़ कर रख देती।

भीम ने उसकी कलाइयाँ थाम लीं और बोला, "समझा तो तुम्हें मैं दूँगा; किन्तु पहले मैं तो तुम्हें समझ लूँ।"

"छोड़ो मेरी कलाई!" हिडिम्बा बोली, "तुम तो मेरी हड्डियाँ ही मरोड़ दोगे।"

"और तुम तो फूल बरसा रही थीं न!" भीम बोला, "नहीं छोड़ूँगा। देखता हूँ, हिडिम्बवन की रानी अपने-आप को कैसे छुड़ाती है!"

"छोड़ो!"

"नहीं!"

"काट खाऊँगी!"

"यह तो भयंकर जोखिम है। कहीं तुम्हें मेरा रक्त स्वादिष्ट लगा तो सारा का सारा पी जाओगी। और यदि मांस भी सरस लगा तो बोटी-बोटी कर खा जाओगी।" भीम बोला, "अच्छा बताओ, कच्चा खाओगी या भून कर?"

"छिः! कैसी बातें करते हो!" हिडिम्बा के चेहरे का भाव एकदम बदल गया, "कहीं अपने प्रिय को भी कोई खाता है! खाने को तो किसी का भी मांस मिल जायेगा; किन्तु अलौकिक सुख देने वाला तुम जैसा प्रिय कहाँ मिलेगा?" उसके चेहरे पर जैसे उसकी आहत भावना पुत गयी, "तुम बहुत दुष्ट हो। बहुत ही दुष्ट।"

उसकी कलाइयाँ भीम की मुट्ठियों में थीं, इसलिए वह उस पर घूँसे नहीं बरसा सकती थी; वैसे भी वह अब उस आक्रामक मुद्रा में नहीं थी। उसका शरीर ढीला पड़ गया था और उसकी आँखों में अश्रु आ गये थे।

भीम को पहली बार लगा कि वह उस पर रीझ रहा है। उसने उसकी कलाइयाँ छोड़ दीं और सारी-की-सारी को अपनी भुजाओं में भर लिया।...

अगले दिन हिडिम्बा भीम को एकदम नये ही स्थान पर ले गयी।

"यह स्थान तो बहुत ही मनोरम है!" भीम ने कहा, "मैं कल्पना भी नहीं कर सकता था कि इस बीहड़ वन के भीतर प्रकृति का इतना सुन्दर रूप छिपा हुआ है।"

"मैंने तो तुमसे कहा था कि मैं तुम्हें सृष्टि का सौन्दर्य और सुख—दोनों ही दूँगी।" हिडिम्बा बोली, "क्या ऐसा सरोवर तुम अपने नगर में बनवा सकते हो? ऐसे कमल खिला सकते हो? वृक्षों की ऐसी छाया का प्रबन्ध तुम अपने नगर में कर सकते हो? इस प्रपात तथा इन कंदराओं का निर्माण करवा सकते हो?..."

"नहीं!" भीम बोला, "प्रकृति के निर्माण की समकक्षता मनुष्य नहीं कर सकता। मनुष्य तो प्रकृति का अनुकरण करता है।"

"तो फिर व्यर्थ ही नगरों का निर्माण क्यों करते हो?" हिडिम्बा इठला कर बोली, "छोड़ो उन सबको। भूल जाओ नगरों और उनके भवनों को। हम यहीं रहेंगे, आजीवन! मैं तुम्हें इससे भी सुन्दर स्थानों पर ले चलूँगी। उन पर्वतों पर ले चलूँगी, जहाँ हम साथ-साथ खड़े भी हों तो मेघों में ऐसे छिप जायेंगे कि एक-दूसरे को देख भी नहीं पायेंगे।"

भीम ने ध्यान से हिडिम्बा को देखा : उसकी कठोरता और क्रूरता क्रमशः क्षीण होती गयी थी और उसका शुद्ध नारी-रूप उभर आया था—पुरुष पर रीझने वाला और पुरुष को रिझाने वाला।...और अब तो शायद उसे अपना अस्थायी पतित्व वाला राक्षस-विवाह खटकने लगा था। वह भीम के साथ अपने जीवन का स्थायित्व ढूँढ़ने लगी थी। उसे शायद उस क्षण की कल्पना का भय लगने लगा था, जब भीम चला जायेगा और वह फिर से अकेली रह जाएगी। ...भीम को लगा कि उसके मन में भी एक भय उत्पन्न हो रहा है...कहीं वह सालकटंकटी के मोह में उससे पृथक् होने से न डरने लगे।...

"यदि हम यहाँ रहेंगे, तो हम यहाँ भी नगर बसा लेंगे।" भीम बोला, "हम तुम्हारे समान दिनभर पेड़ पर टँगे-टँगे प्रकृति का रूप नहीं निहार पायेंगे; और न ही रात भर किसी शाखा से चिपके, आखेट के लिए किसी पशु अथवा मनुष्य के आने की प्रतीक्षा कर सकेंगे।"

"यहाँ नगर कैसे बसा लोगे?" हिडिम्बा ने चकित हो कर पूछा, "वन में नगर कैसे आ सकता है?"

"तू तो पगली है!" भीम ने उसकी पीठ पर एक धौल जमायी, "नगर क्या कहीं से चल कर आता है। नगर तो जन्म लेता है। फिर उसका प्रसार होता है। फलता-फूलता है, तो और लोग भी आजीविका, समृद्धि और सुरक्षा की खोज में वहाँ आ जाते हैं।..."

"मेरी समझ में यह सब नहीं आता," हिडिम्बा बोली, "मुझे तो यह बताओ कि तुम लोग यहाँ रहोगे तो नगर कैसे बसा लोगे? हम भी तो वर्षों से यहाँ रह रहे हैं, हमने तो नगर नहीं बसाया!"

भीम के मन की पहली प्रतिक्रिया थी कि उसने व्यर्थ ही इसके सामने ऐसी बात कह दी। अब इस मूर्ख से कौन सिर मारे...किन्तु दूसरे ही क्षण उसके अपने मन ने कल्पना का ताना-बाना बुनना आरम्भ कर दिया...यदि वे लोग यहीं रह जाने का निर्णय कर लें तो?...उन्हें हस्तिनापुर जाने की आवश्यकता ही क्या है...और अनायास ही जैसे वह अपने नगर-निर्माण की योजना हिडिम्बा को सुनाने लगा, "हम यहाँ रहेंगे तो वृक्षों के फल खा कर तथा आखेट कर पशुओं के मांस पर ही निर्भर नहीं रहेंगे। हम अपने लिए स्वयं अन्न उत्पन्न करेंगे। अन्न उत्पन्न करने के लिए खेत बनायेंगे। उसके लिए वन के वृक्ष काटेंगे। खेती के उपकरणों के निर्माण के लिए हमें बढ़ई और लोहार की आवश्यकता पड़ेगी। इसके लिए बढ़इयों और लोहारों के कुछ परिवार यहाँ बसाए जायेंगे।..."

"लोहार और बढ़ई क्या?" हिडिम्बा ने पूछा।

भीम अटक गया...इसको नगर-निर्माण की प्रक्रिया सुविधा से नहीं समझायी जा सकती। इसका ज्ञान तो वन में अपनी आँखों देखी वस्तुओं तक ही सीमित है। इस मूर्खा को वह किस-किस वस्तु के विषय में समझाता रहेगा?...

"चलो, रहने दो।" भीम बोला, "हम नगर ही नहीं बसाते। इस समय या तो सरोवर में तैरते हैं, या पुष्प चुन कर माला गूँथते हैं, या फिर तितलियाँ पकड़ते हैं।"

"नहीं! मुझे नगर-निर्माण के विषय में बताओ।" हिडिम्बा ने पैर पटका, "मुझे प्रिय लगा, तो मैं भी नगर का निर्माण करूँगी।"

"अच्छा! मैं तुम्हें बढ़ई और लोहार के विषय में बता देता हूँ; किन्तु तुम नगर-निर्माण मत करना।" भीम हँस पड़ा, "लकड़ी की विभिन्न वस्तुएँ बनाने वाले को बढ़ई कहते हैं; और लोहार होता है, लोहे को तपा-गला कर, काट-पीट और मोड़ कर, नयी-नयी वस्तुएँ बनाने वाला।"

स्पष्ट था कि हिडिम्बा के मन में वह सब कुछ स्पष्ट नहीं हुआ, जो भीम कह रहा था; किन्तु शायद हिडिम्बा को ज्ञान के इस नये संसार में झाँकना सुखद लग रहा था। वह बोली, "अच्छा! मैं नगर नहीं बसाऊँगी; किन्तु तुम बताओ कि तुम नगर कैसे बसाओगे?"

"कृषि के लिए हमें बैलों की आवश्यकता होगी; इसलिए हम गोशालाएँ

बनायेंगे। गोशालाओं के निकट गोपालों की बस्तियाँ बसायेंगे। हम कंदराओं और गुफाओं में नहीं रहेंगे। अपने रहने के लिए भवन बनायेंगे, प्रासाद बनायेंगे। उनके निर्माण के लिए हम वास्तुकारों को बसायेंगे। भवन-निर्माण की सामग्री तैसार करने वाले श्रमिकों की भी हमें आवश्यकता होगी। उनके रहने की भी व्यवस्था करनी होगी। इतने सारे लोग होंगे तो उनकी आवश्यकताओं के लिए हाट भी बनेगा। व्यपारी भी आयेंगे। आने-जाने के लिए मार्ग भी बनेंगे।...यात्रा के लिए रथ और अश्वों की आवश्यकता भी होगी। शिष्य और गुरु भी होंगे; दुष्ट-दलन तथा न्याय-पालन के लिए न्यायाधिकरण भी होंगे और न्यायपाल भी।...अब बताओ, नगर बस जायेगा या नहीं?"

हिडिम्बा फटी आँखों से उसकी ओर देख रही थी, "तुमको इतनी वस्तुओं और इतने लोगों की आवश्यकता क्यों है? तुम हमारे समान शान्ति से क्यों नहीं रह सकते—बिना नगर बसाए?"

"अभी तो मैं वस्त्रों के विषय में बताना ही भूल गया। नागरिकों की, वस्त्रों की आवश्यकता की पूर्ति के लिए बुनकर होंगे। वस्त्रों के नये-नये रूप बनाने के लिए वस्त्र-शिल्पी होंगे। वस्त्रों के व्यापारी होंगे..."

"मैं पूछ रही हूँ कि तुम इन सबके बिना हमारे समान क्यों नहीं रह सकते?"

"हम मनुष्य हैं।" भीम हँसा, "एक दूसरे की सहायता के लिए समाज बनाते हैं। सब की सुविधा, सम्मान तथा रक्षा के लिए नियम बनाते हैं। नियमों का पालन करवाते हैं। जीवन को अधिक सुखकर बनाने के लिए, जो ज्ञान अर्जित करते हैं, उसे सुरक्षित रखते हैं, उसका प्रचार-प्रसार करते हैं। हम जीवन का विकास भी करते हैं और प्रसार भी। उसे संकुचित नहीं करते। हम सारे मनुष्यों का ही नहीं, सारे जीवों का जीवन-सम्बन्धी अधिकार स्वीकार करते हैं; और प्रयत्न करते हैं कि जीवन की एक ऐसी पद्धति का विकास करें, जिसमें अधिक-से-अधिक लोग जीवित ही नहीं, स्वतन्त्र तथा सुखी रह सकें; और विनाश करने वाले अधर्मी दुष्टों का दलन किया जा सके...।"

"उसके लिए नगर बसाने की आवश्यकता है?" हिडिम्बा बोली, "तुम हमारे समान क्यों नहीं रह सकते?"

भीम ने हिडिम्बा को देखा : इसे कैसे समझाए? जो ज्ञान और चिन्तन, पीढ़ियों तक श्रम कर, मानव जाति ने अपने विकास के लिए प्राप्त किया है, उससे सर्वथा वंचित रही है यह। अब सहसा इसके सामने उन सिद्धान्तों का कथन कर देने मात्र से ही तो इसकी समझ में सब नहीं आ जायेगा।...

"बताओ न!" हिडिम्बा ने भीम की भुजा पकड़ कर उसे झकझोरा।

"सालकटंकटी!" भीम ने धैर्यपूर्वक उसे देखा, "हम मनुष्य हैं, इसलिए प्रत्येक मनुष्य हमारे लिए सहयोगी है, अतः हमारे प्रेम का पात्र है। जब कोई नया व्यक्ति हमारे सम्पर्क में आता है, हम उसे अपना शत्रु मान, मार डालने के लिए नहीं दौड़ते; न उसे अपने लिए खाद्य-पदार्थ मान, चीर-फाड़ कर खा जाने का प्रयत्न करते हैं। हम उससे सम्पर्क बढ़ा कर, यह जानने का प्रयत्न करते हैं कि उससे हमारा सहयोग का कौन-सा सम्बन्ध स्थापित हो सकता है।" भीम क्षणभर रुका, "मैं यह नही कहता कि दो मनुष्य परस्पर शत्रु नहीं हो सकते..." भीम की कल्पना में दुर्योधन खड़ा था, "मनुष्यों में भी कभी-कभी भाई तक एक-दूसरे के शत्रु हो जाते हैं; किन्तु यह मनुष्यत्व नहीं है। मनुष्यत्व है दूसरों की सेवा करना, ताकि दूसरे हमारे साथ सहयोग कर सकें। एक मनुष्य यदि दूसरे को खा जायेगा, तो उनमें भक्षक और भक्ष्य का ही सम्बन्ध स्थापित हो पायेगा।"

"तुम मुझे उलझा रहे हो।" हिडिम्बा बोली, "मेरी समझ में कुछ नहीं आ रहा।"

भीम ने अपने मस्तिष्क को झकझोरा : कैसे समझाए वह इस मूर्खा को?...

"अच्छा, यह बताओ।" भीम कुछ सोच कर बोला, "जब तुम अपने भाई हिडिम्ब के साथ रह रही थीं, तो भूख लगने पर क्या वह तुम्हारे लिए भोजन का प्रबन्ध करता था?"

हिडिम्बा तत्काल कुछ नहीं बोली। भीम ने जैसे उसकी कोई दुखती हुई रग छू दी थी। उसके चेहरे पर थोड़ी देर पहले तक जो उत्सुकता और जिज्ञासा का भाव था, वह विषाद की कालिमा में बदल गया। उसने भीम को भी जैसे ताड़ना की दृष्टि से देखा और बोली, "मुझे अपनी भूख का तो कुछ याद नहीं है। उसे भूख लगती थी तो मुझे आदेश देता था कि मैं उसके लिए भोजन का प्रबन्ध करूँ...।"

"और यदि तुम उसके लिए भोजन का प्रबन्ध न करती तो?"

"प्रबन्ध न करने का तो कोई प्रश्न ही नहीं था। तनिक-सा विलम्ब होने पर भी वह मुझे पीटने लगता था।"

"कल्पना करो कि यदि तुम उसके लिए भोजन न लातीं और उसकी भूख बढ़ जाती, बढ़ती ही जाती, तो वह क्या करता?"

हिडिम्बा चिन्तन की मुद्रा में मौन बैठी रही।

"उसकी भूख पीड़ादायक स्थिति तक बढ़ जाती, तो क्या वह तुम्हें खा जाता?"

हिडिम्बा में तब भी तत्परता नहीं जागी, किन्तु उसने उत्तर दिया, "मैंने कभी उसकी भूख को बढ़ने नहीं दिया। बढ़ने देती तो सम्भव है कि मुझे खा ही जाता।" उसके स्वर में पीड़ा थी।

"वह राक्षस था, इसलिए सम्भवतः ऐसा ही करता।" भीम बोला, "मनुष्य होता तो अपनी आवश्यकता से अधिक अपनी बहन की आवश्यकता को समझता। तुम्हें भूख लगती तो तुम्हारे लिए भोजन की व्यवस्था करता। तुम्हें पहले खिलाता और स्वयं बाद में खाता। यदि कभी ऐसी स्थिति आती कि भूखे ही मरना पड़ता, तो तुम्हें खा जाने के स्थान पर, भूखा मर जाना अधिक उपयुक्त समझता।"

"मनुष्यों और राक्षसों में इतना अन्तर क्यों है?" हिडिम्बा ने किसी अबोध बालिका के समान, अत्यन्त सरल भाव से पूछा।

भीम का मन उसकी सरलता पर जैसे मुग्ध हो उठा। उसे वह एक ऐसी बालिका लगी, जिसका शरीर समय से बहुत पूर्व ही युवावस्था को प्राप्त कर चुका हो।

"इसलिए कि मनुष्य समाज में रहता है और अपने साथ दूसरों के अधिकारों को भी मान्यता देता है।" भीम बोला, "वह अन्य मनुष्यों को अपना भोजन नहीं मानता; उनसे प्रेम करता है। जिनसे वह प्रेम करता है, उनके सुख के लिए, वह स्वयं कष्ट सहने को तत्पर रहता है।"

"और राक्षस?" हिडिम्बा ने पूछा।

"राक्षस या तो समाज में रहता नहीं, या समाज में रह कर भी केवल अपने अस्तित्त्व से ही प्रेम करता है और अपने स्वार्थ के लिए जीता है। किसी दूसरे व्यक्ति की सुख-सुविधा, आवश्यकता, मान तथा सम्मान, कोई अर्थ नहीं रखता; अन्यथा यह जान कर कि तुमने मुझे पति-भाव से ग्रहण किया है, वह हमारे साथ मैत्री-सम्बन्ध स्थापित कर, यह जानने का प्रयत्न करता कि तुम मेरे साथ सुखी रह पाओगी या नहीं—तुम्हारी, मेरी अथवा भाइयों की हत्या का प्रयत्न नहीं करता।"

हिडिम्बा की दृष्टि जैसे शून्य में विलीन हो गयी। वह अपनी सुन्दरतम कल्पनाओं में खो गयी। थोड़ी देर, वह वैसी ही स्थिर बैठी रही; और फिर क्रमशः चैतन्य हो कर, भीम को निरखती रही। थोड़ी देर में उसने अपना मस्तक, भीम के कंधे के साथ टिका दिया और उसकी भुजा को अपनी हथेली से सहलाती मौन बैठी रही।

भीम भी उसे मुग्ध-चकित देखता रहा। जाने वह क्या सोच रही थी और मन-ही-मन किन परिस्थितियों के मध्य जी रही थी।...

अन्ततः वह स्वयं ही बोली, "क्या यह सब सीखने के लिए तुम्हारे नगर जाना पड़ता है?"

भीम हठात् ही अट्टहास कर उठा, "नहीं! नहीं! यह सब सीखने के लिए मेरे नगर जाना आवश्यक नहीं है।" और तब उसकी समझ में आया कि वह यह सब सीखना चाहती थी; किन्तु मन-ही-मन उसके नगर के द्वार पर शायद भयभीत-सी खड़ी रही थी।

"तुम मेरे नगर जाने से भयभीत हो?"

"मैं किसी भी नगर में नहीं रह सकती।" वह बोली, "कभी सोचती हूँ तो यह सोच कर भयभीत हो जाती हूँ कि कहीं तुम्हारे मोह में मैं तुम्हारे नगर न चली जाऊँ!"

इस बार भीम चुप हो गया। इतना चुप कि हिडिम्बा भी उस मौन को अनदेखा नहीं कर सकी।

"क्या बात है?" उसने भीम का सिर अपनी गोद में रख लिया, "इतने चुप क्यों हो?" उसकी अंगुलियाँ, भीम के केशों से अनवरत खेल रही थीं।

"मैं भी कुछ सोच कर भयभीत हो गया हूँ।"

"तुम और भय!" हिडिम्बा हँसी, "तुम भयभीत हो ही नहीं सकते। तुम वीर हो।"

"वीर से वीर व्यक्ति भी कहीं-न-कहीं अत्यन्त भीत होता है।"

"तुम्हें किस बात का भय है वीर?"

भीम उसे देखता रहा, जैसे सोच रहा हो कि बताए या न बताए...

"बोलो! मुझे बताओ!"

"तुमने पुत्र की कामना की है?"

"हाँ!"

"वह मेरा पुत्र होगा?"

"हाँ!"

"और तुम उसे अपने साथ ले कर किसी वृक्ष पर टँगी, नर-मांस के आखेट का प्रशिक्षण दोगी। मेरा पुत्र वन के एक हिंस्र पशु के समान अपना सारा जीवन वृक्ष पर टँगा हुआ व्यतीत कर देगा। उसके जीवन का एकमात्र लक्ष्य होगा—नर-रक्त पीना और नर-मांस खाना। यही उसकी उपलब्धि होगी?"

हिडिम्बा कुछ नहीं बोली। यह समझ नहीं सकी कि वह क्या कहे। जहाँ तक उसे स्मरण था, उसके पिता यही करते आये थे। उसका भाई भी यही करता रहा था। उनके जीवन की यही उपलब्धि थी; और यही सबसे बड़ा सुख।...

उसने भीम की ओर देखा, जैसे पूछ रही हो कि वह क्या चाहता है—उसका पुत्र क्या करे?

भीम ने कुछ नहीं कहा। वह भी अपने आवेश को संयत करने का प्रयत्न कर रहा था। वह सोच रहा था कि कहीं वह अधिक ही तो नहीं बोल गया... या उसकी बात, हिडिम्बा समझ भी पायी है या नहीं...

और सहसा हिडिम्बा ने पूछा, "तुम क्या चाहते हो—तुम्हारा पुत्र वीर न हो? वह वीरता के कृत्य न करे?"

"वीर!" भीम अपने आवेश में कुछ कहने जा रहा था; किन्तु कुछ सोच कर रुक गया। धीरे से बोला, "यदि तुम्हारा भाई मेरा वध कर पाता, तो वह मेरा मांस खाता या नहीं खाता?"

"खाता! अवश्य खाता! तुम्हारे पश्चात्, तुम्हारे भाइयों का मांस खाता। तुम्हारी माता को भी खा जाता। यदि मेरे प्रति उसका क्रोध शान्त न होता, तो सम्भव है कि मुझे भी खा जाता।"

"मैंने उसका प्रत्यक्ष-युद्ध में वध किया; किन्तु उसका मांस खाना तो दूर, उसका अंग-भंग भी नहीं किया।" भीम बोला, "मैंने उसका वध क्यों किया?"

"अपनी और अपने भाइयों की रक्षा के लिए!"

"वह मेरा वध करना चाहता था अपने स्वाद के लिए, अपने भोजन के लिए; और मैं उसका वध करना चाहता था अपने भाइयों और माता की रक्षा के लिए। कौन बड़ा वीर हुआ?"

"तुम! निश्चित रूप से तुम!" हिडिम्बा भीम से लिपट गयी, "वह तो स्वार्थी था।..."

"मैं चाहता हूँ, मेरा पुत्र भी मेरे जैसा ही वीर बने!" भीम बोला, "दुष्टों का दलन करे; असहाय लोगों की रक्षा करे। दूसरों की रक्षा में अपने प्राण भी दे दे तो कोई बात नहीं; किन्तु अपने सुख के लिए, अपनी जिह्वा के स्वाद के लिए दूसरों की निरीह हत्याएँ न करे।..."

"वह ऐसा ही करेगा!" हिडिम्बा कुछ उल्लसित स्वर में बोली, "मैं उससे कहूँगी कि वह ऐसा ही वीर बने।"

"यहाँ वृक्ष पर टँगे-टँगे तुम उसके कान में कह दोगी और वह वैसा ही बन जायेगा?"...भीम कुछ खीझ कर बोला।

उसके उत्तर में हिडिम्बा ने यह नहीं पूछा कि ऐसा वीर वह कैसे बन पायेगा! वह भीम की तुलना में कुछ अधिक ही खीझ कर बोली, "यह तुम बार-बार वृक्ष पर टँगे रहने का क्या कटाक्ष करते हो! यह हमारी जीवन-पद्धति है। हम सदा से ऐसे ही रहते आये हैं।"

"मैं जानता हूँ कि सदा से ऐसे ही रहते आये हो।" भीम भी उसी प्रवाह में बोला, "किन्तु न तो अपनी संकीर्णता को बनाये रखने का प्रयत्न कोई बहुत गौरवपूर्ण प्रसंग है और न ही उससे कभी किसी व्यक्ति या जाति का विकास हुआ है।" भीम ने उस पर एक भरपूर दृष्टि डाली, "मैं तुम्हें यही समझा रहा हूँ। अब वृक्ष से नीचे उतर आओ। अपनी जीवन-पद्धति के नाम पर न दूसरों से पृथक् रहो, न उन्हें पृथक् मानो। तुम्हारी जीवन-पद्धति यह है, इसलिए दूसरों के शत्रु मत बने रहो। भिन्नता, शत्रुता का प्रमाणपत्र नहीं है, न उसके आधार पर तुम्हें दूसरे मनुष्यों का आखेट करने का अधिकार मिल जाता है। कोई भी नदी यह चाहे कि न तो वह किसी नदी से मिलेगी, न सागर में आत्मविसर्जन करेगी, तो वह सरिता न रहकर, सरोवर मात्र रह जायेगी; और कदाचित् अन्त में वह नहीं रह पायेगी।..."

"तो तुम क्या चाहते हो—मैं अपने पुत्र के साथ तुम्हारे नगर में आ जाऊँ?"

"नगर में आना महत्वपूर्ण नहीं है। नगर में आ कर भी किसी मन-पसन्द वृक्ष पर चढ़ोगी, तो ऐसी ही रहोगी।" भीम बोला, "अधिक आवश्यक है भिन्न, नये और अपरिचित लोगों से अपने विरोध का त्याग! अन्य लोगों के निकट जाओ—मैत्रीपूर्ण ढंग से उनसे कुछ नया सीखो और उन्हें नया सिखाओ!" भीम बोलता गया, "पशु से मनुष्य बनने के लिए, मानवता के लाखों वर्षों के अनुभव और ज्ञान की ओर से आँखें बंद कर, अपनी-जीवन पद्धति से चिपके रहने से तो किसी का विकास नहीं हो सकता। न अपने से भिन्न लोगों का रक्त पी कर, उनका मांस खा कर, किसी की श्रेष्ठता सिद्ध हो सकती है।..."

"तुम्हारी इतनी सारी बातें मैं समझ नहीं पाती।" हिडिम्बा बोली, "मुझे तो केवल यह बताओ कि मुझे तुम्हारे पुत्र को क्या सिखाना है!"

"उसे कहना कि उसे एक श्रेष्ठ योद्धा बनना है—नर-भक्षी राक्षस नहीं। संसार में जिस किसी गुरु से भी वह युद्ध सीख सके—सीखे। किन्तु अपनी क्षमताओं से निरीह और असहाय लोगों की हत्या न करे, उनकी रक्षा करे। उसे कहना कि वह अपने पिता के अनुकूल बने।"

"वह पूछेगा कि कौन है उसका पिता, तो क्या उत्तर दूँ उसे?" हिडिम्बा ने पूछा।

भीम ने सायास स्वयं को रोका। वह तो अपने प्रवाह में सब कुछ बता जाता।... और फिर उसने आश्चर्य से हिडिम्बा को देखा : उसका यह प्रश्न वार्तालाप की धारा में आकस्मिक रूप से बहता हुआ आया तिनका था या हिडिम्बा की चतुराई का चमत्कार...?

"तुमने हमारे ज्येष्ठ को वचन दिया था कि तुम हमारा परिचय जानने का प्रयत्न नहीं करोगी।..."

"ओह, हाँ! मैं तो भूल ही गयी!" उसने अपने दाँत से जीभ काटी, "मेरी इच्छा अपना वचन भंग करने की नहीं थी। यह प्रश्न तो संयोग से बीच में आ गया।" हिडिम्बा कुछ रूक कर बोली, "वस्तुतः जब मैंने तुम्हें देखा तो मैं तुम्हारे रूप तथा हष्ट-पुष्ट दीर्घाकार शरीर पर ही मुग्ध हुई थी। तब मैं तुम्हारी बुद्धि और चरित्र के विषय में न कुछ जानती थी, न जानना चाहती थी। मैंने मान लिया था कि तुम लोग साधारण नागरिक जन हो, जो किसी कारणवश वन में से हो कर यात्रा कर रहे हैं। किन्तु मैंने जितना तुम्हें और तुम्हारी माता को जाना है, तुम लोगों का वार्तालाप और विचार-विमर्श सुना है, उससे यही समझ पायी हूँ कि तुम लोग साधारण जन नहीं हो। इसलिए मन में यह जिज्ञासा उठी कि तुम कौन हो? मेरे पुत्र का जनक कौन है?"

भीम के चेहरे पर स्पष्ट विवशता आ विराजी। यदि वह हिडिम्बा को बता पाता तो उसे कितनी प्रसन्नता होती!...

"तुमने ठीक अनुमान लगाया है हिडिम्बे!" भीम बोला, "तुम किसी साधारण मनुष्य के पुत्र को जन्म नहीं दोगी...किन्तु यह विशिष्ट जन अभी संकट में है, किन्हीं कारणों से अपनी वास्तविकता प्रकट नहीं कर सकता और छद्म रूप में जीने को बाध्य है। इसलिए इस हिडिम्बवन की रानी सालकटंकटी का पति नृप वृकोदर ही तुम्हारे पुत्र का जनक है।" भीम उच्च स्वर में हँसा; और स्वयं ही समझ नहीं पाया कि उसके हँसने का क्या कारण था।

हिडिम्बा ने उत्सुक दृष्टि से भीम को देखा : क्यों हँसा वह किन्तु हँस तो केवल उसका कण्ठ ही रहा था, उसकी आँखों से झाँकती विवशता को कोई भी पहचान सकता था।...

"आर्य वृकोदर!" हिडिम्बा बोली, "सन्ध्या हो रही है। अब आप उठें। आपको आपकी माता तथा भाइयों को सौंप आऊँ। एक वचन तो मैं अपनी असावधानी में भंग कर ही चुकी हूँ; दूसरा भंग करना नहीं चाहती।"

"ओह! हाँ!" भीम भी सजग हुआ। सूर्य अस्ताचल की ओर काफी झुक आया था।... अपने विषय में वह जानता था कि वह पर्याप्त वाचाल है; किन्तु उसने यह कभी नहीं सोचा था कि वह इस मूर्खा सालकटंकटी से भी इतनी बातें करेगा।... पर शायद व्यक्ति जिसे अपना मान लेता है, उससे हर प्रकार का वार्तालाप करता ही है—चाहे उसकी बुद्धि किसी भी कोटि की हो।

"चलो उठो।" उसने खड़े हो कर अपना हाथ हिडिम्बा की ओर बढ़ाया।

हिडिम्बा ने अपना हाथ, भीम की हथेली में रख दिया और उसे ऐसे

मुग्ध नयनों से देखा कि नृप वृकोदर के पैरों तले धरती खिसक गयी। उसने झपट कर न केवल बैठी हुई हिडिम्बा को खड़ा कर दिया, वरन् स्वयं झुक कर उसे अपने कंधे पर उठा लिया।...

"अरे! अरे! क्या कर रहे हो!!!..."

किन्तु भीम ने कुछ नहीं सुना। उसने निमिष-भर में हिडिम्बा को कई चक्कर दे दिये और फिर उसे कन्धे पर उठाए-उठाए भाग चला।...हिडिम्बा के भीतर भी जैसे किसी अद्भुत ऊर्जा का स्रोत फूट निकला था। उसने भीम की पीठ पर घूँसे बरसाने आरम्भ कर दिये। भीम घूँसे खाता जाता था, हँसता जाता था और भागता जाता था।

"देखो वृकोदर!" हिडिम्बा हँसती हुई बोली, "यदि मुझे मद चढ़ गया तो, सन्ध्या के स्थान पर प्रातः ही अपनी माता के पास पहुँचोगे।"

भीम पुनः जोर से हँसा, "तुम्हारा मद तो अभी उतर जायेगा।"

उसने हिडिम्बा को सरोवर के जल में ऐसे उछाल दिया, जैसे कोई दीर्घाकार किन्तु अत्यन्त हल्की वस्तु को उछालता है; और फिर स्वयं भी उसके पीछे-पीछे जल में कूद गया।

19

मुनि शालिहोत्र अपने कुटीर में बैठे, आश्रमवासियों से वार्तालाप कर रहे थे। युधिष्ठिर ने प्रणाम किया तो उन्होंने संकेत से उसे आसन ग्रहण करने के लिए कहा।

युधिष्ठिर बैठ गया।

"गुरुदेव! आपके वक्तव्य से जो बात मेरी समझ में आयी, वह यह है कि हम इस वास्तविक जीवन को अवास्तविक मान कर, इसके सारे सुख त्याग दें," एक आश्रमवासी कुछ उग्र स्वर में बोला, "और एक काल्पनिक जीवन को, जिसकी न हमें कोई अनुभूति है, न कोई ज्ञान, सत्य मानकर, उसके प्रति अपना जीवन समर्पित कर दें।"

"यदि मेरे वक्तव्य का यह अर्थ श्रोता तक पहुँचाता है, तो मैं एकदम असफल वक्ता तथा शिक्षक हूँ।" मुनि मुस्कराए, "यह तो मैं कदापि कहना नहीं चाहता हूँ।"

"तो फिर आप क्या कहना चाहते हैं?" उसी आश्रमवासी ने पुनः पूछा।

"वत्स! वह बताने के लिए तो मुझे अपनी सारी बात फिर से कहनी होगी।"

"नहीं गुरुदेव! संक्षेप में बता दें।"

"जो बात विस्तार से कहने पर तुम्हारी समझ में नहीं आयी, वह संक्षेप में कहने पर तुम्हारी समझ में आ जायेगी?"

"गुरुदेव!" एक अन्य आश्रमवासी ने हस्तक्षेप किया, "निर्मल का अभिप्राय इतना ही है कि इस संसार के जीवन को, जो हमारी बुद्धि और ज्ञानेन्द्रियों के लिए अनुभवगम्य है, अयथार्थ मानने का कोई कारण तो होना चाहिए हमारे पास – कोई प्रमाण!..."

"प्रमाण तो होना ही चाहिए वत्स! प्रमाण के अभाव में किसी तथ्य पर विश्वास कैसे किया जा सकता है!" मुनि थोड़ी देर रुके, "जब तुम निपट शिशु थे वत्स, तब यदि मैं तुम्हें आम की गुठली दिखा कर कहता कि उसमें आम का एक पूरा वृक्ष निहित है, जिसमें सहस्रों रसाल उत्पन्न करने की क्षमता है, तो क्या तुम मेरा विश्वास कर लेते?"

"कदाचित् नहीं।" निर्मल ने उत्तर दिया।

"किन्तु अब तुम इस बात पर विश्वास करते हो?"

"हाँ, गुरुदेव!"

"क्यों करते हो?"

"क्योंकि अब मेरी बुद्धि इस बात को समझ सकती है; और यदि मैं चाहूँ तो आम की गुठली को बो कर, उसमें से वृक्ष को बनते और रसाल उत्पन्न करते देख सकता हूँ।"

"यह कैसे सम्भव हो सका?" मुनि ने सहज भाव से पूछा।

"मेरी बुद्धि परिपक्व हुई। उसका विकास हुआ है।" निर्मल बोला, "मैंने अध्ययन किया है। गुरु के निकट रह कर उनसे शिक्षा पायी है।"

"बस! मैं यही बात कह रहा हूँ।" मुनि बोले, "अपनी वर्तमान बुद्धि को सृष्टि का अन्तिम सत्य मत मानो। उसका विकास और संस्कार करने का प्रयत्न करो। जो सत्य दूसरों द्वारा अनुभूत है, उसके अनुभव का प्रयत्न करो। अपनी बुद्धि को इन्द्रियों का दास मत बनने दो। तब तुम देखोगे कि वस्तुतः तुम्हें उतनी वस्तुओं की आवश्यकता नहीं है, जितनी तुमने एकत्रित कर ली हैं। यह तुम्हारी आवश्यकता नहीं है, जो तुम्हें अर्जन और संचय के लिए प्रेरित करती है–यह तुम्हारा मोह है। यदि इस मोह को तुम पहचान पाओगे, तो उसे त्याग भी पाओगे। मोह से मुक्त होते ही तुम अनुभव करोगे कि जीवन मात्र, धन के अर्जन के लिए नहीं है। आवश्यकता भर धन अर्जित करना सबके लिए अनिवार्य हो सकता है; किन्तु उसकी एक सीमा है। वहाँ पहुँच कर व्यक्ति यह निर्णय करता है कि अब वह अतिरिक्त धन अर्जित करने के लिए कोई भी

कार्य नहीं करेगा। अपने शेष जीवन को वह उन कार्यों में लगायेगा, जिन्हें अब तक वह, गृहस्थी के लिए धनार्जन की अनिवार्यता में नहीं कर पाया था। जब अर्थ अर्जित करने की अनिवार्यता नहीं रहती, तब ही कर्म में सुख की प्राप्ति होती है; और तब ही मनुष्य अपना जीवन, उस पद्धति से व्यतीत कर सकता है, जिसके लिए प्रकृति ने उसे उत्पन्न किया है। उसका मन निर्मल हो सकता है। रजोगुण तथा तमोगुण छूटने लगते हैं; और वह प्रकृति पर मुग्ध होने लगता है। उसके लिए जीवन का रूप बदल जाता है।..."

"किन्तु उससे लाभ क्या होगा गुरुदेव!" तीसरा आश्रमवासी बोला, "लोग आलसी हो जायेंगे। कोई सरोवर के तट पर बैठा, कमल को निहारता रहेगा और कोई सरिता की उर्मियाँ गिनता रहेगा। समाज को उससे क्या लाभ होगा?"

मुनि शालिहोत्र ने अचकचा कर उसे देखा, जैसे उनसे कुछ बहुत ही अनपेक्षित पूछ लिया गया हो; और फिर वे क्रमशः सहज हो कर मुस्कराए, "पुत्र! तुमने यह बात इसलिए कही, क्योंकि तुम यह मान कर चल रहे हो कि यदि मनुष्य के मन में मोह नहीं होगा, स्वार्थ नहीं होगा तो वह कर्म ही नहीं करेगा। किन्तु कर्म ही नहीं, श्रम तथा सृजन भी मनुष्य की सहज वृत्तियाँ हैं। इसलिए कर्म तो मनुष्य करेगा ही। हाँ! आवश्यकता भर धन का अर्जन कर वह जीवन को उदात्त धरातल पर जीना चाहेगा। असीम धन की इच्छा न होने के कारण वह धन का अर्जन अपने श्रम से करेगा, धर्मानुसार करेगा। वह कभी भी अधर्मपूर्वक धन का अर्जन नहीं करेगा।..."

"यदि धन का अर्जन ही लक्ष्य हो गुरुदेव," एक आश्रमवासी बोला, "तो उसमें धर्म और अधर्म का क्या भेद! यदि अर्थ के मार्ग में भी धर्म का द्वार रहेगा तो स्पष्ट ही व्यक्ति सीमित धन ही कमा पायेगा। ऐसे में वह समाज कभी भी समृद्ध नहीं हो पायेगा।"

"तुम ठीक कहते हो वत्स!" गुरु बोले, "अधर्म से धन अर्जित कर व्यक्ति और समाज समृद्ध तो हो जाता है, किन्तु उसका विकास कभी नहीं होता।... जबकि मात्र धर्म पर चलने से समाज धनी भी होगा, विकसित भी और उन्नत भी।..." मुनि शालिहोत्र ने अपने श्रोताओं पर एक दृष्टि डाली, "तुम्हें कदाचित् यह ज्ञान नहीं है कि अधर्म से अर्जित और अधर्मपूर्वक वितरित धन किन्हीं व्यक्तियों को चाहे धनाढ्य बना दे; किन्तु सम्पूर्ण समाज को वह निर्धन ही कर देता है।..."

इतनी देर से युधिष्ठिर सुन ही रहा था; अब उससे बोले बिना नहीं रहा गया, "आर्य कुलपति! क्या नृशंसता का त्याग कर जीवन-यापन सम्भव है?"

मुनि ने उसे प्रसन्न दृष्टि से देखा, "तुमने अत्यन्त उत्तम प्रश्न पूछा है

पुत्र! वस्तुतः हमारी चर्चा भी वहीं पहुँचने वाली है। वस्तुतः जो व्यक्ति अपने मन को उस सीमा तक पवित्र कर चुका है, कि वह नृशंस हो कर जी नहीं सकता, वह भौतिक जीवन की निस्सारता को समझ चुका है। किन्तु पुत्र! एक बात का ध्यान रहे कि नृशंसता कर्म में नहीं, भावना में है। पुत्र अपने पिता की अवज्ञा भी करे तो वह नृशंसता है और राजा अपनी प्रजा की रक्षा के लिए दुष्ट-दलन की भावना से किसी को सूली पर भी चढ़ा दे तो नृशंसता नहीं है।"

"आप ठीक कह रहे हैं मुनिवर!" युधिष्ठिर का स्वर संशय-मुक्त नहीं था, "किन्तु मेरे प्रश्न का संदर्भ कुछ और था।"

"तुम अपने संदर्भ में ही अपना प्रश्न पूछो वत्स!"

"मैं अपने अधिकार के नाम पर यदि किसी पदार्थ अथवा पद को ग्रहण करता हूँ तो अन्य अनेक लोगों का, जो उस पदार्थ अथवा पद के आकांक्षी हैं, मानसिक पीड़ा देता हूँ। क्या यह नृशंसता नहीं है कुलपति?"

"यदि धर्मानुसार वह पद अथवा पदार्थ तुम्हारे हैं तो उन्हें ग्रहण करना नृशंसता कैसे है पुत्र?"

"यदि मैं उन्हें ग्रहण न करूँ तो उनके इच्छुक लोगों का मानसिक संताप मिट जायेगा।..."

"पहले तुम यह निर्णय करो पुत्र, कि उनका संताप उनके अपने मोह के कारण है, अथवा तुम्हारी वंचना के कारण?"

"उनके अपने मोह के कारण आर्य!"

"तो तुम स्वयं वंचित हो कर, क्या उनका मोह दूर कर पाओगे?"

"नहीं आर्य!"

"तुम वंचित भी हो जाओ पुत्र, तो उनका मोह नहीं मिटेगा। उनका संताप उनके अपने मोह के कारण है; अतः मोह के रहते, संताप भी बना रहेगा। तब नृशंस कौन है?"

"उनका मोह मुनिवर!"

"तो पुत्र! स्वयं वंचित होने के स्थान पर, उनका मोह दूर करने का प्रयत्न करो।"

"वह कैसे होगा गुरुवर?"

"मोह मानसिक रोग है पुत्र! आत्मा का कलुष! यदि वह मात्र साधारण भ्रम है तो प्रबोधन से ही मिट जायेगा; किन्तु यदि वह अत्यन्त सघन है, तो मोह की सघनता के अनुपात में ही पीड़ा अथवा दण्ड पा कर ही वह छूटे तो छूटे; उनकी आकांक्षापूर्ति से तुम उनका मोह नष्ट नहीं कर सकते। यदि उनकी

इच्छापूर्ति होती रहेगी, तो उनका लोभ बढ़ेगा, मोह सघन होगा, अधर्म की शक्ति में उनकी निष्ठा बढ़ेगी; और वे अधिक-से-अधिक नृशंस होते जायेंगे।" फिर जैसे रुकते-रुकते मुनि ने जोड़ दिया, "अधर्मियों के प्रति दयावान होने का अर्थ है उनके प्रति तथा सामान्य समाज के प्रति नृशंस होना। आनृशंसता सबसे बड़ा धर्म है पुत्र! इसलिए मोह के रोग की वृद्धि में सहायक धर्म नहीं है।"

युधिष्ठिर मौन ही बैठा रहा। उसकी समस्या के विषय में मुनि ने अपना दृष्टिकोण स्पष्ट कर दिया था।...और ठीक ही तो कहा था मुनि ने! दुर्योधन के मन में मोह था। उसे सत्ता का मद था। वह हस्तिनापुर का पालन करना नहीं चाहता; वह तो उसे अपनी सम्पत्ति मान कर, उस पर एकाधिकार चाहता था। इसलिए उसने भीम को विष दिया था; उन पाँचों भाइयों को उनकी माता के साथ वारणावत में जला डालने का पूर्ण प्रयत्न किया था।...यदि पाण्डव अपना अधिकार त्याग भी दें, हस्तिनापुर की सत्ता उसे सौंप भी दें, तो क्या वह संतुष्ट हो जायेगा?...नहीं! कदाचित् वह उनके प्राण लिये बिना नहीं मानेगा।... और यदि किसी प्रकार वह पाण्डवों के प्राण लेने में सफल हो गया, तो इसकी आश्वस्ति कौन देगा कि उसे यह मतिभ्रम नहीं होगा कि उसके अपने भाई भी सत्ता में उसके प्रतिस्पर्धी होंगे, अतः उनका वध भी उसका कर्तव्य है! यदि उसे अधिकार मिल गया तो वह और अधिक अधर्मी और नृशंस नहीं हो जायेगा? मुनि शालिहोत्र ने सत्य ही कहा है, तामसिक त्याग से तो सात्विक ग्रहण ही अधिक श्रेयस्कर है।...

"तुम इतने व्याकुल क्यों हो पुत्र?" कुन्ती ने पूछा, और फिर जोड़ दिया, "कितनी देर से देख रही हूँ, तुम कुछ चिन्तित और अशांत दिखायी दे रहे हो।"

अर्जुन ने माँ की ओर देखा तो, किन्तु तत्काल कुछ बोला नहीं।...उसके मन में कई प्रकार की बातें उठ रही थीं। किन्तु मन में जो कुछ उठ रहा था, वे मात्र विचार ही तो नहीं थे, उनके साथ कुछ क्षोभ भी था, कुछ रोष भी। अपने विचार तो वह माँ के सामने रखना चाहता था; किन्तु क्षोभ और रोष नहीं।...

"अर्जुन!" कुन्ती ने उसे नाम से पुकारा; किन्तु तत्काल जैसे सजग हो उठी।...यह उनका अज्ञातवास था। इसमें सामान्यतः वे लोग, एक-दूसरे को नामों से पुकारने से बचते थे। अभी तो आश्रम के कुलपति ने भी उनसे कुछ नहीं पूछा था; अन्य आश्रमवासियों से भी इतना सम्पर्क नहीं हुआ था कि उनसे कोई उनके नाम पूछता। पर वह स्थिति किसी भी क्षण आ सकती थी...

"माँ!" अर्जुन बोला, "मैं यह सोच रहा हूँ कि हम यहाँ क्या कर रहे हैं?"

"हम अपने शत्रुओं से छिपने के लिए यहाँ ठहरे हैं पुत्र!"

"माँ! इसे मेरा रोष मत समझना; यह कदाचित् मेरी व्याकुलता ही है।" अर्जुन बोला, "मेरी समझ में यह नहीं आ रहा कि क्या अपने शत्रुओं से छिपे रहना ही हमारे जीवन का लक्ष्य है?..."

"नहीं पुत्र! तुम ऐसा क्यों समझते हो?" कुन्ती बोली, "हम उपयुक्त अवसर पर यहाँ से चलने की प्रतीक्षा में हैं।"

"वह उपयुक्त अवसर कौन-सा होगा?" अर्जुन अपनी बात कहता-कहता सहज हो गया, "क्या हम किसी निश्चित अवधि के लिए यहाँ छिपे बैठे हैं कि अवधि समाप्त होने पर प्रकट होंगे? या क्या हम किसी घटना के घटित होने की प्रतीक्षा में हैं? क्या हम किसी सहायता की प्रतीक्षा में हैं? क्या हम अपने शत्रु के टल जाने की प्रतीक्षा में हैं? कोई तो सीमा होनी चाहिए माँ! और उस सीमा का कोई तर्क-संगत आधार भी!..."

"यह सब तो मैं भी नहीं जानती!" कुन्ती बोली, "किन्तु यह तो स्पष्ट ही है कि हम यहाँ स्थायी रूप से रहने के लिए नहीं आये हैं। अवसर मिलते ही आगे चल पड़ेंगे।"

"मुझे यही तो नहीं लग रहा।" अर्जुन बोला, "ज्येष्ठ को एक आश्रम मिल गया है, जिसमें अनेक तपस्वी हैं; और वे धर्म की चर्चा करते हैं। मध्यम को सालकटंकटी प्राप्त हो गयी है; और वे उसमें इतने मग्न हैं, जैसे वह उनके जीवनभर की कोई उपलब्धि हो।...मुझे तो लग रहा है माँ, कि हम लोग यहाँ अपने स्थायी निवास का प्रबन्ध कर रहे हैं।"

"नहीं!" सहसा कुन्ती के चेहरे पर तेज जागा, "ऐसा कुछ नहीं होगा। यदि वारणावत के शिव-भवन में निवास करते हुए भी हम भस्म नहीं हुए, तो इस वन में रहते हुए भी मृत्तिका नहीं होंगे।...यह हमारा स्थायी निवास नहीं है। हमें वापस हस्तिनापुर लौटना ही है।"

"तो फिर सावधान रहो माँ! कहीं ऐसा न हो कि ज्येष्ठ अथवा मध्यम का मन यहीं रम जाये...!"

"और माँ का मन?" नकुल भी उनके वार्तालाप में सम्मिलित हो गया।

"क्यों! माँ के मन को क्या हुआ है?" कुन्ती ने एक झटके से नकुल को देखा; किन्तु उसकी आँखों में नकुल के लिए स्नेह का पारावार था। वह जानती थी कि नकुल उसका विरोध नहीं कर रहा, वह व्याज से उसके किसी गुण का ही बखान करेगा, अथवा यह उसका परिहास मात्र होगा।...

"माँ के मन का क्या है," नकुल पूर्ण आश्वस्त स्वर में बोला, "माँ आश्रमवासियों के कार्य में हाथ बँटाने लगें तो वहीं रम जायें, सालकटंकटी को पाक-कला सिखाने लगें तो उसी में जीवन की सार्थकता पा लें। वन-वासनियों

का शिक्षण करने लगें तो उसी को अपनी साधना मान लें। हमारी माँ के सुख के लिए राजसी सुख-साधनों का होना तनिक भी आवश्यक नहीं है। वे कहीं भी सुखी रह सकती हैं। हमारी माँ तो योगिनी हैं, योगिनी! क्यों माँ!..." और नकुल ने कुन्ती के कंठ में अपनी भुजाएँ डाल दीं।

"चल हट!" कुन्ती ने सहसा उसे एक चपत लगायी, "माँ योगिनी नहीं, योग-माया है। भीम नहीं है यहाँ, उसकी वाचालता तुझमें आ गयी!" और सहसा कुन्ती का हास्य लुप्त हो गया, "पर तुम सच कहते हो पुत्र! मुझे सचमुच अपने लिए राजप्रासादों की आवश्यकता नहीं है। मैंने तो आज तक तपस्वियों के आश्रमों में ही अधिक सुख पाया है। कभी-कभी तो जैसे मैं स्वयं ही अपने-आपको धिक्कारने लगती हूँ कि मैं तुम लोगों को शतश्रृंग से हस्तिनापुर लायी ही क्यों?"

"क्यों लायी थीं माँ?" सहदेव ने पूछा।

"इसलिए कि मैं मानती हूँ कि मुझे अपने लिए कुछ नहीं चाहिए था; किन्तु यह जानते हुए भी कि हस्तिनापुर मेरे पुत्रों का है, मैं उन्हें आश्रम में ऋषिपुत्रों के समान पलते हुए नहीं देख सकती थी।"

"तो अब भी तुम अपने पुत्रों को जटाएँ बढ़ाए, मृगचर्म धारण किये हुए; और दुर्योधन को हस्तिनापुर के सिंहासन पर बैठे हुए नहीं देख सकोगी?"

"हाँ, पुत्र! मैं अपने पुत्रों को वन-वन भटकते, कंद-मूल खाते अथवा भिक्षाटन करते नहीं देख सकती। युधिष्ठिर को हस्तिनापुर के सिंहासन पर बैठाये बिना, मुझे शान्ति नहीं मिल सकती।...और हस्तिनापुर पर उसका निर्विघ्न शासन स्थापित होते ही, मुझे इस मोह-माया को त्याग देना है।..."

"तो माँ! इस विषय में ज्येष्ठ से चर्चा अवश्य करो।" अर्जुन बोला।

"करूँगी।"

भोजन के पश्चात् रात को जब सालकटंकटी जा कर अपने कुटीर में सो गयी तो वे लोग इकट्ठे बैठे। कुन्ती ने युधिष्ठिर से पूछा, "हम लोग यहाँ कब तक ठहरेंगे पुत्र?"

युधिष्ठिर ने माँ को देखा : क्यों पूछ रही हैं माँ इस प्रकार?

उत्तर भीम ने दिया, "यह स्थान सुरक्षित है। हिडिम्बवन के निकट होने के कारण, नर-भक्षी राक्षसों के आतंक से सामान्य से सामान्य जन यहाँ नहीं आते..."

"सामान्य जन के आतंक से तो वारणावत छोड़ कर हम भागे नहीं थे।" सहदेव बोला, "प्रश्न तो यह है कि दुर्योधन को किसी प्रकार हमारे जीवित रहने

का समाचार न मिले।"

"हमारे पास अभी तक इस प्रकार की कोई सूचना नहीं है कि दुर्योधन ने हमारी मृत्यु का विश्वास कर लिया है या नहीं।" युधिष्ठिर बोला, "यदि उसे यह विश्वास हो जाता कि अब हम जीवित नहीं हैं, तो उसके गुप्तचरों का अथवा किसी और का भय हमें नहीं होना चाहिए। किन्तु, यदि वारणावत में उसे किसी प्रकार कोई ऐसा प्रमाण मिल जाता है कि वारणावत में जिनकी मृत्यु हुई, वे हम नहीं थे, तो निश्चित ही वह हमारी खोज में अपने गुप्तचर भेजेगा। वे गुप्तचर कहाँ-कहाँ, किस-किस ओर जायेंगे—इस विषय में मैं कुछ नहीं कह सकता।" युधिष्ठिर थोड़ी देर रुक कर बोला, "यहाँ तक आने के लिए गंगा तथा नर-भक्षियों के वन को पार करना पड़ता है, इसलिए हमारा यहाँ होना असम्भव मान कर उसे अपने गुप्तचर यहाँ नहीं भेजने चाहिए; किन्तु वारणावत से चल कर, गंगा पार करते ही, अज्ञातवास के लिए यह अच्छा स्थल है—यह सोच कर उसे यहाँ ही गुप्तचर भेजने चाहिए।..."

"भैया!" भीम ने उसे बीच में ही टोक दिया, "देखिए; यदि वह किन्हीं भी कारणों से गुप्तचर नहीं भेजता या इस ओर गुप्तचर नहीं भेजता, तो हमारे लिए कोई समस्या ही नहीं है; किन्तु किन्हीं भी कारणों से यदि वह अपने गुप्तचर इस ओर भेजता है; तो वे गुप्तचर हिंस्र पशुओं तथा नर-भक्षी राक्षसों से बच नहीं सकते। अतः यह स्थान उस दृष्टि से सुरक्षित है। वैसे भी," उसने रुक कर युधिष्ठिर की ओर देखा, "यदि आप युवराज अथवा सम्राट के रूप में किसी को खोजने के लिए गुप्तचर भेजेंगे तो उसे यह आदेश नहीं देंगे कि उक्त वन में जाओ और प्रत्येक वृक्ष तथा झाड़ी में खोजो। कुछ-एक गुप्तचरों के वश का नहीं है कि सारा वन छान मारें और छुप कर रह रहे, पाँच-सात लोगों को खोज लायें। वन में खोज के लिए तो पूरी सेना ही भेजी जायेगी, ताकि वह वन का चप्पा-चप्पा छान मारे। और ऐसी खोज तो कभी गोपनीय नहीं रह पायेगी। तब प्रश्न उठेगा कि दुर्योधन किसे खोज रहा है; और क्यों खोज रहा है। इसलिए दुर्योधन सेना भेजेगा नहीं। गुप्तचर हमें खोज नहीं पायें, अतः यह स्थान सर्वथा सुरक्षित है।..."

"सेना तो वह नहीं भेजेगा; क्योंकि सेना वन के मध्य में हो और शत्रु-पक्ष वन को ही आग लगा दे तो सारी सेना स्वाहा हो जायेगी।" सहदेव बोला, "इसलिए यदि वह भेजेगा तो गुप्तचरों को ही भेजेगा। गुप्तचर अपनी खोज सदा जन-संकुल स्थानों में करेंगे, जहाँ कम-से-कम समय में, वे अधिक लोगों से मिल कर, उनसे समाचार प्राप्त कर सकें। इसलिए वे हाटों, राज-सभाओं, तीर्थों तथा गतिविधि के अन्य केन्द्रों में हमें खोजेंगे।..."

"भैया!" अर्जुन ने सहदेव की बात काट कर युधिष्ठिर को सम्बोधित किया, "मेरे मन में कहीं यह शंका नहीं है कि दुर्योधन के गुप्तचर हमें खोजने के लिए यहाँ आयेंगे। मैं यह मानता हूँ कि लाक्षागृह को जला कर वह पूर्णतः आश्वस्त हो गया होगा। उसने हमें मृत मान लिया होगा, अतः वह हमारी खोज नहीं करवाएगा। मेरी चिन्ता दूसरी है...।"

"तुम्हारी चिन्ता क्या है, वही क्यों नहीं बताते चिन्तक महोदय?" भीम बोला, "हम अपनी चिन्ताओं पर विचार कर लें, वह बहुत है। जो चिन्ताएँ नहीं हैं, उन पर क्या विचार करना!"

"हस्तिनापुर से कोई हमारा समाचार लेने नहीं आयेगा; मुझे चिन्ता यह है कि कोई यहाँ से हमारा समाचार हस्तिनापुर न पहुँचा दे।" अर्जुन बोला, "यह शालिहोत्र मुनि का आश्रम है। यहाँ अनेक ऋषि-मुनि और यायावर संन्यासी आते ही रहते हैं। अपने साथ वे यहाँ के समाचार भी ले जाते हैं। वे लोग कहाँ-कहाँ जायेंगे, यह कोई नहीं जानता। सम्भव है कि उनमें से कोई, किसी ऐसे स्थान पर, कोई ऐसी सूचना पहुँचा दे, जहाँ से दुर्योधन को संदेह हो जाये कि हम जीवित हैं और वह हमारी खोज आरम्भ करवा दे।..."

"ऐसी कौन-सी सूचना हो सकती है, जिससे यह निष्कर्ष निकाला जा सके कि हम साधारण तपस्वी नहीं, वारणावत में जले हुए पाण्डव हैं?" युधिष्ठिर ने पूछा।

"पाँच पुत्र और उनकी माता।" अर्जुन बोला, "सर्वप्रथम तो यही पर्याप्त सूचना है। दूसरे, मध्यम के शरीर का आकार-प्रकार साधारण नहीं है। जहाँ कहीं यह सूचना पहुँचेगी कि ऐसे असाधारण डील-डौल वाले अपोरूषेय शक्ति के स्वामी मनुष्य ने बिना किसी शस्त्र के हिडिम्ब राक्षस का वध कर दिया, तो हमसे परिचित प्रत्येक व्यक्ति पहला प्रश्न यही पूछेगा कि वह पुरुष कहीं मध्यम पाण्डव ही तो नहीं है?"

अर्जुन चुप हो गया। सब लोग उसकी बात पर विचार कर रहे थे। कोई कुछ नहीं बोला।

"ऐसी ही छोटी-बड़ी अनेक सूचनाएँ हो सकती हैं, जो हमारा रहस्य उद्घाटित कर सकती हैं, पर..." अर्जुन ने रुक कर अपने भाइयों को देखा।

"पर क्या?" युधिष्ठिर ने पूछा।

"पर मेरा मूल प्रश्न यह नहीं है।" अर्जुन बोला, "मेरा मूल प्रश्न यह है कि हमारे जीवन का लक्ष्य क्या केवल इतना ही है कि हम दुर्योधन की दृष्टि से छिपे रहें और अज्ञात वनवासियों के समान अपना जीवन व्यतीत कर दें?"

"नहीं!" भीम तड़प कर बोला, "मैं इतनी सुविधा से दुर्योधन को

हस्तिनापुर पचा लेने नहीं दूँगा। हमें वापस हस्तिनापुर लौटना है और उससे अपना राज्य वापस प्राप्त करना है।..."

"कब लौटना है हमें हस्तिनापुर?" अर्जुन का स्वर कुछ वक्र हो गया था, "और कैसे लौटना है?"

"जहाँ तक मेरा सम्बन्ध है, अभी चलो...।"

"मध्यम! यदि ऐसे ही हस्तिनापुर लौटना था, तो हम वारणावत से इधर आने के स्थान पर हस्तिनापुर ही जा सकते थे।"

"मुझे तो उसमें भी कुछ अनुचित नहीं लगता था," भीम बिना उत्तेजित हुए, सहज भाव से बोला, "मैं तो अब भी यही मानता हूँ कि हमें हस्तिनापुर छोड़ना ही नहीं चाहिए था। यदि हम पाँच भाई पांचालराज द्रुपद पर आक्रमण कर, उसे जीत सकते हैं, तो हम हस्तिनापुर की सेना से भी लड़ सकते हैं।..."

"यह समय इन प्रश्नों में उलझने का नहीं है।" युधिष्ठिर बोला, "हमें तो विचारना यह है कि अब क्या करना है।"

"तो पहला प्रश्न तो यह है कि हमें कब तक यह अज्ञातवास करना है?" अर्जुन बोला।

"जब तक प्रकट होने का उपयुक्त अवसर नहीं आयेगा।" युधिष्ठिर ने उत्तर दिया।

"और वह कब आयेगा?"

"जब हम पाण्डवों के रूप में भी स्वयं को सुरक्षित पायेंगे।" युधिष्ठिर बोला, "या तो हम अपनी एक स्वतन्त्र और समर्थ सेना तैयार कर सकें, या हमारे ऐसे समर्थ सहायक हों, जिनके सामर्थ्य के कारण हमें दुर्योधन का कोई भय न रहे, या फिर विदुर काका की ओर से हमें कोई संदेश मिल जाये...।"

कुछ क्षणों के लिए सब लोग चिन्तनलीन मुद्रा में मौन रहे; और फिर सहसा अर्जुन ही बोला, "अपने समर्थ सहायकों में से तो मुझे सिवाय यादवों के और कोई दिखायी नहीं पड़ता; किन्तु वे लोग स्वयं ही जाने किस स्थिति में हैं! यदि जरासंध के आक्रमण के कारण उन्हें मथुरा से हट न जाना पड़ा होता, तो वे लोग हस्तिनापुर अथवा वारणावत में हमारी सहायता के लिए पहुँच गये होते। एक बार मातुल अक्रूर के हस्तिनापुर आते ही पितृव्य ने हमारे ज्येष्ठ का युवराज्याभिषेक कर दिया था...जाने यादव किस स्थिति में हैं; और कृष्ण को हमारा समाचार मिला भी है कि नहीं..."

"समाचार तो मिला ही होगा," सहदेव बोला, "किन्तु एक तो वे इस स्थिति में हों कि हमारी सहायता कर सकें और दूसरे उनसे हमारा सम्पर्क हो सके।..."

"यदि हम यह स्वीकार कर लें कि हम सिवाय प्रतीक्षा के और कुछ नहीं

कर सकते; या अभी हम यह भी नहीं जानते कि हमें किसकी और कब तक प्रतीक्षा करनी है, तो भी हमारे मन में यह तो स्पष्ट होना ही चाहिए कि तब तक क्या हमें यहीं रहना है—इसी स्थान पर, उस अज्ञात सहायक की प्रतीक्षा करनी है?" अर्जुन ने पूछा।

"यह भी तो हो सकता है कि हम उस अज्ञात सहायक की प्रतीक्षा करने के स्थान पर, स्वयं अपने मित्रों से सम्पर्क करने का प्रयत्न करें—हस्तिनापुर में विदुर से, द्वारका में भैया कृष्ण से, अथवा मद्र में मातुल शल्य से...।" सहदेव बोला।

"तुम्हारे पास अश्वारोही संदेशवाहक नहीं हैं कि उन्हें इधर-उधर दौड़ाते रहोगे," कुन्ती ने कहा, "यदि किसी से सम्पर्क करना होगा, तो तुममें से स्वयं ही किसी को जाना होगा। इतनी लम्बी यात्राएँ, पैदल-पदाति अकेले करने का अर्थ है, अपने शेष भाइयों से उतने समय के लिए दूर रहना। मैं कदापि नहीं चाहती कि तुम लोग एक-दूसरे से विलग हो कर वनों-नगरों में भटकते फिरो। और फिर यदि एक कहीं जायेगा, तो जब तक वह लौट कर नहीं आता, शेष सबको इसी स्थान से बँधे रहना होगा। इतना जोखिम उठाना उचित नहीं है पुत्र! तुम सब एक साथ रहो, एक स्थान पर रहो। तुम इस स्थिति में नहीं हो कि स्वयं किसी से भी सम्पर्क कर सको।" कुन्ती क्षण भर रुकी, "वैसे भी यदि दुर्योधन तुम्हारी खोज में गुप्तचर भेजेगा, तो सबसे पहले वहीं भेजेगा, जहाँ से तुम सहायक की अपेक्षा कर रहे हो; इसलिए कहीं ऐसा न हो कि स्वयं सम्पर्क करने के प्रयत्न में तुम किसी बड़े संकट में फँस जाओ।"

"तो फिर हमारे पास और क्या विकल्प है कि हम उपयुक्त अवसर की प्रतीक्षा में शान्त किन्तु सजग हो कर बैठे रहें!" युधिष्ठिर बोला।

"ठीक है। प्रतीक्षा तो हम करें; किन्तु प्रतीक्षा करने के लिए यही एकमात्र उपयुक्त स्थान है क्या?" अर्जुन के स्वर में हल्की-सी खीझ थी।

"क्यों, इस स्थान से ही तुम्हारा क्या विरोध है?" भीम ने पूछा, "प्रतीक्षा तो हम कहीं भी कर सकते हैं, तो इसी स्थान में क्या बुराई है?"

"मेरा विरोध इस स्थान से नहीं है मध्यम! मेरा विरोध निष्क्रिय प्रतीक्षा से है। हम किसी भी एकान्त स्थान, किसी वन में छिप कर, सारे संसार से असम्पृक्त बैठे रहेंगे, तो न कोई हमसे सम्पर्क कर पायेगा और न ही हम जान पायेंगे कि हमारे प्रकट होने का उपयुक्त अवसर आ गया है।" अर्जुन बोला।

"तुम्हारे सारे तर्क मुझे स्वीकार हैं।" भीम पूर्ण निश्चयात्मक स्वर में बोला, "किन्तु अभी कुछ समय तक हम कहीं नहीं जा सकते।"

"क्यों?" कुन्ती ने पूछा।

"इसलिए कि सालकटंकटी गर्भवती है...।"

"इसी का तो मुझे भय था।" अर्जुन ने मन-ही-मन कहा, 'गृहस्थ बन कर बैठ जाने का तो यही परिणाम होना था।'

"तुम्हें कैसे मालूम?" कुन्ती ने भीम की बात काटी, "मैं भी उसे प्रतिदिन देखती हूँ। मुझे तो लक्षण दिखायी नहीं देता।"

"वह गर्भवती है। उसने स्वयं मुझे निश्चित सूचना दी है।" भीम विश्वास के बल के साथ बोला, "इस अवस्था में उसे छोड़ कर जाना उचित नहीं है।" वह रुका और फिर बोला, "सन्तान के जन्म के पश्चात् ही हम कहीं जा सकेंगे।"

"प्रसव के पश्चात् क्या वह हमारे साथ जाना चाहेगी?" कुन्ती ने पूछा।

भीम ने तत्काल उत्तर नहीं दिया : वह कुछ सोचता रहा और फिर धीरे से बोला, "इस विषय में मैंने उससे कुछ नहीं पूछा है; किन्तु मेरा अपना विचार है कि शायद वह वनों को छोड़ कर नगरों में न जाना चाहे।"

"वैसे भी उसने सन्तान के जन्म तक अस्थायी पतित्व ही माँगा था।" युधिष्ठिर बोला।

"वह भी सत्य है," सहदेव बोला, "दूसरी ओर इस बात का भी हमें ध्यान रखना चाहिए कि हमारा परिवार जितना बड़ा होगा, हमारी गोपनीयता उतनी कठिन होती जायेगी।"

"मध्यम से भी तो पूछिए, क्या वे अपनी पत्नी को छोड़ कर जाना चाहेंगे?" अर्जुन ने कहा।

भीम ने कुछ पीड़ित दृष्टि से अर्जुन की ओर देखा, "मैं अपनी आसक्ति को स्वीकार करता हूँ। सन्तान के प्रति भी सबको मोह होता ही है। किन्तु मैं आरम्भ से जानता हूँ कि यह अस्थायी विवाह है; इसे स्थायी बनाने का कोई कारण नहीं है। मैं यह भी समझता हूँ कि मैं आजीवन यहाँ नहीं रह सकता हूँ; और न ही हिडिम्बा हमारे साथ रह सकती है। जो हमारे हित में है, वही होगा। आप लोग निश्चिंत रहें। मैं उसे भी समझा दूँगा।..."

"तो फिर यही निश्चिन्त हुआ कि हिडिम्बा के प्रसव तक हमें यहीं रहना है...।" युधिष्ठिर ने सब पर दृष्टि डाली; सब चेहरों की सहमति पा कर वह आगे बोला, "उसके पश्चात् हम यहाँ से चल पड़ेंगे। प्रयत्न करेंगे कि विभिन्न राज्यों के नगरों में गोपनीय ढंग से रहें और अपने लिए सहायक ढूँढ़ें। स्वयं को प्रकट करने के लिए अवसर की निष्क्रिय प्रतीक्षा न कर, उसे प्राप्त करने का प्रयत्न करेंगे।..."

20

कृष्ण के सधे हुए हाथों में वल्गा थी और दृष्टि शतधन्वा पर लगी हुई थी। शतधन्वा की गति कुछ कम होती लगती थी; किन्तु कृष्ण ने अपने रथ की गति मन्द नहीं की। पता नहीं, शतधन्वा क्या करना चाहता था। वह द्वारका से कृष्ण के साथ इसी प्रकार की आँख-मिचौली खेलता आया था...और अब कृष्ण का अनुमान था कि वे लोग मिथिला नगरी के निकट पहुँच रहे थे।...

उत्तेजित बलराम हाथ में गदा लिये, रथ में खड़ा था।...उसे तो जब से सत्राजित के वध की सूचना मिली थी, वह द्वारकावासियों को धिक्कार रहा था। वह और कृष्ण यदि द्वारका में उपस्थिति नहीं थे, तो सब अपनी मनमानी करने को स्वतन्त्र थे? कोई किसी को रोकने वाला नहीं था?...सारी द्वारका जानती थी कि शतधन्वा ने सत्राजित का वध कर, उसकी स्यमन्तक मणि पर अधिकार कर लिया था।...बस, एक कृष्ण और बलराम ही तो नहीं थे द्वारका में, शेष सब तो थे; फिर भी वह हत्यारा द्वारका में सुरक्षित बैठा रहा और किसी ने उसे कुछ नहीं कहा!...बलराम को मालूम हो चुका है कि इस सारे षड्यन्त्र और अपराध में शतधन्वा अकेला नहीं था। कुछ और लोग भी उसके साथ थे। अक्रूर और कृतवर्मा यदि शतधन्वा का साथ नहीं देते, तो कदाचित् वह इतना साहस नहीं कर पाता। न केवल उसने सत्राजित का वध कर, स्यमन्तक मणि चुरा ली थी, वह साहसपूर्वक द्वारका में जम कर बैठा भी रहा। ...वह तो सत्यभामा ने ही इतना साहस किया कि वह हस्तिनापुर तक की यात्रा कर वहाँ पहुँच गयी और वे दोनों भाई हस्तिनापुर में अपने कार्य अधूरे छोड़ द्वारका लौट आये; अन्यथा शतधन्वा इतना बड़ा अपराध और दुस्साहस करके भी, निर्द्वन्द्व रूप से अदण्डित द्वारका में रहता चला जाता...और स्यमन्तक मणि पर भी अपना आधिपत्य जमाये रखता।...

वे लोग द्वारका से उसका पीछा कर रहे थे और वह था कि मूर्खों के समान, अपना अश्व दौड़ाये ही चला जा रहा था। मार्ग में अनेक बार वह उनको धोखा देने में भी सफल हो गया था; किन्तु कृष्ण भी लुका-छिपी के इस खेल में कम चतुर नहीं था।...बलराम को ऐसे उनके अवसर स्मरण हैं, जब कृष्ण छिप गया तो कोई उसे खोज नहीं पाया; किन्तु जब कृष्ण ने किसी को खोजना चाहा, तो वह छिप नहीं पाया।...जरासंध से बचने के लिए, जिन दिनों वे दोनों भटकते फिरे थे, उन दिनों कृष्ण के इन्हीं गुणों से तो इतने सारे चमत्कार सम्भव हुए थे...

अब शतधन्वा उनके एकदम सामने था और बहुत निकट भी। बलराम

को लग रहा था कि वह हाथ बढ़ा कर शतधन्वा को छू सकता है...यदि वह गदा फेंक कर मारे, तो शतधन्वा अभी भूमि पर लोटता दिखायी देगा।

"कृष्ण! गदा फेंक कर मारूँ?" बलराम ने पूछा।

"नहीं भैया!" कृष्ण बोला, "हम अभी इसे जीवित पकड़ लेते हैं।...इससे स्यमन्तक भी तो प्राप्त करनी है।"

वे लोग कदाचित् नगर के बहुत निकट आ गये थे। मार्ग के साथ-साथ ही एक उपवन दिखायी देने लगा था। साधारण यात्रा की स्थिति होती तो कृष्ण अवश्य ही रुक कर, इस उपवन में थोड़ा विश्राम करता; किन्तु इस शतधन्वा के कारण इस सारी यात्रा में कहीं भी न तनिक-सा विश्राम मिला था और न ही प्राकृतिक दृश्यों को निहारने का अवकाश।...

और सहसा ही शतधन्वा का घोड़ा बहका, लड़खड़ाया और धरती पर आ रहा। शतधन्वा बलराम की गदा की मार के बिना ही धरती पर दूर तक लोटता चला गया।

कृष्ण ने भी स्फूर्ति से अपने अश्वों की वल्गा खींच ली और उसे बलराम के हाथ में देता हुआ बोला, "भैया! इसे सँभालिए। मैं अभी आया।"

बलराम को सोचने-समझने का तनिक भी अवसर नहीं मिला। उसने यंत्र के समान सहज भाव से वल्गा थाम ली और कृष्ण दौड़ते हुए रथ से कूद गया।...तब तक शतधन्वा भी भूमि से उठ खड़ा हुआ था। वह पथ छोड़ कर उपवन की ओर भागा।

"आप यहीं रुकिए भैया! मैं अभी इसे ले कर आता हूँ।" कृष्ण ने कहा और वह भी शतधन्वा की दिशा में भागता हुआ, उन्हीं वृक्षों के पीछे कहीं खो गया।

बलराम के मन में आया कि वह भी रथ से कूद पड़े और शतधन्वा को पकड़ने में कृष्ण की सहायता करे...किन्तु कृष्ण कह गया था वह वहीं रुके। सम्भव है, कृष्ण किसी और दिशा से लौट आये और उसे वहाँ न पाकर चिन्तित हो। बहुत सम्भव है कि फिर से रथ पर ही शतधन्वा का पीछा करना पड़े। वह तो ऐसा धूर्त है कि जैसे मनुष्य न हो, वायु का झोंका हो। कब कहाँ विलीन हो जाता था, समझ में ही नहीं आता था; और फिर कहीं से प्रकट हो कर आगे-आगे अश्व दौड़ता दिखायी पड़ने लगता था।...

बलराम ने रथ में ही रुकने का निश्चय किया।

इस निश्चय से उसे कुछ निश्चिन्तता भी हुई। उसे कुछ करना नहीं था; बस, रथ में बैठ कर प्रतीक्षा करनी थी। प्रतीक्षा के भाव को व्यक्ति भुला सके, तो वह विश्राम ही होता है। शायद विश्राम के विचार से ही उसके मन में

उल्लास जागा था...या सम्भव है कि जिस कार्य के लिए वे लोग द्वारका से यहाँ तक दौड़ते चले आये थे, उसके सम्पन्न होने की प्रसन्नता थी...

सत्राजित के इस हत्यारे को पकड़ने में कृष्ण को तनिक भी कष्ट नहीं होगा। शतधन्वा स्यमन्तक मणि ले कर भागा था। कृष्ण वह मणि भी ले आयेगा...अब वह स्यमन्तक मणि, जिसको ले कर द्वारका में एक प्रकार का भूचाल आया हुआ है, कृष्ण की सम्पत्ति होगी। 'कृष्ण की सम्पत्ति होगी?' ...बलराम ने स्वयं अपने-आप से पूछा।...और बलराम निमिष भर को जैसे स्तब्ध रह गया—'क्यों? कृष्ण की क्यों? मणि तो जिसकी है, उसी को वापस लौटायी जानी चाहिए।...किन्तु कृष्ण यदि हत्यारे शतधन्वा से वह मणि छीन लेता है, तो वह कृष्ण की ही सम्पत्ति तो हुई। सत्राजित से तो शतधन्वा उसे छीन ही लाया है...और सत्राजित अब जीवित भी नहीं है। यदि कृष्ण द्वारका से दौड़ता हुआ, यहाँ तक आ कर, शतधन्वा को मार देता है; और उससे वह मणि ले लेता है, तो वह उसी की तो हुई।...किन्तु बलराम को लगा कि यह तर्क ठीक नहीं है।...कृष्ण उस मणि को शतधन्वा से इसलिए छीन रहा है, क्योंकि वह मणि शतधन्वा की नहीं है; उसने सत्राजित की हत्या कर, उससे वह मणि छीनी है।...किसी का वध कर, उसकी सम्पत्ति-हरण करने से, उसका वैधानिक स्वामित्व प्राप्त नहीं होता। इसलिए वह मणि सत्राजित की ही रहेगी...। वह न शतधन्वा की हो सकती है, न कृष्ण की...और तभी बलराम का ध्यान दूसरी ओर चला गया...सत्राजित अब जीवित नहीं था, अतः स्यमन्तक मणि उसे लौटायी नहीं जा सकती।...सत्राजित का कोई पुत्र नहीं है। अतः वह मणि सत्राजित की पुत्री सत्यभामा की सम्पत्ति है। सत्यभामा की सम्पत्ति है, अर्थात् वह स्वयं कृष्ण की ही सम्पत्ति है। बलराम का मन पुनः प्रफुल्लित हो उठा...स्यमन्तक मणि अब उनके परिवार की सम्पत्ति थी...केवल उनके परिवार की...

कृष्ण दौड़ता चला गया। शतधन्वा उसके आगे-आगे था। कृष्ण जानता था कि अब शतधन्वा उससे बच नहीं सकता। शतधन्वा स्वस्थ अवस्था में भी कृष्ण से अधिक वेग से नहीं दौड़ सकता था; और इस समय तो लम्बी यात्रा से वह थका हुआ भी था और अश्व से गिरने पर उसे कहीं-न-कहीं चोट भी लगी होगी।...थका हुआ तो कृष्ण भी था, फिर भी अभी वह न निढ़ाल हुआ था, न शिथिल; उसमें अभी पर्याप्त स्फूर्ति थी...फिर भी एक चिन्ता उसके मन में थी...वे लोग उस उपवन में कुछ पगों के अन्तराल पर, आगे-पीछे दौड़ रहे थे।...उपवन के साथ सघन वन लगता था; और उन वृक्षों के पीछे जाने का कोई मार्ग था भी या नहीं। यदि शतधन्वा उस वन में मुड़ जाता है, तो एक सम्भावना यह भी है कि आगे का मार्ग न पा कर उसे रुक जाना पड़े और

दूसरी ओर यह भी सम्भव है कि वह उन वृक्षों के पीछे अदृश्य हो जाये; और कृष्ण के हाथों में आ कर भी फिसल जाये।...कृष्ण का आत्मविश्वास तो यही कहता था कि अब शतधन्वा उसके हाथों से छूट नहीं सकता; किन्तु वह इस आँख-मिचौली को अब और खींचना नहीं चाहता था। वह अब शतधन्वा के पीछे और दौड़ना नहीं चाहता था।...

शतधन्वा बार-बार पीछे मुड़ कर देख रहा था, कदाचित् वह कोई निर्णय करना चाहता था...और कृष्ण को यह समझने में तनिक भी असुविधा नहीं थी कि उसकी समस्या क्या थी।...निश्चित रूप से वह सोच रहा था कि वह सीधा दौड़ता चला जाये, या यह पथ छोड़, वह अनजाने वन में उतर जाये...उसने क्या निश्चय किया, इसका पूर्वानुमान कृष्ण के लिए सम्भव नहीं था; किन्तु कृष्ण ने निश्चय कर लिया, अब उसे छोड़ना नहीं है। यदि वह जीवित हाथ नहीं आया, तो उसका वध कर देना होगा।...वैसे भी उससे स्यमन्तक मणि प्राप्त कर, उसे सत्राजित की हत्या का दण्ड देना ही था। वह दण्ड, मृत्युदण्ड ही हो सकता था। शतधन्वा का वध तो करना ही था, चाहे वह उसे बन्दी बना कर मृत्यु-दण्ड के रूप में हो, अथवा इस प्रकार भाग-दौड़ में उसे बन्दी बनाने के लिए वध करना पड़े...

अगले ही क्षण कृष्ण की तर्जनी पर सुदर्शन चक्र घूम रहा था, "शतधन्वा! रुक जाओ।"

किन्तु तब तक शतधन्वा उपवन की सीमा तक पहुँच चुका था। आगे की भूमि का ढाल स्पष्ट दिख रहा था। ढाल पर झाड़ियाँ-ही-झाड़ियाँ थीं; और उनके आगे एक जलधारा थी। सम्भव है कि वह सरिता हो या फिर कोई छोटी स्रोतस्विनी, जो आगे चलकर सरिता में मिल जाती हो।...शतधन्वा को लगा कि यदि वह इस ढाल में कूद जाये तो ये झाड़ियाँ उसे सुरक्षा प्रदान करेंगी। कृष्ण उसे किस-किस झाड़ी में ढूँढ़ेगा और यदि वह उन झाड़ियों से सुरक्षित निकल पाया तो सरिता अथवा वन में अपनी रक्षा का कवच पा ही जायेगा...शतधन्वा ने तनिक सँभल कर अपनी दिशा बदली...

निमिष-भर में शतधन्वा की योजना कृष्ण की समझ में आ गयी। कृष्ण उसे बच निकलने का अवसर नहीं दे सकता था। उसकी तर्जनी ने दिशा-निर्देश किया और सुदर्शन चक्र ने आगे-आगे दौड़ते शतधन्वा का मुण्ड, उसके रुण्ड से पृथक् कर दिया...कृष्ण ने शतधन्वा के निकट आ कर देखा : स्यमन्तक मणि के विषय में उससे पूछने का कोई लाभ नहीं था। उसके रुण्ड और मुण्ड पृथक् हो चुके थे। वह किसी भी प्रश्न का उत्तर देने की स्थिति से परे जा चुका था।

कृष्ण ने उसके वस्त्र टटोले : मणि का कहीं पता नहीं था। उसने पुनः देखा...ध्यान से देखा...मणि उसके वस्त्रों में कहीं नहीं थी। मणि को उसने अपने शरीर पर धारण नहीं किया था...तो क्या उसने मणि को अश्व के शरीर के साथ बाँध रखा था?...नहीं! यदि ऐसा ही होता, तो वह अश्व को छोड़ कर इस प्रकार नहीं भागता।...फिर भी अश्व के शरीर की भी छान-बीन करनी ही चाहिए। बहुत सम्भव है कि मणि को अश्व के शरीर में ही कहीं छिपा कर रखा गया हो; और अपने प्राणों के मोह में उसे छोड़ कर भाग गया हो।... किन्तु कृष्ण का मन इस तर्क से सहमत नहीं हो पा रहा था। शतधन्वा जैसे लोग प्राणों के मोह में मणि नहीं छोड़ सकते, चाहे मणि में प्राणों को त्याग दें...फिर भी अश्व की भी छान-बीन कर ही लेनी चाहिए...

लौट कर कृष्ण अश्व के पास आया। अश्व वहीं पड़ा था, जहाँ वह गिरा था; किन्तु अभी जीवित था। कृष्ण ने स्नेह से उसका शरीर सहलाया : वह मूक पशु अपने स्वामी के कृत्यों का दण्ड भुगत रहा था?...नहीं! कृष्ण ठिठक गया। 'सत्य यह नहीं है। किसी के कृत्य का फल कोई और कैसे भुगत सकता है?' कृष्ण के अधरों पर मुस्कान आ गयी : प्रत्यक्षः तो यही दिखायी पड़ता है; किन्तु जो कुछ प्रत्यक्ष है, वही अन्तिम सत्य नहीं है...

कृष्ण ने अश्व के शरीर की खोज की—पूर्णरूपेण खोज!...किन्तु मणि वहाँ नहीं थी।...इसका एक ही अर्थ था कि शतधन्वा अपने साथ मणि लाया ही नहीं। वह उसे या तो द्वारका में ही किसी को सौंप आया था, या कहीं छिपा कर चला था; अथवा मार्ग में उसे कहीं छिपाने में सफल हो गया था!...

'अब?' कृष्ण ने स्वयं अपने-आपसे पूछा।

'शतधन्वा के वध में व्यर्थ ही इतनी शीघ्रता की।' उसने स्वयं को उत्तर दिया, 'वह जीवित होता तो उससे यह तो पूछा ही जा सकता था कि उसने मणि कहाँ छिपायी है।...किन्तु अब! अब, उससे यह प्रश्न तो पूछा ही नहीं जा सकता...तो?...तो क्या! मणि की खोज तो ही ही जायेगी। हाँ! अब वह खोज बहुत लम्बी हो गयी है।...शतधन्वा ने मणि अपने किसी ऐसे मित्र के पास रखवायी होगी, जिस पर उसको अत्यधिक विश्वास होगा।...किन्तु यह भी तो सम्भव है कि उसने मणि किसी के पास रखवायी न हो, उसे किसी प्रकार गुप्त स्थान पर छिपा दिया हो...भूमि में गाड़ दिया हो...किसी प्राकृतिक गुफा में छिपा दिया हो...!'

उसके मित्रों से तो फिर पूछ-ताछ की जा सकती है। कोई कितना भी चतुर क्यों न हो, स्यमन्तक मणि को छिपा नहीं पायेगा। मणि तो स्वयं ही अपने-आपको प्रकट कर देगी। किन्तु, यदि शतधन्वा ने उसे भूमि में गाड़

दिया हो...तो उसे पाना असम्भव हो जायेगा।...द्वारका पहुँच कर शतधन्वा के अत्यन्त विश्वसनीय मित्रों पर दृष्टि रखनी होगी...

कृष्ण अपने रथ के पास लौट आया। बलराम रथ में ही बैठा था; किन्तु या तो उसे झपकी आ गयी थी, या वह अपनी आँखें बन्द कर मन और शरीर को विश्राम दे रहा था।

"भैया!" कृष्ण ने पुकारा।

बलराम ने आँखें खोल दीं, "मणि मिली?" उसने अत्यन्त आतुरता से पूछा।

"नहीं!" कृष्ण के स्वर में पहली बार उसकी क्लान्ति बोली थी।

"नहीं? नहीं का क्या अर्थ?" बलराम का स्वर ऊँचा उठ गया।

कृष्ण समझ नहीं पाया कि यह बलराम की आतुरता मात्र थी; उत्तेजना थी, अथवा क्रोध था! और सहसा बलराम सहज हो कर हँस पड़ा, "तुम ऐसे अवसरों पर भी परिहास करने लगते हो! इतना भी नहीं सोचते कि दूसरा व्यक्ति अपनी उत्तेजना में मरा जा रहा है।..."

"नहीं! मैं परिहास नहीं कर रहा भैया!" कृष्ण बोला, "मणि सचमुच नहीं मिली।"

"फिर वही नट-खट बाल-लीला!" बलराम हँसा।

"मैं किसी प्रकार की लीला नहीं कर रहा भैया! सत्य कह रहा हूँ—मणि नहीं मिली!" कृष्ण ने कहा, "व्यर्थ ही शतधन्वा के वध में आतुरता दिखायी। अब किसी से पूछ भी नहीं सकते कि मणि कहाँ है।..."

बलराम ने एक भरपूर दृष्टि कृष्ण पर डाली। थोड़ी देर उसे देखता रहा और फिर बोला, "यह तो मैं तुम्हारे शैशव से ही जानता हूँ कि तुम बहुत चतुर हो; किन्तु मुझसे भी ऐसी चतुराई करोगे, यह नहीं जानता था।" बलराम के चेहरे पर रोष स्पष्ट हो कर झलक आया।

"भैया!" कृष्ण को लगा, वह अपने भाई के इस अविश्वास के सम्मुख सर्वथा असहाय है, "मैं तनिक भी चतुराई नहीं कर रहा हूँ। स्यमन्तक मणि सचमुच शतधन्वा के पास नहीं थी। आप चाहें तो चल कर स्वयं देख लें।"

कृष्ण को लगा, इस समय अपनी असफलता से अधिक उसे भाई का अविश्वास खटक रहा है।

बलराम हँस पड़ा; किन्तु उसकी हँसी ने उसकी कटुता को धूमिल करने के स्थान पर और भी अनावृत कर दिया था, "मैं क्या देख लूँ! क्या शतधन्वा के शव ने स्यमन्तक को सँभाल कर रखा होगा?" और सहसा उसका स्वर अत्यन्त वक्र हो गया, "जब तुम्हें ही नहीं मिली तो मैं कैसे खोज लूँगा, उस स्यमन्तक को!" बलराम रथ से नीचे उतर आया, "अब क्या योजना है तुम्हारी?"

"मैं शीघ्रातिशीघ्र द्वारका पहुँचना चाहता हूँ।" कृष्ण बोला, "ताकि शतधन्वा के मित्रों पर दृष्टि रखी जा सके। सम्भवतः शतधन्वा स्यमन्तक को द्वारका में ही किसी को सौंप कर चला था।..."

"अच्छा! तुम शीघ्रातिशीघ्र द्वारका लौट जाओ।" बलराम ने कहा, "मैं मिथिला जा रहा हूँ।"

"क्यों?" कृष्ण के मुख से अनायास ही निकल गया, "क्या आप मेरे साथ द्वारका नहीं चलेंगे?"

"नहीं!" बलराम ने कठोर दृढ़ता के साथ कहा, "तुम जानते हो कि मिथिलापति मेरे मित्र हैं। अब यहाँ तक आया ही हूँ, तो कुछ काल उनकी विश्वासपूर्ण सत्संगति में व्यतीत करना चाहूँगा।..."

कृष्ण का मुँह जैसे कड़वा हो गया। वह समझ रहा था कि बलराम के शब्दों का अर्थ क्या था। वह अपने मन की पूरी दृढ़ता के साथ विश्वास कर चुका था कि शतधन्वा के पास स्यमन्तक मणि थी, जो कृष्ण ने छिपा ली है। कृष्ण मणि के स्वामित्व में उन्हें सहभागी नहीं बनाना चाहता।...कृष्ण के प्रति उसका अविश्वास और अपनी इस मिथ्या धारणा के प्रति दृढ़ विश्वास इतना प्रबल था कि उसे समझाना बहुत कठिन था। संसार में किसी को भी कृष्ण, उसकी धारणा के विरुद्ध अपनी बात समझा सकता था; किन्तु अपने इस भाई की हठ के सम्मुख, वह भी हताश हो जाता था। यदि बलराम ने विश्वास कर लिया है कि मणि कृष्ण ने छिपा ली है, तो जब तक स्यमन्तक कहीं और से, उसकी आँखों के सामने प्रकट ही न हो जाये, तब तक वह किसी का विश्वास नहीं करेगा, कृष्ण का भी नहीं।

"तो मैं भी आपके साथ चलता हूँ।" अंततः कृष्ण बोला, "आप जितने दिन मिथिला में रहना चाहें, रहें। मैं भी आपके साथ रहूँगा। फिर हम इकट्ठे ही द्वारका लौट चलेंगे।"

कृष्ण यह प्रस्ताव कर भी रहा था और उसका मन उसके प्रस्ताव का विरोध भी कर रहा था। वह जानता था कि यदि उसे मणि प्राप्त करनी है, तो उसे शीघ्रातिशीघ्र द्वारका पहुँचना चाहिए। उसके द्वारका पहुँचने में जितना ही अधिक विलम्ब होगा, मणि उसके हाथ से उतनी ही दूर निकल जायेगी।...और अब तो स्यमन्तक का महत्त्व उसके अपने मूल्य के ही कारण नहीं था। भैया बलराम के विश्वास को लौटा लाने के लिए भी उसे मणि प्राप्त करनी ही होगी...

"नहीं!" बलराम का स्वर पर्याप्त कठोर था, "तुम्हारा मिथिला में क्या काम! तुम द्वारका जाओ, या जहाँ तुम्हारी इच्छा हो। स्यमन्तक मिल जाये, तो सूचना भिजवा देना।"

कृष्ण अपने भाई को देखता रह गया : कैसे उन दोनों भाइयों ने जीवन की निकटतम घड़ियों में कंधे से कंधा भिड़ा कर संघर्ष किया था। बलराम ने कृष्ण की इच्छा मान कर अपने प्राणों को अनेक बार संकट में डाला था...किन्तु कदाचित् बलराम भैया की दृष्टि में भी अब धन इतना अधिक महत्वपूर्ण हो चुका था कि स्यमन्तक जैसी मणि के लिए वे कृष्ण का विश्वास नहीं कर पा रहे थे। स्यमन्तक के प्रति उनकी आतुरता ही तो उनका कृष्ण के प्रति अविश्वास बन गयी थी।...बलराम का धन के प्रति आकर्षण, कृष्ण को कभी भी शुभ नहीं लगा था।...किन्तु स्थिति यह आ जायेगी, यह कृष्ण ने भी नहीं सोचा था।...अब बलराम भैया यह मान ही नहीं सकते कि किसी के अधिकार में स्यमन्तक मणि आ जाये, तो वह उसके स्वामित्व में किसी अन्य व्यक्ति को सहभागी भी बना सकता है।...ऐसे में वे किसी का भी विश्वास नहीं कर सकते थे—कृष्ण का भी नहीं।...और कृष्ण ने अनेक बार यह देखा था कि बलराम भैया को, अपनी धारणाओं को बिना प्रमाण के भी, जीवन का अन्तिम सत्य मानने का अभ्यास हो गया था। इस अभ्यास से उन्हें मुक्त करने का कोई भी उपाय कृष्ण के पास नहीं था।

"अच्छा! चलता हूँ!" बलराम मुड़ कर चल पड़ा।

कृष्ण ठगा-सा खड़ा रह गया।...उसका मन उसको बार-बार धक्के दे रहा था कि वह आगे बढ़े, बलराम भैया को रोक कर समझाए...

किन्तु न तो कृष्ण के पग आगे बढ़े, न ही कण्ठ से स्वर फूटा। उसका विवेक जानता था कि वह भैया को जितना समझाने का प्रयत्न करेगा, भैया उतना ही अधिक हठ पकड़ते जायेंगे। वह तर्क करेगा तो भैया उस पर एक-से-एक कटु आरोप लगाते जायेंगे। इस समय उन दोनों के मध्य जितना मंथन होगा, उतना ही विष प्रकट होगा।...इसका समाधान तो यही है कि कृष्ण शान्त रह जाये और धैर्यपूर्वक उपयुक्त अवसर की प्रतीक्षा करे। भैया, उससे दूर मिथिला में रह कर, अपनी कटुता भुलाने का प्रयत्न करें; और यदि कभी कृष्ण स्यमन्तक मणि खोज पाये तो भैया के सम्मुख उसे सप्रमाण प्रस्तुत करे।

दुर्योधन उत्फुल्लित मनःस्थिति के पास पहुँचा, "पिताजी!"

"बहुत प्रसन्न लग रहे हो पुत्र!" धृतराष्ट्र की अन्धी आँखों में भी चमक आ गयी।

"हाँ, पिताजी!" दुर्योधन बोला, "प्रसन्नता का ही विषय है।"

"क्या बात है पुत्र?"

"पिताजी! विधाता हमारे बहुत अनुकूल होता जा रहा है।"

"कुछ बताओगे भी पुत्र!"

"बताने ही तो आया हूँ पिताजी!" दुर्योधन को लग रहा था कि यदि वह किशोर होता तो अपनी इस प्रसन्नता में, पिता के कण्ठ से अवश्य झूल जाता, "पिताजी! पाण्डवों के नाश की सूचना पा कर भी मेरा मन अपने-आपको इतना निष्कण्टक नहीं मान पाया था, जितना कि मैं अब हो गया हूँ।"

"पर हुआ क्या है पुत्र?"

"पिताजी! आप जानते ही हैं कि स्यमन्तक मणि को ले कर यादवों में परस्पर कलह चल रही है। एक बार पहले भी कृष्ण पर यह आरोप लग चुका है कि उसने स्यमन्तक मणि चुरा ली थी। उस आरोप से तो वह बच गया था; इस बार वह अपने ही लोभ में फँस गया है।"

धृतराष्ट्र ने अपनी अन्धी आँखें, अनुमान से अपने पुत्र पर टिका दीं : जाने यह क्या समाचार लाया है, कि अपनी प्रसन्नता में मग्न हो कर कुछ बता ही नहीं रहा।...

"पाण्डवों की मृत्यु का समाचार पा कर कृष्ण और बलराम यहाँ आये तो पीछे से अवसर पा कर, शतधन्वा ने कृष्ण के श्वसुर सत्राजित की हत्या कर स्यमन्तक मणि हथिया ली थी।..."

"वह तो पुरानी बात हुई।" धृतराष्ट्र बोला, "अभी तो सत्यभामा रोती-रोती यहाँ आयी थी।"

"हाँ पिताजी!" दुर्योधन बोला, "द्वारका पहुँच कर उन्हें पता चला कि शतधन्वा द्वारका छोड़ कर भाग गया है। दोनों भाइयों ने उसका पीछा किया। मिथिला के पास पहुँच कर, कृष्ण ने शतधन्वा का वध कर, उसके शरीर से बँधी स्यमन्तक मणि निकाल कर छिपा ली। बलराम समझ गया कि कृष्ण उसके साथ धोखा कर रहा है। बलराम रुष्ट हो कर मिथिलापुरी में रुक गया और कृष्ण को अकेले लौटना पड़ा...।" दुर्योधन चुप हो गया।

"तो इसमें इतने प्रसन्न होने की क्या बात है पुत्र?"

"पिताजी! पाण्डवों की मृत्यु के समाचार से मुझे एक बार विश्वास हो गया था कि हस्तिनापुर मेरा हो गया है; किन्तु जब कृष्ण और बलराम यहाँ आ पहुँचे, मेरा विश्वास तो एक बार खण्डित होने-होने को हो गया।"

"हस्तिनापुर का राज्य कौरवों का है पुत्र! उसमें यादव कैसे हस्तक्षेप करेंगे?" धृतराष्ट्र आश्वस्त स्वर में बोला।

"वह कृष्ण कुछ भी कर सकता है।" दुर्योधन के स्वर में अब भी कृष्ण का भय था, "वह पाण्डवों को जीवित तो नहीं कर सकता; किन्तु उनका प्रतिनिधि बन कर हमारे विरुद्ध खड़ा हो सकता है। वह पाण्डवों का कोई

नया उत्तराधिकारी उत्पन्न कर सकता है। वह अपने प्रतिशोध से प्रेरित हो कर हमारा कोई भी अनिष्ट कर सकता है।" दुर्योधन कुछ रुका, "किन्तु अब यादवों की शक्ति खण्डित हो रही है।...यह सूचना तो मुझे पहले से ही थी कि अक्रूर तथा कृतवर्मा जैसे लोग कृष्ण के विपक्ष में खड़े हो गये हैं; अब तो स्वयं बलराम उसे छोड़ गया है। अपने भाई से चोरी का अच्छा फल मिला कृष्ण को। अब ज्ञात हुआ है सबको कि कृष्ण क्या है। बड़ा त्यागी बनता था— द्वारका का राज्य नहीं लेगा! अब एक मणि के लिए भाई से वंचना का खेल खेल गया। यादवों का सबसे बड़ा योद्धा बलराम मिथिला में बैठा है।..."

"दुर्योधन!" धृतराष्ट्र का स्वर गम्भीर था।

"हाँ, पिताजी!"

"अभी से बहुत प्रसन्न मत होओ पुत्र! भाइयों के मन-मुटाव का कोई पता नहीं होता। वह तो जल के मध्य की रेखा है, जो कभी स्थायी नहीं होती।"

"नहीं पिताजी! मेरी सूचनाओं के अनुसार, बलराम कृष्ण से अत्यधिक रुष्ट है। रुष्ट ही नहीं है, वह एक प्रकार से उसका शत्रु हो गया है। वह कृष्ण के मित्रों से भी असन्तुष्ट है..."

"तो?"

"तो मैं सोच रहा हूँ पिताजी, कि मैं मिथिला चला जाऊँ; और बलराम का शिष्यत्व ग्रहण कर, उससे मल्ल-युद्ध और गदा-युद्ध सीखूँ।"

"वह सिखाएगा तुम्हें?" धृतराष्ट्र ने पूछा, "वह पाण्डवों के सगे मातुल का पुत्र है।"

"है तो!" दुर्योधन हँसा, "किन्तु इस समय वह अपने क्रोध में उन्मत्त है। वह कृष्ण का विरोधी है। कृष्ण के सारे मित्रों को अपना शत्रु मान रहा है; और कृष्ण के शत्रुओं को अपना मित्र। मैं अपने व्यवहार से उसे भूलने को बाध्य करूँगा कि पाण्डव उसकी बुआ के पुत्र हैं। मैं उसे स्मरण दिलाऊँगा कि पाण्डव, कृष्ण के मित्र थे; और मैं पाण्डवों का विरोधी हूँ। कृष्ण कभी भी मेरा मित्र नहीं हो सकता; और न कभी मैं कृष्ण का मित्र हो सकता हूँ। मैं कृष्ण के मित्रों का शत्रु हूँ; अतः बलराम का मित्र हूँ...।"

"तुम्हारा विचार है कि यदि जरासंध चाहे तो वह भी बलराम को अपना मित्र बना सकता है?"

"मैं तो ऐसा ही समझता हूँ पिताजी!" दुर्योधन बोला, "किन्तु जरासंध ऐसा तभी कर पायेगा, जब वह केवल कृष्ण को अपना शत्रु माने, बलराम को नहीं। यदि जरासंध दोनों को समान रूप से अपना शत्रु समझता रहेगा, तो

कदाचित् वह ऐसा नहीं कर पायेगा।"

"और यदि उन दोनों भाइयों में पुनः मेल हो गया, तो तुम्हारी स्थिति क्या होगी?" धृतराष्ट्र ने पूछा।

"मेरी सफलता तो इसी में है कि मैं बलराम से ऐसा सम्बन्ध बना लूँ कि कृष्ण चाहे भी तो बलराम को मेरे प्रतिकूल न कर सके।" दुर्योधन बोला।

"तुम्हें विश्वास है कि तुम ऐसा कर पाओगे?"

"मुझे विश्वास है पिताजी!" दुर्योधन बोला, "कृष्ण और अर्जुन जैसे लोगों को मित्र बनाने में मुझे कठिनाई हो सकती है; किन्तु कर्ण, अश्वत्थामा और बलराम जैसे लोगों से स्नेह-सम्बन्ध बनाने में मुझे कोई कठिनाई नहीं है।"

धृतराष्ट्र ने कुछ विस्मय से पूछा, "तुमने किस समानाधार पर ये वर्ग बनाये हैं पुत्र?"

"कर्ण, अश्वत्थामा और बलराम—सम्बन्धों को महत्व देते हैं, सिद्धान्तों को नहीं, जबकि कृष्ण सिद्धान्तों के आधार पर सम्बन्ध बनाता है। अर्जुन भी ऐसा ही था।"

धृतराष्ट्र मन-ही-मन कुछ सोचता रहा और फिर बोला, "मेरा विचार है, तुम शीघ्रातिशीघ्र मिथिला के लिए प्रस्थान करो। इससे पहले कि कृष्ण स्यमन्तक मणि दे कर बलराम से पुनः भ्रातृत्व स्थापित कर ले, तुम उसे अपने ममत्वजाल में बाँध लो।"

"ऐसा ही होगा पिताजी!" दुर्योधन उठ खड़ा हुआ।

21

हिडिम्बा अपने कुटीर में लेटी थी। कुन्ती अभी-अभी उसके पास से उठ कर गयी थी। अपनी पहली भेंट से हिडिम्बा इन पाँचों भाइयों तथा उनकी माता की अनवरत सेवा कर रही थी; किन्तु पिछले दो दिनों से क्रम उलट गया था। प्रसव के एक दिन पहले से हिडिम्बा की अवस्था ऐसी नहीं थी कि वह सामान्य काम-काज कर सके। कुन्ती ने चुपचाप सारा दायित्व अपने ऊपर ले लिया था। प्रसव के पश्चात् से तो कुन्ती ने उसे उठने ही नहीं दिया था। हिडिम्बा बार-बार कहती रही कि उसे कष्ट या असुविधा नहीं है; फिर भी कुन्ती ने उसे उठने की अनुमति नहीं दी। उसके हठ के उत्तर में कुन्ती ने उसे डाँट दिया, "सालकटंकटी! तुम कुछ नहीं जानती हो। चुपचाप पड़ी रहो। तुम्हें विश्राम की आवश्यकता है।"

"पर आप मेरी माता हैं। मैं आपसे सेवा कैसे करवाऊँ!" हिडिम्बा किसी

प्रकार इतना ही कह पायी थी।

"माता ही सन्तान की सेवा करती है।" कुन्ती बोली; और फिर जाने क्या हुआ, उसका कण्ठ रुँध गया और आँखें भीग आयीं, "बहू! ये हमारे संकट के दिन हैं। यदि हमारे अच्छे दिनों में यह प्रसव होता, तो इसका कितना समारोह होता—तुम नहीं समझ सकोगी।"

उसके पश्चात् कुन्ती कुटीर में रुक नहीं पायी थी। "अच्छा! तुम विश्राम करो।" वह बाहर चली गयी।

हिडिम्बा ने अपने साथ लेटे हुए शिशु को देखा; अत्यन्त हृष्ट-पुष्ट और दीर्घाकार बालक था। सामान्य स्थिति में तो वह यही समझती कि इसका यह आकार-प्रकार राक्षस सन्तान होने के कारण है; किन्तु इसका पिता तो राक्षस नहीं था और वह बलिष्ठतम राक्षस से भी आकार में बड़ा और अधिक बलशाली था। यह शिशु मानव-पुत्र ही था, एक वनवासी ब्राह्मण का पुत्र!...

हिडिम्बा ने आज तक कभी इस ओर ध्यान नहीं दिया था। उसके मन में कभी इस प्रकार के प्रश्न ही नहीं उठे थे। उसने जो देखा था, वही स्वीकार कर लिया था।...वे वनवासी ब्राह्मण थे—पाँच भाई और उनकी माता! इससे अधिक उसे क्या जानना था! कई बार उन लोगों के वार्तालाप तथा व्यवहार से उसके मन में कोई संदेह अथवा प्रश्न जागा भी तो उसने उसकी उपेक्षा कर दी। वह काम-मोहित हो कर उस बलिष्ठ पुरुष की ओर आकृष्ट हुई थी, जिसे उसकी माता तथा भाई 'मध्यम' कहते थे।...उसे आश्चर्य भी हुआ था कि वे लोग उसके सम्मुख कभी एक-दूसरे को नाम से नहीं पुकारते थे। ज्येष्ठ, मध्यम, कनिष्ठ, भैया, माता जैसे सम्बोधनों से ही उनका काम चल जाता था।...हाँ! कभी-कभी वे मध्यम को वृकोदर भी कहते थे। उसका पुरुष था भी वृकोदर! हिडिम्बा को अपने पुरुष का यह नाम बहुत प्रिय था। जब नाम से पुकारने की इच्छा होती तो वह उसे वृकोदर ही कहती थी...

पहले दिन ही उस पर यह प्रतिबन्ध लगाया गया था कि वह उनका परिचय जानने का प्रयत्न नहीं करेगी। वैसे हिडिम्बा को अवकाश ही कहाँ था, इन बातों की ओर ध्यान देने का। वह तो अपने प्रिय के साथ विहार में मग्न थी। 'मध्यम' नामक उस ब्राह्मण ने उसे पूर्ण काम-सुख दिया था। उससे मिलने से पूर्व सालकटंकटी के मन में पुरुष-संग की इच्छा कभी नहीं जागी थी; किन्तु उसे देखते ही जाने क्या हुआ कि उसके हृदय को कोई ऐसे मोड़ने-निचोड़ने लगा, जैसे गीले कपड़े को सुखाने के लिए मोड़ा-निचोड़ा जाता है। उसे लगा कि वह उसके बिना जीवित नहीं रह पायेगी। किन्तु वह तो

पुरुष-संग का अनाम-अस्पष्ट आकर्षण मात्र था। पुरुष सुख क्या होता है, यह तो विहार के पश्चात् ही जान पायी थी। वह उसे सुख दे रहा था, इसलिए वह चाहती थी कि वह भी उसे प्रसन्न रखे। उसे प्रसन्न रखने के लिए ही वह उसके भाइयों और माता की सेवा करती रही थी।...वह जानती थी कि वृकोदर के भाइयों के मन में उसके प्रति कोई स्नेह नहीं था। उन्हें तो वृकोदर की उसमें आसक्ति भी अच्छी नहीं लगती थी; फिर भी उसके प्रति उनका व्यवहार सम्मानजनक ही था। माता का व्यवहार तो कभी-कभी स्नेहपूर्ण भी हो जाता था। पिछले दो दिनों में तो वे अत्यन्त स्नेहमयी हो गयी थीं; और आज जिस प्रकार उन्होंने उसे 'बहू' कह कर सम्बोधित किया था, वह तो स्वर ही कुछ और था। उस स्वर का हिडिम्बा पर कैसा प्रभाव पड़ा था—वह स्वयं समझ नहीं पा रही थी; किन्तु इतना अवश्य अनुभव कर रही थी कि उसके भीतर तक, सब कुछ हिल गया था!...फिर यह क्या कहा था माता ने कि ये उनके संकट के दिन थे!...कई बार लगा था सालकटंकटी को कि वे लोग अपने वर्तमान रूप से बहुत ही भिन्न लोग थे। जिस प्रकार वे लोग रह रहे थे, यह उनकी वास्तविक जीवन-पद्धति नहीं थी। तो वे लोग कौन थे?...ये उनके संकट के दिन थे!...कैसा संकट था उन पर? सम्भवतः कोई बड़ा संकट रहा होगा, तभी तो हिडिम्बवन में आ गये थे; नहीं तो इस वन में कोई सहज रूप में आता ही कहाँ है!...इतने दिन व्यतीत किये हैं हिडिम्बा ने मध्यम के साथ; किन्तु उसने कभी कुछ जानने की चेष्टा ही नहीं की थी। उसके मन में ये सारे प्रश्न ही कहाँ थे! वह तो उस भूखे के समान मध्यम को भोग रह रही थी, जिसको बहुत समय के पश्चात् अपनी इच्छा अनुसार स्वादिष्ट भोजन मिला हो; और साथ ही यह चेतावनी भी मिली हो कि किसी भी क्षण वह भोजन उससे छिन सकता था। उसके भोग में तल्लीनता थी, पूर्ण एकाग्रता थी...

हिडिम्बा को लगा कि इस एक शिशु ने जन्म ले कर, उसके मन में जाने कितने झँझावात उत्पन्न कर दिये हैं। उसने पहली बार जाना है कि नारी मात्र स्त्री न हो कर, माता भी होती है और पत्नी भी; नर मात्र पुरुष न होकर पिता भी होता है और पति भी। हिडिम्बा के मन में कल कितनी ही बार यह बात आ चुकी थी कि अब वह 'मध्यम' के अपने ही प्रति प्रेम से संतुष्ट नहीं हो पायेगी। वह चाहती है कि उसका पुरुष, अब मात्र पुरुष बन कर न रहे; वह पति भी बने और पिता भी। वह हिडिम्बा से भी प्रेम करे और हिडिम्बा के पुत्र से भी! वह उनका भरण-पोषण करे, उनकी रक्षा करे। उसकी उपयोगिता बहुत बढ़ गयी थी हिडिम्बा के लिए; और उसका आकर्षण भी...

किन्तु हिडिम्बा ने तो मात्र अस्थायी पतित्व माँगा था—अपनी कामाकांक्षा

की तृप्ति के लिए, अपने रति-सुख के लिए! उसने परिवार की बात तो सोची ही नहीं थी, न पति-पत्नी सम्बन्धों के विषय में; और न ही सन्तान के विषय में...किन्तु अब तो जैसे उसका संसार ही बदल गया था...

...और सहसा हिडिम्बा को स्मरण हो आया, माता ने कहा था, 'यदि कहीं हमारे अच्छे दिनों में यह प्रसव होता तो उसका कितना समारोह होता, तुम नहीं समझ सकोगी।'... हिडिम्बा ने बहुत प्रयत्न किया कि वह कल्पना कर सके कि माता का 'अच्छे दिनों' से क्या तात्पर्य था, और उनका समारोह कैसा होता; किन्तु माता का कथन ही सत्य प्रमाणित हुआ, 'तुम कल्पना भी नहीं कर सकतीं।' वह इससे और अच्छे दिनों की क्या कल्पना करती...वह अपने प्रिय पुरुष के साथ रहती है। दिन भर वन में, सरोवर तट पर, किसी कंदरा में—प्रकृति की गोद में उन्मुक्त विहार करती है और सन्ध्या होते ही लौट कर इन भले लोगों के स्नेह और सामर्थ्य से सुरक्षित हो कर सो रहती है।...इतने दिनों में किसी ने एक बार भी तो उसके भाई हिडिम्ब के समान न उसे चाँटा मारा, न घूँसा; न हड्डियाँ तोड़ने की धमकी दी, न प्राण लेने की।...इससे अच्छे दिन और क्या होंगे?...और 'समारोह'?...वह तो एक ही समारोह जानती है...जब कभी वे लोग किसी बड़े पशु अथवा मनुष्य का आखेट कर लाते थे, तो मदिरा के साथ उसके भक्षण का समारोह होता था।...किन्तु ये लोग तो न मदिरा पीते हैं, न नर-मांस खाते हैं...जाने इनका समारोह कैसा होता होगा।

तभी वृकोदर कुटीर में आया।

"कैसी हो सालकटंकटी?"

"प्रसन्न हूँ।" हिडिम्बा धीरे से बोली और उसकी दृष्टि घटोत्कच पर टिक गयी, जैसे अपनी सृजनशीलता पर गर्व कर रही हो।

वृकोदर आगे बढ़ आया। उसने हिडिम्बा के माथे पर हाथ रखा, जैसे उसका ताप देख रहा हो; और फिर स्नेह से उसके रूखे केशों में अंगुलियाँ फिराने लगा।

"इसे प्यार करो!" हिडिम्बा ने घटोत्कच की ओर संकेत किया और फिर जैसे स्वयं ही झेंप गयी : तो फिर उसने ऐसा आग्रह क्यों किया था!

वृकोदर ने शिशु को स्नेह-भरी दृष्टि से देखा और फिर उसके मुण्ड पर हाथ फिरा कर बुदबुदाया, "घटोत्कच!"

"तुम कुछ उदास हो।" हिडिम्बा बोली, "पुत्र-जन्म से प्रसन्न नहीं हो?"

"प्रसन्न हूँ। बहुत प्रसन्न!" मध्यम जैसे सायास हँसा, "किन्तु सोचता हूँ कि क्या तुम्हें स्मरण है कि हमारा संग पुत्र-जन्म तक ही है?"

"मुझे स्मरण है!"

"क्या तुम इससे प्रसन्न हो?" वृकोदर का स्वर भावुक था, "क्या तुम नहीं चाहती हो कि हम इसके पश्चात् भी साथ रहें?"

हिडिम्बा ने तत्काल कोई उत्तर नहीं दिया; फिर जैसे अत्यन्त संकोच के साथ बोली, "मैं नहीं जानती कि मैं क्या चाहती हूँ।"

"क्या मेरे प्रति तुम्हारा आकर्षण समाप्त हो गया है?"

हिडिम्बा उसके चेहरे को निहारती रही, फिर अत्यन्त मन्द स्वर में जैसे अपने-आपसे बोली, "अब तुम मेरे लिए भोग की वस्तु नहीं हो, प्रेम के पात्र हो! अब मैं अपने सुख के लिए नहीं, तुम्हारी प्रसन्नता के लिए तुम्हारे साथ रहना चाहूँगी।..."

"तुम जानती हो, अब हम यहाँ नहीं रहेंगे।" वृकोदर बोला, "मेरे भाई तो बहुत पहले ही यहाँ से चल पड़ना चाहते थे; किन्तु हम लोग घटोत्कच के जन्म के लिए रुके हुए थे।"

"जानती हूँ।"

"अब हम किसी भी दिन प्रस्थान कर सकते हैं।" वृकोदर बोला, "क्या तुम हमारे साथ चलना चाहोगी?"

हिडिम्बा चिन्तामग्न हो गयी : आज तक तो उसने, कभी यह सोचा ही नहीं था। वह तो यही मान कर बैठी थी कि सन्तान के जन्म के पश्चात् वे लोग उसे यहीं छोड़ कर चले जायेंगे। उसके लिए न वह दुखी थी और न ही वह उन्हें दोषी ठहराती थी—उनका तो अनुबन्ध यही था।...और आज यह पुरुष—उसका आकांक्ष्य पुरुष—उसका प्रिय, उसका प्रेमी...उससे पूछ रहा था कि क्या वह उसके साथ चलना चाहती थी?...हिडिम्बा को लगा कि वह सहसा ही अत्यधिक प्रसन्न हो उठी है। इतनी प्रसन्न, जितनी वह पहले कभी नहीं हुई थी।...किन्तु साथ-ही-साथ वह कुछ भयभीत भी हो उठी थी।...इस पुरुष के जिस पक्ष को वह जानती थी, वह उसे बहुत प्रिय था...और इस पुरुष के विषय में जो कुछ वह नहीं जानती थी, वह सब उसके लिए उत्सुकता और जिज्ञासा का नहीं, आशंका और भय का विषय था...

"क्या हमारे साथ चलना चाहोगी?" वृकोदर ने पुनः पूछा।

किन्तु हिडिम्बा ने सीधा उत्तर नहीं दिया, "तुम लोग कहाँ जाओगे?"

"मैं स्वयं नहीं जानता!"

"तुम लोग कौन हो?"...और हिडिम्बा स्वयं ही संकुचित हो उठी, "मुझे यह नहीं पूछना चाहिए था न?"

"अनुबन्ध के अनुसार तो तुम्हें नहीं पूछना चाहिए था; किन्तु मेरी पत्नी के रूप में तुम्हें यह जानने का अधिकार है।" वृकोदर ने कहा।

"क्या मुझे बताओगे?" हिडिम्बा के चेहरे पर प्रसन्नता की लहर दौड़ गयी।

"यदि मैं तुम्हें बता दूँ तो क्या तुम हमारी गोपनीयता की रक्षा कर सकोगी?"

"अवश्य!" हिडिम्बा पूर्ण दृढ़ता से बोली।

"मैं जानता था।" वृकोदर बोला, "और यदि यह केवल मेरा ही रहस्य होता तो मैं तुम्हें बता ही देता; किन्तु यह केवल मेरा—मुझ अकेले का रहस्य नहीं है। यदि मैं अपने विषय में बताता हूँ तो मेरे भाइयों के व्यक्तित्व की गोपनीयता भी भंग होती है। इसलिए यदि तुम गोपनीयता की शपथ लो तो मैं तुम्हें कुछ संकेत अवश्य दे सकता हूँ।"

"मुझे बताओ!" हिडिम्बा में विकट उत्सुकता जाग्रत हो गयी थी, "मैं इतना तो जानूँ कि मेरा पुत्र किसकी सन्तान है।..."

"तुम इतना जान लो सालकटंकटी," वृकोदर बोला, "कि हम वनवासी ब्राह्मण नहीं हैं।"

"तो कौन हो तुम लोग?"

"हम लोग एक प्रसिद्ध राजपरिवार से सम्बन्धित हैं।" वृकोदर बोला, "संकट के कारण, अपना परिचय छिपाए हुए हैं। उपयुक्त समय पर स्वयं प्रकट करेंगे।"

"तुम लोग आर्यों के राजपरिवार से सम्बन्धित हो? मेरा घटोत्कच आर्य राजकुमार है?"

"हाँ, सालकटंकटी!" वृकोदर धीरे से बोला, "अब इससे अधिक मत पूछना। बता नहीं पाऊँगा।"

"तो तुम लोग वनों में नहीं रहोगे? नगरों में जाओगे और राजप्रासादों में रहोगे? वहाँ बहुत भीड़ होगी?"

"हाँ प्रिये!" वृकोदर बोला, "अभी कह नहीं सकता कि कहाँ-कहाँ जायेंगे; किन्तु इतना अवश्य सत्य है कि जब कभी सम्भव हुआ, हम अपनी राजधानी में लौटेंगे, अपने राजप्रासाद में रहेंगे।..."

हिडिम्बा वृकोदर को देखती रही; किन्तु कुछ बोली नहीं।

"क्या देख रही हो?" वृकोदर ने हँस कर उसका ध्यान भंग किया।

"मुझे पहले ही दिन लगा था कि तुम कोई राजकुमार हो।"

वृकोदर उच्च स्वर में हँसा, "राजकुमार ही क्यों लगा, राजाधिराज क्यों नहीं लगा?"

हिडिम्बा ने उसकी हँसी की ओर ध्यान नहीं दिया; वह अपने उत्साह

में बोली, "यदि तुम मेरे साथ यहीं हिडंबवन में रह जाओ तो तुम यहाँ के राजाधिराज नृप वृकोदर होगे और मेरा पुत्र युवराज घटोत्कच।..."

"तुम हमारे साथ क्यों नहीं चलतीं?" वृकोदर बोला, "मैं अपने भाइयों को मनाने का प्रयत्न करूँगा।..."

"यदि अपने ही विषय में सोचूँ तो कदाचित् सब कुछ छोड़-छाड़ कर तुम्हारे साथ चल भी पड़ूँ; किन्तु अब तो मुझे अपने पुत्र के विषय में भी सोचना है।" हिडिम्बा बोली, "मेरा पुत्र घटोत्कच इस वन का राजा है—राक्षसराज घटोत्कच! यदि मैं तुम्हारे साथ चलूँ तो क्या वह राजा बन पायेगा?" और वह स्वयं ही बोली, "कदाचित् वह आर्य राजकुमार न ही बन पाये। मैं आर्य रानी न बन पाऊँगी और न राजमाता।..." वह रुकी, "और वैसे भी तुम मध्यम हो वृकोदर! ज्येष्ठ नहीं। राज्य का अधिकार ज्येष्ठ का होता है।" वह जैसे गहरी चिन्ता में लीन हो गयी...

वृकोदर थोड़ी देर तक उसे देखता रहा और फिर बोला, "क्या सोच रही हो?"

"अब मुझे अपना मार्ग दिख रहा है।" हिडिम्बा के स्वर में उल्लास था, "मेरा स्थान यही है। मैं अपने पुत्र तथा अपने राज्य की रक्षा करूँगी। तुम अपने संकट-काल में, अपने भाइयों के साथ ही रहो। संकट-काल व्यतीत होने पर, अच्छे दिन आयें तो किसी आर्य राजकुमारी से विवाह कर लेना।... मेरी आवश्यकता हो तो मैं यहीं मिलूँगी।...मैं यहीं तुम्हारी प्रतीक्षा करूँगी।..."

वृकोदर कुछ नहीं बोला। वह चुपचाप उसे देखता रहा। वह मन-ही-मन कहीं जानता था कि घटनाओं का कदाचित् यही क्रम होगा।...

थोड़ी देर के पश्चात् हिडिम्बा स्वयं ही बोली, "तुम लोग मुझे यहीं छोड़ कर चले जाओ, यह मुझे अच्छा नहीं लगेगा। माता की अनुमति मिलते ही मैं घटोत्कच को ले कर उत्तर दिशा में अपने सम्बन्धियों के निकट चली जाऊँगी, ताकि तुम लोग निश्चिन्त भाव से प्रस्थान कर सको।..." और रुकते-रुकते उसने जोड़ा, "मुझे भूलना मत! मुझसे सम्पर्क बनाये रखना...और संकट-काल में किसी सहायता ही आवश्यकता हो तो संकोच मत करना...। वचन दो कि ऐसा ही करोगे?"

"वचन देता हूँ।" वृकोदर बोला, "किन्तु एक वचन तुम भी दो।"

"बोलो!"

"मेरे पुत्र को नर-भक्षी राक्षस नहीं बनाओगी; उसे योद्धा बनाओगी, योद्धा! हिंस्र वनवासी नहीं, क्षत्रिय राजकुमार!"

"यथाशक्ति यही करूँगी—वचन देती हूँ!"

22

"पुत्र युधिष्ठिर! क्या अब हमें यहाँ से चल नहीं देना चाहिए?" कुन्ती ने पूछा, "अब तो सालकटंकटी भी अपने पुत्र को ले कर चली गयी है।"

"हाँ माँ! अब यहाँ और रुकने का क्या प्रयोजन!" अर्जुन बोला, "हम यहाँ किसकी प्रतीक्षा कर रहे हैं? फिर कहीं कोई हिडिम्बा आ गयी, तो हम फिर वर्ष भर के लिए रुक जायेंगे।..."

"अब कोई हिडिम्बा आयी तो उसे तेरे ही गले में बाँध दूँगी।" कुन्ती बोली, "वह राक्षसी थी और काम-मोहित थी; किन्तु मन की भली थी।"

"अर्जुन! तुम यहाँ से चलने को बहुत व्यग्र हो," युधिष्ठिर बोला, "और मैं तुम्हारी व्याकुलता समझता भी हूँ; क्या तुमने कभी सोचा भी है कि यहाँ से चल कर हम कहाँ जायेंगे?"

"कहीं भी! यहाँ से तो निकलें!"

"यदि लक्ष्य स्वयं को छिपाये रखना मात्र हो, अथवा हस्तिनापुर को भूल कर साधारण जन के रूप में एक नया जीवन आरम्भ करना हो, तो कोई विशेष कठिनाई नहीं है। हम हस्तिनापुर से कहीं दूर भी जा सकते हैं, आर्यावर्त से भी कहीं दूर घने वनों में अज्ञात जीवन व्यतीत कर सकते हैं; किन्तु यदि हमें हस्तिनापुर की राजनीति पर दृष्टि रखनी है और स्वयं को प्रकट करने का अवसर ढूँढ़ना है, तो हम न तो हस्तिनापुर राज्य के भीतर जा सकते हैं; और न उससे दूर! ऐसी स्थिति में हमें आर्यावर्त के विभिन्न राजनीतिक केन्द्रों के निकट भी रहना पड़ेगा और उनके लिए अदृश्य भी बने रहना होगा।"

"एक बात और... तुम यहाँ से निकलने को कितने ही व्याकुल क्यों न हो, ओ किन्तु जब तक हम स्वयं को प्रकट करने का निश्चय नहीं करते, तब तक तुम धनुष-बाण का अभ्यास नहीं कर सकते। हाथ में धनुष लेते ही तुम्हें पहचानने में किसी को कोई कठिनाई नहीं होगी।"

"फिर भी पुत्र! तुम जा कर कुलपति से मिलो; और कहो कि हम आश्रम त्याग कर जाना चाहते हैं। देखो, वे क्या परामर्श देते हैं।" कुन्ती बोली।

"अच्छा, माँ!"

मुनि शालिहोत्र के कुटीर के पास आज अन्य दिनों के समान, न तो ज्ञान-पिपासु तपस्वी एकत्रित थे और न ही कुलपति उनकी शंकाओं का समाधान कर रहे थे। आज वातावरण पर्याप्त बदला हुआ था। मुनि के अनेक शिष्य वहाँ उपस्थित तो थे; किन्तु वे लोग अपने गुरु से ज्ञान-चर्चा करने के स्थान

पर किसी बड़े आयोजन की व्यवस्था में लगे हुए थे।

"क्या बात है ब्रह्मचारी! कोई विशेष आयोजन?" युधिष्ठिर ने एक ब्रह्मचारी से पूछा, जो कदाचित् गुरु की किसी आज्ञा की प्रतीक्षा कर रहा था।

"महामुनि कृष्ण द्वैपायन पराशरनन्दन वेदव्यास आश्रम में पधार रहे हैं।" उसने इस प्रकार कहा, जैसे अपनी विकट व्यस्तता के मध्य से, बड़ी कठिनाई से युधिष्ठिर के प्रश्न का उत्तर देने का समय निकाल पाया हो।

युधिष्ठिर का हृदय क्षण-भर के लिए जैसे स्तब्ध रह गया...कृष्ण द्वैपायन व्यास...अगले ही क्षण युधिष्ठिर पलट कर अपने कुटीर की ओर चल पड़ा। उसने न मुनि शालिहोत्र की प्रतीक्षा की और न ही उनसे मिलना आवश्यक समझा...

कुन्ती उसे देखते ही समझ गयी कि अपने सारे संयम तथा अचंचल प्रज्ञा के होते हुए भी इस समय युधिष्ठिर बहुत विचलित था।

"क्या बात है पुत्र?"

"माँ! आश्रम में महामुनि वेद व्यास पधार रहे हैं।..."

"तो इसमें इस प्रकार विचलित होने का क्या कारण है?" कुन्ती ने सहज भाव से कहा, "वे हमारे शत्रु नहीं हैं।"

युधिष्ठिर के चेहरे का भाव कुछ परिवर्तित हुआ : उसने इस रूप में तो सोचा ही नहीं था।

"हाँ, माँ! वे शत्रु नहीं हैं; किन्तु वे हमें पहचानते तो हैं।" युधिष्ठिर धीरे से बोला, "यदि हम यहाँ टिके रहे तो वारणावत से चलने के पश्चात् आज पहली बार किसी ऐसे व्यक्ति से साक्षात्कार होगा, जो जानता है कि हम कौन हैं।"

"तो तुम्हें आशंका किस बात की है?" कुन्ती का स्वर अब भी शांत था।

"मुझे आशंका उनसे नहीं है; किन्तु उनके माध्यम से हमारे जीवित होने तथा यहाँ वर्तमान होने का समाचार कहीं भी पहुँच सकता है—दुर्योधन तक भी!" युधिष्ठिर बोला।

कुन्ती ने तत्काल उत्तर नहीं दिया : युधिष्ठिर की आशंका सर्वथा निर्मूल तो नहीं थी।

"किन्तु भैया! उनके माध्यम से हमें भी तो सारे आर्यावर्त का समाचार मिल सकता है।" सहदेव बोला, "हमें भी तो समाचारों की आवश्यकता है। हमें भी तो मालूम होना चाहिए कि हमारी तथाकथित मृत्यु के विषय में हस्तिनापुर तथा आर्यावर्त की अन्य राजधानियों में लोग क्या सोचते और समझते हैं। हमारी हत्या के विषय में लोगों की क्या धारणा है।...हमारे प्रकट होने के लिए उपयुक्त अवसर तथा स्थान कहाँ है?..."

"सहदेव ठीक कह रहा है भैया!" भीम बोला, "यदि हम सारे संसार से असम्पृक्त हो, इन सघन वनों में अज्ञातवास करते रहे, तो हमें यह ज्ञात कैसे होगा कि हमें नागरिक जीवन में कब लौटना है!"

"और यह भी तो सम्भव है भैया, कि वे हमारे रहस्य को रहस्य ही बनाये रखें!" अर्जुन ने कहा।

युधिष्ठिर ने सबके विचार धैर्यपूर्वक सुने और बोला, "इन सब दृष्टियों से तो न केवल हमें यहाँ टिके रहना चाहिए, वरन् उनसे मिलना भी चाहिए और स्वयं को उनके सम्मुख प्रकट भी कर देना चाहिए; किन्तु..." उसने रुक कर सबकी ओर देखा, "किन्तु मेरी एक ही आशंका है—यदि अपने वैराग्यपूर्ण दृष्टिकोण के कारण, वे हमारे प्रति तटस्थ ही हुए, अथवा हमारा रहस्य उनको उतना गोपनीय नहीं लगा और उनके माध्यम से हमारा रहस्य इस वन के बाहर, नागरिक जीवन में प्रचारित हो कर, दुर्योधन के कानों तक जा पहुँचा तो?..."

"तुम्हारा ज्येष्ठ भी ठीक ही कह रहा है पुत्रो!" इस बार कुन्ती ने युधिष्ठिर का समर्थन किया, "हम ऐसी अवस्था में नहीं हैं कि किसी भी सम्भावना की उपेक्षा कर सकें। इसलिए यदि हम उनके यहाँ आने से लाभ उठाना चाहते हैं, तो हानि का जोखम मोल लेने के लिए भी तैयार रहना होगा।"

"वैसे भी माँ! अब हमारे पास यहाँ से अज्ञात रूप में निकल जाने का अवसर कहाँ है!" नकुल बोला, "यदि हम उनसे मिले बिना तत्काल निकल चलें, तो भी आश्रमवासियों का ध्यान हमारे इस प्रकार रहस्यपूर्ण ढंग से लुप्त हो जाने पर अवश्य जायेगा। सम्भवतः हमारे विषय में अनेक दुष्कल्पताएँ की जायें और गर्हित रूप में हमारी चर्चा की जाये तब हमारे रूप-रंग, आकृति-प्रकृति, स्वभाव-चिन्तन तथा परस्पर सम्बन्धों का संदिग्ध चरित्रों के रूप में वर्णन किया जायेगा। ऐसी स्थिति में हमें जानने वाले व्यक्ति के लिए उस वर्णन से हमें पहचान लेना तनिक भी कठिन नहीं होगा।"

युधिष्ठिर ने कोई उत्तर नहीं दिया; किन्तु उसकी मुद्रा कह रही थी कि वह नकुल से प्रायः सहमत ही है। चारों भाई युधिष्ठिर को देख रहे थे : क्या विचार है ज्येष्ठ का?...

अन्ततः युधिष्ठिर ही बोला, "मेरा विचार है कि यहाँ से चुपचाप सुरक्षित निकल जाने का अवसर बीत चुका है। अब हमें कम-से-कम महर्षि के आश्रम से प्रस्थान करने तक निष्क्रिय भाव से कहीं रुके रहना चाहिए। जो विधाता की इच्छा होगी, वह हो कर रहेगा।..."

"किन्तु इतना तो हमें ही निश्चय करना है भैया, कि हमें उनकी उपस्थिति में उनके सम्मुख जाना है या नहीं; और यदि जाना है तो स्वयं को प्रकट करना

है या नहीं।" अर्जुन बोला।

"महर्षि आश्रम में आयें और हम उन्हें प्रणाम करने भी न जायें, यह उनकी अवज्ञा होगी। पूज्यपूजन न करना अधर्म है।" युधिष्ठिर बोला, "प्रणाम करने तो हमें जाना ही चाहिए।"

"प्रणाम तो हम अज्ञात वनवासियों के रूप में भी कर सकते हैं।" सहदेव बोला, "आवश्यक तो नहीं कि ऐसे अवसर पर हम अपना परिचय भी दें।"

"सहदेव ठीक कहता है।" कुन्ती ने कुछ आतुरता से कहा, "इस विधि से हम पूज्य की पूजा न करने के अपराधी भी नहीं होंगे और स्वयं के प्रकट होने के जोखम से भी बच जायेंगे।..."

महर्षि वेद व्यास उच्च स्थान पर मृगचर्म का आसन बिछाए, बैठे हुए थे। उनसे कुछ हट कर मुनि शालिहोत्र अपने आसन पर विराजमान थे। आश्रम के अन्तेवासी एक-एक कर महर्षि को प्रणाम कर, अपना सम्मान प्रकट कर, उनके सम्मुख भूमि पर बैठते जा रहे थे।

युधिष्ठिर के मन में हल्की-सी उत्तेजना थी : ऋषि उन्हें पहचान जायेंगे तो उन्हें आश्चर्य नहीं होगा कि युधिष्ठिर और उसके भाई उनसे अपरिचितों का-सा व्यवहार कर रहे हैं। क्या उन्हें यह नहीं लगेगा कि वे लोग उनकी अवज्ञा कर रहे हैं।...और सहसा युधिष्ठिर के मन में आया कि यह सब होने से पहले तो उन्हें आश्चर्य इस बात का होगा कि वे लोग जीवित हैं...और जीवित होते हुए भी वे लोग हस्तिनापुर न जा कर यहाँ अज्ञातवास कर रहे हैं।...और इस आश्चर्य का परिणाम?...युधिष्ठिर का मन किसी भी प्रकार यह मानने को तैयार नहीं था कि महर्षि उनके जीवित और यहाँ वर्तमान होने की सूचना हस्तिनापुर पहुँचा कर, उनका अनिष्ट कर सकते हैं; किन्तु यह तो सम्भव था ही कि अजाने ही उनके माध्यम से पाण्डवों का रहस्य कहीं और पहुँच जाये और उनका संकट फिर से बढ़ जाये...

कुन्ती और पाँचों पाण्डव, प्रणाम करने वालों के उस समूह का अंग बनकर खड़े हो गये। कुन्ती सावधान थी कि यदि ऋषि उन्हें पहचान भी जायें, तो भी अन्य उपस्थित लोगों को यह आभास न हो पाये कि वे लोग छद्म वेश में यहाँ रह रहे हैं।...किन्तु यदि पहचान जाने के पश्चात् ऋषि ने ही पूछ लिया कि वह अपने पुत्रों को ले कर, उनके आश्रम में क्यों नहीं आ गयी?...तो क्या उत्तर देगी वह? क्या वह उनसे कह सकेगी कि वह उनका भी विश्वास नहीं कर पायी...

उनके आगे के ही नहीं, पीछे के भी अनेक लोग, महर्षि को प्रणाम कर

बैठ चुके थे। लोगों में व्याकुल उत्साह था कि वे शीघ्रातिशीघ्र प्रणाम कर बैठ जायें और ऋषि के शब्दों का अमृतपान करें। किन्तु न केवल पाण्डवों में यह उत्साह नहीं था, वे सायास विलम्ब भी करते जा रहे थे।...

अन्ततः उनकी बारी आ गयी। अब उनके अतिरिक्त बहुत थोड़े लोग बचे थे; और वे भी किसी विशेष जल्दी में नहीं थे। कदाचित् उनमें भी इस कार्य के लिए विशेष उत्साह नहीं था; वे शिष्टाचारवश ही अभ्यागत ऋषि को प्रणाम करने आये थे। ऐसे में यदि पाण्डव सायास आफर विलम्ब करते तो वह अलक्षित नहीं रहता।

युधिष्ठिर आगे बढ़ा। उसने बिना मुख से कुछ कहे, महर्षि के चरण छुए। ऋषि ने आशीर्वाद की मुद्रा में अपना हाथ उठाया...किन्तु तभी युधिष्ठिर ने लक्ष्य किया कि ऋषि की दृष्टि उसके आनन पर तप रही थी। वे उसे ध्यान से देख रहे थे; किन्तु अगले ही क्षण जैसे वे सहज हो गये, "आश्रम में नये आये लगते हो पुत्र!"

युधिष्ठिर ने कुछ नहीं कहा। हाथ जोड़ कर स्वीकृति में सिर झुका दिया।

"जटाएँ भी पूर्णरूपेण जमी नहीं हैं।" ऋषि पुनः बोले, "ऐसे तो तुम नगर में वनवासी और आश्रम में नागरिक लगोगे।"

युधिष्ठिर मौन ही रहा। कदाचित् ऋषि ने उसे पहचान लिया था।...किन्तु यदि पहचान लिया था, तो वे इसका भेद प्रकट नहीं करना चाहते थे। सम्भवतः वे उसे संकेत दे रहे थे कि यदि उसे वनवासी के छद्म वेश में ही रहना था, तो उसे जटाएँ जमा लेना चाहिए।...क्या है ऋषि के मन में?...यदि उन्होंने उसे पहचान लिया है, तो उन्हें आश्चर्य क्यों नहीं हुआ?...तो क्या उन्हें सूचना थी कि पाण्डव अभी जीवित हैं...?

भीम ने प्रणाम किया तो ऋषि बोले, "इस मांगलिक वेश में तुम गृहस्थ अधिक लगते हो पुत्र! वनवासी कम। वनवासी को अपने रूप का मोह त्याग देना चाहिए।"

अर्जुन, नकुल तथा सहदेव को उन्होंने कुछ कहा कहीं; अन्य आश्रमवासियों के ही समान केवल हाथ उठा कर आशीर्वाद दिया।

कुन्ती को आशीर्वाद देते हुए उन्होंने कहा, "तुम्हारे पुत्र धर्म में प्रवृत्त हों। धर्म तुम्हारी रक्षा करे।"

सब लोग प्रणाम कर बैठ गये तो मुनि शालिहोत्र ने कहा, "इस बार इस दिशा में आप दीर्घ अन्तराल के पश्चात् पधारे हैं ऋषिवर! कोई विशेष प्रयोजन?"

व्यास मुस्कराए, और उनके श्यामल वर्ण पर भी उनके श्वेत दाँतों की

आभा व्याप गयी, "मेरी तो एक ही प्रयोजन है।"

"वह क्या है ऋषिवर?"

"मृत्यु के पश्चात् के जीवन की खोज!"

युधिष्ठिर की दृष्टि पहले महर्षि पर अटकी और फिर अपने भाइयों की ओर चली गयी। क्या सोच रहे हैं वे लोग? क्या वे भी सोच रहे हैं कि ऋषि का संकेत उन्हें ही खोजने की ओर है?...मृत्यु के पश्चात् का जीवन...

"क्या ऋषिवर को आत्मा की अमरता में संदेह उपजा है?" मुनि शालिहोत्र ने पूछा।

"नहीं मुनिश्रेष्ठ! आत्मा की अमरता में संदेह नहीं उपजा। इस बार मैं उसे साक्षात् देखने निकला हूँ।" व्यास बोले, "आत्मा देखी नहीं जा सकती; दिखता तो शरीर ही है। मैं देखने निकला हूँ कि मृत्यु के पश्चात् आत्मा ने कैसा शरीर धारण कर रखा है।..."

शालिहोत्र के चेहरे पर पहले आश्चर्य और फिर स्तब्धता के भाव आये; और अनायास ही उनके मुख से निकला, "यह तो कोई विचित्र ही प्रयोग है। ..." उन्होंने स्वयं को संयत किया और बोले, "यदि ऐसी कोई आत्मा सामने आयी तो क्या उसे पहचान पायेंगे?"

"विश्वास तो यही है कि प्रयत्न करूँगा तो पहचान ही लूँगा।" ऋषि के चेहरे पर एक आकर्षक मुस्कान थी, "आत्मा को जो कलेवर मिलेगा, वह उसके अनुकूल ही तो मिलेगा। यदि मैं आत्मा को पहचानता हूँ तो कलेवर को भी पहचान लूँगा।"

"आप धन्य हैं मुनिवर!" मुनि शालिहोत्र बोले।

किन्तु युधिष्ठिर सोच रहा था कि क्या महर्षि, मुनि शालिहोत्र के प्रश्नों का उत्तर दे रहे हैं, या उसे संकेत दे रहे हैं कि वे पाण्डवों की खोज में निकले हैं... मृत्यु के पश्चात् का जीवन...क्या वे लाक्षागृह में जल जाने वाले पाण्डवों को खोजने निकले हैं? वे कह रहे हैं कि यदि वे आत्मा को पहचानते हैं, तो कलेवर को भी पहचान लेंगे।...कलेवर से उनका तात्पर्य पाण्डवों के छद्मवेश से है?...यदि महर्षि ने उन्हें पहचान लिया है...और पहचान कर भी कोई आश्चर्य प्रकट नहीं किया है, तो इसका अर्थ हुआ कि वे चाहते हैं कि पाण्डवों का भ्रम बना रहे...और सहसा युधिष्ठिर के मन में जैसे विद्युत् कौंध गयी...वह अब तक क्यों समझ नहीं पाया कि विदुर काका ने महर्षि से कोई भी बात छिपायी नहीं होगी!...महर्षि निश्चित रूप से उनका रहस्य जानते हैं। यही कारण है कि वे उन्हें खोजने निकले हैं...मृत्यु के पश्चात् आत्मा कौन-सा कलेवर धारण करती है...पाण्डव किस वेश में हैं?...

और युधिष्ठिर जैसे विदुर की बुद्धि पर मुग्ध हो उठा।...अकेले काका विदुर ही जानते थे कि वे लोग जीवित हैं। वे ही जानते थे कि वे किस दिशा में गये हैं। पाण्डवों को खोजने और सम्पर्क करने का कार्य वे ही कर सकते थे।...किन्तु वे स्वयं आते कैसे? स्वयं आते, अथवा अपने किसी विश्वसनीय जन को भेजते तो हस्तिनापुर में वह बात गोपनीय नहीं रह सकती थी।... इसलिए उन्होंने चुना इस वयोवृद्ध, सर्वसम्मान्य, सदा के परिभ्रामी, यायावर ऋषि को, जिनके विषय में किसी को यह भी ज्ञात न हो कि वे आजकल कहाँ हैं! कहीं एकान्त में तपस्या कर रहे हैं, अथवा तीर्थ पर गये हैं!...उनके आश्रम से अनुपस्थित रहने को तनिक भी महत्व नहीं दिया जायेगा।... और...और...यही वह ऋषि, जिसका प्रभाव-क्षेत्र आर्यावर्त्त में ही नहीं, सारे जम्बूद्वीप में है। ऋषियों के आश्रमों तथा एकान्त में तपस्या करने वाले साधकों के रूप में कहीं भी सहायक मिल जाते हैं। उनका आवागमन कहीं भी अवरुद्ध नहीं होता; उन्हें कहीं आश्रय तथा सहायकों का अभाव नहीं होता...यह सब, युधिष्ठिर ने पहले क्यों नहीं सोचा?...

इसका अर्थ है कि वह क्षण आ गया है, जब पाण्डवों को प्रकट होने का प्रयत्न करना है। वेद-व्यास उन मृतकों के लिए जीवन का संदेश लाये हैं, कदाचित् उन्हें इस मृतक-लोक से बाहर निकालने के लिए आये हैं।...

"पूज्यपाद!" युधिष्ठिर के मन में एक विचित्र उत्साह भर आया, "आप सिद्ध ऋषि हैं। आप आत्मा को पहचानते हैं, अतः उसके कलेवर को भी पहचान लेंगे; किन्तु हम जैसे अज्ञानी साधक, यदि अपनी आत्मा का साक्षात्कार करना चाहें तो क्या करें?..."

"आत्म साक्षात्कार, आश्रमों की सामूहिक साधना में नहीं, एकान्त तपस्या में होता है पुत्र!"

व्यास तत्काल बोले, "इसलिए यदि आत्म साक्षात्कार करना चाहते हो, तो एकाकी भ्रमण करो, एकान्त-तपस्या करो। समाज में घिरे रहोगे तो दिव्य संदेश तुम तक कैसे पहुँचेगा? शाश्वत जीवन का सुन्दरतम तो तुम तक तभी पहुँच सकेगा, जब तुम होगे और तुम्हारा ईश्वर होगा।..."

युधिष्ठिर ने हाथ जोड़ कर सिर झुकाया और फिर साष्टांग दण्डवत प्रणाम कर बोला, "मैं समझ गया प्रभु! आपकी आज्ञा का पालन होगा।.."

"आप क्या समझे भैया।" कुटीर में पहुँचने पर भीम ने पूछा।

"तुम्हारी समझ में नहीं आया?" युधिष्ठिर ने हँस कर कहा, "पितामह ने हमें यह आश्रम छोड़ कर एकान्त में रहने का निर्देश किया है, ताकि वहाँ वे

हमें विदुर काका का संदेश दे सकें।"

"उनकी बातों का यह अर्थ भी हो सकता है," भीम ने स्वीकार किया, "यदि उन्होंने हमें पहचान लिया हो। आपके पास क्या प्रमाण है कि उन्होंने हमें पहचान ही लिया है?"

"मेरा अनुमान है कि ज्येष्ठ ठीक कह रहे हैं। पितामह ने न केवल हमें पहचान लिया है, वरन् वे हमें यहाँ से हट कर कहीं एकान्त में रहने का संकेत भी दे रहे हैं।" अर्जुन बोला, "मेरा विचार है कि हमें तत्काल यहाँ से चल देना चाहिए।"

"तुम तो बहुत दिनों से यहाँ से तत्काल चल देने को तैयार बैठे हो।" भीम कुछ झल्ला कर बोला, "तुम्हें तो हवा के चलने में भी यही संकेत मिलता है कि यहाँ से चल पड़ो।"

"तो अब यहाँ से चलने में बाधा भी क्या है?" अर्जुन बोला, "घटोत्कच का जन्म हो चुका। हिडिम्बा चली गयी। अब आप उसके पुनः लौट आने की प्रतीक्षा करना चाहें तो बात और है।"

"अर्जुन!" भीम के कुछ कहने से पूर्व ही कुन्ती बोली, "भीम के घाव में खरोंच मत लगाओ।"

"कहने दो माँ! इसे, जो कुछ यह कहना चाहता है।" भीम ने अपने धैर्य का परिचय दिया, "यदि मैं अपनी पत्नी से पुनः मिलने की प्रतीक्षा करूँ भी, तो उसमें अनुचित क्या है!" वह रुक कर बोला, "मैं यह कह रहा था, कि यदि हमने महर्षि के वाक्यों को समझने में तनिक भी भूल की तो हमें और अधिक भटकना पड़ जायेगा।"

"कैसे?" सहदेव ने पूछा।

"यदि हम ज्येष्ठ की यह बात मान लें कि महर्षि सचमुच ही हमसे सम्पर्क करने के उद्देश्य से, हमें खोजते-खोजते यहाँ तक आये हैं, तो फिर अब वे क्यों चाहेंगे कि हम पुनः वन में कहीं विलुप्त हो जायें और वे फिर से हमारी खोज में भटकना आरम्भ कर दें?" भीम बोला।

"मध्यम का विचार ठीक है।" सहदेव बोला, "यदि हम पितामह के वाक्य का तनिक भी भिन्न अर्थ करेंगे तो हमारा यह सम्पर्क पुनः टूट जायेगा; और हम फिर से पहले की-सी स्थिति में पहुँच जायेंगे।"

"और यदि हम स्वयं निर्णय नहीं कर सकते कि हमें कब और कैसे हस्तिनापुर पहुँचना है, तो हमें उधर से आये निर्देशों को ही ग्रहण करना होगा।" अर्जुन बोला, "यदि हाथ आया हुआ यह अवसर गँवा दिया, तो पुनः जाने क्या स्थिति हो!"

"तो हम स्वयं को पितामह के सम्मुख प्रकट ही क्यों नहीं कर देते?" नकुल ने पूछा, "उससे यह द्वन्द्व तो मिट जायेगा।"

युधिष्ठिर ने असहमति में सिर हिलाया, "यदि उन्होंने पहचाना ही नहीं, तो हमारा सार्वजनिक रूप से प्रकट होना उचित नहीं है; और यदि उन्होंने हमें पहचान कर भी गोपनीयता बनाये रखी है, तो उसका भी कोई उद्देश्य होगा।"

"तो?" भीम ने पुछा।

"तो ज्येष्ठ की बुद्धि पर विश्वास कर, उसके निश्चय को मान, यहाँ से चल पड़ो।" कुन्ती बोली, "हम इतना तो कर ही सकते हैं कि बहुत सघन और अज्ञात वनों में न जायें। हम ऋषियों के आश्रमों के मध्य कहीं मार्ग के निकट ही कुटीर बना सकते हैं, ताकि यदि महर्षि हम तक पहुँचना चाहें तो उन्हें अधिक कष्ट न हो।"

किसी ने भी कुन्ती से असहमति प्रकट नहीं की।

23

काम्पिल्य के राजपरिवार को आशीर्वाद देने के लिए धौम्य ऋषि राजप्रासाद में पधारे थे। उनका सत्कार हो चुका तो द्रुपद ने कहा, "ऋषिवर! आपको ज्ञात होगा कि मेरी पुत्री कृष्णा ने कुरुवंश का नाश करने के लिए, यज्ञ-कुण्ड में से जन्म लिया है।"

"सुना है राजन्!"

"मेरा विचार है कि अब समय आ गया है कि मैं उसके विवाह के विषय में सोचूँ; और सोचूँ ही नहीं, कुछ उपक्रम भी करूँ।"

"शुभ विचार है राजन्! विवाह-योग्य कन्या के पिता को चिन्ता होनी ही चाहिए।"

"किन्तु..." द्रुपद मौन हो गये।

धौम्य ने देखा : क्यों मौन हैं द्रुपद? अपने विचारों को व्यवस्थित कर रहे हैं? किसी द्वन्द्व में हैं?...या कोई गम्भीर चिन्ता है उनके मन में?

"क्या बात है राजन्!" धौम्य का स्वर अत्यन्त मधुर तथा आत्मीय था, "कोई विशेष चिन्ता है क्या?"

"चिन्ता! हाँ, चिन्ता ही समझिए!" द्रुपद अपनी चिन्ता से मुक्त नहीं हो पा रहे थे।

"क्या चिन्ता है महाराज?" धौम्य का वाक्य प्रश्न के रूप में सांत्वना थी, आश्वासन था... जैसे माता अपने व्याकुल पुत्र को अभय दे रही हो, ताकि पुत्र

अपनी व्याकुलता का कारण बता सके!

द्रुपद ने भी जैसे अपने आहत अभियान पर उस सांत्वना के लेप का अनुभव किया, "कृष्णा साधारण कन्या नहीं है ऋषिवर!" द्रुपद यथासम्भव कोमल और मंद स्वर में बोले, "न मेरी महात्वाकांक्षा साधारण है कि मैं किसी भी कुलीन और सुशील वर को देख कर, अपनी कृष्णा का कन्यादान कर दूँ। मुझे तो..."

धौम्य प्रश्न-भरी दृष्टि से देखते रहे, और द्रुपद की बात पूरी होने की प्रतीक्षा करते रहे। वे कुछ बोले नहीं।

"ऋषिवर! मुझे आर्यावर्त्त का सर्वश्रेष्ठ वीर कृष्णा के पति के रूप में चाहिए।" द्रुपद ने रुक कर धौम्य की ओर देखा, "मैंने शिखण्डी के विवाह के माध्यम से अपने लिए शक्तिशाली मित्र प्राप्त करने का प्रयत्न किया था; किन्तु किन्हीं भ्रमों और भ्रान्तियों के कारण शिखण्डी घर छोड़ कर चला गया और उसके श्वसुर से मेरा उस आत्मीयता का सम्बन्ध ही स्थापित नहीं हो सका कि मैं उनसे कुरुओं के विरुद्ध अभियान में सहायक होने की अपेक्षा करता।" वे क्षण-भर रुके, "अब सोचता हूँ कि जो कार्य शिखण्डी के विवाह के माध्यम से नहीं हो पाया, वह कृष्णा के विवाह के माध्यम से हो..."

"तो कठिनाई क्या है राजन्?" धौम्य उद्वेलनशून्य स्वर में बोले, "मैं इसे कोई बड़ी समस्या नहीं मानता। प्रत्येक कन्या का पिता कन्यादान करने से पूर्व अपने मनोनुकूल वर का संधान करता है; और फिर उसके पास संदेश भिजवाता है।..."

"आप ठीक कह रहे हैं।" द्रुपद बोले, "किन्तु मेरी कठिनाई यह है कि मेरा स्वाभिमान पर्याप्त आहत है। मैं जिस वीर का चयन करूँगा, उसने यदि मेरे प्रस्ताव का तिरस्कार कर दिया तो?"

"तिरस्कार की सम्भावना तो किसी भी स्थिति में हो सकती है राजन्!" धौम्य मुस्कराए, "जैसे आपको यह अधिकार है कि आप किसी भी वीर को स्वीकार अथवा अस्वीकार कर सकते हैं वैसे ही उस वीर को भी यह अधिकार है।..."

"नहीं! यह उस प्रकार की सामान्य बात नहीं है।" द्रुपद बोले।

"क्यों?"

"क्योंकि यह सामान्य विवाह-प्रस्ताव नहीं है। पंचाल को कृष्णा के पति से कुछ अपेक्षाएँ हैं।" द्रुपद के स्वर में हल्का-सा आवेश था, "उसे ज्ञात होगा कि उसका चयन इसलिए किया गया कि वह द्रपुद को अपने अपमान का प्रतिशोध

लेने में सहायता करे। उसे द्रोण को संरक्षण देने वाले कुरुओं से युद्ध करना होगा।"...द्रुपद ने धौम्य को एक विचित्र दृष्टि से देखा, "मैं जानता हूँ, कि वह यह भी समझ जायेगा कि यह प्रस्ताव नहीं, एक याचना है।...और...और..." द्रुपद जैसे उद्वेलित हो कर अपने आसन से उठ खड़े हुए, "मैं अपने स्वाभिमान को याचना तक तो झुका लूँगा; किन्तु उसका तिरस्कार..." द्रुपद ने झटके से धौम्य पर दृष्टि जमायी, "आप मेरे मन की व्यथा समझ रहे हैं ऋषिवर!"

"समझ रहा हूँ राजन्!" धौम्य का चेहरा गम्भीर हो गया, "आपको अपने जामाता के रूप में आर्यावर्त्त का सर्वश्रेष्ठ वीर चाहिए। और वह वीर इसलिए नहीं चाहिए कि वह राजकुमारी को सुखी रख सके। वह इसलिए चाहिए कि वह आपकी प्रतिहिंसा का उपकरण बन कर कुरुओं का नाश करे!"

"आप ठीक समझे ऋषिवर! मुझे ऐसा ही जामाता चाहिए; अन्यथा कृष्णा का यज्ञकुण्ड में से जन्म लेना व्यर्थ हो जायेगा।..."

धौम्य मौन हो गये, जैसे कुछ विचार कर रहे हों।

द्रुपद के लिए यह समय अत्यन्त कष्टकर था। वे तत्काल सुनना चाहते थे कि धौम्य इस विषय में क्या सोचते हैं। क्या उनके पास कोई प्रस्ताव है, कोई समाधान है...

अन्ततः धौम्य बोले, "क्या कुरु-पांचाल युद्ध अनिवार्य है?"

"यदि द्रोण को हस्तिनापुर से निकाल दिया जाये, तो मुझे कुरुओं से कोई विरोध नहीं रह जायेगा।" द्रुपद रुक कर बोले, "और यदि वे उसके हाथ-पैर बाँध कर, उसे ला कर मेरे चरणों में डाल दें, तो कदाचित् मैं उनसे पिछला सारा वैर भूल कर उनका मित्र भी हो सकता हूँ।..."

"यह प्रायः असम्भव है राजन्!" धौम्य जैसे अपने-आपसे कह रहे थे, "द्रोण कुरु-राजकुमारों के गुरु हैं। दुर्योधन के अन्यतम साथी और मित्र अश्वत्थामा के पिता हैं। वे व्यवहारतः उनके महासेनापति और माण्डलिक राजा हैं।...नहीं राजन्! हस्तिनापुर में द्रोण की जड़ें बहुत गहरी हैं; उन्हें वहाँ से उखाड़ा नहीं जा सकता।"

"खेत में पौधे की जड़ें गहरी हों और उसे उखाड़ा न जा सके तो खेत में आग लगानी पड़ती है ऋषिवर!" द्रुपद बोले, "मैं हस्तिनापुर में आग लगा दूँगा—कुरुवंश का नाश कर दूँगा।..."

"राजन्! क्या आपने राजकुमारी के स्वयंवर के विषय में सोचा है?" धौम्य ने द्रुपद के आवेश से सर्वथा अप्रभावित रहते हुए पूछा।

"स्वयंवर के विषय में मेरी धारणा बहुत अच्छी नहीं है।" द्रुपद बोले।

"क्यों?" धौम्य ने आश्चर्य से उनकी ओर देखा।

"पहली बात तो यह है कि उसमें राजाओं की एक बड़ी संख्या एकत्रित हो जाती है। उसमें कुछ परस्पर मित्र होते हैं तो कुछ शत्रु भी होते हैं। स्वयंवरों में अधिकांशतः अपहरण और रक्तपात होता है। युद्धोन्माद से मत्त, उतने सारे क्षत्रिय राजाओं को नियंत्रित करना कठिन होता है; और यदि उन्हें नियंत्रित कर भी लिया जाये, तो अनेक मैत्रियाँ टूट कर शत्रुता में परिणत हो जाती हैं।" द्रुपद ने रुक कर धौम्य को देखा, "उससे भी बड़ी बात है महर्षि, कि मैं स्वयंवर का निमंत्रण भेज सकता हूँ, वीरों को उसमें सम्मिलित होने के लिए बाध्य नहीं कर सकता। सामान्यतः जिस वीर को मैं अपना जामाता बनाना चाहूँगा, वह तो उसमें आयेगा नहीं; और अयोग्य, दम्भी, पापी, अधर्मी राजाओं की भीड़ लग जायेगी। ऐसे में यदि कृष्णा उनमें से किसी का वरण नहीं करेगी, तो मुझे उन सबके सम्मिलित कोप का भाजन बनना पड़ेगा।...और ऋषिवर!" द्रुपद ने जैसे अपनी बात को पुनः कहना आरम्भ किया, "पांचालों में बहुपतित्व की प्रथा भी रही है। अनेक स्थानों में आज भी यह प्रचलित है। यद्यपि हम उसका क्रमशः त्याग कर रहे हैं; किन्तु अभी हम उसे अधर्म नहीं मानते। आर्यावर्त्त के क्षत्रियों के अनेक समुदायों ने उसे सर्वथा त्याग दिया है। ऐसे क्षत्रिय सम्भवतः स्वयंवर में सम्मिलत होने के लिए काम्पिल्य न आयें...।"

धौम्य फिर से एक बार चिन्तनलीन हो गये।

"राजन्!" अन्ततः वे बोले, "आप अपने जामाता के रूप में आर्यावर्त्त के सर्वश्रेष्ठ वीर की कामना कर रहे हैं।...तो क्या आपने अपनी पुत्री को वीर्यशुल्का घोषित करने के विषय में भी सोचा है? आप जानते ही हैं कि वीर्यशुल्का के स्वयंवर में न रीति और परम्परा का विचार होता है, न मैत्री और शत्रुता का। उसमें निमन्त्रण की भी अपेक्षा नहीं होती। उसमें न कोई आपसे विरोध कर सकता है, और न कोई आपसे रुष्ट ही हो सकता है कि आपने किसे आमन्त्रित किया, किसे नहीं किया। उसमें तो प्रतियोगी अपनी श्रेष्ठता सिद्ध करने के लिए स्वेच्छा से आयेंगे; और आपको अपनी इच्छानुकूल जामाता प्राप्त होगा।"

द्रुपद ने उत्तर देने में शीघ्रता नहीं की; किन्तु उनका उत्तर पूर्व-विचारित अवश्य था, "ऋषिवर! वीर्यशुल्का घोषित करने में विकट संकट है।"

"क्या संकट है राजन्?"

"मैं अपने शत्रुओं को भी स्वयंवर में सम्मिलित होने से नहीं रोक सकता। विजेता के चयन में मेरी इच्छा के लिए कोई स्थान नहीं होगा।...और फिर उद्दण्ड और अहंकारी राजाओं का दर्पपूर्वक शक्ति-प्रदर्शन!..."

"आपका विचार सत्य है! किन्तु राजन्! सावधानीपूर्वक विचार कर नियमों-उपनियमों की घोषणा की जाये, तो यह संकट नहीं रहता। और फिर

अपनी ही राजधानी में अपनी और अपने मित्रों की सम्मिलित शक्ति से आप उद्दण्ड लोगों का नियमन न कर सकें, ऐसा सम्भव नहीं है।"

द्रुपद फिर मौन हो गये। कुछ बोले नहीं। धौम्य ने देखा, कदाचित् द्रुपद उनकी बात का कोई तर्क-संगत प्रतिवाद प्रस्तुत नहीं कर पा रहे थे; किन्तु उनका मन धौम्य से सहमत नहीं हो पा रहा था। अन्ततः वे बोले, "आपको नहीं लगता कि यह पूर्ण द्यूत है?...और क्षत्रिय होते हुए भी मैंने जीवनभर कभी द्यूत को क्रीड़ा नहीं माना। मैंने इसे व्यसन ही माना है—दूषित व्यसन, सुरोवसन के ही समान!...अब आप मुझे जीवन का सबसे महत्वपूर्ण निर्णय करने के लिए द्यूत का अवलम्ब ग्रहण करने के लिए कह रहे हैं!"

"यह द्यूत नहीं है राजन्!" धौम्य अत्यन्त शान्त स्वर में बोले, "यह कर्म है, उद्यम। इसमें संयोग का अंश अवश्य है; किन्तु संयोग को ईश्वर की अनुकंपा के रूप में ग्रहण करना चाहिए। आप अपना कर्म कीजिए और ईश्वर में पूर्ण आस्था रखिए।"

लगा, द्रुपद की चिन्तन-दिशा कुछ परिवर्तित तो हुई; किन्तु पूर्ण सहमति अथवा पूर्ण वैचारिक समर्पण कदाचित् द्रुपद की प्रकृति के अनुकूल नहीं था।

"राजन्! यदि द्रौपदी को वीर्यशुल्का घोषित करना है तो कुछ बातों पर भली भाँति विचार कर लेना होगा।...द्रोण धनुर्वेद के आचार्य हैं, इसलिए आपको भी सर्वश्रेष्ठ धनुर्धारी को ही अपना जामाता चुनना होगा। यदि स्वयंवर की प्रतिज्ञा ऐसी हुई, जिसमें कोई खड्गधारी अथवा गदाधारी योद्धा विजयी हुआ, तो उससे आपको अधिक लाभ नहीं होगा।" धौम्य ने रुककर द्रुपद को देखा, "मैं युद्ध-विद्या विशारद नहीं हूँ। किन्तु इतना तो कह ही सकता हूँ कि यद्यपि युद्धों में खड्गधारियों तथा गदाधारियों का महत्त्व कम नहीं है; किन्तु यदि द्वन्द्व युद्धों को छोड़ दें तो अधिकांश युद्ध शस्त्रों की अपेक्षा अस्त्रों की सहायता से ही जीते जाते हैं। अस्त्रों में एक श्रीकृष्ण के चक्र को छोड़कर धनुष-बाण ही सर्वाधिक महत्त्वपूर्ण और घातक है। इसलिए मेरा विचार है कि आपकी प्रतिज्ञा ऐसी ही हो, जिसमें सफल होने के लिए प्रतियोगी को असाधारण धनुर्धारी होना चाहिए..."

द्रुपद ऋषि की बात सुन भी रहे थे, और नहीं भी सुन रहे थे...आरम्भ में तो वे ध्यानपूर्वक ऋषि की बात सुन ही रहे थे; किन्तु ऋषि के ही शब्दों ने उनके मन में कुछ चित्र और कुछ धारणाएँ आरम्भ कर दी थीं।...धनुर्धारी के रूप में उनके मन में एक ही बिम्ब जागता था—कुरु राजकुमार अर्जुन का बिम्ब! अहिछत्र के युद्ध में अर्जुन की धनुर्विद्या ने ही उन्हें पराजित किया था। यदि अर्जुन उस कोटि का धनुर्धारी न होता, तो कदाचित् द्रोण उन्हें इस

प्रकार अपमानित न कर पाता।...किन्तु कैसी विचित्र स्थिति है कि वे शत्रु के रूप में, अपने शत्रु के परम शिष्य के रूप में; और शत्रु के उपकरण के रूप में स्मरण करते हैं, अर्जुन को...और फिर उनके कानों में अर्जुन के वे शब्द गूँजने लगते हैं, 'मध्यम! हम पांचालों के शत्रु नहीं हैं; उनकी सेना का नाश मत करो! केवल गुरु-दक्षिणा...।'...तो उस परम शिष्य ने गुरु के शत्रु को अपना शत्रु नहीं माना था...? उसने गुरु के व्यक्तिगत राग-द्वेषों से स्वयं को पृथक् रखा था। उसके अपने सम्बन्ध गुरु के सम्बन्धों से निर्देशित नहीं होते थे...और द्रुपद बार-बार अपने-आप से पूछते हैं कि उनके सम्बन्ध क्यों द्रोण के सम्बन्धों से निर्देशित होते हैं? वे क्यों अपने सम्बन्ध स्वतन्त्र रूप से निर्धारित नहीं कर सकते?...

"द्रोण के अतिरिक्त ऐसे धनुर्धारी हो ही कितने सकते हैं।...कृष्ण, अर्जुन, कर्ण और एकलव्य!..." धौम्य गहरी दृष्टि से द्रुपद की प्रतिक्रियाओं को पढ़ रहे थे, "द्रोण ने एकलव्य का अँगूठा कटवा लिया था; अर्जुन की अपने भाइयों के साथ वारणावत में मृत्यु हो चुकी; कर्ण सूतपुत्र है..." धौम्य रुके, "परिचित लोगों में से तो एक कृष्ण ही रह जाता है।..."

"हाँ! अर्जुन की तो मृत्यु हो चुकी है।" द्रुपद बोले; और स्वयं ही समझ नहीं पाये कि उनके इस वाक्य का अर्थ क्या था।

"और सम्भव है कि इनके अतिरिक्त कोई ऐसा अज्ञात धनुर्धारी निकल आये, जो श्रेष्ठता के निकष पर पूर्ण प्रमाणित हो।"

"हाँ! यह भी सम्भव है।" द्रुपद बोले; और फिर अन्यमनस्क से हो कर कुछ सोचने लगे।

"तो राजन्! आप विचार करें। अपने मित्रों और हितैषियों से परामर्श कर लें। फिर यदि मेरी आवश्यकता हो तो मुझे सूचना भिजवा दें।" धौम्य जाने के लिए उठ खड़े हुए।

24

रात बहुत गहरी नहीं हुई थी; किन्तु सिन्दूरी सन्ध्या काली पड़ चुकी थी। वन में इस समय तक सारी गति-विधि समाप्त हो जाती थी; और केवल निशाचर कहलाने वाले जन्तु बाहर घूमा करते थे। पाण्डवों ने भी अब तक अपने घर का प्रवेश-द्वार बन्द कर लिया था।

मुनि शालिहोत्र का आश्रम छोड़ने के पश्चात् से वे लोग निरन्तर मत्स्य, त्रिगर्त तथा पंचाल के मध्य के वनों में भ्रमण कर रहे थे। सिर पर जटाएँ

बढ़ गयी थीं और चेहरे पर श्मश्रु! वस्त्रों का स्थान वल्कल और मृग-चर्म ने ले लिया था। उन्हें पहचानना बहुत सहज नहीं था। वे लोग पूर्णतः वनवासी दिखायी देते थे।

किसी ने प्रवेश-द्वार को हिलाया। यह किसी वन्य-पशु द्वारा सींग मारने की-सी ध्वनि नहीं थी। यह तो किसी मनुष्य द्वारा उनका ध्यान आकृष्ट करने के लिए, द्वार को खटखटाने का-सा शब्द था।

पाण्डवों ने आश्चर्य से एक-दूसरे की ओर देखा; और तब सहदेव ने कहा, "मैं देखता हूँ।"

"तुम ठहरो!" उठते हुए सहदेव को भीम ने उसकी भुजा पकड़ कर बैठा दिया, "मैं देखता हूँ।"

सहदेव बैठ गया; किन्तु बोले बिना नही रह सका, "बाहर कोई अतिथि है भैया! कोई आक्रमणकारी नहीं।"

"अतिथि होगा तो सादर भीतर ले आऊँगा।" भीम बोला, "इस वन में भी छल-छद्म हो सकता है सहदेव!"

थोड़ी देर में भीम लौटकर आया तो उसके साथ स्वयं महर्षि वेदव्यास थे।...सारे भाइयों ने अपनी माता सहित उन्हें प्रणाम किया।

"मुझे इस प्रकार आया देखकर तुम्हें आश्चर्य हो रहा है?" महर्षि ने पूछा।

"हाँ पितामह!" युधिष्ठिर बोला, "आपके आगमन से पहले प्रायः आपके आने का समाचार आता है, आपके शिष्य आते हैं; और फिर अब वन में यात्रा करने को समय भी तो नहीं रहा। अन्धकार पर्याप्त सघन हो चुका है।..."

"यह सब मैंने सायास किया है पुत्र! अपने शिष्यों को अगले आश्रम की ओर भेज दिया है।" व्यास बोले, "वस्तुतः अभी मैं तुम्हारा रहस्य उद्घाटित करना नहीं चाहता।" उन्होंने एक-एक कर उन सबको देखा और बोले, "सावधानी आवश्यक है!"

"आपने हमें मुनि शालिहोत्र के आश्रम में पहचान लिया था तात्?" कुन्ती ने शिशु-सुलभ जिज्ञासा-भाव से पूछा, "हम लोग अन्त तक इस संशय में ही रहे। फिर भी हमने वह आश्रम त्यागना ही उचित समझा।"

"मुझे विदुर से यह सूचना मिल गयी थी पुत्री, कि तुम लोगों की प्राण-रक्षा हो गयी है।"

"मैंने कहा था न माँ, कि काका ने ही पितामह को बताया होगा।" नकुल उत्साह से बोला।

"तुमने ठीक कहा था पुत्र! हस्तिनापुर में बैठा विदुर ही तुम लोगों का हित साध रहा है।" व्यास शान्त स्वर में बोले, "मैं अपने भ्रमण की आड़ में

तुम लोगों की खोज में ही निकला था। तुम लोगों को शालिहोत्र के आश्रम में सकुशल देख कर प्रसन्नता हुई; किन्तु इस प्रकार ऋषियों-मुनियों के आश्रमों में रहकर, जहाँ अनेक यात्री और यायावर आते ही रहते हैं, तुम लोगों का अज्ञातवास सम्भव नहीं था; और फिर किसी भी आश्रम में तुम लोगों तक न कोई संदेश पहुँच सकता है, न संदेश-वाहक! इसलिए मैंने तुम लोगों को एकान्त-वास करने का संकेत किया था। वहाँ तो मैं भी खुल कर तुम लोगों से चर्चा नहीं कर सकता था।"

"हस्तिनापुर का क्या समाचार है पितामह?" युधिष्ठिर ने पूछा, "क्या दुर्योधन को विश्वास हो गया है कि हम लोगों की मृत्यु हो चुकी है?"

"आभास तो यही होता है।" व्यास बोले, "किन्तु उससे तुम लोगों को न तो निश्चिन्त हो जाना चाहिए, न असावधान!"

"क्या पितृव्य को पता है कि हम जीवित हैं?" कुन्ती ने जिज्ञासा की।

"भीष्म!" व्यास बोले, "लगता है कि उन्हें कुछ संदेह तो है। सन्भव है कि उन्हें विदुर से कोई संकेत मिला हो। यदि उन्हें मालूम है भी तो वे इसे प्रकट नहीं करते। उनका प्रकट व्यवहार ऐसा ही है, जैसे वे तुम लोगों की मृत्यु पर विश्वास करते हैं।" व्यास ने बारी-बारी से सबकी ओर देखा, "हस्तिनापुर में तुम्हारी मृत्यु का समाचार पहुँचा तो उसका बहुत शोक मनाया गया। सबसे अधिक शोक धृतराष्ट्र ने मनाया। कृष्ण और बलराम भी अपने सम्बन्धियों और मित्रों के साथ, हस्तिनापुर के शोक में सम्मिलित होने के लिए आये थे; किन्तु द्वारका में यादवों की अपनी कलह के कारण वे हस्तिनापुर में अधिक समय तक टिक नहीं पाये।"

"क्या कृष्ण जानता है कि हम जीवित हैं?" अर्जुन ने पूछा।

"वह विदुर से मिला था। कदाचित् उसे पहले से ही संदेह था। उसने विदुर से यह सूचना तो प्राप्त कर ली थी कि तुम लोग सुरक्षित हो; किन्तु उसके पश्चात् उसे द्वारका लौट जाना पड़ा।"

"तो क्या हुआ!" अर्जुन बोला, "वह अवश्य आयेगा। वह अवश्य ही हमारी सहायता करेगा।"

"वह उसका प्रबन्ध कर रहा है पुत्र!"

"किस बात का प्रबन्ध कर रहा है कृष्ण?" कुन्ती के स्वर में उत्सुकता के स्थान पर व्यग्रता थी।

"तुम्हारा भतीजा तुम्हारे पुनर्जीवन का प्रबन्ध कर रहा है पुत्री!" व्यास बोले, "ताकि तुम लोगों का यह अज्ञातवास समाप्त हो सके।"

"उसके लिए प्रबन्ध क्या करना है," भीम कुछ उग्र स्वर में बोला, "हम

जहाँ चाहें, घोषणा कर सकते हैं कि हम जीवित हैं, और दुर्योधन ने हमारी हत्या का षड्यन्त्र रचा था।"

"तो घोषणा करते क्यों नहीं?" व्यास मुस्कराए, "वन में अज्ञातवास करने का कारण?"

"हमारे ज्येष्ठ का विचार है कि प्रकट होने पर दुर्योधन की ओर से हमारे लिए संकट उत्पन्न हो सकता है।" भीम ने कुछ ऐसे स्वर में कहा, जैसे स्वयं उसका यह विश्वास न हो।

"युधिष्ठिर ठीक कह रहा है पुत्र! कृष्ण का भी यही विचार है। अतः हम चाहते हैं कि तुम लोग तब तक छद्मवेश धारण किये रहो, जब तक कि तुम्हारी सुरक्षा का पूर्ण प्रबन्ध न हो जाये।..."

"हमारे हाथ में शस्त्र दे दीजिए और फिर देखिए कि हम सुरक्षित ही सुरक्षित हैं।" भीम के स्वर में स्पष्ट उद्दण्डता थी।

"नहीं।" व्यास का स्वर पहली बार अपनी कोमलता छोड़, कुछ दृढ़ कठोर हुआ, "तुम्हारे हाथों में शस्त्र दे भी दें, तो तुम्हें दुर्योधन पर प्रहार नहीं करने दिया जायेगा; और उसे प्रहार करने से कोई रोक नहीं पायेगा। कृष्ण चाहता है कि इस बार ऐसा प्रबन्ध हो जाये कि या तो दुर्योधन प्रहार ही न कर पाये, अथवा तुम्हें भी उसका प्रहार रोकने की पूर्ण स्वतन्त्रता हो।"

भीम चुप तो हो गया; किन्तु उसकी समझ में यह नहीं आ रहा था कि कृष्ण ऐसा क्या करेगा, जिससे यह सब कुछ सम्भव हो पायेगा!...और फिर कृष्ण के विचारों और कृष्ण की योजनाओं को इतना महत्त्व देना क्यों आवश्यक है!

"क्या यह सम्भव है तात्?" कुन्ती को जैसे विश्वास नहीं हो रहा था।

"सम्भव ही नहीं, यह अवश्यम्भावी है।" व्यास का स्वर निर्द्वन्द्व था, "तुम्हारा पुत्र भारतवर्ष का शक्तिशाली सम्राट् होगा। तुम चिन्ता न करो पुत्री!"

"और जिस दिन यह सब हो जायेगा!" भीम पुनः बोला, "उस दिन मैं उस नीच दुर्योधन और उसके उस चाण्डाल मामा से अपना पूर्ण प्रतिशोध लूँगा।"

"भीम!" युधिष्ठिर बोला, "तुम जानते हो, हम प्रतिशोध के समर्थक नहीं हैं। मैंने हस्तिनापुर की राजसभा में आचार्य द्रोण के प्रतिशोध का समर्थन नहीं किया था। प्रतिहिंसा मानव के लिए हितकर नहीं है।"

"प्रतिशोध तो एक ही स्थिति में नहीं लिया जाता भैया, जब राजा अपराधी को दण्डित कर दे।" भीम बोला, "और मैं जानता हूँ कि वर्तमान राजा के रहते हुए दुर्योधन को कोई दण्डित नहीं करेगा। इसलिए प्रतिशोध आवश्यक है।"

"युधिष्ठिर ठीक कह रहा है पुत्र! हमारी नीति प्रतिरोध की है, प्रतिशोध

को नहीं!" व्यास बोले, "जैसे दण्ड देने का अधिकार केवल राजशक्ति को है, वैसे ही प्रतिशोध का अधिकार केवल ईश्वर को है। जैसे हिंसा नृशंसता है, वैसे ही प्रतिहिंसा भी नृशंसता है। युधिष्ठिर की नीति, आनृशन्सता की है पुत्र!"

"क्यों? प्रतिशोध में क्या दोष है पितामह?" अर्जुन बोला।

"प्रतिशोध का क्रम कभी समाप्त नहीं होता पुत्र!" व्यास का स्वर गम्भीर था, "वह हिंसा तथा नृशंसता की अन्तहीन शृंखला है, जिसमें नित्य नयी कड़ियाँ जुड़ती रहती हैं। तुम उनसे प्रतिशोध लोगे, उनके पुत्र तुम्हारे पुत्रों से प्रतिशोध लेंगे; और तुम्हारे पौत्र उनके पौत्रों से प्रतिशोध लेंगे...तो यह हिंसा कहाँ थमेगी पुत्र?"

"वे बार-बार हमारी हत्या का प्रयत्न करें; हमसे सब कुछ छीन लें और हम प्रतिशोध की भी इच्छा न करें?" भीम तड़प कर बोला, "हम क्षत्रिय किसलिए हैं? हमने शस्त्र-शिक्षा क्यों ग्रहण की है?"

"तुम क्षत्रिय हो; इसलिए आवश्यक होने पर युद्ध-क्षेत्र में शत्रु से सम्मुख युद्ध करोगे। युद्ध में शत्रु का वध न हिंसा है, न प्रतिहिंसा। वह न अपराध है, न अधर्म, न नृशंसता।" व्यास बोले, "भीम! अपने भाई को देखो; और उसकी महानता को समझो। मैं तो जब-जब युधिष्ठिर को देखता हूँ, चकित रह जाता हूँ। इस वय में यह आनृशंसता और धर्म की इस सहजता से चर्चा करता है, जैसे बड़े-बड़े धर्म-सिद्ध ऋषि नहीं कर सकते।...और केवल चर्चा ही नहीं करता, उस पर आचरण भी करता है।"

"भैया को क्रोध नहीं आता तो हम क्या करें?" भीम उसी प्रकार उन्मत्त स्वर में बोला, "मुझे तो बहुत क्रोध आता है, इस नीच दुर्योधन पर!"

"भैया को क्रोध आता नहीं, तो तुम ऐसे कह रहे हो पुत्र! जैसे किसी को विद्या नहीं आती।" व्यास किंचित् हँसे, "तुम्हारे भाई ने क्रोध को इस प्रकार नियन्त्रित किया है, जो साधकों का परम लक्ष्य होता है।" व्यास ने भीम को देखा, "क्रोध, घृणा, द्वेष, स्वार्थ तो मनुष्य के मन में इस प्रकार होते हैं जैसे उनके शरीर में रक्त, मांस और मज्जा। उन पर नियंत्रण पाने के लिए प्रयत्न करना पड़ता है, जैसे घर को स्वच्छ रखने के लिए प्रयत्न करना पड़ता है; अन्यथा धूल-मिट्टी तो प्रकृति का सहज स्वभाव है। युधिष्ठिर को यदि अपने शत्रुओं पर भी क्रोध नहीं आता, तो सोचो, तुम्हारे इस भाई ने अपने मन को कितना निर्मल कर रखा है, जहाँ केवल प्रेम है, दया है, मित्रता है। वह अपने शत्रुओं से भी द्वेष नहीं करता...वह कभी नृशंस हो ही नहीं सकता।..."

"तो क्या दुर्योधन को उसके अपराधों के लिए कभी दण्डित नहीं किया जायेगा?" भीम के स्वर में हताश आक्रोश था।

"अपने प्रति किये गये अपराध का दण्ड तो प्रतिशोध है पुत्र!" व्यास के स्वर में सहज कोमलता लौट आयी, "प्रतिशोध का आधार प्रतिहिंसा है, जो नृशंसता है। तुम्हें योद्धा होना है, आततायी नहीं। यदि अवसर आया तो दुर्योधन से युद्ध-क्षेत्र में आमने-सामने युद्ध कर लेना। वैसे मेरा प्रयत्न यही रहेगा कि तुम दोनों में युद्ध कभी न हो।"

"तो फिर हमारा अज्ञातवास समाप्त हो भी गया, तो क्या हो जायेगा?" नकुल ने धीरे से कहा, जैसे वह अपनी बात कहना भी चाहता हो और महर्षि का विरोध भी न करना हो।

"उससे होगा यह कि हम सब मिल कर प्रयत्न करेंगे कि युधिष्ठिर राजा बने और आर्यावर्त्त में धर्मपूर्ण राज्य की स्थापना करे।" व्यास बोले, "अपने जीवन के लिए, अपनी रक्षा के लिए, अपने अधिकारों के लिए जो प्रयत्न और संघर्ष तुम कर रहे हो, उसमें यत्किंचित मात्रा में अधिकार का भाव भी हो सकता है और स्वार्थ का भी; किन्तु अन्य जितने भी लोग तुम्हारी सहायता कर रहे हैं, वे केवल धर्म की रक्षा का प्रयत्न कर रहे हैं।"

"इस समय कृष्ण क्या कर रहा है?" सहसा अर्जुन ने प्रश्न किया।

"कृष्ण!" व्यास थोड़ी देर तक कुछ सोचते रहे, "कृष्ण इस समय एक कठिनाई में फँस गया है। स्यमन्तक मणि के कारण, यादवों में अनेक मत-भेद और विरोध प्रकट हो गये हैं। कृष्ण का अपना भाई बलराम, कृष्ण पर विश्वास नहीं कर रहा और यह मान रहा है कि कृष्ण ने उसके साथ विश्वासघात किया है। अतः वह कृष्ण का शत्रु...नहीं; शत्रु कहना उचित नहीं होगा; उसका विरोधी बन गया है। इसलिए वह कृष्ण के मित्रों का भी विरोधी हो गया है। बलराम को इस समय दुर्योधन बहुत प्रिय है।...सम्भव है कि इस समस्या को सुलझाने में कृष्ण को कुछ समय लगे; किन्तु वह यह नहीं चाहता कि द्वारका में दुर्योधन के समर्थन का आधार बने।"

व्यास चुप हो गये। अन्य लोग भी मौन ही रहे।...वस्तुतः यह अत्यन्त विकट घड़ी थी। पाण्डवों को जिस कृष्ण से सर्वाधिक सहायता की अपेक्षा थी, वही कृष्ण इस समय स्वयं संकट में था...

"तो आप हमें क्या करने का निर्देश करते हैं?" अन्ततः युधिष्ठिर ने पूछा।

व्यास जैसे कहीं और लीन हो गये थे। युधिष्ठिर का प्रश्न सुन कर वे जैसे स्वयं को सायास वर्तमान में लाये, "यहाँ निकट ही एक नगरी है—एकचक्रा! मैंने वहाँ तुम्हारे ठहरने की व्यवस्था की है। मेरा एक शिष्य है, देवप्रसाद! तुम लोग उसी के घर में निवास करोगे। वहाँ केवल तुम्हें आश्रय मिलेगा; अपने भोजन की व्यवस्था तुम लोग स्वयं करोगे। वह निवास भी तुम्हारा अज्ञातवास

ही है। अपना वास्तविक परिचय किसी को भी नहीं दोगे–देवप्रसाद को भी नहीं। जब तक दुर्योधन यह मानता है कि तुम लोग जीवित नहीं हो, तब तक नगर की तुलना में, तुम लोगों का वन में अज्ञातवास सरल है; किन्तु यदि वन में ही भ्रमण करते रहोगे तो तुमसे सम्पर्क करने में अधिक समय तथा अधिक प्रयास करना पड़ेगा; और यदि भ्रमण न कर एक ही स्थान पर रहोगे तो यायावरों तथा परिभ्रामी संन्यासियों के कारण शीघ्र ही तुम लोग पहचान लिये जाने की सीमा तक प्रसिद्ध हो जाओगे, क्योंकि तुम लोगों का निवास उनका आश्रयस्थल हो जायेगा..."

"तो?" युधिष्ठिर ने पूछा।

"इसलिए तुम लोगों के ठहरने की अवस्था एकचक्रा नगरी में की है।" व्यास बोले, "वह नगरी नाम-मात्र के लिए राजा के अधीन है; किन्तु न तो वहाँ राजा रहता है, न प्रभावी शासन है। प्रायः अराजकता की स्थिति है। इसलिए वहाँ रहने में तुम्हें कठिनाई नहीं होगी। कोई तुम्हें खोजना भी चाहेगा, तो खोज नहीं पायेगा, क्योंकि वहाँ शासन के सूत्र ही नहीं हैं। प्रशासन का आडम्बर पूरा है; किन्तु शासन है नहीं। अतः सब लोग अपनी-अपनी क्षमता भर, स्वयं से दुर्बल को दबाते हैं और शक्तिशाली से बचते हैं।..." व्यास ने रुक कर उनको देखा, "उसी नगर में तुम लोगों को भेज रहा हूँ। देवप्रसाद के घर अज्ञातवास करना और मेरी अथवा मेरे अनुचर की प्रतीक्षा करना। सावधान रहना। किसी भी कारण, किन्हीं भी परिस्थितियों में स्वयं को प्रकट मत करना। तुम्हारा परिचय देने का अधिकार या तो मेरे पास रहेगा, या वासुदेव कृष्ण के पास।... मुझे विश्वास है कि शीघ्र ही युधिष्ठिर का राज्याभिषेक होगा।..."

कुन्ती और पाँचों पाण्डव आश्चर्य से महर्षि को देखते रहे।

भीम की बहुत इच्छा हुई कि पूछे कि यदि युधिष्ठिर का राज्याभिषेक हो जायेगा तो दुर्योधन और उसके पिता कहाँ जायेंगे? किन्तु उसने पूछा नहीं। जब कोई नहीं पूछ रहा था तो उसे ही क्या पड़ी है...

"अच्छा! चलता हूँ।" व्यास उठ खड़े हुए।

"इस समय?" पाण्डव चकित थे।

व्यास मुस्कराए, "मेरे लिए दिन और रात में कोई विशेष भेद नहीं है।... रात को यहाँ टिकना न मेरे लिए उचित है, न तुम लोगों के लिए।"

व्यास कुटीर से बाहर निकले, "तुम लोग कल ही यहाँ से चल पड़ना।" और उन्होंने युधिष्ठिर के कंधे पर हाथ रखा, "आओ वत्स! तुम्हें बताऊँ कि तुम मेरे उस शिष्य देवप्रसाद को कहाँ और कैसे खोजोगे...।"

25

काम्पिल्य में कृष्ण का आना बहुत आकस्मित नहीं था; किन्तु द्रुपद को इस समय वह वरदान सरीखा लग रहा था। उन्होंने इस बात की भी चिन्ता नहीं की कि कृष्ण लम्बी यात्रा करके आया है और उसे विश्राम की आवश्यकता है। उन्होंने उसे तत्काल अपने कक्ष में बुला भेजा। साधारण-सा शिष्टाचार भर पूरा हुआ होगा कि उन्होंने कृष्ण को द्रौपदी के स्वयंवर की योजना के विषय में विस्तार से बताना आरम्भ किया। अपनी ओर से सब कुछ बता चुके तो उसकी प्रतिक्रिया जानने के लिए, पहली बार ध्यान से उसकी ओर देखा।... कृष्ण इतना अधिक आत्मलीन था कि जैसे उनकी बात न सुन रहा हो, अपने मन में कोई गूढ़ समस्या सुलझा रहा हो अथवा किसी लम्बी शृंखला की कोई विलुप्त कड़ी ढूँढ रहा हो।

"इस प्रकार की योजना का परामर्श आपको किसने दिया?" अपनी आत्मलीनता से उबर कर सहसा कृष्ण ने पूछा।

"क्यों? कोई दोष है क्या इसमें?" द्रुपद बोले, "यदि कोई त्रुटि हो तो बताओ। अभी तो संशोधन का पर्याप्त अवकाश है।"

"नहीं! त्रुटि की बात नहीं कह रहा हूँ।" कृष्ण मुस्कराया, "योजना तो अत्यन्त श्रेष्ठ है। मैं जानना यह चाहता हूँ कि आपका कौन-सा हितैषी इतनी दूरगामी योजना बना रहा है!"

"भगवान वेदव्यास के शिष्य मुनि धौम्य!"

"कौरवों से महर्षि वेदव्यास का सम्बन्ध जानते हुए भी आप उन पर और उनके शिष्यों पर विश्वास कर सकते हैं?" कृष्ण ने पूछा।

"क्यों नहीं!" द्रुपद स्थिर वाणी में बोले, "वे महर्षि हैं। सिद्ध पुरुष हैं। वे धर्म के पक्ष में हैं। सांसारिक सम्बन्धों में बँध कर वे मानव कल्याण का लक्ष्य छोड़ नहीं सकते। वे जो कुछ करेंगे, हमारे हित के लिए ही करेंगे।"

कृष्ण के नयनों में एक द्युति झलकी। द्रुपद ने भी उसे देखा; किन्तु वे समझ नहीं पाये कि यह कृष्ण की प्रसन्नता मात्र थी अथवा कुछ और...

"योजना अत्यन्त श्रेष्ठ है।" कृष्ण ने कहा, "कदाचित् इससे आपकी मनोकामना पूर्ण हो जाये और आपके मन का बोझ समाप्त हो जाये।"

"तुम समझते हो कि मुनि हमारी सहायता करने का प्रयत्न कर रहे हैं?"

"आपकी ही नहीं, वे सबकी सहायता करने का प्रयत्न कर रहे हैं।" कृष्ण ने उत्तर दिया। द्रुपद अन्यमनस्क से कृष्ण को देखते रहे; और फिर धीरे से बोले, "तुम सहमत हो?"

"पूर्णतः!"

"तुम हमारी सहायता करोगे?"

"अवश्य!"

द्रुपद के मन में आया, कहें, 'यदि तुम हमारी सहायता के लिए प्रस्तुत हो, तो तुम कृष्णा से विवाह क्यों नहीं कर लेते? स्वयंवर की आवश्यकता ही न रहे।...' किन्तु उनका स्वाभिमान फिर से आड़े आ गया...यदि कृष्ण ने उनके प्रस्ताव का तिरस्कार किया तो?...

द्रुपद धीरे से बोले, "यदि मैंने द्रौपदी का स्वयंवर किया और उसे वीर्यशुल्का घोषित किया तो यादवों का क्या दृष्टिकोण होगा?"

"हम आपकी सहायता करेंगे। हम चाहेंगे कि यह स्वयंवर निर्विध्न पूर्ण हो। आपको आपका मनोवांछित जामाता और कृष्णा को उसका मनोवांछित पति मिले। आपकी प्रतिज्ञा पूर्ण हो। आपके अपमान का प्रतिहार हो।..."

द्रुपद मुग्ध भाव से कृष्ण को देखते रहे : कदाचित् कृष्ण जानता है कि द्रुपद के मन में क्या है; कृष्णा क्या चाहती है। वह कह रहा है कि उन्हें मनोवांछित जामाता मिलेगा; कृष्णा को मनोवांछित पति मिलेगा और...वे अपनी प्रतिज्ञा पूरी कर पायेंगे, उनके अपमान का प्रतिकार होगा...

"किसी ने कृष्णा के हरण का प्रयत्न किया तो?"

"कौन ऐसा दुस्साहस करेगा?"

"कोई भी कर सकता है—जरासंध, शिशुपाल, दुर्योधन...कोई भी और! इनमें से किसी को भी मर्यादा की चिन्ता नहीं है।"

कृष्ण ने जिस दृष्टि से द्रुपद को देखा, वह साधारण नहीं थी। बोला, "यह मेरा वचन है पंचाल नरेश, कि स्वयंवर में कोई उत्पात नहीं होगा। पांचाली का हरण नहीं होगा। कृष्ण आपके स्वयंवर का रक्षक बन कर खड़ा रहेगा।..."

अब द्रुपद स्वयं को रोक नहीं पाये। वह प्रश्न उनकी जिह्वा पर आ ही गया, जो कई मास से उनके मन में बवण्डर मचा रहा था, किन्तु स्वाभिमान और संकोच के कारण, जिसे वे अब तक रोके हुए थे, "और इस स्वयंवर में यादव वीर सम्मिलित होंगे न?"

कृष्ण को बहुत देर से इस प्रश्न की अपेक्षा थी।...द्रुपद ने अन्ततः पूछ ही लिया था...किन्तु अपनी सावधानी उन्होंने अब भी छोड़ी नहीं थी। उन्होंने कृष्ण से प्रत्यक्ष रूप में नहीं पूछा था कि वह स्वयंवर में भाग लेगा या नहीं... किन्तु कदाचित् वे पूछना यही चाहते थे...

"जब हम स्वयंवर की रक्षा के लिए खड़े होंगे तो सम्मिलित तो होंगे ही।" वह मुस्कराया।

"नहीं!" द्रुपद का असमंजस उनके चेहरे पर प्रत्यक्ष हो आया था, "मैं पूछ रहा हूँ कि यादव वीर स्वयंवर की प्रतिज्ञा पूरी करने का प्रयत्न करेंगे या नहीं?"

कृष्ण का गम्भीर रूप क्षण भर में ही किसी चंचल बालक में परिणत हो गया, जिसके नयनों में सम्मोहन था। वह द्रुपद को देखता रहा और अपनी प्रच्छन्न मुस्कान से उन्हें सम्मोहित करता रहा।

द्रुपद को लगा, कृष्ण की मुस्कान कह रही है : 'मुझे इस प्रकार घेरने का प्रयत्न मत करो। मैं ऐसे बन्धनों में बँधने वाला नहीं हूँ।'

द्रुपद की समझ में नहीं आ रहा था कि वे इस नवयुवक की उपस्थिति में ऐसे क्यों हो जाते थे...

"प्रश्न यह नहीं है कि यादव वीर इस धनुर्यज्ञ से सम्मिलित होंगे या नहीं। प्रश्न यह है कि उन्हें इसमें सहभागी होना चाहिए या नहीं?"

"क्यों?" द्रुपद चौंके।

"इस समय केवल कुरु आपके शत्रु हैं। मत्स्यों से आपकी मित्रता है। जरासंध से आपकी शत्रुता नहीं है। यादवों से भी आपके सम्बन्ध अमित्रतापूर्ण नहीं हैं। आप कृष्णा के सम्बन्ध के माध्यम से अपनी शक्ति बढ़ाने के लिए कोई शक्तिशाली मित्र ढूँढ़ रहे हैं। ठीक है?" कृष्ण ने द्रुपद की ओर देखा।

"ठीक है।"

"अब यदि यादवों से आपका सम्बन्ध हो जाता है, तो जरासन्ध आपका शत्रु हो जायेगा। चेदी और विदर्भ—जरासन्ध के मित्र होने के नाते, आपके शत्रु हो जायेंगे।..." कृष्ण ने रुक कर द्रुपद को देखा, "ऐसे में कुरुओं के विरुद्ध आपकी शक्ति बढ़ेगी अथवा कम होगी?...यादव तो द्वारका में जा कर जरासन्ध से दूर हो गये हैं; किन्तु आप उसके क्रोध का सामना कैसे करेंगे?"

"यदि यादव हमारे पक्ष में होंगे, तो हम जरासंध से भी निबट लेंगे।" यादवों से सम्बन्ध बनाने की आतुरता में द्रुपद कृष्ण के तर्क की गम्भीरता की उपेक्षा कर गये।

कृष्ण पुनः मुस्कराया, "यद्यपि यादवों ने जरासंध से कई युद्ध किये हैं; किन्तु मैंने जितने भी युद्ध किये हैं, वे सब बाध्यता में ही किये हैं; और प्रायः आत्मरक्षा में ही किये हैं। सम्भवतः कोई युद्ध अत्याचार को रोकने के लिए भी किया हो। उतना रक्तपात यदि मैं नहीं करता, तो सम्भवतः शत्रु-पक्ष की ओर से कहीं अधिक हिंसा होती। प्रतिहिंसा और प्रतिशोध में मेरी तनिक भी आस्था नहीं है। मेरा प्रयत्न है कि आपका कौरवों से भी युद्ध न हो; किन्तु यदि यादवों से आपका सम्बन्ध हुआ, तो सम्भवतः आपको जरासंध और उसके मित्रों से भी युद्ध करना पड़ेगा। यह सम्बन्ध आर्यावर्त्त में शान्ति स्थापित करने

के स्थान पर, अशान्ति की ही वृद्धि करेगा...।"

"गोविन्द!" द्रुपद के स्वर में कुछ स्नेह का आग्रह था और कुछ अधैर्य, "तुमने कहा था कि मैं अपनी प्रतिज्ञा पूरी कर सकूँगा, अपने अपमान का प्रतिशोध ले सकूँगा!"

"वह तो मैं अब भी कह रहा हूँ।" कृष्ण के चेहरे पर न द्वन्द्व था, न उत्तेजना, "किन्तु तात्! उसके लिए कौरवों से युद्ध अनिवार्य नहीं है। मैं आर्यावर्त्त में प्रेम, सौहार्द और शान्ति में वृद्धि करना चाहता हूँ। आप क्या नहीं जानते कि सदा युद्ध में उलझे अथवा युद्ध की तैयारी में लगे राजा, प्रजा को कभी सुखी नहीं रख सकते? प्रजा की सुख-समृद्धि के लिए शान्ति अनिवार्य है। यादवों ने कितने ही वर्ष निरन्तर युद्ध करते हुए व्यतीत किये हैं; किन्तु सुख-समृद्धि उन्हें द्वारका के शान्तिपूर्ण निवास ने ही दी है।"

"वह एक पृथक् समस्या है।" द्रुपद बोले, "इस समय मेरे सम्मुख अपने अपमान का प्रतिशोध है।"

"वह यदि बिना युद्ध के ही सम्भव हो जाये?"

"वह कैसे सम्भव है?"

"यदि स्वयंवर वाली यह योजना सफल हो गयी तो या तो युद्ध की आवश्यकता ही नहीं रहेगी; या फिर आप धर्म-युद्ध करेंगे प्रतिहिंसा-प्रेरित हत्याकाण्ड नहीं।"

"पुत्री कृष्णा!" द्रुपद का स्वर अत्यन्त चिन्तित था, "जहाँ तक मैं समझ पाया हूँ, कृष्ण तुम्हारे स्वयंवर में प्रतियोगी नहीं होगा।"

द्रौपदी को लगा, पिता ने अजाने ही उसके हृदय-दाह में घी की आहुति दे दी है। उसने स्वयं को संयत किया, "मैं जानती हूँ पिताजी!"

"जानती हो!" द्रुपद को आश्चर्य हुआ, "और फिर भी उससे पूछती नहीं हो कि वह ऐसा क्यों कर रहा है? क्या द्रुपद-पुत्री पांचाली कृष्णा इस योग्य भी नहीं कि कृष्ण उसके लिए स्वयंवर की प्रतिज्ञा पूर्ण करने का प्रयत्न करे?

"नहीं पिताजी! ऐसी बात नहीं है!" द्रौपदी का स्वर पीड़ामय शान्ति लिये हुए था, "कृष्ण की दृष्टि में कृष्णा का महत्त्व कम नहीं है। किन्तु अपनी वीरता और श्रेष्ठता सिद्ध कर वीर्यशुल्काओं को प्राप्त करना कृष्ण की प्रकृति नहीं है।"

द्रुपद ने रोष भरी दृष्टि से अपनी पुत्री को देखा, "क्यों? क्या उसने रुक्मिणी के स्वयंवर में से उसका हरण नहीं किया?"

द्रौपदी कुछ क्षण मौन रही, जैसे किसी ज्वार के निकल जाने की प्रतीक्षा

कर रही हो। फिर बोली, "कृष्ण की पत्नियाँ उसकी प्रेम-समर्पिताएँ हैं, वीर्य-शुल्काएँ नहीं। कृष्ण को पाने के लिए, उसके सम्मुख समर्पण करना पड़ता है पिताजी! उसके सम्मुख स्वयंवरों की प्रतिज्ञाएँ नहीं रखी जातीं।"

"तुम उसे इतना जानती हो पुत्री?"

"हाँ, पिताजी! मैं उसकी सखी हूँ।"

"तो तुमने मुझे इस स्वयंवर से रोका क्यों नहीं पुत्री?"

"क्योंकि मेरा जन्म अग्निकुण्ड में से हुआ है पिताजी! मैं कृष्ण को नहीं, अपने पिता की प्रतिज्ञा को समर्पित हूँ। मेरा जन्म कुरुवंश के नाश के निमित्त हुआ है।...और पिताजी! कृष्ण इन सबसे बहुत बड़ा है, बहुत विराट्! उसे इन क्षुद्र लक्ष्यों से सीमित नहीं किया जा सकता।"

द्रुपद अपनी पुत्री को देखते रहे : जिसे वह इतना अधिक समझती है, उसे थोड़ा-सा वे क्यों समझ नहीं पाते?

उन्होंने आगे बढ़ कर पुत्री के चेहरे को अपनी हथेलियों में जैसे किसी दैवी प्रसाद के रूप में ग्रहण किया। अपने स्नेह की पीड़ा से उसकी आँखों में देखा, "तू जानती है कि अपने पिता की प्रतिज्ञा को समर्पित हो कर, तूने स्वयं क्या खोया है?"

"पाने और खोने का सबका अपना-अपना गणित है पिताजी!" द्रौपदी का स्वर कुछ असाधारण हो उठा था, "मैंने कृष्ण को उसकी अन्य पटरानियों के साथ बाँटा नहीं है। मैं उसकी सखी हूँ। मैं पत्नी किसी की भी होऊँ, कृष्ण को खोने का मेरे लिए कोई प्रश्न ही नहीं उठता।"

"मैं न उसे समझ पाता हूँ, न तुझे पुत्री!" द्रुपद का स्नेह उनकी वाणी में भी छलका और उनकी आँखों में भी।

26

युधिष्ठिर ने सबको रुकने का संकेत किया, "मेरा विचार है कि अब हम बिना सोचे-समझे आगे न बढ़ें।"

"किन्तु अन्धकार घिरता जा रहा है वत्स!" कुन्ती ने कहा, "इससे पहले कि पूर्ण अन्धकार हो जाये, हमें नगर में प्रवेश कर जाना चाहिए।"

"आप ठीक कहती हैं माता!" युधिष्ठिर बोला, "किन्तु बिना किसी पथ-प्रदर्शक अथवा सहायक के, एक ऐसे अपरिचित नगर में प्रवेश कर जाना उचित नहीं होगा। कई बार वन के पशुओं से नगर के मनुष्य अधिक भयंकर होते हैं। नगर के द्वारपालों और कोटपाल को यह पूर्ण अधिकार होता है कि

वे आने-जाने वालों से अपना परितोष होने तक पूछताछ करें। और यदि ऐसा हुआ, तो हमारा पहचाना जाना कठिन नहीं होगा। इसलिए आवश्यक है कि मैं पहले व्यासदेव के उस शिष्य देवप्रसाद को देखूँ। वह मिल जाये तो हमें एक अवलम्ब हो जायेगा। नगर में टिकने की भी असुविधा नहीं होगी।...नगर में प्रवेश कर आश्रय के लिए वीथि-वीथि भटकेंगे तो अनावश्यक रूप से लोगों के मन में हम अनेक प्रकार के प्रश्न उठाएँगे।..."

"आप इतने भयभीत क्यों हैं भैया?" भीम ने अत्यन्त आश्वस्त स्वर में कहा, "मैं हूँ न! हिडिम्ब को मार सकता हूँ तो...।"

"भैया! यह एकचक्रा नगरी है, मल्लस्थान नहीं।" नकुल धीरे से बोला।

"बहुत बोलने लगा है तू!" भीम ने नकुल को घूरा।

"मैं तुम्हारे ही कारण डरता हूँ भीम!" युधिष्ठिर बोला, "एक तो तुम्हारा डील-डौल ऐसा है कि उसे छिपाया नहीं जा सकता; और दूसरे, तुम कहीं भी, किसी से भी भिड़ जाओगे। तत्काल प्रश्न उठेगा कि यह व्यक्ति कौन है? खोज-बीन आरम्भ होगी और हमारे विषय में सबको ज्ञात हो जायेगा।"

"कभी-कभी असाधारण भी अपने-आपमें दोष बन जाता है।" सहदेव बोला।

"अच्छ सूत्रदेव! चुप रहो तुम!"

"अच्छा! अब विवाद बन्द करो।" कुन्ती ने धीरे से कहा, "जाओ। उस ब्राह्मण देवप्रसाद को देखो।"

"मेरे लौटने तक कोई कहीं न जाये माँ!" युधिष्ठिर ने कहा और वह वृक्षों के झुरमुट से निकल कर, खुले क्षेत्र में से होता हुआ, मुख्य पथ पर आ गया। जैसे-जैसे वह नगर-द्वार की ओर बढ़ता जा रहा था, उसका मन अधिक शंकित होता जा रहा था। अनेक लोग आ-जा रहे थे। पथ के दोनों ओर खाद्य-पदार्थ बेचने वाली छोटी-मोटी दुकानें भी थीं। कुछ एक दण्डधर भी दिखायी दिये; किन्तु वे तो जैसे प्रहरी-कर्म करने के लिए नहीं, मेले में सैर करने आये थे। कोई पथ की ओर पीठ कर बैठा ताम्बूल-चर्वण कर रहा था। कोई किसी दुकान पर बैठा भक्षण-मग्न था। आने-जाने वालों पर किसी की दृष्टि नहीं थी।

"यहाँ तो राजा के चक्षु और श्रवण ही अन्धे और बधिर हैं।" युधिष्ठिर ने मन-ही-मन सोचा।

पथ से कुछ दूर हट कर एक वृक्ष के नीचे एक व्यक्ति आसन बिछाए बैठा था। युधिष्ठिर ने क्षण-भर उसे देखा और उसी ओर बढ़ गया।...कुछ निकट आ कर देखा : वह कदाचित् सामुद्रिक था।

'वही होगा।' युधिष्ठिर ने सोचा।

"आओ वत्स! अपना भविष्य जान लो।" उस व्यक्ति ने कहा।

"मैं तो अपना वर्तमान खोज रहा हूँ ब्राह्मण!" युधिष्ठिर ने उसे ध्यान से देखा।

सामुद्रिक चौंका। उसने अपने आस-पास देखा। निकट कोई नहीं था। उसने संकेत से युधिष्ठिर को पास बुलाया और अत्यन्त मन्द स्वर में बोला, "अग्निदेव को तुष्ट करके आये हो?"

"हाँ!" युधिष्ठिर ने भी धीरे से कहा, "देवप्रसाद मिलेगा?"

सामुद्रिक पूर्णतः सन्तुष्ट हो गया। वह अपने स्थान से उठ खड़ा हुआ। उसने आसन लपेट लिया और बोला, "मेरे पीछे-पीछे चले आओ। मैं ही व्यासदेव का शिष्य देवप्रसाद हूँ।"

"किन्तु आर्य! मैं अकेला नहीं हूँ।"

देवप्रसाद रुक गया, "कितने व्यक्ति हो?"

"माता और हम पाँच भाई!"

देवप्रसाद जैसे चिन्ता में पड़ गया, "इतने लोग अज्ञात कैसे रह सकेंगे? पर अज्ञात क्यों रहना चाहते हो तुम लोग?"

"कुछ व्यक्तिगत कारण हैं।"

"ओह!" देवप्रसाद बोला, "व्यासदेव ने जिज्ञासा का निषेध किया था। क्षमा करना भाई! मैं अपनी जिज्ञासा को रोक नहीं पाया। अच्छा!..." उसने रुक कर युधिष्ठिर को देखा, "मैं यहीं बैठा हूँ। तुम अपनी माता और भाइयों को ले आओ। मैं तुम्हें देख कर आगे-आगे चल पड़ूँगा। तुम लोग मेरे पीछे-पीछे चले आना। अलग-अलग एक-दूसरे से उचित दूरी बनाये रखना। मेरे घर में भी थोड़े-थोड़े अन्तराल के पश्चात् एक-एक कर प्रवेश करना। यदि कहीं कोई रोके-टोके, कोई अड़चन आये, तो किसी से झगड़ा मत करना। एकचक्रा में किसी से झगड़ा करना तुम्हें महँगा पड़ सकता है। झगड़े की स्थिति मत आने देना; आ जाये तो मेरी प्रतीक्षा करना। अब जाओ!"

"अच्छा!" युधिष्ठिर लौट पड़ा।

कुन्ती और युधिष्ठिर साथ-साथ चल पड़े थे।

युधिष्ठिर की दृष्टि कुछ आगे चलते हुए देवप्रसाद पर भी थी और अपने पीछे आने वाले नकुल पर भी। नकुल के पीछे सहदेव था, उसके पीछे अर्जुन और अन्त में भीम। यह युक्ति देवप्रसाद की नहीं, स्वयं युधिष्ठिर की थी। वह नहीं चाहता था, कि पाँचों भाई अपनी माता के साथ चलें और तनिक-सी बुद्धि

रखने वाला व्यक्ति भी समझ जाये कि वे कौन हैं...

नगर के अनेक सघन मार्गों तथा वीथियों में से होता हुआ देवप्रसाद अब तनिक खुले क्षेत्र में आ गया था। यहाँ भवन एक-दूसरे से लगे हुए न हो कर, थोड़ी-थोड़ी दूरी पर थे। यद्यपि भवन बहुत बड़े नहीं थे; किन्तु उनके घेर में छोटे-छोटे उद्यान भी थे।...और सहसा देवप्रसाद रुक गया।

युधिष्ठिर भी रुक गया; क्या यही है देवप्रसाद का आवास? तो देवप्रसाद इतना निर्धन व्यक्ति नहीं है, जितना कि युधिष्ठिर ने सोचा था?

देवप्रसाद ने फाटक खोला और युधिष्ठिर की प्रतीक्षा में खड़ा हो गया।

युधिष्ठिर और कुन्ती ने अपनी गति बढ़ा दी। वे फाटक तक आये तो देवप्रसाद एक ओर हट गया। उन्होंने भीतर प्रवेश किया।

"यह भवन आपका ही है?" युधिष्ठिर ने पूछा।

"मेरा! हाँ, मेरा ही है।" देवप्रसाद कुछ अटपटा कर बोला, "वस्तुतः यह भवन मेरे श्वसुर का था। मैं एकचक्रा नगरी का निवासी नहीं हूँ। बाहर से आजीविका के लिए आया था। उनसे भेंट हो गयी। उन्होंने मुझे अपना जामाता बना लिय; और मैं उनके ही साथ रहने लगा। अब लोग मानते हैं कि भवन मेरा है; किन्तु मैं जानता हूँ कि भवन मेरी पत्नी का है। वह भी यही मानती है।"

"आपने धनोपार्जन के पश्चात् अपना भवन बनवाने का प्रयत्न नहीं किया?"

"धनोपार्जन!" वह हल्के से हँसे, "मैं धनोपार्जन कर ही कहाँ पाया!"

"क्यों?" युधिष्ठिर बोला, "आप तो विद्वान ब्राह्मण हैं।"

"इस राज्य में धन विद्वानों के लिए नहीं, धूर्तों के लिए है।" वह जैसे अपने संचित आक्रोश को, कृत्रिम हँसी में परिणत कर रहा था, "चारों ओर अधर्म और अराजकता है। धर्म और न्याय से कमाना चाहो तो एक कौड़ी न मिले। अधर्म के माध्यम से जितना चाहो, लूट लो।..."

वे लोग वाटिका पार कर भवन के मुख्य-द्वार पर आ कर रुके। देवप्रसाद ने कपाट थपथपाए, "खोलो भई! मैं हूँ।"

ब्राह्मणी ने द्वार तो खोला; किन्तु प्रवेश के लिए मार्ग नहीं दिया। उसकी दृष्टि युधिष्ठिर, कुन्ती और अपने पति के चेहरों पर भटक रही थी। ब्राह्मण के पीछे-पीछे एक कन्या भी आयी। कुछ अपरिचित लोगों को देख, उत्सुक जिज्ञासा से वह आगे बढ़ी।

"तुम भीतर जाओ।" ब्राह्मणी ने उसकी ओर मुड़ कर कहा।

लड़की भीतर चली गयी।

"अरे भीतर तो आने दो!" देवप्रसाद ने सायास हँसी के साथ कहा।

"ये लोग कौन हैं?" वह अपने स्थान से नहीं हटी।

"अतिथि हैं!"

"कैसे अतिथि?" ब्राह्मणी के चेहरे पर कुछ कठोरता उभरी।

देव्रप्रसाद के आनन पर भी क्षण भर के लिए आवेश झलका; किन्तु वह उसे पी गया। एक निरीह-सी मुस्कान के साथ बोला, "क्या यह वार्तालाप घर-प्रवेश करने के पश्चात् नहीं हो सकता? अन्धकार होने वाला है। अतिथि दूर की यात्रा करके आये हैं। थके हैं। सम्भवतः भूखे भी हों।"

"तभी तो पूछ रही हूँ कि कौन हैं ये?"

कुन्ती और युधिष्ठिर दोनों को ही ब्राह्मणी का व्यवहार अत्यन्त अपमानजनक लग रहा था। द्वार पर आये अतिथि से कोई इस प्रकार व्यवहार करता है? पति-पत्नी में मतभेद होते हैं; और उन्हें उसे जताने का पूर्ण अधिकार है; किन्तु अतिथियों के सम्मुख...

"चलो! कहीं और चलो पुत्र!" कुन्ती ने युधिष्ठिर से कहा, "कदाचित् ब्राह्मणी हमें अपने घर में आश्रय नहीं देना चाहती।"

"आप ठहरें देवि! और मुझे अपनी पत्नी को समझाने का समय दें।" देवप्रसाद बोला, "वह कदाचित् किसी भ्रान्ति..."

"मुझे किसी प्रकार की कोई भ्रान्ति नहीं है।" ब्राह्मणी बोली, "मैं पहले ही समझ रही थी कि ये लोग अतिथि नहीं हैं; ये हमारे भवन में आश्रय लेना चाहते हैं। कदाचित् आरम्भ में कुछ शुल्क भी देंगे; किन्तु फिर शुल्क भी बन्द कर देंगे और स्थान भी नहीं छोड़ेंगे। क्रमशः ये इस भवन के स्वामी होंगे और हम वीथियों तथा मार्गों पर कहीं आश्रय खोजते फिरेंगे।"

"ऐसा नहीं होगा सरस्वती!" देवप्रसाद अपनी खीझ को दबा कर विनय कर रहा था, "तुम मेरा विश्वास करो!"

"मुझे किसी का कोई विश्वास नहीं है।"

"ओह-हो!" देवप्रसाद ने आवेश में अपने माथे पर हाथ मारा और फिर जैसे बलात् अपना सारा क्रोध पीकर, स्वयं को साध कर धीरे से बोला, "इन्हें देव वेदव्यास ने मेरे पास भेजा है। इन्हें आगे जाना है। ये लोग उनके आदेश की प्रतीक्षा में यहाँ अज्ञातवास करेंगे।"

सरस्वती की वाणी थम गयी। उसके आनन पर अंकित विरोध किंचित मंद तो हुआ, किन्तु सर्वथा विलीन नहीं हो पाया।

वह एक ओर हट कर खड़ी हो गयी।

"पधारिए!" देवप्रसाद अत्यन्त झुकते हुए बोला, "मैं इस अभद्र स्वागत के लिए आपसे क्षमा-याचना करता हूँ।"

देवप्रसाद साथ चलता हुआ, मार्ग भी दिखाता जा रहा था और अपनी पत्नी के व्यवहार का मल धोने का प्रयत्न कर रहा था, "मन की बुरी नहीं है ब्राह्मणी; किन्तु उसे आशंका-रोग ने पीड़ित कर रहा है।...इसी आशंका के कारण उसे मेरी बुद्धि पर भी अधिक विश्वास नहीं रह गया है। प्रत्येक क्षण उसे यही आशंका सताती रहती है कि मैं अपनी सरलता के कारण किसी धूर्त व्यक्ति से ठगा जाऊँगा। हमारा भवन हमसे छिन जायेगा और हम निराश्रित हो जायेंगे। उसे लगता है कि मैं घर-जमाई बन कर प्रसन्न नहीं हूँ, इसलिए अपने श्वसुर के इस भवन में मुझे तनिक भी आसक्ति नहीं है। वह समझती है कि इसे खो कर मुझे प्रसन्नता ही होगी।" वह सायास हँसा, "इधर आइए। यह मार्ग है।...हाँ! यह पहला कक्ष है, यह दूसरा और यह रसोई है।...भला अपना भवन खो कर किसे प्रसन्नता होगी; किन्तु आशंकित हृदय को कोई क्या समझाये!" उसने रुक कर कुन्ती को देखा, "देवि! आपको यहाँ तनिक भी कठिनाई नहीं होगी। यह कक्ष और यह रसोई—हमारे आवासखण्ड से पृथक् है। आने-जाने का मार्ग भी इसी ओर से है। उसे मैं अभी खोल देता हूँ। जल के लिए भी आपको कहीं बाहर नहीं जाना होगा। कूप भी इस ओर रसोई के पीछे ही है।..."

"मेरा विचार है आर्य!" युधिष्ठिर धीरे से बोला, "मेरे भाई बाहर द्वार पर आ गए होंगे। उन्हें भी भीतर ले आयें।"

"अरे हाँ!" देवप्रसाद बोला, "मैं उन्हें पीछे के द्वार से ही ले आता हूँ, ताकि उन्हें ब्राह्मणी का साक्षात्कार ही न करना पड़े।"

उसने पीछे से द्वार खोला; और बाहर निकल गया।

कुन्ती थकी-सी एक ओर बैठ गयी थी; और युधिष्ठिर खड़ा सोच रहा था कि गृहस्वामिनी की इच्छा के विरुद्ध, इस घर में आश्रय ले कर कहीं उन्होंने कुछ अनुचित तो नहीं किया?...किन्तु इस अपरिचित नगर में रात्रि में इस समय, अब और वे जा ही कहाँ सकते थे...और फिर भगवान वेदव्यास का आदेश।...

देवप्रसाद लौट आया। उसके साथ भीम, अर्जुन, नकुल और सहदेव भी आ गये। उन्हें ब्राह्मणी का साक्षात्कार नहीं करना पड़ा था। वे उसके आवास-खण्ड से बच कर आये थे; किन्तु वह स्वयं ही पिछले खण्ड में आ गयी थी। वह खड़ी उन्हें देखती रही। उसने कहा कुछ भी नहीं, केवल इतना जता कर कि उसने उन्हें देख लिया है—वह चली गयी।

देवप्रसाद रुक गया। जब उसे विश्वास हो गया कि वह इतनी दूर चली गयी है कि उसका स्वर सुन नहीं पायेगी, तो धीरे से बोला, "आप लोग उसके

व्यवहार से तनिक भी कुण्ठित न हों। वह मन की बुरी नहीं है।...एकचक्रा नगरी में अराजकता बहुत बढ़ गयी है न, इसी से आशंकित है।...राजा यहाँ रहता नहीं। आततायियों की बन आयी है। आपके पास धन और बल हो तो आप कुछ भी कर सकते हैं। कोई पूछने वाला नहीं, कोई दण्डित करने वाला नहीं। अनेक घटनाएँ इस प्रकार की हो गयी हैं, इसलिए सरस्वती अत्यन्त भयभीत है।"

"कैसी घटनाएँ?" युधिष्ठिर ने पूछा।

"यही बलात् आधिपत्य की।" देवप्रसाद बोला, "किसी भी व्याज से कोई किसी के भवन में घुस जाता है; और फिर उसका स्वामी बन जाता है। अधिवासी बन कर आने वाला यदि तनिक प्रबल हो, तो वही भवन का स्वामी बन जाता है। अनेक बार तो ऐसा भी हुआ है कि गृहस्वामी अपने भवन को ताला लगा कर कहीं बाहर गया; और प्रवास से लौट कर क्या देखता है कि ताला टूटा पड़ा है और घर में किसी दुष्ट का आधिपत्य हो गया है। अंततः वह दुष्ट उस सम्पत्ति का स्वामी हो जाता है।"

"ओह!" भीम कुछ विचलित हुआ, "और राजा क्या करता है?"

"राजा केवल अपनी और अपनी सम्पत्ति की रक्षा कर रहा है। उसे इस बात की चिन्ता ही नहीं है कि नगर में क्या हो रहा है।" देवप्रसाद बोला, "वैसे भी पता नहीं कि यह सब कुछ राजा की असहायता के कारण हो रहा है या उसकी सहमति से!"

"अच्छा आर्य!" युधिष्ठिर बोला, "आप अपनी पत्नी को आश्वस्त करें कि ऐसा कुछ नहीं होने जा रहा है। हम लोग इस समय स्वयं ही कठिनाई में हैं, आपके आश्रित हैं। और सबसे बड़ी बात है कि हम न अधर्मी हैं, न आततायी!"

"मैं समझता हूँ!" देवप्रसाद ने मुस्कराने का प्रयत्न किया, "आपको भगवान वेदव्यास ने भेजा है—यह क्या कम प्रमाण है! किन्तु न तो मैं एकचक्रा में धर्मराज्य की स्थापना कर सकता हूँ; और न ही अपनी पत्नी की आशंकाओं को निरस्त कर सकता हूँ।" उसके स्वर में असहायता झलकी।

"आप चिन्तित न हों आर्य!" भीम बोला, "आवश्यकता पड़ने पर हम आपकी कुछ सहायता भी कर सकते हैं।"

ब्राह्मण ने आश्वस्त हो कर सिर हिलाया और जाते हुए बोला, "आप लोग विश्राम करें। भोजन करें।" और सहसा वह पलटा, "आपके पास भोजन की व्यवस्था है?"

"पर्याप्त है आर्य!" कुन्ती बोली, "आप निश्चिन्त रहें।"

ब्राह्मण चला गया तो कुन्ती बोली, "भीम! तुम कोई लड़कपन मत कर बैठना। हमें एकचक्रा में प्रकट नहीं होना है। यह हिडिम्बवन नहीं है वत्स! नगरी है। यात्री आते-जाते हैं। राजाओं के दूत और गुप्तचर भी सूचनाएँ एकत्रित करते फिरते हैं। ऐसा न हो कि...।"

"तुम इतना डरती क्यों हो माँ?" भीम बोला, "दुर्योधन क्या कर लेगा हमारा? तुमने देखा नहीं, मैंने हिडिम्ब को कैसे मार डाला!"

"तुम्हारे बल से मैं स्वयं आश्वस्त हूँ पुत्र!" कुन्ती स्नेहपूर्वक बोली, "किन्तु एक बर्बर राक्षस से शारीरिक युद्ध करना एक बात है; और कुटिल दुर्योधन की सम्पूर्ण राजशक्ति से लड़ना दूसरी बात है।"

"माँ ठीक कह रही हैं भीम!" युधिष्ठिर धीरे से बोला, "भगवान वेदव्यास ने कहा है, एकचक्रा में हमें किसी भी स्थिति में प्रकट नहीं होना है।"

अन्धकार सघन हो गया। चारों ओर निर्जनता और निस्तब्धता छा गयी। एकचक्रा नगरी में कदाचित् लोग अन्धकार हो जाने पर वीथियों में दिखायी नहीं देते थे।

देवप्रसाद बाहर से लौटा तो उसने देखा, सरस्वती कक्ष के एक कोने में चिन्तित ही नहीं, भयभीत-सी बैठी थी। उससे सट कर उनकी पुत्री विद्या बैठी हुई थी; और उनका पुत्र शैशव, जैसे माँ की गोद में ही दुबका हुआ था। वे तीनों मिल कर जैसे सामूहिक रूप से उसे घूर रहे थे।

देवप्रसाद जानता था कि सरस्वती भरी बैठी होगी, उसे इस समय कुछ कहना ठीक नहीं होगा। किन्तु न कहने से भी तो शायद काम न चले! वह संशय और संदेह-भरी दृष्टि से उसे घूरती रहेगी, जैसे वह कोई चोर हो, जो किसी पराये घर में घुस आया हो; और किसी भी क्षण कोई उत्पात करने वाला हो। इससे तो अच्छा है कि वह स्वयं ही बात आरम्भ कर उसे गरजने-बरसने का अवसर दे दे, ताकि वह भीतर-ही-भीतर घुमड़ती तो न रहे।

"क्या बात है सरस्वती?" उसने पूछा, "बच्चों को समेटे हुए, इस प्रकार क्यों बैठी हो?"

सरस्वती ने उसे देखा, जैसे सोच रही हो कि कुछ कहे या न कहे। फिर बहुत मंद स्वर में जैसे फुसफुसा कर बोली, "तुमने देखा भी है उनको। एक से एक बलिष्ठ युवक हैं वे—पूरे पाँच! मुझे तो पूर्ण मल्ल लगते हैं वे। तुमने क्या समझ कर उन्हें घर में ठहरा लिया है? वे दुष्टता पर आयेंगे, तो तुम लड़ लोगे उनसे? झींगुर से लगोगे तुम उनके सामने!"

"शान्त हो जा सरस्वती!" ब्राह्मण देवप्रसाद कोमल स्वर में बोला, "संदेह

मत कर! संदेह से कोई लाभ नहीं। हानि ही होगी। हमारे अतिथि भी असन्तुष्ट होंगे और उनको भेजने वाले भगवान वेदव्यास भी!"

"झूठ मत बोलो तुम!" सरस्वती पुनः बोली, "तुमने कहा कि वे माँ-बेटा, अतिथि हैं, प्रवासी हैं। तो फिर इतनी जल्दी ये कहाँ से आ गये, उनके मित्र-परिचित् उन्हें तो कोई यहाँ जानता ही नहीं था न!"

"ये उनके मित्र-परिचित सहायक कुछ नहीं हैं। ये पाँचों उस प्रौढ़ा के पुत्र हैं।"

"तो फिर एक साथ क्यों नहीं आये वे?"

"वे अज्ञातवास कर रहे हैं मूर्खे! तू समझती क्यों नहीं?"

सरस्वती का स्वर शिथिल हो गया, जैसे टूटने-टूटने को हो, "मेरी तो समझ में ही नहीं आ रहा। कहीं कोई षड्यन्त्र ही न हो!" उसने देवप्रसाद का हाथ पकड़ कर झंझोड़ा, जैसे उसे जगा रही हो, "तुम्हें ठीक से मालूम है न! यह कोई षड्यन्त्र तो नहीं है? कहीं वे लोग तुम्हें मूर्ख तो नहीं बना रहे?"

देवप्रसाद ने मुस्कराने का प्रयत्न किया, "ऐसा कैसे हो सकता है! तुम स्वयं सोचो। स्वयं भगवान वेदव्यास ने उन्हें भेजा है।"

"यही सोच कर तो चुप हूँ। किन्तु समय कितना खराब जा रहा है! व्यक्ति किसका विश्वास करे, किसका न करे," वह बोली, "कैसे हृष्ट-पुष्ट हैं वे लोग—मल्लों जैसे; और एक उनमें एकदम ही दैत्य है। यदि वे हमसे हमारा भवन छीनना चाहेंगे, तो हमारी रक्षा कैसे होगी? उनसे कौन लड़ेगा—तुम या हमारा यह बालक पुत्र? राजकर्मचारी किसी की सुनते नहीं हैं। चारों ओर अंधेर मचा है। न हमारे पास धन है कि दण्डधर नायक को उत्कोच दे सकें, न हमारी पहुँच किसी ऊँचे अधिकारी तक है...।"

"तुम्हारा चिन्तन ही कुछ दूषित हो गया है।" देवप्रसाद ने अत्यन्त साहस करके कहा, "जिसे देखती हो, उसे चोर-उचक्का ही समझती हो। यह नहीं सोचतीं कि स्वयं भगवान वेदव्यास के भेजे हुए कुलीन नैष्ठिक ब्राह्मणों का एक परिवार हमारे घर आया है। उस प्रौढ़ा के पाँच-पाँच पुत्र हैं—हृष्ट-पुष्ट और एक से बढ़ कर एक सुन्दर! यह नहीं सोचती कि उनमें से किसी एक के साथ हमारी विद्या का सम्बन्ध हो गया, तो उसके लिए वर खोजने के लिए हमें नगर-नगर भटकना नहीं पड़ेगा...।"

देवप्रसाद ने दृष्टि उठा कर अपनी बात का प्रभाव देखा : सरस्वती की चिन्ता जैसे चिन्तन में बदल गयी थी...विद्या तो वहाँ से उठ कर दूसरे कक्ष में ही चली गयी थी।

"किन्तु वे लोग परदेसी हैं—अपरिचित!" सरस्वती बोली, "और फिर तुम

कहते हो कि वे लोग अज्ञातवास कर रहे हैं। उनके विषय में जानकारी कैसे मिलेगी—वे कौन हैं? कैसे हैं? क्या करते हैं?"

"क्या इतना पर्याप्त नहीं है कि उन्हें भगवान वेदव्यास ने भेजा है?" वह धीरे से बोला, "क्या महर्षि नहीं जानते होंगे कि वे लोग कौन हैं; और कैसे हैं! जिस व्यक्ति को त्रिकालज्ञ माना जाता है, वह इन लोगों के विषय में ही कुछ न जानता होगा? और जानते-बूझते तो वे किसी दुष्ट व्यक्ति को हमारे घर भेजने से रहे। और यदि वे भी हमारे साथ छल-प्रपंच करने लगे, तो फिर हमारा तो कोई आश्रय ही नहीं है इस संसार में..."

"नहीं! नहीं! उनके विषय में ऐसा कुछ मत कहो।" सरस्वती बोली, "मेरा विवेक तुम्हारी बात समझ रहा है; किन्तु मेरा भयभीत मन अपने संशय-सर्प को कुचल नहीं पा रहा...।" उसने रुक कर अपने पति को देखा, "तुम निश्चिन्त रहो। मैं अब उनसे कुछ नहीं कहूँगी।...मुझे तो अब यह सोच-सोच कर ग्लानि हो रही है कि मेरे व्यवहार को देख कर जाने उन्होंने अपने मन में क्या धारणा बनायी होगी। मुझे कैसी दुष्टा और चाण्डालिनी समझा होगा, जो घर आये अतिथि के साथ ऐसा व्यवहार करती है।..."

"अब अधिक चिन्ता मत करो।" देवप्रसाद ने उसे समझाने का प्रयत्न किया, "वे समझदार लोग हैं। एकचक्रा में रहेंगे तो तुम्हारी दुश्चिन्ताओं को समझ जायेंगे।...और फिर हमारे अगले व्यवहार का सद्भाव, पिछले व्यवहार के कलुष को धो भी तो डालता है।"

लगा, सरस्वती उससे मन-ही-मन सहमत हो गयी है। अपने साथ लगे बैठे अपने पुत्र के केशों को सस्नेह अपनी अँगुलियों से सहलाते हुए बोली, "शैशव! जा बेटा! पिछले खण्ड में जा और जो लोग आये हैं न, उनके साथ जो भली-सी महिला हैं न, उनसे कह, 'मौसी! किसी वस्तु की आवश्यकता हो तो निस्संकोच बतायें।' और देख, 'मौसी' कह कर सम्बोधित अवश्य करना।"

"अच्छा माँ!" शैशव उठ कर खड़ा हो गया।

"इस समय रहने दो।" देवप्रसाद बोला, "थके हैं, विश्राम कर रहे होंगे। वैसे भी आते समय, मैं उनसे पूछ कर ही आया था।"

"अच्छा, रहने दो।" सरस्वती बोली, "प्रातः देखेंगे।"

कुछ अस्पष्ट-सी ध्वनियों और शब्दों से कुन्ती की नींद उचट गयी। कुन्ती ने आँखें खोलीं और अपने आस-पास देखा। उसके पाँचों पुत्र निश्चिन्त सो रहे थे। उसने ध्यान से सुना : शब्द कदाचित् बाहर, कूप के पास हो रहे थे। कोई जल भरने आया था क्या?...तो क्या सवेरा हो गया?

कुन्ती उठ बैठी। कक्ष में तो अभी अँधेरा ही था। गवाक्ष खोल कर देखा : पूर्व में उषा के आगमन का कुछ-कुछ पूर्वाभास था। वे लोग इतने थके हुए थे कि उन्हें पता ही नहीं चला कि रात कब बीत गयी। अब भी यदि बाहर यह शब्द न होता, और कुन्ती की नींद इतनी कच्ची न होती, तो शायद वह पड़ी सोती ही रहती।

कुन्ती ने द्वार खोला और बाहर आँगन में निकल आयी; किन्तु कूप के पास ब्राह्मणी को खड़ी देख, उसके पैर थम गये। कल भवन में प्रवेश करते हुए, ब्राह्मणी का वह रुष्ट व्यवहार, उसकी आँखों के सामने घूम गया।...उसके मन में असमंजस जागा : ब्राह्मणी से सम्बोधित हो या न हो! उसके भवन में आश्रय पाने के कारण, कुन्ती अपने पुत्रों सहित उसकी ऋणी थी। उसकी अपेक्षा आर्यजनोचित नहीं थी।...किन्तु यदि कुन्ती का शिष्टाचार ब्राह्मणी के विरोध को उग्र कर गया तो?...उससे तो अच्छा है कि कुन्ती उसके सामने ही न पड़े...

कुन्ती मुड़ कर कक्ष में लौट जाने की बात सोच ही रही थी कि ब्राह्मणी आगे बढ़ आयी।

"आर्या!" वह बोली, "कल के व्यवहार के लिए क्षमा करें; अपनी छोटी बहन का प्रणाम स्वीकार करें।" उसने हाथ जोड़ दिये।

अपने विस्मय में कुन्ती उसे देखती ही रह गयी : यह कैसा चमत्कार हो गया! वह न केवल कुन्ती को प्रणाम कर रही थी, वरन् उसे अपनी बड़ी बहन भी स्वीकार कर रही थी...सद्भावना-वृद्धि के इस क्षण को कुन्ती खोना नहीं चाहती थी।

"आपने तो कोई भूल नहीं की देवि!"

"मुझे सरस्वती कहो दीदी!"

कुन्ती मुस्करायी, "अच्छा! ऐसा ही सही। तुमने तो कोई भूल नहीं की सरस्वती! फिर क्षमा किस बात की माँग रही हो! तुम्हरा घर है, तो तुम्हें पूर्ण अधिकार है कि तुम जानना चाहो कि तुम्हारे घर में कौन आश्रय पा रहा है।..."

"नहीं दीदी! घर आये अतिथि का ऐसा अपमान तो नहीं करना चाहिए। और अतिथि भी कैसा—इतना सम्मानीय और कुलीन!" सरस्वती बोली, "किन्तु मैं अपने संशय और आशंकाओं का भी क्या करूँ दीदी! इस नगरी में रहोगी, तो स्वयं ही जान जाओगी। न किसी प्रकार का शासन है, न अनुशासन! न कोई नियम है, न विधान! समझ लो दीदी, कि किसी दुष्ट को दण्ड देने वाला कोई है ही नहीं। इसलिए दुष्टता बहुत बढ़ गयी

है इस नगर में। लगता है कि संसार के सारे अपराधकर्मी आकर इसी नगर में एकत्रित हो गये हैं। और क्यों न हों, जब उन्हें यहाँ हर प्रकार की सुविधा प्राप्त है तो?..."

"क्यों? यहाँ राजा नहीं है?" कुन्ती ने आश्चर्य से पूछा।

"है क्यों नहीं!" वह बोली, "किन्तु दुष्ट-दलन की न उसकी इच्छा है, न उसमें क्षमता है। अब यहाँ रहोगी, तो सब कुछ देखोगी। न किसी का धन सुरक्षित है, न सम्मान और न प्राण। यदि हम अब तक सुरक्षित हैं, तो इसलिए नहीं कि देश में सुशासन है, या राजा बहुत न्यायी है। सुरक्षित हम इसलिए हैं—क्योंकि विधाता की कृपा बनी हुई है।...लो, मैं भी पहले ही दिन क्या सब तो कहने लगी!" वह रुकी, "कहीं यह तो न समझोगी दीदी, कि तुम्हें डरा रही हूँ कि तुम इस नगर में न रहो!"

"नहीं!" कुन्ती के चेहरे पर हल्का हास उभरा, "भयभीत क्या होना! तुम इस नगर के लिए कहती हो, मुझे तो प्रत्येक नगर के आकाश पर भय टँगा दिखायी देता है...।" कुन्ती ने स्वर को सँभाला, "अब तो सब कहीं ऐसा ही है सरस्वती!"

सरस्वती ने कुन्ती की बात पर ध्यान नहीं दिया। उसे एक सामान्य-सी बात समझ कर टाल दिया, "तुम्हारे लिए पानी खींच दूँ दीदी?"

"अरे नहीं!" कुन्ती ने उसे रोका, "मेरे पुत्र सुनेंगे, तो अप्रसन्न होंगे। वे पर्याप्त समर्थ हैं।"

"हाँ! वे समर्थ तो हैं।" सरस्वती ने बड़ी कठिनाई से अपने मन में पिछले दिन का भय जागने से रोका, "मैं कल ही से सोच रही थी दीदी, कि तुमसे पूछूँ कि तुम लोग कौन हो। कहाँ के निवासी हो। मेरे पति कह रहे थे कि तुम लोग अज्ञातवास कर रहे हो!"

कुन्ती मुस्कराते हुए भी अपनी कटुता रोक नहीं पायी, "यदि यह सब बताना ही होता बहन, तो फिर अज्ञातवास कैसा?..."

"ओह!" सरस्वती अपनी भूल समझ गयी।

कुन्ती ने स्वयं को सँभाला : कहीं उसकी बात में अनावश्यक कटुता तो नहीं आ गयी, "यही समझ लो कि संकट के मारे साधारण प्रवासी हैं। इस प्रतीक्षा में हैं कि कब काल हमारे अनुकूल हो।"

"अच्छा। यदि अन्यथा न मानो दीदी, तो यह बता दो कि भगवान वेदव्यास से क्या सम्बन्ध है तुम्हारा?"

कुन्ती ने क्षणभर सोचा और बोली, "वे हमारे संरक्षक हैं। वे हमें संकट से उबारने का प्रयत्न कर रहे हैं।" सहसा कुन्ती ने रुक कर उसकी ओर देखा,

"और तुमसे क्या सम्बन्ध है उनका?"

"वे हम पर बहुत कृपालु हैं।" सरस्वती ने निस्संकोच कहा, "मेरे पति उनके अटल भक्तों में से हैं। तुम्हें शायद ज्ञात नहीं होगा दीदी, कि मैं अपने पिता की अकेली सन्तान हूँ...।"

"तुम्हारे पति ने बताया था हमें।"

"मेरा कोई भाई नहीं था। मेरे विवाह के पश्चात् मैंने भी पुत्री को ही जन्म दिया। यह मेरी विद्या है न—वही! और उसके पश्चात् बारह वर्ष व्यतीत हो गये, हमारी कोई सन्तान नहीं हुई। मैं बहुत दुखी थी। मैं ही क्यों, मेरे पति भी बहुत व्यथित थे। एक तो यही कष्ट था कि मेरे पति का वंश आगे नहीं चलेगा। दूसरे, लगता था, वृद्धावस्था में अपने जामाता पर आश्रित रहना होगा...।"

"तो क्या हो गया! तुम्हारे पिता भी तो तुम्हारे पति पर निर्भर रहे होंगे।" कुन्ती ने उसे टोक दिया।

"हाँ, दीदी! रहे थे। किन्तु मेरे पिता को कोई कष्ट नहीं हुआ। मेरे पति भले आदमी हैं—चरित्रवान, धार्मिक और करुणामय! किन्तु आवश्यक तो नहीं कि हमें भी वैसा ही जामाता मिल जाता, जो हमारी अपने माता-पिता के समान सेवा करता।" वह रुक कर बोली, "और उससे भी बड़ी चिन्ता यह थी कि हमारी विद्या बड़ी हो कर सारे संसार में अकेली होगी—न कोई भाई, न बहन!..."

"तो?"

"तब मेरे पति ने भगवान वेदव्यास से प्रार्थना की। वे तो त्रिकालदर्शी हैं। उन्होंने कहा, 'चिन्ता मत कर देवप्रसाद! तेरे भले दिन आने वाले हैं। तू अवश्य पुत्रवपन होगा।' उनके वरदान के ठीक दो वर्ष पश्चात् मेरा यह पुत्र उत्पन्न हुआ है—शैशव! इसी से तो यह विद्या से चौदह वर्ष छोटा है।"

"सचमुच भगवान वेदव्यास तुम पर बहुत कृपालु हैं।" कुन्ती ने धीरे से कहा।

"अच्छा दीदी! मैं चलूँ। पहली ही भेंट में बहुत बातें कर लीं।" सरस्वती ने घड़ा उठा लिया, "तुम्हारे किसी पुत्र का विवाह तो अभी नहीं हुआ?"

"एक का हुआ है; किन्तु बहू साथ नहीं है।" कुन्ती बोली।

"अच्छा-अच्छा!" सरस्वती प्रसन्नवदन चल पड़ी, 'किसी भी वस्तु की आवश्यकता हो तो कहना। तनिक भी संकोच मत करना।'

सरस्वती चली गयी और कुन्ती अपने कक्ष में लौट आयी। युधिष्ठिर, अर्जुन, नकुल और सहदेव उठ बैठे थे। भीम अभी सोया हुआ था। वह प्रायः

ही सबके पश्चात् जागता था।

"आज तो ब्राह्मणी रुष्ट नहीं लग रही थी माँ?" युधिष्ठिर बोला।

"नहीं! आज तो वह प्रसन्न थी।" कुन्ती बोली, "अब तुम लोग भी उठो। स्नान- ध्यान कर लो तो मैं भोजन की भी व्यवस्था करूँ।"

"हाँ!" युधिष्ठिर का स्वर कुछ गम्भीर हो गया, "मैं सोचता हूँ कि हममें से एक, तुम्हारे साथ घर पर ही रहे; और चार भाई नगर में भिक्षाटन के व्याज से घूम आयें।"

भिक्षा...कुन्ती के वक्ष पर जैसे वज्र का-सा आघात हुआ...उसके पुत्र भिक्षा माँगेंगे...सम्राट् पाण्डु के पुत्र भिक्षा माँगेंगे...हस्तिनापुर का युवराज भिक्षा माँगेगा...और कितने सहज भाव से कह दिया युधिष्ठिर ने, जैसे उसका दैनंदिन का काम हो...कैसे हाथ पसारेंगे उसके पुत्र? क्या उनका स्वाभिमान आड़े नहीं आयेगा? क्या वे दान देने और न देने वालों की वक्र दृष्टियाँ और तिरस्कार सह लेंगे...

"मध्यम को ही घर पर माँ के साथ रहने दीजिए भैया!" अर्जुन बोला, "उन्हें नींद भी चाहिए और माँ तथा अपनी रक्षा में भी वे अकेले ही पर्याप्त समर्थ हैं।"

"यह क्यों नहीं कहते कि इसी बहाने मध्यम को घर में बंदी करके जाना चाहते हो!" भीम उठ बैठा था और आँखें मल रहा था।

"माँ की सुरक्षा के लिए, माँ के पास घर में रहना, घर में बंदी होना है?" कुन्ती कृत्रिम क्रोध के साथ बोली, "क्यों रे भीम! फिर तो माँ सदा की ही बन्दिनी हुई। वह तो सदा ही घर पर रहती है।"

"क्षमा माता! क्षमा!" भीम ने दोनों हाथ जोड़ कर माथे से लगा लिये : और फिर लपक कर कुन्ती को अपने आलिंगन में कस लिया, "वह तो मैं मात्र प्रतिवाद के लिए कह रहा था; नहीं तो माँ के पास रहना तो जीवन का सबसे बड़ा सुख है। न पैरों को थकाओ, न भिक्षाटन के लिए किसी के द्वार पर जाओ; माँ के पास रहो, उसकी मीठी-मीठी बातें सुनो; और उच्चकोटि के पाकशास्त्र का प्रशिक्षण पाओ।"

"चुप! चाटुकार कहीं का!" कुन्ती स्वयं को छुड़ाते हुए बोली।

"अरी माँ! मेरे हृदय के इस असीम प्रेम को चाटुकारिता कहती हो! तुम्हें मेरे प्रेम का पता तो तब चलेगा, जब तुम्हें मैं अपने सिर पर बैठा लूँगा।" भीम ने कुन्ती को अपनी भुजाओं में उठा लिया।

"तमाशा मत कर!" कुन्ती ने उसे डाँटा।

और तभी द्वार पर विद्या प्रकट हुई। उसने अपने दोनों हाथों में मिट्टी

की मटकी पकड़ रखी थी, "माँ ने..."

उसके शब्द जैसे थम गये। उसकी आँखें आश्चर्य से फट गयीं। और मुँह खुला-का-खुला रह गया : क्या वह भीमकाय पुत्र अपनी माता को उठा कर धरती पर पटकने वाला था?...

"मध्यम!" अर्जुन ने धीरे से कहा, "उतारो माँ को नीचे! नहीं तो ब्राह्मण-कन्या के हाथ से मटकी गिर कर टूट जायेगी।"

भीम ने जैसे बड़ी बाध्यता में कुन्ती को भूमि पर खड़ा कर दिया।

"मौसी! माँ ने आपके लिए थोड़ा-सा दूध भेजा है।" विद्या ने स्वयं को इस अटपटी स्थिति से मुक्त करने के लिए बड़े प्रयत्न के पश्चात् कहा।

"आओ पुत्री!" कुन्ती ने भी स्वयं को सायास सहज किया, "मेरे इस नटखट पुत्र के इन कृत्यों पर तुम्हें आश्चर्य तो हो रहा होगा; किन्तु कुछ दिनों में अभ्यस्त हो जाओगी। इसका शरीर चाहे कितना बड़ा हो, बुद्धि इसकी छोटे बच्चे की-सी क्रीड़ाशील है।"

विद्या ने कुछ नहीं कहा। बस, खुली-खुली आँखों से भीम को देखती रह गयी।

"और सुनो बेटी!" कुन्ती पुनः बोली, "अपनी माँ से कहना, हमने तुम्हारे घर में आश्रय लिया है। हम तुम्हारी अतिथि नहीं हैं। हमारा सत्कार आवश्यक नहीं है।"

"नहीं मौसी! माँ ने कहा है कि आप लोग रात को ही आये हैं। दूध का प्रबन्ध तो अभी नहीं हुआ होगा। और हमें कौन बाहर से लाना पड़ता है! घर में गाय है न!"

"वह तो ठीक है बेटी!..." कुन्ती कुछ कहते-कहते रुक गयी, "चल, कोई बात नहीं! मैं तेरी माँ से ही बात कर लूँगी। तुम केवल इतना कह देना, हम सत्कार के लिए आभारी हैं।"

कुन्ती ने मटकी ले कर रख ली और विद्या उन लोगों के प्रति जिज्ञासा की तृष्णा ले कर लौट गयी।

"अब बोलो।" कुन्ती ने युधिष्ठिर को सम्बोधित किया, "तुम क्यों चाहते हो कि भीम घर पर ही रहे?"

"माँ! भीम अपने डील-डौल के कारण लोगों का ध्यान आकृष्ट करता है। ब्राह्मण का वेश भी तो उसके अनुकूल नहीं पड़ता। हम सबमें से सबसे अधिक सुविधा से उसे ही पहचाना जा सकता है।...और फिर माँ!" युधिष्ठिर बोला, "कहीं इसे कोई बात अपने अनुकूल न लगे और यह किसी से भिड़ जाये, तो इसकी ख्याति फैलते तो क्षण भी नहीं लगेगा; और फिर इसका पहचाना जाना

क्या कठिन रह जायेगा?"

"तो क्या मैं बाहर निकलूँगा ही नहीं?" भीम बोला, "इससे तो हिडिम्बवन ही अच्छा था, जहाँ तुम लोग घर में दुबके रहते थे और मैं सारे वन में स्वच्छन्दतापूर्वक विचरण करता था।"

"नहीं! मेरा विचार हे कि भीम को भी बाहर जाने का अवसर दो।" कुन्ती बोली, "तुम लोग ऐसा क्यों नहीं करते कि प्रतिदिन बारी-बारी चार भाई बाहर जाया करो; और पीछे एक भाई घर में रहे?"

"ऐसा ही होगा माँ!" युधिष्ठिर बोला, "किन्तु मैं यह कह रहा था कि आज भीम बाहर न जाये। हम लोग पहले तनिक घूम-फिर कर नगर तथा नगर के लोगों को देख लें; फिर जैसा उचित लगेगा...।"

"मेरी तो समझ में यह नहीं आ रहा कि भगवान वेदव्यास ने हमें यहाँ भेजा ही क्यों है!" सहदेव बोला, "यह स्थान न तो कौरवों के राज्य से बहुत दूर है, न पांचालों के। फिर यह कोई निर्जन वन भी नहीं है। नगरी है, जहाँ से समाचार तत्काल आग के समान फैल जाते हैं। यदि दुर्योधन को तनिक भी संदेह हो गया कि हम यहाँ हैं तो वह अपनी सेना समेत यहाँ घुस आ सकता है। यहाँ के राजा की चिन्ता वह नहीं करेगा; और दूसरी ओर द्रुपद के कानों में भनक पड़ गयी तो अपने अपमान का प्रतिशोध लेने के लिए वह भी आक्रमण कर सकता है। एक ओर मध्यम के पहचाने जाने का भय है, तो दूसरी ओर कनिष्ठ का छिपना भी कठिन है; और द्रुपद तो कनिष्ठ से ही अधिक रुष्ट होगा...।"

"तुम उसकी चिन्ता मत करो। मुझे द्रुपद का भय नहीं है।" अर्जुन बोला, "मैं यदि उसे एक बार पराजित कर सकता हूँ, तो दूसरी बार भी कर सकता हूँ।"

"तो मेरी ही चिन्ता क्यों करते हो! मैं क्या दुर्योधन से डरता हूँ?" भीम भी चुप नहीं रहा, "दुर्योधन जितनी बार चाहे, आ कर मुझसे युद्ध कर ले।"

"तुम लोग भयभीत नहीं हो—भयभीत तो मैं हूँ।" युधिष्ठिर बोला, "सहदेव ठीक कहता है कि पता नहीं भगवान वेदव्यास ने हमें यहाँ आ कर प्रतीक्षा करने के लिए क्यों कहा, जहाँ संकट की गंगा-यमुना, दोनों ही इतनी निकट हैं।" युधिष्ठिर ने रुक कर अपने भाइयों को देखा, "किन्तु उनके प्रति मेरी आस्था कहती है कि यहाँ आने का आदेश देने से पहले, उन्होंने भी तो सोच-विचार किया ही होगा। निष्प्रयोजन तो नहीं भेजा होगा, उन्होंने।"

"ठीक है पुत्र!" कुन्ती बोली, "महर्षि त्रिकालज्ञ हैं, बुद्धिमान हैं। उनमें आस्था रखो और स्वयं भी सावधान रहो। यथासम्भव स्वयं को गोपन रखो।

पुत्र अर्जुन! सम्भव हो तो तुम बाहर जाते हुए अपने शरीर को भस्मावेष्टित रखो—ताकि तुम्हारा वर्ण छिप जाये।"

"तो यही निश्चित रहा कि बारी-बारी हममें से चार बाहर जायेंगे। प्रकट उद्देश्य तो भिक्षाटन ही होगा; किन्तु मूलतः नगर और नागरिकों के विषय में सूचनाएँ एकत्रित करने का काम करेंगे। भिक्षा की याचना नहीं करेंगे। मौन रह कर स्वयं को अधिक-से-अधिक गुप्त रखेंगे।" युधिष्ठिर ने अपना निर्णय सुनाया।

सबने अपनी मौन सहमति दे दी। भीम भी असन्तुष्ट नहीं था। उसने विश्राम करने का निश्चय कर लिया था।

थोड़ी देर में शैशव आ कर द्वार पर खड़ा हो गया। उसके हाथ में एक गेंद थी और आँखों में अपार जिज्ञासा। वह उन सबको बिटर-बिटर देख रहा था।

"तुम्हें माँ ने भेजा है?" कुन्ती ने पूछा।

"नहीं, दीदी ने!"

"किसलिए भेजा है?"

"खेलने!"

"गेंद!"

"किसके साथ खेलोगे?"

"जो मुझसे पराजित हो जाये।"

कुन्ती हँसी, "अपनी इच्छा से भी कभी कोई पराजित हुआ है?"

"हाँ! मुझसे तो सभी पराजित हो जाते हैं!"

"कौन-कौन?"

"दीदी, माँ और पिताजी! सभी!"

"वे लोग तुम्हें बहुत प्यार करते हैं न इसलिए!"

"आप लोग मुझसे प्यार नहीं करेंगे?" बालक ने बहुत अबोध भाव से पूछा।

कुन्ती की आँखों में अश्रु छलक आये। मन जैसे एकदम भीग गया। बहुत दिनों से उसका मन इस प्रकार उमड़ कर नहीं आया था। उसके पुत्र बड़े हो गये थे। उनका शैशव बहुत पीछे छूट गया था। अब वे ऐसी अबोध और प्यारी बातें नहीं करते थे। उनका जीवन तो जैसे अब क्रीड़ास्थल न रह कर युद्धभूमि हो गया था।...

कुन्ती ने दोनों हाथ बालक की ओर बढ़ा दिये। शैशव उसके पास आ गया।

"हम भी तुमसे बहुत प्रेम करेंगे वत्स!" कुन्ती बोली, "मेरे ये पुत्र बड़े हो गये हैं न! इनके पास संसार के बहुत सारे काम और बहुत सारी चिन्ताएँ हैं। ये लोग अपने काम पर चले जायें, तो फिर मैं तुम्हारे साथ खेलूँगी।"

"तो मैं जाऊँ क्या?" शैशव ने पूछा, "दीदी ने कहा था कि उन्हें काम हो तो तुम लौट आना।"

कुन्ती ने अनायास ही बच्चे का चुम्बन लिया, "नहीं मेरे लाल! ऐसा कोई काम नहीं है मेरे पास! तुम बैठो। मैं देखती हूँ, मेरे पास खाने के लिए कुछ है या नहीं।"

कुन्ती ने उसे गोद से उतार कर भूमि पर बैठा दिया और स्वयं रसोई की ओर चली। बालक की ओर कुन्ती की पीठ होते ही, भीम ने उसे हाथ के संकेत से अपनी ओर बुलाया। बालक बिना कुछ बोले, आ कर उसके निकट खड़ा हो गया।

"मेरे साथ खेलोगे?" भीम ने पूछा।

बालक ने सहमति में सिर हिला दिया तो भीम ने पूछा, "क्या खेलोगे?" और बालक के उत्तर देने से पहले ही भीम पुनः बोला, "मैं एक बहुत अच्छा खेल खेलता हूँ—सोने का खेल! मेरे साथ लेट जाओ। हम लोग चादर ओढ़ लेंगे और आँखें मूँद लेंगे। सब लोग समझेंगे कि हम सो रहे हैं; और वास्तव में हम सो नहीं रहे होंगे। कैसा बढ़िया खेल, है न! कन्दुक-क्रीड़ा के समान इसे निद्रा-क्रीड़ा कहते हैं। खेलोगे?"

"हाँ!" बालक ने कहा और तत्पर मुद्रा में भीम के और भी निकट खिसक आया।

भीम ने उसे उठा कर अपने साथ लिटा लिया।

"आँखें मूँद लो।" भीम धीरे से बोला, "कोई पुकारे, तो भी उत्तर मत देना। हम लोग निद्रा का खेल खेल रहे हैं। सोते हुए कोई बोलता थोड़ी है।"

बालक ने सहमति से सिर हिला दिया और आँखें मूँद लीं।

भीम ने उसे चादर ओढ़ा दी।

कुन्ती लौट कर आयी तो बालक वहाँ नहीं था। युधिष्ठिर, अर्जुन, नकुल और सहदेव भी कक्ष में नहीं थे। केवल भीम ही पड़ा खर्राटे ले रहा था।

कुन्ती को थोड़ा आश्चर्य हुआ : बालक कहाँ चला गया? किन्तु तत्काल ही मन में आया, कदाचित् किसी को अपनी ओर ध्यान न देते देख, वह चला गया होगा।

कुन्ती अपने काम में लग गयी।

थोड़ी देर में विद्या आयी, "मौसी! क्या शैशव यहाँ है?"

"आया तो था; किन्तु जाने फिर कहाँ चला गया!" कुन्ती ने कहा।

"किन्तु वह घर तो नहीं पहुँचा!"

कुन्ती को भी चिन्ता हुई। सहसा उसकी दृष्टि भीम पर टिक गयी : कहीं भीम ही तो अपनी कोई माया नहीं रच रहा?...

"मध्यम!" कुन्ती ने जा कर भीम को हिलाया, "मध्यम!"

भीम ने अपनी उनींदी आँखें खोलीं, "सोने दो न माँ!"

"शैशव कहाँ है?" कुन्ती ने पूछा।

भीम ने अपनी आँखें खोल दीं : चिन्तित माँ और पीछे खड़ी गम्भीर विद्या को देखा। सहसा उसने इस खेल को आगे न बढ़ाने का निर्णय कर लिया।

"खेल रहा है!" उसने कहा।

"कहाँ? किसके साथ?"

"मेरे साथ!"

और शैशव ने चादर उलट दी, "दीदी! हम निद्रा-निद्रा खेल रहे हैं।"

"ओह!" विद्या बोली, "चल! माँ बुला रही हैं।" वह कुन्ती की ओर मुड़ी, "मौसी! नगर में इतने प्रकार के अपराधों के समाचार उड़ते फिरते हैं कि शैशव कुछ क्षणों को भी दिखायी न पड़े तो हमें चिन्ता होने लगती है।"

"कैसा समाचार?" भीम भी उठ बैठा।

"लोग बच्चों का अपहरण कर लेते हैं।"

"क्यों?"

"जाने क्या-क्या करते हैं!" विद्या बोली, "कोई कहता है कि उन्हें पंगु बना कर उनसे भिक्षा मँगवाते हैं। कोई कहता है, उन्हें विदेशों में दासों के रूप में बेच देते हैं। उनको मार-मार कर काम करवाते हैं। उन्हें खाने को कुछ नहीं देते। कभी-कभी उपदेवताओं को बलि चढ़ाने के लिए उनकी हत्या कर देते हैं। और कोई-कोई तो यहाँ तक कहता है कि उनकी हत्या कर उनका मांस खा लिया जाता है।"

"नर-भक्षी भी हैं यहाँ? इस नगर में?"

"मुझे मालूम नहीं! मैं तो सुनी-सुनायी बातें कह रही हूँ।" विद्या ने शैशव का हाथ थाम लिया।

भीम पर जैसे इन सूचनाओं का विशेष प्रभाव नहीं हुआ। उसने शैशव का हाथ पकड़ कर कहा, "मित्र! इस समय तो हमारा खेल अधूरा ही रह गया। हम फिर खेलेंगे।"

"और वे जो बालकों का अपहरण करते हैं?" शैशव के चेहरे पर भय

की छाया थी।

"हम उनका अपहरण करेंगे।" भीम हँसा।

"अपहरण करके क्या करेंगे?" शैशव ने पूछा।

"पीट-पीट कर उनकी दुष्टता छुड़ायेंगे।" भीम बच्चों के समान किलकारी मार कर हँसा, "उन्हें घोड़ा बना कर उन पर सवारी करेंगे। उन्हें गर्दभ बना कर उन पर सामान लादेंगे...।"

"और उनको मार कर उनको खा जायेंगे।" शैशव ने ताली बजायी।

"नहीं!" भीम बोला, "हम लोग राक्षस नहीं हैं। ऐसा काम हम नहीं करेंगे। हम केवल उनकी दुष्टता छुड़ायेंगे। हम स्वयं दुष्ट नहीं बनेंगे।"

कुन्ती को चिन्ता होने लगी थी : भीम अत्यन्त वाचाल है; और इस समय तो वह शैशव का मित्र बना हुआ है—स्वयं भी साक्षात् अबोध शैशव! अपनी असावधानी में कहीं कुछ ऐसा न कह जाये...

"मौसी! क्या सचमुच राक्षस होते हैं, जो नर-मांस खाते हैं?"

"सुना तो मैंने भी है पुत्री!" कुन्ती ने उसे टाला।

"कैसे होते हैं वे?" विद्या ने अपनी जिज्ञासा आगे बढ़ायी, "क्या उनके सिर पर सींग होते हैं? क्या उनका आकार बहुत बड़ा होता है? क्या उनकी दाढ़ें मुख से बाहर निकली हुई होती हैं?"

कुन्ती कुछ कहती, उससे पहले ही भीम बोला, "नहीं! यह आवश्यक नहीं है। राक्षस तो कई प्रकार के होते हैं। कहीं-कहीं तो वे राजाओं का-सा मोहक वेश बनाये, राजप्रासादों में रहते हैं; किन्तु अपने स्वार्थ के लिए, अपने ही जैसे दूसरे मनुष्यों की सुख-सुविधाएँ भी छीन सकते हैं, उन्हें विभिन्न प्रकार की यातनाएँ भी दे सकते हैं; उनकी हत्या भी कर सकते हैं, उन्हें जीवित जला भी सकते हैं।"

"मुझे तो लगता है कि हमारी नगरी का राजा भी राक्षस ही है।" विद्या बोली।

"माँ!"...नकुल भीतर आया; किन्तु विद्या को देख कर रुक गया।

विद्या ने पहली बार उसकी ओर देखा। उसके चेहरे पर बड़ी त्वरित गति से हार्दिक उल्लास, संकोच और फिर कुछ घबराहट के भाव क्रमशः उभरे; और जैसे वहाँ से तत्काल भाग जाने का निर्णय कर उसने शैशव का हाथ पकड़ लिया, "चलती हूँ मौसी!"

बाहर जाने के लिए नकुल घर से निकला तो पीछे से विद्या ने पुकारा, "रुकिये! मुझे भी उधर ही जाना है।"

नकुल चकित-सा खड़ा रह गया। उसने पहले तो कभी विद्या की ओर ध्यान ही नहीं दिया था; किन्तु अकस्मात् ही उसने देखा कि जब कभी भी संयोग से वह किसी ऐसी जगह पहुँच जाता है, जहाँ विद्या वर्तमान होती है, तो वह तत्काल किसी-न-किसी बहाने वहाँ से हट जाती है। फिर उसने देखा कि उसका भागना बन्द हो गया था और वह किसी-न-किसी छोटे-मोटे कारण से उससे कुछ बातें करने को उत्सुक दिखायी पड़ती थी। और आज...आज उसने किसी अत्यन्त आत्मीय व्यक्ति के समान उसे पुकार कर रोक लिया था।...

उसे अधिक प्रतीक्षा नहीं करनी पड़ी। विद्या थोड़ी देर में ही भागती-दौड़ती आ गयी और वह चल पड़ा। यह बात उससे छुपी नहीं रह सकी कि वह बहुत त्वरा में तैयार हुई है। वेणी में पुष्प भी नहीं गूँथ पायी थी और उन्हें हाथ में ले कर ही आ गयी थी।

"क्या बात है?" नकुल ने पूछा।

"मुझे उधर ही जाना था।" विद्या बोली, "सोचा, आपके साथ ही चली चलती हूँ, पर आप तो बहुत जल्दी चल पड़े। मैं अभी तैयार भी नहीं थी।" सहसा उसने बड़े अटपटे ढंग से पुष्प नकुल को पकड़ा दिये, "मैं वेणी में पुष्प भी नहीं गूँथ पायी। लीजिए, अब आप ही खोंस दीजिए।..."

नकुल ने पुष्प पकड़ लिये; किन्तु उसके मन में जैसे संकट की कोई चेतावनी जाग उठी; यह लड़की अबोध है? मूर्ख है? अत्यन्त धूर्त है?...अथवा एक अबोध लड़की की मूर्खतापूर्ण योजना है? फिर भी नकुल के काँपते हाथों ने अपने विवेक के निषेध की छाया में किसी लौकिक सुख की लालसा में वे पुष्प, विद्या की वेणी में अपरिष्कृत ढंग से खोंस ही दिये।

सहसा उसका विवेक कुछ प्रबल हुआ, "तुम्हें किधर जाना है?"

"उधर ही, जिधर आपको जाना है।"

"पर मैंने तो अभी तुम्हें बताया ही नहीं है कि मैं किधर जा रहा हूँ; फिर..."

"कोई बात नहीं। मुझे आपके साथ ही जाना है।" विद्या ने कुछ धृष्ट मुस्कान के साथ कहा, "आपको ये लोग कभी नाम से नहीं पुकारते। मुझे आज तक आपका नाम ही मालूम नहीं हुआ।"

नकुल ने उसे देखा : उसके अपने मन में तो कभी यह समस्या उठी ही नहीं थी। वस्तुतः एकचक्रा में किसी ने उसका नाम कभी पूछा ही नहीं था। सब लोग अपने-अपने सम्बोधनों से अपना काम चला लेते थे।

"वस्तुतः शिव और विष्णु के समान मेरे भी अनेक नाम हैं।" उसने क्रीड़ाशील स्वर में कहा, "लोग अपनी-अपनी रुचि से मुझे पुकार लेते हैं।

तुम्हारी रुचि जिस नाम में हो, तुम उसी से मुझे पुकार लो।"

"कौन-कौन से नाम हैं आपके?" विद्या ने कुछ आश्चर्य से पूछा, "मैंने तो कभी कोई सुना ही नहीं है।"

"सुने तो तुमने हैं," नकुल को इस क्रीड़ा में रस आने लगा था, "पर तुमने कभी उस पर ध्यान ही नहीं दिया!"

"अच्छा!" विद्या का आश्चर्य, अभी भी कम नहीं हुआ था, "कौन से हैं?"

"माँ मुझे 'पुत्र' कह कर पुकारती हैं। ज्येष्ठ और कनिष्ठ मुझे 'अनुज' कहते हैं। मध्यम मुझे 'मूर्ख' कहते हैं। लोग 'ब्राह्मण' या 'आर्य' कह कर सम्बोधित करते हैं...।"

विद्या जैसे उस पर रीझ-रीझ गयी। आँखों में मद भर कर उसने पूछा, "मैं इनमें से क्या कह कर पुकारूँ?"

"जो तुम्हारी इच्छा।"

"यदि किसी नये ही नाम से पुकारूँ?"

"पुकारो।"

"आपको स्वीकार्य होगा?"

"नाम तो स्वीकार कर लूँगा; किन्तु वह विशेषण भी मुझे स्वीकार हो, यह आवश्यक नहीं।" नकुल भी हँसा, "मध्यम मुझे 'मूर्ख' कहते हैं, तो आवश्यक नहीं कि मैं स्वयं को मूर्ख मान ही लूँ।"

"अच्छा! आपके किसी भी भाई का अभी तक विवाह क्यों नहीं हुआ?" सहसा विद्या ने विषय बदल दिया, "क्या आप लोगों की रुचि गृहस्थाश्रम में नहीं है?"

"रुचि तो सबकी है; किन्तु अभी किसी कन्या ने अपने स्वयंवर में हममें से किसी को जयमाला पहनायी नहीं है।" नकुल हँसा, "एक रीझी थी मध्यम पर; किन्तु वह हमें पसन्द नहीं आयी।"

विद्या कुछ गम्भीर हो गयी, "आप स्वयंवर की बातें कर रहे हैं। क्या आप राजकुमार हैं?"

नकुल डरा, कहीं उसका परिहास कोई गम्भीर रूप धारण न कर ले, "हम तो स्वयं को राजकुमार ही समझते हैं लोग चाहे हमें निर्धन ब्राह्मण समझें।" अपनी बात गम्भीरता से दूर रखने के लिए वह जोर से हँसा।

विद्या उसके साथ हँस नहीं सकी। वह पूरी गम्भीरता से आँखों में प्रशंसात्मक भाव लिये हुए, नकुल को देखती रही, "लगते तो आप मुझे भी राजकुमार ही हैं। उससे कम आप कुछ हो ही नहीं सकते।...किन्तु विवाह आप

किसी राजकुमारी से ही करेंगे, या जिस ब्राह्मण-कन्या से विवाह करेंगे, उसे राजकुमारी मान लेंगे?"

नकुल कुछ अटपटा गया। वह समझ नहीं पा रहा था कि वह विद्या की बातों को गम्भीरता से ग्रहण करे अथवा परिहास की अपनी मुद्रा बनाये रखे। विद्या किसी विशेष प्रयोजन से तो यह सब नहीं कह रही?...

"दोनों बातें हो सकती हैं।" नकुल हँसा, "या तो कोई राजकुमारी मुझे राजकुमार मान ले, या फिर मैं ही किसी कन्या को राजकुमारी मान लूँ।"

विद्या तत्काल कुछ नहीं बोली। मर्मभरी दृष्टि से उसे देखती रही। उसकी आँखों में जाने क्या-क्या था, जैसे कुछ कहना चाह रही हो, उसे स्वयं ही रोक रही हो; और जो कुछ न कहना चाह रही हो, वह सब कोई उससे बरबस कहलवा रहा हो।

"आप मुझे राजकुमारी मान लेंगे तो क्या मैं राजकुमारी बन सकूँगी?... या क्या आप मुझे राजकुमारी मान सकेंगे?" अन्ततः वह धृष्ट हो कर बोली।

नकुल पुनः एक द्वन्द्व में फँस गया : यदि वह कहे कि वह उसे राजकुमारी नहीं मान सकता, तो क्या वह स्वयं को अपमानित पायेगी?...या वह कहे कि वह उसे भी राजकुमारी मान लेगा तो क्या...

सहसा विद्या की छवि बदली, "राजकुमारी से क्यों विवाह करना चाहते हैं आप? क्या राज्य प्राप्त करने के लिए? राजकन्या के विवाह में यौतुक के रूप में राजा राज्य भी दे ही दे—यह आवश्यक तो नहीं है।"

नकुल को लगा, उसका परिहास ही नहीं, उसका सारा वार्तालाप ही जैसे कलुषित रूप धारण कर गया हो। विद्या के ये प्रश्न अब मात्र जिज्ञासाएँ नहीं थीं—ये तो आरोप थे। यदि नकुल इन आरोपों का प्रतिकार नहीं कर पायेगा, तो उसकी कैसी छवि होगी विद्या की आँखों में? उसके परिवार वाले तथा अन्य लोग क्या मानेंगे?...यही कि नकुल एक अत्यन्त लोभी युवक है। वह धन-वैभव के लिए जीवन में किसी से कोई भी सम्बन्ध स्थापित कर सकता है। उसके लिए न सम्बन्ध महत्वपूर्ण हैं, न व्यक्ति। वह तो किसी भी प्रकार वैभव प्राप्त करना चाहता है।...वह विवाह के व्याज से किसी भी मूर्ख राजकन्या को अपनी मोहिनी में फँसा कर, उसके पिता के राज्य का निगरण कर लेना चाहता है।... किन्तु इन आरोपों से बचने के लिए, वह यह भी नहीं कहना चाहता था, कि वह सब तो उसका परिहास था। वह तो किसी भी साधारण कन्या से विवाह कर लेगा।...यदि उसने ऐसा कुछ कह दिया, तो उसकी एक और विकृत छवि उभरेगी, विद्या के मन में।...

"तुम शायद गम्भीरता से यह सब पूछ रही हो; और मैं यूँ ही विनोदी

भाव से, सब कुछ कहता जा रहा था।" नकुल इस बार पूर्णतः गम्भीर था, "किन्तु इस विषय पर यदि विचार किया जाये, तो मैं समझता हूँ कि राजकन्या का अर्थ मात्र किसी राजा की पुत्री होना ही नहीं है; उसके साथ संस्कार जुड़े हैं; एक जीवन-पद्धति जुड़ी है; रूप, गुण और ज्ञान की एक न्यूनतम मात्रा निश्चित है।"

"क्या आप मुझे यह सब सिखायेंगे, तो मैं सीख नहीं जाऊँगी? राजकुमारी कोई आकाश से तो उतरती नहीं। वह भी तो हम जैसी ही हाड़-मांस की मानवी होती है।"

नकुल समझ नहीं पा रहा था कि वह प्रश्नों की सँडसी की इस फाँस में से कैसे निकले?...अपने ही शब्दों से जैसे उसे भय लगने लगा था। कहीं उसके शब्द उसका अपना यथार्थ प्रकट करने की धमकी देते थे; और कहीं उसे लगता था कि वह विद्या का अपमान न कर बैठे। उसके मन को आहत न कर दे...वह उसे न आहत करना चाहता था, न अपमानित...न वह झूठ बोलना चाहता था, न वह सत्य बोल सकता था...किन्तु विद्या को यह सब विवाद करने की क्या आवश्यकता थी?...

विद्या की आवश्यकता उसकी समझ में नहीं आयी; किन्तु अपना शिष्ट आचरण वह नहीं छोड़ सकता था, "तुम भी सब कुछ सीख सकती हो विद्या! मानव-मात्र में सीखने की असंख्य सम्भावनाएँ हैं। तुममे भी हैं। अन्तर केवल इतना ही होता है कि किसी की सीखने की इच्छा ही नहीं होती, किसी ने सीखना आरम्भ नहीं किया, कोई सीखने की प्रक्रिया में होता है; और कोई सीख चुका होता है। यात्रा के आरम्भिक स्थल पर खड़े और यात्रा समाप्त कर चुके व्यक्ति में बहुत अन्तर होता है।..." वह रुक गया, "यहाँ से मैं वन की ओर जाऊँगा। तुम किधर जाओगी?"

विद्या का आनन सदा के समान सहज प्रफुल्लित नहीं था। वह क्लान्त ही नहीं, हताश लग रही थी। उसे कुछ क्षण लगे और वह निर्णय कर बोली, "जब आपको मेरे साथ नहीं चलना है, तो मैं किसी भी मार्ग पर चलूँ, इसकी चिन्ता आप क्यों करते हैं!"

उसने नकुल की ओर देखा भी नहीं और मुड़ गयी।

नकुल कुछ समझ रहा था; और कुछ नहीं भी समझ रहा था। जाने विद्या क्या चाहती थी! किन्तु नकुल उसे पीड़ित करने से ही तो, अब तक बच रहा था। पता नहीं वह बच पाया या नहीं!

अपराह्न में कुन्ती कूप पर जल भरने आयी। अभी उसने एक ही घट खींचा था कि सरस्वती कटि पर भाजन रखे हुए, जल भरने के लिए आयी।

"आज तुम आयी हो सरस्वती?" कुन्ती को कुछ आश्चर्य हुआ, "जल के लिए तो विद्या आया करती है न!"

"हाँ! वही आया करती है।" सरस्वती के अधरों पर बड़ी मीठी मुस्कान थी, "किन्तु आज वह कुछ अस्वस्थ है।"

"अस्वस्थ है?" कुन्ती चौंकी, "प्रातः तक तो पूर्णतः स्वस्थ थी। मेरे चौथे पुत्र के साथ ही तो बाहर गयी थी।"

"हाँ! गयी तो थी। और वहीं से तो अस्वस्थ हो कर लौटी है।" सरस्वती के चेहरे पर तनिक भी चिन्ता नहीं थी, पुत्री की अस्वस्थता की। वह तो जैसे बहुत उल्लसित हो कर सूचना दे रही थी, "पर तुम अपने पुत्रों को नामों के स्थान पर संख्या से क्यों पुकारती हो दीदी! नामकरण नहीं किया क्या उनका? चौथे का नाम क्या है?"

इस आकस्मिक प्रश्न से कुन्ती जैसे अचकचा गयी, "नाम क्यों नहीं रखे! उसका नाम...बकूल है उसका नाम!"

"नाम तो सुन्दर है। साक्षात् महादेव शिव का नाम। तो इस नाम से तुम लोग उसे सम्बोधित क्यों नहीं करते?"

"बस, यूँ ही! आरम्भ से ही कुछ ऐसा अभ्यास हो गया है।" कुन्ती ने इस विषय को टाला, "क्या हुआ है विद्या को?"

"बहुत चिन्ता है तुम्हें विद्या की!" सरस्वती पुनः मुस्करायी।

"क्यों नहीं! इतनी प्यारी बच्ची है। हर समय तो मौसी-मौसी कह कर मुझे घेरे रहती है। दिन भर में कितने ही तो काम कर देती है मेरे। उसकी चिन्ता किसे नहीं होगी?"

"दीदी! क्या तुम्हें अच्छा लगता है कि वह दिन भर तुम्हारे पास रहे? तुम्हारे काम कर दिया करे? तुमसे बातें करे?..." सरस्वती जैसे अपनी बात को उद्‌घाटित भी कर रही थी और उस पर आवरण भी डाल रही थी, "तुम्हें वह अच्छी तो लगती है न?"

"बहुत अच्छी लगती है।" कुन्ती बोली, "किसे अच्छी नहीं लगेगी! इतनी सुघड़ है और इतनी मधुर। तुम तो सौभाग्यशालिनी हो कि तुम्हें ऐसी पुत्री मिली। पुत्रियों की तो घर में शोभा ही कुछ और होती है।..."

कुन्ती जैसे अपने पिता कुन्तिभोज के आँगन में पहुँच गयी थी। वे प्रायः कहा करते थे : 'कुन्ती तेरे बोलते ही जैसे राजप्रासाद का आँगन उद्यान में बदल जाता है।...'

"हाँ! पुत्रियों से घर की शोभी तो होती है।" सरस्वती का स्वर अब जैसे कुछ बोझ उठाये हुए था, "किन्तु उनका दायित्व! और वह भी एकचक्रा

जैसी इस नगरी में हर समय चिन्ता ही लगी रहती है। लड़की को अकेली न बाहर भेज सको, न घर में छोड़ सको। घर में छोड़ो तो लोग झाँकें; मार्ग पर चलती देखें तो आवाज़ें कसें। किसी दिन कोई ऊँच-नीच हो जाये तो जीवन-भर माता-पिता अलग रोएँ और लड़की अलग। पुत्री तो वह अग्नि है दीदी, जिसे न आँचल की ओट में रख सको, और न निकाल कर मार्ग पर फेंक सको। किस पर विश्वास करो। अच्छे-अच्छे भले मानस का चोला हटे तो पता चले कि लुच्चा-लम्पट ही है। धनी-धोरी, ज्ञानी-विद्वान, ऊँचे-ऊँचे पदों पर बैठे सत्ताधारी—सब एक से बढ़ कर एक हैं। जिसका आवरण न हटे, वही भला आदमी है। कुँवारी कन्या की तो रक्षा ही कठिन है। और विवाह की बात सोचो तो यौतुक का पिशाच मुँह बाये खड़ा है। हमसे तो वे ही अच्छे हैं, जो शुल्क ले कर कन्यादान करते हैं। क्षतिपूर्ति भी होती है और यौतुक की भी चिन्ता नहीं करनी पड़ती।..."

सरस्वती बोलते-बोलते वैसे ही चुप हो गयी, जैसे कोई दौड़ता-दौड़ता हाँफ कर सहसा ही खड़ा हो जाये।

"ठीक कहती हो बहन!" कुन्ती धीरे से बोली, "जीवन में सबकी अपनी-अपनी समस्याएँ हैं। राजा हो या रंक। कोई-न-कोई संकट सबके ही सामने खड़ा है।"

कुन्ती ने सरस्वती को देखा : वह बेचारी मार्ग भूल गयी मृगी के समान बौराई-सी खड़ी थी। कदाचित् समझ नहीं पा रही थी कि उसे क्या कहना था और वह क्या कह गयी। बात का सूत्र न केवल उसके हाथ से छूट गया था, वरन् कहीं उलझ भी गया था। न वह अपना पुराना सूत्र खोज पा रही थी; और न ही उसे कोई नया सिरा दिखायी पड़ रहा था...

कुन्ती के मन में दया उमड़ी। कैसी कठिनाई में है बेचारी! यदि कुन्ती उसकी सहायता कर पाती...

"विद्या को क्या हुआ है बहन?" कुन्ती ने जैसे मात्र बात आरम्भ करने के लिए पूछ लिया।

सरस्वती को सहारा मिला। बोली, "कोई विशेष बात नहीं है। प्रत्येक वय की अपनी असफलता और हताशा होती है। वह भी अपने वय की आशाओं-निराशाओं से जूझ रही है।..." और सहसा जैसे उसने अपनी सारी शक्ति को समेट कर कहा, "दीदी! तुमसे एक बात कहूँ, बुरा तो न मानोगी?"

"ऐसी कौन-सी बात कहने जा रही हो, जिसका मैं बुरा मानूँगी!" कुन्ती हँसी, "तुम्हारी कृपा से तो हम आकण्ठ निमज्जित हैं। हम आश्रित हैं तुम्हारे! तुमने आश्रय न दिया होता, तो जाने हम कहाँ-कहाँ भटक रहे होते!"

"ऐसा न कहो दीदी!" सरस्वती बोली, "हमारे मन में ऐसा कोई भाव नहीं है। तुम पर कृपा तो भगवान वेदव्यास की है। मैं चाहती हूँ कि हम पर तुम्हारी कृपा हो जाये।"

"कहो बहन! क्या कहती हो?"

सरस्वती ने जैसे अन्तिम बार अपना आत्मबल एकत्रित किया और बोली, "विद्या तुम्हें इतनी प्रिय है। उसे अपनी पुत्रवधू के रूप में स्वीकार करो। सदा तुम्हारे निकट रहेगी। तुम्हारी सेवा करेगी...।"

कुन्ती अवाक् खड़ी रह गयी। उसने तो कभी इस दिशा में सोचा ही नहीं था। वे लोग तो अपने संकटों में ही इतने उलझे हुए थे। अपने प्राणों की रक्षा और अपने अधिकारों को प्राप्त करने का संघर्ष ही इतना जुझारू था कि उसने कभी सोचा भी नहीं था, उसके पाँच-पाँच पुत्र हैं; सबके-सब अब विवाह योग्य वय को प्राप्त कर चुके हैं; और उनका विवाह कुन्ती को ही करना है।...

हिडिम्बा ने जब भीम से विवाह का प्रस्ताव रखा था, तब भी कुन्ती में एक बार यह चेतना जागी थी; किन्तु न कभी उसने उस विवाह को, भीम का विवाह माना था, न हिडिम्बा को अपनी पुत्रवधू! वह तो जैसे भीम ने पाण्डवों की सुरक्षा का मूल्य चुकाना था...

"देखो! बकुल और विद्या एक-दूसरे को प्रिय हैं।" सरस्वती बोली, "तुम्हारे संकोच के कारण चाहे बकुल ने विवाह का प्रस्ताव न रखा हो अथवा विवाह की स्वीकृति न दी हो; किन्तु अपने प्रेम की स्वीकृति वह दे चुका है। विवाह के इस प्रस्ताव से वह भी सहमत है।"

कुन्ती को जैसे झटका लगा : नकुल ने उसके सम्मुख कभी चर्चा भी नहीं की थी। कभी संकेत से भी कुछ नहीं कहा था।...बड़े तो अभी शान्त बैठे हैं, और यह छोटा इतना चतुर निकला है! कुन्ती ने स्वयं सोचा होता तो कदाचित् अभी केवल युधिष्ठिर के विवाह की बात सोची होती...किन्तु नकुल का विवाह ...इस ब्राह्मण-कन्या के साथ...सरस्वती उन्हें भी ब्राह्मण समझ रही है। उस अबोध को क्या पता कि यह उनका छद्म-वेश है...और नकुल...

"किस सोच में पड़ गयीं दीदी?" सरस्वती का स्वर कातर हो आया था, "मैंने कोई बहुत अनुचित बात कह दी क्या?"

"नहीं बहन! तुमने अनुचित कुछ नहीं कहा।" कुन्ती ने स्वयं को सम्भाला, "जिसकी कन्या होगी, वह उसके लिए वर का शोध भी करेगा ही। पुत्र होंगे, तो उनके विवाह की चर्चा भी उठेगी ही।"

"फिर?" सरस्वती के प्राण जैसे उसके कण्ठ में अटके हुए थे, जाने कुन्ती क्या उत्तर दे!...

"बहन! मेरी बात से अपना मन छोटा न करना, न ही हमारे प्रति अपने स्नेह को कुण्ठित करना, न मेरा अविश्वास करना...।"

"क्या बात है दीदी? तुम्हें विद्या प्रिय नहीं है?"

"यह बात नहीं है सरस्वती!" कुन्ती ने अत्यन्त स्नेहपूर्वक उसके कंधे पर हाथ रखा, "भगवान वेदव्यास ने तुम्हारे पति को बताया ही है हम परदेसी लोग हैं।...इसका अर्थ समझती हो न?..." कुन्ती ने उसकी ओर देखा।

सरस्वती ने स्वीकृति में सिर हिला दिया।

"इसका अर्थ है कि हम किसी संकट में हैं, किसी कठिन स्थिति में फँसे हैं। इस समय हमारे पास अपना कुछ भी नहीं है। न घर, न ठिकाना। न धन, न सम्पत्ति। ऐसे में अपने पुत्रों के विवाह की बात भी मैं कैसे सोच सकती हूँ। विवाह के लिए हमें कहीं अपना स्थान बनाना होगा। अपने सम्बन्धियों को सूचना देनी होगी, उन्हें आमन्त्रित करना होगा।...क्या ऐसा नहीं हो सकता बहन, कि अभी तुम इस बात को भूल ही जाओ; हमारे अच्छे दिन लौट आयें, फिर तुम चाहोगी तो हम इस सम्बन्ध के विषय में अवश्य सोचेंगे।..."

सरस्वती का असमंजस उसकी आँखों में भी था और चेहरे पर भी! किन्तु उसने तत्काल अपनी आँखें पोंछ लीं और स्वीकृति में सिर हिलाती हुई बोली, "वैसे तो तुमने ठीक ही कहा है दीदी, पर ठिकाना तो हमारे पास है ही। जहाँ हम रहते हैं, क्या हमारा जामाता वहीं नहीं रह सकता?"

"क्यों नहीं रह सकता।" कुन्ती मधुर ढंग से मुस्करायी, "तुम अपने जामाता को तो रख लोगी; किन्तु मेरे तो पाँच पुत्र हैं। मुझे तो उन सबके विषय में सोचना है। और फिर बकुल तो मेरा चौथा पुत्र है। तीन उससे बड़े हैं। उनके अविवाहित रहते हुए मैं बकुल के विवाह की बात कैसे सोच सकती हूँ!"

"ठीक कहती हो दीदी!" सरस्वती ने घट उठा लिया, "मुझे तो तुम्हारा कोई भी पुत्र जामाता के रूप में स्वीकार होता; किन्तु विद्या को बकुल ही पसन्द है। शेष के प्रति उसका स्नेह भगिनी-समान ही है।"

"तुम इसे अपनी अवहेलना मत समझना बहन!" कुन्ती ने विनती की।

"नहीं! मैं तुम्हारी बात समझती हूँ दीदी!"

सरस्वती चली गयी।

सन्ध्या समय नकुल घर लौटा तो जैसे कुन्ती उसकी प्रतीक्षा में ही बैठी थी।

"क्यों रे! यह मैं क्या सुन रही हूँ?" कुन्ती बोली, "अब मेरे पुत्र मुझे नहीं बतायेंगे कि उनके मन में क्या है; और वे क्या सोचते हैं; क्या चाहते हैं; क्या करते हैं—ये सारी सूचनाएँ भी मुझे घर के बाहर से मिलेंगी?"

"मुझसे कुछ कह रही हो माँ?" नकुल ने पूछा।

"तो और किससे कह रही हूँ!" कुन्ती बोली, "और इससे पहले कि मैं यह भूल जाऊँ, तुम्हें यह सूचना भी दे दूँ कि अपने आश्रयदाता ब्राह्मण परिवार को मैंने तेरा नाम बकुल बताया है। यह ना हो कि वे तुझसे भी पूछें और तुम अपना नाम कुछ और बता दो।"

नकुल को आश्चर्य हुआ। आज ही विद्या ने भी उससे उसके नाम की चर्चा चलायी थी; और आज ही माँ ने भी उन्हें एक नया नाम बता दिया। अच्छा ही हुआ कि उसने विद्या को अपना कोई नाम नहीं बताया था; नहीं तो कोई-न-कोई समस्या उठ खड़ी होती।

"मैंने ऐसा क्या किया माँ, जिसके कारण ऐसे उपालम्भ दे रही हो?"

कुन्ती का स्वर धीमा हो गया, "मेरे निकट आ!"

उसने युधिष्ठिर, भीम, अर्जुन और सहदेव को भी संकेत से निकट बुला लिया, "आज अपराह्न में सरस्वती ने मुझे बताया कि तुम और विद्या एक-दूसरे से प्रेम करते हो!"

"मैं और विद्या?" नकुल का श्वास जैसे उसके कण्ठ में ही रुक गया; और क्रमशः उसे लगा कि अब वह समझ पा रहा है कि प्रातः विद्या जो कुछ पूछ रही थी, इसका अर्थ क्या था..."पर माँ! मेरे मन में तो ऐसा कुछ नहीं है; और न ही मैंने ऐसा कुछ कहा है...मेरा विश्वास करो माँ!" माँ द्वारा विश्वास न किये जाने की सम्भावना से ही नकुल इतना कातर हो उठा था।

"मुझे तुम पर पूर्ण विश्वास है मेरे लाल!" कुन्ती धीरे से बोली, "मेरे लिए यह जीवन उस क्षण से जीने योग्य नहीं रह जायेगा, जब मैं अपने पुत्रों पर ही संदेह करने लगूँगी। फिर भी तुमसे पूछती हूँ पुत्र, कि यदि ऐसी कोई बात हो, जो तुम मुझे संकोचवश नहीं बता रहे हो, तो बता दो।"

"ऐसी कोई बात नहीं है माँ!"

"तो फिर पुत्र! तनिक सोचो कि तुम्हारे व्यवहार में ऐसा क्या था, जिससे उन्होंने यह धारणा बनायी है; अथवा क्या यह उनकी अपनी इच्छा का ही साक्षात् प्रतिरूप है?"

नकुल को लगा कि माँ के कहने से पहले ही उसने अपने मन में यह प्रक्रिया आरम्भ कर दी थी :

...उस दिन माँ के साथ घर पर रहने की उसकी बारी थी। वह कक्ष के भीतर अध्ययन-मनन में लीन था कि रसोई में से माँ का स्वर आया। वे किसी से वार्तालाप कर रही थीं; जबकि उसके जानते, उन्हें अकेली ही होना चाहिए था।

इसका अर्थ हुआ कि इस बीच कोई आ कर माँ के पास बैठ भी गया और नकुल को तनिक-सी आहट भी नहीं मिली।

अपनी उत्सुकता में ही वह उठ कर माँ के पास चला गया था।

विद्या, माँ के पास बैठी, पकाने के लिए शाक काट रही थी। आहट पा कर उसने आँखें उठायी थीं। उन आँखों में जाने कैसी चपलता, परिहास और निमन्त्रण था कि नकुल चुप नहीं रह सकता था, "बड़ा काम हो रहा है!"

"नहीं! मैं तो कुछ भी नहीं कर रही!" विद्या ने हाथ झाड़ दिये, "बस यूँ ही बैठी थी।"

उसके इस वाक्य ने नकुल को और भी वाचाल बना दिया था, "कुछ नहीं कर रहीं। यह तो कोई अच्छी बात नहीं है। कुछ तो करना चाहिए। बड़ों की सहायता करनी चाहिए।"

विद्या एकदम झेंप गयी थी, जैसे कह रही हो, 'न काम करने देते हो, न खाली बैठने देते हो। किसी प्रकार जीने भी दोगे?'

पर यह सब तो माँ के सामने ही हुआ था।...

एक किसी और दिन भी वह कक्ष में अकेला बैठा था कि विद्या आ गयी थी।

नकुल न तो अपने मनन से उबर पा रहा था, न उससे विलग होना अच्छा लग रहा था।...और विद्या थी कि सामने खड़ी थी। वह कह कुछ नहीं रही थी; किन्तु उसकी आँखों से, कपोलों से, अधरों से जैसे मुस्कान के असंख्य निर्झर फूटे पड़ रहे थे...

"क्या है?" नकुल ने पूछा था।

"आप स्वयं नहीं समझ सकते? मुझसे ही पूछना क्यों आवश्यक है?" वह फिर भी मुस्कराए ही जा रही थी।

"मैं कुछ नहीं समझता!"

"अ-आँ! बड़े आये, कुछ नहीं समझने वाले!" उसने आँखें नचायी थीं, "युवकों का तो आपमें कोई गुण है ही नहीं; युवती हैं, आप तो युवती।"

नकुल अपनी झल्लाहट में कुछ समझ नहीं पाया था कि वह क्या कह रही है...पर इतना उसने सुना ही था कि वह उसे 'युवती' कह रही है।...

वह अपने स्थान से उठा, "अभी बताता हूँ, कैसा युवक हूँ मैं।"

उसने विद्या की गर्दन अपने पंजे में जकड़ ली, "मैं युवती हूँ?"

वह तनिक भी रुष्ट नहीं हुई; उल्टे मुस्कराती चली गयी।

नकुल की पकड़ कसती चली गयी। विद्या का चेहरा लाल हो गया। किन्तु न तो उसका मुस्कराना कम हुआ, न ही उसने स्वयं को छुड़ाने का प्रयत्न

किया। नकुल तनिक भी समझ नहीं पाया था कि इस कष्ट में उसे सुख क्यों मिल रहा था...

और फिर नकुल स्वयं ही चेत गया; क्या कर रहा है वह!

उसने विद्या की गर्दन छोड़ दी, "क्षमा करना। मैं कदाचित् अपने अधिकार की मर्यादा लाँघ गया था।"

"नहीं! आपको मुझ पर पूरा अधिकार है।" वह जैसे किसी आत्मिक आह्लाद से मुस्करायी थी।

"कण्ठ दबाने का भी?"

"प्राण ले लेने का भी!" उसने उत्तर दिया था।

और अपनी लजीली मुस्कान की एक दीर्घव्यापी गंध छोड़ कर वह कक्ष से भाग गयी थी। नकुल सोचता ही रह गया था कि यह अबोध ब्राह्मणकन्या तनिक भी नहीं समझती कि उसके शब्दों का अर्थ किसी और संदर्भ से भी लिया जा सकता है...

यह सब माँ को बताना आवश्यक नहीं था; किन्तु माँ से कुछ छिपाना भी उचित नहीं था। अन्ततः वह बोला, "ऐसी कोई विशेष बात तो नहीं है माँ! हाँ! आते-जाते सामने पड़ने पर वह मुझसे कोई-न-कोई चुहल अवश्य करती थी; और मैं भी उसे चंचल-सी पगली लड़की मान, विनोद में कोई-न-कोई उत्तर अवश्य दिया करता था। किन्तु प्रेम...नहीं माँ! ऐसा कुछ नहीं है।"

कुन्ती समझ गयी : कुछ-न-कुछ असावधानी नकुल से भी हो गयी है। अवस्था ही ऐसी है इन लड़कों की! पर वह इस विषय में तनिक भी गम्भीर नहीं है।

"अच्छा, चल! भविष्य में सावधान रहना। मधुर व्यवहार को भी अनेक लोग प्रेम मान लेते हैं। तेरा रूप भी तो ऐसा मायावी है। किशोरियों के सम्मुख इसकी माया कम फैलाया कर!" कुन्ती के स्वर में माता का गर्व बोल रहा था, "पहले मेरा ध्यान इस ओर नहीं गया था; किन्तु अब मुझे भी सावधान रहना पड़ेगा। मेरे तो पाँच-पाँच पुत्र हैं—रूप और गुणों की खान, किशोरियों के मन भी तुम लोगों पर रीझेंगे; और उनके माता-पिता की दृष्टि भी तुम पर अटकेगी। पर मैं नहीं चाहती पुत्र, कि इस अज्ञातवास में तुम लोगों में से किसी का विवाह हो। जब तक हम अपने वास्तविक रूप में प्रकट नहीं हो सकते, तब तक तुममें से, किसी के भी विवाह का क्या अर्थ? और फिर ब्राह्मण-वेश में होने के कारण तुम्हारे लिए अधिकांश प्रस्ताव ब्राह्मण-कन्याओं की ओर से ही आयेंगे। उन्हें स्वीकार करना उनके साथ कपट करना होगा।"

"ठीक है माँ! हम समझते हैं।" अर्जुन धीरे से बोला।

"तुम सब सहमत हो न?" केवल अर्जुन के आश्वासन से कुन्ती सन्तुष्ट नहीं थी। उसने एक-एक कर, अपने सारे पुत्रों को देखा।

सब ने ही माँ से सहमति जतायी।

"दो-एक बातें और भी हैं पुत्र!" कुन्ती जैसे आज इस विषय पर सम्पूर्णतः विचार कर लेना चाहती थी, "मैं नहीं चाहूँगी कि बड़े भाई के अविवाहित रहते, छोटे का विवाह हो। लोग मुझसे पूछें कि ज्येष्ठ में क्या दोष था कि उसके अविवाहित रहते, कनिष्ठ का विवाह हो गया? या कोई पूछे बिना ही मान ले कि ज्येष्ठ भ्राता दूषित ही रहा होगा।...भीम ने हिडिम्बा के साथ विवाह किया; किन्तु एक तो वह आर्य-विवाह नहीं था, दूसरे वह विपत्तिकाल था। मैंने हिडिम्बा पर दया की, किन्तु वह कुरुकुल की वधू नहीं बन सकती थी। उसने मेरी बड़ी सेवा की है; किन्तु उसने भीम की पत्नी होते हुए भी कुरुकुल की वधू बनना नहीं चाहा। सम्भव है कि उनके समाज में विवाह-सम्बन्ध, स्त्री तथा पुरुष तक ही सीमित रहता हो—परिवार से उसका कोई सम्बन्ध ही न हो।...फिर भी उसे इस प्रकार त्याग कर आने का मुझे दुख है।" कुन्ती ने भीम की ओर देखा, "तुम्हें भी दुख होगा पुत्र?"

"हाँ, माँ! वह मेरी पत्नी है—मेरे पुत्र की माता!"

"ठीक है! इस भाव के लिए मैं तुम्हारी प्रशंसा करूँगी पुत्र! तुम उससे विवाह करके भी उसे पत्नी का सम्मान और प्रेम न देते, तो मुझे अच्छा नहीं लगता। मैं जानती हूँ कि पति से पत्नी का सम्मान न पाने की यातना क्या होती है।" कुन्ती का कण्ठ जैसे भीग आया था, "जो कुछ मैंने और माद्री ने सहा है, मैं नहीं चाहती कि संसार की कोई भी स्त्री उस यातना को सहे...मैं बहक गयी शायद!" कुन्ती रुक गयी..."क्या कह रही थी मैं?"

उसने अपने पुत्रों की ओर देखा; किन्तु कोई कुछ नहीं बोला। जाने वे अपने वर्तमान की समस्या में कहीं खो गये थे या अपनी माता के अतीत में डूबे हुए थे।

"हाँ! यदि भीम हिडिम्बा के साथ गृहस्थी बसाये रखना चाहता, तो उसे मुझसे तथा अपने भाइयों से विलग हो कर उसी हिडिम्बवन में रहना पड़ता।.. .आज सरस्वती भी कह रही थी कि यदि नकुल का सम्बन्ध विद्या से हो जाता है, तो वे अपने जामाता को अपने साथ रख लेंगे।..." उसने फिर एक-एक कर अपने पुत्रों को देखा, "मैं कभी नहीं चाहूँगी पुत्र, कि तुममें से कोई भी अन्य भाइयों से पृथक् हो। मैं जानती हूँ कि एक बार कोई भाई विलग हो जाये, तो वह कभी लौट कर अपने भाइयों के पास नहीं आता...।" उसकी आँखों में

अश्रु भर आये थे, उन अश्रुओं में उस नन्हे बालक का बिम्ब भी झलक आया था, जिसे उसने अपने पिता कुन्ती भोज की बाँहों में सौंपा था...

"इतनी विह्वल न हों माता!" युधिष्ठिर ने माँ को दोनों कंधों से पकड़ा, "हममें से कोई विलग होने की बात सोच भी नहीं सकता।"

"मैं जानती हूँ पुत्र!" कुन्ती ने अपने अश्रु पोंछ लिये, "इसीलिए तुम लोगों से कह रही हूँ। तुममें से जो भी विलग होगा, शत्रु उसे निगल जायेगा। जो स्त्री तुममें से किसी को भी अपने भाइयों से विलग करना चाहे, जो तुम्हें तुम्हारे स्थान से उखाड़ कर अपने स्थान पर कीलित करना चाहे, उसे अपनी शत्रु समझ त्याग देना। इसे स्मरण रखना—कोई भी स्त्री, चाहे वह कितनी ही सुन्दर हो, कितनी ही प्रभावकारी हो, कितनी ही धनी और वैभवशालिनी हो—वह तुम लोगों को कभी विलग न कर पाये, पृथक् न कर सके।"

"हम समझते हैं माँ!" युधिष्ठिर पुनः बोला, "ऐसा ही होगा।"

"मैं सदा तुम्हारे साथ नहीं रहूँगी। किसी के माता-पिता नहीं रहते; किन्तु तुम लोग किसी भी अवस्था में, किसी भी स्थिति में एक-दूसरे का संग मत छोड़ना।"

"ऐसा ही होगा माँ! तुम अब चिन्ता त्यागो और विश्राम करो।" अर्जुन ने माँ को उठाने के लिए सहारा दिया।

"मुझे क्षमा करना माँ!" नकुल अश्रुपूर्ण आँखों से कुन्ती को देख रहा था, "मेरे कारण तुम्हें इतना कष्ट हुआ।"

कुन्ती ने उसके सिर पर हाथ रखा, किन्तु कुछ कहा नहीं।

भीम ने आगे बढ़ कर कुन्ती को अपनी भुजाओं से उठाया और ले जा कर शैया पर लिटा दिया। वह मुख से एक शब्द भी नहीं बोला। वह जानता था कि यदि उसने बोलने का प्रयत्न किया तो उसकी वाणी ही नहीं, अश्रु भी उसके मन का भेद प्रकट कर देंगे।

27

प्रातः कुन्ती को कूप पर जल भरते हुए सरस्वती मिली; किन्तु आज उसके मिलने में तनिक भी उत्साह नहीं था। न उसके चेहरे पर उल्लास था, न वाणी में चुहल, न आँखों में ज्योति। बुझी-बुझी-सी थी सरस्वती। एक उदासीन-से नमस्कार से अधिक वह कुछ भी नहीं बोली।

"क्या बात है बहन?" कुन्ती ने छेड़ा भी।

"कुछ विशेष नहीं।" सरस्वती ने घट उठाया और चली गयी।

कुन्ती को अपनी यह उपेक्षा अच्छी तो नहीं लगी; किन्तु उसने अपने-आपको समझ लिया : यह तो होना ही था। कितने उत्साह से उसने विद्या के सम्बन्ध की बात कही होगी, और उसके मन में विश्वास भी रहा होगा कि यह सम्बन्ध हो ही जायेगा। कुन्ती की अस्वीकृति से उसकी आशाओं का सारा संसार ध्वस्त हो गया होगा। उसका अवसाद कुछ दिन तो चलेगा ही। यह भी सम्भव है कि वह कुन्ती की इस अस्वीकृति को स्वीकार न कर पाये और उन लोगों के विरुद्ध अपने मन में विरोध को पोषित कर ले। यह भी सम्भव है कि उन लोगों को यह आश्रम ही छोड़ना पड़े...

कुन्ती मन-ही-मन हँसी; जिसने राजसौध त्याग दिये, उसे इस ब्राह्मण का आश्रम त्यागने की चिन्ता हो रही है : कैसा होता है मनुष्य का मोह...!

अपने कक्ष में आ कर कुन्ती सब भूल गयी। उसके पुत्रों को बाहर जाना था; और जाने से पहले उनकी अनेक आवश्यकताएँ थीं।

यह तो अच्छा था कि आज भीम की आवास पर ही रहने की बारी थी, नहीं तो वही सबसे अधिक हड़बोंग मचाता था। उसकी कोई-न-कोई क्रीड़ा हर समय चलती ही रहती थी। उसकी अथाह ऊर्जा उसे शान्त बैठने नहीं देती थी।...कुन्ती ने उसकी वायु-पुत्र में आकांक्षा की थी, तो वायु के समान ही गतिमान था वह! टिक कर बैठ ही नहीं सकता।...किन्तु माँ की सहायता भी तो कितनी करता है! भोजन करने में उसकी जितनी रुचि थी, उतनी ही रुचि भोजन बनाने में भी थी। घर पर रहता तो कुन्ती को योजना बनाने ही नहीं देता था। कहता, 'तुम बैठ जाओ माँ! और बस, मुझे बताती चलो। शेष मैं सब कर लूँगा।' अब तो बताने की भी आवश्यकता नहीं रह गयी थी। वह स्वयं ही सब कुछ कर लेता था।...

चारों भाई विदा हो गये और भीम स्वाध्याय के लिए बैठ गया तो घर में कुछ शान्ति हुई। कुन्ती का मन भी कुछ स्थिर हुआ। अकस्मात् ही उसका ध्यान फिर से सरस्वती की ओर चला गया। बेचारी कितनी दुखी होगी। कन्या की माँ की चिन्ता...और वह भी, जिसके पास धन न हो...पर सरस्वती तो नहीं जानती कि कुन्ती के मन में उसके लिए कैसा भाव है। वह तो उससे रुष्ट ही हो सकती है कि कुन्ती ने उसका प्रस्ताव स्वीकार नहीं किया...हो सकता है, अब वह अपनी ओर से, कुन्ती से बात भी न करे। यदि कुन्ती भी उसे नहीं बुलायेगी, तो दोनों में अनबोला ही हो जायेगा। जितना समय बीतता जायेगा, दोनों के बीच अन्तराल बढ़ता ही जायेगा। फिर कुन्ती चाहेगी भी तो उस खाई को पाट नहीं सकेगी। अच्छा हो कि कुन्ती यह अन्तराल आने ही न दे। वह

जा कर सरस्वती के पास बैठ जायेगी। उससे बातें करेगी। उसके बच्चों को बुलायेगी, तो सरस्वती कितनी देर तक उससे रुष्ट रह सकेगी!...

वह उठी।

"भीम!" उसने कहा, "पुत्र! मैं तनिक ब्राह्मणी के पास जा रही हूँ। प्रयत्न करूँगी कि उसके मन का अवसाद दूर कर सकूँ।"

"अच्छी बात है माँ!" भीम बोला, "उनका रोष तो किसी प्रकार दूर कर ही दो।"

ब्राह्मण के द्वार के निकट पहुँच कर कुन्ती के पग रुक गये। वह शान्त ब्राह्मण देवप्रसाद, अपनी पत्नी से दबने वाला पति इस समय अत्यन्त दुस्साहसी हो रहा था। उसका स्वर अनपेक्षित रूप से ऊँचा था।

"तुमको सहस्रों बार कहा मैंने।" वह कह रहा था, "पर तुम क्यों मानोगी! तब तक नहीं मानेगी! जब तक पानी सिर से ऊँचा न उठ जाये। हर बार यही करती हो कि जब तक कोई उपाय हो सकता हो, तब तक मुझे कुछ करने नहीं दोगी; और जब संकट सिर पर आ जाये, उपाय करना सम्भव न रह जाये, तब सिर डाल कर मेरे सामने बैठोगी। अब मैं भी क्या कर सकता हूँ : अपने प्राण ही तो दे सकता हूँ। दे दूँगा प्राण! तब अपने भवन को, अपने माता-पिता की भूमि को, अपने बन्धु-बान्धवों को ले कर बैठी रहना और जीवन का सुख भोगना।"

कुन्ती की समझ में नहीं आया कि यह कैसा झगड़ा था। यह ब्राह्मण तो कभी इस प्रकार नहीं बोलता था!...जाने किस संकट की बात कर रहा है। कल अपराह्न तक तो सरस्वती कितनी प्रसन्न थी! किसी संकट की कोई छाया पूरे परिवार पर नहीं दिखायी पड़ती थी। आज सहसा ही क्या हो गया? कहीं इसी संकट के कारण ही तो सरस्वती प्रातः से उदास नहीं है, जैसे रात भर सोयी न हो! चिन्ता-व्यालिनी के चंगुल में फँसे व्यक्ति को निद्रा आ भी कैसे सकती है!...

पता नहीं, पति-पत्नी के मध्य यह कैसा झगड़ा है...कुन्ती को बीच में पड़ना भी चाहिए...या चुपचाप लौट जाना चाहिए? पति-पत्नी के झगड़े में तीसरे व्यक्ति का पड़ना उचित है क्या?...किन्तु वह तो किसी संकट की बात कर रहा है। संकट में तो अधिवासी का ही सहारा होता है। और कुन्ती तो अपने पुत्रों के साथ उनकी आश्रित भी है। अपने उपकारी के संकट की ओर से वह कैसे मुँह मोड़ सकती है...

तभी ब्राह्मण ने पुनः अपना मौन भंग किया, "मैं तब भी कहता था कि धन की आसक्ति कभी हितकर नहीं होती। धन की इच्छा तो है ही

अन्तक-रूपी दलदल! एक बार उसमें पग डाल दे तो व्यक्ति उसमें धँसता ही जायेगा। प्राप्त करने का दुख उठाओ और प्राप्त हो जाये तो उसकी आसक्ति में ऐसे निमज्जित हो जाओ कि उसका त्यागना सम्भव न हो—चाहे प्राण ही क्यों न चले जायें। भवन...माता-पिता की भूमि...अब सँभालो इनको और मुझे सौंप दो उस चाण्डाल राक्षस को।..."

कुन्ती को लगा कि ब्राह्मण अपने कष्ट से कदाचित् रो पड़ा है। कुन्ती निर्णय नहीं कर पा रही थी कि वह तत्काल प्रविष्ट हो या जाकर भीम को बुला लाये! पर भीम को बुलाने से भी क्या होगा?...

"क्या ऐसा सम्भव नहीं है कि सामग्री के साथ किसी और को भेज दो?" तभी सरस्वती का स्वर सुनायी दिया।

"और किसी को कैसे भेज दूँ?" देवप्रसाद बोला, "कोई मेरे स्थान पर अपने प्राण क्यों देगा? आज तक मैंने तो किसी और के स्थान पर अपने प्राण नहीं दिये।..." वह कुछ रुक कर बोला, "और मैं ऐसा चाण्डाल भी नहीं कि अपने स्थान पर किसी और को मृत्यु के मुख में धकेल दूँ।..." उसने एक दीर्घ निःश्वास छोड़ा।

"किसी व्यक्ति को क्रय कर लो। किसी निर्धन का पुत्र! कोई मृत्यु-दण्ड प्राप्त अपराधी। कोई..." सरस्वती कह रही थी।

"कहाँ से कर लूँ क्रय?" देवप्रसाद तीखे परन्तु रुँधे कण्ठ से बोला, "इतने धन का तो प्रबन्ध कर नहीं पा रहा कि जा कर उसके आदेश के अनुसार सामग्री क्रय कर लूँ। मुझे तो भय है कि कम सामग्री पाकर वह वैसे भी असन्तुष्ट होगा और मुझे खा कर भी तुम लोगों को क्षमा नहीं करेगा; और तुम कह रही हो कि कहीं से एक मनुष्य का क्रय कर लूँ..."

"हम अपना भवन बेच देते हैं।" सरस्वती बोली।

"क्या मिलेगा इस भवन का? इसके मूल्य में मनुष्य तो नहीं खरीदा जा सकता।" वह बोला, "और मेरा जीवन तो बचेगा नहीं। भवन बिक गया तो मेरे पश्चात् तुम लोग एकदम निराश्रित हो जाओगे।"

कुन्ती का मन जैसे लगातार उसे भीतर प्रवेश करने के लिए धक्के दे रहा था; और उसका विवेक था कि पग उठाने नहीं देता था...उसको ज्ञात तो हो कि ब्राह्मण का संकट क्या है। क्या उसे दूर करने में कुन्ती कोई सहायता कर सकती है?...

"तो क्या कोई उपाय नहीं है?"

"नहीं! कोई उपाय नहीं। मुझे जाना ही होगा।"

किसी ने सिसकी ली। यह कदाचित् विद्या का स्वर था।

भीतर मौन छा गया। लगा, अब कोई कुछ नहीं बोलेगा। कुन्ती निरन्तर अपने असमंजस को तोड़ने का प्रयत्न कर रही थी। उसने कपाट थपथपाने के लिए अपना हाथ उठाया...

"तो ऐसा करते हैं," सरस्वती का स्वर आया, "आप सामग्री का प्रबन्ध करें। सामग्री ले कर आपके स्थान पर मैं जाऊँगी।"

"उससे क्या होगा?" देवप्रसाद ने पूछा।

"कदाचित् उसके मन में दया आ जाये।" सरस्वती बोली; "स्त्री हूँ न! सम्भव है कि वह स्त्री का वध न करे।"

"कभी व्याघ्र ने भी स्त्री और पुरुष के मांस में भेद किया है? वह तुम्हें पा कर और भी प्रसन्न होगा। तुम्हें अपमानित करेगा। जब तक तुम्हारा मांस खाएगा नहीं, उसका भोग करेगा। वह अकेला ही नहीं, उसके संगी-साथी भी। जब तक जीवित रहोगी, तुम्हारे साथ अत्याचार होता ही रहेगा।" ब्राह्मण कुछ रुक कर बोला, "और फिर मैं तुम्हें इस प्रकार मृत्यु के मुख में कैसे धकेल सकता हूँ! मैं पति हूँ तुम्हारा, चाण्डाल नहीं हूँ। तुमसे विवाह किया है। तुम्हारी रक्षा और भरण-पोषण का वचन दिया है मैंने। अब अपने प्राण बचाने के लिए, तुम्हें यम को समर्पित कर दूँ?"

"ठीक है! आप मेरी रक्षा के लिए अपने प्राण दीजिए।" सरस्वती प्रकट रूप से रो रही थी, "और आपके पश्चात् मैं इन बच्चों की रक्षा कैसे करूँगी? हमारी आजीविका का क्या होगा? जैसे आप जानते नहीं हैं कि इस समाज में अकेली असहाय स्त्री का सम्मानपूर्वक जीवित रहना कितना कठिन है। चारों ओर से ये गिद्ध मुझे नोच-नोच कर खायेंगे। विवाह-योग्य तरुणी पुत्री घर में बैठी है। उसकी रक्षा कैसे करूँगी? उसके योग्य वर कहाँ से खोजूँगी? किसी अयोग्य के हाथ पड़ जायेगी; कोई लम्पट इसे बहका कर ले जायेगा। कौन करेगा इसकी रक्षा?...और आपका पुत्र! न शिक्षा प्राप्त कर पायेगा, न ज्ञान, न संस्कार! जाने किस संगति में पड़ेगा! चोरी करेगा या भिक्षा माँगेगा; या फिर दास बन कर किसी हाट में बिकेगा।" उसने निःश्वास छोड़ा, "आप जीवित रहेंगे, तो सम्भव है, दोनों बच्चे सुखी और सुरक्षित जीवन व्यतीत कर सकें। आप नहीं रहे, तो हमें तो मरना ही है।"

कुन्ती का मन हुआ कि वह कपाट खोले और भीतर चली जाये। अब और प्रतीक्षा करने का क्या अर्थ?...ऐसा कौन-सा संकट आ खड़ा हुआ है कि किसी व्यक्ति की मृत्यु अनिवार्य ही है? कुन्ती ने अपना हाथ कपाट पर रखा...

तभी विद्या का स्वर सुनायी दिया, "आप दोनों में से किसी को भी जाने की आवश्यकता नहीं है। मैं जाऊँगी, उसके पास! शैशव के पालन-पोषण

के लिए आप दोनों की आवश्यकता है। मेरा क्या है! मेरे जीवन की न कोई सार्थकता है, न उपयोगिता। पुत्री तो होती ही संकट है। मेरे योग्य वर खोजने के लिए, आप कहाँ-कहाँ भटकेंगे! पुत्री को कैसा वर मिले! उसकी क्या-क्या इच्छाएँ-आकांक्षाएँ हों! वह राक्षस भी तो सारा जीवन आप लोगों को नोच-नोच कर खाता रहेगा। उससे तो यही राक्षस अच्छा है, जो एक बार में मुझे इस जीवन से मुक्त कर देगा।...” विद्या खुल कर रो पड़ी।

“धैर्य रख पुत्री! धैर्य!” सरस्वती उसे सांत्वना देने का प्रयत्न कर रही थी, “मैं तेरा कष्ट समझती हूँ। तू मन छोटा मत कर। जामाता सदा राक्षस ही नहीं होता। तेरे पिता भी मेरे माता-पिता के जामाता हैं।...और फिर अभी तो वे लोग यहीं हैं। मैं फिर उनसे चर्चा करूँगी। सम्भव है, बकुल की माता के मन में दया जाग जाये। सम्भव है, बकुल का मन ही... ।”

कुन्ती के कान खड़े हो गये; यह तो उन्हीं की चर्चा थी! क्या यह लड़की केवल इसलिए प्राण दे देना चाहती है, क्योंकि नकुल से उसका विवाह नहीं हो रहा?...क्षण-भर के लिए कुन्ती का मन ऐसा द्रवित हुआ कि उसकी इच्छा हुई कि तत्काल उन्हें विद्या और नकुल के विवाह की सहमति की सूचना दे दे...

किन्तु तभी उसके विवेक ने उसे सँभाला; विवाह इत्यादि के सम्बन्ध में वह दानशील नहीं हो सकती। उसे अपनी स्थिति और आवश्यकताएँ देखनी होंगी।...कल सन्ध्या समय ही तो उसने अपने पुत्रों को इतना समझाया था; और अब वह स्वयं इस संकट-काल में बड़ों के अविवाहित रहते, नकुल का विवाह रच बैठे?...यह बात तो यूँही बीच में आ गयी...यह तो लड़की की तात्कालिक हताशा है। वे लोग यहाँ से चले जायेंगे। समय के व्यतीत होने के साथ-साथ विद्या भी नकुल को भूल जायेगी। बहुत सम्भव है कि उसके जीवन में कोई और युवक आ जाये...किन्तु उनका मूल संकट क्या है?...

“मैं जाऊँ?” सहसा शैशव का स्वर सुनायी दिया, “उस राक्षस को मार आऊँ?”

“मेरे भैया!” विद्या की जैसे चीख निकल गयी।

“मेरे लाल!” यह सरस्वती का स्वर था।

अब कुन्ती से और रुका नहीं गया। उसने न केवल कपाट थपथपा दिया, वरन् उसे धकेल भी दिया। भीतर से साँकल लगा हुआ नहीं था। भिड़े हुए कपाट तत्काल खुल गये...

उन चारों की दृष्टि द्वार की ओर उठी। कुन्ती ने और प्रतीक्षा नहीं की। वह उनकी ओर बढ़ी।

किसी ने उठ कर उसका स्वागत नहीं किया। किसी ने उसे बैठने के लिए

नहीं कहा। वे अश्रु-भरी आँखों से उसकी ओर देखते रहे। केवल शैशव अपने हाथ की लकड़ी फेंक कर उसकी ओर दौड़ा, "मौसी! मौसी! देखो न! माँ और दीदी रो रही हैं।"

कुन्ती ने बाँहें फैला कर, शैशव को अपनी गोद में ले लिया। निकट आ कर उसने विद्या के सिर पर स्नेह-भरा हाथ फेरा; और उनके निकट बैठ गयी। वे लोग अब भी आँखों में अश्रु भरे और चेहरों पर असमंजस लिये, उसकी ओर देख रहे थे। किन्तु किसी ने मुख से एक शब्द भी नहीं कहा।

"क्या बात है बहन!" कुन्ती ने धीमे स्वर में पूछा, "मैं द्वार के निकट खड़ी बहुत कुछ सुनती रही हूँ; किन्तु समझ नहीं पायी कि तुम्हारा संकट क्या है। मुझे बताओ। कदाचित् मैं तुम्हारी कोई सहायता कर पाऊँ...।"

"उसमें कोई क्या सहायता करेगा दीदी!" देवप्रसाद जैसे फूट पड़ा, "यह तो हमारा दुर्भाग्य है। हमें ही भुगतना है।"

"फिर भी जानना चाहती हूँ कि हमारे आश्रयदाता पर कौन-सा ऐसा भयंकर संकट आया है।" कुन्ती ने अपनी वाणी का उत्साह बनाये रखा, "कई बार भयंकर से भयंकर संकट से बचने का उपाय हम जैसे साधारण लोग भी कर सकते हैं।"

ब्राह्मण एक फीकी हँसी हँसा, "दीदी! इस संकट में कोई किसी की सहायता नहीं कर सकता।"

"फिर भी बताने में क्या हानि है?" सरस्वती ने अपने पति को देखा।

ब्राह्मण कुछ देर तक चुपचाप बैठा रहा, जैसे बताने की निष्फलता पर विचार कर रहा हो; फिर धीरे से बोला, "नगर से कुछ दूर, यमुना के तट पर एक आततायी राक्षस रहता है—बक! जन-साधारण को डरा-धमका कर उसे लूटते-पीटते रहना उसका व्यवसाय है। उसी ने कहलवाया है कि गाड़ी-भर भोजन-सामग्री, मूल्यवान वस्त्र तथा कुछ स्वर्णाभूषण दे कर किसी व्यक्ति को उसके पास भेज दूँ अन्यथा हमारे परिवार में से कोई भी जीवित नहीं बचेगा।"

"आपने राजकीय दण्डधरों अथवा सैनिक-प्रमुख को सूचना दी है कि कोई आततायी आपको इस प्रकार की धमकियाँ दे रहा है?"

"ये धमकियाँ नहीं हैं दीदी!" देवप्रसाद के अधरों पर बड़ी कड़वी मुस्कान थी, "यह तो एकचक्रा नगरी का दैनंदिन का जीवन है। यहाँ तो प्रतिदिन यही होता रहता है।"

"दण्डधर और सैनिक उन्हें दण्डित क्यों नहीं करते?" कुन्ती के स्वर में आवेश था, "किसलिए होते हैं, नगरपाल और कोटपाल?"

"वे कुछ नहीं करेंगे!" देवप्रसाद बोला, "लोभ ने उनके हाथ बाँध रखे हैं

और भय ने मस्तिष्क को जकड़ दिया है।"

"उनके उच्चाधिकारियों के पास जाइए! राजा के पास जाइए।"

"राजा के पास जाने का भी कोई लाभ नहीं है।" देवप्रसाद हताश स्वर में बोला, "वह स्वयं तो वेत्रकीय गृह में सुरक्षित बैठा है और असुरक्षित प्रजा को इन निर्दयी राक्षसों की दया पर छोड़ दिया है!"

"पर वह इन पापियों को दण्डित क्यों नहीं करना चाहता?" कुन्ती का आवेश, क्रोध का रूप धारण करता जा रहा था, "क्यों नहीं वह अपनी प्रजा का पालन करता?"

"अब आपको क्या बताऊँ दीदी! यही तो उसकी राजनीति है...उसे प्रजा से नहीं, अपने अधिकार से मोह है; और अपना अधिकार वह इन आततायियों के बल पर ही बनाये हुए है। इन्हीं की सहायता से वह अपने विरोधियों को कुचलता है। इसीलिए वह अपनी प्रजा का नहीं; नृशंसता का पालन-पोषण करता है।"

कैसी लीला है विधाता की भी; ऐसे-ऐसे पापी लोग तो राजा बन कर सिंहासनों से चिपके हैं, और युधिष्ठिर जैसे प्रजापालक युवराज भिक्षाटन कर रहे हैं...कुन्ती ने सोचा...और फिर उसका ध्यान अपनी दशा की ओर चला गया...उन्हें भी तो पापी दुर्योधन ने इसी प्रकार नष्ट करने का प्रयत्न किया है। उनकी सुनी किसी ने? राजा ने? शासनाधिकारियों ने? कुलवृद्धों ने? वे लोग भी तो अपने प्राणों के भय से असहाय, निराश्रितों के समान स्वयं को छिपाए हुए यहाँ पड़े हैं...

"आप लोग यहाँ से भाग क्यों नहीं जाते?" कुन्ती ने पूछा।

"भागने कौन देगा दीदी?" देवप्रसाद बोला, "सब जानते हैं कि कल हमारी बारी है। हम निकल गये तो उसके लिए सारा नगर दण्डित होगा। इसलिए सारा नगर हमें नगर से निकलने से रोकेगा।" वह कुछ रुक कर बोला, "और यदि निकल भी गये, तो क्या पता कि परदेस में इससे भी अधिक दुर्दशा हो हमारी।"

कुछ देर चुप रह कर कुन्ती ने पूछा, "आपने अपने भाई-बन्धुओं तथा मित्रों-पड़ोसियों से इसकी चर्चा की है?"

"क्या लाभ है दीदी! क्या उन पर यही नहीं बीती! जिस पर पड़ती है, वह स्वयं ही निबट लेता है।" देवप्रसाद बोला, "यह तो एक प्रकार की मौन सहमति है और अपनी-आपनी बारी सब ही निबटते हैं।"

"तो क्या सुरक्षा का कोई मार्ग नहीं है?"

"नहीं!"

"उस राक्षस के पास सेना है क्या?" कुन्ती ने पूछा।

"नहीं! सेना तो नहीं है। कुछ साधारण आततायी गुण्डे हैं। कुशासन से बल पा कर सिंह बने घूमते हैं। शरीर का बल है—उसी का लाभ उठा रहे हैं। नियमित अपराधी हैं, हत्याएँ ही उनका व्यवसाय है। कोई उनसे लड़ने का साहस नहीं कर पाता!"

"यदि आप उसकी कही हुई सामग्री न पहुँचाएँ तो?"

"कल वह मेरे घर पर आ जायेगा और सचमुच ही हममें से किसी को भी जीवित नहीं छोड़ेगा।"

"सामग्री पहुँचाने वाला सुरक्षित लौट पाता है क्या?" कुन्ती ने पूछा।

"नहीं! वे लोग उसे भी पकड़ लेते हैं।"

"उसका क्या करते हैं?"

"जाने क्या करते हैं!" वह बोला, "कुछ लोग कहते हैं, उससे दासों के समान काम करवाते हैं। कुछ कहते हैं कि उसे कही बेच दिया जाता है। कुछ कहते हैं कि राक्षस उसका मांस खा जाते हैं।"

कुन्ती के मन में विकट उथल-पुथल मची हुई थी। उसका मन एक ओर इस परिवार के लिए द्रवित हो रहा था, दूसरी ओर अत्याचार का विरोध करने की उत्कट इच्छा जाग गयी थी, और तीसरी ओर अपना पुत्र-मोह भी उसे सता रहा था।...एक मन कहता था, 'थोड़ा साहस कर कुन्ती! थोड़ा संकट उठा और इस परिवार को बचा ले...।' दूसरा मन कहता था, 'दुस्साहस मत कर बैठना कुन्ती! तुम लोग अपने प्राणों की रक्षा के लिए यहाँ छिपे बैठे हो। यह न हो कि झगड़ा बढ़े और तुम लोगों का भेद खुल जाये। अपने पुत्रों के प्राणों की रक्षा कर! किसी झगड़े-टण्टे में मत पड़।'...और तीसरा मन कहता था, 'क्या प्रमाण है तेरे पास कि तेरे प्रयत्न से उस बकासुर से इनकी मुक्ति सम्भव है? यदि वह राक्षस बक तेरे पुत्रों पर भारी पड़ा तो? और यदि बकासुर पराजित हो भी गया तो क्या कुछ अन्य बक उत्पन्न नहीं हो जायेंगे?'...

कुन्ती ने अपनी गोद में बैठे शैशव को देखा। अश्रुभरी आँखों से अपनी ओर निहारती विद्या को देखा...मलिनमुख नतमस्तक बैठे देवप्रसाद और सरस्वती को देखा।...सहसा उसके मन में हस्तिनापुर की रंगशाला कौंध गयी, जहाँ वीरवर अर्जुन के बाण प्रलय मचा रहे थे।...पांचाल सेना को पराभूत कर, महाराज द्रुपद को बाँध लाया था अर्जुन!...फिर उसे राक्षस हिडिम्ब को स्मरण हो आया। भीम ने कैसे उसे उठा कर पटक दिया था; और उसके कण्ठ पर पैर रख, उसे कुचल कर मार डाला था!...और फिर युधिष्ठिर, नकुल और सहदेव भी असाधारण वीर और रण-कुशल योद्धा थे...इतनी समर्थ होते हुए भी, वह

यहाँ बैठी, अपने इस आश्रयदाता परिवार को असहाय हो कर मृत्यु की प्रतीक्षा करते हुए देख रही है...

अकस्मात् ही जैसे उसने कोई निश्चय कर लिया। उसने शैशव को गोद से उतार कर, भूमि पर खड़ा कर दिया, "मैं अभी आती हूँ पुत्र! थोड़ी प्रतीक्षा कर।"

कुन्ती चली गयी।

देवप्रसाद, सरस्वती और विद्या—सबने कुन्ती के व्यवहार को बड़े आश्चर्य से देखा। शैशव तो चकित था ही।

और फिर देवप्रसाद ने दीर्घ निःश्वास छोड़ा, "वह बेचारी भी हमारे लिए क्या कर सकती है!"

सरस्वती ने कुछ नहीं कहा। वह जैसे फिर अपने भीतर ही कहीं डूब गयी थी।

"इससे तो अच्छा था कि हम समय रहते, यह भवन बेच, पांचालों अथवा कौरवों के राज्य में चले गये होते; और नहीं तो अहिछत्र में ही जा बसते।..."

सरस्वती ने फिर कुछ नहीं कहा। दीवार से पीठ लगाये वह शून्य को घूरती रही।

"मेरी बात मानें पिताजी!" विद्या बोली, "मेरे न रहने से भी आपको कोई हानि नहीं होगी। सम्भव है, आपकी अनेक समस्याओं का समाधान ही हो जाये।"

"विद्या...!" देवप्रसाद अधिक कुछ नहीं कह पाया।

"किन्तु वह उठ कर इस प्रकार बिना कुछ कहे क्यों चली गयी?" सहसा सरस्वती बोली, "कुछ करना तो शायद किसी के लिए भी सम्भव नहीं है; किन्तु सान्त्वना के दो शब्द भी न कहना... ।"

तभी भिड़े किवाड़ खुले और भीम के साथ कुन्ती ने प्रवेश किया।

"आर्य! अब आप चिन्ता न करें।" कुन्ती ने देवप्रसाद के निकट आ कर कहा, "मैंने बात कर ली है। मेरा यह मध्यम पुत्र आपके द्वारा दी गयी सामग्री ले कर बकासुर के पास जायेगा।"

देवप्रसाद का मुख जैसे आश्चर्य से खुल गया, "किन्तु...किन्तु यह कैसे सम्भव है? यह कोई साधारण कर्म नहीं है, कि मेरे स्थान पर आपके पुत्र ने कर दिया। इसमें प्राणों का जोखिम है...जोखिम क्या...प्राण तो जायेंगे ही... नहीं! नहीं! दीदी, मैं एकचक्रा का राजा नहीं हूँ, जो अपने प्राण बचाने के लिए, दूसरों के प्राण हरण करता फिरूँ!...और फिर वह भी ब्राह्मण के प्राण, अतिथि ब्राह्मण के प्राण...नहीं दीदी! यह नहीं हो सकता।"

"आप चिन्ता न करें।" भीम बोला, "मुझे कुछ नहीं होगा।"

ब्राह्मण ने एक बार अपनी आँखें भीम के पूरे शरीर पर दौड़ायीं, "तुम हृष्ट-पुष्ट और बलवान तो लगते हो वत्स, पर ब्राह्मण हो। तुम्हें लड़ने-भिड़ने का अभ्यास नहीं है। उस नीच का तो व्यवसाय वही है।"

भीम ने क्षण भर चकित दृष्टि से ब्राह्मण को देखा और फिर तत्काल बोला, "मुझे लड़ने की आवश्यकता ही क्या है! मुझे एक बहुत ही बलवान यक्ष सिद्ध है। वही निबट लेगा उस असुर से।"

"आपको यक्ष सिद्ध है?" सहसा विद्या बीच में बोल पड़ी।

"हाँ!"

"वह बहुत शक्तिशाली है?"

"बहुत!"

"आपसे भी बढ़ कर?"

"हाँ! मुझसे भी बढ़ कर!"

"बकासुर से भी अधिक शक्तिशाली?"

"हाँ! बकासुर से भी अधिक शक्तिशाली। वह अकेला ही बड़े-बड़े राज्यों की सेनाओं को ध्वस्त कर सकता है।..."

सम्भव है कि भीम अपने उस यक्ष की शक्ति की प्रशंसा में कुछ और कहता कि सहसा देवप्रसाद ने पूछा, "इतने समर्थ होते हुए भी आप इस असहाय स्थिति में क्यों रहते हैं?"

"ये शक्तियाँ धर्म-कार्य के लिए होती हैं, स्वार्थ-सिद्धि के लिए नहीं।" भीम अत्यन्त सहज भाव से बोला। कुन्ती को तो लगा, जैसे वह युधिष्ठिर का अनुकरण करने का प्रयत्न कर रहा है, "ब्राह्मण तो सदा निस्पृह ही रहता है : भिक्षाटन करना सात्विक ब्राह्मण के लिए निन्दनीय तो नहीं है न आर्य!"

"नहीं! निन्दनीय तो नहीं है।" देवप्रसाद ने कह तो दिया; किन्तु वह सहमत नहीं हो पा रहा था।

"तो फिर आप अपनी सारी चिन्ता, मेरे कंधों पर डाल दें। बस, उस राक्षस को दिखाने भर को थोड़ी-सी खाद्य-सामग्री और एक बैलगाड़ी का प्रबन्ध कर दें। भैंसों की आवश्यकता तो है ही नहीं; यह भी आवश्यक नहीं है कि सामग्री उस दुष्ट के आदेशानुसार ही हो। जो कुछ सुविधा से हो सके, वही भर दें।..."

भीम की दृष्टि ब्राह्मण पर पड़ी : वह भीम के कथन से तनिक भी सन्तुष्ट नहीं लग रहा था...न ही उसकी चिन्ता दूर होती लग रही थी। उसके चेहरे का रंग भय से पीला पड़ता जा रहा था...

"नहीं! यह उचित नहीं होगा।" अन्ततः देवप्रसाद बोला, "आप सामग्री ले जायेंगे तो आपके प्राणों पर तो संकट आयेगा ही; सामग्री कम होने पर हमारे प्राण भी सुरक्षित नहीं रहेंगे।...नहीं! इसका कोई लाभ नहीं। इससे तो अच्छा है कि स्वयं मैं ही चला जाऊँ। मेरे प्राण चले भी जायें, तो भी एक बार बात तो समाप्त हो जायेगी।"

"तो आप सामग्री अपनी इच्छानुसार एकत्रित कर दें, बस ले जाने का दायित्व मुझ पर छोड़ दें।" भीम ने उसकी ओर देखा, "ऐसा कुछ करने की इच्छा मेरे मन में उस दिन से है, जिस दिन मैंने हाट में कुछ दुष्टों को उन निरीह व्यवसायियों को लूटते ही नहीं; पीड़ित करते भी देखा था।"

सब अपने-अपने विचारों में कुछ इस प्रकार डूबे हुए थे कि किसी ने भीम से यह नहीं पूछा कि वह किन दुष्टों तथा किन व्यवसायियों की चर्चा कर रहा है।...

"तो आप समझ रहे हैं न कि आप कितना बड़ा जोखिम उठा रहे हैं?" देवप्रसाद ने जैसे उसे अन्तिम चेतावनी देते हुए पूछा।

"हाँ! हाँ! समझ रहा हूँ!" भीम क्रीड़ाशील स्वर में बोला, "किन्तु आप मुझे यक्ष सिद्ध होने की चर्चा किसी से न करें। यदि किसी को इसकी भनक भी पड़ गयी, तो वह न आपका पीछा छोड़ेगा, न मेरा।"

"नहीं! मैं किसी से नहीं कहूँगा।" देवप्रसाद अपनी पत्नी और पुत्री की ओर मुड़ा, "ध्यान रहे, इस सारी घटना की चर्चा किसी से भी नहीं होनी चाहिए—निकटतम सम्बन्धी और मित्र से भी नहीं; नहीं तो और कठिनाइयाँ तो जो होंगी सो होंगी, बकासुर के सम्बन्धी भी हमारे शत्रु हो जायेंगे।"

भीम ने देखा, ब्राह्मण की चिन्ता कुछ कम होने लगी थी।

सहसा सरस्वती अपने स्थान से उठी और उसने कुन्ती के दोनों पैर पकड़ लिये, "तुम देवी हो दीदी! महिमामयी, करुणामयी देवी!..."

"अरे, क्या कर रही हो बहन!" कुन्ती ने उसे अपनी भुजाओं में उठा कर, कण्ठ से लगा लिया।

सन्ध्या समय सबसे पहले अर्जुन लौटा।

"नगर में विविध प्रकार के समाचार हैं माँ!" वह धीरे से बोला, "मेरी तो कुछ समझ में ही नहीं आ रहा।"

"क्या सुन कर आये हो पुत्र?"

"सुना है कि पांचालों की राजधानी काम्पिल्य में कोई असाधरण गतिविधि हो रही है। उनके दूत अपने राजा के सन्देश विभिन्न राज्यों की राजधानियों में

ऐसे पहुँचा रहा है, जैसे अन्धड़ दशों दिशाओं में धूल के कण पहुँचा देता है।"

कुन्ती शान्त मन से अर्जुन की ओर देखती रही, जैसे उसकी आँखों में से वह सब पढ़ना चाहती हो, जो उसने शब्दों में नहीं कहा; और फिर धीर से बोली, "गतिविधि के केन्द्र में क्या है?"

"प्रयत्न तो मैंने बहुत किया; किन्तु कुछ ज्ञात हो नहीं पाया।" अर्जुन बोला, "यह भी सुना है कि राज्य के विभिन्न भागों से पांचाल सेनाएँ राजधानी में बुलायी जा रही हैं। सैनिक अभ्यास आरम्भ कर दिये गये हैं।"

"तो फिर क्या समझ नहीं पाया बुद्धू!" भीम बोला, "स्पष्ट तो है, वे लोग युद्ध की तैयारी कर रहे हैं। सेनाएँ एकत्रित कर रहे हैं। सैनिक अभ्यास कर रहे हैं। तो किसलिए कर रहे हैं यह सब? युद्ध होगा। सम्भवतः किसी बड़े आक्रमण की तैयारी में होंगे, तभी तो विभिन्न राजधानियों से मैत्रि-संधि तथा सैनिक सहायता के लिए सम्पर्क कर रहे होंगे।"

"सम्भवतः भीम का अनुमान सत्य है।" कुन्ती बोली, "यह किसी बड़े युद्ध की भूमिका हो सकती है।"

"मेरे मन में भी यह बात आयी थी माँ!" अर्जुन बोला, "तभी मैंने यह भी सोचा था—कहीं वे लोग हस्तिनापुर पर आक्रमण की तैयारी तो नहीं कर रहे।..."

"बहुत सम्भव है कि ऐसा ही हो।" कुन्ती बोली, "कौरवों और पांचालों में किसी-न-किसी कारण से संघर्ष की भूमिका बनती ही रहती है। वारणावत जाने से पहले, तुम लोगों ने गुरु-दक्षिणा देने के लिए, द्रुपद को अपमानित किया था। पांचाल उसी के प्रतिशोध की तैयारी में तो नहीं हैं?..."

"यही तो मैं सोच रहा था माँ!" अर्जुन बोला, "कि यदि पांचाल प्रतिशोध के लिए युद्ध-भेरी बजा रहे हैं, तो उनका मुख्य अपराधी तो मैं हूँ।..."

"किन्तु यह समाचार तो उन्हें भी मिला ही होगा, कि हम वारणावत में भस्म कर दिये गये हैं।" भीम ने कहा।

"अवश्य मिला होगा।" कुन्ती बोली, "किन्तु सम्भवतः उनके मन में व्यक्ति के प्रति द्वेष न हो! वे कौरवों का राज्य ही ध्वस्त करना चाहते हों!"

"हस्तिनापुर को कौन बचायेगा—पितामह, गुरु द्रोण या दुर्योधन?" भीम जैसे अपने-आपसे पूछ रहा था।

"तुम हस्तिनापुर के लिए क्यों चिन्तित हो पुत्र? हस्तिनापुर ने तुम्हें क्या दिया?..."

"किन्तु हस्तिनापुर हमारा है माँ!" भीम आवेश में बोला।

"इसे मात्र स्मरण रखो!" कुन्ती धीरे से बोली, "उसके लिए चिन्तित होने

का समय अभी नहीं आया है।"

"मैं तो सोच रहा था," अर्जुन बोला, "यदि उन्हें सूचना मिल जाये कि हम लोग यहाँ हैं; क्या तब भी वे हस्तिनापुर को ध्वस्त करना चाहेंगे?"

"उन्हें यह सूचना नहीं मिलेगी।" कुन्ती एक-एक शब्द पर बल दे कर बोली, "उनके लिए तुम लोग वारणावत में भस्म हो चुके हो।"

तभी सहदेव बाहर से आया, "आज नगर में बड़ी हलचल थी माँ!"

कुन्ती मुस्करायी, "आज तुम सब, कोई-न-कोई समाचार लेकर आ रहे हो।"

"बड़े-बड़े समाचार हैं माँ! काम्पिल्य में कोई बहुत बड़ा निर्माण-कार्य होने जा रहा है।" सहदेव बोला, "एकचक्रा में अकस्मात् ही शिल्पी, भवन-निर्माता, श्रमिक, काष्ठकर्मी—सब का ही अकाल पड़ गया है। जाने क्या हुआ कि वे सब उठ कर काम्पिल्य की ओर चल पड़े हैं; और जो नगर में बचे भी हैं, वे जाने की सोच रहे हैं।"

"तुम चिन्ता मत करो!" भीम बोला, "हमें वारणावत का जला हुआ शिव-भवन फिर से नहीं बनवाना है।"

"मध्यम!" सहदेव की समझ में नहीं आ रहा था कि इतनी गम्भीर सूचना को परिहास में उड़ा देने के लिए भीम का विरोध करे अथवा उसकी नासमझी पर हँस कर, उसे समझाए कि इस समाचार का महत्त्व क्या है।

"अर्जुन! देखो, सहदेव क्या समाचार लाया है।" कुन्ती ने कहा, "यदि इसे तुम्हारी सूचना से मिला कर देखा जाये, तो पांचाल युद्ध-सज्जित होते नहीं लगते। सम्भव है, वे किसी मांगलिक कार्य की तैयारी में हों!"

अर्जुन कुछ बोला नहीं, बस सोचता रह गया।

थोड़ी ही देर में प्रायः साथ-साथ ही युधिष्ठिर और नकुल भी आ गये। वे भी नगर से कुछ ऐसे ही समाचार लाये थे। युधिष्ठिर बहुत गम्भीर था, और उसका मत था कि उन्हें अब प्रस्थान की तैयारी कर लेनी चाहिए। एकचक्रा नगरी उन्हें किसी भी क्षण छोड़नी पड़ सकती है; किन्तु वह यह नहीं भूल सकता था कि उन्हें महर्षि व्यास ने तब तक एकचक्रा में रुकने का आदेश दिया था, जब तक वे उन्हें कहीं और जाने के लिए संदेश न भेजें!...उसके माथे पर चिन्ता को रेखाएँ कुछ अधिक गहरी हो गयी थीं।...

"अच्छा! अब चिन्ता छोड़ो।" कुन्ती बोली, "भोजन परोस रही हूँ। पहले शान्ति से खा लो; इस पर फिर विचार करेंगे।"

भोजन के पश्चात् कुन्ती ने उन्हें इसी विषय पर लौटने नहीं दिया। उसने ब्राह्मण की समस्या और सामग्री के साथ भीम को भेजने के अपने निर्णय की

सूचना दी।

"यह तुमने क्या किया माँ? मैं भीम को ही गुप्त रखने का सबसे अधिक प्रयत्न कर रहा हूँ; और तुमने स्वयं ही उसे ऐसे कार्य में नियुक्त कर दिया, जिससे उसकी गोपनीयता नष्ट हो जायें!" युधिष्ठिर की आँखों में कुन्ती ने आज पहली बार अपने लिए प्रतिवाद देखा, "यदि भीम के प्राण न बचे, तो सोचो, जिन पाँचों को तुम कभी विलग नहीं होने देना चाहतीं—उनमें से एक विलग हो जायेगा। तो हमारे दुख और कष्ट के विषय में भी तुमने सोचा है माँ! तुमने हमारे सबसे प्रिय भाई को ही दाँव पर लगा दिया...।"

"ज्येष्ठ!" भीम ठठा कर हँसा, "मुझे तो ज्ञात ही नहीं था कि तुम मुझसे इतना प्रेम करते हो। मेरा विचार था कि कदाचित् तुम मुझसे भी अधिक अर्जुन से प्रेम करते हो।"

"यह परिहास का अवसर नहीं है भीम!" युधिष्ठिर पूर्ण गम्भीरता से बोला, "...यदि तुम विजयी भी हुए, तो तुम्हारा शौर्य तुम्हें गुप्त नहीं रहने देगा। तुम्हारे साथ-साथ हम सब प्रकट हो जायेंगे; और दुर्योधन के वेतन-भोगी षड़्यंत्रकारी हत्यारे हमारे पीछे लग जायेंगे।"

"मैंने भी यह सब सोचा था पुत्र!" कुन्ती बोली, "मुझे भी स्मरण है कि मैंने कैसे भयभीत रह कर, सदा मृत्यु की आशंका से पीड़ित, तुम लोगों के प्राणों की रक्षा की चिन्ता की है।...किन्तु अब तुम लोग बड़े हो गये हो। क्रमशः तुम्हारा सामर्थ्य बढ़ा है।"

"सामर्थ्य है, तो फिर हम दुर्योधन से क्यों नहीं लड़ लेते माँ! उससे भयभीत हो, हम क्यों अपना जीवन वनों और अज्ञात स्थानों में व्यर्थ नष्ट कर रहे हैं?" युधिष्ठिर बोला, "एक ओर हम इतने वीर हों कि स्वयं संकटों को आमन्त्रित करें, और दूसरी ओर इतने कायर हों कि न केवल अपने अधिकारों के लिए न लड़ें, वरन् अपने प्राणों के भय से भागते फिरें...।"

"संगठित राजशक्ति के षड्यंत्रों का सामना करना एक बात है पुत्र!" कुन्ती बोली, "और कुछ एक आततायी दुर्वृत्त गुण्डों से लड़ना दूसरी। जहाँ तक मैं समझती हूँ, इन आततायियों के अत्याचारों का विरोध करने में तुम लोग सक्षम हो, जो मात्र कुशासन की उपज हैं। किन्तु राजशक्ति से लड़ने के लिए तुम्हें भी संगठन की आवश्यकता है, जो तुम्हारे पास नहीं है।"

"माँ ठीक कह रही हैं।" अर्जुन धीरे से बोला, "मैं समझता हूँ कि एक बकासुर अथवा उसके कुछ सहयोगियों से निबटना हमारे लिए कठिन नहीं होना चाहिए।...किन्तु यह सारी गतिविधि गोपन ही रहनी चाहिए।"

"यही बात मैं कह रही हूँ पुत्र!" कुन्ती बोली, "मेरे मन में दो बाते हैं—

प्रथम, तुम्हारा सामर्थ्य और द्वितीय, इस निरीह ब्राह्मण परिवार का संकट। मेरे मन में बैठा आनृशंसता का भाव यह कहता है पुत्र, कि दुर्बल की रक्षा हमारा कर्तव्य है; और उसके लिए कभी-कभी भारी मूल्य भी चुकाना पड़ता है। तुम्हें तो राजा बनना है युधिष्ठिर!" उसने युधिष्ठिर पर एक भरपूर दृष्टि डाली, "तुम्हें अभी से प्रजा की पीड़ा समझने और प्रजा की रक्षा का अभ्यास होना चाहिए। निर्बल-न्याय की रक्षा ही क्षत्रिय का धर्म है पुत्र!"

युधिष्ठिर ने प्रशंसा भरी आँखों से अपनी माँ को देखा, "तुम महान् हो माँ! तुम्हारा पुत्र होकर भी न तो मैं तुम्हारी ममता की थाह जान पाया; न उदारता की; न धैर्य की और न वीरता की।" वह रुका, "तुमने जो कुछ कहा है माँ, हम पाँचों भाई उसका पालन करेंगे। हम भीम को अकेले नहीं जाने देंगे। निस्संदेह हममें से भीम सबसे अधिक शक्तिशाली है; किन्तु उसे इस प्रकार भेजने का जोखिम मत उठाओ माँ!"

"तुम ठीक कहते हो पुत्र! किन्तु तुम पाँचों जाओगे, तो तुम्हारी गोपनीयता की रक्षा कैसे होगी?"

"हम गुप्त रूप से ही जायेंगे माँ!" युधिष्ठिर बोला, "भीम प्रकट रूप से बैलगाड़ी में भोजन-सामग्री लेकर जायेगा; और हम गुप्त रूप से उसके साथ चलेंगे। संघर्ष होने पर हम अनावश्यक हस्तक्षेप भी नहीं करेंगे माँ! बस, गुप्त रूप से भीम की सहायता के लिए प्रस्तुत रहेंगे। वास्तविक आवश्यकता होने पर ही हम प्रकट होंगे।"

"ज्येष्ठ ठीक कह रहे हैं।" सहदेव बोला, "अकेले मध्यम को संकट में धकेलकर हम यहाँ सुख की नींद लें, यह तो सर्वथा अनुचित होगा माँ!"

"तो ठीक है पुत्र! तुम पाँचों ही जाओ। अपनी रणनीति निश्चित करो। अपने शस्त्र तैयार करो। अपने प्रेम की भी रक्षा करो और धर्म की भी।"

28

भीम ने जब गाड़ी हाँकी, तो चारों ओर सघन अन्धकार व्याप्त हो चुका था। लोग कदाचित् खा-पीकर सो चुके थे। वैसे भी एकचक्रा में सूर्यास्त के पश्चात् सारी गति विधि पूर्णतः थम जाती थी। सब ओर निःस्तबधता थी। कभी-कभी जैसे उस निःस्तब्धता से भयभीत होकर, उसका विरोध करने के लिए कोई कुत्ता भौंकने लगता था।

भीम कुछ आगे निकल गया तो अर्जुन और सहदेव एक निश्चित दूरी रख कर, उसके पीछे चल पड़े; और उतनी ही दूरी के पश्चात् युधिष्ठिर और

नकुल चले। उनके बायें कंधों पर परशु थे और दाहिने हाथ में दाव। किन्तु एक साधारण श्वेत उत्तरीय ने उन सब को ढँक रखा था। पथ मर आकस्मिक रूप से मिल जाने वाले किसी यात्री को वे साधारण ग्रामीण पथिक ही दिखायी देते। उन्होंने अपना ब्राह्मण-वेश पूर्णतः त्याग दिया था।

इतने कम समय में, एकचक्रा में उन्हें ये ही शस्त्र उपलब्ध हुए थे। आस-पास के ग्रामीण वन में से लकड़ियाँ काटने के लिए इन्हीं उपकरणों का उपयोग करते थे; और लकड़ी काटने के लिए जाते हुए ग्रामीणों के हाथों में पकड़े हुए ये उपकरण किसी के मन में कोई संशय भी नहीं जगाते थे।

आगे-आगे चलता हुआ भीम सोच रहा था : किसी भी अच्छे शासन में उनका इस प्रकार रात को सशस्त्र अभियान के लिए जाना दण्डधरों, सैनिकों और गुप्तचरों की आँखों से छिपा नहीं रह सकता था।...किन्तु किसी अच्छे राजा के शासन में उन्हें इस प्रकार जाने की आवश्यकता ही क्यों होती? वहाँ बकासुर जैसे दुर्वृत्त आततायी इस प्रकार फलते-फूलते ही क्यों?...यह तो विचित्र स्थिति है कि एक परिवार को नहीं, सारी प्रजा को लूटा-पीटा जा रहा है, उनकी हत्याएँ की जा रही हैं...न किसी का सम्मान सुरक्षित है, न धन, न प्राण!... और प्रजा कुछ कर नहीं सकती, किसी को अपनी करुण गाथा सुनाने नहीं जा सकती; किसी से अपनी रक्षा की प्रार्थना नहीं कर सकती; उसे कहीं से भी न्याय नहीं मिल सकता...

ऐसे राजा की आवश्यकता ही क्या है? वह किस अधिकार से प्रजा से कर वसूलता है? प्रजा के धन से विलासपूर्ण जीवन का उसको अधिकार ही क्या है? वस्तुतः राजा ही सबसे बड़ा लुटेरा है। यदि वह कर लेता है और प्रजा की रक्षा नहीं करता, उसका न्याय नहीं करता, तो वंचना और लूट का आरम्भ तो वहीं से हो गया। तभी तो उसके न्यायाधिकारी, प्रशासक, सैनिक, दण्डधर... सभी उस मार्ग पर सुविधा से चल रहे हैं। जिस कार्य को करने के लिए वेतन लेते हैं; वही कार्य नहीं करते। उल्टे उस दायित्व के पद को अधिकार का पद बनाकर, उसके दुरुपयोग से प्रजा को पीड़ित कर, अपना स्वार्थ साधते हैं।... ऐसे राज्य में प्रजा न सुखी रह सकती है, न प्रसन्न! वह उस राजा और राज्य की रक्षा का प्रयत्न क्यों करेगी? कोई आक्रांता राज्य पर आक्रमण करेगा, तो उससे युद्ध कर, अपने प्राण क्यों देगी?

भीम का परिचित नगर अब पीछे छूट गया था।...इस ओर भीम कभी नहीं आया था। आने की न कभी आवश्यकता पड़ी, न कभी इच्छा ही हुई। अब पथ जहाँ से होकर जा रहा था—भीम समझ नहीं पा रहा था कि उसे

क्या कहे! यह जनपद था, या ये किसी के उजड़े हुए खेत थे; अथवा वन ही आरम्भ हो गया था। उसका रूप निरन्तर बदल रहा था। दूर कहीं अँधेरे में कोई दीपक टिमटिमाता दिखता तो भीम समझ जाता कि वहाँ कोई कुटिया होगी।...पर कौन होगा वह—कोई कृषक? कोई संन्यासी? समाज की दृष्टि से छुप कर रहने वाला कोई अपराधी? समाज-बहिष्कृत कोई चाण्डाल?...कोई भी हो। पर क्या बकासुर उन्हें पीड़ित नहीं करता?

...और भीम का ध्यान लौट कर बकासुर की ओर आ गया। किस लोभ में व्यक्ति राक्षस बन जाता है? थोड़े-से धन के लोभ में किसी के कोमल बच्चे के प्राण ले लेना; अपनी पत्नी के शरीर पर दो-चार स्वर्णाभूषण अधिक हो जायें, उसके लिए किसी असहाय के सम्पूर्ण परिवार को नष्ट कर देना; अपना भवन तनिक बड़ा हो सके, उसके लिए दूसरे के भवन को अग्निसात् कर देना ...क्या ये ही वे लोभ हैं, जिनके कारण कोई मनुष्य, राक्षस बन जाता है?...पर इनमें क्या सुख है? इनसे बड़ा सुख तो ब्राह्मण दम्पती को अभय देने में है; उस चंचल किशोरी विद्या के अश्रु पोंछने में है; बालक शैशव की किलकारियाँ बनाये रखने में है...पर कदाचित् सुख भी कई प्रकार का होता होगा। दुर्योधन ने उसे विष दिया, उन सबको वारणावत में जला कर भस्म कर देने का प्रयत्न किया। उसे उन हत्या-काण्डों में ही सुख का अनुभव होता है। किन्तु युधिष्ठिर अथवा उनके किसी भी भाई ने तो कल्पना भी नहीं की कि उनके सुख के लिए, दुर्योधन और उसके भाइयों का मरना आवश्यक है। माँ ने भी कभी संकेत तक में नहीं कहा कि दुर्योधन, उसके भाइयों अथवा उसके मित्रों में से किसी की हत्या का प्रयत्न किया जाये। माँ ने इतने अपमान और इतने कष्ट सहे हैं, किन्तु उन्होंने कभी नहीं सोचा कि उनका सुख किसी अन्य व्यक्ति की मृत्यु के साथ जुड़ा हुआ है; कदाचित् संसार में दो प्रकार के व्यक्ति होते हैं—एक का सुख मात्र निर्माण में है, दूसरे का मात्र विनाश में।...और राजा का दायित्व है कि वह विनाश में सुखी होने वालों का दमन करे...किन्तु लगता है कि अब राजा ही विनाश में सुखी होने लगे हैं...

सहसा भीम ने देखा कि जिस नगर का अन्त वह पीछे मान चुका था, जैसे वह पुनः आरम्भ हो गया था। मार्ग खुला और प्रशस्त हो गया था। मार्ग के दोनों ओर उचित दूरी पर बड़े-बड़े छायादार वृक्ष लगे हुए थे। वृक्षों के बीच-बीच में स्तम्भों पर उल्काएँ लगी हुई थीं, जिनसे पथ इतना आलोकित था कि भूमि पर पड़ी एक मुद्रिका भी सहज ही देखी जा सके। इतना प्रकाश तो भीम ने हस्तिनापुर के राजप्रासाद के भीतरी मार्गों पर भी कभी नहीं देखा था। और फिर बड़े-बड़े विशाल भवनों की पंक्ति आरम्भ हो गयी थी—भवन

क्या थे, अट्टालिकाएँ थीं।...और इस सारे क्षेत्र का निर्माण यमुना के साथ-साथ उसके तट-प्रदेश पर हुआ था। कैसी ठण्डी और सुखद बयार चल रही थी। राक्षसों की बस्ती न हुई, यह तो नन्दन-वन हो गया...

सहसा भीम ने रास खींच कर बैलों को रोक लिया। गाड़ी थम गयी। कदाचित् यही बकासुर की अट्टालिका थी—कितनी विराट्! क्या एकचक्रा के राजा के पास भी अपने रहने के लिए इतना बड़ा प्रासाद है? और शिल्पी ने उसे रूप भी कैसा दिया है, जैसे अट्टालिका न हो—किसी पर्वत की गुफा हो।... तो क्या बकासुर समझता है कि वह प्राकृतिक गुफा में रहने वाला कोई नरभक्षी हिंस्र पशु है, या उसके शिल्पी ने ही उसकी मूर्खता पर यह कटाक्ष किया है?

भीम चकित था : कैसा राज्य है यह, जहाँ दुष्ट, पापी, दुर्वृत्त आततायी इस प्रकार निर्द्वन्द्व खुले रूप में रहते हैं? केवल खुले और प्रकट रूप में ही नहीं, कितनी सुविधाओं और वैभव के साथ रहते हैं! यहाँ बैठ कर नगर के लोगों को आदेश देते हैं कि वे लोग अपना घर-बार बेच, पत्नी और बच्चों के जीवन के साथ खिलवाड़ कर, अपने जीवन-भर में अर्जित किया गया धन, इनके विलास के लिए यहाँ पहुँचा जायें; और कोई उनके इस अत्याचार को स्वीकार न करे तो ये उसे दण्डित करने का दुस्साहस भी करते हैं। इतनी शक्ति और सामर्थ्य है इनके पास। राज्य से मान्यता-प्राप्त अपराधी! इतने वैभव के साथ तो राज्य के उच्चाधिकारी भी नहीं रहते...

भीम ने एक बार सोचा : उसके चारों भाई भी उसके आस-पास यहीं कहीं वृक्षों की ओट में छिपे होंगे। वे उसके भाई हैं, उससे अपार स्नेह है उनको। तभी तो इस प्रकार उसकी रक्षा के लिए चले आये। हिडिम्ब को मरते देख भी, उन लोगों ने उसके बल को नहीं पहचाना है अभी! वे समझते हैं कि बकासुर, भीम से भी अधिक शक्तिशाली होगा।...किन्तु कहीं ऐसा न हो कि वे प्रकट हो जायें और कहीं कठिनाई में फँस जायें...और फिर भीम को ही उनकी रक्षा करनी पड़े।...अच्छा है कि यदि होना ही है तो बकासुर का ही द्वन्द्व-युद्ध हो ले।...पर यदि बकासुर की भीम से लड़ने की इच्छा न हुई तो? भीम लौट जायेगा क्या? नहीं! भीम केवल बकासुर की इच्छापूर्ति के लिए नहीं आया है। ...भीम तो उसे दण्डित भी करेगा।...उसे ललकार-ललकार कर मारेगा।...ऐसा दण्ड देगा बकासुर को कि फिर कभी कोई इस प्रकार की दुष्टता का साहस ही न कर पाये...

भीम ने गाड़ी आगे बढ़ायी और लाकर अट्टालिका के द्वार पर खड़ी कर दी।

तत्काल द्वारपाल जैसे दो दण्डधारी प्रकट हो गये, "क्या तुम ब्राह्मण देवप्रसाद हो?"

"तो प्रतीक्षा हो रही है ब्राह्मण देवता की!" भीम हँसा।

"क्या तुम ब्राह्मण देवप्रसाद हो?" दण्डधर ने दण्ड को भूमि पर पटक कर, डाँटते हुए पूछा।

"नहीं!" भीम पुनः हँसा, "मैं धर्म के देवता यमराज का छोटा भाई हूँ।"

दण्डधर कदाचित् कुछ समझ नहीं पाया, "हम ब्राह्मण देवप्रसाद की प्रतीक्षा कर रहे हैं।"

"बड़ी प्रसन्नता से करो।"

"तुम उसके स्थान पर आये हो?" उसने पूछा।

"हाँ!" भीम बोला, "उसके स्थान पर आया हूँ; और उसकी ओर से कुछ भोजन-सामग्री भी लाया हूँ। तुम खाओगे?"

"नहीं!" द्वारपाल ने कहा और द्वार खोल दिया, "गाड़ी भीतर ले जाओ और प्रतीक्षा करो।"

भीम ने चुपचाप गाड़ी आगे बढ़ा दी और वाटिका में से होता हुआ, भवन के द्वार पर आ कर खड़ा हो गया। आस-पास कोई नहीं था। रात्रि अधिक हो गयी थी। कदाचित् बकासुर का परिवार तथा दूसरे लोग सो गये थे।...भीम ने किसी को बुलाने का प्रयत्न नहीं किया।...जैसे द्वारपाल प्रतीक्षा कर रहा था; वैसे ही बकासुर भी प्रतीक्षा में बैठा जाग रहा होगा। अपने-आप आयेगा...

वैसे भी भोजन-सामग्री देख कर भीम को भूख लग जाया करती थी। आज तो वह इतने धैर्य से, बिना उसकी ओर देखे, यह सारी सामग्री यहाँ तक ले आया था। अब उस दुष्ट बकासुर की प्रतीक्षा तो करनी ही होगी। तब तक कुछ खा-पी लेना चाहिए...

भीम ने पहला भाँड देखा : उसमें मिष्ठान्न था। एक बड़े टोकरे में फल थे। भीम ने मिष्ठान्न वाला भाँड अपने सामने रखा और खाना आरम्भ कर दिया।

उसे अधिक प्रतीक्षा नहीं करनी पड़ी। थोड़ी ही देर में एक व्यक्ति भवन से बाहर निकला। उसने थोड़ी देर भीम को देखा; किन्तु भीम ने उसकी ओर तनिक भी ध्यान नहीं दिया, जैसे उसे देखा ही न हो। वह पूर्ण निष्ठा से मिष्ठान्न खाता रहा। न केवल खाता रहा, उसका रस भी लेता रहा और उसके बनाने की विधि भी सोचता रहा। उसने पूर्ण निश्चय कर लिया था कि कल ही वह इस व्यंजन को बनायेगा और अपनी पाक-कला से माँ को चकित कर देगा...

"ऐ! क्या कर रहे हो तुम?" उस व्यक्ति ने जैसे स्वर में घृणा भर कर धिक्कारते हुए कहा।

भीम ने सिर उठा कर उसे देखा : एक दीर्घाकार और पुष्ट शरीर का

व्यक्ति उसके सामने खड़ा था। दाढ़ी-मूँछ और सिर के केश कुछ लाल रंग के थे और पूर्णतः अव्यवस्थित थे। आँखों में क्रूरता थी और कदाचित् सुरापान का आवेश। शरीर पर गहरे मटमैले रंग की धोती के अतिरिक्त कोई वस्तु नहीं थी। धोती भी जैसे धारण न की हो, बस लपेट रखी हो। यदि यह व्यक्ति, भीम को कहीं बाहर मिल गया होता तो भीम ने उसे कोई उन्मादी अथवा अवधूत समझा होता।...

"क्या कर रहे हो तुम?" उसने पुनः कहा।

"तुझे दिखायी नहीं देता? तू अन्धा है क्या?" भीम ने जैसे उसकी वाणी की घृणा उसे लौटा दी, "मिष्ठान्न खा रहा हूँ। तुझे भी खाना हो तो याचक के समान भूमि पर बैठ जा। एक-आध तुझे भी दे दूँगा।"

"तुम ब्राह्मण देवप्रसाद के व्यक्ति हो?"

"हाँ!"

"उसकी भेजी सामग्री लाये हो?"

"लाया तो हूँ।" भीम बोला, "किन्तु तुम्हें दूँगा नहीं!"

"क्यों?" उस व्यक्ति की आँखें और चढ़ गयीं।

"क्योंकि भोजन मुझे भी अच्छा लगता है," भीम हँसा, "तू ही अकेला क्यों खायेगा?"

"तो तू बकासुर बनना चाहता है?"

"नहीं! मैं बकासुर को मिटाना चाहता हूँ।"

वह व्यक्ति आगे बढ़ आया, "बकासुर को मिटाना चाहता है?"

"हाँ!"

"मैं हूँ बकासुर।" उसने खींच कर मुष्टि प्रहार किया, "देखता हूँ कि बकासुर मिटता है या तू!"

भीम हँसा और गाड़ी से उतर आया, "अपने को बहुत बलवान समझता है तू?"

"तूने नहीं सुना!" बकासुर का क्रोध बढ़ता ही जा रहा था, "इस सारे क्षेत्र में मेरे सामने सिर उठा कर खड़े होने का साहस किसी में नहीं है। राजसत्ता तक मुझसे काँपती है; और तू मुझे मिटाना चाहता है?"

बकासुर ने फिर भीम पर प्रहार किया; किन्तु इस बार पीछे हट कर भीम वार बचा गया। बकासुर अपने ही वेग में लड़खड़ा गया, तो भीम ने पलट कर एक प्रबल पाद-प्रहार किया। बकासुर सँभल नहीं पाया और औंधे मुँह भूमि पर जा गिरा।

भीम ने उसकी पीठ पर अपना पैर जमाया, "चाहूँ तो कुचल डालूँ तुझे;

किन्तु मैं नहीं चाहता कि तू युद्ध की तृष्णा ले कर यमराज के पास जाये। उठ, खड़ा हो जा। अपनी सहायता के लिए जिसे पुकारना हो, पुकार ले। मन भर कर युद्ध कर। मैं तभी तेरी अस्थियाँ पीस कर तेरे प्राण लूँगा।"

"कोई नहीं आयेगा बीच में।" क्रोध में बकासुर के मुख में झाग आ गयी, "मैं अकेला लड़ूँगा तुझसे। तू है ही क्या!"

"तो फिर आ!" भीम ने अपना पैर हटा लिया।

बकासुर उठ कर खड़ा हो गया। उसने आग उगलती हुई आँखों से भीम को देखा, जैसे उनकी अग्नि से ही भीम को भस्म कर डालेगा। और फिर वह जंगली भैंसे के समान भीम पर टूट पड़ा।

भीम उसकी इस प्रकार की किसी प्रतिक्रिया के लिए तैयार था। वह बहुत सावधानी से एक ओर हट गया। इस प्रकार की असफलता ने बकासुर का मानसिक संतुलन एकदम ही बिगाड़ दिया। उसकी जिह्वा अनवरत अश्लील गालियाँ बरसा रही थी; और वह अन्धाधुन्ध मुष्टिप्रहार कर रहा था।

भीम को हँसी आ गयी : एक तो बकासुर हास्यापद रूप से मोटा था; इसलिए उसमें लम्बे समय तक लड़ने की क्षमता नहीं थी। दूसरे, कदाचित् अब उसे बराबरी की लड़ाई लड़ने का अभ्यास नहीं रह गया था। उसके सम्मुख जो आता होगा, पिटने के लिए ही आता होगा। लगता था, बहुत समय से किसी ने उस पर हाथ नहीं उठाया था। भीम को इस प्रकार द्वन्द्व-युद्ध करते देख, उसका अहंकार जैसे बिलबिला उठा था।...और इस समय तो वह सुरा में धुत्त भी था।

भीम ने अपने स्थान से पीछे हट कर, पुनः एक पदाघात किया, "तू इस योग्य नहीं है यद्यपि, कि तुझे हाथों से मारा जाये। पाद-प्रहार करके भी तेरा सम्मान ही कर रहा हूँ।"

इस बार बकासुर मुँह के बल गिरा। उसे उठने में पहले से अधिक विलम्ब भी हुआ; किन्तु उसने अपने मुख से कराह नहीं निकलने दी। उठ कर उसने अपनी दोनों हथेलियों से चेहरे का रक्त पोंछा और फिर जैसे उन्माद की-सी स्थिति में इधर-उधर देखा।...और कुछ दिखायी नहीं दिया तो वाटिका में पौधों की सुरक्षा के लिए लगाये गये बाँसों और लोहे की छड़ों को उखाड़ कर वह भी उस पर झपटा। किन्तु अब तक कदाचित् वह अपनी दुर्बलता के प्रति सजग हो चुका था; इसलिए उच्च स्वर में चिल्लाया, "अरे दौड़ो! इसे पकड़ो! मारो इस दुष्ट को!"

अब भीम के पास अधिक समय नहीं था। भीम ने एक जोर की ठोकर उसके पैरो में मारी और बकासुर के गिरते ही उस पर कूद पड़ा। उसने उसकी

गर्दन पकड़ कर, उसे दोहरा कर दिया और अपने घुटने को उसकी पीठ पर रख, अपने पूरे बल के साथ झटका दिया।

बकासुर की पीठ की हड्डियाँ जैसे टूट गयीं और पसलियों का चूर्ण हो गया। उसने मुख से रक्त-वमन किया और मरते हुए भैंसे के समान डकराया। यह उसके मुख से निकला हुआ अन्तिम स्वर था।

उसने दम तोड़ दिया था।

भीम ने दृष्टि उठा कर देखा : भवन के भीतरी तथा वाटिका के पार के चारों छोरों से बकासुर के परिवार के लोग, संगी-साथी, सहयोगी तथा सेवक-भृत्य, दौड़े आ रहे थे। अनुमानतः वे चालीस-पैंतालीस स्त्री-पुरुष रहे होंगे। किन्तु भीम ने स्पष्ट रूप से यह भी देखा कि उसके चारों भाई भी उस भीड़ के पीछे शस्त्र ताने सावधान खड़े थे। आवश्कता समझते ही वे टूट पड़ेंगे; और अपने पैरों पर खड़ी यह भीड़, भूमि पर बिछ जायेगी।

भीम ने मृत बकासुर के वक्ष पर अपना पैर जमाया और उच्च स्वर में गर्जना की, "इस पापी को इसके पापों का दण्ड दिया गया है। पापियों के पक्ष में जो खड़ा होगा, उसे भी यही दण्ड दिया जायेगा। इसके जो भी सगे-सम्बन्धी हों, जिन्होंने इसका नमक खाया हो, वे आगे आयें।"

भीड़ जहाँ की तहाँ रुक गयी। वे लोग स्तब्ध खड़े थे, जैसे उनका श्वास तक रुक गया हा। फटी आँखों से वे बकासुर के शव को देख रहे थे, जैसे विश्वास न कर पा रहे हों, कि जिस व्यक्ति के बल से राजा भी भयभीत था, उसके घर में घुस कर, एक साधारण व्यक्ति ने उसका वध कर डाला...

"अपने पीछे देखो।" भीम बोला, "मृत्यु ने तुम्हें घेर रखा है।"

उन्होंने अन्धकार में अपने पीछे शस्त्र ताने खड़ी आकृतियों को देखा। लगा कि हत्यारों की यह भीड़ भी अब जैसे भयभीत, निरीह प्रजा की भीड़ हो गयी है, जिसके मुख से एक शब्द भी नहीं निकलेगा।...

"तुम कौन हो?" भीड़ में से किसी का एक दबा-सा स्वर आया।

"मैं यमराज का छोटा भाई हूँ। मेरे पाँच मुख हैं।" भीम बोला, "एक तुम्हारे सामने हैं और चार तुम्हारे पीछे हैं। काल के गाल में कौन समाना चाहता है, आगे आये।"

किसी ने पग आगे नहीं बढ़ाया।

"यह मत समझना कि तुम इस असुर का पक्ष ले कर युद्ध नहीं करोगे तो तुम्हें अदण्डित छोड़ दिया जायेगा।...मैं कल रात फिर आऊँगा।" भीम ने अट्टहास किया। बकासुर के रक्त के छींटों से चित्रित उसका शरीर भयंकर लग रहा था, "प्रतिदिन एक व्यक्ति को मारूँगा। बकासुर के पापों का दण्ड, उसकी

पाप की कमाई खाने वालों को भी दिया जायेगा। दीन-दुखियों का छीना हुआ धन जिस-जिसने भी खाया है, उसके शरीर से वह रक्त के रूप में बहेगा।... प्रतिदिन एक को मारूँगा, इसी के समान, सब के सम्मुख पशु की-सी मृत्यु।"

भीम का अट्टहास पुनः गूँजा।

सहसा भीड़ में भगदड़ मच गयी। जिसके सींग जिधर समाए, वह उधर ही भाग गया। बकासुर के शव पर पैर रखे, भीम अकेला ही खड़ा रह गया। उसने देखा, उसके चारों भाई भी फिर अँधकार में छुप गये थे।

भीम ने फुर्ती से बकासुर का शव उठा कर गाड़ी में डाला और बैल हाँक दिये।

पुत्रों को विदा कर कुन्ती द्वार पर ही खड़ी रह गयी, जैसे उसके पैर किसी ने कीलित कर दिये हों। मन में कितने ही द्वन्द्व थे, कितने ही ऊहापोह! जैसे मन न हो, महासागर हो, जिसमें उठने वाली असंख्य तरंगों के रूपाकार और संख्या का उसे भी पता न हो।...एक ओर पुत्रों को इस भयंकर संकट में डालने की चिन्ता थी; और दूसरी ओर एक मानवीय दायित्व पूरा करने का सन्तोष! वह स्वयं समझ नहीं पा रही थी कि वह अपने इस कार्य से स्वयं ही प्रसन्न थी या अवसन्न!

सहसा उसका ध्यान ब्राह्मण की ओर गया। वे चारों ही, उसके पीछे कुछ हट कर खड़े थे। उनकी भंगिमा कुछ ऐसी थी, जैसे बहुत कुछ कहने को इच्छुक होने पर भी कुछ कह न पा रहे हों।

सन्ध्या समय तक तो शैशव हँस और खेल रहा था; किन्तु इस समय तक आते-आते, इतना तो वह भी जान गया था कि उसके आस-पास कुछ बहुत ही गम्भीर और भयानक घटित हो रहा है...विद्या ने अपने हावों-भावों से पर्याप्त मात्रा में कुन्ती के सम्मुख स्पष्ट कर दिया था कि उसने प्रातः की हताशा को झटक दिया था; और अब उसे किसी भी बात में कोई आसक्ति नहीं है। उसे जीवन से अब कोई अपेक्षा नहीं है। इसलिए तनिक-सी आवश्यकता पर वह अपने प्राण भी बड़ी सरलता से दे सकती है...किन्तु पाण्डवों के जाने के क्षण से ही उसके भाव कुछ परिवर्तित-से होते लग रहे थे...जब तक संकट उसके अपने परिवार पर था और वह समझती थी कि अपनी बलि दे कर वह उसे टाल सकती है, तब तक वह कैसी निर्द्वन्द्व लग रही थी; किन्तु संकट के पाण्डवों पर स्थानांतरित होते ही, उसकी तटस्थता और असंगता कहीं विलीन हो गयी लगती थी।...क्या यह उसकी कृतज्ञता थी...या यह नकुल के प्रति उसकी आसक्ति थी?...

कुन्ती कुछ समझ नहीं पा रही थी। यदि ऐसा कुछ था तो कुन्ती विद्या को दोष नहीं दे सकती थी; किन्तु वह नहीं चाहती थी कि इस विषय में और लिप्त हो कर विद्या अधिक कष्ट पाये।...

कुन्ती को लगा, इस समय भी इस ब्राह्मण परिवार को सान्त्वना की अधिक आवश्यकता है। यदि अपनी चिन्ताओं में वह उनकी तनिक भी उपेक्षा कर गयी, अथवा उन्हें तनिक भी ऐसा आभास हुआ कि उसकी चिन्ता का कारण वे लोग हैं, तो कदाचित् उनके मन पर पड़ा ग्लानि का पर्वत और भी भारी होता जायेगा।

"चलें आर्य! घर के भीतर चलें।" कुन्ती ने देवप्रसाद से कहा; और शैशव को गोद में उठा लिया, "बहुत रात हो गयी है। तुम्हें अब सो जाना चाहिए वत्स!"

किसी ने कुछ नहीं कहा। वे सब चुपचाप कुन्ती के पीछे-पीछे चले आये।

कुन्ती अपने कक्ष की ओर नहीं गयी। वह ब्राह्मण के आवास-खण्ड की ओर आयी और उसने शैशव को शैया पर लिटा दिया, "सो जाओ पुत्र!"

"मौसी! मेरे मित्र मध्यम भैया कब आयेंगे?"

कुन्ती मुस्करायी : भीम ने इस बालक को विश्वास दिला दिया था कि वे दोनों परम मित्र हैं। इसके साथ सबसे अधिक खेलता भी वही था।

"तुम सो कर उठोगे, तो वे आ जायेंगे।" कुन्ती ने उसका माथा थपथपाया।

शैशव ने उसकी बात का विश्वास कर, तत्काल आँखें बन्द कर लीं।

"तुम भी सो जाओ पुत्रि!" कुन्ती ने विद्या के कंधे पर हाथ रखा, "बहुत थकी हुई हो तुम!"

"मौसी!" विद्या ने अत्यन्त भावुक दृष्टि से कुन्ती की ओर देखा, "आज की रात मैं आपके साथ ही रहूँगी। आप अकेली कैसे रहेंगी अपने कक्ष में!"

स्वयं को निश्चिन्त दिखाने के लिए कुन्ती सायास मुस्करायी, "तुम मेरे साथ नहीं, मैं तुम्हारे साथ रहूँगी विद्या! तुम्हारी अवस्था अभी इतनी नहीं हुई कि तुम मेरी चिन्ता करो बच्ची!" कुन्ती ने स्नेह से उसके सिर पर हाथ फेरा, "अभी तो अपने इन पाँच समर्थ पुत्रों की भी चिन्ता मैं ही करती हूँ!"

"मौसी! आप ऐसी स्थिति में..."

"तुम समझती हो कि मेरे पुत्र बहुत बड़े संकट में हैं, इसलिए मुझे तुम्हारा सहारा चाहिए!" कुन्ती की आँखें, जैसे स्नेह बरसा रही थीं, "मेरे लिए तुम्हारी यह भावना ही बहुत है पुत्रि! वैसे यह कोई ऐसा बड़ा संकट नहीं है। मैने इससे भी बड़े संकट देखे हैं। तुम निश्चिन्त सो जाओ। प्रातः उठोगी तो सब

कुछ सुखद पाओगी।"

"मुझे नींद कैसे आयेगी मौसी?"

"तो लेट ही जाओ बिटिया!" कुन्ती बोली, "मन को न सही, शरीर को तो कुछ विश्राम मिले।"

देवप्रसाद के मन में बहुत उथल-पुथल थी, जैसे सहस्रों शब्द-तरंगें, उसकी जिह्वा पर उमड़ पड़ने को व्याकुल हों। वह अपने मन को अपनी-सी करने देता तो शायद अब तक कुन्ती के चरणों पर अपना सिर रख, आँखों से अश्रुओं की धारा बहा कर, कुन्ती की महिमा का कितना ही बखान कर चुका होता; किन्तु उसके विवेक ने उसकी भावुकता को बाँध रखा था। यदि वह ही इस प्रकार भावुक हो गया, तो शेष लोग स्वयं को कैसे सँभाल पायेंगे!

इस संकट के मध्य भी सरस्वती की आँखें कुन्ती और विद्या के एक-दूसरे के प्रति स्नेह-व्यवहार पर टिकी हुई थीं; और उसका मन लगातार विश्लेषण कर रहा था कि क्या यह सम्बन्ध हो सकेगा?...उसकी भावना लगातार विधाता को मना रही थी कि यह संकट टल जाये और उसकी पुत्री का सम्बन्ध यहाँ हो जाये। ऐसा धर्मात्मा परिवार, ऐसे महामना लोग, ऐसा उदार व्यवहार उसे कहाँ मिलेगा!...जाने यह उसके किन जन्मों का पुण्य था कि भगवान वेदव्यास ने ऐसे लोगों को उसके घर भेजा था...वह प्रतीक्षा कर लेगी। इनका संकट टलने तक...बड़े भाइयों का विवाह होने तक...वह प्रतीक्षा कर लेगी...

विद्या और शैशव को सोने में अधिक समय नहीं लगा। उनकी ओर से निश्चिन्त होते ही, कुन्ती उठ खड़ी हुई, "आप लोग विश्राम कीजिए! मैं अपने कक्ष में जा रही हूँ।"

"देवि!" इस बार चाह कर भी देवप्रसाद कुन्ती को 'दीदी' नहीं कह पाया, "आपके समान महीयसी नारी मैंने आज तक नहीं देखी। अपने आप पुत्रों के प्राण हमारे कारण संकट में डाले; और फिर भी आप हमें सांत्वना दे रही हैं! हमारे बच्चों को अपने स्नेह के आवरण में लपेट विश्राम करा रही हैं। आप मानवी नहीं, देवी हैं—द्यूलोक से हमारी रक्षा के लिए उतरी हुई महामहीयसी...!"

"देवप्रसाद!" कुन्ती ने बहुत सहज भाव से पहली बार ब्राह्मण को उसके नाम से संबोधित किया, "अपने मन से संकट का बोझ टालने के लिए कृतज्ञता का बोझ मत उठाओ। दोनों समान रूप से भारी हैं भाई।...जाओ, विश्राम करो। वैसे तो मैं भी तुम लोगों के साथ ही रहती; किन्तु तब न तुम लोग विश्राम कर पाओगे, न मैं कर पाऊँगी।"

"हम आपको अकेली छोड़ देंगे, तो आपके पुत्र हमें क्या कहेंगे दीदी?"

"कुछ नहीं कहेंगे।" कुन्ती मुस्करायी, "मैं अकेली रहना चाहती हूँ। अपने

पुत्रों की कुशलता के लिए विधाता से प्रार्थना करूँगी।"

अब देवप्रसाद के सामने कोई विकल्प नहीं था, "जो आपकी इच्छा दीदी!"

अपने कक्ष में आ कर कुन्ती लेट गयी। अकेली होते ही जैसे उसने आत्मविश्वास का बाहरी केंचुल उतार फेंका। उसका मन, ममता ही टीस में जैसे कराह उठा। उसने एक ही दाँव पर अपना सब कुछ लगा दिया था। उसने बकासुर को कभी नहीं देखा था। वह उसकी शक्ति से परिचित नहीं थी। फिर भी उसने अपने पाँचों पुत्रों को उससे युद्ध करने के लिए भेज दिया था।...'यह तूने क्या किया कुन्ती?'

तत्काल जैसे उसके भीतर एक दूसरी कुन्ती जागी, 'तू क्षत्राणी है कुन्ती! पुत्रों को धर्म-युद्ध से रोक कर कायर बनाना चाहती है क्या? उनके जीवन में तो संघर्ष-ही-संघर्ष है। वे अपने अधिकारों के लिए लड़ेंगे, न्याय के लिए लड़ेंगे, राज्य की रक्षा के लिए लड़ेंगे, प्रजा-पालन के लिए लड़ेंगे...वे तो बड़े-बड़े सम्राटों की सेनाओं के विरुद्ध लड़ेंगे...आज जिनसे लड़ने गये हैं, वे तो कुछ साधारण गुण्डे हैं, टुच्चे अपराधी! एकचक्रा में सुशासन होता तो ऐसे अपराधियों का जन्म ही न हो पाता।...यह तो तेरे पुत्रों के न्याय-युद्ध का आरम्भ मात्र है...'

कुन्ती को लगा, उसके मन का उद्वेग कुछ शान्त हो गया है।

उसका समय कैसे कटा, वह समझ नहीं पायी : वह चिन्ता भी कर रही थी और विश्राम भी...वह सो भी रही थी, पुत्रों के लिए प्रार्थना भी कर रही थी...समय कट भी रहा था और नहीं भी कट रहा था...

सहसा उसे लगा कि कपाट को किसी ने हल्के-से थपथपाया है। कुन्ती को निर्णय करने में क्षण-भर लगा कि वह स्वप्न में कुछ सुन रही है या सचमुच कोई उसका कपाट थपथपा रहा है।...

तत्काल उसकी आशा बावली हो कर उठी और उसने कपाट खोल दिये : सामने उसके पाँचों पुत्र प्रसन्न-मुख विजयनी मुद्रा में खड़े थे। वे उसके चरणों में झुके; और एक-एक कर उसने उन सबको गले लगा कर स्वयं को विश्वास दिलाया कि वे सब सकुशल उसके पास लौट आये हैं।

वे लोग भीतर आ गये तो कुन्ती ने धीरे से कपाट बन्द कर पूछा, "क्या हुआ पुत्र?"

"सब कुछ शुभ हुआ माँ!" युधिष्ठिर बोला, "शत्रु समाप्त हो गया।"

"कुछ हुआ ही नहीं माँ!" भीम ने कहा, "वह तो पानी का बुलबुला था। बहुत फूला हुआ था। एक फूँक भर से फट गया। युद्ध का कोई आनन्द ही

नहीं आया।"

"तुममें से कोई आहत तो नहीं हुआ?"

"किसी को कुछ नहीं हुआ माँ!" नकुल बोला, "हमें युद्ध करना ही नहीं पड़ा। मध्यम ने सब कुछ सँभाल लिया।"

"तुम्हें ब्राह्मण देवप्रसाद मिला क्या? उसने तुम्हें आते हुए देखा?"

"नहीं! कदाचित वे लोग सो रहे हैं।" युधिष्ठिर बोला, "हमें किसी ने नहीं देखा।"

"अच्छा! अब तुम लोग चुपचाप सो जाओ।" कुन्ती बोली, "शेष बातें प्रातः होंगी।"

वे लोग लेट गये। थोड़ी ही देर में भीम के श्वास-निःश्वास ने घोषणा कर दी कि वह पूर्णतः सो चुका है।

कुन्ती को आश्चर्य हुआ : इतनी बड़ी घटना की तनिक भी उत्तेजना नहीं थी भीम के मन में, जैसे कुछ हुआ ही न हो। वह तो ऐसे सो गया, जैसे दैनंदिन का कार्य करके आया हो।...

और यह अर्जुन जाने कहाँ लीन रहता है...कुछ बोलता ही नहीं है! सब जा रहे थे, वह भी साथ चला गया। लौट कर सबके साथ शान्त खड़ा हो गया। सोने के लिए कहा, तो लेट गया। उसके मन में जैसे अपनी कोई प्रक्रिया निरन्तर चलती रहती है। बाहर के घात-प्रतिघात उसे बहुत प्रभावित नहीं करते।...

प्रातः अपने समय से कुन्ती की नींद खुल गयी। उसके शरीर की तंद्रा बता रही थी कि उसकी पूरी नींद नहीं हुई थी; किन्तु प्रातः उठने का अभ्यास उसे और सोने नहीं देगा—वह जानती थी। अब दिन भर चाहे वह उनींदी रहे, किन्तु इस समय और सो नहीं पायेगी।

उसने आँखें खोल कर गवाक्ष से बाहर की ओर देखा : प्रभात के लक्षण पर्याप्त स्पष्ट हो चुके थे।...फिर उसकी दृष्टि अपने आस-पास सोये हुए अपने पुत्रों पर गयी...वे लोग शायद अभी और सोयेंगे। वह जानती है, इनमें सबसे पहले युधिष्ठिर जागेगा, फिर अर्जुन, फिर सहदेव! सहदेव के पश्चात् नकुल; और सबके पश्चात् जगाये जाने पर भीम जागेगा। किन्तु आज कुन्ती को कोई जल्दी नहीं थी। आज यदि व्यतिक्रम भी हो जाये, तो कोई हानि नहीं।...

आहट किये बिना वह उठी और कक्ष से बाहर निकल गयी।

कुन्ती स्नान कर चुकी थी और ध्यान में बैठने की तैयारी में ही थी कि बाहर किसी के आने का आभास हुआ। वह बाहर निकल आयी। देखा : सामने

देवप्रसाद खड़ा था। उसकी आँखों में एक विचित्र प्रकार की चमक थी और अधरों पर मुस्कान।

"तुम्हारे पुत्र कहाँ हैं दीदी?" उसने प्रणाम कर पूछा।

"सो रहे हैं।"

देवप्रसाद के चेहरे पर एक विजयिनी मुस्कान उभरी, "मैं अभी यमुना-तट से लौट रहा हूँ दीदी! सब कहीं एक ही चर्चा है—रात्रि के समय कोई बकासुर का वध कर, उसका शव नगर-द्वार पर फेंक गया है।"

"अच्छा!"

"हाँ, दीदी! लोगों का कहना है, किसी यक्ष ने वध किया है बकासुर का। उस यक्ष के पाँच मुख थे; और उसका एक-एक मुख, दूसरे मुख से बीस-बीस पग दूर था। उसका शरीर कितना बड़ा था, यह तो किसी ने देखा ही नहीं है।...और सुना है कि उस दुष्ट बकासुर के परिजन भय के मारे अपना घर-बार त्याग कर किसी सुरक्षित स्थान की खोज में कहीं भाग गये हैं।"

"कहाँ सुना तुमने यह सब?" कुन्ती ने पूछा।

"सब ओर यही चर्चा है दीदी! घाटों पर, पथों और वीथियों में।"

"और क्या चर्चा है?"

"लोग कह रहे हैं कि यदि शेष राक्षसों ने भी प्रजा को पीड़ित करना नहीं छोड़ा, तो वह पाँच मुखों वाला यक्ष, उनका भी इसी प्रकार वध कर देगा। नगर के लोगों के मन में अब राक्षस का भय नहीं रहा दीदी! लोग तो यहाँ तक कह रहे हैं—वह यक्ष अब इन राक्षसों का वध करे, न करे, साधारण लोग मिल कर ही इनका वध कर डालेंगे।"

"अच्छा!" कुन्ती को आश्चर्य हुआ, "लोग इतने साहसी हो गये हैं!"

"हाँ, दीदी!" देवप्रसाद बहुत ही प्रसन्न था, "अब तो लगता है कि मेरे मन से भी राक्षसों का भय निकल गया है। कहीं हमारे राजा के मन से भी यह भय निकल जाता!"

"राजा के मन से केवल राक्षसों का भय ही निकल जाना पर्याप्त नहीं है ब्राह्मण!" कुन्ती बोली, "उसके मन में दायित्व-बोध भी जागना चाहिए; अन्यथा निर्भीक राजा स्वयं राक्षस हो जाता है।"

देवप्रसाद ने चकित दृष्टि से कुन्ती की ओर देखा, जैसे उसके मुख से ऐसा वाक्य सुनने की उसे तनिक भी आशा न हो। उसकी चेतना, कुन्ती के व्यक्तित्व से पराभूत हो गयी, "हाँ! देवि, हाँ।"

दिन चढ़ने पर एक-एक कर पाँचों पाण्डव जागे। कुन्ती ने देवप्रसाद से जो कुछ

सुना था, वह उन्हें बताया।

सारी घटना सुन कर, कदाचित् सबसे अधिक प्रभावित नकुल ही हुआ, "मुझे तो लगता है कि हम यदि योजना-बद्ध ढंग से तैयारी करें तो हम दुर्योधन से भी निबट सकते हैं।"

"नहीं पुत्र! अपनी शक्ति को वास्तविकता से भी अधिक मत आँको।" कुन्ती बोली, "राजशक्ति से निबटने के लिए, पहले राजशक्ति अर्जित करो या कौरवों की शत्रु राजशक्तियों को अपना मित्र बनाओ। वर्तमान स्थिति में मैं तुम्हें धार्तराष्ट्रों से भिड़ने नहीं दूँगी।"

"माँ ठीक कहती हैं।" युधिष्ठिर बोला, "अपनी शक्ति की वास्तविकता को पहचानना चाहिए। और मैं तो चाहता हूँ कि दुर्योधन से वैसे ही कोई संधि हो जाये। प्रत्येक मतभेद का समाधान युद्ध ही तो नहीं होता!"

भीम ने आश्चर्य से युधिष्ठिर को देखा, "ज्येष्ठ! जो कुछ उन लोगों ने हमारे साथ किया है, उसके पश्चात् भी तुम्हें उनसे किसी संधि की आशा है? तुम्हारे रक्त के एक-एक कण से युद्ध का आह्वान सुनायी देना चाहिए।"

"मैं युद्ध से घृणा करता हूँ।" युधिष्ठिर धीरे से बोला, "नृशंसता मेरा धर्म नहीं है।"

भीम कोई तीखी प्रतिक्रिया प्रकट करता, उससे पूर्व ही कुन्ती ने पूछा, "और तुम अर्जुन?"

"मैं युद्ध से घृणा नहीं करता माँ! मेरी तो सारी महत्त्वाकांक्षा ही युद्ध है। युद्ध नहीं होगा, तो मेरी सारी धनुर्विद्या ही व्यर्थ जायेगी।" अर्जुन बोला, "किन्तु विनाश से मैं भी घृणा करता हूँ। विनाश से बचना जितना सम्भव होगा, उतना बचूँगा। मैं चाहता हूँ कि मेरी धनुर्विद्या न्याय की सेविका हो, विनाश की नहीं।"

"युधिष्ठिर!" कुन्ती ने अत्यन्त मंद किन्तु स्निग्ध स्वर में पूछा, "अर्जुन की बात सुनने के पश्चात् भी तुम युद्ध से घृणा करते हो?"

"हाँ, माँ! मैं युद्ध से किसी भी रूप में घृणा करता हूँ। मैं शान्ति का उपासक हूँ। प्रत्येक मूल्य पर शान्ति चाहता हूँ। ईश्वर की सृष्टि शान्तिकाल में ही फूलती-फलती है। युद्ध तो स्रष्टा का शत्रु है।"

"तो तुम जीवन में कभी युद्ध नहीं करोगे? न्याय के लिए भी नहीं? अधिकार के लिए भी नहीं?" कुन्ती की आँखों में क्षत्राणी का तेज मुखर हो उठा था।

उन आँखों को देख कर युधिष्ठिर सहम गया। स्वयं को सायास सहज करता हुआ बोला, "तुम कहोगी तो युद्ध भी करूँगा माँ! मैं युद्ध से घृणा करता

हूँ; किन्तु मैं तुमसे प्रेम भी तो करता हूँ।"

कुन्ती का मातृत्व जैसे छलक कर उसके कण्ठ में आ गया, "तुम्हारी वाणी सत्य हो पुत्र! मैं भी चाहती हूँ कि तुम लोग युद्ध से घृणा ही करो; किन्तु पुत्र! उनके लिए युद्ध भी करना सीखो, जिनसे तुम प्रेम करते हो।"

29

"मौसी!" विद्या बोली, "कल रात्रि एक अतिथि आया था। वह प्रातःक्रियाओं से अभी निबटा है। थोड़ी देर में वह यहाँ से प्रस्थान करेगा। देश-विदेश घूम कर आया है। अनेक कथाएँ सुनाता है और संसार-भर के समाचार देता है। पिताजी ने कहा है कि आप लोग उससे मिल लें।"

युधिष्ठिर चौंका; वह ब्राह्मण कहीं उन लोगों की ही खोज में तो नहीं आया? हस्तिनापुर से आया हुआ, दुर्योधन का कोई गुप्त पुरुष?...

"विद्या!" भीम ने लौटती हुई विद्या को पुकार लिया, "तुमने उससे यह तो नहीं पूछा होगा, कि वह देश-विदेश के समाचार ही क्यों लाया है, देश-विदेश के मिष्ठान्न क्यों नहीं लाया?"

विद्या न हत्प्रभ हुई, न निरुत्तर। अब तक उसे भीम की ऐसी उक्तियों का पर्याप्त अभ्यास हो गया था। बोली, "मध्यम! मैंने उससे पूछा नहीं, क्योंकि उसने स्वयं ही बता दिया था कि वह देश-विदेश घूम-घूम कर सद्गृहस्थों को प्रेरित करता रहा है कि वे लोग उसे अपने घर पर आमन्त्रित कर भरपेट खीर खिलाया करें।"

"तो फिर उससे कह दो कि यहाँ ऐसा कोई सद्गृहस्थ नहीं है। वह चाहे तो अपने मन के लड्डू फोड़-फोड़ कर खाता रहे।" भीम बोला।

नकुल की इच्छा हुई कि वह भी कुछ कहे; किन्तु उसने स्वयं को तत्काल रोक लिया। क्या लाभ? उसके परिहास ने पहले ही विद्या के मन में भ्रान्ति को जन्म दिया था। कहीं...

"तुम चलो विद्या!" कुन्ती बोली, "इन लोगों को ले कर अभी आती हूँ।"

विद्या चली गयी तो सहदेव धीरे से बोला, "माँ! हमें थोड़ा सावधान रहना चाहिए। बकासुर के वध के पश्चात् किसी को भी हमारे यहाँ होने का संदेह हो सकता है; और कोई हमारी खोज करता हुआ, यहाँ तक आ भी सकता है।"

"हाँ! सावधान अवश्य रहो पुत्र!" कुन्ती बोली, "किन्तु हम एक ऐसी स्थिति में हैं कि हमें गुप्त अवश्य रहना है, किन्तु असम्पृक्त नहीं। अन्यथा हमारे लिए सबसे अच्छा स्थान हिडिम्बवन ही था। असम्पृक्त रहने पर शत्रु

हमें खोज नहीं पायेंगे, किन्तु हमें अपने मित्रों के संदेश भी नहीं मिल पायेंगे; और समाज में तुम्हारे लिए जो स्थान मैं चाहती हूँ, वह तुम्हें कभी नहीं मिल पायेगा।"

"माँ ठीक कह रही है।" अर्जुन सहज भाव से बोला, "हमें उस व्यक्ति से अवश्य मिलना चाहिए।"

कुन्ती ने अपने पुत्रों सहित ब्राह्मण को प्रणाम किया।

ब्राह्मण ने उन्हें आशीर्वाद दिया, "सुखी रहो। घूमो-फिरो, भ्रमण करो। संसार को देखो-समझो। एक स्थान पर टिक कर मत रहो।"

"आर्य! ऐसा न कहें।" देवप्रसाद बोला, "ये लोग चले गये तो मेरा घर सूना हो जायेगा।"

"मेरे पास तो सबके लिए एक ही आशीर्वाद है ब्राह्मण! इनके लिए नया और अनोखा आशीर्वाद कहाँ से लाऊँ!" आगन्तुक बोला।

"कहाँ से आगमन हुआ है आर्य?"

"काम्पिल्य से आ रहा हूँ माता!" वह बोला।

"वहाँ से क्यों चले आये आर्य? क्या वहाँ का वास आपके लिए सुखद नहीं था?" युधिष्ठिर ने धीरे से पूछा।

"नहीं पुत्र! ऐसी कोई बात नहीं थी। हम जैसे तपस्वियों के लिए क्या सुख और क्या दुख!" वह बोला, "बस, मन उखड़ गया। वहाँ भीड़ बहुत होती जा रही है।"

"क्यों?" कुन्ती ने पूछा, "वैसे सुना तो हमने भी है कि वहाँ कोई विराट् आयोजन होने जा रहा है।"

"आयोजन! आयोजन क्या, वहाँ तो महोत्सव होने जा रहा है।" ब्राह्मण बोला, "राजा द्रुपद ने अपनी पुत्री कृष्णा के स्वयंवर की घोषणा की है। कोई भी कुलीन, रूपवान और सद्‌चित्त युवक अपने भाग्य का परीक्षण कर सकता है। कौन जानता है कि भाग्यलक्ष्मी की कृपा किस पर हो जाये।" उसने रुक कर, पाँचों भाइयों को देखा और फिर कुन्ती से बोला, "तुम भी अपने पुत्रों को ले कर काम्पिल्य जाओ माता! तुम्हारे पाँच-पाँच रूपवान पुत्र हैं। कौन जानता है कि कृष्णा इन्हीं में से किसी के कण्ठ में जयमाला डाल दे।"

कुन्ती ने ध्यान से ब्राह्मण को देखा; उसका कोई प्रयोजन था, या वह एक सामान्य-सी बात कह रहा था?

"जाओ पुत्र! तुम लोग काम्पिल्य जाओ।" ब्राह्मण ने अब सीधे पाण्डवों से कहा, "द्रौपदी से बढ़ कर इस समय सारे संसार में कोई नारी-रत्न नहीं है।"

"उसके लिए क्षत्रिय राजकुमार होना आवश्यक नहीं है?" भीम ने पूछा।

"नहीं! घोषणा में यह कहीं नहीं कहा गया।" ब्राह्मण बोला, "तुम लोगों को उसमें अवश्य सम्मिलित होना चाहिए।" और सहसा वह कुन्ती की ओर मुड़ा, "माता! यदि आपको किसी प्रकार का संकोच अथवा असुविधा हो, तो मैं आप लोगों के साथ चल सकता हूँ। मार्ग में अथवा काम्पिल्य पहुँच कर, आपको किसी प्रकार की असुविधा नहीं होने दूँगा।"

कुन्ती ने उसे गहरी दृष्टि से देखा : उन्हें काम्पिल्य ले जाने में उसकी इतनी रुचि क्यों है? कहीं यह भी उनके विरुद्ध किसी षड्यंत्र का ही तो अंग नहीं है?

"नहीं आर्य! आप कष्ट न करें!" अर्जुन बोला, "आप तो काम्पिल्य से उखड़ कर आये हैं; आपको पुनः वहाँ ले जाने का दोष हम अपने सिर नहीं लेंगे।..."

अब तक कुन्ती का संशय-सर्प अनेकमुखी हो गया था—यह व्यक्ति दुर्योधन का भेजा हुआ है या भगवान वेदव्यास का? या मात्र संयोग ही है?

अर्जुन के कुछ और कहने से पूर्व ही वह बोली, "भूदेव! हम कहीं भी आने-जाने के लिए स्वाधीन नहीं हैं। प्रतीक्षा कर रहे हैं। यदि भाग्य अनुकूल हुआ तो अवश्य अपने पुत्रों को ले कर काम्पिल्य पहुँचूँगी।"

ब्राह्मण ने पहली बार गम्भीर और स्थिर दृष्टि से कुन्ती की ओर देखा, "मैं सहझता हूँ देवि। फिर भी यह सूचना दे रहा हूँ कि पौष मास में, शुक्ल पक्ष में, शुभ तिथि एकादशी को रोहिणी नक्षत्र में वह स्वयंवर होगा। अभी पचहत्तर दिन शेष हैं। समय रहते अपनी योजना बना लेना। यदि स्वाधीन होना है, तो यह अवसर मत खोना।..."

ब्राह्मण चला गया; और कुन्ती अपने पुत्रों को ले कर कक्ष में आ गयी।

"क्या विचार है? कौन था वह—कोई यायावर ब्राह्मण, किसी का दूत या कोई गुप्तचर?" उसने अपने पुत्रों से पूछा, "क्यों सहदेव! क्या विचार है तुम्हारा?"

"वह साधारण यायावर तो नहीं था।" चिन्तालिप्त स्वर में सहदेव बोला, "और वह कुछ भी हो सकता है।"

"मुझे तो लगता है कि वह पंचालराज का कोई गुप्तचर था।" अर्जुन ने अपनी स्वप्निल वाणी में कहा, "वह उन्हीं की ओर से स्थान-स्थान पर घूम कर या तो हमें खोज रहा है, या फिर बलिष्ठ युवकों को काम्पिल्य भेजने के लिए ही यह प्रचार कर रहा है।"

"सेना में भर्ती होने के लिए तो बुला नहीं रहे द्रुपद!" भीम ने कहा, "पुत्री के स्वयंवर के लिए बुला रहे हैं। ऐसे में साधारण प्रजा के बलिष्ठ युवकों को

काम्पिल्य में एकत्रित कर राजा द्रुपद को क्या लाभ होगा?...और हमें खोजने का प्रयत्न तो तब आरम्भ होगा, जब उन्हें पता चलेगा कि हम जीवित हैं।... और फिर हमें खोजने का प्रयोजन?"

"दण्डित करना! अपने अपमान और पराजय का प्रतिशोध। अब तक उन्हें भी ज्ञात हो गया होगा कि हस्तिनापुर की शक्ति हमारे पक्ष में नहीं, हमारे विरुद्ध खड़ी है।"

"प्रतिशोध लेना है तो हस्तिनापुर पर आक्रमण करें। हम तो संसार की दृष्टि में जीवित ही नहीं हैं।" भीम बोला।

"बहुत सम्भव है कि स्वयंवर के बहाने वे हस्तिनापुर पर आक्रमण की तैयारी ही कर रहे हों!" अर्जुन बोला।

"सम्भावना तो यह भी हो सकती है," नकुल बोला, "कि वे यह मानते हों कि हम उनके प्रतिशोध से बचने के लिए ही कहीं लुप्त हो गये हैं।"

"तुम्हारी कल्पना बहुत तीव्र वेग से दौड़ रही है नकुल!" युधिष्ठिर बोला, "जो तुम सोच रहे हो, वह सम्भव नहीं है। वैसे यह ठीक है कि यदि वे प्रतिशोध ही चाहते हैं, तो वह दुर्योधन को दण्डित करने मात्र से पूर्ण नहीं होगा।"

"और यदि वह दूत भगवान वेदव्यास का भेजा हुआ हो तो?" कुन्ती ने पूछा।

"तो वैसी स्थिति में वह हमें प्रत्यक्ष रूप से बता सकता था कि महर्षि ने हमारे लिए यह संदेश भेजा है।" युधिष्ठिर बोला, "हमसे स्वयं को गुप्त रखने का क्या प्रयोजन?"

"सम्भव है कि उसे हमारे विषय में कुछ भी ज्ञात न हो! उसे केवल संदेश पहुँचा देने के लिए कहा गया हो!" कुन्ती बोली।

"मात्र इस अनुमान पर कि वह महर्षि का दूत था और उसने जो कुछ हमसे कहा, सम्भवतः वह उनका सन्देश था—हमें उठ कर शत्रुओं की राजधानी की ओर तो नहीं चल देना चाहिए।" सहदेव ने अपना मत प्रकट किया।

"हम अभी काम्पिल्य जायें या न जायें, वह एक पृथक् विषय है। उस पर हम लोग विचार करेंगे।" कुन्ती बोली, "किन्तु पहले तो यह निर्णय करो कि क्या पांचाल हमारे शत्रु हैं? क्यों अर्जुन?"

इस आकस्मिक किन्तु सीधे प्रश्न से अर्जुन जैसे सकपका गया, "नहीं! पांचाल हमारे शत्रु क्यों होंगे! मैंने बार-बार स्पष्ट किया है कि हमने तो केवल गुरु-दक्षिणा के लिए काम्पिल्य पर आक्रमण किया था।"

"यदि तुम्हारे मन में उनके लिए शत्रुता नहीं है, तो उनके मन में तुम्हारे

लिए शत्रुता क्यों होगी?" कुन्ती बोली।

"हमारे मन में तो दुर्योधन के लिए भी शत्रुता नहीं है; किन्तु वह हमारे प्रति शत्रुता का निर्वाह कर रहा है या नहीं?" अर्जुन ने प्रतिप्रश्न किया।

"वह मनुष्य का सामान्य व्यवहार नहीं है!" युधिष्ठिर बोला, "सामान्यतः हमारी अपनी भावनाएँ ही दूसरे के मन में प्रतिबिम्बित होती हैं; किन्तु दुर्योधन अपवाद है। वह रजोगुण के अतिरेक का स्वामी है।"

न किसी ने युधिष्ठिर का समर्थन किया, न विरोध। उनके मध्य एक प्रकार की निःस्तब्धता छा गयी। प्रत्येक व्यक्ति जैसे आत्मलीन हो कर स्वयं ही अपनी गुत्थियाँ सुलझा रहा था।

अन्ततः कुन्ती ने ही मौन तोड़ा, "अच्छा, मान लो कि महर्षि यह संदेश भेजते हैं कि हम काम्पिल्य चले जायें, तो ऐसी स्थिति में हमारा निर्णय क्या होगा?"

"क्या ऐसा संदेश मिलने पर भी हमें कुछ सोचना है?" युधिष्ठिर ने आश्चर्य से पूछा, "क्या हमको उन पर इतना भी विश्वास नहीं है कि हम उनकी इच्छा का संशयहीन सम्मान करें?"

"मुझे उनकी क्षमताओं और सद्भावनाओं पर किसी प्रकार का कोई अविश्वास नहीं है; न मैं उनका विरोध ही कर रही हूँ।" कुन्ती बोली, "मैं तो केवल इतना ही पूछ रही हूँ कि यदि हम काम्पिल्य जायेंगे, जहाँ दुर्योधन और उसके मित्रों का होना प्रायः निश्चित है, तो हम अपनी गोपनीयता की रक्षा कैसे करेंगे; और हम किस इच्छा, किस आशा से वहाँ जायेंगे?"

"हम वहाँ जायेंगे, स्वयंवर में भाग लेने!" भीम बोला।

"तो यह तो निश्चित है न कि हम वहाँ जायेंगे।" कुन्ती ने पूछा।

"हाँ, माँ!" पाँचों प्रायः एक ही स्वर में बोले।

"भीम कहता है हम वहाँ स्वयंवर में भाग लेने के लिए जायेंगे।" कुन्ती बोली, "क्या पांचाली कृष्णा ऐसी ही स्त्री है, जिसकी कामना में तुम लोग उस अज्ञात नगर में जा कर सारे संकट झेलना चाहते हो? अथवा तुम लोगों के मन में नारी की कामना इतनी ही प्रबल है कि उसके सम्मुख संसार को कोई भी संकट तुम्हारे लिए छोटा है?"

"नहीं माँ! ऐसा कुछ नहीं है।" युधिष्ठिर बोला, "कृष्णा को हममें से किसी ने भी देखा तक नहीं है। सुना अवश्य है कि धरती पर वैसी कोई दूसरी नारी नहीं है। फिर भी मेरे लिए न कृष्णा ऐसी असाधारण स्त्री है; और न मन में नारी की कामना ही इतनी प्रबल है। अभी तो हम संकट-काल के मध्य खड़े हैं। हम यम-पाश से घिरे हुए हैं। हमें उसके घेरे को तोड़ कर, जीवितों के

लोक में लौटना है। हमारी कोई अस्मिता नहीं है। हम अज्ञात ब्राह्मण-पुत्रों के वेश में भिक्षाटन कर रहे हैं। हम अवसर खोज रहे हैं कि कब हम संसार के किसी कोने में पाण्डवों के रूप में प्रकट हों।..."

"तो फिर हम काम्पिल्य जाने की क्यों सोच रहे हैं?" कुन्ती जैसे अपने प्रश्नों और तर्कों से अपने पुत्रों की आँखों में उनकी ही प्रतिमा घड़ रही थी, "आखिर क्या चाहते हैं हम?".

"माँ! हमारा काम्पिल्य जाना महर्षि की इच्छा पर निर्भर करता है।" सहदेव गम्भीर स्वर में बोला, "तो हमें यह सोचना चाहिए कि यदि वे हमें काम्पिल्य भेज रहे हैं, तो क्यों भेज रहे हैं? क्या इसलिए कि हममें से किसी का विवाह हो जाये? हमें अपने इस छद्मवेश से मुक्ति मिल जाये? हमारे प्राणों पर छाया संकट दूर हो सके? किसलिए भेज रहे हैं वे हमें काम्पिल्य?"

"ठीक है, हमें यही सोचना चाहिए कि भगवान वेदव्यास का प्रयोजन क्या है; और उनकी हमसे अपेक्षा क्या है? यदि हमें उन पर विश्वास है तो हमें यह भी स्वीकार करना चाहिए कि वे हमारा हित चाहते हैं।" अर्जुन बोला, "यह हित किस रूप में होगा?"

"वे क्या चाहते हैं, मैं नहीं जानती। उनकी इच्छा का विरोध भी मैं नहीं करूँगी।" कुन्ती बोली, "किन्तु मैं इस तथ्य की अवज्ञा नहीं कर सकती कि वहाँ पांचाली का स्वयंवर है; और जो ब्राह्मण अभी यहाँ से गया है, वह तुम्हें उस स्वयंवर में सम्मिलित होने के लिए प्रेरित कर रहा था। तुम लोग उस स्वयंवर में भाग लोगे?"

"यदि सम्भव हुआ तो क्यों भाग नहीं लेंगे माँ?" भीम बोला, "तुम इतनी आशंकित क्यों हो?"

"मेरी आशंका के तीन कारण हैं पुत्र! एक तो यह कि स्वयंवर एक सार्वजनिक मिलन-स्थल है, जहाँ ऐसे अनेक होंगे, जो तुम्हें पहचान लेंगे। तुम्हारी गोपनीयता का कवच छिन्न-भिन्न हो जायेगा। और तुम लोग संकट के आमने-सामने खड़े हो जाओगे।" कुन्ती बोली, "दूसरी चिन्ता यह है कि आर्य राजपुत्रियों के स्वयंवरों की समाप्ति प्रायः युद्धों से ही होती है। यदि दुर्योधन ने तुम्हें किसी भी व्याज से घेर लिया, तो तुम क्या करोगे? तुम्हारे पास साधारण शस्त्र तक तो हैं नहीं!...और फिर पुत्र!" कुन्ती ने रुक कर अपने पुत्रों की ओर देखा, "स्वयंवर तो प्रतिद्वन्द्विता का स्थल है। मैं नहीं चाहती कि मेरे अपने पुत्र किसी भी स्थिति में एक-दूसरे के प्रतिद्वन्द्वी बन कर खड़े हों।"

कुन्ती ने अपनी बात पूरी कर, पुत्रों को देखा : वे सब चुपचाप कुछ सोच रहे थे।

इस बार कदाचित् भीम सबसे पहले निर्णय पर पहुँचा था, "माँ! तुम मेरी ओर से आश्वस्त रहो : मैं किसी भी अवसर पर अपने किसी भाई का प्रतिद्वन्द्वी नहीं होऊँगा। यदि किसी अन्य ने कृष्णा के सम्मुख स्वयं को विचारार्थ प्रस्तुत किया तो मैं कभी भी प्रत्याशी अथवा प्रतियोगी के रूप में आगे नहीं बढ़ूँगा।" वह रुका, "हिडिम्बा से तो मैंने इसलिए विवाह कर लिया था, क्योंकि मेरे किसी भी भाई के मन में उसके प्रति कोई आकांक्षा नहीं थी।"

"मैं जानती हूँ मेरे लाल!" कुन्ती के नयनों में अश्रु आ गये, "मैं जानती हूँ कि तेरा मन कितना स्वच्छ है। वह स्वयंवर नहीं था, संकट-काल था। तूने हमारी रक्षा के लिए ही, वह सब किया था। किन्तु अब यदि महर्षि ने हमें काम्पिल्य भेजा, तुम लोगों के लिए स्वयंवर में सम्मिलित होने का अवसर आया, तो पहले ज्येष्ठ को ही भेजना।"

"तुम चिन्ता न करो माँ! ऐसा ही होगा।"

कुन्ती कुछ आश्वस्त अवश्य हुई थी; किन्तु फिर भी वह पूर्णतः चिन्ता-मुक्त नहीं हो पायी थी : वह ब्राह्मण इस प्रकार चर्चा क्यों कर रहा था, जैसे वह उनको आमन्त्रित करने ही आया हो...

तभी देवप्रसाद आ गया, "आप कब यात्रा आरम्भ कर रही हैं दीदी?..."

"क्या हमारे यहाँ रहने से ऊब गये हो ब्राह्मण?"

देवप्रसाद हत्प्रभ खड़ा, कुन्ती को देखता रह गया, "आप क्या कह रही हैं दीदी!..." उसका कण्ठ अवरुद्ध हो गया और आँखें झुक गयीं; फिर वह धीरे से बोला, "दीदी! जब मैंने अपने घर में आप लोगों को आश्रय दिया था तो अपने मन में अनचाहे भी कहीं एक अहंकार पाल रहा था कि मैं गुरुदेव की इच्छानुसार यह कार्य कर, उनके ऋण से उऋण हो रहा हूँ। मैं क्या जानता था कि मैं उनका कार्य नहीं कर रहा था, वे ही मेरा कार्य कर रहे थे...।"

कुन्ती को अपने उस अनायास पूछे गये प्रश्न के लिए दुख हुआ। कदाचित् ब्राह्मण को उसकी बात अधिक ही चुभ गयी थी।

"वह कैसे?" उसने पूछा।

"यदि उन्होंने आपको तथा आपके पुत्रों को मेरे घर में न ठहराया होता, तो बकासुर से हमारी रक्षा कौन करता? वे आपको कहीं और भी ठहरा सकते थे। उनके सामर्थ्य की कोई सीमा नहीं है।..." उसने रुक कर कुन्ती को देखा, "मैंने तो केवल इसलिए पूछ लिया था, क्योंकि गुरुदेव ने आप को काम्पिल्य आने का आदेश भिजवाया है...।"

"भगवान वेदव्यास ने?" कुन्ती चौंकी, "कब? कैसे?"

"यह ब्राह्मण, जो प्रातः आपसे चर्चा करके गया है, यह गुरुदेव का ही शिष्य था...।" देवप्रसाद बोला।

कुन्ती ने चकित दृष्टि से उसे देखा, "किन्तु उसने यह तो हमसे कहा ही नहीं।...आप निश्चित रूप से उन्हें जानते हैं क्या?"

देवप्रसाद हँसा, "हाँ, दीदी! मैं निश्चित रूप से जानता हूँ। वह ब्राह्मण गुरुदेव का ही शिष्य है। वह उन्हीं का संदेश लेकर आया था।..."

"विचित्र बात है।" कुन्ती बोली, "उसने हमें इस बात का रत्ती भर भी संकेत नहीं दिया। क्या कारण हो सकता है ब्राह्मण?"

"कह नहीं सकता," देवप्रसाद बोला, "कि यह सब गुरुदेव की आज्ञा के ही अनुसार हुआ है, या उसने स्वयं ही यह विधि अपनायी थी...या फिर यह भी सम्भव है कि उसने समझा हो कि यह प्रस्ताव अपने-आप में ही इतना आकर्षक था कि और कुछ कहना आवश्यक नहीं था।"

"कारण कुछ भी हो!" कुन्ती जैसे अपने-आपसे बोली, "अब हमारा जाना तो निश्चित हुआ।"

"देवि!" देवप्रसाद कुछ कहते-कहते रुक गया।

कुन्ती ने उसकी ओर देखा : देवप्रसाद की आँखों में अश्रु थे और वह अपनी विह्वल अवस्था को जैसे नियंत्रित करने का प्रयत्न कर रहा था।

"क्या बात है ब्राह्मण?" कुन्ती ने आश्चर्य से पूछा।

देवप्रसाद ने कुछ कहने के लिए मुँह खोला : किन्तु उसके कण्ठ से स्वर नहीं फूटा।

कुन्ती ने कुछ कहना उचित नहीं समझा : जाने ब्राह्मण इतना विह्वल क्यों था!

देवप्रसाद ने अपने अश्रु पोंछे; स्वयं को सँभाला और बोला, "देवि! मैं आप को कैसे बताऊँ कि आपके साथ हमारा यह समय कितने सुख से बीता है; और आपके जाने के पश्चात् हमें यह घर कितना सूना लगेगा और हमारे बच्चे आप को कितना स्मरण करेंगे...!" वह रुक गया।

"मेरे पुत्रों को भी तुम्हारे बच्चों से बहुत स्नेह है ब्राह्मण! मुझे स्वयं यह स्थान एकदम अपने घर-सा लगा है। तुम लोग आत्मीय लगे, जैसे पिछले जन्म के सहोदर ही हों।...किन्तु मैं यह भी जानती हूँ कि यह हमारा स्थायी निवास नहीं है, हमें अपने घर लौटना ही है...।"

"जानता हूँ देवि!" देवप्रसाद बोला, "और मैं यह भी नहीं चाहता कि हमारा स्नेह आपके पाँवों की बेड़ी बने। गुरुदेव ने आप को काम्पिल्य बुलाया है, तो इसमें आप का कोई-न-कोई हित ही होगा। वैसे..." वह कुछ रुक कर

बोला, "वैसे मेरा मन कहीं यह भी कहता है, कि आप और आप के ये पुत्र साधारण लोग नहीं हैं। ईश्वर आप को उचित स्थान प्रदान करे..."

देवप्रसाद को लगा कि अब उस का अवरुद्ध कण्ठ उसे और बोलने नहीं देगा। उसने हाथ जोड़ कर प्रणाम किया और अपने अश्रु छिपाने के लिए वहाँ से हट गया।

वह लौटकर आया तो सरस्वती उसकी प्रतीक्षा कर रही थी।

"ये लोग साधारण ब्राह्मण नहीं हैं।" वह बोली, "नहीं तो क्या भगवान वेदव्यास इन्हें द्रुपद-पुत्री पांचाली कृष्णा के स्वयंवर में सम्मिलित होने के लिए प्रेरित करते?"

"हाँ! मुझे भी लगता है कि वे साधारण लोग नहीं हैं।" देवप्रसाद बोला, "बहुत सम्भव है कि ब्राह्मण-पुत्रों के वेश में वे लोग क्षत्रिय राजकुमार ही हों!"

"सम्भव है।" सरस्वती लज्जित-से स्वर में बोली, "और मुझे देखो, मैं अपनी मूर्खता में विद्या का सम्बन्ध उनके बकुल से करना चाह रही थी।..."

"तुम?" देवप्रसाद ने उसे आश्चर्य से देखा।

"मैं तो प्रस्ताव लेकर दीदी से मिली भी थी।" सरस्वती बोली, "उनकी अस्वीकृति से मैं रुष्ट भी थी।"

"मूर्ख हो तुम!" देवप्रसाद बोला, "मुझ से चर्चा तो की होती।"

अपने कक्ष के एक कोने में स्तब्ध-सी बैठी विद्या सोच रही थी...बकुल ने राजकुमारी से विवाह करने की जो चर्चा की थी, वह सत्य थी क्या?...वह उसका परिहास नहीं था?...वह राजकुमार है क्या? कौन है वह? कौन??

30

इन दिनों द्रुपद अत्यन्त व्यस्त हो उठे थे।...कार्य आरम्भ करने से पहले भी वे जानते थे कि वह एक बहुत बड़ा आयोजन था; किन्तु फिर भी उन्होंने इस के इतने विस्तार-प्रसार की कल्पना नहीं की थी। ऐसा लगता था कि आजकल सम्पूर्ण काम्पिल्य नगर में सिवाय स्वयंवर की व्यवस्था के और कोई भी कार्य नहीं हो रहा था। प्रातः उठ कर द्रुपद अत्यन्त अधीरता से किसी प्रकार अपने दैनिक कृत्य पूरे करते थे; और फिर स्वयंवर की व्यवस्था में खो जाते थे। ध्यान, आराधना और स्वाध्याय के लिए एक तो समय ही बहुत कम निकल पाता था, दूसरे, जितना समय वे निकालते भी थे, उस में एकाग्र नहीं हो पाते थे। वे आँखें बन्द कर प्रार्थना के लिए ईश्वर के सम्मुख हाथ जोड़ते थे, तो

उन के ध्यान में अनेक वे कार्य हाथ जोड़े आ उपस्थित होते थे, जो उन्हें आसन से उठते ही करने थे...उन्हें लगता था कि वे आजकल ब्रह्म का ध्यान नहीं करते, 'स्वयंवर' का ध्यान कर रहे थे...आसन से उठते ही वे आदेश देने आरम्भ कर देते थे और राज-परिवार, राज-कर्मचारी तथा काम्पिल्य की सारी प्रजा, उनके आदेशों का पालन करने लगती थी; किन्तु फिर भी जितने कार्य होते थे, उनसे कहीं बड़ी संख्या में नये-नये कार्य जन्म ले कर उन के सामने भीड़ बढ़ाने के लिए खड़े हो जाते थे...कई बार तो द्रुपद को स्वयं आश्चर्य होने लगता था कि वे आदेश ही तो देते हैं, फिर थक किस बात से जाते हैं?...और तभी वे अपने मन के भारी बोझ को पहचानते थे, जिसे हटाने के लिए वे इतना उद्यम कर रहे थे...

द्रुपद ने हाथ जोड़कर प्रभु को नमस्कार किया और आसन छोड़ कर उठ खड़े हुए।

द्वारपाल ने उनके सम्मुख आ कर उन्हें प्रणाम किया; लगा वह उनके आसन से उठने की प्रतीक्षा ही कर रहा था।

"क्या बात है?" द्रुपद ने पूछा। उनकी वाणी में, द्वारपाल के इस त्वरित प्रणाम के प्रति स्पष्ट अप्रसन्नता थी।

"महाराज!" द्वारपाल अत्यन्त विनीत भाव से बोला, "राजकुमार शिखण्डी, प्रासाद में लौट आये हैं और महाराज के दर्शन करना चाहते हैं।..."

"क्या? राजकुमार शिखण्डी?" द्रुपद के मुख से अनायास ही निकल गया।

"हाँ, महाराज!"

द्रुपद को लगा, इस समय इस समाचार से उन्हें कोई विशेष प्रसन्नता नहीं हुई। शिखण्डी, उन्हें एक विकट कठिनाई में असहाय छोड़ कर कहीं विलीन हो गया था। वे ही जानते हैं कि उन्होंने हिरण्य वर्मा को कैसे-कैसे समझाया था, और अब, जब किसी प्रकार वह अंधड़ शान्त हो गया था और वे कृष्णा के स्वयंवर की व्यवस्था में व्यस्त थे—शिखण्डी लौट आया था।...क्या वे सारी समस्याएँ, जो शिखण्डी की अनुपस्थिति के कारण विलीन हो गयी थीं, अब उस के लौट आने से, जाग नहीं उठेंगी?...क्या फिर हिरण्य वर्मा का पुरोहित आ कर उनके सम्मुख खड़ा नहीं हो जायेगा कि वे शिखण्डी के पुरुष होने का प्रमाण दें?...

सहसा उन का मन पलट कर दूसरी ओर सोचने लगा; शिखण्डी जाते हुए जो संदेश उनके लिए छोड़ गया था, उसी के आधार पर तो वे हिरण्य वर्मा को शान्त कर पाये थे। वे समझ गये थे कि शिखण्डी ने घर छोड़ने को संकट इसी लिए तो उठाया था कि न हिरण्य वर्मा उसे खोज पाये और न ही यह

प्रमाणित कर पाये कि वह स्त्री है...और अब वह लौट आया है।...वह क्या समझता है?...क्या वह यह मान कर लौट आया है, कि हिरण्य वर्मा उसके पुरुष होने का वह प्रमाण नहीं माँगेगा...अथवा वह अपने पुरुष होने का प्रमाण ले कर लौटा है?...पर नहीं; यदि वह पुरुष होता तो उसे घर छोड़ कर भागने की आवश्यकता नहीं थी! और यदि वह स्त्री है तो पुरुषत्व का प्रमाण कहाँ से लायेगा?...

और सहसा द्रुपद ने जैसे स्वयं ही अपने-आपको डाँटा...प्रमाण हो या न हो...उन की वह सन्तान सकुशल उन के पास आयी है, जिसे वे अब तक मृत्यु को प्राप्त हुई, यह स्वीकार कर चुके थे...

"उसे आने दो!"

द्वारपाल के बाहर जाने से पहले ही शिखण्डी ने कक्ष में प्रवेश किया। कदाचित् वह कपाट के साथ लगा खड़ा था और पिता की अनुमति की प्रतीक्षा कर रहा था। उसने क्षण-भर रुक कर पिता को देखा और फिर उनके चरणों में झुक गया।

उस एक क्षण ने ही द्रुपद को अपने इस पुत्र की स्थिति कह सुनायी : वह अत्यन्त दुर्बल हो गया था, जैसे कई दिनों से कुछ खाया ही न हो। उसे कदाचित् चलने में भी कठिनाई हो रही थी, जैसे शरीर में कहीं घाव हो या कोई हड्डी चटख गयी हो; अथवा सम्भव है कि यह भी अत्यधिक दुर्बलता का ही परिणाम हो। आनन की जिस गोलाई और शरीर के जिस गदराएपन के कारण वे उसे कन्या राशि का बालक कहते थे, वह सब अब विलीन हो चुका था। चेहरा अपनी गोलाई छोड़ कर कुछ लम्बा हो गया था और शरीर का गदरायापन वैसे ही सूख गया था, जैसे कई दिन तक पानी न मिलने पर पौधा सूख जाता है...उस के शरीर पर आज उतने वस्त्र भी नहीं थे, जितने सामान्यतः वह लादे रहता था...

द्रुपद ने झुक कर, उसे कंधों से पकड़कर उठाया, "तुम अस्वस्थ हो पुत्र?"

"नहीं!" शिखण्डी की मुस्कान भी उस के आनन से शारीरिक पीड़ा का भाव पोंछ नहीं सकी, "यह दुर्बलता अस्वस्थता के कारण नहीं पिताजी! उपचार के कारण है।"

"तो तुम अस्वस्थ थे?" द्रुपद उसे अपनी भुजाओं में थामे हुए ही, कक्ष से बाहर ले आये। उन्होंने उसे सहारा देकर आसन पर इस प्रकार बैठाया, जैसे कोई व्यक्ति किसी अत्यन्त कोमल वस्तु को बहुत सहेज कर कहीं रखता है। वे मुड़े, "द्वारपाल! दोनों रानियों, धृष्टद्युम्न तथा कृष्णा को सूचना दो कि राजकुमार शिखण्डी लौट आये हैं।" फिर शिखण्डी की ओर उन्मुख हुए, "तुम्हें किसी वस्तु

की तत्काल आवश्यकता है पुत्र—भोजन, औषधि अथवा कोई और पदार्थ?"

"नहीं!" शिखण्डी के अधरों पर पुनः वह शुष्क मुस्कान आ गयी, "थोड़ा जल! मैं विश्राम कर ठीक हो जाऊँगा। बहुत थका हुआ हूँ। लम्बी यात्रा कर यहाँ तक पहुँचा हूँ।"

द्रुपद ने दासी की ओर देखा। वह पहले ही जल लाने के लिए मुड़ चुकी थी। द्रुपद शिखण्डी की ओर मुड़े, "तुम कहाँ चले गये थे पुत्र!" द्रुपद को अपने स्वर के स्नेह ने स्वयं ही आश्चर्य में डाल दिया था।

"मैं आपकी समस्या का समाधान ढूँढ़ने गया था पिताजी!"

"ढूँढ लाये?"

"हाँ, पिताजी!" शिखण्डी बोला, "आप दशार्णराज को संदेश भिजवा सकते हैं कि वे जैसे चाहें मेरे पुरुषत्व का परीक्षण कर सकते हैं।"

द्रुपद ने विस्मय से उसकी ओर देखा, "क्या तुम यह प्रमाण लेने गये थे?"

"नहीं पिताजी!" शिखण्डी धीरे से बोला, "वस्तुतः आपको और अपने इस परिवार को इस कठिनाई से निकालने के लिए मैं एक ही मार्ग खोज पाया था—आत्महत्या! मैं घर से मृत्यु की खोज में निकला था, ताकि न दशार्णराज मुझे खोज पायें और न ही मेरा नारीत्व प्रमाणित कर, आप पर कोई आक्षेप कर सकें...।"

द्रुपद जैसे सतर्क होकर बैठ गये।

"मैं इतने सघन वन में पहुँचा, जहाँ किसी मनुष्य के होने की कोई सम्भावना नहीं थी; और एक वृक्ष के नीचे, यह संकल्प कर पद्मासन लगाया कि मृत्यु की प्रतीक्षा में मैं ईश्वर का ध्यान करूँगा। या तो कोई हिंस्र पशु आकर मुझे खा जायेगा अथवा अन्न-जल के अभाव में ही मेरे प्राण निकल जायेंगे।..."

"फिर?"

"मैं अपने संकल्प पर दो दिनों तक अडिग रहा।"

"तीसरे दिन मुझे अपने निकट किसी अन्य व्यक्ति की उपस्थिति का आभास हुआ। मैंने आँखें खोलीं। आँखों में करुणा-भरे एक यक्ष मेरे सामने खड़ा था। उसने मुझे अपना परिचय दिया। वह स्थूणाकर्ण यक्ष था और किन्हीं कारणों से वहीं, उस सघन वन में रहता था। वह पिछले दो दिनों से छिप कर मुझे देख रहा था। तीसरे दिन उसने मेरे सम्मुख प्रकट होने का निर्णय किया था। उसके बहुत आग्रह पर मैंने उसे अपनी समस्या बतायी और प्राण त्यागने का निश्चय भी सुना दिया।"

"तो तुम वस्तुतः नारी हो और पुरुष के छद्म-वेश में रहते रहे हो?" उसने पूछा।

'हाँ!' मैंने उत्तर दिया।

'तो तुम्हारी समस्या का समाधान यह है कि या तो तुम वस्तुतः पुरुष बन जाओ, अथवा अपना जीवन समाप्त कर दो।'

'पुरुष मैं बन नहीं सकता, इसलिए अपना जीवन समाप्त कर रहा हूँ।'

'क्या तुम सदा से पुरुष बनना चाहते रहे हो?' उसने पूछा।

'हाँ!'

'क्या तुम्हें लगता है कि तुम्हारा मन और मस्तिष्क, पुरुष का मन-मस्तिष्क है?'

'हाँ!'

'क्या तुम्हारा मन सुन्दर तथा युवा पुरुषों की तुलना में सुन्दर और युवा नारियों की ओर अधिक आकृष्ठ होता रहा है?'

'हाँ!'

'तो मुझे अपने शरीर का परीक्षण करने दो।' वह बोला।

'पर क्यों?' मैंने चकित होकर पूछा।

'यह देखने के लिए कि क्या तुम सचमुच पुरुष बन सकते हो?'

'क्या यह सम्भव है?'

'कुछ लोगों के लिए सम्भव है।' यक्ष बोला, 'प्रकृति कुछ लोगों को भीतर से पुरुष और ऊपर से नारी बना देती है। ऐसी स्थिति में यह सम्भव है कि उसे बाहर से भी वही बना दिया जाये, जो वह भीतर से है।'

"यक्ष ने मेरे शरीर का वैसे ही परीक्षण किया, जैसे कोई वैद्य किसी रोगी का करता है। और अन्ततः वह बोला, 'यदि तुम्हारा संकल्प दृढ़ है; यदि तुम मनोकामना पूर्ण करने के लिए असह्य कष्ट उठा सकते हो, तो मैं तुम्हें पुरुष का शरीर दे सकता हूँ।' उसने मुझे देखा, 'सामान्यतः मैं किसी की ऐसी इच्छा पूर्ण नहीं करता। यक्षराज की ओर से हमें इसका निषेध है; किन्तु तुम आत्मघात करने पर तुले हो। तुम्हारी इच्छा पूर्ण करने का अर्थ है, एक मुमुर्षू व्यक्ति को प्राणदान। यह पुण्य कर्म माना गया है। मैं यह कार्य धर्म-कार्य समझकर करूँगा...तुम तैयार हो?'

"मैं बिना कुछ सोचे-समझे, कि वह क्या करना चाहता है, सहमत हो गया। वह मुझे उसी वन में, अपने आवास पर ले गया। उसने मुझे कितने ही दिनों तक सिवाय जड़ी-बूटियों के घोल के, और कुछ खाने को नहीं दिया। मेरे शरीर की मांसलता छँटती गयी और मैं कुछ दुर्बल भी हुआ; किन्तु मैं प्रसन्न था। फिर उसने मुझसे विभिन्न प्रकार के व्यायाम करवाये। प्रहर-प्रहर भर तक किसी एक मुद्रा में खड़ा कर देता था।...और अन्ततः उसने मेरे शरीर को

कूटना और पीटना आरम्भ किया। यह सबसे अधिक कष्टप्रद प्रक्रिया थी। एक रात उसने एक घोल पिलाकर मुझे अचेत कर दिया; और उसी अचेतावस्था में उसने मेरे शरीर की शल्यक्रिया की। जब मैं सचेत हुआ, तो बहुत दुर्बल हो चुका था। शरीर का बहुत सारा रक्त बह गया था। स्थूणाकर्ण बहुत प्रसन्न था। उसने बताया कि हम लोग अपने प्रयोग में सफल हो गये हैं। मैं अब पूर्ण पुरुष हूँ—मन से भी और शरीर से भी। मैं कुछ दुर्बल हूँ और शरीर पर शल्यक्रिया के कारण उत्पन्न कुछ घाव हैं। अतः मुझे विश्राम करना होगा। यह समाचार मेरे लिए इतना सुखद था कि मैं तत्काल घर लौटना चाहता था; किन्तु उसने मुझे आने नहीं दिया। उसका विचार था कि मैं शरीर की उस अवस्था में लम्बी यात्रा करूँगा तो अपने घर पहुँचने के स्थान पर, यम के घर पहुँच जाऊँगा। उसके पश्चात् वह मेरा उपचार करता रहा। शारीरिक बल और ऊर्जा के लिए विभिन्न प्रकार के घोल पिलाता रहा; और घावों पर लेप लगाता रहा। और जैसे ही उसने यह कहा कि अब मैं घर लौट सकता हूँ, मैं वहाँ से चल पड़ा। एक सप्ताह की यात्रा के पश्चात् मैं घर पहुँचा हूँ पिताजी!" शिखण्डी चुप हो गया।

"तुमने मेरे लिए बहुत कष्ट सहा है पुत्र!" द्रुपद बोले।

वे अपने स्थान से उठ कर, शिखण्डी के निकट आये। उन्होंने अपनी हथेली से उसके केशों को सहलाया, "मैं जीवन-भर तुमसे उऋण नहीं हो सकता पुत्र!"

31

"हमें गंगा पार करके काम्पिल्य नगरी में जाना है भैया!" युधिष्ठिर ने नाविक से कहा, "हम वनवासी ब्राह्मणों से उसका क्या शुल्क लोगे?"

"बहुत चतुर हो ब्राह्मण!" नाविक हँसा, "पहले तो अपना परिचय वनवासी ब्राह्मण के रूप में देते हो, और फिर शुल्क पूछते हो।" उसने रुककर युधिष्ठिर को देखा, "किन्तु कोई बात नहीं। आओ, बैठो नौका में। तुम्हारे उस परिचय के कारण तुम्हें शुल्क भी नहीं देना पड़ेगा—महाराज द्रुपद ने ऐसी ही व्यवस्था कर दी है।"

"कैसी व्यवस्था?"

"इन दिनों गंगा पार करने के लिए किसी को भी शुल्क नहीं चुकाना पड़ता—सबका शुल्क महाराज ही चुका रहे हैं; क्योंकि इन दिनों काम्पिल्य आने वाला प्रत्येक व्यक्ति उन्हीं का अतिथि है।" नाविक ने बताया।

"उनके अतिथि तो वे ही लोग होंगे न, जो स्वयंवर में भाग लेने के लिए

आ रहे हैं।" युधिष्ठिर बोला, "हम लोग तो साधारण वनवासी ब्राह्मण हैं...।"

"हाँ! हाँ! तुम लोग भी महाराज के अतिथि हो।" नाविक बोला, "ताली बजाने वाला दर्शक न हो तो नट को करतब दिखाने का क्या सुख मिलेगा! आओ, बैठो।"

युधिष्ठिर ने नाविक से और कुछ नहीं कहा। मुड़कर कुन्ती की ओर देखा, "आओ माँ! बैठो!"

कुन्ती को नौका में चढ़ा, वह भी नाव में आ गया। उसके पश्चात् चारों भाई भी नाव में आ गये; और नाविक ने चप्पू सँभाल लिये।

"तुमने और यात्रियों की प्रतीक्षा नहीं की नाविक!" भीम ने उससे पूछा, "क्या दो यात्री आते तो तुम दो को ही लेकर चल पड़ते?"

"महाराज की ओर से शुल्क प्रति यात्री के दर से नहीं; प्रति फेरे की दर से दिया जाता है, ताकि न किसी यात्री को काम्पिल्य जाने के लिए प्रतीक्षा करनी पड़े और न काम्पिल्य को किसी यात्री के आने की...।"

कुन्ती ने अपनी दृष्टि गंगा की धारा की ओर फेर ली।...नाविक बहुत वाचाल लगता था और चतुर भी। यदि महाराज ने शुल्क नौका के प्रति फेरे की दर से तय किया था तो वह फेरों की संख्या बढ़ा लेगा; और कहीं शुल्क प्रति यात्री की दर से होता, तो वह कदाचित् दिन भर में एक ही फेरा लगाता और प्रयत्न करता कि सारे यात्री उसी एक फेरे में दूसरी ओर पहुँच जायें।... उसके चप्पुओं के साथ-साथ उसकी जिह्वा भी चल रही थी और उसे भीम जैसा सहयोगी भी मिल गया था।...किन्तु अब कुन्ती उन लोगों की बातों में रुचि नहीं ले पा रही थी। वह इस यात्रा से काफी थक गयी थी और कहीं बैठ कर आराम करना चाहती थी।...भीम का क्या था, वह तो न चलने से थकता था, न खाने से तृप्त होता था...

उसकी दृष्टि गंगा की धारा पर पड़ते ही जैसे जल के साथ-साथ बहती हुई हस्तिनापुर पहुँच गयी थी। इसी गंगा के तट पर है हस्तिनापुर जिसका सम्राट होना था उसके पुत्र को। यदि आज युधिष्ठिर हस्तिनापुर से आता, तो क्या वन-मार्ग से ऐसे पदाति चलता हुआ आता और नाविक से पूछता कि वह वनवासी ब्राह्मण को गंगा पार कराने का क्या शुल्क लेगा?...तब उसके पास रथ होते...राजकीय नौकाएँ होतीं...सैनिक और मंत्री होते...दास-दासियाँ होते...

पता नहीं; क्या है उसके पुत्रों के भाग्य में!...सम्राट बनते-बनते नगर बहिष्कृत हुए। प्राण बचाने के लिए, जलते हुए वारणावत को छोड़कर वन में

आये तो हिडिम्ब जैसा राक्षस उनके प्राणों का ग्राहक हो गया। ऐसा लगा कि विधाता ने उन्हें हिडिम्ब का उदर भरने के लिए ही अग्नि के मुख से छीना था। ईश्वर की कृपा रही कि भीम अब इतना समर्थ हो चुका है, नहीं तो कदाचित् एक-एक कर वे सब असुर और उसके साथियों के उदर में समा ही जाते।...

सहसा कुन्ती के हताश मन में उत्साह जागा...विधाता ने एक ओर उनके लिए कठिनाइयों का सृजन किया है, तो दूसरी ओर उन्हें समर्थ सहायक भी दिये हैं...और अब तो उसके अपने पुत्र भी समर्थ होते जा रहे हैं। वारणावत से तो वे लोग विदुर की सहायता से ही बच पाये थे, किन्तु हिडिम्ब और बकासुर से तो भीम अपनी शक्ति के बल पर ही बचा था। स्वयं ही नहीं बचा था, उसने शेष सब लोगों की भी रक्षा की थी। भीम तो भीम...अब तो अर्जुन भी...और कुन्ती की आँखों के सम्मुख सोमाश्रयायण तीर्थ के निकट गंगातट का दृश्य घूम गया।

चलते-चलते सारा दिन व्यतीत हो गया था; किन्तु ठहरने के लिए किसी उपयुक्त स्थान का चुनाव वे कर नहीं पाये थे। युधिष्ठिर बार-बार देख रहा था कि माँ थक गयी है, और भाइयों में भी वैसा उत्साह नहीं रह गया है। किन्तु विश्राम के लिए उचित स्थान पाये बिना, कहीं रुकना विवेक-संगत नहीं था। एक ओर युधिष्ठिर किसी उचित स्थान की खोज भी कर रहा था और दूसरी ओर उसके मन में बार-बार यह आशंका भी जाग रही थी कि कहीं ऐसा न हो कि चलते-चलते उनकी वही स्थिति हो जाये, जैसी हिडिम्बवन में पहुँचने पर हुई थी। किन्तु बिना उपयुक्त स्थान...

कुन्ती को लग रहा था कि समय अथवा दूरी का अनुमान लगाने में उनसे कोई-न-कोई भूल अवश्य हुई है। वे लोग गंगा-तट के सोमश्रयायण तीर्थ को आज की यात्रा का अपना गंतव्य बनाकर चले थे; किन्तु अभी तक उसका कहीं कोई आभास नहीं मिला था। या तो उनके चलने की गति ही बहुत-धीमी रही थी, या फिर जितनी दूरी उन्हें बतायी गयी थी, वही भ्रामक थी।...

"माँ! कुछ दूर और चल सकोगी?" युधिष्ठिर ने पूछा।

"आवश्यक होगा तो चल ही लूँगी पुत्र!" कुन्ती बोली, "तुम मेरी चिन्ता छोड़ कर मार्ग खोजने का प्रयत्न करो।"

"अब तो अन्धकार भी होता जा रहा है भैया!" सहदेव ने धीरे से कहा, "माँ अन्धकार में कैसे चलेंगी!"

"माँ! थक जाओगी तो बता देना; तुम्हें अपने कंधे पर बैठा लूँगा।" भीम बोला, "हाँ भूख की बात और है।"

"अरे बुद्धुओ! अपनी ही हाँके जा रहे हो," कुन्ती कुछ खीझकर बोली, "मेरी चिन्ता के विषय में कुछ सोचते ही नहीं हो।"

"तुम्हारी चिन्ता क्या है माँ?" अर्जुन ने पूछा।

"मेरी चिन्ता अपने पुत्रों के विषय में है जो प्रत्यूष से चलते ही जा रहे हैं।" कुन्ती बोली, "वे थक गये होंगे, उन्हें भूख भी लगी होगी, और नींद भी आयी होगी।"

"ओह, माँ!" भीम ने आकर कुन्ती को अपनी भुजाओं में उठा लिया, "तुम केवल नकुल और सहदेव को ही अपने पुत्र मानती हो?"

"इस समय तो मैं तुम सबकी चिन्ता कर रही हूँ मूर्ख!" कुन्ती ने उसे स्नेहपूर्वक डाँटा, "और यदि मुझे नकुल-सहदेव की अधिक चिन्ता रहती है, तो अनुचित क्या है! वे छोटे हैं; तुम्हारी तुलना में कम समर्थ हैं। तुम्हें भी स्वयं से अधिक उन्हीं की चिन्ता होनी चाहिए।"

"मध्यम अपने मुख से चाहे कुछ भी कहते रहें माँ, किन्तु उन्हें भी हमारी ही चिन्ता सर्वाधिक सताती है।" नकुल बोला, "यह सब तो वे केवल आपको खिझाने के लिए कहते हैं।"

"चल चाटुकार!" भीम ने उसकी पीठ पर एक धौल जमाया, "तू चाहेगा भी तो तुझे अपने कंधे की सवारी नहीं कराऊँगा।"

तभी आगे-आगे चलता हुआ युधिष्ठिर रुक गया।

"क्या बात है पुत्र?"

"सहदेव! कान लगाकर सुनो। क्या तुम्हें भी प्रवहमान जल की ध्वनि सुनायी पड़ती है?" युधिष्ठिर ने पूछा।

सहदेव ने एकाग्र होकर सुनने का प्रयत्न किया और बोला, "भैया की श्रवण-शक्ति हम सबसे अधिक प्रबल है। हम सब बातों में ही लगे रहे और उन्होंने वार्तालाप के मध्य भी जल-प्रवाह का शब्द सुन लिया।"

"अर्जुन! तुम उल्मुक जला लो।" युधिष्ठिर ने कहा, "धरती पर तो अन्धकार में भी यात्रा की जा सकती है, किन्तु जल पर नहीं। यदि निकट ही कहीं जल बह रहा है तो बहुत सम्भव है कि यह सुरसरि गंगा का ही जल हो। यदि यह गंगा नहीं है, तो भी हमें जल के निकट रात-भर के लिए विश्राम करना चाहिए।"

"निर्जन सरिता-तट पर विश्राम करने के स्थान पर अच्छा है कि हम थोड़ी-सी और यात्रा कर सोमाश्रयायण तक पहुँच ही जायें।"

"जैसी आपकी इच्छा माँ!" युधिष्ठिर बोला, "किन्तु अर्जुन! तुम उल्मुक तो प्रज्वलित कर ही लो।"

अर्जुन ने उल्मुक जला लिया और वह आगे-आगे हो लिया, ताकि सबको उल्मुक का प्रकाश मिल सके।

तभी किसी ने उच्च-स्वर में पुकार कर, अत्यन्त अभद्र स्वर में पूछा, "कौन है? किसने इस समय यहाँ आने का साहस किया है?"

वे रुक गये। कुन्ती के पाँव तो जैसे निर्जीव पाषाण के समान भारी और निष्क्रिय हो गये...क्या फिर कोई हिडिम्ब अथवा बकासुर आ गया, या उनसे भी कोई बड़ा संकट?...

"हम वनवासी ब्राह्मण हैं आर्य!" युधिष्ठिर ने अत्यन्त शान्त स्वर में कहा, "यात्रा से थक गये हैं। जल पीकर थोड़ा विश्राम करना चाहते हैं।"

"किन्तु इस समय मैं गंगा में विहार कर रहा हूँ; कोई और यहाँ आने का साहस ही कैसे कर सकता है!" यह स्वर क्रोध में लपलपा रहा था, "इस अपराध के लिए मैं तुम्हें कभी क्षमा नहीं करूँगा।"

कुन्ती की दृष्टि भीम की ओर गयी : अपने स्वाभावानुसार भीम की मुट्ठियाँ भिंच गयी थीं : और सम्भव था कि वह उस अज्ञात व्यक्ति को वैसा कठोर उत्तर देता, कि युधिष्ठिर ने उसका हाथ थाम कर चुप रहने का संकेत किया और स्वयं विनीत किन्तु उच्च स्वर में बोला, "गंगा पर तो किसी का एकाधिकार नहीं है। वे सबकी माता हैं। आप विहार करें, हम आप को नहीं रोकते; किन्तु हमारा यहाँ आना अपराध कैसे हो गया?..."

"जब मैं यहाँ हूँ, तो कोई अन्य व्यक्ति इधर आने का साहस नहीं करता। तुम दुस्साहस कर यहाँ आये हो, यही तुम्हारा अपराध है।"

"आप हैं कौन आर्य?" युधिष्ठिर ने कहा, "आपका परिचय ज्ञात न होने पर ही तो हमसे यह दुस्साहस हुआ।"

"मैं हूँ गन्धर्व अंगारपर्ण। यह वन मेरे ही नाम से अंगारपर्ण वन कहलाता है। लो, अब तुम लोग अपनी रक्षा करो।"

अर्जुन ने अपने हाथ में पकड़ी उल्मुक ऊँची उठायी, ताकि देख सके कि अंगारपर्ण ऐसा क्या करने जा रहा है कि जिससे उन्हें अपनी रक्षा करनी है... अंगारपर्ण के हाथ में धनुष था और वह तूणीर में से बाण निकाल रहा था...

कुन्ती की टाँगें तो पहले ही पाषाणवत् हो चुकी थीं, अब हृदय भी धक्-सा रह गया।...उसके पुत्र गंगा-तट पर सर्वथा खुले में खड़े थे। आस-पास न कोई वृक्ष ही था और न कोई ओट। इस प्रकार खुले में उन पर बाणों से प्रहार होगा, तो वे अपनी रक्षा कैसे करेंगे?

किन्तु अर्जुन अब तक सावधान हो चुका था। वह पहले भी सबके आगे-आगे ही चल रहा था; किन्तु अब सर्वथा उनके कवच के समान, उनके

सम्मुख था और अपने हाथ के संकेत से उन्हें अपने पीछे रहने के लिए कह रहा था।...

"क्या कर रहे हो अर्जुन!" युधिष्ठिर धीरे से बोला, "वह बाण चलाने जा रहा है और तुम सर्वथा शस्त्रविहीन हो!..."

"मेरे हाथ में अग्निबाण है भैया! अग्नि का दिव्यास्त्र! आप तनिक भी चिन्ता न करें।"

तभी अंगारपर्ण ने अपना पहला बाण छोड़ा। कुन्ती अभी सोच ही रही थी कि अब क्या होगा कि अर्जुन ने झपट कर अपने हाथ में पकड़ी उल्मुक से, उस बाण पर इस प्रकार प्रहार किया, जैसे कोई खड्ग के वार से अपने लक्ष्य के दो खण्ड कर देता है, अथवा ढाल से प्रहार करते हुए शस्त्र को एक ओर धकेल देता है...

अंगारपर्ण बाण-पर-बाण छोड़ता गया और अर्जुन अपनी उल्मुक से उन्हें इस प्रकार झटकता चला गया, जैसे वे बाण न हों, वृक्ष से टूट कर गिरते हुए पत्ते हों।...और सहसा स्वयं अर्जुन अंगारपर्ण पर किसी उल्का के समान टूट पड़ा।...अंगारपर्ण संभल भी नहीं पाया था कि उसके धनुष की प्रत्यंचा, अर्जुन के उल्मुक से जल चुकी थी और स्वयं अंगारपर्ण को अपने जल जाने का भय उत्पन्न हो चुका था। वह अपनी रक्षा के लिए सन्नद्ध ही हुआ था कि अर्जुन की एक भुजा और एक टाँग कुछ ऐसे चली कि अंगारपर्ण भूमि पर जा गिरा। अगले ही क्षण अर्जुन का पाँव उसकी कटि को कुचल रहा था और उसकी मुट्ठी ने अंगारपर्ण के केशों को जकड़ रखा था...

अंगारपर्ण ने अकस्मात् ही अपने दोनों हाथ जोड़ दिये, "मुझे प्राणों और सम्मान की भीख दो। मैं अपनी स्त्रियों के साथ विहार करने आया था; और कदाचित् अपने कामवेग के ही कारण तुम लोगों की उपस्थिति मात्र से क्रुद्ध हो उठा था। मुझे अपनी उन्हीं स्त्रियों की आँखों में अपमानित मत करो, जिनका सम्मान पाने के लिए मैं यह सब कर रहा था।..."

"क्षमा तो तुम्हें बड़े भैया ही करेंगे।" अर्जुन बोला, "उन्हीं के पास चलो।"

अर्जुन उसे युधिष्ठिर के पास ले आया और दूसरी ओर से अंगारपर्ण की पत्नी कुंभीयसी दौड़ती हुई आकर, कुन्ती के चरणों में गिर गयी, "माता! मेरे पति को जीवन-दान दो!"

अंगारपर्ण ने युधिष्ठिर के चरणों पर सिर रख दिया, "मुझे क्षमा करें प्रभु!"

युधिष्ठिर ने उसकी ओर देखा, "क्षमा-प्राप्ति का अधिकार उन सबका है, जो अपनी भूलों पर पश्चात्ताप करते हैं। क्या तुम स्वीकार करते हो कि इस

सार्वजनिक स्थान पर, अपनी निजी सम्पत्ति के समान एकाधिपत्य जमा कर, तुम अन्य लोगों को वंचित करने का अन्याय कर रहे थे और अब अपनी भूल का अनुभव कर पश्चात्ताप कर रहे हो?"

"मैं अपने अहंकार के मद में विवेक खो चुका था आर्य! और कामावेग से पीड़ित होने के कारण धैर्य रखने में असमर्थ था।" अंगारपर्ण ने अत्यन्त दीन स्वर में कहा।

"काम सदा ही मनुष्य के विवेक का हरण कर लेता है मित्र!" युधिष्ठिर ने कहा, "उठो। मदांध व्यक्ति से हम अपनी रक्षा तो करते हैं किन्तु किसी का मद उतर जाने के पश्चात् उसे दण्डित नहीं करते। उठो!"

अंगारपर्ण ने भौचक दृष्टि से युधिष्ठिर को देखा : कदाचित् स्वयं उसे भी इतनी सरलता से मुक्ति की आशा नहीं थी।

"आप अत्यन्त दयालु हैं आर्य!" वह स्वयं को कृतज्ञता के हिमालय के नीचे दबा हुआ अनुभव कर रहा था, "क्या मैं अपने जीवनदाता का परिचय पाने का सौभाग्य प्राप्त कर सकता हूँ?"

"हम साधारण वनवासी ब्राह्मण हैं मित्र!" अर्जुन बोला, "जो पांचालराज द्रुपद की पुत्री के स्वयंवर का उत्सव देखने जा रहे हैं।"

"आपने मुझे अपना मित्र कहा है...!"

"तुम अपने कृत्यों से स्वयं को हमारा शत्रु प्रमाणित न करो, तो हम तुम्हें अपना मित्र ही मानेंगे।" अर्जुन बोला।

"तो मित्र से स्वयं को इस प्रकार न छिपाएँ!" अंगारपर्ण बोला, "मुझे अपना वास्तविक परिचय दें।"

"तुमने यह कैसे मान लिया कि यह हमारा वास्तविक परिचय नहीं है?" अर्जुन हँसा।

"एक साधारण उल्मुक की सहायता से मुझ जैसे धनुर्धारी योद्धा को इस प्रकार परास्त कर दे, साधारण वनवासी ब्राह्मण का कार्य नहीं है; और न ही स्वयं पर प्राणघातक प्रहार करने वाले शत्रु को हाथ में आ जाने पर इस प्रकार क्षमा करना, किसी साधारण व्यक्ति के वश का है। न तो आप लोगों की वीरता साधारण ब्राह्मणों का लक्षण है, न ही यह सर्वजयी क्षमा। आप असाधारण हैं।"

"तो मित्र! फिर यही मान लो कि अपनी परिस्थितियों के कारण हम अभी अपना वास्तविक परिचय नहीं दे सकते। अनुकूल परिस्थितियों में तुम्हें हमारा परिचय स्वतः ही मिल जायेगा।" युधिष्ठिर ने कहा।

अपने पुत्रों के विषय में सोच-सोचकर, कुन्ती स्वयं ही चकित रह जाती है।... या कदाचित् वह जब भी उन्हें देखती है, माता की दृष्टि से ही देखती है। वे उसे अब भी बालक ही दिखायी देते हैं; किन्तु भीम और अर्जुन दोनों ने ही अपना सामर्थ्य प्रमाणित कर दिया है। भीम में बल है और अर्जुन में कौशल!... और वीर तो युधिष्ठिर भी है; किन्तु अपनी क्षमा और आनृशंसता में इन सबसे बड़ा है वह। अपने इन भाइयों से ही नहीं, बड़े-बड़े तपस्वी और सिद्ध पुरुषों से भी बड़ा, उदार, महान्...प्राणघातक आक्रमण करने वाले अपने शत्रुओं को वह निमिष-भर में क्षमा कर देता है। न उसके मन में प्रतिशोध की भावना है, न प्रतिहिंसा की...न ही उसे किसी प्रकार का भय लगता है कि जिसे वह क्षमा कर रहा है, वह पुनः उसपर प्रहार कर सकता है...

अंगारपर्ण को आरम्भ में तो उन लोगों ने साधारण अहंकारी गन्धर्व ही समझा था, जो कामावेग से प्रेरित होकर, उस वन में विचरण कर रहा था; और स्वयं से दुर्बल लोगों को उनके अधिकारों से अन्यायपूर्वक वंचित कर रहा था।...किन्तु कुन्ती-पुत्रों के गुणों से वह ऐसा अभिभूत हुआ कि स्वयं ही अपने विषय में बताता चला गया। वस्तुतः वह चित्ररथ गन्धर्व था—गन्धर्वों का राजा। वह चाहता था कि वे लोग उसके दिये हुए उपहार स्वीकार करें। वह उन्हें अश्व, गाय और रथ देना चाहता था; धन-सम्पत्ति देना चाहता था।... किन्तु युधिष्ठिर ने उससे कुछ भी लेना स्वीकार नहीं किया था। उनकी स्थिति ऐसी नहीं थी कि वे लोग ऐसे उपहार स्वीकार करते। वनवासी ब्राह्मण अपने साथ अश्व, गोधन और रथ लेकर नहीं चलते...अन्ततः उसने अर्जुन को अपनी चाक्षुषी विद्या सिखायी थी। यह उसकी ओर से कृतज्ञता-ज्ञापन मात्र था।...

कुन्ती ने दृष्टि उठाकर देखा : उसकी नौका गंगा की मध्य धारा में से आगे बढ़ती जा रही थी। उनके आस-पास अनेक छोटी-बड़ी नौकाएँ, अपने-अपने गन्तव्य की ओर बढ़ रही थीं। कुछ साधारण और निजी नौकाएँ थीं, कुछ नाविकों को शुल्क पर चलने वाली निजी नौकाएँ थीं; और कुछ राजकीय नौकाएँ थीं—उनमें कदाचित् राजपरिवार के लोग, उच्च अधिकारी अथवा अतिथि राजा-श्रीमंत लोग आ-जा रहे थे। ऐसा मेला लगा हुआ था, जैसे गंगा नदी न हो, नौकाओं का हाट हो...

कुन्ती ने ऊब कर अपनी दृष्टि हटा ली—क्या देखना इन नौकाओं का। गंगा का पवित्र-स्वच्छ जल दिखायी देता, तो कदाचित् उसके लिए कोई आकर्षण भी होता। इस मेले को देखने से तो अच्छा है कि वह अपने मन को स्मृतियों की लहरों में ही बहने दे।

वे लोग अभी गंगा-तट पर सोमाश्रयायण तीर्थ में ही थे कि अकस्मात् ही महर्षि वेदव्यास उनके निकट प्रकट हो गये थे। कुन्ती तो उसे प्रकट होना ही मानती है।...कहीं कोई पूर्व-सूचना नहीं, कोई चर्चा नहीं, कोई संकेत और आभास नहीं; बस दृष्टि उठायी तो देखा, सामने महर्षि वेदव्यास खड़े हैं। चकित रह गयी कुन्ती..."तात्, आप?"

"आश्चर्य न करो पुत्रि!" महर्षि बोले, "असाधारण परिस्थितियों में हमारा व्यवहार भी असाधारण हो जाता है। मुझे प्रसन्नता है कि तुम लोग निर्विघ्न यहाँ तक पहुँच गये हो। अब काम्पिल्य बहुत दूर नहीं है। यहाँ से गंगा के तट के साथ चलते जाओ; किन्तु उत्कोचक तीर्थ में रुकना मत भूलना पुत्रो!"

"कोई विशेष प्रयोजन पितामह?" युधिष्ठिर ने पूछा।

"वह धौम्य मुनि का स्थान है युधिष्ठिर!" व्यास बोले, "तुम लोग इस क्षेत्र की यात्रा करो और धौम्य मुनि के दर्शनों से वंचित रहो, तो इससे बड़ा तुम्हारा दुर्भाग्य क्या होगा?"

"इतना महत्त्व है धौम्य का?"

"हाँ पुत्र! मेरी इच्छा है कि धौम्य से तुम लोगों का सम्पर्क बढ़े।" उन्होंने रुक कर जैसे शून्य में देखा, "मुझे लगता है कि तुम्हारे आगामी जीवन में धौम्य की महत्वपूर्ण तथा उपयोगी भूमिका होगी।"

युधिष्ठिर ने ध्यान से महर्षि के चेहरे को देखा : वे सामान्य-से अनुमान की बात कर रहे हैं या उनका विशेष प्रयोजन था?...किन्तु वह महर्षि वेदव्यास का चेहरा था। उनकी इच्छा के अभाव में उस पर से कुछ भी पढ़ा नहीं जा सकता था।...

कुन्ती के मन में बहुत देर से एक प्रश्न कुलबुला रहा था। अब वह उसे रोक नहीं सकी, "महर्षि! मेरी अबोधता क्षमा करें।" कुन्ती बोली, "मैं अभी तक समझ नहीं पायी कि पांचाली कृष्णा का स्वयंवर हमारे लिए इतना महत्त्वपूर्ण क्यों है? क्या हमारी यह संकटपूर्ण स्थिति ऐसी है, जिसमें मैं अपने पुत्रों के विवाह के विषय में सोचूँ?"

वेदव्यास मुस्काराए, "पुत्रि! मैं चाहता हूँ कि तुम लोग काम्पिल्य जाओ। इसलिए नहीं कि वहाँ कृष्णा का स्वयंवर है; और तुम अपने लिए एक पुत्रवधू खोज रही हो।..."

"तो फिर किसलिए तात्?"

वेदव्यास की मुस्कान लुप्त हो गयी। उनका आनन गम्भीर हो गया। आँखें जैसे अधमुँदी हो गयीं, "वह तो एक रंगशाला है पुत्रि! प्रतियोगियों को वहाँ जाना ही होगा।"

"मैं समझी नहीं देव!"

"आर्यावर्त्त ही नहीं, उसके बाहर की भी अनेक महत्वपूर्ण राजशक्तियाँ वहाँ एकत्रित हो रही हैं। वहाँ आर्यावर्त्त के भावी नेताओं का चयन होगा। राज्यलक्ष्मी अपने लिए अश्वमेध तथा राजसूय यज्ञों का विजेता वहीं निर्धारित करेगी। संधि-विग्रह होंगे, नयी मैत्रियाँ और शत्रुताएँ निश्चित होंगी। राजशक्तियों के नवीन समीकरण बनेंगे। तुम्हारे पुत्रों को भी वहीं अपने मित्र और शत्रु चुनने होंगे। दूसरे शब्दों में कहूँ कि मैं चाहता हूँ कि पाण्डव वहाँ उपस्थित रहें, ताकि उनके मित्र उनके निकट आ सकें।" व्यास ने रुककर पाण्डवों को देखा, "वहाँ इतिहास लिखा जायेगा पुत्र! देखना है कि तुम्हारे भाग्य में कौन-सा अद्‍भुत पराक्रम लिखा है।"

"स्पष्ट कहें पितामह!" युधिष्ठिर बोला, "मैं कुछ समझ नहीं पा रहा हूँ।"

"यह साधारण स्वयंवर नहीं है वत्स!" वे बोले, "कृष्णा वीर्यशुल्का घोषित हो चुकी है। स्वयंवर की प्रतिज्ञा की वहीं घोषणा की जायेगी। मैं कह नहीं सकता कि वह क्या होगी और उस पर कौन पूर्ण उतरेगा। किन्तु लगता है कि द्रुपद कोई कठिन परीक्षण करने वाला है। वह आर्यावर्त्त के सर्वश्रेष्ठ वीर का चयन कर, उसे अपना जामाता बनाना चाहता है।...पुत्र!" व्यास का स्वर असाधारण रूप से गम्भीर था, "जो अद्‍भुत पराक्रम करता है, उसके शत्रु स्वतः अपने ही भय के हाथों ध्वस्त हो जाते हैं। मेरी इच्छा है कि तुम लोग वहाँ जाओ। देखो; और अवसर मिलते ही अद्‍भुत पराक्रम करो। अधैर्य मत दिखाना। प्रतीक्षा करना कि तुम्हारे मित्र तुम्हें स्वयं खोज लें...। अपने-आपको स्वयं उद्‍घाटित मत करना; कहीं ऐसा न हो कि तुम्हारे स्वयं प्रकट हो जाने से तुम्हारे अनुकूल होते हुए लोग, तुम्हारे प्रतिकूल हो जायें।"

"तात्!" कुन्ती जैसे कुछ कहती-कहती रुक गयी।

"क्या बात है पुत्रि!" व्यास बोले, "कोई शंका है तुम्हारे मन में? निस्संकोच कहो।"

"तात्! वहाँ दुर्योधन और उसके भाई भी आयेंगे?" कुन्ती ने पूछा।

"वह स्वयंवर है कुन्ती! वहाँ किसी के भी आने की सम्भावना हो सकती है। आहूत, अनाहूत, आमन्त्रित। न बुलाये जाने पर कोई हरण की इच्छा से भी आ सकता है। निश्चित रूप से यह कह पाना तो बहुत कठिन है कि कौन आयेगा; और कौन नहीं आयेगा।" व्यास ने रुक कर कुन्ती की ओर देखा, "किन्तु दुर्योधन के आने, न आने का तुम्हारे लिए क्या महत्त्व है?"

"वह हमारा चिर शत्रु है ऋषिवर!" कुन्ती आवेश-शून्य स्वर में बोली, "मेरे पुत्रों को देख कर, वह पुनः घात करेगा।" और सहसा उसने स्थिर दृष्टि

से ऋषि को देखा, "और कहीं उसे सामने पाकर, मेरे ही पुत्र अपने आक्रोश को नियंत्रित न रख पायें; और आक्रमण इन्हीं की ओर से हो गया तो?"

व्यास ने बहुत ध्यान से कुन्ती को देखा और जब देख चुके तो आँखें बन्द कर कुछ सोचते रहे। जब आँखें खोंली तो बोले, "पुत्रि! मैं न पाण्डवों का विनाश चाहता हूँ, न धार्तराष्ट्रों का। वस्तुतः मैं किसी का भी नाश नहीं चाहता। प्रभु की बनायी सृष्टि क्यों नष्ट हो! किन्तु तुम्हारे पुत्रों को दुर्योधन तथा उसके भाइयों से भिड़ना तो है ही; इसलिए मैं चाहूँगा कि यह भिड़न्त तब हो, जब दुर्योधन का राज्य-तेज तथा श्रेष्ठता का अहंकार मलिन हो चुका हो; और पाण्डवों का तेज सूर्य के प्रकाश के समान जाज्वल्यमान हो...पाण्डव उस क्षण तक धैर्य धारण कर सकें—इसी में उनका कल्याण है।"

"और मेरे पुत्रों की सुरक्षा?" कुन्ती समझ नहीं पा रही थी कि यदि उसके पुत्रों को प्रकट होने के लिए स्वयं ही संकट उठाना था, तो इतने दिनों तक अज्ञातवास करने का क्या लाभ था!

"तुम्हारे पुत्र अपनी रक्षा स्वयं करेंगे!" व्यास बोले, "यही तो देखना है कि उनमें कितना सामर्थ्य है...।"

व्यास को लगा, कुन्ती का चेहरा कुछ मलिन हो गया है। वे आश्वस्ति-भरी एक मुस्कान अपने अधरों पर लाये, "तुम्हारे पुत्रों पर कोई संकट नहीं आयेगा। इसे मेरा वचन मानो।"

कुन्ती सचमुच कुछ आश्वस्त हुई, "हमें कब चलना होगा महर्षि?"

"यथाशीघ्र! अब प्रतीक्षा के लिए समय नहीं है पुत्रि! मार्ग में तुम्हें सहयात्री मिलते जायेंगे। यदि कोई विघ्न-बाधा आये, तो उसे अनुकूल बनाना तुम्हारे पुत्रों की अपनी क्षमता पर निर्भर है—उसे चाहे अपनी विनम्रता से विजय करें अथवा अपने शौर्य से।" व्यास उठ खड़े हुए, "अब चलता हूँ। आशा है कि तुम लोग कल प्रातः ही प्रस्थान करोगे।" वे पुनः रुके, "काम्पिल्य नगर के बाहर कुम्भकारों के अनेक घर हैं। उन्हीं में से एक में तुम्हारे ठहरने की व्यवस्था मेरे शिष्य करेंगे। कुम्भकार का नाम है—धर्मरक्षित। वहाँ पहुँच जाना, तुम्हें कोई असुविधा नहीं होगी...।"

व्यास चले गये और वे लोग अपने-अपने प्रश्नों के साथ पीछे छूट गये। कुन्ती के मन में अनेक ऊहापोह थे; किन्तु वह न महर्षि के आदेश की अवहेलना कर सकती थी, न उनके परामर्श की!

"क्या सोच रहे हो युधिष्ठिर?" उसने पूछा।

"मैं इस सारी स्थिति को ठीक-ठीक समझ नहीं पा रहा माँ!...मेरे मन में किसी स्वयंवर में जाकर किसी राजकुमारी को जय कर लाने की कहीं

कोई कल्पना भी नहीं है। वस्तुतः मैंने तो अपने विवाह के संदर्भ में कभी कुछ सोचा ही नहीं है। विवाह की सार्थकता बहुत महत्त्वपूर्ण हो कर, कभी मेरे सामने आयी ही नहीं है। हिडिम्बा ने जिस समय भीम का वरण किया था, उस समय भी मेरे मन में क्षण भर के लिए भी यह बात नहीं आयी कि मेरी तनिक भी अवहेलना हुई है।...यह समस्या तो बाद में तुमने ही नकुल और विद्या के संदर्भ में उठायी थी..." युधिष्ठिर ने रुक कर उसे देखा, "और अब भगवान वेदव्यास हमें किस विचित्र स्थिति में डाल गये हैं माँ! मुझे लगता है कि उन्होंने हमारे अज्ञातवास के समापन को, द्रौपदी के स्वयंवर के साथ जोड़ दिया है।...इसका अर्थ है कि प्रतियोगी और प्रत्याशी बन कर उस स्वयंवर में सम्मिलित होना ही होगा...माँ! धर्मशास्त्र परिवेदन को पाप मानते हैं।...तुम्हारा अपना भी यही मत है। तुम चाहती हो कि पहले ज्येष्ठ पुत्र का विवाह हो...इसका अर्थ यह है कि स्वयंवर में मुझे ही प्रत्याशी बनना होगा!...महर्षि यह भी कह गये हैं कि कृष्णा वीर्यशुल्का है... जाने वहाँ कैसी प्रतिज्ञा होगी। कौन-सा अद्‌भुत पराक्रम दिखाना होगा।... मैंने स्वयं को कभी अद्‌भुत पराक्रमियों में नहीं माना है माँ!...मैं जानता हूँ कि अर्जुन मुझसे कहीं श्रेष्ठ धनुर्धर है। गदा-युद्ध और मल्ल-युद्ध में भीम सर्वश्रेष्ठ है। हाँ! तोमर पर मेरा कुछ अधिकार अवश्य है।...और यदि मैं कोई अद्‌भुत पराक्रम नहीं दिखा पाऊँगा, तो क्या पाण्डव आजीवन अज्ञातवास के लिए बाध्य होंगे? क्या हम कभी भी स्वयं को प्रकट नहीं कर पायेंगे?..."

"तुम युधिष्ठिर हो पुत्र!" कुन्ती ने उसके कंधे पर स्नेह भरा हाथ रखा, "इस प्रकार विचलित होना तुम्हें शोभा नहीं देता।"

"विचलित नहीं, मैं चिन्तित हूँ माँ!" वह बोला, "तुम्हें और अपने भाइयों को इस प्रकार द्वार-द्वार धक्के खाते देख, मुझे बहुत पीड़ा होती है। मैं कैसा पुत्र हूँ, जो अपनी माता का कष्ट-निवारण ही नहीं कर पाता! मैं कैसा भाई हूँ, जिसके छोटे भाई इस प्रकार वन-वन भटक रहे हैं!"

युधिष्ठिर की स्थिति देखकर कुन्ती अपनी चिन्ताएँ भूल गयी। उसे अपने पुत्र को इस हताशा की स्थिति से निकालना ही होगा। बड़े हो गये हैं तो क्या, समर्थ हैं तो क्या—हैं तो उसके पुत्र ही। वह उनकी माँ है।

"मुझे लगता है कि हमारे कष्टों का अन्त निकट है पुत्र!" वह बोली, "देखो, महर्षि कितने श्रम से हमें एक लक्ष्य तक पहुँचाने का प्रयत्न कर रहे हैं। वहाँ कृष्ण भी होगा। अन्य यादव भी होंगे। वहाँ तुम्हें तुम्हारे मित्र मिलेंगे पुत्र!..."

"मुझे भी यही लगता है!" भीम बोला, "किन्तु एक बात मेरी समझ में

नहीं आती!..."

"क्या पुत्र!"

"भगवान वेदव्यास हमारे ठहरने की व्यवस्था निर्धन ब्राह्मणों और कंगाल कुम्भकारों के घर ही क्यों करते हैं?"

"और कहाँ करें भैया?"

"वे हमें पंचालराज द्रुपद की अतिथिशाला में ठहरा सकते थे।"

"मध्यम ठीक कहता है।" अर्जुन बोला, "उन्हें चाहिए था कि वे हमें महाराज द्रुपद की अतिथिशाला में, कुरु-राजकुमारों के साथ ठहराते, ताकि लोगों को हमें पहचानने में सुविधा रहती।..."

"जब मेरे अपने भाई ही उत्तम स्थान पर ठहरना नहीं चाहते तो भगवान वेदव्यास को क्या पड़ी है कि वे उसके लिए अनावश्यक प्रयत्न करें...।" भीम ने अपनी खिसियाहट को अपने अट्टहास में छिपा लिया।

उत्कोचक में स्वयं धौम्य मुनि ने उनका सम्मानपूर्वक स्वागत किया।

पाण्डवों ने वनवासी ब्राह्मणों के रूप में अपना परिचय दिया ही था कि मुनि मुस्करा पड़े, "युधिष्ठिर! मुझसे इस प्रकार दुराव न करो पुत्र!"

वे लोग चकित रह गये। इससे पूर्व मुनि से उनका कभी साक्षात्कार भी नहीं हुआ था, तो फिर उन्होंने उन्हें इतने निश्चित रूप से कैसे पहचान लिया? युधिष्ठिर ने स्वयं को संयत कर पूछा, "आपने हमें कैसे पहचाना मुनिवर?"

"भगवान वेदव्यास की कृपा से!" धौम्य मुस्कराए, "वे मुझे बता गये थे कि तुम लोग यहाँ आने वाले हो।"

"उनकी हम पर बड़ी कृपा है मुनिवर!" युधिष्ठिर बोला, "वे एक प्रकार से हमारी अँगुली पकड़कर हमें पग-पग चला रहे हैं।"

"वे धर्म की रक्षा का प्रयत्न कर रहे हैं पुत्रो!" मुनि बोले, "ऋषि के जीवन का एक ही लक्ष्य है—धर्म-स्थापना।" मुनि ने रुक कर उन्हें देखा, "एक आदेश उन्होंने मुझे और भी दिया है वत्स!..." मुनि रुक गये।

पाण्डवों ने उत्सुकता-भरी आँखों से उनकी ओर देखा।

"उन्होंने इच्छा प्रकट की है कि मैं युधिष्ठिर का पौरोहित्य स्वीकार करूँ।"

"क्या?" युधिष्ठिर की आँखें आश्चर्य से फैल गयीं, "पौरोहित्य! मैं क्या राजा बन गया हूँ?..."

"उन्हें पूर्ण विश्वास है कि तुम्हारे राज्यभिषेक में अब विलम्ब नहीं है।" मुनि बोले, "वस्तुतः वे तुम्हारे राज्याभिषेक की ही तैयारी कर रहे हैं।..."

युधिष्ठिर अवाक् खड़ा रह गया।

कुन्ती को लगा, वस्तुतः वह अब समझ पायी थी कि महर्षि उनसे काम्पिल्य जाने का आग्रह क्यों कर रहे थे।...कहीं ऐसा तो नहीं कि उन्होंने वहाँ ऐसी व्यवस्था कर रखी हो कि युधिष्ठिर को उसका राज्य भी मिले और पांचाल राजकुमारी भी?...कुन्ती ने बलात् अपने मन को रोका। कल्पना के ऐसे अश्व दौड़ाने का क्या लाभ?...

कल्पना के अश्वों की वल्गा उसने खींच ली थी; किन्तु उसने अनुभव किया कि उसके मन में अद्भुत उत्साह का संचार हुआ था। ऐसा ही उसके पुत्रों के साथ भी हुआ था। भविष्य जैसे आशा की ज्योति लिये, उनके बहुत निकट खड़ा था।...

"माँ! थक तो नहीं गयीं?" भीम उससे पूछ रहा था।

कुन्ती अपने वर्तमान में लौट आयी : वे लोग नौका में बैठे हुए थे, और काम्पिल्य पहुँचने के लिए गंगा पार कर रहे थे।

"थक तो नहीं गयी माँ?" भीम ने पुनः पूछा।

"नहीं तो!" कुन्ती पूर्णतः सजग हो उठी, "मैं कुछ सोच रही थी।"

"सोचना छोड़ो। आँखें खोलकर देखो। सामने महाराज द्रुपद की राजधानी है। बहुत चर्चा सुनी होगी इसकी!" भीम बोला, "बस, अब पहुँचने ही वाले हैं।"

हाँ!...कुन्ती ने बहुत चर्चा सुनी थी इसकी।...उत्कोचक से यहाँ तक इसकी चर्चा ही तो सुनते आये थे वे लोग। मार्ग में उन्हें काम्पिल्य की ओर जाते हुए झुण्ड-के-झुण्ड लोग मिले थे। साधारण दर्शक, अपने चमत्कार दिखा कर धन कमाने वाले कौतुकी, विद्वान ब्राह्मण तथा याचक ब्राह्मण, व्यापारी, कर्मचारी।...सब काम्पिल्य जा रहे थे और सबकी जिह्वा पर काम्पिल्य की प्रशंसा थी...काम्पिल्य में धन था, काम्पिल्य में धर्म था, काम्पिल्य में वीरों के समूह थे, काम्पिल्य के लोग सुन्दर, सुशिक्षित, परिश्रमी तथा सुसंस्कृत थे...द्रुपद और द्रौपदी की प्रशंसा की तो बात ही क्या...ब्राह्मणों की चर्चा से तो लगता था कि काम्पिल्य में स्वर्ण की वर्षा हो रही थी, जिससे वे अपनी झोली भरने जा रहे थे...

एक धचके के साथ नौका रुक गयी। कुन्ती ने देखा, वे लोग तट पर पहुँच गये थे। नाविक कूद कर भूमि पर पहुँच गया था और मोटे रस्सी से नौका को खूँटे से बाँधने का प्रयत्न कर रहा था।

32

गंगा के तट से थोड़ा हट कर, नगर-प्राचीर के बाहर कुम्भकारों के घर मिट्टी के भाजनों के समान ही बिखरे हुए थे। वहाँ तक पहुँचने में पाण्डवों को तनिक भी कठिनाई नहीं हुई।

एक घर की टूटी दीवार के साथ बैठा एक वृद्ध भाजन सहेज रहा था। युधिष्ठिर ने आगे बढ़ कर पुकारा, "बाबा!"

वृद्ध ने पहले अपनी दृष्टि उठायी और फिर बड़े प्रयत्न से गर्दन फेरी। क्षण भर उन लोगों को देखा और फिर अपनी तर्जनी से एक ओर संकेत कर बोला, "वह है।"

"क्या?" युधिष्ठिर ने विस्मय से उसकी ओर देखा, "मैंने तो अभी आपसे कुछ पूछा ही नहीं है।"

"मुझे मालूम है, तुम क्या पूछ रहे हो।" वृद्ध ने कहा, "तुम कुम्भकार धर्मरक्षित का घर ही ढूँढ रहे हो न! तो वही है उसका घर।" वह निमिष-भर को रुका, "और यदि उसका घर नहीं पूछ रहे, अपने लिए भोजन माँग रहे हो, तो भी वहीं जाओ। वह है धर्मरक्षित का घर!"

युधिष्ठिर चकित रह गया, "मैं कुम्भकार धर्मरक्षित के निवास के विषय में ही पूछ रहा था; किन्तु यह आपको कैसे मालूम हो गया?"

"सारे साधु-महात्मा, संन्यासी, ब्राह्मण, याचक—सभी उसी के घर में आते हैं; इसलिए सभी समझ सकते हैं कि तुम किसका घर पूछ रहे हो।" वृद्ध ने कहा।

"क्या धर्मरक्षित बहुत धनी हैं?" युधिष्ठिर ने पूछा।

"नहीं! बहुत धनी तो वह नहीं है; किन्तु उसे अधिक धन की आवश्यकता नहीं है।"

"क्यों?"

"उसका अपना कोई परिवार नहीं है—न पत्नी, न सन्तान! घर उसके पास बहुत बड़े घेर का हैं। साधु-सन्तों को नहीं ठहराएगा, तो क्या करेगा!"

"ओह!" युधिष्ठिर अपने भाइयों के पास लौट आया।

धर्मरक्षित उन्हें घर पर ही मिल गया। वह मध्यम काया का अधेड़ पुरुष था। उसके वस्त्र सामान्य कुम्भकारों के ही समान साधारण तथा मैले थे। वह अपने काम में लगा हुआ था।

उसने पाण्डवों को सम्मानपूर्वक प्रणाम किया और बोला, "आइए! मैं आपकी प्रतीक्षा ही कर रहा था।"

"हमारे आने से तुम्हें कष्ट तो होगा भैया!" कुन्ती ने कहा।

"कष्ट कैसा बहन!" उसने सहज स्वर में उत्तर दिया, "साधु-सन्त नहीं आयेंगे तो चोर-उचक्के आयेंगे! घर है, तो कोई तो रहेगा ही न! मैं अकेला तो इस घर में पसर कर सो नही सकता।"

"तो इसे बेच क्यों नहीं देते काका?" भीम ने पूछा।

उसने पलट कर भीम को देखा। उसके आकार-प्रकार को निरखा-परखा और बोला, "इसे बेच कर जो धन मुझे मिलेगा, उसका क्या करना है मुझे? वह भी तो किसी को बाँटना ही है! ऐसे में इसे कोई धनी कुम्भकार खरीद लेगा और इन कोठरियों में, जहाँ कुछ भले लोग ठहरते हैं, गधों को बाँधेगा। क्या वह इस स्थान का उचित उपयोग होगा?" उसने उत्तर की प्रतीक्षा नहीं की। कदाचित् वह उत्तर चाहता भी नहीं था। "आओ! तुम्हें ठहरने का स्थान दिखा दूँ।"

उसके पीछे-पीछे चलते हुए नकुल ने पूछा, "अच्छा, काका! जब तुम्हारे लिए धन का तनिक भी उपयोग नहीं हैं, तो तुम घट-निर्माण का कार्य छोड़ क्यों नहीं देते? क्यों इतना श्रम करते हो?"

"धन के लिए श्रम नहीं करता मैं।" धर्मरक्षित बोला, "स्वर्ग में बैठे ब्रह्मा जो इतने घटों का निर्माण करते हैं, तो क्या धनार्जन के लिए? श्रम तो शरीर का धर्म है भैया! विधाता ने शरीर दिया है, तो श्रम करना ही होगा। यह घर और घेर मुझे दिया है और परिवार नहीं दिया; तो मैं समझ गया कि मुझे प्रहरी बनाकर भेजा है उसने। भले लोगों को ठहराता हूँ; और प्रहरी का काम करता हूँ। मनुष्य का तो धर्म ही है विधाता की आज्ञा का पालन। बस, वही कर रहा हूँ।..."

युधिष्ठिर धर्मरक्षित के पीछे-पीछे चलता हुआ सोच रहा था कि क्यों महर्षि वेदव्यास ने उनके यहाँ ठहरने की व्यवस्था की। यदि वे लोग कहीं और ठहरते तो कदाचित् उनके विषय में कोई प्रश्न भी उठता; किन्तु यहाँ तो साधु-संन्यासी ठहरा ही करते हैं। धर्मरक्षित भी अपना धर्म समझ कर, तपस्वियों-संन्यासियों को यहाँ ठहराता है। उसके मन में भी कोई जिज्ञासा नहीं उठेगी...व्यवसाय से चाहे वह कुम्भकार हो, किन्तु प्रकृति से तो संन्यासी ही है। कदाचित् इसीलिए वह भगवान वेदव्यास को इतना प्रिय है।...

"यह रहा आपका कक्ष!" वह बोला, "मेरे घर में बड़ा यही है। पर्याप्त होगा?"

"पर्याप्त है।" युधिष्ठिर बोला, "आजकल तो नगर में गतिविधि बहुत बढ़ गयी है, बड़ी संख्या में लोग बाहर से काम्पिल्य आ रहे हैं। क्या आपके पास

कोई और अतिथि नहीं ठहरा?"

धर्मरक्षित हँसा, "ब्राह्मण! समर्थजन तो मेरे अतिथि होंगे नहीं। जिन संन्यासियों को राजा ने स्वयं बुलाया है, उनके ठहरने की व्यवस्था भी राजा ही करेंगे; और जो याचक हैं, वे उन श्रीमन्तों के निकट ही ठहरेंगे, जहाँ से उन्हें दान में धन मिलने की संभावना है। आप निश्चिंत रहें, यहाँ इन दिनों किसी और के आने की संभावना बहुत ही कम है।" धर्मरक्षित मुड़ते-मुड़ते बोला, "आप लोग थके होंगे। आज भिक्षाटन करने कहाँ जायेंगे। कुछ भोजन-सामग्री भिजवा देता हूँ। अपनी व्यवस्था कल से कर लीजिएगा।"

धर्मरक्षित चला गया। वे लोग कक्ष में जहाँ-तहाँ बैठ गये।

"अब?" कुन्ती ने पूछा।

"स्वयंवर में अभी एक सप्ताह का समय है।" युधिष्ठिर बोला, "तब तक हमें केवल समय ही व्यतीत करना है। भोजन की व्यवस्था तो भिक्षाटन से ही होगी—धर्मरक्षित संकेत भी कर गया है।"

"अच्छा ही है।" भीम बोला, "भिक्षाटन के बहाने जायेंगे; सारे नगर का भ्रमण करेंगे और आवश्यक समाचार एकत्रित करेंगे।"

"योजना तो अच्छी है।" सहदेव बोला, "किन्तु यदि नगर में समाचार तथा अन्न संचित करते हुए मध्यम पहचान लिए गये तो? यह एकचक्रा तो है नहीं, जहाँ किसी ने पाण्डवों को कहीं देखा ही नहीं था।..."

"मध्यम ही क्यों, तुम क्यों नहीं पहचाने जाओगे?" भीम ने कुछ उत्तेजित स्वर में पूछा।

"क्योंकि मध्यम का आकार-प्रकार असाधारण है।" सहदेव बोला।

"तो?"

"अन्न संचित करने में उतना संकट नहीं है, क्योंकि वह किसी भी घर से मिल जायेगा; किन्तु समाचारों के लिए, आपको उन्हीं लोगों के समीप जाना होगा, जो आपको पहचानते हैं।" सहदेव बोला।

"इस दृष्टि से तो हम अपने किसी मित्र को भी अपना परिचय नहीं दे सकते।" युधिष्ठिर बोला।

"महर्षि ने स्पष्ट रूप से कहा था कि तुम लोग अपना परिचय किसी को नहीं दोगे।" कुन्ती बोली, "तुम्हारे मित्र स्वयं तुम्हें खोजेंगे; तुम उन तक पहुँचने का प्रयत्न नहीं करोगे।"

"तो कृष्ण को सम्मुख देखकर भी मैं उसे नहीं बताऊँ कि मैं अर्जुन हूँ?"

"नहीं!" कुन्ती के स्वर में आदेश का भाव अत्यन्त मुखर था।

माँ का आशीर्वाद लेकर पाण्डव एक-एक कर कुम्भकार के घर से बाहर निकले। न तो कुन्ती चाहती थी कि वे लोग एक साथ बाहर जायें; और न उनकी ही अपनी ऐसी कोई इच्छा थी। सबसे पहले युधिष्ठिर और सहदेव गये। वे कुछ दूर निकल गये तो अर्जुन धीरे-धीरे बाहर निकला।

भीम चलने लगा, तो जैसे उसके मन में कोई बात आयी और वह रुक गया...

"क्या बात है भीम?"

"माँ! एक बात मेरे मन में बहुत देर से द्वन्द्व मचा रही है। अब चलते-चलते सोचा कि तुमसे कह ही दूँ।"

"क्या बात है पुत्र!"

"माँ! हम सबकी इच्छा है कि घटनाएँ तुम्हारे मनोनुकूल ही घटें। ज्येष्ठ ही स्वयंवर में भाग ले और कृष्णा को प्राप्त करे। किन्तु माँ! कृष्णा वीर्यशुल्का है।..."

"तो?"

"यदि वहाँ ऐसी प्रतिज्ञा हुई, जिसे ज्येष्ठ पूर्ण न कर सका, तो?"

कुन्ती भीम की आँखों में कुछ पढ़ती रही। फिर जैसे उससे संतुष्ट न होकर, अपनी ओर से कुछ न कह, उसने भीम को ही कुरेदना उचित समझा, "तो क्या तुम भी प्रतियोगी बनना चाहते हो? ज्येष्ठ के प्रतिद्वन्द्वी होना चाहते हो?"

"इसीलिए तो मैं कह नहीं रहा था माँ; कि कहीं तुम इसे मेरी लोलुपता न मान लो!" भीम बोला, "मैं ज्येष्ठ का प्रतिद्वन्द्वी नहीं होना चाहता; किन्तु यदि ज्येष्ठ असफल हो गया; अथवा वह प्रतिज्ञा ही ज्येष्ठ के क्षमता-क्षेत्र से बाहर हुई, तो क्या हम चुपचाप वापस लौट आयें?...या फिर जैसाकि पितामह वेदव्यास ने कहा है, मैं कोई अद्भुत पराक्रम दिखाऊँ? जो दायित्व ज्येष्ठ पूर्ण न कर सके, वह फिर मध्यम के स्कंधों पर ही आ टिकता है।"

कुन्ती को लगा, वह ठीक ही कह रहा है। युधिष्ठिर के पश्चात् दायित्व उस पर ही तो पड़ते हैं; और वैसे भी यदि प्रतिज्ञा पूर्ण करने के लिए शारीरिक बल की ही आवश्यकता हुई, तो भीम ही तो उसे पूर्ण करेगा...

"कैसा अद्भुत पराक्रम करोगे तुम?"

"मैं कृष्णा का हरण करूँगा।"

कुन्ती कुछ क्षणों के लिए जड़ बनी खड़ी रही : क्या कहे वह? उसकी इच्छा और महर्षि के निर्देशों में विरोध उठ खड़ा हुआ था।...भीम उसकी आज्ञा की प्रतीक्षा में था...क्या कहे वह कि वे लोग भगवान वेदव्यास का आदेश न

मानें? क्या वह स्वयं को महर्षि से श्रेष्ठतर समझती है? क्या कहे अपने पुत्र से कि पितामह का आदेश न मान कर माता का आदेश माने! श्वसुर सम, वयोवृद्ध, तपःसिद्ध महर्षि के आदेश को कुन्ती तिरस्कृत कर दे?...

और फिर बिना पराक्रम किये, पाण्डव आजीवन अज्ञातवास करते रहें? ...किन्तु भीम प्रतिज्ञा पूर्ण करने के स्थान पर हरण की बात कर रहा है। जो पाण्डव अकेले दुर्योधन से भयभीत होकर अज्ञातवास करते रहे हैं, क्या वे आर्यावर्त्त की सारी राजशक्तियों को चुनौती देकर पांचाली कृष्णा का हरण करेंगे—बिना शस्त्रों के, बिना सेना के, बिना सहायकों के?...भीम का मनोबल कुछ अधिक ही ऊँचा था...

सहसा कुन्ती ने स्वयं को साधा, "पुत्र! दुस्साहस मत करना। केवल पराक्रम करना। महर्षि की इच्छा का पालन करना। अपने कामना-तुरंग के पीछे घिसटते मत जाना।"

भीम ने माँ के चरण छुए और चल पड़ा। उसके पीछे-पीछे ही नकुल भी रंगशाला की ओर बढ़ गया।

वेदव्यास ने ज़ब कृष्णा के वीर्यशुल्का होने की बात कही थी, भीम तब से ही पर्याप्त ऊहापोह में था। वह जानता था कि ऐसे सारे अवसरों पर प्रतिज्ञा पूर्ण करने के लिए पर्याप्त शारीरिक बल और शस्त्रों का कौशल अपेक्षित होता था। युधिष्ठिर एक श्रेष्ठ योद्धा अवश्य था; किन्तु उसकी प्रवृत्ति युद्धानुकूल नहीं थी। इसीलिए न वह अर्जुन बन पाया था, न भीम! जाने स्वयंवर की प्रतिज्ञा क्या हो...सम्भव है कि उसमें युधिष्ठिर सक्षम न हो।...और यदि परीक्षा ऐसी ही है, कि उसमें युधिष्ठिर सफल हो सकता है, तो वहाँ ऐसे अनेक क्षत्रिय राजा और राजकुमार होंगे, जो उस परीक्षण में सफल हो सकते हैं। ऐसे में भगवान वेदव्यास की इच्छानुसार चरम पराक्रम कैसे दिखाया जा सकता है?

मुख्य पथ तक पहुँचते-पहुँचते भीम के मन का स्वर पर्याप्त मंद हो गया था। बाहर इतने आकर्षण थे कि मन की ओर दृष्टि ही नहीं जाती थी। लगता था कि सारा नगर सजधज कर द्रुपद की रंगशाला की ही ओर चल पड़ा है। जैसे छोटी-छोटी जलधाराएँ बड़ी नदी की ओर; और समस्त नदियाँ निरन्तर समुद्र की ओर बहती चलती हैं, वैसे ही यहाँ जन-धाराएँ रंगशाला की ओर बह रही थीं।

रंगशाला के मुख्य द्वार से ही पृथक्-पृथक् मार्ग नियत कर दिये गये थे। द्वारपालों ने जब भीम को राजसमाज की ओर जाने वाले मार्ग पर रोक कर, किसी भी राजपद से रहित, सामान्य तपस्वी ब्राह्मणों के खण्ड की ओर जाने

वाले मार्ग की ओर मोड़ा तो भीम का मन उन्मादी अश्व के समान अपने पिछले दोनों पैरों पर खड़ा होकर क्रोध में फूत्कार करने लगा; किन्तु तत्काल ही उसके विवेक ने उसकी वल्गा थाम ली। द्वारपाल अपना कर्त्तव्य ही कर रहा था। भीम ने जब सामान्य ब्राह्मण का वेश बना रखा था, तो वह उसे, उसी खण्ड की ओर ही तो प्रेरित करेगा।...और ब्राह्मण भी कैसा!...राजसभा से सम्बन्धित कोई वैभवशाली ब्राह्मण भी नहीं—मृगचर्म पहने हुए, शरीर पर भभूत रमाए, सिर पर जटाजूट धारण किये—वनवासी, तपस्वी ब्राह्मण!...

अपने मन का दमन भीम को अत्यन्त कष्टकारी लगा। वह उन द्वारपालों से कहना चाहता था कि वे पदवी को क्यों देखते हैं, प्रतिभा को क्यों नहीं देखते? दुर्योधन के षड्यन्त्र ने पाण्डवों को वारणावत में जलाने का प्रयत्न किया और भीम ने अपना वेश बदल लिया, तो भीम कुछ और हो गया क्या? और भीम जैसा राजा इस सारे राज समाज में एक भी नहीं होगा—वह तो हिंडिबवन का राजा वृकोदर है। भीम अभी राजा वृकोदर बन जाये, तो इस राजसमाज के आधे राजा मूर्च्छित हो कर अपने स्थान पर गिर पड़ें।...

भीम की कल्पना कुछ और आगे भी बढ़ती कि उसे स्मरण हो आया कि उसके भाई तो उसी ब्राह्मणों वाले खण्ड में बैठे उसकी प्रतीक्षा कर रहे होंगे। उसे उनके ही पास जाना है। वह व्यर्थ ही राज-समाज की ओर जाने के लिए उत्कंण्ठित हो रहा है।...भीम तत्परता से उसी ओर बढ़ गया।

उस खण्ड में उसे अपने भाइयों को ढूँढ़ने में तनिक भी कठिनाई नहीं हुई। वे सब लोग एक साथ नहीं बैठे थे; आस-पास ही बैठे हुए थे और उत्सुक नयनों से सारी रंगशाला और उसमें उपस्थित लोगों को देख रहे थे।...भीम को लगा कि वे पाँचों भाई एक ओर स्वयं को जन-सामान्य की दृष्टि से छिपाये हुए हैं और निरन्तर प्रयत्नशील हैं कि कोई उन्हें पहचान न ले; और दूसरी ओर भीम के ही समान शायद उन सबके मन में उत्कट लालसा है कि संसार उन्हें पाण्डव राजकुमारों के रूप में पहचाने तथा अज्ञातवास से उन्हें मुक्ति मिले...

सहसा भीम की दृष्टि राज-खण्ड की ओर उठी : वहाँ अभी कुछ हलचल हुई थी। कुछ लोग अभी-अभी आये थे और शेष लोग उठकर उनका स्वागत कर रहे थे। उनके वार्तालाप का कोई शब्द यहाँ तक नहीं पहुँच रहा था; किन्तु इतना आभास मिल जाता था कि वहाँ हर्षोल्लास का वातावरण तो है ही, परिवेश में एक प्रकार की उत्तेजना भी छायी हुई है।

लोग अपने-अपने आसनों पर जा बैठे और उस खण्ड में कुछ स्थिरता आयी तो दृश्य भी स्पष्ट हुआ। नवागन्तुकों को पहचानने में भीम को कठिनाई नहीं हुई : दुर्योधन, दुःशासन, कर्ण, अश्वत्थामा, शकुनि...दुर्विषह, दुर्मुख,

दुष्प्रघर्षण, विकर्ण, सह, युयुत्सु, वायुवेग, भीमवेगरव...

भीम की आँखों में रक्त उतर आया : ये हत्यारे वहाँ राजसमाज में सम्मानित अतिथि बने उच्चासनों पर बैठे हैं; और वह अपने भाइयों के साथ यहाँ सामान्य जन-समुदाय में अस्तित्वहीन अज्ञात के समान बैठा है। वे लोग कर्ता होंगे, और भीम तालियाँ बजाने वाला दर्शक होगा।

पेट की आँतों को चीरते हुए, जैसे कोई चीत्कार वक्ष की ओर बढ़ता है; वैसे ही भीम के मन में आदिम पशु सरीखी एक इच्छा उठी कि वह मार्ग की विघ्न-बाधाओं को रौंदता हुआ, राजाओं के मण्डप तक दौड़ता चला जाये; और बिना किसी शस्त्र के ही दुर्योधन का कण्ठ अपने इन्हीं हाथों से दबा कर, उसे पशु के समान मार डाले।...इस नरपिशाच ने दो-दो बार उसकी हत्या की है...उसकी माता और उसके भाइयों की हत्या की है, उनका राज्याभिषेक छीन लिया है, उनके वैभव का हरण कर लिया है...यह नीच, हत्यारा, पापी, दम्भी, यह पशु, सम्मानित अतिथि के समान राज-समाज में बैठा है...

युधिष्ठिर ने भी दुर्योधन को अपने साथियों के साथ मण्डप में आ कर आसनासीन होते देखा। उसके मन में भी एक हूक उठी : यह सामने बैठा व्यक्ति हत्यारा था, आततायी। उसे किसी ने कोई दण्ड नहीं दिया था—न विधाता ने, न राजा ने, न समाज ने...वह यहाँ सम्माननीय था। यदि हत्यारों को राजाओं का अधिकार और सम्मान मिल जायेगा, तो प्रजा का क्या होगा? ...और सहसा उसका ध्यान अपने भाइयों की ओर चला गया...कहीं भीम और अर्जुन ने उन्हें देख लिया...

उसकी दृष्टि भीम की ओर घूमी : भीम के चेहरे के उग्रभाव और उसकी आँखों की आरक्त आभा को देखते ही वह समझ गया कि भीम ने दुर्योधन को देख लिया है।...युधिष्ठिर के मन में भय जागा : कहीं भीम स्वयं को संयत नहीं रख सका तो?...उसकी दृष्टि अर्जुन की ओर घूमी : अर्जुन कदाचित् उन्हीं की ओर देख रहा था। सहदेव मुख नीचा किये, आत्मलीन-सा कुछ सोच रहा था। नकुल अभी-अभी आ कर बैठा था और जाने क्यों अपना मुख पोंछ रहा था।...

"जो सामने दिखायी देता है, वही सत्य नहीं है पुत्र!" एक वृद्ध ब्राह्मण, जाने किस संदर्भ में, अपने साथी को समझा रहा था, "कई बार देखा गया है कि मलिन आत्मा को छिपाने के लिए चमकीला और भड़कीला वेश धारण किया जाता है; और मलिन वेश में एक से एक उज्ज्वल, द्युतिमान आत्माएँ मिल जाती हैं।..."

लगा, भीम के आक्रोश को अभिव्यक्ति का एक मार्ग मिला। बोला, "ठीक कह रहे हैं बाबा! ये जो स्वर्ण किरीटधारी, उज्ज्वल वस्त्र पहने, चँवर झुलाती

दासियों की छाया में उस मण्डप में उच्चासनों पर बैठे हैं—वे क्या चरित्रवान लोग हैं? जाने कितने-कितने लोगों के अधिकार छीन कर, कितने लोगों के वैभव का हरण कर, और कितने लोगों की हत्याएँ कर, इन्हें ये आसन मिले हैं।"

अच्छा ही है—युधिष्ठिर बोला—इस प्रकार भीम इधर-उधर की कह-सुनकर, अपने आक्रोश को शान्त कर लेगा। नहीं तो यदि कहीं, वह कुछ कर बैठने की उद्यत हो जाता तो...किन्तु अपने आवेश में कहीं वह कुछ अधिक ही न कह जाये...

"रजोगुण तो पनपता ही दूसरों के दमन पर है पुत्र!" वह वृद्ध बोला, "कभी तुमने ऐसा सागर देखा है, जो सरिताओं का जल लिये बिना, इतना विराट हो गया हो?"

"प्रजा और राजा में तो एक समझौता है आर्य!" नकुल धीरे से बोला, "सरिताएँ सागर को परिपूरित करती हैं और सागर अपना जल बरसा कर उनका पालन-पोषण करता है; उनके जीवन की रक्षा करता है।"

"तुम आदर्श का वर्णन कर रहे हो युवक!" वह ब्राह्मण बोला, "और मैं तुम्हें व्यवहार बता रहा हूँ। इन्हें अधिकार इसीलिए दिये गये कि वे प्रजा का पालन करें, उसका रक्षण करें। और इनमें से अधिकांश को देखो, तो वे प्रजा का भक्षण कर रहे हैं। वे अधिकार अपने कर्त्तव्य के लिए नहीं, अपने भोग के लिए चाहते हैं। ये लोग यह भूल जाते हैं कि जब वे एक व्यापक हित को भूल कर अपने सीमित स्वार्थ को साधने लगते हैं, तो उसी क्षण से उनकी अपनी जड़ें भी कटने लगती हैं। प्रजा-पालन बड़ा कठिन कार्य है पुत्र! आजकल का राजसमाज तो आततायियों का समाज हो गया है। उन कौरवों को ही देखो : अपने ही भाइयों को जला कर मरवा डाला। और अब किरीट धारण कर, शाल-दुशाले ओढ़े भले लोग बने बैठे हैं। सब के सब दुर्वृत्त।...हाँ! हमारे राजा द्रुपद की बात और है। कैसे सन्नद्ध रहते हैं पिता-पुत्र! कहीं किसी ने तप्त-निःश्वास छोड़ा और राजा उसका कष्ट जानने के लिए दौड़ा... ।"

उसी समय राज-मण्डप में फिर एक बार हलचल मच गयी। कदाचित् फिर कोई नया अतिथि आया था। आगंतुक कदाचित् बहुत ही महत्त्वपूर्ण व्यक्ति था। सारा मण्डप जैसे एक तीव्र उत्तेजना से ग्रस्त हो उठा था। कुछ लोग उठ कर स्वागत के लिए बाहर भागे थे; कुछ मात्र अपने स्थान पर ही खड़े हो गये थे। जिन्होंने अपने वय अथवा पद की गरिमा के कारण अपने स्थान से उठना आवश्यक नहीं समझा था, अप्रभावित वे भी नहीं रह पाये थे।...

इस बार मण्डप में प्रवेश करने वाले कृष्ण और बलराम थे। उनके पीछे-पीछे सात्यकि, अक्रुर, उद्धव, कृतवर्मा तथा अन्य यादव योद्धा थे।...

पाँचों भाइयों की दृष्टि मिली और इस दृष्टि का उल्लास किसी से भी छिपा नहीं था।...अर्जुन के मन में एक विचित्र उत्कण्ठा जागी—सामने उसका मित्र कृष्ण खड़ा था...बस, इतनी ही तो दूरी थी।...वह कुछ ऊँचाई पर बनाये गये राजाओं के मण्डप में था, सब राजाओं से भेंट कर रहा था; हँस रहा था; उसके आनन पर सदा के समान अपनी सम्मोहिनी माधुरी थी। कहीं चिन्ता की कोई रेखा नहीं थी, उसके चेहरे पर।...किन्तु उसे क्या पता कि उसका सखा अर्जुन, रंगशाला के इस ओर, यहाँ सामान्य निर्धन ब्राह्मणों के बीच इस अनामहीन भीड़ में भूमि पर बैठा हुआ, उसकी ओर देख रहा था।...एक विवेकहीन, उन्मादी, प्रबल इच्छा जैसे अर्जुन के सम्पूर्ण व्यक्तित्व को लीलती जा रही थी।...वह क्यों नहीं भाग कर जाता और कृष्ण को अपनी भुजाओं में भर लेता।...जब कृष्ण, बलराम और सात्यकि हैं...इतने यादव योद्धा हैं; और वे स्वयं पाँचों भाई...फिर किसका भय है पाण्डवों को?...किन्तु महर्षि व्यास ने उन्हें बाँध रखा था...उन्हें स्वयं प्रकट नहीं होना था।...और अभी तो उन्हें कोई चरम पराक्रम भी करना था..

मांगलिक वाद्य बजने आरम्भ हो गये। मांगलिक वेश में सजे पांचाल सैनिक में प्रवेश मंडप कर अनुशासन-बद्ध ढंग से अपने-अपने स्थान पर खड़े हो गये। सुन्दर उत्सवी वेश में सजी तरुणी दासियों ने मंगल घटों से सुशोभित मार्ग पर पुष्प बरसाने आरम्भ कर दिये।...

और सारी रंगशाला जैसे एक उन्माद में उठ खड़ी हो गयी...पंचाल नरेश महाराज द्रुपद की पुत्री, राजकुमारी कृष्णा, स्वयंवर मण्डप में प्रवेश कर रही थी।

आगे-आगे स्वयं राजा यज्ञसेन द्रुपद अपने राजपुरोहित के साथ चल रहे थे; और उनसे दो पग पीछे बहन कृष्णा को लेकर राजकुमार धृष्टद्युम्न आ रहा था।

सारे आयोजन के नियन्ता के रूप में द्रुपद अपने लिए नियत आसन पर आसीन हुए।

अर्जुन की दृष्टि द्रुपद पर टिक गयी : यह है पांचाल का राजा—तेजस्वी, शक्तिशाली, न्यायप्रिय और अपनी प्रजा का प्यारा।...उसके मन में अर्जुन के लिए कोई शत्रुता नहीं रही होगी; अर्जुन के मन में भी उसके लिए कोई वैर-भाव नहीं था।...किन्तु गुरु की इच्छा पूर्ण करने के लिए, अर्जुन ने इस वीर पुरुष को पराजित किया था, अपमानित किया था; और बन्दी बना, ला कर गुरु के चरणों में डाल दिया था।...उस दिन अर्जुन धनुष-बाण लिये, विजयी

योद्धा के रूप में गर्व से मस्तक ऊँचा उठाये आश्वस्त खड़ा था; और बँधे हाथों वाली बंदी राजा द्रुपद सिर झुकाये चुपचाप खड़ा था। उसकी आँखों में अग्नि भी थी और अश्रु भी...और आज वही द्रुपद, इस सारे आयोजन के केन्द्र में स्वामी के रूप में बैठा है और अर्जुन बैठा है—यहाँ भूमि पर, तपस्वी, याचक ब्राह्मणों की इस भीड़ में, एक अस्तित्वहीन ब्राह्मण के रूप में, जिसका नाम तक अर्जुन नहीं था।...इस क्षण यदि द्रुपद को ज्ञात हो जाये कि वह वही अर्जुन है, जिसने उसे पराजित कर अपमानित किया था, तो कदाचित् अर्जुन का सिर उसके कंधों पर नहीं रह पायेगा।...फिर भी महर्षि व्यास ने कहा था कि उन लोगों को यहाँ आना ही चाहिए...किन्तु महर्षि ने यह भी तो कहा था उन्हें स्वयं प्रकट नहीं होना है। थोड़ी देर पूर्व के उत्साह में यदि अर्जुन जा कर कृष्ण को अपनी भुजाओं में भर लेता...और उसे पहचान कर, एक ओर से दुर्योधन और दूसरी ओर से पांचाल उस पर टूट पड़ते, तो यादव योद्धा क्या करते?...

राजपुरोहित, राजा के आसन के सम्मुख बनाये गये मंच पर धर्माधिकारी के रूप में प्रतिष्ठित हुए। धृष्टद्युम्न, कृष्णा को लेकर रंगशाला के केन्द्र में बनाये गये विशिष्ट मण्डल में जा पहुँचा। कृष्णा हाथों में जयमाला लेकर, उपयुक्त स्थान पर खड़ी हो गयी। धृष्टद्युम्न बढ़ कर उद्घोषक-पीठ पर आया। उसने एक सिंहदृष्टि जनसमुदाय पर डाली और दोनों भुजाएँ उठा कर जन-समूह को शान्त हो बैठ जाने का संकेत किया।

वाद्य-यंत्र मौन हो गये। जन-समुदाय शान्त हो गया।

"अभ्यागत राजन्य समाज तथा उपस्थित जन-समाज सुनें। अपने पिता पंचालराज की आज्ञा और राजपुरोहित की अनुमति से मैं यह घोषणा कर रहा हूँ। पंचाल राजकुमारी, द्रुपद पुत्री कृष्णा इस स्वयंवर में अपने उपयुक्त वर वरण करेगी। राजकुमारी वीर्यशुल्का है, इसलिए यह चयन स्वयंवर की प्रतिज्ञा के अधीन होगा। उत्तम कुल, सुन्दर रूप और श्रेष्ठ बल से सम्पन्न जो वीर प्रतिज्ञा पूरी करेगा, मेरी बहन उसी का वरण करेगी।"

धृष्टद्युम्न ने कर्मचारियों को संकेत किया। उन्होंने रज्जु खींचकर यवनिका हटा दी। यवनिका के पीछे से क्या प्रकट हुआ है, यह देखने के लिए जन-समुदाय कोलाहल के साथ उठ खड़ा हुआ।

धृष्टद्युम्न ने पुनः भुजा उठा कर लोगों को शान्त किया और उच्चस्वर में कहा, "सामने स्तम्भ पर यह एक यंत्र टँगा है। यंत्र निरन्तर घूम रहा है; और उसके ऊपर धातु की बनी एक मत्स्याकृति टँगी है।...और यहाँ यह विराट तथा कठोर धनुष रखा गया है। इसके साथ ये पाँच लौह बाण हैं। उत्तम कुल, सुन्दर रूप और श्रेष्ठ बल से सम्पन्न जो वीर इस धनुष की प्रत्यंचा चढ़ा कर, पाँच

बाणों से एक साथ, इस घूमते यंत्र में से ऊपर टँगी मत्स्याकृति का चक्षु-वेधन कर देगा, राजकुमारी अपने पति के रूप में उसका वरण करेगी।..."

धृष्टद्युम्न मौन हो गया; किन्तु इस बार पहले के समान जन-कोलाहल नहीं उठा। उपस्थित जन-समुदाय जैसे स्वयंवर की प्रतिज्ञा सुन कर स्तब्ध रह गया था।

युधिष्ठिर ने पांचाली को देखा था, तो देखता ही रह गया था। उसके मन में एक अनाम-सी इच्छा उठी थी कि पांचाली की दृष्टि भी उस पर पड़े। वह देखे कि साधारण लोगों में भी एक असाधारण व्यक्ति बैठा है। वह जाने कि यह हस्तिनापुर का युवराज, पाण्डुपुत्र युधिष्ठिर है। उसे लगा कि इतने समय के पश्चात् आज पहली बार उसे अपना इस प्रकार अज्ञात वनवासी ब्राह्मण का वेश असुविधाजनक लगने लगा था। यदि कहीं वह इस समय किसी भी प्रकार हस्तिनापुर का कुरु-युवराज युधिष्ठिर हो पाता...और अकस्मात् ही उसका मन कृतज्ञता से महर्षि के सामने झुक गया। ऋषि ने कितनी दूर की बात सोची थी! यदि आज पांचाली कृष्णा से युधिष्ठिर का सम्बन्ध हो जाता है, तो अकेले युधिष्ठिर का ही नहीं, सारे पाण्डवों का पुनर्जन्म होगा...और यह भी कितना अच्छा किया महर्षि ने कि उन्हें स्वयं को प्रकट करने का निषेध कर दिया, अन्यथा बहुत सम्भव था कि पांचाली को देखने के पश्चात् युधिष्ठिर का उन्मत्त मन कोई असावधानी कर बैठता...

किन्तु स्वयंवर की प्रतिज्ञा सुनते ही युधिष्ठिर की सारी उत्तेजना जैसे झाग के समान स्वतः बैठ गयी।...यह प्रतियोगिता उसके लिए थी ही नहीं। ...वह अच्छा धनुर्धर था—कृपाचार्य तथा आचार्य द्रोण का शिष्य! युद्ध होने पर महारथियों में ही गिना जायेगा।...किन्तु यह प्रतिज्ञा तो महारथियों अथवा अतिरथियों के वश की बात नहीं थी। पता नहीं इस प्रतिज्ञा की घोषणा भगवान महादेव के किस अंशावतार को ध्यान में रखकर की गयी थी, या... महाराज द्रुपद अपनी पुत्री का विवाह ही नहीं करना चाहते थे...या फिर सम्भव है कि पांचालों ने यह योजना सारे आर्यावर्त्त के वीरों को अपमानित करने के लिए बनायी हो...

युधिष्ठिर को लगा कि उसके लिए यहाँ बैठना अब सम्भव नहीं था। वह यह पराक्रम कर नहीं सकता; और पांचाली कभी यह जान नहीं सकती कि इन ब्राह्मणों के मध्य युवराज युधिष्ठिर बैठा है।...अच्छा है कि वह यहाँ से उठ ही जाये; अन्यथा यहाँ तो कदाचित् उसका श्वास ही रुद्ध हो जायेगा...किन्तु व्यासदेव ने कहा था कि पाण्डवों को काम्पिल्य में चरम पराक्रम करना पड़ेगा...

पर युधिष्ठिर तो इस पराक्रम को करने की कल्पना भी नहीं कर सकता...भीम भी इस प्रतियोगिता के लिए उपयुक्त प्रत्याशी नहीं था, न ही नकुल और सहदेव इस प्रतिज्ञा को पूर्ण कर सकते थे। यह परीक्षण तो मात्र धनुर्धर अर्जुन के लिए ही हो सकता है। क्या भगवान वेदव्यास इसी परीक्षण को चरम पराक्रम कह रहे थे? क्या अर्जुन इस प्रतिज्ञा पर पूरा उतरेगा? माँ चाहती थीं कि उनमें से कोई भी अपने भाइयों का प्रतिद्वन्द्वी ने बने...यहाँ इस प्रतिज्ञा ने स्वयं ही निर्णय कर दिया था कि उनमें से कोई भी अर्जुन का प्रतिद्वन्द्वी नहीं होगा।...वैसे भी यह पाण्डवों के अस्तित्व का प्रश्न है। उन्हें वारणावत की अग्नि में भस्म हो कर कदाचित् इस स्वयंवर में पुनः शरीर धारण करना है। उनका यह पुनर्जन्म कदाचित् इस चरम पराक्रम के ही अधीन है...और यह पराक्रम केवल अर्जुन का ही कार्य है...एक मात्र पाण्डव, जो यह अद्‌भुत कार्य करने की क्षमता रखता है।...क्षमता रखता भी है या युधिष्ठिर की अपने भाई के लिए यह ममता मात्र है!...यदि अर्जुन यह पराक्रम कर लेता है, तो वह भी तो युधिष्ठिर की ही विजय है। वे लोग पृथक्-पृथक् हैं ही नहीं—वे तो एक ही शरीर के विभिन्न अंग हैं। एकचक्रा में भी तो पाँच मुखों वाले यक्ष का एक मुख भीम था। यहाँ उसी दस भुजाओं वाले यक्ष की दो भुजाएँ अर्जुन है। वे पाँचों मिलकर एक व्यक्तित्व हैं, एक अस्तित्व! यह कर्म अर्जुन को ही करना होगा...

किन्तु यदि यह कार्य अर्जुन को ही करना है तो युधिष्ठिर के यहाँ बैठे रहने का क्या लाभ?...उसका मन संभ्रम की स्थिति में है, संभाले संभल नहीं रहा है, व्यर्थ ही कहीं पहचान लिये गये, तो कोई बवण्डर उठ खड़ा हो सकता है। कई बार वे लोग आपस में चर्चा करते हुए परिहास में ही कहा करते थे कि दुर्योधन यदि किन्हीं पाँच पक्षियों को भी एक साथ देखता है तो उसका पहला संदेह यही होता है कि कहीं ये पाण्डव तो नहीं! कदाचित् इसीलिए माँ भी उन पाँचों को एक साथ किसी सार्वजनिक स्थान पर भेजना नहीं चाहतीं।... फिर यहाँ बैठे रहने का क्या लाभ, जहाँ इतने सारे लोग उन्हें पहचानते हैं—सारे कौरव, गन्धार, पांचाल, यादव...कौन नहीं पहचानता उन्हें? राजा द्रुपद को जिस ध्वज तले पराजित कर अपमानित किया गया था, उस युधिष्ठिर को यहाँ कौन नहीं पहचानता?...और कहीं अपने बड़े भाई को उपस्थित देख, अर्जुन यह पराक्रम करने में संकोच कर गया तो?...युधिष्ठिर को यहाँ से हट ही जाना चाहिए...कोई लाभ नहीं उसके यहाँ बैठने का...

युधिष्ठिर ने भीम की ओर देखा : भीम की आँखों में उत्तेजना नहीं थी। वहाँ शान्ति थी और पूर्ण स्पष्टता। उसने अर्जुन की ओर संकेत किया। युधिष्ठिर ने अर्जुन की ओर देखा : वह पांचाली की उपेक्षा कर उस यंत्र को

देख रहा था। उसे देख कर लगता था, जैसे स्वयंवर पांचाली का न होकर, यंत्र का हो। उसे तो धनुर्विद्या का उन्माद था...जहाँ कहीं धनुर्विद्या की कोई बात हो, उसकी आत्मा वहीं मँडराती रहती थी।...युधिष्ठिर ने नकुल की ओर देखा। किसी कारण से नकुल भी उसी की ओर देख रहा था।...युधिष्ठिर इतनी दूर से कुछ कह तो सकता नहीं था। वह उठ कर खड़ा हो गया। नकुल की आँखों में प्रश्न-चिन्ह कुछ और बड़े हो गये।...उसके पास से हो कर जाते हुए युधिष्ठिर बोला, "मेरा यहाँ बैठना व्यर्थ है। आवास पर माँ अकेली हैं।..." वह ब्राह्मणों वाले खण्ड से निकल, स्वयंवर-मण्डप से बाहर जाने वाले मार्ग की ओर चल पड़ा।

युधिष्ठिर मण्डप से बाहर निकला ही था कि नकुल और सहदेव दोनों ही उससे आ मिले।

"भैया! मध्यम और कनिष्ठ तो वहीं बैठे हैं।" सहदेव ने कहा।

"बच्चे नहीं हैं कि मार्ग भूल जायेंगे। वे अपने-आप आवास पर आ जायेंगे।" युधिष्ठिर की खीज जैसे फूट पड़ी...उसने तत्काल स्वयं को सँभाला, "जहाँ इतना बड़ा कौतुक हो रहा हो, वहाँ से भीम सहज ही उठ कर कैसे चला आयेगा! वह तो अन्त तक सब कुछ देखेगा और फिर भिक्षाटन करके ही लौटेगा।"

नकुल ने आश्चर्य से युधिष्ठिर को देखा; क्या हो गया है ज्येष्ठ को! इस प्रकार तो न कभी भैया खीझे थे और न ही कभी उन्होंने भीम का इस प्रकार उपहास किया था।...

"आप कुछ विचलित हैं भैया!" नकुल कहे बिना रह नहीं सका।

"हाँ नकुल!" युधिष्ठिर का स्वर इतनी ही देर में शान्त और स्थिर हो गया था।

"क्यों भैया?"

युधिष्ठिर ने कुछ ऐसी हताश आँखों से नकुल को देखा, जैसे पूछ रहा हो—'क्या तुम नहीं समझते?' और फिर बोला, "जिस प्रकार से मृत पाण्डवों का पुनर्जन्म होना था, वह मैं नहीं कर पाया!"

"तो क्या हुआ!" सहदेव बोला, "किसी भी एक पाण्डव के पराक्रम से हम सभी पुनर्जीवित हो सकते हैं। सम्भव है, कनिष्ठ यह पराक्रम कर दिखाये।"

"ज्येष्ठ मैं हूँ।" युधिष्ठिर बोला, "अपने दायित्व इस प्रकार अपने छोटे भाइयों पर डाल, उनके यश से यशस्वी होना मुझे अच्छा नहीं लगता सहदेव!"

"हम पाँचों में कोई भेद है भैया!"

"नहीं, भेद तो नहीं है; किन्तु ज्येष्ठ होने के नाते अपने भाइयों में मैं अपना स्वत्व बाँटता हुआ ही अच्छा लगता हूँ; उन्हें उनके स्वत्व से वंचित करता हुआ नहीं।" युधिष्ठिर का स्वर अवसादपूर्ण था।

आरम्भ में तो भीम के लिए अपने चारों ओर अनेक आकर्षक आकृतियाँ, विविध रोचक प्रसंग तथा विभिन्न आमंन्त्रणकारी दृश्य थे; किन्तु पांचाली को देखने के पश्चात् से उसकी समग्र चेतना आ कर उसी पर केंद्रित हो गयी थी।...आज उसे पहली बार अनुभव हुआ था कि सारी सृष्टि में पुरुष के लिए, नारी से बढ़ कर सुन्दर, आकर्षक तथा मनमोहक और कुछ नहीं है।...और उसी पुंजीभूत नारी-सौन्दर्य–पांचाली कृष्णा–का आज स्वयंवर था।...भगवान वेदव्यास ने उन्हें सायास यहाँ भेजा था कि पाण्डव यहाँ चरम पराक्रम करें... अर्थात् वे चाहते थे कि पांचाली, माता कुन्ती की पुत्र-वधू बन जाये...उससे चरम पराक्रम क्या हो सकता है।...युधिष्ठिर यदि यहाँ हस्तिनापुर के युवराज के रूप में आया होता और पांचाली वीर्यशुल्का न होती तो कदाचित् यह सम्बन्ध सहज ही हो सकता था; किन्तु वर्तमान स्थिति में घटनाएँ क्या मोड़ लेंगी...वैसे महर्षि व्यास का चिन्तन निश्चित रूप से असाधारण है...सम्पूर्ण राजसमाज के सम्मुख अपना चरम पराक्रम दिखा कर ही तो पाण्डव अपनी श्रेष्ठता सिद्ध करेंगे और उस पापी, आततायी, हत्यारे दुर्योधन के माथे पर अपना चरण धर सकेंगे...भीम का मन जैसे उत्फुल्ल हो उठा। कैसा अद्भुत अवसर था...माता कुन्ती की पुत्रवधू पांचाली और दुर्योधन के मस्तक अथवा वक्ष पर भीम का पाँव...भीम की इच्छा हुई कि इस कल्पना मात्र से ही वह उठ कर नृत्य करने लगे...

किन्तु स्वयंवर की प्रतिज्ञा सुनने के पश्चात् भीम का मन भी कुछ विचलित हो उठा।...यह प्रतिज्ञा युधिष्ठिर के लिए नहीं थी और उसका अपना बल भी इसमें कुछ नहीं कर सकता था।...यह तो प्रतिज्ञा ही अर्जुन के लिए थी। अवश्य ही कृष्ण ने यह प्रस्ताव रखा होगा। वह तो यही चाहेगा कि अर्जुन का द्रुपद से सम्बन्ध हो जाये...

जब युधिष्ठिर ने उसकी ओर देखा था तो वह इसी विचार में मग्न था कि अर्जुन इस प्रतिज्ञा को पूर्ण कर लेगा; किन्तु युधिष्ठिर, नकुल तथा सहदेव के मण्डप से उठ कर चले जाने के पश्चात् सहसा ही उसका मन उत्साह खो बैठा।...उसे लगा, वे अवश्य ही निराश होकर, उठ कर चले गये हैं। युधिष्ठिर को अर्जुन से भी आशा नहीं रही होगी, तभी तो वह उठकर चला गया।...यदि सचमुच ही अर्जुन भी इस प्रतिज्ञा को पूरा न कर सका तो?...तो कृष्ण भी

क्या कर लेगा?...

किन्तु भीम के मन में निराशा अधिक देर तक टिकी नहीं। उसका उत्साह जैसे दोगुनी शक्ति के साथ पुनर्जीवित हो उठा...यदि अर्जुन इस प्रतिज्ञा को पूर्ण नहीं कर सका, तो इसका अर्थ है कि कोई अन्य धनुर्धारी भी यह कार्य नहीं कर पायेगा...कोई नहीं कर पायेगा, तो भीम अपना पराक्रम करेगा...पांचाली को माता कुन्ती की पुत्रवधू बनना ही होगा...भीम पांचाली का हरण करेगा और चरम पराक्रम क्या होता है...माता की बात उसे क्षणभर को स्मरण भी हो आयी कि उसे पराक्रम करना था, दुस्साहस नहीं...किन्तु यह विचार उसके मन में टिका नहीं।...उसकी इच्छा हो रही थी कि वह हिडिम्बवन के महाराज वृकोदर का रूप धारण कर, एक बार ही इस सारे राज-समाज को तहस-नहस कर डाले...आज सारा संसार देख ले कि वह भीम है, पाण्डु-पुत्र भीम...

स्वयंवर की प्रतिज्ञा सुनने से पूर्व तक अर्जुन एक विचित्र निष्क्रिय मनःस्थिति में था।...स्वयंवर का सम्बन्ध विवाह से था, और अर्जुन के मन में अपने विवाह का विचार अभी अंकुरित नहीं हुआ था।...काम्पिल्य में आने तक वह भगवान वेदव्यास, माता तथा ज्येष्ठ की योजनाओं में लिप्त हुए बिना ही, मौन रूप से उनके साथ सहमत होता आया था।...इस स्वयंवर-मण्डप में कृष्ण को देखकर वह ठीक-ठीक समझ पाया था कि व्यासदेव इस स्वयंवर को पाण्डवों के पुनर्जीवित हो उठने के साथ क्यों जोड़ रहे थे। कृष्ण को देखते ही, उसके मन में अद्‌भुत विश्वास जागा था। वे लोग अब निश्चित रूप से घोषणा कर सकते थे कि वे पाण्डव हैं, और अभी जीवित हैं। वे प्रत्यक्ष रूप से स्पष्ट शब्दों में दुर्योधन पर यह आरोप लगा सकते थे कि उसने वारणावत में जतुगृह बनवाकर, उसमें आग लगा, उनकी हत्या का पूर्ण प्रयत्न किया था।...स्वयंवर में तब भी उसकी कोई विशेष आसक्ति नहीं जागी थी।

द्रौपदी को देख कर उसने अवश्य अपनी कामना को पहचाना था; किन्तु माता की इच्छा को वह विस्मृत नहीं कर सकता था। स्वयंवर में भाग लेने का अधिकार ज्येष्ठ का ही था। वह उसका प्रतिद्वन्द्वी नहीं होना चाहता था...

किन्तु स्वयंवर की प्रतिज्ञा सुनते ही उसकी मनःस्थिति एक झटके के साथ बदल गयी थी। वह किसी चपल कुरंग के समान उन्मुक्त रूप से कूदता हुआ, सारे स्वयंवर-मण्डप में दौड़ लगाना चाह रहा था। यह स्वयंवर कहाँ लग रहा था...यह तो धनुर्विद्या का परीक्षण था...आर्यावर्त्त के सर्वश्रेष्ठ धनुर्धारी का चयन। गुरु द्रोण ने कहा था, अर्जुन विश्व का सर्वश्रेष्ठ धनुर्धारी है। ऐसे में जब अल्पज्ञ तथा कम क्षमतावान लोग भी गर्वपूर्वक अपनी विद्या का चमत्कार

दिखाने जा रहे हों, वह मात्र एक दर्शक बना कैसे बैठा रहे?...किन्तु क्या करे वह? वह अपना नाम नहीं बता सकता। अपना परिचय नहीं दे सकता। ...व्यासदेव चाहते हैं कि वे लोग स्वयं, अपने-आपको प्रकट न करें, उनका पराक्रम ही उन्हें प्रकट करे...किन्तु यहाँ तो अर्जुन को लग रहा है कि स्वयंवर की इस प्रतिज्ञा की परिकल्पना ही उसको ध्यान में रख कर की गयी है। क्या द्रुपद जानते हैं कि पाण्डव जीवित हैं...और उनके यहाँ आने की सम्भावना है?...क्या द्रुपद के मन में अर्जुन के लिए वैर, द्वेष, विरोध...कुछ भी नहीं है? वे अर्जुन को अपने जामाता के रूप में स्वीकार कर लेंगे?...अथवा यह सारी योजना किसी और की है?...विदुर काका तो यहाँ हैं नहीं! कदाचित् वे कभी पांचालराज द्रुपद से मिले भी न हों! तो फिर भगवान् वेदव्यास?...वासुदेव कृष्ण?...कृष्ण इस स्वयंवर में प्रत्याशी नहीं है। क्या उसने यह सब अर्जुन के लिए किया है?...अर्जुन और द्रुपद के मध्य एक सम्बन्ध बनाने के लिए? अथवा अर्जुन को विश्व का सर्वश्रेष्ठ धनुर्धारी प्रमाणित करने के लिए?...यदि अर्जुन इस परीक्षा में सफल हो जाता है, द्रौपदी उसके कण्ठ में जयमाला डाल देती है; और तब द्रुपद को ज्ञात होता है कि वह हस्तिनापुर के सम्राट पाण्डु का पुत्र अर्जुन है—तो क्या प्रतिक्रिया होगी द्रुपद की?...क्या इसीलिए महर्षि व्यास चाहते हैं कि पाण्डव स्वयं को प्रकट न करें, किन्तु चरम पराक्रम करने से न चूकें? क्या वे द्रुपद के सामने पाण्डवों की क्षमता प्रमाणित करना चाहते हैं?...

क्षमता!...अर्जुन की क्षमता!...यह धनुष, ये पाँच बाण और यह यंत्र! ...ये सब चुनौती के रूप थे। अर्जुन ने एक बार हस्तिनापुर की रंगशाला में स्वयं को सर्वश्रेष्ठ धनुर्धारी प्रमाणित किया था...किन्तु वहाँ प्रतियोगिता केवल कुरु राजकुमारों के मध्य थी...यह प्रतियोगिता सीमित नहीं थी, निर्बंध थी; इसमें तो कोई भी भाग ले सकता था।...उसे यहाँ भी अपनी योग्यता प्रमाणित करनी होगी।...वह सर्वश्रेष्ठ धनुर्धारी न बन सका, तो फिर उसके जीवन में रह ही क्या जायेगा?...उसने और कुछ तो चाहा ही नहीं है—न विधाता से, न अपने जीवन से।...उसके मन से जैसे अपने और द्रुपद के मध्य घटी घटना धुल गयी। वह स्वयंवर मण्डप में नहीं बैठा था।...द्रौपदी का उसके लिए कोई अस्तित्व नहीं था।...यह यंत्र...यह चुनौती...यह परीक्षा और विश्व का सर्वश्रेष्ठ धनुर्धारी बनने की उसकी साध...

किन्तु दुर्योधन, दुःशासन, कर्ण तथा शकुनि ही नहीं, यहाँ तो अश्वत्थामा भी बैठा है।...क्या द्रुपद और कौरवों के मध्य कोई वैमनस्य नहीं रहा? क्या उनकी शत्रुता समाप्त हो गयी?...क्या द्रुपद ने द्रोणाचार्य को भी क्षमा कर दिया है, जो अश्वत्थामा यहाँ सम्मानित अतिथि के रूप में वर्तमान है? यदि दुप्रद ने

द्रोण और अश्वत्थामा को भी क्षमा कर दिया है, तो उनका अर्जुन से ही क्या विरोध? फिर अर्जुन और उसके भाइयों को द्रुपद से क्या भय? शत्रुता तो द्रोण और द्रुपद की थी। अर्जुन तो गुरु द्रोण का उपकरण मात्र था। क्या द्रुपद इस बात को समझ पायेंगे?

किन्तु द्रुपद को पराजित कर, बाँध कर साधारण दास के समान, द्रोणाचार्य के चरणों में डालने वाला तो अर्जुन ही था।...कहीं ऐसा तो नहीं कि दुर्योधन ने यहाँ भी चातुरी दिखायी हो और द्रुपद को यह समझा दिया हो कि इस सारे काण्ड का अपराधी तो अर्जुन था। अब जब वही जीवित नहीं है, कौरवों और पांचालों में कैसी शत्रुता?...

अर्जुन का मन थम गया; अवश्य ऐसा ही हुआ होगा। तभी तो इतने सारे कौरव राजकुमार, शकुनि, कर्ण और अश्वत्थामा यहाँ निर्द्वन्द्व हो कर पूर्ण प्रतिष्ठा के साथ विराजमान हैं। वे दोनों पक्ष जब एक-दूसरे के शत्रु थे; वे अलग-अलग भी पाण्डवों के लिए घातक थे। और अब...जब वे परस्पर एक-दूसरे के मित्र बन चुके हैं—सम्मिलित रूप से वे पाण्डवों के लिए अत्यधिक घातक हो सकते हैं...

किन्तु स्वयंवर की प्रतिज्ञा?...कहीं उन्हें संदेह तो नहीं हो गया कि पाण्डव जीवित हैं; और इस स्वयंवर के माध्यम से अर्जुन को खोज कर उसका वध करना चाहते हों? वे जानते हैं कि जहाँ अर्जुन होगा, वहीं उसके आस-पास, उसके भाई भी होंगे...कहीं यह स्वयंवर, पाण्डवों का यम-पाश ही तो नहीं है? ...नहीं; ऐसा नहीं हो सकता!...उन्हें भगवान वेदव्यास ने यहाँ आने का निर्देश दिया था...और यहाँ तो स्वयं वासुदेव कृष्ण वर्तमान है। कृष्ण ऐसे घृणित षड्यन्त्र का अंग कभी नहीं हो सकता...

अपने इसी ऊहापोह में अर्जुन ने एक-एक कर, अनेक छोटे-बड़े राजाओं और राजकुमारों को अपना भाग्य-परीक्षण करते देखा...किन्तु उसके मन में एक क्षण के लिए भी कोई दुश्चिन्ता नहीं जागी। वह जानता था कि इनमें से कोई धनुष उठाकर उसे अपनी भुजा में सँभाल नहीं पायेगा; कोई उसकी प्रत्यंचा नहीं चढ़ा पायेगा; यदि कोई प्रत्यंचा चढ़ा भी लेगा, तो वह इन पाँच बाणों को प्रत्यंचा पर रख कर धनुष-परिचालन भी नहीं कर पायेगा, लक्ष्य-वेध की तो बात ही क्या...

और तब उसने देखा, अंगराज कर्ण यंत्र की ओर आ रहा था।...उसे आश्चर्य हुआ था कि दुर्योधन ने स्वयं पहले न आ कर, इसे कैसे पहले आने दिया...एक बार इस प्रश्न ने अश्वत्थामा के आने पर भी सिर उठाया था; किन्तु फिर स्वयं ही यह सोच कर शान्त भी हो गया था कि कदाचित्

दुर्योधन जानता है कि अश्वत्थामा यह लक्ष्य-वेध नहीं कर पायेगा...किन्तु कर्ण?...सम्भव है कि कर्ण लक्ष्य-वेध कर ले!...क्या दुर्योधन, पांचाली का विवाह, कर्ण से हो जाने देगा?...या दुर्योधन से कर्ण तथा अश्वत्थामा की यह सन्धि तो नहीं कि यदि वे स्वयंवर में विजयी हुए, तो वे लोग पांचाली, दुर्योधन को सौंप देंगे?...

कर्ण धनुष के पास आ पहुँचा था। उसने धनुष को उठा कर, अपनी भुजाओं में तौला। थोड़े से प्रयत्न से उसने प्रत्यंचा भी चढ़ा ली और बाण उठाने के लिए उसने अपना हाथ बढ़ाया...

सहसा स्वयं कृष्णा का एक वाक्य चीत्कार के समान सारे स्वयंवर-मण्डप में गूँज गया, "स्वयंवर की प्रतिज्ञा के अनुसार प्रतियोगी को उत्तम कुल, सुन्दर रूप तथा श्रेष्ठ बल से सम्पन्न होना चाहिए।...मैं सूतपुत्र से विवाह नहीं करूँगी।..."

सारी रंगशाला स्तब्ध रह गयी, जैसे वह पांचाली का वाक्य न हो, आकाश से इन्द्र का वज्र गिरा हो। न कहीं कोई शब्द था, न गति, निमिष-भर को तो किसी ने जैसे पलकें भी नहीं झपकीं।...किन्तु जिस आकस्मिकता से इस स्तब्धता ने सारे मण्डप को जकड़ा था, उसी आकस्मिता से स्तब्धता खण्डित भी हुई।...ब्राह्मणों के खण्ड से, एक गगनभेदी अट्टहास उठा और उसके साथ ही सारी रंगशाला में कोलाहल मच गया।

अर्जुन ने बिना ग्रीवा फेरे ही समझ लिया कि यह अट्टहास भीम का था; और उसने भी देखा कि कृष्ण की दृष्टि ने उस अट्टहास करने वाले कण्ठ के स्वामी को लक्ष्य कर लिया था।...अर्जुन समझ नहीं पाया कि यह शुभ था या अशुभ...क्योंकि भीम को पहचानने वाला अकेला कृष्ण ही तो नहीं था यहाँ...

कर्ण के पश्चात् शिशुपाल, जरासंध और शल्य आये। उन्हें लौटने में अधिक समय नहीं लगा। और तब उठा—दुर्योधन!...अर्जुन का मन सहसा ही जैसे आशंकाओं के मेघों से तमसाछन्न हो गया...कहीं...कहीं...दुयोर्धन सफल हो गया तो? पांचाली दुर्योधन की हो जायेगी; धार्तराष्ट्र और पांचाल एक हो जायेंगे; और पाण्डव सदा के लिए वारणावत की भस्म में दब कर रह जायेंगे। ...अर्जुन को लगा, जैसे उसकी आँखों के सम्मुख प्रत्येक स्थिर वस्तु घूम गयी। उसकी समझ में नहीं आया कि समस्त ब्रह्माण्ड विचिलत कैसे हो गया...किन्तु जब तक दुर्योधन धनुष के निकट पहुँचा, सब कुछ पुनः स्थिर हो चुका था... अर्जुन का मन भी...'दुर्योधन यह लक्ष्य-वेध कभी नहीं कर सकता।' उसने स्वयं अपने-आप से कहा, यदि दुर्योधन यह कर सकता है, तो भीम भी कर सकता है, युधिष्ठिर भी और अश्वत्थामा भी!...अश्वत्थामा इस परीक्षण में असफल हो कर अपना अपमान करवा चुका है। दुर्योधन वही मूर्खता करने जा रहा है।

युधिष्ठिर तो स्वाभिमानी और बुद्धिमान है, जो मण्डप में से ही उठ कर चला गया। वह जानता है कि यह परीक्षण उसके सामर्थ्य से बाहर है।...

दुर्योधन ने धनुष को झुकाकर प्रत्यंचा चढ़ाने का प्रयत्न किया, तो उसे शक्तिशाली झटका लगा। उसने धनुष छोड़ दिया और अपना हाथ झटकने लगा, जैसे अंगुलियों में इतनी चोट आ गयी हो, जिसे वह सह न सकता हो ...अर्जुन समझ नहीं पाया कि दुर्योधन ने प्रत्यंचा के साथ ऐसा क्या किया था कि प्रत्यंचा ने उसकी उँगुलियों को चटखा दिया...

अर्जुन ने पलट कर भीम की ओर देखा; कहीं वह फिर से अट्टहास न कर बैठे।...भीम मंद-मंद मुस्कराता हुआ, बड़ी एकाग्रता से दुर्योधन की पीड़ा को देख रहा था। अट्टहास करने की उसकी कोई तैयारी नहीं थी। शायद वह अपने पिछले अट्टहास से ही सँभल चुका था; या फिर अर्जुन को दुर्योधन का ही आभारी होना चाहिए था कि उसने घाव खा कर भी चीत्कार नहीं किया, अन्यथा भीम अवश्य ही अट्टहास करता। दुर्योधन अपने चीत्कार को पी गया तो भीम ने भी अपने अट्टहास को अपने कण्ठ से नीचे ही रोक लिया था...

दुर्योधन के असफल हो कर लौटने के पश्चात् राज-समाज में से कोई व्यक्ति नहीं उठा। अर्जुन ने देखा; यादवों में से कोई भी अपने स्थान पर से नहीं हिला। कृष्ण, बलराम, उद्धव, सात्यकि, कृतवर्मा, अक्रूर...अन्य इतने यादव वीर...इनमें से कोई भी प्रतियोगिता में नहीं उतरेगा?...यह क्या था? क्या यादवों को पांचाली में कोई रुचि नहीं थी? क्या वे पांचालों के सम्बन्धी होना नहीं चाहते थे? तो फिर वे लोग द्वारका से चल कर, काम्पिल्य तक क्या करने आये थे?...या वे स्वयं को इस लक्ष्य-वेध के लिए अक्षम मानते थे? या...या अर्जुन को यह अवसर प्रदान करने के लिए ही, कृष्ण ने उन सबको बाँध रखा था...

महर्षि व्यास ने कहा था कि वासुदेव कृष्ण चाहता है कि पाण्डव उस समय अपना चरम पराक्रम करने के लिए उठें, जब दुर्योधन का राजन्य तेज तथा अपनी श्रेष्ठता का अहंकार मलिन हो चुका हो; और पाण्डवों का उत्साह तेज सूर्य के प्रकाश के समान जाज्वल्यमान हो...अर्जुन को लगा, वह कृष्ण का मंतव्य पूर्णतः समझ रहा है।...

अर्जुन ने भीम की ओर देखा; भीम की आँखों में सहमति का भाव ही नहीं था; वह अपनी मुस्कान तथा सिर के संकेत से, उसे उठने के लिए प्रेरित कर रहा था।... अब अर्जुन के लिए रुकना असम्भव था...

अर्जुन उठ खड़ा हुआ...इसी क्षण की प्रतीक्षा में तो उसके प्राण अटके हुए थे...

यह क्षण कदाचित् उसके ही नहीं, सारे पाण्डवों के जीवन के चरम उत्कर्ष

का क्षण था...किन्तु यही क्षण तो परम जोखिम का क्षण भी था। सामने दुर्योधन, दुःशासन, अश्वत्थामा, कर्ण, शकुनि...सब बैठे हैं...इधर महाराज द्रुपद सिंहासन पर विराजमान हैं, शस्त्रास्त्रों से सज्जित धृष्टद्युम्न यज्ञ-वेदी के निकट खड़ा है। चारों ओर पांचाल योद्धा सन्नद्ध खड़े हैं...और इन सबके मध्य, अर्जुन अपनी परीक्षा के लिए जा रहा है। सारे उपस्थित जन-समुदाय की दृष्टि उस पर है। किसी भी क्षण, कोई भी व्यक्ति इस जटाजूट के भीतर भी उसे पहचान सकता है...उसके कारण भीम भी पहचाना जा सकता है...दुर्योधन जब उन मृतक पाण्डवों को इस प्रकार देखेगा, तो क्या उन्मत्त हो कर, पुनः उनका वध करने का प्रयत्न नहीं करना चाहेगा? राजा द्रुपद अपने अपमान का प्रतिशोध नहीं चाहेंगे?...

अर्जुन ने दृष्टि उठा कर देखा : कदाचित् अभी तक न जन-समुदाय समझ पाया था, न स्वयंवर के आयोजक ही, कि वह स्वयंवर-यंत्र की ओर जाने के लिए अपने स्थान से उठा है। रंगशाला में इतनी भीड़ एकत्रित थी। अनेक लोग अपने स्थान पर किसी सुविधा अथवा असुविधा के कारण उठते और बैठते ही रहते थे। संभवतः उसे भी उसी प्रकार का सामान्य दर्शक समझा जा रहा था।...किन्तु अब वह ब्राह्मणों की भीड़ से बाहर निकल कर केन्द्रीय मण्डप की ओर बढ़ रहा था। उसने सहज रूप में देखा कि लोगों की दृष्टि उस पर केन्द्रित हो रही थी...कदाचित् लोग उसकी इच्छा को भाँपने का प्रयत्न कर रहे थे।...और सहसा ब्राह्मणों के उस मण्डप में से एक हर्ष-निनाद उठा। जाने किसने एक ब्राह्मण के इस आत्म-परीक्षण को अपने सम्पूर्ण समुदाय के लिए गर्व का विषय मान कर यह हर्ष-ध्वनि की थी; और परिणामतः ब्राह्मणों का सारा मण्डप ही गूँजता चला गया।...

अर्जुन ने देखा, अपने आसन पर अधलेटे-से हताश दुर्योधन ने भी एक दृष्टि उस पर डाली थी। किन्तु उसके व्यवहार में कहीं ऐसा कोई संकेत नहीं था कि उसे इस वनवासी ब्राह्मण के अर्जुन होने का रंचमात्र भी संदेह हुआ हो...। अर्जुन की दृष्टि कृष्ण पर पड़ी : कृष्ण के मुख पर मंदहास बिखर गया था। उसकी आँखों में उल्लास था। वह कदाचित् अर्जुन को पहचान गया था।...और फिर अर्जुन ने देखा, कृष्ण ने यादव-दल को संकेत किया। वे लोग जैसे पूरी सावधानी से अपनी सतर्कता छिपाते हुए सारे मण्डप में फैल गये थे। उनका विशेष लक्ष्य हस्तिनापुर का राजपरिवार लगता था। बलराम तो जा कर दुर्योधन के निकट ही बैठ गया था। कुछ लोग लक्ष्यवेध निकट से देखने के व्याज से, अपने स्थान से उठ कर आगे आ गये थे।...अर्जुन स्पष्ट देख रहा था कि कृष्ण ने यह व्यवस्था द्रुपद, द्रौपदी तथा धृष्टद्युम्न की सुरक्षा के लिए की

है। स्वयं कृष्ण अपने स्थान पर बैठा, वैसे ही मंद-मंद मुस्करा रहा था, जैसे न कोई असाधारण बात हुई हो, और न ही होने वाली हो...

तो क्या महर्षि को कृष्ण ने रक्षा-व्यवस्था का वचन दिया था? पाण्डवों के दोनों परम शत्रु—धार्तराष्ट्र और पांचाल—आमने-सामने बैठे थे; किन्तु वे भी परस्पर मित्र नहीं थे। पहचाने जाने पर पाण्डवों पर एक ने प्रहार किया, तो दूसरा उसका साथ देगा; अथवा शत्रुवत् उसका विरोध करेगा?...अर्जुन कुछ निर्णय नहीं कर पा रहा था।...शायद कृष्ण भी नहीं जानता था; किन्तु उसकी मुस्कान मुखर रूप से कह रही थी, वह किसी भी विषम परिस्थिति के लिए तैयार था।

अर्जुन आ कर द्रुपद के सम्मुख खड़ा हो गया। उसने ब्राह्मणवत् एक हाथ उठाकर राजा को आशीर्वाद दिया, "राजन्! तुम्हारा मनोरथ पूर्ण हो। मैं लक्ष्य-वेध का इच्छुक हूँ। मैं प्रतियोगी के रूप में आपको मान्य हूँ?"

द्रुपद ने जैसे आँखें पूर्णतः खोल कर ध्यान से अर्जुन को देखा : कुछ परिचित-सा था यह चेहरा।...किन्तु क्या परिचित था? श्मश्रु और जटाजूट के मध्य केवल प्रशस्त भाल, दो द्युतिमान नयन, तीक्ष्ण तथा उन्नत नासिका, मुस्कान-मण्डित ये अधर...नहीं! इस व्यक्ति को उन्होंने कभी नहीं देखा। यह उनका भ्रम मात्र है...

द्रुपद ने स्वीकृति में सिर हिला दिया।

अर्जुन ने यज्ञवेदी के सम्मुख आ कर यज्ञ के ब्रह्मा को साष्टांग प्रणाम किया, "राजपुरोहित! आपका आशीर्वाद मुझे प्राप्त है?"

राजपुरोहित ने आशीर्वाद की मुद्रा में हाथ उठा दिया।

अर्जुन ने क्षण-भर रुककर द्रौपदी और धृष्टद्युम्न को भी देखा : द्रौपदी कमनीय थी, असाधारण सौन्दर्य और महिमा से मण्डित राजकुमारी!...अर्जुन को लगा, वह मात्र संसार की अद्वितीय सुन्दरी ही नहीं थी—वह पाण्डवों की प्राणदायिनी देवी भी थी। वह उनकी मुक्तिदायिनी भी थी। यदि अर्जुन धनुर्धर की इस परीक्षा में सफल हो गया, तो देश-विदेश के इस राज-समाज और जन-सामान्य के सम्मुख वह आर्यावर्त्त का श्रेष्ठ धनुर्धर घोषित होगा। पाण्डवों का वीर पांचालों से सम्बन्ध हो जायेगा। देश-विदेश से एकत्रित इस समाज के सम्मुख पाण्डवों को पुनः जीवन-दान मिलेगा; उनकी प्रतिष्ठा स्थापित होगी, उनका अधिकार उन्हें मिलेगा...

अर्जुन ने उत्साह-स्फूर्त हाथों से धनुष उठा लिया।...यह वह धनुष था, जिसकी प्रत्यंचा चढ़ाने के प्रयत्न में आधे से अधिक वीर झटका खा कर, भूमि पर आ गिरे थे; और लज्जा से मस्तक नत किये हुए, बिना आँखें उठाये ही,

अपने स्थान को लौट गये थे। जिन वीरों ने प्रत्यंचा चढ़ा ली, उनसे धनुष सध नहीं पाया और बाण दिग्भ्रमित हो गये। जिन लोगों ने बाण चलाये, उनके बाण यन्त्र में उलझ कर रह गये; और लक्ष्य को नहीं वेध सके...

अर्जुन ने धनुष को अपने हाथ में उठाया। उसके शरीर के सारे रोम जैसे सिहर उठे। उसे लगा, जैसे कई युगों के पश्चात् उसने अपने हाथ में धनुष लिया था।...वारणावत छोड़ने से आज तक वह शस्त्रविहीन, निरीह वनवासी ब्राह्मण था। आज हाथ में धनुष उठाते ही वह पाण्डु-पुत्र, द्रोण-शिष्य अर्जुन हो गया था। हाथ में धनुष आते ही मन की आशंकाएँ लुप्त हो गयीं, शत्रुओं का भय विलीन हो गया...रक्त के कण-कण में आत्मविश्वास जाग उठा।...

उसने धनुष का भली प्रकार निरीक्षण किया। उसकी प्रत्यंचा को देखा। अपने बायें पैर के अंगूठे के साथ धनुष को टेका, बायें हाथ के बल से उसे झुकाया और इससे पहले कि धनुष की ऐंठ उसके भुजबल को पराजित कर, उसके नियंत्रण से निकल कर, उसे झटक कर परे फेंकती, उसने स्फूर्ति से अपने दाहिने हाथ की सहायता से उस पर प्रत्यंचा चढ़ा दी।

मण्डप में कर्ण-भेदी तालियाँ गड़गड़ायीं। ब्राह्मणों के मण्डप में सबसे अधिक कोलाहल हुआ; और उनमें भीम का स्वर सबसे ऊपर पड़ रहा था... कहीं भीम का यह उत्पात उनका रहस्य ही उद्घाटित न कर दे...

राज-समाज की आँखें विस्फारित हो उठीं।

अर्जुन ने कृष्ण की ओर देखा; वह बहुत आश्वस्त मुद्रा में मुस्करा रहा था; जैसे कह रहा हो 'साधु मित्र! अब लक्ष्य-वेध भी कर ही डालो।'

अर्जुन की दृष्टि द्रौपदी की ओर जाने से स्वयं को नहीं रोक सकी; द्रौपदी के चेहरे पर एक मुग्ध मुस्कान थी और लज्जा की कैसी हल्की-सी लालिमा उसके कपोलों से कानों तक फैली हुई थी!

अर्जुन का मन इस बार मुग्ध मयूर-सा नृत्य कर उठा। उसके मन ने जैसे अपनी अवस्था, अपने सम्बन्ध और अपना लक्ष्य सब कुछ विस्मृत कर दिया। उसके मन ने पूरी तन्मयता से द्रौपदी की कामना की।...इस बार शक्तिशाली पांचालों का सम्बन्ध और उसके माध्यम से अधिकार प्राप्त करने का लक्ष्य पूर्णतः विस्मृत हो गया। अब द्रौपदी किसी अन्य लक्ष्य का साधन नहीं थी। वह स्वयं ही साध्य हो उठी थी।...अर्जुन को लगा, उसका अपना हृदय इस क्षण इतना बदल गया है कि स्वयं अर्जुन का उसे पहचानना कठिन हो रहा है। यह अपने कौशल पर गर्विष्ट वीर और उद्दाम हृदय नहीं था। यह तो रूप का उपासक, प्रेम का याचक, घुटनों पर टिका नतमस्तक हृदय था। इसे द्रौपदी प्राप्त न हुई, तो यह टूक-टूक हो जायेगा।

उसने बाण हाथ में लिये और यंत्र की ओर देखा : सारी वृत्तियाँ जैसे एकाग्र हो गयीं। उस घूमते हुए यंत्र के मध्य से हो कर अर्जुन के बाणों को ही नहीं, उसकी दृष्टि और हृदय को भी लक्ष्य तक पहुँचना था। इस कार्य को लिए मात्र धनुर्धर की तन्यमता ही नहीं, एक योगी की एकाग्रता अपेक्षित थी। अर्जुन को लगा, उसके आस-पास का संसार जैसे विलीन होता जा रहा है। उसके निकट न स्वयंवर-मण्डप था, न यह विराट समाज। उसे जैसे अपना भी बोध न रहा...बस, वे बाण थे और घूमते हुए यह यंत्र के बीच से झाँकता हुआ लक्ष्य...प्रत्यंचा खिंची और बाण छूटे। कठोर शब्द हुआ और लक्ष्य टूट कर भूमि पर आ गिरा...

चारों ओर कोलाहल मच गया! अर्जुन समझ नहीं पाया कि यह हर्ष-ध्वनि थी, या मात्र उन्माद। यह उसका समर्थन था या विरोध...या मात्र कौतुक देखने वालों का, मनोरंजन से उत्पन्न कोलाहल...

उसने उस ओर अधिक ध्यान दिया भी नहीं। उसकी दृष्टि द्रुपद, पांचाली तथा धृष्टद्युम्न पर टिकी थी...उनकी प्रतिक्रिया क्या थी? क्या वे स्वीकार कर लेंगे कि वह परीक्षा में सफल हो गया है; इसलिए वे इस भभूत रमाये, मृगचर्म धारण किये, जटाधारी ब्राह्मण को अपने जामाता के रूप में अंगीकार कर लेंगे? क्या द्रौपदी उसे अपने पति के रूप में ग्रहण करेगी?...

उन तीनों के चेहरों पर उसे सन्तोष ही दिखायी पड़ रहा था। इतना ही नहीं, उसे लगा कि द्रुपद ने धृष्टद्युम्न को संकेत किया है और धृष्टद्युम्न, पांचाली को ले कर आगे बढ़ा है।...और तब उसने देखा कि सचमुच द्रौपदी उसके निकट आ कर, उसके सम्मुख खड़ी हो गयी।

अर्जुन ने पहली बार उसे इतने निकट से देखा। उसकी शिराओं में जैसे मद लहराया...

कृष्णा ने अर्जुन की ग्रीवा में जयमाला डाली तो अर्जुन ने उसे पुनः देखा, यह रूप सचमुच अद्वितीय था, कामनीय था किसी भी पुरुष के मन में कामना जगा सकता था।...बड़ी-बड़ी श्याम आँखें, जैसे खिले हुए कमल-दल हों। केश काले-काले और घुँघराले। उभरे हुए लाल रंग के नख। सुन्दर भौंहें, मनोहर और स्थूल उरोज...उसके अंगों से नील-कमल की सी गंध आ रही थी।...

और सहसा अर्जुन सजग हुआ...यह धनुर्विधा की परीक्षा मात्र नहीं थी; यह संसार के सर्वश्रेष्ठ धनुर्धारी का चुनाव मात्र ही नहीं था।...यह स्वयंवर था। उसने स्वयंवर की प्रतिज्ञा पूरी कर दी थी...तो उसकी उपलब्धि है—द्रौपदी!... और सहसा उसे कृष्ण का ध्यान आ गया।...कृष्ण और उसके सिद्धान्त! कर्म और उसका फल! और जब कर्म निष्काम न हो तो फल कर्ता का बन्धन

बन जाता है...द्रौपदी ने उसे बाँध लिया था...संसार की अद्वितीय सुन्दरी, यह कामिनी उसे उसकी धनुर्विधा के पुरस्कार सरीखी मिली थी।...गुरु द्रोण की शस्त्रशाला में वर्षों अभ्यास करते हुए क्या उसने कभी सोचा था कि वह यह सारा अभ्यास पांचाली कृष्णा के लिए कर रहा है?...शायद इसलिए कृष्ण कहता है कि निष्काम कर्म करो, उसका फल तो तुम्हें प्रकृति देगी ही...व्यक्ति की दृष्टि तो सीमित है। वह अपनी सीमित दृष्टि से ही तो फल की कामना कर सकता है...किन्तु प्रकृति अनन्त है। उसकी दृष्टि मनुष्य की तुलना में बहुत दूर तक देखती है।...अर्जुन ने अपनी धनुर्विद्या की चरम उपलब्धि के रूप में भी द्रौपदी की कल्पना नहीं की थी।...किन्तु प्रकृति ने अनायास ही उसे अर्जुन की भुजाओं में ला थमाया था।...

अर्जुन को जैसे उन्माद हो आया...वह आर्यावर्त्त का सर्वश्रेष्ठ धनुर्धारी था। उसने पांचालों की वीर्यशुल्का राजकुमारी को अपने बाहुबल से जीता था। वह उनको जामाता के रूप में स्वीकार्य था। वह पांचालों का जामाता था। पाण्डवों के मित्र यादव अतिरथी शस्त्रास्त्रों से सज्जित हो कर, सम्मुख खड़े थे...इस समय अर्जुन और उसके भाई दीन-हीन नहीं थे, निर्बल और असहाय नहीं थे। वह चाहे तो इसी क्षण अपने हत्यारों से प्रतिशोध ले सकता है। सामने दुर्योधन बैठा है। एक बाण...

चारों ओर एक भाग-दौड़ मची हुई थी। अनेक ब्राह्मण अपने सजातीय विजेता ब्राह्मण युवक को निकट से देखने के लिए, उसे बधाई देने और उसे साधुवाद करने, उसकी ओर भागे चले आ रहे थे। अर्जुन प्रायः उनसे घिर गया था...भीम अभी भी उससे कुछ दूरी बनाये, निकट ही खड़ा था। यह धैर्य तथा संयम तो विचित्र था, भीम से इसकी अपेक्षा अर्जुन ने कभी नहीं की थी...

"आर्य आर्य!" धृष्टद्युम्न ने धीरे से कहा, "पिताजी के पास आशीर्वाद के लिए चलें।"

अर्जुन और द्रौपदी, मंथर गति से आ कर, द्रुपद के सम्मुख खड़े हो गये...

तभी राजसमाज वाले मण्डप से शिशुपाल का चीत्कार सुनाई दिया, "यह क्षत्रिय राजाओं का अपमान है। क्षत्रिय राजकुमारियों का स्वयंवर इसलिए नहीं होता कि कंगले जटाधारी ब्राह्मण उनको प्राप्त करें। क्षत्रियों के इस स्वयंवर में ब्राह्मणों के आने का अर्थ ही क्या है?"

"चलो! इस तपस्वी का वध कर, बलात् द्रौपदी को इससे छीन लो, द्रुपद इसकी सहायता करे, तो उसका भी वध कर दो।" कोई अज्ञात राजा चिल्ला रहा था।

"साधु!" जाने कहाँ से कृष्ण प्रकट हो गया। उसने अर्जुन के कंधे पर हाथ रखा, "पराजित, हतवीर्य इन तेजमलिन राजाओं के कारण विचलित होने का कोई कारण नहीं।" और वह पुनः भीड़ में कहीं खो गया।

अर्जुन ने देखा, राजाओं की भीड़ शस्त्रास्त्र चमकाती हुई उनकी ओर बढ़ रही थी। उनके आगे-आगे दुर्योधन और कर्ण थे।

'क्या इन्होंने हमें पहचान लिया है?' अर्जुन के मन में प्रश्न उठा। क्या वे इस अवसर का लाभ उठाकर, पुनः उनका वध करना चाहते हैं? अथवा... अथवा...यह द्रुपद और दुर्योधन का सम्मिलित षड्यंत्र है? क्या उनकी योजना इस प्रकार पाण्डवों को मार डालने की है?

किन्तु अर्जुन को भय क्या था! उसके हाथ में विराट और शक्तिशाली धनुष था। स्वयंवर की प्रतिज्ञा के लिए रखे गये बाणों से भरा तूणीर उसने अपनी पीठ पर बाँध लिया था।...उसने दृष्टि उठायी...थोड़ी ही दूरी पर कृष्ण खड़ा था। उसके अधरों पर मोहिनी मुस्कान थी; और उसकी आँखों में क्या था?...वह मुग्ध भाव से अर्जुन को देख रहा था, अथवा अपनी आँखों के माध्यम से कोई ऊर्जा उसके शरीर में उँड़ेल रहा था...कृष्ण की उपस्थिति मात्र से अर्जुन में विश्वास जागता था...

इस समय उसका आत्मबल सम्पूर्ण संसार से अकेले ही भिड़ लेने के लिए व्यग्र हो रहा था। वह द्रौपदी और पांचालों को दिखा देना चाहता था, वह मात्र प्रतियोगिताओं का ही विजेता नहीं था, वह युद्ध में भी दुर्धर्ष अजेय वीर था।...वे देख लें कि जिसने द्रौपदी को जीता है, वह मात्र अभ्यासवीर नहीं, युद्धवीर भी है...

पांचालों के चेहरे पर कहीं कोई घबराहट अथवा व्यग्रता नहीं थी। वे अपने राजा, युवराज और राजकुमारी को घेर कर खड़े थे। उनके अनेक योद्धा रंगशाला में चारों ओर फैल गये थे।...किन्तु ये योद्धा तो साधारण सैनिक मात्र थे। ये लोग दुर्योधन, कर्ण, अश्वत्थामा, शिशुपाल और शल्य जैसे योद्धाओं से युद्ध करने में समर्थ नहीं थे।...और उन महारथियों से युद्ध करने के लिए कोई महारथी युद्ध-वेश सजा कर नहीं आया था—न द्रुपद, न धृष्टद्युम्न, न शिखण्डी, न कोई अन्य सोमकवंशी पांचाल वीर...तो क्या यह सारा आयोजन केवल इसलिए था कि पाण्डवों को इस व्याज से यहाँ बुला कर असहाय अवस्था में दुर्योधन को सौंप दिया जाये, ताकि वह अपने योद्धओं से घेर कर उन्हें मार डाले, और कोई जान भी न पाये कि यहाँ पाण्डवों की दूसरी बार हत्या की गयी है? यदि कोई जान पाये तो इतना ही जान पाये कि स्वयंवर की इस अराजक स्थिति में, राजाओं की भीड़ के हाथों कुछ अज्ञातवासी

ब्राह्मणों की मृत्यु हो गयी...

किन्तु वहाँ कृष्ण खड़ा मुस्करा रहा था : वह शस्त्र-बद्ध था। बलराम था, सात्यकि था, उद्धव था, कृतवर्मा था। वे अतिरथी थे। समर्थ और सशस्त्र थे।...और कोई कुछ भी करे, कृष्ण, अर्जुन के विरुद्ध कभी कोई षड्यन्त्र नहीं रच सकता।...और यदि कृष्ण भी उसके विरुद्ध षड्यन्त्र रचने लगे, तो अर्जुन के लिए उचित था कि वह उसमें अपने प्राण दे दे...कृष्ण को खो कर, जीवन में और रस ही क्या था!...

अर्जुन के लिए अब और रुकना सम्भव नहीं था। हत्यारा दुर्योधन उसके निकट से निकटतम होता जा रहा था। उसके साथ उसका अनन्य स्वामिभक्त मित्र कर्ण था। यही कर्ण हस्तिनापुर की रंगशाला में भी उसके साथ युद्ध करने को बहुत उत्सुक हो रहा था...

अर्जुन ने अपने धनुष पर बाण रखा और प्रत्यंचा को खींचा...

उसने स्पष्ट देखा कि प्रत्यंचा के खिंचते ही निस्तेज दुर्योधन की आँखों में भय कौंधा और वह कर्ण की ओट में हो गया। अब केवल कर्ण ही आगे बढ़ रहा था...क्या दुर्योधन ने उसे पहचान लिया था?...

दूसरी ओर से लम्बे-ऊँचे डील-डौल का, प्रौढ़ वय का मद्रराज शल्य, राजाओं की एक भीड़ का नेतृत्व करता हुआ आगे बढ़ रहा था। उसके हाथ में भारी गदा थी...अर्जुन के मन में क्षण भर के लिए एक तीव्र इच्छा जागी कि कोई इस मद्रराज को बताये कि तुम जिनसे लड़ने जा रहे हो, वे पाण्डव हैं...तुम्हारी बहन माद्री के पुत्र...यह समय लड़ने का नहीं है, उनकी पीठ ठोकने का है...तुम्हें चाहिए कि उनकी रक्षा करे!

"ओह, यह अधर्मी सूतपुत्र!" ब्राह्मणों की भीड़ में से किसी ने कहा, "और यह युद्ध-लोलुप मद्रराज! इसे तो बस युद्ध चाहिए। जहाँ जो चाहे, जिससे चाहे भिड़ा दे...।"

राजाओं की भीड़ पर्याप्त निकट आ गयी थी...

सहसा भीम ने मण्डप के एक स्तम्भ को जोर की एक ठोकर मारी और दोनों हाथों से उसने स्तम्भ को खींच लिया, जैसे धरती पर जमे वृक्ष का तना ही उसने उखाड़ लिया हो।...भीम के हाथ में यह एक अद्भुत शस्त्र था। इतने लम्बे और मोटे लट्ठ का प्रयोग भीम ही कर सकता था। वह इससे गदाधारियों तथा खड्गधारियों की भीड़ को दस हाथ दूर ही रोक कर, उनपर प्रहार करने में सक्षम था।

"भयभीत मत होना!" भीम ने धीरे से कहा, "पांचाली को लेकर ही जायेंगे।"

विचित्र व्यूह रचा था दोनों भाइयों ने।

सहसा बाणों की एक बौछार-सी आयी, जिसे अनुभवहीन धनुषों से, लक्ष्यहीन ढंग से फेंका गया था। ऐसे बाणों से अर्जुन को तनिक भी भय नहीं था। ये बाण तो उन धनुर्धारियों की मूर्खता के परिचायक भर थे, जो अपने बाण व्यर्थ ही नष्ट कर रहे थे।...

सहसा कर्ण ने अपने धनुष को टंकारा और एक विकराल बाण छोड़ा। ...अर्जुन के उत्साह की आज कोई सीमा नहीं थी।...आज, उसे जैसे युद्ध का अवसर नहीं मिला था, मनोवांछित वरदान प्राप्त हुआ था। उसने हर्ष-नाद किया और धनुष पर चढ़ा हुआ बाण छोड़ दिया। उसके पश्चात् तो बाणों की झड़ी ही लग गयी।...

राजाओं की भीड़ थम गयी। आगे बढ़ना उसके लिए सम्भव नहीं था।

इतने में ही कृष्ण की गर्जना सुनायी दी, "इस ब्राह्मण युवक ने पूर्णतः धर्मसम्मत, नैतिक और वैधानिक ढंग से वीर्यशुल्का पांचाली को, पत्नी के रूप में प्राप्त किया है। अब जो राजा उसके विरुद्ध अधर्म-युद्ध करेंगे, उन्हें इन ब्राह्मण वीरों के साथ-साथ, यादवों और पांचालों से भी युद्ध करना पड़ेगा।... यह मेरी अन्तिम चेतावनी है।"

और अर्जुन ने देखा, यादव अतिरथी जैसे उस भीड़ में व्यूह-बद्ध ढंग से धँस गये...

भीम ने अपना लट्ठ जोर से घुमाया और शल्य के साथ आने वाले आक्रमणकारी राजा ही नहीं, भीम की रक्षा करने की उत्सुकता में उसे घेरे खड़े ब्राह्मणों को भी अपनी रक्षा के लिए भागना पड़ा।

भीम ने दूसरी बार लट्ठ घुमाया और अपने आस-पास दस हाथ तक की वृत्ताकार भूमि खाली करा ली। उसके चेहरे पर आक्रामक उत्साह था...आँखों में से झाँकता हिंस्र उन्माद...'यह दुर्योधन कहाँ रहा गया?' वह सोच रहा था। आज कहीं वारणावत-काण्ड का प्रतिशोध भी ले लिया जाता और हस्तिनापुर के राजसिंहासन के उत्तराधिकार का निर्णय भी हो जाता...

इस बार अकेला शल्य ही आगे बढ़ा। उसने भीम को घूर कर देखा, "साहस है तो मल्ल-युद्ध कर! लट्ठ लेकर क्या खड़ा है!"

भीम ने क्षण भर का भी विलम्ब नहीं किया। तत्काल लट्ठ फेंक दिया।... अर्जुन सावधान हो गया। भीम अब निःशस्त्र था। अर्जुन का दायित्व बढ़ गया था। उसके धनुष की टंकार वर्तुलाकार घूम रही थी और उसकी बाण-बर्षा की छाया में भीम और शल्य निर्भय लड़ रहे थे। कर्ण, धनुर्विद्या की अपनी सम्पूर्ण दक्षता के साथ भी न स्वयं आगे बढ़ पा रहा था, न किसी और के लिए मार्ग

बना पा रहा था। दुर्योधन तो उसकी पीठ से जैसे चिपक ही गया था। उसकी आँखों में वैसा भय था, जैसा प्रेत देखने के पश्चात् होता है...और अर्जुन का मन निरन्तर एक ही प्रश्न कर रहा था, 'दुर्योधन उनको पहचान चुका है?'

भीम और शल्य एक-दूसरे से गुँथ गये। पहले झपाटे में शल्य भीम को खदेड़ कर दूर ले गया। भीम के पैर जैसे पृथ्वी पर जम नहीं पा रहे थे। वह पीछे ही पीछे हटता जा रहा था। लगता था कि अगले ही क्षण शल्य उसे धराशायी कर, उसके वक्ष पर बैठेगा...सम्भव है कि वह उसकी हत्या कर दे... किन्तु अकस्मात् ही अद्भुत स्फूर्ति से भीम छिटक कर एक ओर हो गया; और शल्य अपने ही वेग में मुँह के बल गिर पड़ा।

द्रौपदी के चेहरे पर विस्मयपूर्ण मुस्कान आयी...इतना भारी भरकम शरीर और ऐसी स्फूर्ति...अद्भुत है यह युवक...

अगले ही क्षण, शल्य उठ कर डगमगाता-सा खड़ा हो गया...और भीम जैसे इसी अवसर की प्रतीक्षा में था। उसने झुक कर शल्य को अपने कंधे पर उठा लिया और वृत्ताकार घूमने वाले यंत्र के समान उसे घुमाना आरम्भ किया। शल्य, वायु में ही असहाय-सा, उस पक्षी के समान हाथ-पाँव मार रहा था, जो पंख तो फड़फड़ाए, किन्तु उससे गति प्राप्त न कर सके...और भीम ने जैसे क्रीड़ा-सी करते हुए, उसे उठा कर धरती पर दे मारा...उसके कण्ठ पर पाँव रखा और हँस कर पूछा, "अधर्म युद्ध करने वाले पापी! हो जाऊँ खड़ा? तुझ अधम के प्राण धरती पर बोझ बनकर न रहें।..."

अर्जुन का मन हुआ, पुकार कर भीम से कहे, 'हत्या मत करना! यह नहीं जानता कि हम कौन हैं; किन्तु हम तो मातुल शल्य को जानते हैं।' किन्तु कहने-सुनने का अवसर नहीं था। उसे कर्ण से भी निबटना था और राजाओं की शेष भीड़ को भी शल्य की सहायता के लिए आने से रोकना था...

शल्य के मुख से कोई शब्द नहीं निकला। भीम ने देखा, उसकी आँखों में क्षोभ था, असहायता थी और शायद विवश मृत्यु की प्रतीक्षा...

"जा अधर्मी! तू नहीं जानता कि अपने अज्ञान में तू किनसे लड़ रहा है।" भीम ने अपना पाँव उसके कण्ठ से हटा लिया, "हम हत्या-व्यवसायी नहीं हैं। किन्तु यदि भविष्य में तू कभी फिर इन हत्यारों के पक्ष से अधर्म-युद्ध करने आया, तो तेरे प्राण नहीं बचेंगे।" भीम ने निश्चेष्ट लेटे शल्य पर पाद-प्रहार किया, "उठ! और चुपचाप चला जा। बिना सोच-विचार किये, युद्ध की तेरी आतुरता के लिए इतना ही दण्ड पर्याप्त है।"

और शल्य, सचमुच ही उठ कर चुपचाप चला गया। उसने न पुनः लड़ने का प्रयत्न किया, और न दृष्टि उठा कर भीम की ओर देखा।

"साधु वीर!" द्रुपद के मुख से अनायास निकला।

भीम ने पुनः अपना लट्ठ उठा लिया और आ कर अर्जुन के पास खड़ा हो गया। वह पुनः प्रहार के लिए तैयार था।

"वीरवर अंगराज!" कृष्ण ने पुकार कर कहा, "तुम भी विचार कर देखो। जो पांचाली तुम्हें कभी स्वीकार नहीं करेगी, उसके लिए तुम उसके पति की ब्रह्महत्या कर, पुण्य अर्जित करना चाहते हो, अथवा ब्राह्मण के हाथों युद्ध में पराजित तथा अपमानित हो कर, अपनी वीरता को कलंकित करना चाहते हो?"

कृष्ण के शब्दों ने जैसे कर्ण की भुजा थाम ली। वह धनुष-बाण लिए प्रहारक मुद्रा में खड़ा सोचता रहा...और सहसा उसकी भुजाएँ नीचे झुक गयीं, "मुझे आपका निर्णय मान्य है केशव!"

अर्जुन ने देखा, विद्रूप से दुर्योधन का चेहरा कैसा तो पिशाची हो आया था।

राजाओं की भीड़ विदा हो गयी। राज-समाज का मण्डप प्रायः रिक्त हो गया था; जन-सामान्य की उत्सुकता, उत्कण्ठा में परिणत होती जा रही थी। विभिन्न प्रकार की कल्पनाओं और इच्छाओं ने तत्काल ही कथाओं का रूप धारण कर लिया था। कोई इन दो भाइयों को छद्म वेश में आये देवगण बता रहा था और कोई उन्हें परशुराम के वंशज ठहरा रहा था। ब्राह्मण समुदाय में अनेक लोगों का विचार था कि ब्राह्मणों को शास्त्रों के साथ शस्त्रों का भी अभ्यास करना चाहिए। इतनी सारी सुविधाएँ केवल क्षत्रियों के लिए ही नहीं छोड़ देनी चाहिए। उनके अनुसार आज सारे जम्बूद्वीप के क्षत्रियों के सम्मुख ब्राह्मणों की क्षमता प्रमाणित हुई थी...

अर्जुन और भीम के चारों ओर भीड़ सघन होती जा रही थी। जन-सामान्य को उन दोनों भाइयों से कुछ दूरी पर रोके रखने के लिए द्रुपद के दण्डकारों को पर्याप्त श्रम करना पड़ रहा था।...

"आओ पुत्र! प्रासाद में पधारो।" अन्ततः द्रुपद ने कहा, "मैं तुम्हारा पूर्ण और विस्तृत परिचय जानने को व्यग्र हूँ।"

द्रुपद की विचित्र स्थिति थी। उनकी आँखें बार-बार भीम और अर्जुन के चेहरों पर परिचित रेखाएँ ढूँढ़ रही थीं। उनका मन बार-बार कह रहा था कि उन्होंने इन दो ब्राह्मण युवकों को पहले कभी नहीं देखा है; और उनकी स्मृति बार-बार संभ्रम की स्थिति उत्पन्न कर रही थी।

अर्जुन के मन में एक टीस उठी।...इच्छा हुई कि तत्काल अपना परिचय दे कर, रहस्य की इस नीहारिका का अन्त कर दे...किन्तु उसके कानों में

बार-बार महर्षि व्यास की चेतावनी गूँज जाती थी...और कुछ दूर ही सही, किन्तु ठीक उसकी आँखों के सम्मुख कृष्ण खड़ा था।...उसकी आँखों में परिचय और अपरिचय का भाव एक ही साथ विद्यमान था। वह न तो अपरिचितों के समान उनकी उपेक्षा कर रहा था और न ही परिचितों के समान आकर, उनके कण्ठ से लग रहा था।...निश्चित रूप से वह इसे पाण्डवों को प्रकट करने का उचित अवसर नहीं मानता होगा...पर कहीं वह उन्हें पहचान ही न रहा हो तो?...यदि पहचान नहीं रहा तो उसने उनके लिए यादवों के समर्थन की घोषणा क्यों की? उनकी सुरक्षा के लिए आगे क्यों बढ़ा? उसने कर्ण को अर्जुन के साथ युद्ध करने से विरत क्यों किया?...निश्चय ही वह उन्हें पहचान रहा है और किसी कारण-विशेष से, इस बात को प्रकट नहीं कर रहा...'पर क्यों?' अर्जुन ने अपने-आपसे पूछा; किन्तु कृष्ण की बातें तो कृष्ण ही जानता है।...सहसा अर्जुन की आँखों के सम्मुख एक पुराना दृश्य घूम गया...उसने इसी राजा द्रुपद को युद्ध में पराजित कर, रज्जु से बाँध, आचार्य द्रोण के चरणों में डाल दिया था...यदि द्रुपद उसे पहचान ले, धृष्टद्युम्न को उसका आभास भी हो जाये... अर्जुन इस समय पांचालों की भूमि पर खड़ा था। यहाँ द्रुपद की सेनाएँ थीं और उनका शासन था। धृष्टद्युम्न तथा शिखण्डी जैसे योद्धा उनके बेटे थे...वे लोग दुर्योधन से भी अधिक क्रूर हो सकते थे...

भीम मुक्त कण्ठ से हँसा, "मेरा परिचय तो मेरा यह लट्ठ ही है; पर सम्बन्ध की दृष्टि से मैं इस धनुर्धारी का बड़ा भाई हूँ।"

द्रुपद की आँखें, एक बार फिर, भीम के अट्टहास करते आनन पर क्षण भर को टिकीं; किन्तु उस जटाजूट, सघन श्मश्रु तथा भस्म-मण्डित वर्ण में कुछ भी परिचित न पाकर लौट आयीं; "अद्भुत है तुम्हारा यह शस्त्र!" अपनी आशंकाओं और जिज्ञासाओं में दबे द्रुपद स्पष्ट रूप से हँस नहीं पा रहे थे।

"आर्यश्रेष्ठ!" अर्जुन मधुर स्वर में बोला, "हम वनवासी ब्राह्मण हैं; राजप्रसादों में जाकर क्या करेंगे।...इस समय तो हमें अनुमति दें। हमारी माता हमारी प्रतीक्षा कर रही होगी। ऐसी उपलब्धि के अवसर पर माता का आशीर्वाद न लेना हमारे लिए अधर्म होगा।"

द्रुपद की आँखों में असमंजस उभरा, "कृष्णा के स्वयंवर तक का समय बहुत सारी आशंकाओं और दुष्कल्पनाओं से पीड़ित रहकर व्यतीत किया है पुत्र! क्या तुम नहीं चाहते कि मेरा दुष्काल अब समाप्त हो?"

"आपका दुष्काल समाप्त हुआ।" भीम बोला, "अब आप प्रभु से प्रार्थना करें कि हमारा भी दुष्काल समाप्त हो।"

"तुम्हारी बात सत्य हो पुत्र!" द्रुपद ने जैसे मन-ही-मन कोई निश्चय

किया, "यह भीड़ तुम्हें छोड़ेगी नहीं। मेरे दण्डधर तुम्हें तुम्हारे आवास तक पहुँचा आयेंगे।"

"इन्हें कहिए कि ये हमें भीड़ के मध्य तक छोड़ आयें।" अर्जुन ने ब्राह्मणों के समान हाथ उठाकर, द्रुपद को आशीर्वचन कहा और बोला, "चलो पांचाली!"

"पर तुम लोग ठहरे कहाँ हो?" द्रुपद ने उसके मार्ग में अड़ते हुए-से कहा।

"नगर के बाहर, एक कुम्भकार के घर में।"

अर्जुन चल पड़ा। द्रौपदी उसके साथ थी; और भीम उनसे दो डग आगे, आगे, जैसे उनके लिए मार्ग बनाता चल रहा था।

33

"वहाँ से आने की मेरी तो तनिक भी इच्छा नहीं थी।" चलते-चलते भीम बोला, "इतनी कठिनाई से तो हम वन से नगर में पहुँचे थे। अब जब समय आया था कि हम राजप्रासाद में छक कर खाते और निश्चिंत हो कर सोते, तो तुमने बीच में टाँग अड़ा दी...।"

अर्जुन ने संकुचित हो कर द्रौपदी की ओर देखा...क्या सोच रही होगी, कितने भुक्खड़ हैं, ये लोग?...किन्तु नहीं! कदाचित् वह इतनी आत्मलीन थी कि उसने सुना ही नहीं कि भीम क्या कह रहा है। भीम का तो यही स्वभाव है—वाचाल इतना है कि कहीं भी, कुछ भी कह दे...किन्तु मूर्ख नहीं है कि अपना कोई रहस्य ही उगल दे...

"मध्यम! भगवान वेदव्यास ने कहा था कि व्यक्ति को स्वयं अपने रहस्य नहीं उगलने चाहिए; और आप अपने पेटूपन का रहस्य स्वयं ही प्रकट कर रहे हैं।" अर्जुन ने उसे आगे कुछ बोलने से रोकने के लिए कहा।

भीम के मन में आया कि कहे, 'हमारे लिए भगवान वेदव्यास और भगवान वासुदेव कृष्ण के आदेशों पर चलना इतना आवश्यक क्यों है। कृष्ण को तो सनक है, कोई-न-कोई लीला चलाये रखने की। कभी गोपियों को नचाता था, अब हमें नचा रहा है।...' किन्तु उसने यह सब कहा नहीं। बोला, "जब निगलने को कुछ नहीं है, तो उगलना ही पड़ेगा भाई!" वह क्षणभर थम कर बोला, "मेरी समझ में यह नहीं आता कि भगवान को हमारे जीवन में इतनी रुचि क्यों है। वह सारे संसार का पालन छोड़ कर, हमारे ही जीवन के लिए इतनी योजनाएँ क्यों बना रहा है..."

द्रौपदी का ध्यान भी भीम की बातों की ओर गया : क्या कह रहा है यह

अद्भुत युवक!...भगवान क्या इन्हीं के जीवन में अद्भुत घटनाएँ घटित करता रहता है?...इन्हें क्या पता कि द्रौपदी के जीवन में क्या घटित हुआ है? उसके पिता ने अपने शत्रु से अपने अपमान का प्रतिशोध लेने के लिए अपनी पुत्री का स्वयंवर रच कर अपना समर्थक एक अद्भुत असाधारण धनुर्धर चाहा था ...और द्रौपदी को जय किया एक तपस्वी वनवासी ब्राह्मण ने! जाने यह ब्राह्मण कौन है...किन्तु सुन्दर है, बलिष्ठ है; और कदाचित् संसार का सर्वश्रेष्ठ धनुर्धर है।...किन्तु इस स्वयंवर से जो भी लाभ अपेक्षित था, क्या उसके पिता को वह लाभ प्राप्त होगा?...क्या संसार का यह सर्वश्रेष्ठ धनुर्धर उसके पिता का प्रतिशोध लेने के लिए सहमत होगा?...और यह अद्भुत लट्ठधर!...उसने भीम की ओर देखा...साधारण सेनाओं को पराजित करने के लिए तो यह अकेला ही पर्याप्त है...किन्तु यदि सचमुच ये लोग वनवासी ब्राह्मण हैं, तो राजपरिवारों की राजनीति में ये क्यों उलझेंगे?...किन्तु ये साधारण वनवासी ब्राह्मण हो सकते हैं क्या? वन में तपस्या करने वाले ब्राह्मण क्या ऐसे धनुर्धर और लट्ठमार हो जाते हैं?...

"जहाँ आवश्यकता है, भगवान वहीं योजनाएँ रचते हैं।" अर्जुन बोला, "हमारी ही समझ में न आये, तो बात और है।"

"हाँ, आवश्यकता तो थी ही। राजा कहें, आओ हमारे प्रासाद में विश्राम करो; सुन्दरी दासियों से सेवा कराओ; चतुर रसोइयों का पकाया भोजन खाओ...और भगवान का आदेश है कि कुम्भकार की उस कुम्भ जैसी कुटिया में धँसे रहो, जहाँ व्यक्ति पैर फैला कर सो भी न सकता हो; भिक्षा में पाया धन एकत्रित कर, बेचारी माता के लिए कष्ट की सृष्टि करो। वह चूल्हे में फूँक-फूँक कर, गीली लकड़ियों को सुलगा-सुलगा कर, अश्रु बहाती रहे और तुम धुआँता उबला भात या कच्ची और जली रोटियाँ खाओ और भगवान के गुण गाओ।"

द्रौपदी ने ध्यान से भीम के चेहरे को देखा : विरोध की ऐसी वाणी बोलने वाले के मुख पर कहीं हल्का-सा भी रोष नहीं था। वह कदाचित् बोलने के लिए ही बोलता जा रहा था, या अपने छोटे भाई को खिझा रहा था, अथवा वह उसकी परिहास-शैली थी...

"अच्छा! अब शान्त हो जाओ। प्रलाप बहुत लम्बा हो गया है।" अर्जुन बोला, "आवास आ गया है। माँ के सम्मुख कुछ सोच-समझकर ही बोलना।"

"आदेश देने में तुम ही कौन-से कम हो, भगवान के मित्र, भक्तशिरोमणि!" भीम असाधारण रूप से उल्लसित था और अपनी चपल जिह्वा को रोकना स्वयं उसके अपने लिए भी कठिन हो रहा था।

कुम्भकार के घर के सम्मुख आ कर वे लोग रुक गये। अर्जुन ने एक बार कच्ची दीवारें और नीची छत वाले उस अध-टूटे घर को देखा और फिर एक दृष्टि द्रौपदी पर डाली...द्रौपदी भी हत-प्रभ-सी खड़ी उस आवास को देख रही थी...

"देवि! हम वनवासियों का आजकल यही आवास है।" अर्जुन बोला, "तुम्हें इसमें असुविधा तो होगी...।"

द्रौपदी ने अपने असाधारण आत्मबल से स्वयं को नियंत्रित किया। बोली, "मुख्य तो व्यक्ति होता है आर्य! उसका आवास नहीं।"

"मैं भी यही कहना चाह रहा था। आवास का क्या है, वह तो परिवर्तनशील है। राजप्रासादों में रहनेवाले कुटीरों में आश्रय लेते हैं और कुटी, राजप्रासादों में परिणत हो जाते हैं।" भीम हँस कर बोला, "किन्तु मुझे कुछ कहने की आवयकता ही नहीं पड़ी। तुम बहुत समझदार हो देवि!"

द्रौपदी पर अपने कथन का प्रभाव देखने के लिए भी भीम नहीं रुका। वह आगे-आगे चलता हुआ, घेर में प्रवेश कर गया; और उसने अपने कक्ष के कपाट से कान लगाकर सुना। भीतर किसी प्रकार का कोई शब्द नहीं था।...

उपलब्धि के उल्लास ने जैसे अर्जुन को सम्पूर्णतः लील लिया था। उसका मन हो रहा था कि वह उच्च स्वर में बाहर से ही चिल्लाए, 'माँ! देखो, मैं क्या लाया हूँ।...' किन्तु वह यह भी नहीं जानता था कि 'क्या लाया हूँ' की सूचना माँ के लिए न अनपेक्षित थी और न ही आकस्मिक। माँ, आज से नहीं, एकचक्रा से प्रस्थान करने से पहले ही जानती थी कि वे लोग कहाँ जा रहे हैं; और उनका लक्ष्य क्या है। प्रातः माँ ने ही आशीर्वाद देकर उनको भेजा था।

"सो गये क्या?" भीम ने पुकार कर पूछा।

"मध्यम का स्वर है।" नकुल ने कदाचित् कुन्ती को सूचना दी थी।

भीम ने कपाट थपथपाए और द्वार खुलने की प्रतीक्षा करने के स्थान पर वह कपाट थपथपाता ही चला गया। यह नहीं लगता था कि वह खुलवाने के लिए कपाट थपथपा रहा है; लगता था कि वह आनन्द के आवेश में, जैसे कोई वाद्य-यंत्र बजा रहा हो।

कपाट धीरे से खुल गये।

भीम ने अंधड़ के समान कक्ष में प्रवेश किया। कुन्ती को अपनी भुजाओं में उठा कर, उसने तीन-चार चक्कर दे डाले; और फिर उसे द्रौपदी के सम्मुख भूमि पर खड़ा कर दिया।

"माँ! यह पांचाल राजकुमारी याज्ञसेनी कृष्णा है।" अर्जुन ने धीरे से कहा।

कुन्ती अवाक् खड़ी उसे देखती रह गयी...तो...तो...

द्रौपदी ने आगे बढ़ कर कुन्ती के चरण छुए।

कुन्ती को जाने क्या हो गया था। उसके कण्ठ से न कोई शब्द फूट रहा था और न ही उसकी भुजाएँ आगे बढ़ कर द्रौपदी को अपने वक्ष से लगा रही थीं। उसके शरीर का एक-एक रोम जैसे सिहर उठा था, आँखों में अश्रु आ गये थे; और हाथों में कम्पन बस रह गया था...

"माँ! आशीर्वाद भी नहीं दोगी?" अर्जुन ने जैसे उसे उस सम्मोहन की स्थिति से जगा दिया।

युधिष्ठिर, नकुल और सहदेव भी निकट आ गये थे।

"मैंने तुमसे कहा था न माँ, कि स्वयंवर की प्रतिज्ञा तुम्हारे पुत्र के बहुत अनुकूल है। तुम्हारी विजय हुई है माँ! इन्हें आशीर्वाद दो।" युधिष्ठिर बोला।

"यशस्वी होओ पुत्र! अपने योग्य सम्मान पाओ।" और फिर उसने मुड़ कर द्रौपदी को अपनी भुजाओं में घेर लिया, "अचल सौभाग्यवती हो पुत्रि! मेरे व्यवहार से तनिक भी आशंकित मत होना। अकस्मात् ही ऐसा सुखद समाचार पाकर मैं बौरा गयी हूँ।"

"ये हमारे ज्येष्ठ हैं—सबसे बड़े भाई।" अर्जुन ने कहा, "और ये दोनों मुझसे छोटे—जुड़वा हैं।"

द्रौपदी के मन में सहसा ही जैसे कोई चपला कौंधी—ये पाँच हैं।...क्या ये पाण्डव हैं? किन्तु अगले ही क्षण इस विचार को बलात् मस्तिष्क से बाहर धकेल दिया—वे तो वारणावत में जला दिये गये थे। उनके जीवित होने का कोई प्रमाण नहीं है।...

"क्या बात है माँ! मुझे आशीर्वाद नहीं दोगी?" अपने मत्त उल्लास में भीम आगे बढ़ा; और उसने फिर से कुन्ती को अपनी भुजाओं में उठा लिया।

"तूने क्या किया है कि तुझे भी आशीर्वाद चाहिए!" अब तक कुन्ती भी कुछ-कुछ सहज हो चली थी, "तूने क्या इन्हें यहाँ तक का मार्ग दिखाया है?"

"युद्ध किया है माँ! युद्ध!" भीम उल्लसित स्वर में बोला, "बड़े-बड़े शस्त्रधारियों को मैंने एक ही लाठी से हाँक दिया..." यद्यपि भीम स्वर दबा कर हँसा था, फिर भी उसका स्वर पर्याप्त ऊँचा था, "माँ! मैंने मद्रराज शल्य को ऐसी पटकनी दी कि उसे हमारी नानी याद आ गयी होगी।"

कुन्ती ने अचकचा कर द्रौपदी की ओर देखा, "इसकी बातों का बुरा न मानना राजकुमारी! इसका स्वभाव ही ऐसा है।" और फिर उसने अर्जुन से कहा, "मद्रराज को ऐसी क्या आवश्यकता आ पड़ी थी?"

"मद्रराज ही नहीं, सारे क्षत्रिय राजा हमारा विरोध कर रहे थे माँ!" अर्जुन

बोला, "क्षत्रिय कन्या पांचाली को कोई ब्राह्मण प्राप्त करे, यह उन्हें स्वीकार्य नहीं था।..."

"किन्तु शल्य..." कुन्ती खुल कर कह भी नहीं पा रही थी।

"वहाँ कुछ लोग यह कह रहे थे माँ!" अर्जुन बोला, "कि महाराज शल्य अत्यन्त युद्धप्रिय हैं। उन्हें रंचमात्र भी चिन्ता नहीं है कि वे किसके साथ लड़ रहे हैं और क्यों लड़ रहे हैं। उन्हें तो युद्ध का अवसर चाहिए।"

"मेरे लिए तो मद्रराज एक मातुल के समान उपयोगी हैं..."

कुन्ती चिन्तित हो गयी...यह भीम का उल्लास-मत्त था। यह कहीं कोई गड़बड़ ही न कर दे।...

किन्तु भीम बात को घुमा कर दूसरी ओर ले गया, "अखाड़े में मल्ल-युद्ध के अभ्यास के लिए वे अच्छे जोड़ सिद्ध होंगे।..."

"जोड़ तो उनकी किसी दिन मैं सिद्ध होऊँगा।" नकुल के स्वर में आवेश था, "बस, एक बार आमना-सामना हो जाये।..."

नकुल ने स्वयं को रोक लिया।...वह स्वयं ही समझ नहीं पा रहा था कि भीम के एक ही वाक्य ने कैसे उसके मन में मातुल शल्य के विरुद्ध एक ज्वार उठा दिया था...मातुल का व्यवहार उसे तनिक भी श्लाघ्य नहीं लगता था। मातुल वसुदेव ने अपनी इतनी सारी विकट समस्याओं और विषम परिस्थितियों के होते हुए भी, ध्यान रखा कि उनकी एक बहिन भी थी और वह कठिनाइयों से घिरी हुई थी। उनकी अवस्था देखने मातुल अक्रूर आये थे। फिर कृष्ण तथा बलराम आये थे। उन्होंने तो युधिष्ठिर को हस्तिनापुर का युवराज बनवा ही दिया था। वह तो दुर्भाग्य ही था कि जरासंध और कालयवन के संयुक्त आक्रमण के कारण यादवों को मथुरा से हटना पड़ा और धृतराष्ट्र को भी अवसर मिल गया...। अब भी यादव उनकी सहायता का प्रयत्न कर रहे थे...और मातुल शल्य ने क्या किया? उन्होंने एक बार यह जानने का भी प्रयत्न किया कि उनके भागिनेय जीवित भी हैं या नहीं! और यदि ज़ीवित हैं, तो किस अवस्था में हैं!...उनके पुत्र रुक्मरथ को यह ज्ञात भी है कि उसकी एक बुआ भी थी और उनकी कोई सन्तान भी है? नकुल को तो ऐसा लगता था कि उन्होंने इच्छानुसार शुल्क लेकर अपनी बहन को घर से ही नहीं निकाला, अपने जीवन, मन और स्मृति से ही निकाल दिया...

किन्तु यह सब कहने का यह कोई अवसर नहीं था। द्रौपदी के सम्मुख यह सब...

"तुमने देखा मध्यम!" अर्जुन बोला, "दुर्योधन ने कर्ण को मुझसे और मद्रराज को तुमसे भिड़ा दिया। स्वयं कर्ण के पीछे छिपा रहा। कायर कहीं का!"

"वह तो कायर भी है और धूर्त भी।" भीम बोला, "स्वयं लड़ता नहीं, दूसरों को लड़वाता है। और क्यों न लड़वाए, जब अंगराज और मद्रराज जैसे मूर्ख उसे मिल जाते हैं...।"

"अपने से बड़ों के लिए ऐसे अपमानजनक ढंग से नहीं बोलते पुत्र!" कुन्ती ने उसे टोका।

"बड़े!" भीम हँसा, "दोनों में कौन बड़ा मूर्ख है माँ! मद्रराज या सूतपुत्र?"

"मध्यम! माँ को पीड़ित मत करो!" अर्जुन ने बात दूसरी ओर मोड़ दी, "माँ को यह भी तो बताओ कि कृष्ण ने उन सब राजाओं को हमसे लड़ने से रोक दिया था!"

"वह रोकता या न रोकता; यह तो हमें करना ही था।" भीम बोला, "माँ! स्वयं को शूरवीर समझने वाले जितने भी पाखण्डी आये, उन सबकी पिटाई कर, हम पांचाली को जीत लाये।"

"हम? हमसे क्या तात्पर्य है तुम्हारा?" कुन्ती ने उसे टोका, "पांचाली को धनुर्धर ने जीता है, या तुमने?"

"हम दोनों ने!" भीम निर्द्वन्द्व भाव से बोला, "धनुर्धर ने लक्ष्य-वेध किया और मैंने उन उत्पातियों की बुद्धि ठिकाने लगायी। मैं न होता तो वे लोग इस धनुर्धर को इसकी जीती हुई पांचाली के साथ उठा कर ले जाते।..."

स्तब्धता में अकेले भीम का अट्टहास गूँजा; उसके साथ और कोई हँस नहीं पाया। लगा, उसके एक असावधान वाक्य से जैसे शेष सब लोग स्तंभित हो गये थे।

उस स्तब्धता को कुन्ती ने ही तोड़ा, "चल! मान लिया कि पांचाली को उन उत्पातियों से बचाने में धनुर्धर के साथ, तेरा भी बहुत योगदान है; किन्तु स्वयंवर का विजेता तो धनुर्धर ही है न! पांचाली ने उसी के कण्ठ में जयमाला डाली थी न! तुम्हारे कण्ठ में तो नहीं।"

इस सारे प्रसंग में यह पहला अवसर था कि भीम के मुख से शब्द नहीं फूटे। उसका कण्ठ किसी ऐसी मरुभूमि के समान हो गया था, जो न केवल सर्वथा जलविहीन थी, वरन् उसमें नागफनी के काँटे उग आये थे...

"हाँ!" बोलने के लिए भीम को प्रयत्न करना पड़ा, "हाँ! धनुर्धर ने ही स्वयंवर जीता है। पांचाली ने उसी के कण्ठ में जयमाला डाली है। अब तो प्रसन्न हो?"

"प्रसन्न तो हूँ पुत्र!" कुन्ती के चेहरे पर मुस्कान की एक रेखा तक नहीं थी, "अपने पुत्र की ऐसी उपलब्धि पर कौन-सी माँ प्रसन्न नहीं होगी; किन्तु पांचाली तुम्हारे कण्ठ में वरमाला डाले अथवा धनुर्धर के—होगा यह परिवेदन

ही। तुम जानते हो, धर्मशास्त्र की दृष्टि में परिवेदन पाप है। निर्दोष बड़े भाई के अविवाहित रहते, छोटा भाई विवाह कर ले—यह अधर्म है। धर्मानुसार पहले बड़े का विवाह होना चाहिए। छोटा भाई पहले विवाह कर, बड़े भाई को उसके अधिकार से वंचित नहीं कर सकता।..."

"इच्छा तो हमारी भी यही है माँ!" वाचाल भीम अब कुछ सहज हो चला था, "किन्तु ज्येष्ठ तो कोई उद्यम ही नहीं करता।" भीम ने कुन्ती की ओर इस प्रकार देखा, जैसे किसी बड़े रहस्य का उद्घाटन करने जा रहा हो, "हम ज्येष्ठ के मार्ग की बाधा नहीं हैं माँ! वह हमारे मार्ग की बाधा है। हम तो चाहते ही हैं कि वह शीघ्रताशीघ्र विवाह कर ले, ताकि हमारा मार्ग खुले।"

अर्जुन कुछ कह नहीं सका—कदाचित् वह भीम की बात सुन भी नहीं रहा था—उसे लगा, माँ के एक ही वाक्य ने उसे जीवन के एक नये धरातल पर ला कर खड़ा कर दिया है। वह स्वयंवर का विजेता अवश्य था; द्रौपदी उसी ने प्राप्त की थी; किन्तु द्रौपदी से उसका विवाह नहीं हुआ था। द्रौपदी ने उसके कण्ठ में जयमाला डाली थी, वरमाला नहीं।...पितामह भीष्म काशिराज की कन्याओं का उनके स्वयंवर में से हरण कर रहे थे, तो वे उनकी पत्नियाँ नहीं हो गयी थीं। पत्नियाँ तो वे उसी की हुईं, जिनके साथ धर्मानुसार उनका विवाह हुआ था।...

"क्यों?" युधिष्ठिर कुछ तड़प कर बोला, "मेरे अविवाहित रहते, मध्यम का सालकटंकटी से विवाह नहीं हुआ था? तब तो तुमने आपत्ति नहीं की थी। अब बेचारा धनुर्धर! तुम उसके प्रति इतनी कठोर क्यों हो माँ?"

"सालकटंकटी के साथ विवाह को तू मध्यम का विवाह कहता है!" कुन्ती जैसे अपनी पीड़ा का प्रतिकार कर रही थी, "वह क्या मध्यम के साथ आजीवन निर्वाह करेगी? वह क्या मेरी पुत्रवधू बन कर, मुझे आजीवन सास का सम्मान देगी? उसका पुत्र क्या तुम सबका उत्तराधिकारी बनेगा?" कुन्ती का स्वर कुछ धीमा हुआ, "क्या उसने कभी यह माना कि वह हमारे कुल की पुत्रवधू है? क्या वह हमारे साथ आ कर, हमारे कुल के अनुरूप अपना जीवन व्यतीत करेगी? उसने केवल कामतृप्ति के लिए मध्यम को अपने अस्थायी पति के रूप में चाहा था।..."

नतशिर, मौन और निष्क्रिय द्रौपदी उनके वार्तालाप का एक-एक शब्द सुन रही थी। स्वयंवर की प्रतिज्ञा कनिष्ठ ने पूरी की थी। उसके दो भाई बड़े थे, जो अविवाहित थे। कनिष्ठ की इस उपलब्धि से सारा परिवार प्रसन्न होते हुए भी धर्म-संकट में पड़ गया था। माता धर्मानुरूप चलना चाह रही थीं। वे धर्मशास्त्र की चर्चा कर रही थीं। विदुषी दीखती थीं; अन्यथा न उन्हें धर्म

का पता होता, न धर्मशास्त्र का।...द्रौपदी के अपने मन में भी परिवेदन के सम्बन्ध में शास्त्रों की अनेक उक्तियाँ गूँजने लगीं। सभी ने परिवेदन को पाप माना था–गौतम ने, आपस्तम्भ ने, वसिष्ठ ने, मनु ने, याज्ञवल्क्य ने...बौधायन धर्मसूत्र तथा विष्णु धर्मसूत्र के अनुसार तो बड़े भाई से पहले विवाह करने वाला छोटा भाई, छोटे भाई के पश्चात् विवाह करने वाला बड़ा भाई, बड़े भाई के अविवाहित रहते छोटे से विवाह करने वाली कन्या, विवाह करवाने वाला अभिभावक तथा पुरोहित–ये पांचों ही नरक में गिरते हैं।...माता का कथन ठीक ही तो है : राजकन्या का स्वयंवर कनिष्ठ ने जीता है तो क्या विवाह भी वही करे?...जायें सब नाक में?...तैत्तिरीय संहिता में तो परिवित्त को अभाग्य, परिविदान को क्लेश तथा दिधिषू पति को पाप के हवाले किया गया है...

किन्तु विचार करते-करते द्रौपदी का अपना मन जैसे अवसाद में घिरता जा रहा था...लक्ष्य-वेध करने वाले जिस वीर में उसका मन अनुरक्त हुआ था, क्या उससे विवाह नहीं होगा?...और उसके पिता का संकल्प? अपने शत्रु से अपने अपमान का प्रतिशोध?...यदि धनुर्धर से उसका विवाह नहीं हुआ, तो उस अपमान का प्रतिशोध कौन लेगा? द्रोण से प्रतिशोध लेने में सहायक कौन होगा?...क्या उसके पिता इस प्रस्ताव को मान लेंगे कि उसका विवाह धनुर्धर से नहीं, उसके बड़े भाई से हो जाये?...द्रौपदी का मन अटक गया।...क्या उसके पिता इस प्रस्ताव का विरोध कर सकेंगे?...आपस्तम्भधर्मसूत्र का कथन है कि कन्या का दान किसी एक भाई को नहीं, भाइयों, सारे कुटुंब को किया जाता है...

"बस करो माँ!" इस बार भीम का स्वर जैसे भीम का स्वर ही नहीं था। अत्यन्त आहत प्रेमी के समान बोल रहा था वह, "तुम उसे अपनी पुत्रवधू, कुलवधू...कुछ मत मानो; किन्तु हमारे सम्बन्धों के विषय में यह सब मत कहो। जो कुछ तुम कह रही हो–वह सब मैं भी जानता हूँ; फिर भी मेरे मन में उसके और अपने पुत्र के लिए स्नेह का भाव है।..."

"मैं जानती हूँ पुत्र!" कुन्ती अत्यन्त कोमल स्वर में बोली, "मैं तेरा मन दुखाना नहीं चाहती। क्या मैं नहीं जानती कि तू किस प्रकार उमड़ कर प्रेम करने वाला व्यक्ति है–प्रेम चाहे माँ से करे, अपने भाइयों से करे, सालकटंकटी से करे, घटोत्कच से करे...।"

द्रौपदी का मन फिर से एक तथ्य को रेखांकित कर रहा था...वे लोग सारा वार्तालाप उसके सम्मुख ही कर रहे थे। कैसी असाधारण एवं आन्दोलित स्थिति थी, उनके मन की, किन्तु आवेश में भी वे किसी का नाम नहीं ले रहे थे। कितने सावधान थे वे लोग; कितने अनुशासित! द्रौपदी उनमें से अभी किसी

एक का नाम तक नहीं जान पायी थी। क्या वे लोग उससे अपना परिचय छिपा रहे थे? स्वयंवर-विजेता को वे धनुर्धर कह रहे थे। शेष लोगों को ज्येष्ठ, मध्यम, कनिष्ठ...धनुर्धर ने महाराज द्रुपद को अपना परिचय नहीं दिया था। क्या यह इनका छद्म वेश है? क्या सचमुच ये पाँचों पाण्डव और उनकी माता कुंती हैं?...और तभी द्रौपदी के मन ने दूसरी बात उठायी...जो नाम अभी-अभी इन्होंने लिये हैं—सालकटंकटी तथा घटोत्कच—वे जाने किन लोगों के नाम हैं! उनमें से तो राक्षसत्व की गंध आ रही है...

"किन्तु पुत्र! मैं नहीं चाहती कि तू इसे अपना विवाह मान ले और दूसरा विवाह ही न करे...!"

द्रौपदी ने स्पष्ट देखा कि मध्यम ने माता के इस वाक्य पर माँ की ओर न देख कर, उसकी ओर देखा था...किन्तु उस दृष्टि में जहाँ एक ओर इतनी लालसा और इतनी तृष्णा थी, वहीं उसमें अथाह निराशा और हताशा थी...

"मैं चाहती हूँ कि पहले ज्येष्ठ का विवाह हो ले, फिर तू अपना विधिवत् विवाह करे—किसी एक कन्या से, जो तेरी पत्नी और मेरी पुत्रवधू बन कर रहे।" कुन्ती अर्जुन की ओर मुड़ी, "और धनुर्धर! मैं तुमसे तुम्हारी पांचाली छीनना नहीं चाहती; किन्तु पुत्र! यदि तुमने यह विवाह कर लिया तो अपने बड़े भाइयों की लांछनों, आरोपों और भर्त्सनाओं से कैसे रक्षा करोगे? क्या तुम चाहोगे कि वह विवाह के अधिकार से वंचित हो जायें; और तुम्हारे इस त्वरित विवाह का मूल्य चुकाने के लिए आजीवन अविवाहित रहें?..."

"माँ!" युधिष्ठिर ने कुन्ती को पुनः टोका।

"तू चुप रह!" कुन्ती ने उसे पुनः डाँटा, "एक बात का सदा ध्यान रखो मेरे बच्चो! तुम्हें केवल अपने लिए कुछ भी नहीं सोचना है। तुममें से किसी को भी तनिक भी स्वार्थी नहीं होना है। तुम मेरे लिए पाँच नहीं—एक पुत्र हो; एक अस्तित्व हो। तुम्हें जो कुछ सोचना है, करना है—सब के लिए। जब हमारे जीवन में प्रलयाग्नि जली थी, तब मध्यम ने केवल अपने प्राण बचाने की सोची होती, तो आज सिवाय उसके, हममें से कोई जीवित न होता। प्राणों से बड़ी उपलब्धि कोई नहीं है। उसने उस उपलब्धि को मात्र अपने लिए नहीं रखा; तो आज धनुर्धर की उपलब्धि उससे भी बड़ी हो गयी।..." वह जैसे हाँफ कर रुक गयी; किन्तु क्षण भर में ही पुनः बोली, "तुम्हारे पिता के देहान्त के पश्चात् तुम्हारे इसी ज्येष्ठ ने, जो स्वयं नन्हा-सा बच्चा था, अपनी अक्षमताओं में भी एक पिता के ही समान, तुम लोगों का ध्यान रखा है—तुम सबका। मैं चाहती हूँ कि तुम लोग यह कभी मत भूलो। आज धनुर्धर को एक सफलता मिली है, तो वह हमसे पृथक् होकर केवल अपना सुख और स्वार्थ सोचे? अभी

तो हमारे सारे शत्रु हम पर अपने दाँत गड़ाये बैठे हैं...।"

"माँ!" युधिष्ठिर जैसे कुन्ती के प्रवाह को बाधित कर बोला, "माँ! पांचाली वीर्यशुल्का है; और उसका स्वयंवर धनुर्धर ने ही जीता है।"

द्रौपदी का मन पुनः जैसे उसके मस्तिष्क के कपाट खटखटा कर बोला, "देख कृष्णा! यहाँ एक ऐसा व्यक्ति है, जो तुझसे आसक्त है...देख! उसकी आँखों में देख! उसके आनन को देख। नहीं लगता कि उसके मन में अग्नि धधक रही है?...उसकी माता चाहती है कि वह तुम्हें प्राप्त करे।...जिस भाई ने स्वयंवर जय किया है, वह विरोध करता भी दिखायी नहीं देता...पर देख, बड़ा भाई अपने छोटे को वंचित करना नहीं चाहता। वह अपने मन का इतना दमन कर लेगा कि उसका श्वास ही रुक जाये; किन्तु वह अपने छोटे भाई को वंचित नहीं करेगा।...ऐसा भाई देखा है तूने कभी? जिस द्रौपदी को प्राप्त करने के लिए जम्बूद्वीप के सारे राजा धर्म को तिलांजलि दे कर, अधर्म-युद्ध करने के लिए क्षेत्र में उतर आये थे, वही द्रौपदी उसे अनायास मिल सकती है...किन्तु वह उसका विरोध कर रहा है, क्योंकि वह अपने भाई को वंचित करना नहीं चाहता..."

"ठीक कहता है तू पुत्र!" कुन्ती कह रही थी, "किन्तु तू ही बता धनुर्धर! आज तक तुम पाँचों में से जिसने जो कुछ भी अर्जित किया है, वह क्या उसी की सम्पत्ति मानी गयी?..."

"नहीं माँ! नहीं!" अर्जुन बोला।

"आज तक हमने समग्र का हित साधा है, अथवा खण्ड का?"

"समग्र का माँ!"

अर्जुन के मन में झंझावात चल रहा था : माता की इच्छा? ठीक ही तो कह रही हैं माता!...परिवेदन पाप है।...और अर्जुन तो अपने विवाह के लिए कोई ऐसा इच्छुक भी नहीं था। वह विवाह के लिए स्वयंवर में गया भी नहीं था।...वह तो भगवान वेदव्यास के आदेश के अनुसार पाण्डवों को पुनर्जीवित करने की धनुर्विधा की एक प्रतियोगिता में गया था। यह द्रौपदी का स्वयंवर न होता, उसमें विवाह का प्रतिबन्ध न होता, वह मात्र एक प्रतियोगिता ही होती, तो भी तो अर्जुन उसमें सम्मिलित होता...और यदि स्वयंवर की प्रतिज्ञा धनुर्विद्या सम्बन्धित न होती, वह गदा-युद्ध से सम्बद्ध होती, तो क्या अर्जुन उसमें मध्यम का प्रतियोगी बन कर उसका प्रतिद्वन्द्वी हो, प्रतियोगिता में उतरता, क्योंकि वह पांचाली को प्राप्त करना चाहता था?...संसार में अनेक राजकुमारियाँ हैं, उनके विवाह होते ही रहते हैं। अर्जुन का मन उनकी ओर तनिक भी नहीं खिंचता है...किन्तु संसार में कहीं कोई धनुर्विद्या के ज्ञान में उससे बढ़ जाये...क्या यह

सहन कर पायेगा अर्जुन?...और ठीक ही तो कहती हैं माता...उन भाइयों में अभी ऐसा कोई विभाजन नहीं हुआ है, जिसके अनुसार उनका अर्जन और सम्पत्ति पृथक् हो।...यदि उस प्रतियोगिता के फलस्वरूप उसको द्रौपदी मिली भी है, तो क्या? क्या उसका द्रौपदी से विवाह करना अनिवार्य है?...क्या पितामह भीष्म का उदाहरण उसके सम्मुख नहीं है?...और ठीक कहा है मध्यम ने।...यदि प्रत्येक स्वार्जित वस्तु अपनी व्यक्तिगत सम्पत्ति हो भी, तो क्या द्रौपदी को अकेले अर्जुन ने ही अर्जित किया है?...मध्यम की मान्यता है कि यदि वह न होता, तो अर्जुन से द्रौपदी बलात् छीन ली जाती।...क्या ऐसा ही है? ऐसा है या नहीं...मध्यम की मान्यता यही है...तो क्या अर्जुन अपने भाइयों को कलंकित और वंचित कर द्रौपदी से विवाह करेगा?

द्रौपदी से विवाह करना, अर्जुन के लिए अनिवार्य क्यों है?...और अर्जुन को लगा कि यह प्रश्न तक उसके लिए अत्यन्त पीड़ादायक है।...यह प्रश्न जैसे उसे जीवन की किसी बड़ी उपलब्धि से वंचित कर रहा है...कैसी तो कचोट जागती थी मन में...इस कचोट और इस पीड़ा से अब तक तो वह अनभिज्ञ था। यह जीवन का कोई नया क्षेत्र था...यह कामदेव का षड्यन्त्र था...यह उसके मन की वासना थी...यह शरीर की प्राकृतिक भूख थी, जो कैसे-कैसे मोहक आवरणों में लिपट कर उसके मन में अंकुरित हो रही थी...पर थी यह वही भूख...शरीर-धर्म!...कदाचित् इसीलिए माता के आपत्ति करते ही, उसके मन में संकोच जागा था, अपराध-बोध सरीखा!...

किन्तु कर्तव्य और वासना में से तो अर्जुन अपने कर्तव्य को ही चुनेगा! वासना मोहक होती है, अत्यन्त आकर्षक। वह मनुष्य की शिराओं में अग्नि बन कर बहती है। उसके आलिंगन में निष्क्रिय हो कर, धर्म को विस्मृत कर प्रवाहित होना स्वीकार किया जाये, तो वह अग्नि शरीर को इस प्रकार तपाने लगती है, जैसे वह उसे भस्म ही कर देगी...किन्तु कृष्ण कहता है—जीवन का कोई सुख धर्म से बड़ा नहीं है; धर्म की अवहेलना, किसी भी बड़े-से-बड़े कष्ट से बड़ा कष्ट है। धर्म, वासना से बड़ा है, शक्तिशाली है, समर्थ है...धर्म ही धारण करता है—सृष्टि को, मनुष्य को, मनुष्य के शरीर को...वासना किसी को धारण नहीं करती, वह तो क्षय मात्र करती है...जीवन के भोग के विरुद्ध नहीं है कृष्ण। वह कहता है कि जीवन धर्मानुकूल होना चाहिए, भोग भी धर्मानुकूल होना चाहिए, त्यागपूर्वक...अर्जुन को सीखना होगा कि जीवन के किस सुख को भोगना है, किसका त्याग करना है...और अधर्म के मार्ग पर चल कर तो कोई सुख प्राप्त करना ही नहीं है।...अर्जुन त्याग करेगा तो भोग का, धर्म का त्याग वह नहीं करेगा...

युधिष्ठिर ने अर्जुन का चिन्तित चेहरा देखा। वह अर्जुन के मन में चलने वाले धर्म और काम के द्वन्द्व को समझ रहा था। किस धर्म-संकट में डाल दिया है, माँ ने इस अर्जुन को : ऐसे तो वह अपने सौभाग्य का फल भी नहीं भोग पायेगा। स्वयंवर में उसने वीर्यशुल्का पांचाली को जय किया है। पांचाली उसकी है...यद्यपि युधिष्ठिर के भीतर का पुरुष, उसके इस निर्णय से सहमत नहीं था। वह इस नारी को पाने के लिए तड़प रहा था; किन्तु युधिष्ठिर का विवेक इसकी अनुमति नहीं देता। पितामह भीष्म ने स्वयंवर में से कन्याओं को प्राप्त कर, उनका विवाह अपने छोटे भाई से कर दिया था...ज्येष्ठ का धर्म है—दान; ग्रहण उसे शोभा नहीं देता।...युधिष्ठिर, किसी भी स्थिति में अर्जुन को वंचित नहीं कर सकता...

"धनुर्धर!" अन्ततः युधिष्ठिर बोला, "स्वयंवर में पांचाली को तुमने जीता है। तुम्हारे साथ, इस राजकुमारी की शोभा होगी। तुम अग्नि प्रज्वलित करो और अग्निदेव के साक्ष्य में विधिपूर्वक इस राजकन्या का पाणिग्रहण करो।..."

"मुझे अधर्म का भागी न बनायें भैया! परिवेदन पाप है। ऐसा व्यवहार तो केवल अनार्यों में देखा जाता है।" अर्जुन बोला, "और आपने सुना तो है ज्येष्ठ! पांचाली मैंने अकेले नहीं जीती। मध्यम साथ में न होता, तो पांचाली को अर्जित करना तो दूर, कदाचित् मेरे लिए स्वयं भी जीवित बच कर आना कठिन होता।"

युधिष्ठिर, अर्जुन के इस स्वर को अच्छी तरह पहचानता था : अर्जुन के शब्द जो कुछ भी कह रहे हों, उसका मन उसे तनिक भी स्वीकार नहीं कर रहा था। उसके शब्दों में भीम के प्रति भी उपालम्भ था। जो भीम पांचाली पर प्रकारान्तर से अपना अधिकार जता रहा था, यदि उसके प्रति अर्जुन के मन में उपालम्भ फूट निकला है, तो युधिष्ठिर द्वारा पांचाली को ग्रहण कर लेने पर, वह उसे क्षमा कर पायेगा क्या?...

युधिष्ठिर का मन क्षण-भर के लिए चौंक कर, घबराए हुए घोड़े के समान, अगले दोनों पैर उठा कर, पिछले दोनों पैरों पर खड़ा हो गया...कहीं पांचाली उन भाइयों में विग्रह का कारण न बन जाये...किन्तु युधिष्ठिर के संकल्प ने उस घबराए हुए घोड़े की अगली दोनों टाँगें बलात् पृथ्वी पर टिका दीं, "नहीं धनुर्धर! पांचाली तुम्हारी है।"

"नहीं ज्येष्ठ!" अर्जुन ने युधिष्ठिर को आगे बोलने से दृढ़तापूर्वक रोक दिया, "सत्य कहता हूँ, मैं पांचाली को अपनी समझ कर ही लाया था; किन्तु अब इन परिस्थितियों में मैं पांचाली को स्वीकार नहीं कर सकता।" अर्जुन का स्वर अत्यन्त गम्भीर था, "धर्म की मर्यादा की रक्षा मुझे करनी ही होगी। मैं न

भ्रष्ट भोजन खा सकता हूँ; न अधर्मपूर्वक काम-सुख का भोग कर सकता हूँ! पांचाली अब आपकी है।..."

युधिष्ठिर अवाक् रह गया। अर्जुन के वाक्य से उसके शब्द और विचार—सब ही जैसे स्तम्भित रह गये थे।...वह कहना चाह रहा था कि अर्जुन पांचाली से विवाह कर ले। वह उसे परिवेदन के पाप का भागी नहीं बनने देगा। युधिष्ठिर आजीवन अविवाहित रहेगा, और भीम का एक विवाह हो ही चुका है; तो अर्जुन का यह विवाह परिवेदन कैसे होगा?...किन्तु अर्जुन ने उसे यह सब कहने का अवसर ही नहीं दिया था। कैसा निश्चय किया था अर्जुन ने! अपनी मनोवांछित, ऐसी कमनीय स्त्री का इस प्रकार त्याग...यह कार्य तो बड़े-बड़े सिद्ध तपस्वी भी नहीं कर सकते। कैसे किया अर्जुन ने यह त्याग! कदाचित् यह त्याग अर्जुन जैसे व्यक्ति के लिए ही सम्भव था।...

"मुझे स्वीकार है!" अन्ततः युधिष्ठिर बोला, "तुम्हारे स्वत्व में से कुछ ले कर तुम्हें वंचित करना मुझे संकुचित कर रहा है धनुर्धर! किन्तु, अपने स्वत्व का उपयोग मैं किसी भी विधि से कर सकता हूँ। अब, जबकि पांचाली मेरी है; उसके विषय में निर्णय मैं करूँगा।" उसने कुन्ती की ओर देखा, "माँ! मैं कुछ धर्म-विरुद्ध तो नहीं कह रहा?"

कुन्ती की आँखों में पहले तो एक प्रसन्न जड़ता झलकी और फिर अश्रु झलमला आये, "तुम जैसी संतान पा कर मैं धन्य हुई पुत्रो!"

नतमस्तक द्रौपदी प्रत्यक्षतः असम्पृक्त-सी मौन बैठी थी; किन्तु उसका रोम-रोम जैसे आँख और कान बन कर, इस परिवार के एक-एक सदस्य की प्रत्येक गति-विधि को अत्यन्त सूक्ष्मता से देख रहा था और एक-एक शब्द को सुन रहा था।...उसकी पहली प्रतिक्रिया विकट विरोध की थी।...उन लोगों ने उसे सर्वथा निष्प्राण वस्तु समझ लिया है, जिसे वे कहीं से उठा लाये हैं और जिसकी जैसी इच्छा हो रही है, वह उसे उसी प्रकार किसी को भी सौंप रहा है। उनके लिए जैसे उसकी अपनी कोई भावना ही नहीं है, कोई इच्छा ही नहीं है...किन्तु अगले ही क्षण उसके अपने ही तर्क ने उसे टोक दिया—वीर्यशुल्का घोषित होने पर भी उसकी कोई इच्छा शेष रह गयी थी क्या?...जिस दिन उसने अपने पिता के अपमान का प्रतिशोध लेने के लिए अपने सारे पिछले जीवन से स्वयं को विच्छिन्न कर, अग्नि-कुण्ड से नया जन्म ग्रहण किया था, क्या उसी दिन उसने यह स्वीकार नहीं किया था कि अब उसकी अपनी कोई इच्छा, आकांक्षा और भावना नहीं रहेगी? क्या उसने यह संकल्प नहीं किया था कि अब उसके जीवन का एकमात्र लक्ष्य अपने पिता के अपमान का प्रतिशोध लेना है?...तो अब वह अपनी इच्छाओं और आकांक्षाओं

की बात क्यों सोचने लगी है?...उसके पिता ने जम्बूद्वीप का यह अनाम और अज्ञात धनुर्धर खोज निकाला है। अब यह कृष्ण का कार्य है कि धनुर्धर को, अपने पिता का सहायक बनाये...उसके पति और पिता का लक्ष्य एक ही हो जाये—द्रोण का वध और उसे आश्रय देने वाले कुरुकुल का नाश...

पर यह धनुर्धर तो उसका पति बनना नहीं चाहता...किन्तु अगले ही क्षण लगा कि अपनी इस अवहेलना के कारण, उसके मन में इस धनुर्धर के लिए तनिक भी रोष नहीं है...वह तो केवल धर्म के मार्ग पर चलने का प्रयत्न कर रहा है। यदि पांचालराज द्रुपद, अपने प्रकार का एक धर्म-युद्ध कर रहे हैं, तो यह वीर धनुर्धर भी अपने प्रकार का एक धर्म-युद्ध कर रहा है। अधर्म से मिला जीवन का बड़े से बड़ा सुख, उसके लिए अग्राह्य है। धर्म से वंचित हो कर उसे काम-सुख नहीं चाहिए। इतना त्याग...कैसी महान आत्मा है उसकी! द्रौपदी को उससे रुष्ट नहीं होना चाहिए...उस पर मुग्ध होना चाहिए।...और इन भाइयों का यह ज्येष्ठ! यह तो साक्षात् धर्म का रूप लगता है : वह अपने छोटे भाइयों से कुछ लेना नहीं चाहता, उन्हें देना ही चाहता है। उसके चरित्र में ग्रहण की तुलना में त्याग कहीं अधिक है...कैसे धर्म-संकट में पड़ गया है उदार आत्माओं का यह परिवार! द्रौपदी को उनका यह संकट बढ़ाना नहीं है, उसे टालना है। उन्हें धर्म से डिगाना नहीं है, धर्म पर चलाना है...उन्हें संयुक्त रखना है, वियुक्त नहीं करना है। वे सारे-के-सारे भाई, महाराज द्रुपद की सेना के सम्मुख खड़े हो जायेंगे, तो पांचाल सेना संसार में अजेय ही जायेगी।...

तभी किसी ने कपाट थपथपाया।

सबकी दृष्टि एक बार कपाट की ओर उठी और फिर जैसे प्रश्नवाचक चिह्न बन कर, एक-दूसरे की ओर मुड़ गयी : इस समय कौन आया है? दिन का तीसरा प्रहर है। कुम्भकार तो इस समय अपने काम में लगा होगा। पाण्डवों का इस नगर में किसी से पारिवारिक मेल-जोल नहीं है। तो क्या द्रुपद अथवा शत्रु राजा...?

कपाट पर पुनः हल्की थपथपाहट हुई।

"कपाट खोलो! मैं कृष्ण हूँ और मेरे साथ भैया बलराम हैं।..."

"कृष्ण!" एकाधिक स्वर अकस्मात् ही सामूहिक रूप से फूटे।

द्रौपदी के मस्तिष्क में जैसे चपला कौंध गयी—कृष्ण! कृष्ण यहाँ? इस कुम्भकार के घर में? क्या वह द्रौपदी की खोज-खबर लेने आया है? क्या उसने यह खोज निकाला है कि पांचाली, स्वयंवर विजेता के साथ यहाँ आयी है?...कृष्ण वास्तविक सखा है उसका। वह कहीं भी होगी, उसे उसका संरक्षण प्राप्त होगा।...

सहदेव ने अनुमति के लिए युधिष्ठिर की ओर देखा।

"खोलो!" युधिष्ठिर ने संकेत किया।

सहदेव ने साँकल हटाया और कपाट खोल दिये, "पधारिए!"

कृष्ण और बलराम—दोनों ने पहले कुन्ती के चरण छुए; और फिर युधिष्ठिर के चरणों का स्पर्श किया।

"तुमने हमें कैसे खोज लिया पुत्र?" कुन्ती ने उनका माथा सूँघा, "हम तो यहाँ अज्ञातवास कर रहे थे।"

द्रौपदी का मन जैसे आश्चर्य से अपने पंजों पर खड़ा हो गया, 'गोविन्द इन्हें जानता है? कौन हैं ये लोग? ये लोग साधारण वनवासी ब्राह्मण तो नहीं हो सकते।...कहीं ये पाँचों पाण्डव ही तो नहीं? कृष्ण की बुआ के पुत्र!...और यह उनकी माता...कुन्ती!...'

"मैं इन्द्रजाली हूँ।" कृष्ण हँसा, "अपने इन्द्रजाल से सब कुछ जान लेता हूँ।"

"तू उससे भी कुछ अधिक है पुत्र!" कुन्ती ने मुस्करा कर कहा, "तू हमारी संजीवनी बूटी है।"

कृष्ण ने कुन्ती की बात का कोई उत्तर नहीं दिया। वह द्रौपदी से सम्बोधित हुआ, "तुम सर्वथा उपयुक्त स्थान पर आ गयी हो सखि! न चिन्तित होना, न सम्भ्रमित! जो प्रत्यक्ष है, वह माया का प्रपंच है। सत्य अभी आवृत है; और सत्य सदा ही कल्याणकारी होता है..."

द्रौपदी आश्वस्त हुई। कदाचित् कृष्ण इसीलिए यहाँ आया होगा कि अपनी सखी का विभ्रम दूर कर उसे आश्वस्त कर सके। उसने उसे सब कुछ स्पष्ट बता दिया है...जो प्रत्यक्ष है, वह माया का प्रपंच है...ये लोग वस्तुतः मात्र वनवासी ब्राह्मण नहीं हैं...जो सत्य है, वह अनावृत होगा...कृष्ण कहता है न कि असत्य का अस्तित्व नहीं होता और सत्य का कभी नाश नहीं होता...सत्य अपने-आप में सामने आयेगा...

"पुत्र!" कुन्ती ने कृष्ण से कहा, "क्या हमारा दुष्काल समाप्त हुआ?"

"महाराज द्रुपद का कल्याण हुआ है!" वह मुस्करा कर बोला, "मैं आपसे कहने आया था कि आप पूर्णतः आश्वस्त रहें। यादव महारथी और अतिरथी अपने शस्त्रों के साथ सन्नद्ध खड़े हैं।" वह युधिष्ठिर की ओर मुड़ा, "फिर भी हमें सावधान रहना है। हम यहाँ अधिक देर नहीं ठहरेंगे कि कहीं हमारे यहाँ आने के कारण अन्य राजाओं को भी ज्ञात न हो जाये कि आप यहाँ हैं। सावधान रहें और महाराज के निमन्त्रण की प्रतीक्षा करें।...अच्छा! चलते हैं।" कृष्ण और बलराम द्वार की ओर बढ़े।

"गोविन्द!" द्रौपदी ने पुकारा।

"धैर्य रखो कृष्णे!" कृष्ण बोला, "अपने नये परिवार के दायित्व सम्भालो। तुम लोगों का दुष्काल समाप्त हो गया है।"

कृष्ण और बलराम जिस आकस्मिकता से आये थे, उसी आकस्मिकता से लौट भी गये। न कृष्ण रुका था, न उसने द्रौपदी के किसी प्रश्न का उत्तर दिया था; किन्तु फिर भी द्रौपदी के मन में एक प्रगाढ़ शान्ति व्याप्त हो गयी थी।...द्रौपदी ने इस परिवार में जो कुछ देखा था, उससे वह अनुमान लगा ही रही थी कि ये लोग साधारण जन नहीं हैं। अब कृष्ण ने यहाँ आ कर उसकी पुष्टि कर दी थी...किन्तु यदि ऐसा ही है, तो इन लोगों ने छद्मवेश क्यों धारण कर रखा है?...द्रौपदी को बार-बार लगता है कि कहीं ये पाण्डव और उनकी माता ही तो नहीं? और बार-बार वह अपने-आपको स्मरण दिलाती है कि वे लोग वारणावत के अग्निकाण्ड में मृत्यु को प्राप्त हो चुके हैं...किन्तु वे किसी प्रकार, किसी चमत्कारवश जीवित भी तो बच सकते हैं!... किन्तु यदि वे लोग जीवित होते तो अब तक कहीं तो प्रकट होते।...और यदि ये पाण्डव ही हैं, तो वे स्वयं को प्रकट क्यों नहीं कर रहे?...यदि वे पाण्डव ही हैं तो कर्ण और दुर्योधन ने स्वयंवर-मण्डप में इन्हें अवश्य पहचान लिया होगा। यदि ऐसा ही था, तो कर्ण इन्हें जीवित छोड़ पीछे क्यों हट गया? मद्रराज शल्य ने मध्यम के रूप में छिपे हुए अपने भागिनेय के साथ युद्ध क्यों किया? क्या वे भी इन्हें नहीं पहचानते?...नहीं! ये पाण्डव नहीं हो सकते...

द्रौपदी को लगा कि उसके मन में कृष्ण के लिए आक्रोश संचित हो रहा है...वह उसे बता कर क्यों नहीं गया कि ये कौन हैं?...

द्रौपदी का ध्यान भंग हुआ...उसने देखा, पाँच में से चार भाई बाहर जा रहे थे। उसने दृष्टि उठा कर कुन्ती की ओर देखा। कुन्ती ने उसका प्रश्न समझा और बोली, "वे लोग भिक्षाटन के लिए जा रहे हैं पुत्रि! तुम थोड़ा विश्राम कर लो। प्रातः से बहुत कुछ घटित हुआ है, तुम्हारे जीवन में। थक गयी होगी।"

कुश की शैया पर कुन्ती ने मृगचर्म बिछा दिया; और द्रौपदी की भुजा पकड़ कर, उस पर ला बैठाया, "सो सको, तो थोड़ी देर सो जाओ। मानसिक ऊहापोह से विश्राम मिलेगा।"

द्रौपदी को कुन्ती का प्रस्ताव अच्छा लगा। उसे लगा कि वह अपने ही प्रश्नों से संघर्ष करती हुई पर्याप्त थक गयी है। यदि कुछ देर इस संघर्ष को विराम दे सके, तो कदाचित् उसका मन कुछ विश्राम पा सकेगा। किन्तु... ज्येष्ठ...वह इसी कक्ष में है...उसकी उपस्थिति में द्रौपदी कुश-शैया पर बिछे,

इस मृगचर्म पर सो पायेगी क्या...

उसकी दृष्टि अनायास ही युधिष्ठिर की ओर उठ गयी; किन्तु उसने देखा कि वह उसकी दृष्टि उठने से पहले ही, बाहर जाने के लिए उठ चुका था। अपनी उपस्थिति के कारण, द्रौपदी को होने वाली असुविधा और संकोच को वह समझ चुका था।...द्रौपदी को लगा कि जितना भी समय बीतता जा रहा है, वह इस परिवार के शील-व्यवहार पर मुग्ध होती जा रही है। ये लोग सचमुच असाधारण थे...अपने शील में, आचरण में, चिन्तन में, और व्यवहार में...निस्पृह चरित्रों वाले, निर्लोभी...

द्रौपदी लेट गयी। कुन्ती ने कक्ष से बाहर निकल, कपाट भिड़ा दिये। इस समय कक्ष में पूर्ण एकान्त था और शान्ति...

कृष्ण के आने से द्रौपदी यह कल्पना करने लगी थी कि कदाचित् ये पाण्डव ही थे और वह धनुर्धर वीर अर्जुन ही था; किन्तु जिस प्रकार वे लोग नगर में भिक्षाटन करने के लिए गये थे, क्या वह पाण्डवों के लिए सम्भव था? वे लोग अभ्यस्त भिक्षोपजीवी ब्राह्मण ही प्रतीत होते थे। इतनी बड़ी घटना के पश्चात्, इस असाधारण उपलब्धि के पश्चात् भी वे पंचाल राजकुमारी को इस कक्ष में छोड़कर, भिक्षाटन के लिए नगर में निकल गये थे, जैसे उनके जीवन में कुछ महत्त्वपूर्ण घटित ही न हुआ हो।...जिस पांचाली के लिए आज प्रातः ही आर्यावर्त्त के महत्त्वपूर्ण अधिपतिगण युद्ध कर, रक्त बहाने को तत्पर थे, उसी पांचाली को वे लोग इस प्रकार इस ध्वस्त आवास में छोड़ गये हैं, जैसे वह रक्षा के योग्य साधारण मूल्यवान वस्तु भी न हो...

सहसा द्रौपदी ने स्वयं अपने-आपसे पूछा : क्या वह स्वयं को असुरक्षित अनुभव कर रही है? और तत्काल ही उसने स्वयं ही उत्तर दे दिया, 'कृष्ण ने कहा था, जो प्रत्यक्ष है, वह माया का प्रपंच है।' वह जानती है कि, वह असुरक्षित नहीं है।...वे पाँचों नहीं गये हैं। ज्येष्ठ घर में ही है। निश्चय ही वह उसकी रक्षा के विचार से ही घर में रह गया होगा। किन्तु क्या वह भी अपने भाइयों के समान शस्त्र-प्रयोग में निपुण है?...और फिर द्रौपदी का सखा है कृष्ण। वह जानता है, पांचाली यहाँ है। वह यह भी जानता है कि उसके अपहरण का भी प्रयत्न हो सकता है। वह इन भाइयों को आश्वस्त कर गया था कि यादव महारथी और अतिरथी अपने शस्त्रों के साथ उनकी रक्षा के लिए सन्नद्ध खड़े हैं। जो इन वीर भाइयों की रक्षा की बात कर रहा है, क्या असहाय द्रौपदी की चिन्ता उसे नहीं होगी!...और द्रौपदी यह भी नहीं मान सकती कि उसके पिता और भाई, उसकी ओर से असावधान होंगे। उनके गुप्तचर या तो उसके पीछे-पीछे ही आ गये होंगे, या फिर कृष्ण तथा बलराम

का पीछा करते हुए, यहाँ पहुँच गये होंगे। उसकी रक्षा की पूरी व्यवस्था होगी। वह असुरक्षित नहीं है...

किन्तु यदि यह परिवार साधारण भिक्षोपजीवी ब्राह्मणों का होता तो इस सम्बन्ध के हो जाने के पश्चात् वे उसी नगर में भिक्षाटन करते फिरते? वे राजप्रासाद में बैठ, छतीस व्यंजनों का स्वाद न लेते?...तो उनको क्या माने द्रौपदी? यदि वे लोग साधारण भिक्षोपजीवी ब्राह्मण नहीं हैं; और यह उनका छद्मवेश है, तो उन्होंने अपने अहंकार को किस प्रकार पूर्णतः जय कर लिया है कि द्वार-द्वार भिक्षा की याचना करते हुए, उन्हें तनिक भी असुविधा नहीं होती? जरा-सा भी संकोच नहीं होता?...वे अपने-आपको कहीं भी अपमानित अनुभव नहीं करते? मान-अपमान की भावना से ऊपर उठ चुके हैं ये लोग? स्थितप्रज्ञ हो गये हैं?...और यदि वस्तुतः भिक्षोपजीवी ब्राह्मणों का परिवार है, तो इन लोगों ने लोभ को पूर्णतः जय कर लिया है, जो महाराज द्रुपद के सम्बन्धी हो कर भी, उन्हीं की राजधानी में गली-गली भिक्षा माँग रहे हैं। पांचालराज की वीर्यशुल्का कन्या को स्वयंवर में जय करके, उन्हें एक दिन के लिए भी विजय के अहंकार का मद नहीं चढ़ा? उन्हें तनिक भी अपना यश सुनने की इच्छा नहीं हुई? राजकन्या को इस दीन-हीन आवास में बैठा कर, भिक्षा माँगने चल दिये, जैसे इस प्रकार की उपलब्धियाँ प्रतिदिन उनके चरण चूमती हैं! किसी सम्राट् ने भी द्रौपदी को प्राप्त किया होता, तो वह महीनों इस विजय के समारोह मनाता; उसका अहंकार इतना स्फीत होता कि अन्य लोगों की आँखों में ही नहीं, हृदय में भी गड़ने लगता...

सचमुच अद्भुत है यह परिवार—संयमी, निरहंकारी, निर्लोभी, प्रशंसा और अभिशंसा से उदासीन, स्थितप्रज्ञ...!

युधिष्ठिर कक्ष से निकल कर घेर में आ बैठा। वैसे भी उसे इस समय एकान्त ही चाहिए था। वह सोचना चाहता था। घटनाओं के इस आकस्मिक मोड़ ने जिन परिस्थितियों से उन्हें बाँध दिया था, उनसे निबटना सरल नहीं था।...

धर्मशास्त्र के अनुसार, परम्परा के अनुसार, सनातन धर्म के अनुसार, और माता की इच्छा के अनुसार—भाइयों में सबसे पहले, विवाह का अधिकार युधिष्ठिर का ही था। इसी दृष्टि से अर्जुन ने पांचाली उसे सौंप दी थी। पांचाली के साथ युधिष्ठिर का ही विवाह होना चाहिए था।...किन्तु पांचाली को स्वयंवर में अर्जुन ने जीता था...पितामह भीष्म का उदाहरण उनके सामने अवश्य था; किन्तु पितामह ने तो स्वयंवर में जाने से पहले ही अखण्ड ब्रह्मचर्य की प्रतिज्ञा कर ली थी। जब वे काशिराज की कन्याओं का हरण कर रहे थे,

वे तब भी जानते थे कि वे अपने विवाह के लिए यह सब नहीं कर रहे हैं। जब वे शाल्व से युद्ध कर रहे थे, तब भी वे जानते थे कि उन कन्याओं का विवाह वे अपने छोटे भाई विचित्रवीर्य से करेंगे।...किन्तु अर्जुन के साथ तो यह बात नहीं थी।...पांचाली को स्वयंवर-मण्डप में देख कर अर्जुन का मन उसमें अनुरक्त हुआ होगा। स्वयंवर की प्रतिज्ञा पूरी करते हुए, उसने द्रौपदी को अपनी माना होगा। उसे ले कर उल्लसित भाव से जब वह यहाँ आया था, तो यही मान कर आया होगा कि द्रौपदी से उसी का विवाह होगा...। द्रौपदी में उसकी आसक्ति कैसे समाप्त हो जायेगी?...और क्या अधिकार है युधिष्ठिर को कि वह इस प्रकार अपने छोटे भाई को वंचित करे?...कहीं ऐसा तो नहीं कि धर्म की आड़ में युधिष्ठिर की अपनी आसक्ति ही कार्य कर रही हो? धर्म के व्याज से वह अर्जुन को द्रौपदी से वंचित कर रहा हो? द्रौपदी अर्जुन की है, उसी की रहनी चाहिए...किन्तु युधिष्ठिर को तो भीम के हाव-भाव में भी द्रौपदी के प्रति अनुराग दिखायी दे रहा है।...जब वह आया था, तो उसने कितने उल्लास से कहा था कि वे शत्रुओं से युद्ध कर, पांचाली को जीतकर लाये हैं। उसने यह भी कहा था कि यदि वह न होता तो बैरी पांचाली को ही नहीं, अर्जुन को भी उठा कर ले जाते...इसका युधिष्ठिर क्या अर्थ समझे? जब भीम शत्रुओं से लड़ रहा था, तो उसके मन में यह भाव रहा होगा कि वह अर्जुन की वाग्दत्ता की रक्षा के लिए लड़ रहा है?...स्पष्ट ही द्रौपदी की रक्षा के लिए लड़ रहा था, अथवा अपनी आसक्ति के लिए लड़ रहा था। उसके मन ने तब तक कदाचित् यह स्वीकार नहीं किया था कि द्रौपदी अर्जुन की वाग्दत्ता हो चुकी है। उसके लिए शायद अभी द्रौपदी का स्वयंवर समाप्त नहीं हुआ था। अपने बाहुबल से, कोई भी द्रौपदी का हरण कर, उसे ले जा सकता था। उस संघर्ष में भीम विजयी हुआ था; अतः वह ठीक ही मानता था कि द्रौपदी को प्राप्त करने का संघर्ष या तो उसने अकेले जीता था, या अर्जुन के साथ मिल कर...

युधिष्ठिर का मन कहता था कि भीम का ऐसा सोचना अनुचित था; किन्तु उसके लिए भीम की भावना भी महत्त्वपूर्ण थी। द्रौपदी के प्रति भीम की आसक्ति की उपेक्षा नहीं की जा सकती थी।...यदि द्रौपदी किसी एक भाई की पत्नी बन गयी तो क्या अन्य दो भाई अपनी आसक्ति को भुला कर, पूर्ववत् सहज रह सकेंगे? कहीं ऐसा न हो कि पांचाली उनके परिवार में सुख, प्रसन्नता और उल्लास लाने के स्थान पर ईर्ष्या, द्वेष और विभाजन लाये...कहीं पांचाली उनकी उपलब्धि के स्थान पर वंचना ही न बन जाये...यह उनके अभ्युदय का क्षण न रहकर, पतन का द्वार न बन जाये...

नहीं! तर्कपूर्वक एक निर्णय को उचित ठहरा कर, किसी एक भाई से पांचाली का विवाह न धर्मोचित होगा; और न व्यवहारतः उनके परिवार के लिए उत्थान का कारण होगा। कहीं वह उनके लिए विषवृक्ष ही न बन जाये... युधिष्ठिर को बहुत सोच-समझ कर ही निर्णय करना होगा।...

34

रात्रि का प्रथम प्रहर प्रायः बीत रहा था।

धृष्टद्युम्न ने अपना अश्व सेवक के हवाले किया और सीढ़ियाँ फलाँगता हुआ प्रासाद के भीतरी भाग में चला गया। अन्तःपुर की दासियों से मालूम हुआ कि महाराज ऊपर के प्रखण्ड में अपने विश्राम-कक्ष में हैं। धृष्टद्युम्न समझ गया कि वे विश्राम तो क्या कर रहे होंगे; हाँ! अपनी चरम व्याकुलता में गवाक्ष के सम्मुख टहल रहे होंगे और गंगा के बहते जल पर टकटकी लगाये होंगे। यह उनका पुराना अभ्यास था। जब कभी मन का संघर्ष, असह्य प्रतीत होने लगता है, ऊपर के कक्ष में जाकर, पिंजरे में बन्द सिंह के समान व्याकुल भाव में टहला करते थे और गंगा के जल को टकटकी बाँध कर देखा करते थे, जैसे अपनी दृष्टि के बल से वे जल का प्रवाह रोक देंगे।

"महाराज को सूचित करो कि मैं भेंट करना चाहता हूँ।" धृष्टद्युम्न ने कहा; किन्तु दासी के किसी उत्तर से पहले ही पुनः बोला, "तुम ठहरो! मैं स्वयं ही जाता हूँ।"

दासी हाथ जोड़ कर मार्ग से हट गयी।

वस्तुतः धृष्टद्युम्न स्वयं अपनी आतुरता के कारण पिता तक पहुँचने में विलम्ब नहीं करना चाहता था; और यह भी सम्भव था कि पिता की व्याकुलता, दासी को उनके निकट पहुँचने ही नहीं देती।...धृष्टद्युम्न बिना किसी पूर्व-संकेत के ही पिता के विश्राम-कक्ष में प्रविष्ट हो गया।

आहट पा कर द्रुपद अत्यन्त खीझ और अधैर्य की मुद्रा में घूमे; किन्तु सामने पुत्र को खड़ा देख, उनकी मुद्रा कुछ परिवर्तित हुई, "कुछ पता चला?"

"वे दोनों ब्राह्मण कृष्णा को ले कर नगर के बाहर एक कुम्भकार धर्मरक्षित के घेर के एक आवास में गये हैं।..."

"धृष्टद्युम्न! धृष्टद्युम्न!" द्रुपद के मन की सारी खीझ निर्भ्रांत रूप से प्रकट हो गयी, "मैं उनका भूगोल नहीं पूछ रहा। मैं पूछ रहा हूँ—वह किस परिवार में गयी है? कौन हैं वे लोग?"

"इसका निर्णय मैं अभी कर नहीं पाया हूँ पिताजी!" धृष्टद्युम्न शान्त स्वर

में बोला, "किन्तु मुझे लगता है कि उन लोगों का वास्तविक परिचय पाना बहुत कठिन नहीं होगा।..."

"तुम्हारा विचार है कि वे लोग छद्म वेश धारण कर यहाँ आये थे?" द्रुपद ने पूछा, "वे लोग वस्तुतः वनवासी ब्राह्मण नहीं हैं?"

"कुछ ऐसा ही लगता है पिताजी!"

"कारण?"

"यदि वस्तुतः वह वनवासी भिक्षोपजीवी परिवार होता, तो वासुदेव कृष्ण अपने बड़े भाई के साथ उनसे मिलने के लिए नहीं जाता।"

"क्या कृष्ण उनसे मिलने के लिए गया था?"

"हाँ, पिताजी।"

"तुमसे किसने कहा?"

"मैंने स्वयं उन्हें भीतर जाते और लौट कर बाहर आते देखा है।"

द्रुपद अवाक् खड़े रह गये। उनकी आँखें धृष्टद्युम्न को देखते हुए भी जैसे उसे नहीं देख रही थीं। वे अचेत होने की स्थिति तक अन्यमनस्क थे। थोड़ी देर में जैसे उनकी चेतना लौटी, "कृष्ण छुप कर वहाँ गया था, और तुमने उसकी इच्छा के विरुद्ध उसे देख लिया; या कृष्ण यह चाहता था कि तुम समझो कि वह उनसे परिचित है, इसलिए उसने तुम्हें अवसर दिया कि तुमने उसे वहाँ जाते हुए देखा?"

धृष्टद्युम्न के पास पिता के प्रश्न कोई उत्तर नही था। उसने इस घटना को इस दृष्टिकोण से तो देखा ही नहीं था।...

इस बार द्रुपद बोले तो उनका स्वर काफी ठहरा हुआ था, "मेरा विचार है कि यदि कृष्ण यह न चाहता कि तुम उनसे मिलते हुए उसे देखो, तो तुम कभी उसे न देख पाते।...सामान्यतः घटनाएँ कृष्ण की इच्छा के विरुद्ध नहीं घटतीं। कृष्ण की इच्छा ही घटनाओं को आकार देती है।" उन्होंने रुक कर पुत्र को देखा, "अच्छा, बताओ! तुमने क्या देखा और क्या जाना?"

"वे लोग पाँच भाई हैं और उनकी एक माता है।..."

"क्या वे पाँच पाण्डव और उनकी माता हैं?" द्रुपद ने पूछा, "क्या वे लोग जीवित हैं?"

"यह मैं नहीं जानता!" धृष्टद्युम्न बोला, "कृष्ण के जाने के पश्चात् एक भाई को आवास पर छोड़ शेष चार भाई भिक्षाटन के लिए चले गये थे। उनके पीछे घर में कोई गतिविधि नहीं हुई। कृष्णा कक्ष में ही रही; बड़ा भाई बाहर फेर में बैठा कुछ विचार करता रहा और उनकी माता घर के छोटे-मोटे कार्य निबटाती रही।..."

"और उनके लौटने पर?"

"उनके लौटने पर उनकी माता ने भिक्षा में आया सारा अन्न एकत्रित कर कृष्णा से कहा, 'भद्रे! तुम भोजन का प्रथम भाग लेकर उससे देवताओं को बलि अर्पण करो तथा ब्राह्मणों को भिक्षा दो। अपने आस-पास जो अश्रित भाव से रहते हों और अन्न चाहते हों, उन्हें भी अन्न परोसो। जो शेष बचे, उसका आधा भाग मध्यम के लिए रखो। शेष के छह भाग कर, चार भाग शेष चारों भाइयों के लिए परोस दो। एक भाग मेरे लिए और एक अपने लिए अलग-अलग परोस दो।' कृष्णा ने वैसा ही किया। भोजन कर, छोटे भाई ने धरती पर कुश की शैया बिछा दी। उस पर उन्होंने मृगचर्म बिछाए। वे पाँचों भाई दक्षिण दिशा की ओर सिर का मध्य में लेटे। उनकी माता उनके मस्तक की ओर तथा कृष्णा उनके पैरों की ओर लेटी।..." धृष्टद्युम्न रुका।

द्रुपद ने दृष्टि उठा कर उसे देखा।

"पिताजी! मुझे कृष्णा के आनन पर दुख की एक हल्की-सी भी रेखा दिखायी नहीं दी। उसने उस अवस्था में भी, उन पाँचों भाइयों का, तनिक भी तिरस्कार नहीं किया।..."

"तुम्हें कृष्णा पूर्णतः संतुष्ट लगी?"

"चेहरे से तो वह संतुष्ट ही लगी!"

"उसने उनके वार्तालाप में भाग नहीं लिया?"

"सामान्यतः हमें उसका स्वर सुनायी नहीं दिया। लगता है कि भोजन के पश्चात् वह अत्यन्त तृप्ति तथा निश्िंचतता के साथ सो गयी थी। उन पाँचों भाइयों के वार्तालाप के स्वर तो आते रहे; किन्तु न तो कृष्णा बीच में एक भी शब्द बोली और न ही कोई सम्बोधित ही हुआ। उनके वार्तालाप से ऐसा लगा, जैसे कृष्णा वहाँ है ही नहीं।..."

"उनकी चर्चा का विषय क्या था?" द्रुपद ने पूछा।

"वे लोग कुछ इस प्रकार चर्चा कर रहे थे, जैसे वे लोग अत्यन्त दक्ष और सिद्ध सेनापति हों।"

"तुम इस निणर्य पर कैसे पहुँचे?"

"वे व्यूहों और दिव्यास्त्रों की चर्चा कर रहे थे। वह धनुर्धर, जिसने स्वयंवर की प्रतिज्ञा पूर्ण कर, लक्ष्यवेध किया था, देवास्त्रों की चर्चा कर रहा था। वे लोग रथों, अश्वों, सारथियों तथा शस्त्रास्त्रों की इस प्रकार बातें कर रहे थे, जैसे युद्धरत क्षत्रिय ही कर सकते हैं। उन्होंने ब्राह्मणों की चर्चा के सामान्य विषयों के सम्बन्ध में तो एक शब्द भी नहीं कहा, पिताजी!"

द्रुपद चुपचाप अपने पुत्र की ओर देखते रहे; धृष्टद्युन्न पिता के बोलने

की प्रतीक्षा करता रहा। अन्ततः द्रुपद बोले, "धृष्टद्युम्न! जाओ, वासुदेव कृष्ण को बुला लाओ।"

"इस समय पिताजी!" वह चकित रह गया, "रात काफी व्यतीत हो चुकी है।"

"हाँ! इसी समय!" द्रुपद दृढ़ता से बोले, "मैं प्रातः तक प्रतीक्षा नहीं कर सकता।"

धृष्टद्युम्न के साथ कृष्ण इस प्रकार द्रुपद के सामने आ उपस्थित हुआ, जैसे वह द्रुपद के बुलावे की प्रतीक्षा ही कर रहा था। उसने उस बुलावे पर न आश्चर्य प्रकट किया और न ही आने में किसी प्रकार की आनाकानी की।

"गोविन्द!" द्रुपद ने अपने गम्भीर स्वर में पर्याप्त रुखाई से कहा, "वह ब्राह्मण धनुर्धर कहाँ है, जो कृष्णा को स्वयंवर में जय करके ले गया है?"

कृष्ण ने सायास अपनी मोहिनी का प्रयोग किया, "तात्, मुझसे क्यों पूछ रहे हैं। वे लोग भूमिगत नहीं हैं; और आपके पास अत्यन्त योग्य गुप्तचर विभाग है।"

"मेरे गुप्तचर विभाग ने सूचना दी है कि तुम ब्राह्मण युवकों से मिलने उनके आवास पर गये थे।" द्रुपद बोले, "धृष्टद्युम्न का विचार है कि तुम उन युवकों से भली प्रकार परिचित हो।"

कृष्ण के नयनों में न आश्चर्य था, न संकोच, न भय और न ही असमंजस। उसके नयनों में लीला भरी थी, "परिचित हूँ आर्यश्रेष्ठ!"

"जिस वेश में वे यहाँ आये थे, क्या वह उनका छद्मवेश है?"

"हाँ आर्य!"

"प्रयोजन?"

"उनकी परिस्थितियाँ!"

"उनकी वास्तविकता क्या है?"

कृष्ण ने तत्काल उत्तर नहीं दिया। उसने बारी-बारी द्रुपद तथा धृष्टद्युम्न को देखा, "आप शान्त हों महाराज!" वह बोला, "किसी अनिष्ट की कल्पना न करें। आपका सम्बन्ध आर्यावर्त्त के एक अत्यन्त प्रतिष्ठित कुल से हुआ है।..."

"कृष्ण!...कृष्ण!!..." द्रुपद अपनी असहाय उत्तेजना में सिर हिला कर रह गये।

"तात्! जिस युवक ने लक्ष्यवेध किया था, वह हस्तिनापुर के स्वर्गीय सम्राट् पाण्डु का पुत्र कौन्तेय अर्जुन है।"

द्रुपद की मुद्रा अकस्मात् ही कठोर हो गयी, "मैंने तुम्हें अपना हितैषी

समझा था केशव!"

"मैं आपका हितैषी ही हूँ आर्य! आपके पुत्र सरीखा।"

"तो फिर यह सब क्या है?" द्रुपद के स्वर में एक प्रकार की विह्वलता थी, जिसे वे स्वयं समझ नहीं पा रहे थे। वे स्वयं समझ नहीं पा रहे थे कि इस सूचना से वे प्रसन्न थे अथवा अप्रसन्न, "क्या तुम नहीं जानते कि द्रोण से अपने अपमान का प्रतिशोध, मेरे जीवन का एकमात्र ध्येय है?"

"जानता हूँ तात्!"

"जिसने बद्ध पशु के समान मुझे अपने गुरु के चरणों के धकेल दिया था, उससे अपनी पुत्री का विवाह कर मैं सम्मानित हो रहा हूँ? अपने घोरतम शत्रु द्रोण के शिष्य से कृष्णा का विवाह करने से मेरे अपमान का प्रतिशोध लिया जायेगा क्या? मेरे शत्रु को आश्रय देने वाले भीष्म के पौत्र से अपनी पुत्री का विवाह कर, मैं अपने जीवन के एकमात्र लक्ष्य की प्राप्ति करूँगा क्या?" वे धृष्टद्युम्न की ओर मुड़े, "सेनापति को सावधान करो। सैनिकों को सन्नद्ध करो। शत्रु हमारी पकड़ से निकलने न पाये।"

"ठहरो धृष्टद्युम्न!" कृष्ण बोला, "सेनापति और सैनिकों की कोई आवश्यकता नहीं है। महाराज की इच्छा होगी, तो मैं स्वयं उन पाँचों पाण्डवों को ला कर महाराज के चरणों में डाल दूँगा।"

"तुम जाओ धृष्टद्युम्न! तुम इस मायावी की बातों में न आओ।" द्रुपद बोले, "यह हमें अपनी बातों में बहलाता रहेगा, और वे कृष्णा सहित हमारे राज्य से निकल कर, किसी सुरक्षित स्थान पर जा छिपेंगे।"

"नहीं आर्य! मेरा विश्वास करें कि ऐसा नहीं होगा।" कृष्ण के स्वर में जैसे स्वयं सत्य ही बोल रहा था, "यह मेरा वचन है।"

"गोविन्द पर विश्वास करें पिताजी!" धृष्टद्युम्न बोला।

द्रुपद ने असमंजस की स्थिति में पहले कृष्ण को देखा और फिर धृष्टद्युम्न को। अन्त में उनकी दृष्टि पुनः कृष्ण पर लौट आयी, "यदि मैं आज्ञा दूँगा, तो तुम उन्हें बाँध कर, मेरे चरणों में डाल दोगे?"

"डाल दूँगा।"

"मैं उनका वध करने के लिए खड्ग उठाऊँगा तो अपना सुदर्शन चक्र ले कर मेरे मार्ग में खड़े तो नहीं हो जाओगे?"

"नहीं!"

"उनका वध होते चुपचाप देखते रहोगे?"

"चुपचाप नहीं देखूँगा," कृष्ण बोला, "आपको स्मरण दिलाता रहूँगा कि अर्जुन आपका जामाता है। उसकी मृत्यु से आपकी पुत्री विधवा हो जायेगी।..."

"ओह!..."

"और यह," कृष्ण बोला, "कि आप वही कर रहे हैं, जो आपके परम शत्रु, आचार्य द्रोण के संरक्षकों, मित्रों और शिष्यों ने करने का प्रयत्न किया था—अर्थात् पाण्डवों की हत्या! आप द्रोण और उनके संरक्षकों की इच्छा पूरी कर रहे हैं। क्या उससे आपके अपमान का प्रतिशोध हो जायेगा?..."

द्रुपद अपने स्थान पर खड़े, कृष्ण को देखते रहे; और फिर अपने दाँतों से अधरों को चबाते हुए इधर-उधर टहलते रहे। अकस्मात् ही रुककर वे बोले, "किन्तु पाण्डव तो अपनी माता-सहित, वारणावत के अग्निदाह में भस्म हो चुके थे?"

"उनकी हत्या का प्रयत्न किया गया था; किन्तु वे अपने कौशल और मित्रों की सहायता से बच निकले।" कृष्ण बोला, "तब से वे अपने हत्यारों से बचने के लिए छद्मवेश में वन-वन, नगर-नगर घूम रहे हैं। उन्होंने आपको अपना मित्र माना और यह समझा कि वे आपके संरक्षण में अपने शत्रुओं से सुरक्षित रहेंगे।"

"तुम पूर्ण विश्वास से कह सकते हो कि द्रोण तथा उनके समर्थक हस्तिनापुर के शासकों ने ही पाण्डवों की हत्या का प्रयत्न किया था?"

"धृतराष्ट्र, दुर्योधन, कर्ण, शकुनि, पुरोचन तथा कणिक की योजना थी; आचार्य द्रोण तथा अश्वत्थामा का मौन समर्थन एवं निष्क्रिय सहयोग था,...और पुरोचन का कृत्य था।"

"क्या भीष्म को यह सब ज्ञात है?" द्रुपद ने पूछा।

"नहीं! उन्हें इसका ज्ञान नहीं है, न ही इसमें उनकी कोई सहमति है।"

द्रुपद मौन हो गये और मन-ही-मन कुछ सोचते रहे। अन्ततः बोले, "मैं बड़े द्वन्द्व में हूँ कृष्ण!"

"मैं द्वन्द्व का कारण नहीं समझ पा रहा तात्!" कृष्ण मुस्कराया।

"अर्जुन मेरा शत्रु है।"

"नहीं तात्! आप उस युद्ध को स्मरण करें। वह अर्जुन तथा भीम का पांचाल राज द्रुपद से युद्ध नहीं था। वह गुरु-दक्षिणा चुकाने का प्रयत्न मात्र था। युवराज बन कर युधिष्ठिर ने हस्तिनापुर की राजसभा में उस युद्ध और उसके प्रेरक आचार्य द्रोण का विरोध किया था; और उसी दिन से आचार्य का वरद्हस्त पाण्डवों के सिर से उठ गया था।"

"हाँ! चुकायी तो उन्होंने गुरु-दक्षिणा ही थी।"

"तो फिर आप अर्जुन को अपना शत्रु कैसे मानते हैं?"

"शत्रु तो वह है ही! उसने मुझे अपमानित किया था।" द्रुपद जैसे अपनी

इच्छा के विरुद्ध पुनः आवेश में आ गये।

"आर्य! आप इतने बुद्धिमान और विवेकी होकर भी ऐसी बात कर रहे हैं!" कृष्ण अत्यन्त कोमल स्वर में बोला, "शत्रुता और मित्रता कोई स्थायी सम्बन्ध तो है नहीं। क्या राजनीति में समीकरण बदलते नहीं? कल वह द्रोण-शिष्य के रूप में गुरु-दक्षिणा चुका रहा था; आज वह जामाता के रूप में आपके शत्रु का संहार कर सकता है। जामाता और शत्रु में अन्तर ही क्या है? आपने जैसा जामाता चाहा था, वैसा ही जामाता आपको मिल गया है। अर्जुन आर्यावर्त्त का सर्वश्रेष्ठ धनुर्धर है तात्!"

द्रुपद ने औचक दृष्टि उठा कर कृष्ण को देखा, "क्या वह अपने गुरु और सम्बन्धियों के विरुद्ध युद्ध करेगा?"

"वह अन्याय और अधर्म के विरुद्ध युद्ध करेगा।" कृष्ण बोला, "न्याय और धर्म, सम्बन्धों को नहीं, सत्य को देखते हैं।"

द्रुपद स्थिर दृष्टि से कृष्ण को देखते रहे।

"अर्जुन, आचार्य द्रोण के पक्ष में खड़ा था, तो द्रोण सबल थे; अर्जुन को आप अंगीकार करें तो द्रोण दुर्बल होंगे और आपकी शक्ति बढ़ेगी। क्या आप शक्ति सन्तुलन में यह परिवर्तन नहीं चाहते?"

द्रुपद अपने द्वन्द्वों से मुक्त नहीं हो पा रहे थे। वे बोले, "कृष्ण! अब यदि पाण्डव हस्तिनापुर लौट जायें; भीष्म युधिष्ठिर का राज्याभिषेक कर दें; तो मेरी क्या स्थिति होगी? क्या मेरी प्रतिज्ञा पूरी हुई? क्या मैंने द्रोण से अपने अपमान का प्रतिशोध लिया? क्या मैंने कुरुवंश का नाश किया?"

"कुरुवंश का नाश आपकी प्रतिज्ञा नहीं है। आपकी प्रतिज्ञा है, अपने अपमान का प्रतिशोध! उसी के लिए आप कुरुवंश का नाश करना चाहते हैं।" कृष्ण मुस्कराया, "आपकी प्रतिज्ञा पूरी होगी।"

"कैसे?" द्रुपद ने अधैर्य में अपना हाथ पटका, "अपनी पुत्री को अपने शत्रु के शिष्य की पत्नी बना कर? शत्रु के आश्रयदाता भीष्म की पौत्रवधू बना कर? हस्तिनापुर में कृष्णा को सदा उन लोगों के हाथों—शत्रु-पुत्री के रूप में अपमानित होते देख कर?"

"नहीं!" कृष्ण पूर्णतः आश्वस्त था, "यदि युधिष्ठिर हस्तिनापुर का सम्राट् बनता है, तो द्रोण का महत्त्व अधिक होगा या अर्जुन का? पाण्डवों का वध करने वाले धार्तराष्ट्रों का पक्ष प्रबल होगा अथवा वनवासी, सर्व-वंचित पाण्डवों का हाथ पकड़ कर, उन्हें पुनर्जीवित करने वाले पांचालों का? राजन्! मेरी बुद्धि कहती है कि युद्ध हो या न हो, आपकी प्रतिज्ञा अवश्य पूरी होगी। युद्ध नहीं हुआ तो हस्तिनापुर की सत्ता पाण्डवों के हाथ में होगी।

कृष्णा अपनी बुद्धि और ज्ञान से अपने श्वसुर-कुल पर शासन करेगी। तब द्रोण जैसे राजाश्रित आचार्य के लिए, हस्तिनापुर में कोई स्थान नहीं होगा।...और यदि पाण्डवों को सत्ता नहीं सौंपी गयी, तो धृतराष्ट्र-पुत्रों से पाण्डवों का युद्ध होगा। अर्जुन और आचार्य द्रोण विरोधी पक्षों की ओर से लड़ेंगे; और अर्जुन के सबसे बड़े सहायक होंगे आप तथा आपके मित्र मत्स्य! क्या आपकी प्रतिज्ञा पूरी नहीं होगी?"

द्रुपद, कृष्ण को देखते रहे। न तो वे कृष्ण के तर्कों का उत्तर दे पा रहे थे, न उनके आक्रोश का ही शमन हो रहा था।...

"तुमने पहले उनका परिचय मुझसे गुप्त क्यों रखा?"

"सम्बन्ध होने से पहले यदि उनका परिचय आपको दे देता, तो कदाचित् आप काम्पिल्य की सीमाओं से बाहर ही, उनका वध करवा देते।" कृष्ण मुस्कराया, "तब न पाण्डवों को अपने सहायक पांचाल मिलते और न पांचालों को पाण्डवों का समर्थन प्राप्त होता।"

"तुम बहुत चतुर हो कृष्ण!" बड़ी कठिनाई से द्रुपद के अधरों पर हल्की-सी मुस्कान आयी। वे धीरे-धीरे कृष्ण के निकट आये; उसके कंधों पर हाथ रखा और बोले, "मेरी कृष्णा सौभाग्यशालिनी है, कि उसे तुम जैसा सखा प्राप्त है।"

35

प्रातः पाण्डवों को, राजपुरोहित के माध्यम से द्रुपद का, राजप्रासाद में आ कर भोजन का निमन्त्रण मिला। उन्हें राजप्रासाद तक ले जाने के लिए विशेष अवसरों के लिए सुसज्जित रथ आये थे।

युधिष्ठिर के मन में अनेक प्रश्न उथल-पथल मचा रहे थे...द्रुपद ने कल भीम और अर्जुन को आग्रहपूर्वक प्रासाद में आने के लिए क्यों नहीं कहा?... और आज पाँचों भाइयों के लिए निमन्त्रण क्यों है?...उन्हें किसने बताया कि वे पाँच भाई हैं और संग में उनकी माता भी है?...यह सब जानने के पश्चात् उनकी प्रतिक्रिया मैत्रीपूर्ण है अथवा अमैत्रीपूर्ण?...इन सारे प्रश्नों के साथ जुड़ा था, सब से बड़ा प्रश्न—उन्हें यह निमन्त्रण स्वीकार करना चाहिए अथवा नहीं? राजप्रासाद में जा कर उनका कोई अनिष्ट तो नहीं होगा?...

अन्ततः युधिष्ठिर ने निमन्त्रण स्वीकार करने का ही निश्चय किया। ...वस्तुतः वे यहाँ पांचाली को प्राप्त करने नहीं आये थे। वे पांचालों से मैत्री-सम्बन्ध जोड़ने आये थे। वह सम्बन्ध, निमन्त्रण अस्वीकार करने से नहीं जुड़ सकता।...और वैसे भी तो कृष्ण ने कहा था कि निमन्त्रण की प्रतीक्षा

करना...कृष्ण ने यह नहीं कहा था कि निमन्त्रण अस्वीकार करना...उन्हें बार-बार आग्रहपूर्वक काम्पिल्य जाने का आदेश देने वाले भगवान वेदव्यास ने भी निमन्त्रण स्वीकार करने का निषेध नहीं किया था।...

राजप्रासाद के मुख्य द्वार पर स्वयं महाराज द्रुपद ने उनका स्वागत किया; और उन पाँचों को ब्राह्मण-पुत्रों तथा कुन्ती को ब्राह्मणी के रूप में ही सम्बोधित किया। प्रासाद के भीतर ले जाकर, उन्हें जिस कक्ष में बैठाया गया, वह न तो विश्राम-कक्ष था और न ही स्वागत-कक्ष। वह शस्त्रागार भी नहीं था; किन्तु या तो वह शस्त्रों का संग्रहालय था, या किसी विशेष प्रयोजन से वहाँ विशिष्ट शस्त्रास्त्रों का प्रदर्शन किया गया था। कक्ष में प्रवेश करते ही पाण्डवों की दृष्टि उन शस्त्रों की ओर लपक गयी।...द्रुपद उनसे बैठने का आग्रह करते रहे और उन्होंने शस्त्रास्त्रों का निरीक्षण-परीक्षण आरम्भ कर दिया। उन्हें यह भी पता नहीं चला कि कब कुन्ती तथा द्रौपदी दासियों के साथ अन्तःपुर में चली गयीं। द्रुपद शान्त हो कर बैठ गये और विस्मयपूर्वक पाण्डवों की गति-विधि निहारते रहे...

अन्ततः जब पाण्डव शस्त्रों का निरीक्षण समाप्त कर, आ कर द्रुपद के सम्मुख बैठे तो द्रुपद ने अवसर देख कर कहा, "ज्येष्ठ ब्राह्मण! मैं जानने को उत्सुक हूँ कि तुम लोगों ने शस्त्रास्त्रों में यह रुचि और उनके सम्बन्ध में यह ज्ञान कहाँ से प्राप्त किया? अपना वास्तविक परिचय दो पुत्र! क्या तुम ब्राह्मण हो?"

युधिष्ठिर के मन में क्षणभर के लिए एक द्वन्द्व उभरा; किन्तु निमिष भर में ही उसने निश्चय कर लिया। बोला, "महाराज! हम किन्हीं विपत्तियों के कारण यह छद्मवेश धारण किये हुए हैं; किन्तु आपके संरक्षण के कारण, अब यह गोपनीयता अनावश्यक प्रतीत हो रही है। अतः आपके सम्मुख हम अपना सत्य रूप ही प्रकट करेंगे।" युधिष्ठिर ने क्षण-भर रुक कर कहा, "मैं हस्तिनापुर के स्वर्गीय महाराज पाण्डु का ज्येष्ठ पुत्र कौन्तेय युधिष्ठिर हूँ। ये मेरे छोटे भाई भीम, अर्जुन, नकुल और सहदेव हैं। हमारी माता महारानी कुन्ती कदाचित् पांचाली के साथ अन्तःपुर में चली गयी हैं।"

द्रुपद ने उठ कर युधिष्ठिर को अपनी भुजाओं में भर लिया, "मुझे वासुदेव कृष्ण ने बता दिया था पुत्र! मैं यह देख रहा था कि तुम लोग अपना वास्तविक परिचय देते हो या नहीं।" और द्रुपद के स्वर में आवेश झलमलाया, "अब न तुम्हें छद्मवेश की आवश्यकता है, न इधर-उधर छिपते फिरने की। तुम लोग अपने वास्तविक रूप में, वास्तविक परिचय के साथ प्रकटतः काम्पिल्य में रहोगे; और यहीं से हस्तिनापुर जाओगे। धृतराष्ट्र को तुम्हारा अधिकार देना होगा। राज्य प्राप्ति में तुम्हारी सहायता मैं करूँगा। हम तुम्हारे साथ हैं—सारे

सोमवंशी नरेश, पंचाल राज्य, पांचाल सेनाएँ—द्रुपद की सम्पूर्ण शक्ति..."

सारे पाण्डव स्तब्ध खड़े रह गये...अब जैसे उन्हें क्रमशः समझ में आ रहा था कि व्यास उन्हें काम्पिल्य क्यों भेजना चाहते थे, कृष्ण किसलिए उन्हें प्रकट न होने के लिए कह रहा था।...वस्तुतः एक क्षण में ही उनकी स्थिति पूर्णतः परिवर्तित हो चुकी थी...

"पुत्र युधिष्ठिर! अब यह वनवासी ब्राह्मणों का वेश त्याग दो। जाओ। क्षौर-कर्म कराओ; स्नान करो और क्षत्रियों का वेश धारण करो।"

भोजन के पश्चात् पाण्डवों को सत्कारपूर्वक महाराज द्रुपद के सिंहासन-कक्ष में ले जाया गया। उन्होंने वनवासी, तपस्वी ब्राह्मणों का वेश त्याग दिया था। क्षौर-कर्म और स्नान के पश्चात् वे राजसी वेश धारण कर चुके थे।

कक्ष में महाराज द्रुपद, धृष्टद्युम्न, द्रौपदी और शिखण्डी के अतिरिक्त स्वयं महर्षि वेदव्यास तथा वासुदेव कृष्ण भी उपस्थित थे।

वेदव्यास के काम्पिल्य आने का समाचार सुन कर कुन्ती को यही लगा कि महर्षि कदाचित् हिडिम्बवन से ही पाण्डवों के निकट बने हुए थे। कभी अपने शिष्यों, अनुयायियों और भक्तों के माध्यम से और कभी स्वयं ही साक्षात् पधार कर। अब भी जैसे वे काम्पिल्य के निकट ही, गंगा-तट के किसी तीर्थ पर रुके हुए थे; और स्वयंवर के परिणाम की सूचना पा कर काम्पिल्य की ओर चल पड़े थे...और कुन्ती का मन बार-बार एक ही प्रश्न पूछ रहा था, 'अब तक जो कुछ घटित हुआ, क्या वह सब संयोग-मात्र था, अथवा यह सब महर्षि की अपनी योजना का परिणाम था?'

"राजन्! यह अत्यन्त हर्ष का विषय है कि पाण्डव, वारणावत में उस जतु-गृह-षड्यन्त्र से बच कर जीवित निकल आये।" महर्षि ने अपने मधुर-गम्भीर स्वर में कहा, "और यह उससे भी अधिक प्रसन्नता का विषय है कि उनका सम्बन्ध तुमसे हुआ। मुझे लगता है कि तुम दोनों को ही परस्पर एक-दूसरे की आवश्यकता है। तुम दोनों ही एक-दूसरे की सहायता से अपना मनोवांछित फल पा सकते हो।..."

"मैं तो यह अब समझ पाया हूँ महर्षि, कि धौम्य मुनि ने मुझे स्वयंवर का आयोजन करने तथा कृष्णा को वीर्यशुल्का घोषित करने का परामर्श क्यों दिया था।" द्रुपद खुल कर अपनी प्रसन्नता प्रकट कर रहे थे, "आज मुझे लग रहा है कि मेरी आत्मा के सारे रुद्ध द्वार खुल गये हैं। इतने दिनों तक जैसे मैं जी नही रहा था, जीने का नाटक कर रहा था।"

"और राजन्! मुझे विश्वास है कि हस्तिनापुर में अपना उत्तराधिकार प्राप्त करने में, तुम इनकी पूर्ण सहायता करोगे।" व्यास बोले।

"विवाह के पश्चात् हम सब उसी का प्रयत्न करेंगे।" द्रुपद बोले, "अब पाण्डवों को असुरक्षित अवस्था में हस्तिनापुर नहीं भेजा जायेगा। न ही उन्हें दुर्योधन की दया पर छोड़ा जायेगा। पांचालों, यादवों तथा मत्स्यों की सैन्य शक्ति पाण्डवों के साथ जायेगी।" द्रुपद रुके, "उसके लिए तो हम योजना-बद्ध रूप से कार्य करेंगे ही, पहले कृष्णा के विवाह का मुहूर्त निश्चित् करें।"

व्यास ने बिना कुछ कहे, कुन्ती की ओर देखा।

कुन्ती कुछ कहने को हुई; किन्तु जैसे तत्काल उसने मौन ही रहने का निश्चय किया और अपेक्षापूर्ण दृष्टि से युधिष्ठिर की ओर देखा।

द्रुपद ने कुन्ती का संकेत समझा। वे हँसे, "अब माता पुत्रों की अभिभावक नहीं रहीं?"

"अब पुत्र समर्थ हो गये हैं। अपने निर्णय उन्हें स्वयं ही करने चाहिए।" कुन्ती मुस्करायी, "युधिष्ठिर! पुत्र, महाराज के प्रश्न का उत्तर दो।"

युधिष्ठिर ने एक बार कुन्ती की ओर देखा और द्रुपद से सम्बोधित हुआ, "महाराज! मुझे कहने में थोड़ा संकोच हो रहा है; किन्तु आशा है कि हमारे परिवार की असाधारण परिस्थितियों को ध्यान में रखते हुए, आप मेरी बात को धैर्यपूर्वक सुनेंगे।"

द्रुपद के चेहरे का सहज हास लुप्त हो गया। वे गम्भीर स्वर में बोले, "क्या बात है वत्स?"

"तात्! आप जानते हैं कि देश-काल की भिन्नता से प्रथा और प्रचलन का भी भेद होता है। प्रथाएँ निरन्तर बदलती भी रहती हैं और हम उनमें संशोधन भी करते रहते हैं; किन्तु कभी-कभी ऐसे अवसर भी आ जाते हैं, जब किन्हीं परिस्थितियोंवश हम अर्वाचीन परिवर्तनों को स्वीकार नहीं कर सकते...।"

"तुम क्या कहना चाहते हो वत्स?" द्रुपद, युधिष्ठिर की बात समाप्त होने तक धैर्य धारण नहीं कर सके।

"तात्! यद्यपि स्वयंवर में पांचाली को अर्जुन ने ही प्राप्त किया है; किन्तु उनका विवाह परिवेदन है। इस विवाह के कारण वे दोनों और उनके अभिभावकों के रूप में आप तथा हमारी माता, पाप के भागी होंगे।..."

"ओह!" द्रुपद का ध्यान पहली बार इस ओर गया कि अर्जुन के दोनों बड़े अभी अविवाहित हैं। वे तत्काल नये निश्चय पर पहुँचे, "तो तुम उससे विवाह कर लो युवराज!...या जिस भाई से चाहो, उसका विवाह कर दो; कन्या तो व्यक्ति को नहीं, परिवार को प्रदान की जाती है।..."

"आप उचित ही कह रहे हैं महराज! किन्तु मेरा निर्णय है कि ऋषियों के सनातन धर्म के अनुसार पांचाली हम पाँचों भाइयों की पटरानी हो—हम पाँचों

उससे विवाह करेंगे।"

द्रुपद ने युधिष्ठिर की ओर देखा, जैसे उन्होंने कुछ बहुत ही अनपेक्षित सुन लिया हो। धृष्टद्युम्न का विरोध कुछ अधिक उग्र हो कर, उसके चेहरे पर झलका; किन्तु वह कुछ बोला नहीं।

द्रुपद ने महर्षि व्यास ही ओर देखा। वे चेहरे पर सहज भाव लिये अत्यन्त निर्लिप्त रूप से बैठे हुए थे, जैसे युधिष्ठिर की बात में कुछ असाधारण ही न हो। कुन्ती की प्रसन्न शान्त मुद्रा से स्पष्ट था कि न केवल उसे इसमें कोई आपत्ति नहीं थी, वरन् वह इस प्रस्ताव से सहमत भी थी।

"तो इसलिए तुम परिवर्तित प्रथाओं को स्वीकार न करने की बात कह रहे थे!" अन्ततः द्रुपद ही बोले, "मैं जान सकता हूँ कि अकेले अर्जुन का कृष्णा से विवाह क्यों नहीं हो सकता?"

"अनेक कारण हैं तात्!" युधिष्ठिर सहज भाव से बोला, "बड़े भाइयों के अविवाहित रहते, अर्जुन का विवाह परिवेदन है, जो पाप है; अतः अर्जुन ने कृष्णा मुझे समर्पित कर दी है। मेरे भाई वंचित न हों, इसलिए मैं अपने स्वत्व को उनके साथ बाँटना चाहता हूँ। घटनाओं ने कुछ ऐसा मोड़ लिया है कि हमें मानना पड़ रहा है कि भीम की सहायता के बिना कदाचित् अकेला अर्जुन वीर्यशुल्का का विजेता न हो पाता, अतः हम यह मानते हैं कि भीम और अर्जुन—दोनों ने मिल कर पांचाली को जीता है। यदि हम तीनों भाई उससे विवाह करते हैं, तो नकुल और सहदेव के प्रति नृशंसता होगी। पांचाली में हम पाँचों भाइयों की आसक्ति है; अतः हम नहीं चाहते कि वह किसी एक की पत्नी बने और हममें किसी प्रकार का कोई वैमनस्य उत्पन्न हो। हम नहीं चाहेंगे कि हमारी एकता किसी भी प्रकार खण्डित हो। और..." युधिष्ठिर ने जैसे कुछ अधिक बल दे कर कहा, "यदि हमें अपना उत्तराधिकार मिल गया तो हम चाहेंगे कि पांचाली हस्तिनापुर की साम्राज्ञी हो; और केवल अर्जुन की पत्नी हो कर, वह साम्राज्ञी नहीं बन पायेगी।"

इस बार द्रुपद अत्यन्त धैर्यपूर्वक युधिष्ठिर की बात सुनते रहे थे; किन्तु कारणों को जान कर भी वे आश्वस्त नहीं लग रहे थे।

"पांचाल का राजपरिवार बहुपतित्व की प्रथा बहुत पहले छोड़ चुका है।" अन्ततः द्रुपद तनिक रुक्ष स्वर में बोले, "और इस प्रथा को लौटा लाने की हमारी कोई इच्छा नहीं है। बात यदि केवल परिवेदन की है, तो हम अर्जुन और कृष्णा के विवाह से पूर्व तुम्हारा और भीम का विवाह किन्हीं अन्य कन्याओं से करवा देते हैं।..."

"हमारे यहाँ अनुरागहीन विवाह नहीं होते महराज! और आप किसी भी

कन्या से विवाह करवा दें, वह पंचाल राजकुमारी याज्ञसेनी कृष्णा नहीं होगी।" युधिष्ठिर शान्त भाव से मुस्कराया, "अर्जुन ने पांचाली मुझे सौंप दी है, अतः धर्मतः वह मेरी है।...अब बात केवल परिवेदन की नहीं, धर्म की है। मैं धर्म के विरुद्ध नहीं जा सकता; किसी को भी वंचित नहीं कर सकता।...और न ही हममें से कोई स्वार्थी होना चाहेगा...स्वार्थ का त्याग ही धर्म है महाराज!"

"इस प्रस्ताव से हमारे लिए कुछ कठिनाइयाँ उत्पन्न हो सकती हैं।" द्रुपद बोले।

युधिष्ठिर ने कुछ नहीं कहा। वह चुपचाप बैठा रहा, जैसे अब कुछ और कहने की उसकी इच्छा ही न हो।

"यदि हमें तुम्हारा यह प्रस्ताव स्वीकार न हो तो?" द्रुपद के स्वर में आवेश लौट आया था।

युधिष्ठिर ने क्षण-भर सोचा, फिर बोला, "तब कदाचित् यह सम्बन्ध कठिनाई में पड़ जायेगा।"

द्रुपद के माथे पर रोष की कुछ रेखाएँ उभरीं, किन्तु जैसे कुछ सोच कर, रोष सहम कर खड़ा हो गया। द्रुपद बोले तो उनका स्वर कठोर नहीं था, "वत्स! तुम लोग चल कर विश्राम करो! थोड़ा समय हमें भी दो, ताकि हम इस संदर्भ में कुछ चिन्तन-मनन कर लें और तुम भी अपने निर्णय पर पुनर्विचार करो, कि अपने इस प्रस्ताव से अपने पक्ष में तुम जितने लाभ की बात सोच रहे हो, हमें तुम उसकी तुलना में कितनी बड़ी कठिनाई में डाल रहे हो।"

पाण्डव अपनी माता के साथ उठ खड़े हुए। उन्होंने प्रणाम कर विदा ली।

द्रौपदी का मन किसी दिशाहीन पक्षी के समान दसों दिशाओं में एक साथ उड़ने का प्रयत्न कर रहा था। उसके आस-पास, जो कुछ घटित हो रहा था, वह उसकी समझ में नहीं आ रहा था। वह स्वयं क्या चाहती थी, कदाचित् यह भी उसके मन में स्पष्ट नहीं था। इतने विचार थे...इतने सारे लोग थे...उन सबके अपने-अपने मत थे। उन मतों में क्या उचित था, क्या अनुचित था; क्या धर्म था, क्या अधर्म था?...

द्रौपदी का अपना जीवन क्या था; और द्रोण द्वारा पिता के अपमान ने उनके परिवार को क्या बना दिया था।...और फिर वह वीर्यशुल्का घोषित की गयी थी...

स्वयंवर वाले दिन उसने अर्जुन को ब्राह्मणों की दीर्घा से उठ कर मंच की ओर आते देखा था...गठे हुए बलिष्ठ इकहरे शरीर का लम्बा-ऊँचा, मेघ-वर्ण का साँवला नवयुवक। कैसी सिंह जैसी चाल थी उसकी...और फिर जब उसने धनुष को उठा, दायें हाथ से उसे झुका, बायें हाथ से प्रत्यंचा चढ़ायी थी, तो जैसे

उसका वक्ष और भी चौड़ा हो आया था; तथा उसके आनन का आत्मविश्वास और भी बढ़ गया था। उसने आँखें मूँद, जब मन-ही-मन किसी का ध्यान किया था, तो पहली बार द्रौपदी निःशंक हो कर, उसके चेहरे को देख पायी थी : वह विलासी का नहीं, तपस्वी का चेहरा था। मुँदी हुई पलकों के आवरण के बावजूद पता लग रहा था कि उसकी आँखें बड़ी-बड़ी और गहरी थीं। माथे पर चिन्तन की रेखाएँ थीं। लम्बी-ऊँची नाक और दृढ़ता की पर्याय चिबुक!...कैसा मन-भावन-सा लग रहा था, वह नवयुवक उसे!...

तभी मत्स्य-यंत्र टूट कर नीचे आ गिरा था। चारों ओर कोलाहल मच गया था।...द्रौपदी के मन में भी किसी महासागर का-सा कोलाहल था। ...'कौन है यह?' 'कौन है यह?'—द्रौपदी बार-बार अपने-आपसे पूछ रही थी...यह कोई प्रसिद्ध व्यक्ति नहीं हो सकता।...वह तो ब्राह्मणों के बीच में से उठा था। उसका वेश ब्राह्मणों का था। वनवासी, तपस्वी, भिक्षोपजीवी ब्राह्मण...शरीर पर भभूत, कटि में मृगचर्म तथा सिर पर जटाजूट...किन्तु उसने इतनी धनुर्विद्या कहाँ से सीखी? अभ्यास कहाँ किया?...कहीं यह भी आचार्य द्रोण का ही कोई एकान्तवासी शिष्य तो नहीं? कहीं कोई दूसरा एकलव्य?...पिता द्रुपद, ऋषि, गुरु सान्दीपनि, वासुदेव कृष्ण...ये सब लोग मिल कर किस धनुर्धारी को खोज रहे थे?...क्या यह वही है?...

द्रौपदी की समझ में कुछ भी नहीं आया था।...अर्जुन ने उसे स्वयंवर में जीता था। वह उसके पिता द्वारा घोषित प्रतिज्ञा के निकष पर खरा उतरा था। द्रौपदी उसकी वीर्यशुल्का थी...किन्तु यह पाँच भाइयों की पत्नी?...

यद्यति उत्तरी पांचाल के पहाड़ी क्षेत्रों में यह प्रथा अब भी विद्यमान थी; किन्तु आर्यावर्त्त में अब यह प्रचलन प्रायः नहीं रह गया था। उस प्राचीन धर्म को मानव-समाज ने अपने अनुभव और व्यवहार के आधार पर असुविधाजनक पाया था। कदाचित् स्त्री के संदर्भ में पुरुष कभी भी इतना सहिष्णु नहीं हो सकता था; तभी तो बहुपतित्व का विरोध किया गया। उसमें व्यावहारिक कठिनाइयाँ भी थीं।...मातृ-सत्तात्मक समाज में बहुपतित्व बहुत अव्यावहारिक नहीं रहा होगा; किन्तु मातृ-सत्ता अब बहुत पीछे छूट गयी थी। आर्यों का समाज अब पूर्णतः पितृसत्तात्मक था। अब पुरुष स्वामी है। वह नारी पर लुब्ध हो सकता है, उससे प्रेम कर सकता है, उसका आदर-सम्मान कर सकता है, उसकी पूजा भी कर सकता है...किन्तु स्वामी वही है। बहुपतित्व का अर्थ है—एक नारी के अनेक स्वामी। उन स्वामियों में परस्पर मतभेद भी हो सकता है; उनकी इच्छाएँ और रुचियाँ भिन्न भी हो सकती हैं। उन भिन्न आदेशों, इच्छाओं और रुचियों को एक अकेली स्त्री कैसे संतुष्ट करेगी?

क्यों लौटा लाना चाहते हैं युवराज युधिष्ठिर उस प्राचीन प्रथा को, जो अब समाज को मान्य नहीं रही?...क्या युधिष्ठिर कामासक्ति की ईर्ष्या से परिचित नहीं हैं? क्या उनको यह भय नहीं है कि एक पत्नी के पाँच पतियों में परस्पर ईर्ष्या-द्वेष और कलह का जन्म हो सकता है? क्या इन पाँच भाइयों में परस्पर सहिष्णुता, त्याग तथा ममत्व इतना सघन है कि पाँचों की एक पटरानी उनके लिए असुविधा का कारण नहीं बनेगी?...

...या पाण्डवों के मन में स्त्री का कोई सम्मान नहीं है? वे स्त्री को आदान-प्रदान की वस्तु समझते हैं?...इस परिवार में जा कर क्या सम्मान रह जायेगा द्रौपदी का?...इससे क्या अन्तर पड़ेगा कि वह अर्जुन की पत्नी है या युधिष्ठिर की—सम्मान तो उसका वही होगा, जो उस परिवार में नारी का होता है...

यदि पाण्डवों के मन में नारी की यही स्थिति है, तो उनके लिए माता इतनी सम्माननीय कैसे है?...माँ का कहा एक भी शब्द वे लोग टालना नहीं चाहते—माँ की इच्छा उनका धर्म है, ईश्वरीय आदेश है...

सहसा द्रौपदी के नयनों में अर्जुन की छवि घूम गयी। स्वयंवर के समय से ही उसके नयनों में लहराती वह अनुराग की लाली! जयमाला पहनते हुए उसके आनन पर विराजमान वह आसक्ति।...और फिर सम्पूर्ण आर्यावर्त्त के राजाओं की कमनीय उस द्रौपदी को सहज ही उसने अपने बड़े भाई को सौंप दिया, जैसे वह कोई साधारण-सी, तुच्छ पदार्थ हो...सहज ही? नहीं! सहज कहाँ था ...उसकी आँखों की वह पीड़ा, जैसे कोई उसका हृदय निकाले लिये जाता हो। शब्द उसके कुछ भी क्यों न रहें हों, किन्तु उसके चेहरे का वह मुग्ध भाव...

और युधिष्ठिर! क्या उनकी भी वैसी ही स्थिति नहीं थी? वे सहज ही उपलब्ध हो आयी कृष्णा को अपने भाइयों के साथ बाँट रहे थे...जो पुरुष कंचन और कामिनी का त्याग कर सकता है, उसे कोई भी मोह बाँध नहीं सकता।...कैसा उदार हृदय है उस पुरुष का! उसके मन में तनिक भी पुरुष-सुलभ ईर्ष्या नहीं है? आसक्ति नहीं है? आधिपत्य भावना नहीं है?...क्या उसमें मानवीय दुर्बलताएँ हैं ही नहीं? वह मनुष्य की सीमाओं का अतिक्रमण कर चुका है? महामानव है वह?...जैसा कृष्ण है?

और भीम की आँखों की वह तरलता!...कैसे भाई हैं ये—उनकी आत्मा अपनी आकांक्षा के बोझ तले दबी, चीत्कार कर रही हो; किन्तु उनकी जिह्वा एक शब्द नहीं कहेगी, क्योंकि वह धर्म नहीं है...उनका जीवन धर्म के लिए है। अधर्म के मार्ग से उपलब्ध बड़े से बड़ा सुख उन्हें नहीं चाहिए...

द्रौपदी के मस्तिष्क में जैसे सहस्रों दीपक जगमगा उठे—साधारण पुरुष

नहीं हैं पाण्डव! इच्छाओं के दास, सांसारिक पुरुष नहीं हैं वे।...इच्छाएँ तो उनके भी मन में साधारण जन के ही समान हैं; किन्तु उनका विवेक कहीं अधिक जाग्रत है। समग्र हित के लिए, परमार्थ के लिए वे अपनी इच्छाओं-आकांक्षाओं का त्याग कर सकते हैं। उनका आत्म-संयम और आत्म-नियंत्रण असाधारण है, अद्वितीय...

द्रौपदी का मन घूम-फिर कर फिर अपने मूल प्रश्न पर आ टिका...किन्तु वे लोग बहुपतित्व की उस प्राचीन प्रथा की ओर क्यों लौट जाना चाहते हैं?...क्या वे उसकी अव्यावहारिकता नहीं समझते? क्या वे नहीं जानते कि एक पत्नी अपने एकाधिक पतियों को बाँध कर एकसाथ रख सकती है, तो एक पत्नी के एकाधिक पति ईर्ष्यावश एक-दूसरे का शिरोच्छेद भी कर सकते हैं?...

और कैसे आश्चर्य की बात है कि महर्षि कृष्ण द्वैपायन व्यास भी युधिष्ठिर का समर्थन कर रहे हैं। वे इसमें कैसा धर्म देख रहे हैं?...और वासुदेव कृष्ण इसका विरोध क्यों नहीं कर रहा? क्या वह भी इसे ही धर्म मानता है?...क्या संसार में वही धर्म है, जो कुन्ती-पुत्र युधिष्ठिर सोचता है?...उसके धर्म को संसार के सारे धर्म-धुरंधर स्वीकार कर लेते हैं...महामुनि धौम्य भी! वेदव्यास भी, वासुदेव कृष्ण भी...

सहसा द्रौपदी का ध्यान अपने ही विचार के एक वाक्य पर अटक गया ...'एक पत्नी अपने एकाधिक पतियों को बाँध कर एक साथ रख सकती है...' कहीं यही तो इच्छा नहीं है पाण्डवों की?...कृष्ण ने कहा था, आर्यावर्त्त में धर्म-राज्य स्थापित करने के लिए पाण्डवों की शक्ति आवश्यक है। उन्हें किसी भी रूप में, किन्हीं भी परिस्थितियों में दुर्बल नहीं होना चाहिए...और द्रौपदी जानती है कि एकता में शक्ति है, अखण्डता ही बल है...पाण्डवों के अलग-अलग होते ही उनकी शक्ति वितरित हो जायेगी। वे दुर्बल हो जायेंगे। ...और उन्हें विलग करने का उपकरण नारी से बढ़ कर और क्या हो सकता है? देवरानियों-जेठानियों की कलह—क्या पाण्डवों को एक रहने देगी?...द्रौपदी ने उन्हें एक इकाई के रूप में काम करते देखा है। यदि उन सबकी पत्नी ही एक है, तो वे पृथक् कैसे होंगे? और...और...महाराज द्रुपद के जामाता अकेले अर्जुन नहीं, पाँचों पाण्डव होंगे। द्रोण के विरुद्ध अकेले अर्जुन नहीं, पाँचों पाण्डव लड़ेंगे...

द्रौपदी की दुष्कल्पनाओं ने अपने पंख पसारे। उसने देखा—युद्ध-क्षेत्र में अर्जुन पांचालों के पक्ष में खड़ा; और युधिष्ठिर, भीम, नकुल तथा सहदेव विपक्ष में खड़े हैं—आचार्य द्रोण के साथ...और उनके साथी हैं—दुर्योधन, कर्ण, अश्वत्थामा...

द्रौपदी का मन काँप-काँप गया।

अपने कक्ष में आकर एकान्त पाते ही कुन्ती के मन में दबी चिन्ताएँ और प्रश्न जैसे उभर-उभर कर ऊपर आ गये...वह जानती थी कि यह जो कुछ हो रहा है, उसी के कारण हो रहा है। यदि उसकी इच्छा ऐसी न होती, तो जैसे भीम ने वन में हिडिम्बा से विवाह कर लिया था, वैसे ही एकचक्रा में कदाचित् नकुल ने विद्या से विवाह कर लिया होता और उसी प्रकार यहाँ आ कर अर्जुन का पांचाली से विवाह हो गया होता...किन्तु वह जितना अधिक सोचती है, उसका मन इस स्थिति को उतना ही अस्वीकार करता जाता है...वह अपने युधिष्ठिर को जानती है।...अपने शैशव से ही युधिष्ठिर ने अपने-आपको अपने भाइयों से बहुत बड़ा मान लिया था। अब यदि ये छोटे भाई एक-एक कर, अपना-आपना विवाह कर लेंगे तो युधिष्ठिर अपने-आप को और भी बड़ा मानता जायेगा; और उसे वह मानते अधिक समय नहीं लगेगा कि अब उसे विवाह की आवश्यकता ही नहीं रह गयी है...उसकी वृत्ति भोग की नहीं है, उसके जीवन में नारी न आयी तो सिंहासन की इच्छा भी उसे बाँध नहीं पायेगी।...वह भीष्म और विदुर के समान सत्य और धर्म को खोजता रहेगा; सिंहासन पर चाहे भीम बैठे या दुर्योधन।...इसीलिए वह उस पर लगातार भाइयों के दायित्व का बोझ बनाये रखना चाहती है, अन्यथा उसे छिटक कर सांसारिक से पृथक् होने में समय ही कितना लगेगा...और युधिष्ठिर के पृथक् होते ही, उसके छोटे भाइयों को उसका अनुगमन करने से वह कैसे रोक सकेगी?...

और वैसे भी कुन्ती की अनुभवी दृष्टि पुत्रों का भाव पहचानती है...उसने उन पाँचों को ही पांचाली में आसक्त देखा है।...पांचाली...

कुन्ती स्वयं भी कम सुन्दर और आकर्षक नहीं थी। माद्री को देख कर तो लोगों की आँखें चौधिया जाती थीं...किन्तु पांचाली की तो बात ही और है। पांचाली सुन्दर ही नहीं, नारीत्व की सम्पूर्ण मूर्ति है, साक्षात् पूर्ण नारी! पुरुष के हृदय को मथने की उसके रूप में अद्भुत क्षमता है। किसी पुरुष के पास युवा हृदय हो, और वह पांचाली को देख कर न प्रभावित रह जाये, ऐसा तो सम्भव ही नहीं है। नहीं तो युधिष्ठिर इस सरलता से अपनी आसक्ति प्रकट नहीं होने देता।...

अपने पुत्रों की यह आसक्ति देखकर कुन्ती को प्रसन्नता होती है...नहीं तो वैराग्य का प्रभाव कम नहीं है, इस परिवार में।...किन्तु आसक्ति में भी मर्यादा का ध्यान रखना पड़ता है। उसके पुत्रों में संयम और विवेक है। वे वासना के हाथों पशु नहीं बनेंगे, लोभ उन्हें धर्म के मार्ग से विचलित नहीं कर पायेगा...किन्तु नारी का आकर्षण कम नहीं होता...और नारी भी यदि द्रौपदी

जैसी हो; पाँचों भाई उसमें आसक्त हैं—तीन, उस पर अपना अधिकार भी मान चुके हैं। यह आकर्षण उनको बाँधे, तो ही अच्छा है—विभाजित करने पर आया तो सर्वनाश हो जायेगा।...

किन्तु पांचाली के लिए जो पाँच पतियों की व्यवस्था कर दी है उसने! ...क्या यह कुछ अनुचित हुआ है?...कुन्ती ने पाण्डु के साथ जिन प्रदेशों में इतना समय बिताया था, वहाँ तो बहुपतित्व तनिक भी असामान्य बात नहीं थी।...उत्तर कुरु में तो विवाह की मर्यादा ही नहीं थी। वहाँ तो आज भी स्वच्छन्द नारी-पुरुष सम्बन्ध हैं। आर्येतर जातियों में आज भी बहुपतित्व प्रचलित है, और पांचालों में भी तो बहुपतित्व की प्रथा प्रचलित थी। उत्तर पांचाल से लगते हिमालय-क्षेत्र में आज भी बहुपतित्व पूर्णतः मान्य है। अनेक आर्य जातियों का उनके विरुद्ध रोष का कारण ही यही था... और...धर्मात्माओं में श्रेष्ठ जटिला नामवाली गौतम गोत्र की कन्या ने सात ऋषियों के साथ विवाह किया था।...कण्डु मुनि की पुत्री वार्क्षी ने तपस्या से पवित्र अन्तःकरण वाले दस प्रचेता भाइयों के साथ, जिनका एक ही नाम था—विवाह-सम्बन्ध स्थापित किया था...

इसमें अप्राकृतिक तो कुछ भी नहीं है। जिन परम्पराओं और प्रथाओं के हम अभ्यस्त होते हैं, उनके विरुद्ध हमारा मन विद्रोह नहीं करता। यदि बहुपतित्व को नारी-मन ने स्वीकार कर लिया है, तो इच्छा होने पर पुरुष बहुपतित्व को स्वीकार नहीं कर सकते?

नहीं! कुन्ती ने पांचाली के लिए कोई असुविधा उत्पन्न नहीं की है। वह पुत्रों के लिए एक सुखी, प्रेममय और समृद्ध जीवन की व्यवस्था कर रही है... किन्तु यदि यह व्यवस्था द्रुपद अथवा स्वयं पांचाली को स्वीकार न हुई, तो? पर क्यों...इसमें तो सबका हित है।...किन्तु कुन्ती ने अपने अनुभव से सीखा है कि अनेक बार सबके हित की बात, सर्वमान्य नहीं होती...अपने स्वार्थ से, दृष्टिभेद से या किन्हीं और कारणों से वह अमान्य भी हो सकती है...ऐसा न हो कि अधिक लाभ की इच्छा से कुन्ती ने जो यह स्थिति उत्पन्न की है, उसके कारण द्रुपद यह सम्बन्ध ही स्वीकार न करें।...तब पाण्डव अपने लिए मित्र और सहायक ढूँढ़ने कहाँ जायेंगे?

और कुन्ती का मन रोने-रोने को हो आया।...उसकी चिन्ताओं का क्या कोई अन्त नहीं है? क्या उसके पुत्रों के भाग्य में शत्रुओं से आतंकित रह, छद्मवेश में वन-वन, नगर-नगर भटकना ही लिखा है?...क्या उनकी सहायता को कोई नहीं आयेगा?

सहसा कुन्ती की आस्था जागी।...नहीं! उसके पुत्र महाबली हैं। भीम

ने हिडिम्ब और बक जैसे असुरों को परास्त कर उनका वध किया है...अर्जुन ने हस्तिनापुर की रंगशाला और काम्पिल्य के स्वयंवर में स्वयं को सर्वश्रेष्ठ धनुर्धारी सिद्ध किया है। भीम और अर्जुन ने मिल कर काम्पिल्य में अनेक राजाओं की सामूहिक शक्ति से टक्कर ली है...द्रुपद को भी ऐसे जामाता कहाँ मिलेंगे!...और फिर उसे समझाने के लिए वेदव्यास और वासुदेव कृष्ण हैं...। नहीं! उसके पुत्र इतने अभागे नहीं हो सकते...उनका और कोई सहायक हो या न हो, कृष्ण उन्हें कभी असहाय नहीं छोड़ेगा।...

"महर्षि!" पाण्डवों के जाने के पश्चात् द्रुपद बोले, "जो कुछ युधिष्ठिर कह रहा है, वह मुझे सहज स्वीकार नहीं है।"

द्रुपद की ओर देखकर व्यास हँसे, "सहज स्वीकार नहीं है; किन्तु अस्वीकार भी तो नहीं है?"

"अस्वीकार ही समझिए!" धृष्टद्युम्न ने बलपूर्वक कहा।

द्रुपद ने पुत्र की ओर देखा अवश्य, किन्तु उससे कुछ कहा नहीं। वे व्यास की ओर देख कर बोले, "देव! 'अस्वीकार्य' शब्द का प्रयोग मैं नही कर रहा; किन्तु जो सहज स्वीकार्य न हो, उसे अपनी इच्छा के विरुद्ध ही स्वीकार्य करना पड़ता है। स्वीकार तो मैंने यह भी किया है कि द्रोण अहिछत्र का राजा हो!"

"ओह!" व्यास बोले, "तो राजन्! तुम 'अस्वीकार्य' शब्द का प्रयोग चाहे न करो; किन्तु तुम्हारा अभिप्राय 'अस्वीकार्य' से ही है।"

द्रुपद ने मौन रहना ही श्रेयस्कर समझा।

"देखो पुत्र!" व्यास की वाणी अत्यन्त कोमल हो गयी, "प्रकृति ने तो नारी और पुरुष के मध्य राग-तत्व ही बनाया है। उसकी तीव्रता—रुचि-भेद, वय-भेद और परस्थिति-भेद से न्यूनाधिक होती है। प्रकृति ने किसी एक पुरुष को किसी एक स्त्री के लिए नहीं बनाया।...उसने तो केवल स्त्री और पुरुष ही बनाये हैं। मर्यादित बहुपतित्व अथवा बहुपत्नीत्व से कोई प्राकृतिक नियम नहीं टूटता; सामाजिक मान्यताएँ चाहे भंग होती हों।"

"आप मुझे क्षमा करेंगे महामुनि!" धृष्टद्युम्न का स्वर सचमुच धृष्ट था, "आपका प्रकृति का यह सिद्धान्त मुझे सर्वथा अमान्य है। इस दृष्टि से तो मनुष्य सदा पशु ही बना रहेगा—वन्य पशु!"

"मेरी बात पूरी नहीं हुई है वत्स!" व्यास बोले, "प्रकृति ने मनुष्य को बहुत कुछ ऐसा दिया है कि उसे यदि मनुष्य वैसा-का-वैसा ही उपयोग में लाये, तो वह सचमुच पशु ही बना रहेगा; और उसका अतिरेक करे तो पशु से भी पतित हो जायेगा।..."

"जैसे?" द्रुपद ने पूछा।

"जैसे लोभ, मोह, आलस्य, द्वेष, हिंसा..." व्यास बोले, "यह मनुष्य की इच्छा पर है कि वह उनका नियंत्रण करता है, नियमन करता है, उदात्तीकरण करता है; अथवा उन्हें पूर्णतः त्याग देता है।...इसमें भी व्यक्ति और समाज का भेद है पुत्र! व्यक्ति इनमें से अनेक भावों को सर्वथा त्यागने का प्रयत्न करता है और कभी-कभी त्याग भी देता है; किन्तु कोई समाज, राज्य अथवा राष्ट्र—इन दुर्गुणों को भी सर्वथा त्याग नहीं सकता। इसलिए समाज उनका नियमन करता है, उदात्तीकरण करता है।" व्यास ने उन पिता-पुत्र को देखा, "जब उन्मुक्त समाज था तो किसी भी स्त्री की इच्छा, कोई भी पुरुष कर सकता था; और किसी भी पुरुष की कामना, कोई भी स्त्री कर सकती थी।...किन्तु तब परस्पर विरोध भी होते थे, संघर्ष भी होते थे और हिंसा के कारण मानव-समाज की क्षति होती थी। इसलिए समाज ने इसका नियमन किया। मातृसत्तात्मक समाज में एक पत्नी को अनेक पति रखने का अधिकार दिया गया; और पितृसत्तात्मक समाज में एक पुरुष को अनेक पत्नियाँ रखने का अधिकार मिला।...अब समाज यह चाहता है कि प्रत्येक स्त्री-पुरुष इसी व्यवस्था के भीतर अपने भावों का नियमन करें। यदि एक स्त्री को अनेक पति रखने की अनुमति समाज दे रहा है, तो वे पुरुष उस एक पत्नी को ही 'नारी' भाव से देखेंगे। यही स्थिति बहुपत्नीत्व वाले समाज में भी है। एक पुरुष अनेक विवाह कर सकता है; किन्तु जिस स्त्री को उसने समाज के नियमों के अन्तर्गत पत्नी के रूप में ग्रहण नहीं किया है, उसे वह नारी-भाव से नहीं देखेगा!..."

"आपकी बातें ज्ञान-समृद्ध हैं ऋषिवर!" द्रुपद बोले, "किन्तु मेरी समस्या यह नहीं है। मेरी समस्या तो यह है कि अब बहुपतित्व की प्रथा, हमारा समाज क्रमशः त्याग रहा है। अनेक राजवंश उसे बहुत सम्मानित प्रथा नहीं मानते। स्वयं कुरुवंश में उसका प्रचलन अब नहीं है।...जाने कहाँ से अब यह युधिष्ठिर कहता है कि वे पाँचों भाई, उसी प्राचीन प्रथा के अनुसार कृष्णा से विवाह करेंगे!...यदि मैं उसकी बात मान लूँ, तो क्या आर्यावर्त्त के सारे क्षत्रिय राजकुल मेरी कृष्णा को व्यभचारिणी नहीं कहेंगे?"

"मैं अब तक तुम्हारी ही समस्या का समाधान कर रहा था द्रुपद यज्ञसेन!" व्यास बोले, "नारी-पुरुष सम्बन्धों की समस्या, केवल तुम्हारी पुत्री की समस्या नहीं है; न ही व्यभिचार की परिकल्पना मात्र आर्यावर्त्त के क्षत्रिय राजकुलों तक ही सीमित है। यह तो सम्पूर्ण मानव-समाज की समस्या है; और प्रत्येक मानव-समाज ने अपनी सुविधानुसार उसके लिए नियम बनाये हैं..." व्यास ने कुछ बल देकर कहा, "तुम युधिष्ठिर की चिन्तन-प्रक्रिया को समझने

का प्रयत्न करो।"

द्रुपद और धृष्टद्युम्न पूरी तन्मयता से व्यास की बात सुन रहे थे।

"पाण्डवों का जिस प्रकार पहली बार द्रौपदी से साक्षात्कार हुआ है, उस समय वह स्वयंवर में विवाह के लिए प्रस्तुत वीर्यशुल्का कन्या थी। पाँचों भाइयों ने उसे आकांक्षा की दृष्टि से देखा है। उस समय वह उनमें से किसी की भी पत्नी हो सकती थी। संयोग से किसी-न-किसी रूप में उस पर तीन भाइयों का अधिकार प्रमाणित होता है। यह भी संयोग ही है कि वे तीनों कुन्ती के पुत्र हैं। युधिष्ठिर माद्री के पुत्रों के साथ भेद-भाव नहीं करना चाहता। उसकी दृष्टि में वह नृशंसता है। अतः उसने वह सामाजिक व्यवस्था तुम्हारे सामने रखी है, जिसके अन्तर्गत वे पाँचों भाई धर्मपूर्वक कृष्णा के साथ इकट्ठे रह सकें..."

"पर पाँचों भाइयों का साथ रहना आवश्यक क्यों है?" द्रुपद जैसे खीझ कर बोले।

"ये पृथक् हुए तो दुर्योधन इनको एक-एक कर मरवा डालेगा।...और द्रौपदी के कारण इनमें परस्पर वैमनस्य भी हो सकता है, इसे युधिष्ठिर समझता है। इसीलिए उसने ऐसी योजना बनायी है।...कृष्णा किसी एक की पत्नी होगी, तो भाइयों में भी परस्पर वैमनस्य होगा और कृष्णा भी साधारण पत्नियों के समान चाहेगी कि उसका पति, उसमें अधिक-से-अधिक अनुरक्त होता जाये और अपने भाइयों के प्रति उसकी असंगता बढ़ती जाये।...किन्तु यदि वह उन पाँचों की पत्नी होगी तो भाई परस्पर लड़ भी पड़े, कृष्णा न उनमें वैर-विरोध होने देगी, न उन्हें असंग होने देगी।...समझ रहे हो द्रुपद, कि युधिष्ठिर ने इस संक्रान्ति-काल के समाज में आगे जाने के स्थान पर पीछे जाने का निश्चय क्यों किया है?"

"समझता हूँ।" द्रुपद अत्यन्त गम्भीर थे।

"वैसे भी युधिष्ठिर में राजन्य तत्वों से अधिक तापस तत्व है।..." व्यास बोले, "मुझे देखो! मैं अपनी माता का कानीन पुत्र हूँ। राज-समाज में यह अपमानजनक स्थिति हो सकती है; किन्तु ऋषिकुल इसे उतना ही गौरवपूर्ण समझते हैं, जितना औरस-पुत्र को। वे राज-समाज द्वारा परित्यक्त प्रथा को आज भी धर्म मानते हैं। वे समाज का त्याग कर चुके, अतः कुछ मुक्त होकर सोचते हैं। उनके लिए प्रत्येक सन्तान, ईश्वर की सृष्टि है—चाहे कानीन हो, औरस हो, क्षेत्रज हो या नियोग-प्रदत्त! युधिष्ठिर अपनी इसी तापस वृत्ति के कारण, व्यक्ति की संकुचित-परिधि में नहीं सोचता। वह परिवार और समाज का ध्यान रखता..."

"महर्षि!" धृष्टद्युम्न ने उनकी बात बीच में ही काट दी, "यह बतायें कि एक मान्यता के अनुसार एक स्त्री दो पुरुषों से सम्बन्ध रखे, तो वह

व्यभिचारिणी है; और दूसरी ओर पाँचा पुरुषों की पत्नी को आप धर्म-संगत बता रहे हैं, तो फिर व्यभिचार क्या है?"

"एक मान्यता यह भी है कि पुरुष भी एक पत्नीव्रत पर चले।" व्यास बोले, "मर्यादा पुरुषोत्तम राम ने इसी धर्म की प्रतिष्ठा की है। इस मान्यता के अनुसार चलें तो दो स्त्रियों से सम्बन्ध रखने वाला पुरुष भी व्यभिचारी होगा।" वे हँसे, "इसका अर्थ है कि व्यभिचार का स्वरूप तत्कालीन सामाजिक मान्यताओं से निर्धारित होता है। समाज के नियमों के अनुसार, स्त्री-पुरुष सम्बन्धों में मान्य शरीर-सम्बन्ध व्यभिचार नहीं है; और अमान्य शरीर-सम्बन्ध व्यभिचार है।"

"तो कसौटी मात्र शरीर-सम्बन्ध ही है?"

"समाज की मान्यताओं के अनुसार तो यही है।" व्यास बोले, "किन्तु समाज के नियम तो अत्यंत स्थूल होते हैं। चिन्तक और विचारक लोग वहीं तक जाकर रुक नहीं जाते। उनके अनुसार मानसिक-व्यभिचार भी उतना ही त्याज्य है, जितना कि शारीरिक व्यभिचार! इस मानसिक व्यभिचार के दोष से मुक्त रहने के लिए ही युधिष्ठिर ने पाँचों भाइयों से कृष्णा के विवाह का प्रस्ताव रखा है।"

"इस मानसिक व्यभिचार को किस प्रकार परिभाषित करेंगे आप?" द्रुपद ने बहुत हल्के मन से पूछा, जैसे वे अपनी पुत्री के विवाह की भयंकर समस्या से न जूझ रहे हों, किसी सम्मेलन में बैठे ज्ञान-चर्चा कर रहे हों।

"सामान्य रूप से, जो जिसका देय है, उसे न देना और किसी को उसका अदेय देना—कर्म में या भावना में, मैं इन दोनों को व्यभिचार मानता हूँ।" व्यास बोले, "मेरा एक पुत्र है और मेरा शिष्य है। मैं अपने शिष्य की ज्ञान-क्षमता देखते हुए, उसके चरित्र के विकास के लिए, जो समय लगाता हूँ, या जो श्रम करता हूँ—वह मेरे शिष्य का देय है, वह मैं उसे दे देता हूँ। उसके कारण मैं अपने पुत्र को वंचित नहीं कर रहा हूँ। मैं देय और अदेय में मिश्रण नहीं कर रहा, इसलिए यह व्यभिचार नहीं है...।"

"पूज्य ऋषिवर!" धृष्टद्युम्न ने उन्हें फिर टोका, "कृपया इसकी परिधि स्त्री-पुरुष-सम्बन्धों तक ही रहने दें। मैं यह जानना चाहता हूँ कि परस्त्री व्यभिचारविहीन प्रेम की भी कोई अवधारणा सम्भव है?"

व्यास किंचित् मुस्कराए, "सिद्धान्तों की व्याख्या संकीर्ण परिधियों में की जाये, तो उनसे भ्रम उत्पन्न होता है पुत्र! इसलिए सिद्धान्तों, परिकल्पनाओं और अवधारणाओं को सदा व्यापक परिवेश में समझने का प्रयत्न करना चाहिए।"

"मैं समझा नहीं ऋषिवर?"

"प्रेम, नारी-पुरुष, यौन-सम्बन्ध, व्यभिचार इत्यादि के वास्तविक स्वरूप को समझना हो तो पहले राग-तत्व को समझो।" व्यास मुस्कराए, "राग के रूप में प्रकृति ने मनुष्य को एक विराट शक्ति दी है।...मनुष्य चाहे तो उसे मात्र रति-कर्म का पर्याय बना दे। किन्तु यह उसका मात्र स्थूल रूप होगा। रति-कर्म तो राग के अभाव में भी होता है, और राग से सम्पृक्त हो कर भी...किन्तु एक स्थिति वह भी है, जहाँ राग तो है, किन्तु रति नहीं है। ये उसके सूक्ष्म धरातल हैं पुत्र! जिसे हम सामान्यतः प्रेम कहते हैं, वह राग-तत्व का एक संयोजित रूप है। किसी भी गुण के प्रति प्रशंसा, सम्मान और समर्थन का भाव, प्रेम होता है। उसके लिए प्रिय से मिलना, उससे साक्षात्कार करना, उसके सम्पर्क में आना, एकदम आवश्यक नहीं होता। यह राग अथवा प्रेम का वह सूक्ष्म रूप है, जिसमें किसी को उसके देय से वंचित नहीं किया जाता, किसी को उसका अदेय नहीं किया जाता, अतः इसमें व्यभिचार के लिए अवकाश ही नहीं है। किन्तु राग को जब मनुष्य स्थूल धरातल पर लाता है, तो वह उस प्रेमपात्र के निकट जाना चाहता है, उसके सम्पर्क में आना चाहता है; और उस पर अपना आधिपत्य जमाना चाहता है। ऐसे आधिपत्य में समाज की मान्यता प्राप्त करना आवश्यक है। जहाँ सामाजिक मान्यता के अभाव में, अपना आधिपत्य स्थापित किया जाता है, ऐसे आधिपत्य को हम व्यभिचार मानते हैं।" व्यास ने रुककर धृष्टद्युम्न की ओर देखा, "पर तुम इस विषय में इतनी रुचि क्यों ले रहे हो वत्स? ऐसी कौन-सी समस्या है, जो तुम्हें आन्दोलित कर रही है?"

"समस्या!" धृष्टद्युम्न कुछ संकुचित हुआ; फिर जैसे सायास संकोच को परे धकेल कर बोला, "मैं तो योद्धा हूँ महामुनि! दार्शनिक गुत्थियों के गुंजलक खोलने में न मेरी रुचि है, और न उसके लिए मेरे पास समय है..."

"तो फिर?"

"यह सारी समस्या वासुदेव कृष्ण की उत्पन्न की हुई है।" वह बोला, "उसका प्रेम-दर्शन विचित्र है। वह कहता है कि उसकी प्रेम-क्षमता असीम है, अनन्त है। जो उससे प्रेम करेगा, वह उसके फल-स्वरूप उससे प्रेम ही कर सकता है। कर्म-सिद्धान्तों का व्याख्याता है न वह! सदा कर्म और फल की, क्रिया और प्रतिक्रिया की बात करता है। उसका कहना है कि जैसे हिंसा से हिंसा उत्पन्न होती है, घृणा से घृणा का जन्म होता है, वैसे ही प्रेम से प्रेम की ही उद्‌भावना होगी। इसलिए वह कहता है कि जो उससे प्रेम करेगा, उसके प्रतिदान में प्रेम ही पायेगा। उसके पास प्रेम का अभाव नहीं है...।"

"तो इसमें अनुचित क्या कहता है कृष्ण?" व्यास बोले, "राजकुमार! कोई तुमसे प्रेम करे, तो तुम उससे प्रेम करोगे या उसका तिरस्कार करोगे?"

"सिद्धान्ततः तो प्रेम का प्रतिदान प्रेम ही होना चाहिए।" धृष्टद्युम्न बोला, "किन्तु महामुनि! यहीं से तो मेरी समस्या आरम्भ होती है।"

"क्या?"

"एक स्त्री मुझसे प्रेम करने लगती है। उसके स्वीकार का प्रतिदान स्वीकार ही होगा, तिरस्कार नहीं; अर्थात् मैं उससे प्रेम करने लगूँगा! तो व्यभिचार का जन्म होगा या नहीं?"

"समस्या तो तुम्हारी बहुत गम्भीर है राजकुमार!" व्यास बोले, "यदि तुम्हारा प्रेम रति का पर्याय है तो उस स्त्री से विवाह कर, उसे अपने समाज से पत्नी की मर्यादा दिलानी होगी। यदि यह सम्भव नहीं है, तो तुम्हें उसे नारी-भाव से नहीं देखना होगा। अपने प्रेम को कृष्ण ही के समान सूक्ष्म करना होगा। समाज की मर्यादा के भीतर, अपने प्रेम को कोई एक रूप देना होगा। उसमें अपना सुख, अपनी सुविधा, अपना लोभ नहीं देखना होगा..." व्यास हँसे, "कृष्ण को देखा। उसने विवाह तो रुक्मिणी, सत्यभामा और जाम्बवती से ही किया; किन्तु प्रेम तो उसने गोपियों को भी दिया। तुम क्या कहोगे, क्या वासुदेव तुम्हारी बहन कृष्णा से प्रेम नहीं करता?..."

"वह तो यही कहता है।"

"तुम्हें क्या लगता है?"

"मुझे भी लगता है कि कृष्णा उसे भी उतनी ही प्रिय है, जितनी कि मुझे!"

"इसमें तुम्हें कहीं कुछ अनुचित, अनैतिक अथवा असामाजिक लगा?"

"नहीं!"

"यही है कृष्ण वासुदेव की उदात्तता! वह गोपियों से भी प्रेम कर सकता है, कृष्णा से भी कर सकता है; किन्त अपनी पत्नियों के प्रति उसके प्रेम में कहीं न्यूनता नहीं है। कहीं वह समाज की मर्यादा भंग नहीं कर रहा; क्योंकि वह उन पर किसी प्रकार का कोई आधिपत्य नहीं चाहता! वह प्रेम को ही अपना अधिकार मानता है, आधिपत्य को नहीं। कहीं वह अपनी आत्मा का हनन नहीं कर रहा, क्योंकि उसकी आत्मा तो प्रेम का अजस्र स्रोत है। वह दान-धर्मा प्रेम है, याचक प्रेम नहीं।...और प्रेम का यह स्वरूप देखो..." व्यास जैसे मग्न हो गये, "उसने आततायी भौमासुर के दुर्ग से मुक्त करायी गयी असंख्य स्त्रियों को सामाजिक मर्यादा दिलाने के लिए उन्हें अपनी पत्नियों के रूप में स्वीकार किया। जिन अभागिनों को उनके अपने पति, पिता और भाई स्वीकार नहीं कर रहे थे, उन्हें अंगीकार किया कृष्ण ने। वह सारा कलंक अपने माथे पर लिया...क्योंकि उसका प्रेम सीमित नहीं है, संकुचित नहीं है, वह असीम है, अनन्त है। कोई भी जीवन उसकी करुणा से परे नहीं है।"

"पर अनेक लोग उसके प्रेम को पाखण्ड भी तो कहते हैं। अनेक लोग उसके चरित्र को लेकर चर्चाएँ भी तो करते हैं...।"

व्यास ने आँखें मूँद लीं। उनके मुख पर पीड़ा का भाव उपजा, जैसे उनका मन कहीं आहत हुआ हो।

धृष्टद्युम्न ने अपनी बात अधूरी ही छोड़ दी।

थोड़ी देर में व्यास ने आँखें खोलीं, जैसे स्वयं को सन्तुलित कर लिया हो, "पुत्र! एक होता है किसी परिवार के आँगन में खुदा हुआ कुआँ।" वे बोले, "वह साफ-स्वच्छ और पवित्र होता है। उसका जल पौष्टिक और स्वादिष्ट होता है। पर वह केवल उसी एक परिवार को ही तृप्त कर सकता है। उसकी क्षमता अत्यन्त सीमित होती है। उसमें से चार परिवार अपने लिए जल प्राप्त करने का प्रयत्न करें तो कुआँ सूख जायेगा। उसमें से कीचड़ आने लगेगा। उसका जल गंदला हो जायेगा। वह अपवित्र और अपौष्टिक हो जायेगा। स्वाद तो उसमें रहेगा ही नहीं।...यदि एक ही परिवार उसमें से जल पीता रहे और उसमें एक पक्षी भी गिर कर मर जाये, तो जल में से सड़ाँध आने लगेगी और जल अपवित्र हो जायेगा...।"

"हाँ ऋषिवर!"

"किन्तु दूसरी ओर है गंगा। सहस्रों योजनों तक लोगों की प्यास बुझाती है। उनके खेत सींचती है। उसमें लोग नहाते हैं, कपड़े धोते हैं, नौकाएँ चलाते हैं, सहस्रों जीव-जन्तु उसमें रहते हैं। फिर भी न उसमें जल की कमी होती है, न वह किसी को वंचित करती है।..." वेदव्यास ने धृष्टद्युम्न को देखा, "साधारण मनुष्य, घर के आँगन में खुदा हुआ एक छोटा कुआँ है। कृष्ण तो गंगा है, पवित्र गंगा! उसकी गति और विस्तार को कुएँ की दृष्टि से नहीं देखा जा सकता...। उसे पूरी तरह देखने के लिए तो हिमालय के समान ऊपर उठना पड़ेगा...।"

"आपने ठीक ही कहा मुनिवर! साधारण मनुष्य की अविकसित और संकुचित बुद्धि तो कृष्ण के चरित्र में विकार ही देख पायेगी।" द्रुपद व्यास से सहमत हो गये थे, "मैंने उसे परखा है। उसमें न काम है, न स्वार्थ, न लोभ... वह मनुष्य नहीं है...महामानव है या देवता, कह नहीं सकता...।"

"युधिष्ठिर को भी कम मत आँको।" व्यास बोले, "इतनी कम अवस्था में ही उसकी धर्म-बुद्धि का जो विकास हुआ है, वह सामान्यजन को भ्रमित कर जाता है। राजन्! निःसंकोच कृष्णा का विवाह पाँचों से कर दो। इसमें सबका ही कल्याण है।"

"आपकी इच्छा मेरे लिए धर्म का आदेश है महामुनि!" द्रुपद सहज उल्लसित स्वर में बोले।

36

विदुर ने आगन्तुक को ध्यान से देखा : उसका वेश एक अत्यन्त साधारण, निर्धन ब्राह्मण का-सा था; किन्तु विदुर की अनुभवी आँखों से, उसका वेश और शारीरिक गठन का वैषम्य छिपा नहीं रह सका। उसका बलिष्ठ शरीर बता रहा था कि वह अत्यन्त श्रम करने का अभ्यस्त है। न तो वह ब्राह्मणों जैसा कोमल था, न दुर्बल! यदि वह ब्राह्मण था भी, तो साधारण तपस्वी ब्राह्मण नहीं था।

उसने ब्राह्मण के समान विदुर को आशीर्वाद भी नहीं दिया। राज-कर्मचारियों के समान झुक कर उसने हाथ जोड़ अभिवादन किया और बहुत मंद स्वर में बोला, "आर्य! मैं काम्पिल्य से आ रहा हूँ। महाराज द्रुपद का अत्यन्त गोपनीय संदेश, विश्वस्त ढंग से पहुँचाना मेरा धर्म है।"

इस अनपेक्षित को पचाने में विदुर को कुछ क्षण लगे; फिर स्वयं को स्थिर कर धीरे से बोला, "भीतर आ जाओ।"

अपने निजी कक्ष में आकर विदुर बैठ गया और आगन्तुक को भी अपने निकट बैठने का संकेत कर बोला, "कहो! किसने भेजा है तुम्हें—महाराज द्रुपद ने?"

"भेजा तो मुझे महाराज द्रुपद ने ही है; किन्तु संदेश मैं महाराज युधिष्ठिर का लाया हूँ।"

"युधिष्ठिर!" विदुर के मन ने जैसे झटका खाया, और उसकी आँखें और भी संकीर्ण हो कर, आगन्तुक के चेहरे पर केन्द्रित हो गयीं, कहीं यह कोई षड्यन्त्र न हो!...

"किन्तु पाण्डव तो वारणावत में भस्म हो चुके हैं!" विदुर बोला।

आगन्तुक मुस्कराया, "इस सावधानी की अब आवश्यकता नहीं है। अर्जुन ने स्वयंवर में वीर्यशुल्का द्रौपदी को जय किया है। पाण्डव द्रुपद के अतिथि हैं... ।"

विदुर का मन हर्ष से मानो निःस्पन्द हो गया : कुछ क्षणों तक श्वास-निःश्वास की प्रक्रिया भी रुद्ध हो गयी। उसका मन जैसे माला फेरते-फेरते, एक ही मनके पर अटक गया था, 'पाण्डव सुरक्षित हैं! पाण्डव सुरक्षित हैं!...'

मन कुछ सहज हुआ तो सैकड़ों प्रश्न, शिला पर सिर पटकती लहर से उत्पन्न बुदबुदों के समान एक साथ उत्पन्न हो गये। विदुर ने जैसे अपने प्रश्नों के बाणों से दूत को छलनी कर दिया। वह सब कुछ तत्काल जान लेना चाहता था, सब कुछ—उस दिन से आज तक; पाण्डवों को वारणावत से विदा हो कर काम्पिल्य पहुँचने तक! दूत ने सब कुछ अत्यन्त धैयपूर्वक बताया; और अन्त

में बोला, "महाराज युधिष्ठिर ने कहलवाया है कि काम्पिल्य में जो कुछ हुआ, वह अब गोपनीय नहीं है। किन्तु वे नहीं चाहते कि आपको संदेश देने के लिए मेरा आना प्रकट हो।"

"ठीक है। इसे गुप्त ही रहना चाहिए।" विदुर बोला, "किन्तु दुर्योधन और उसकी दुष्ट-मण्डली कहाँ है?"

"मेरे चलने तक तो वे लोग काम्पिल्य में ही थे। कह नहीं सकता, उनकी योजना क्या है!"

विदुर मौन हो गया। उसे लगा, उसके मन में अत्यधिक प्रसन्नता और कुछ छोटी-मोटी चिन्ताएँ, एक साथ ही जन्मी हैं। ऐसी प्रसन्नता तो जीवन में पहली बार ही मिली थी, मानो सारे जीवन का श्रम अथवा पिछले जन्मों का पुण्य भी फलीभूत होकर, उसके सामने आ गया था। पाण्डव जीवित थे और सुरक्षित थे। अब वे पांचालराज द्रुपद के जामाता थे। वासुदेव कृष्ण और बलराम, यादव महारथियों के साथ उनकी रक्षा के लिए वहाँ उपस्थिति थे। 'बलराम।'...विदुर का मन अटक गया। जिन दिनों स्यमन्तक मणि के संदर्भ में उत्पन्न भ्रम के कारण कृष्ण से रूठ कर बलराम मिथिला में निवास कर रहा था, उन दिनों दुर्योधन को अपना शिष्य स्वीकार कर, वह उसे बहुत स्नेह करने लगा था। अब यद्यपि कृष्ण से पुनः उसका मेल हो गया है; किन्तु दुर्योधन के प्रति उसका प्रेम भी कम हो गया है—यह कहना कठिन है।...इसलिए यदि कौरवों और पाण्डवों में टकराव हुआ, तो बलराम दोनों में किस ओर झुकेगा, इसका अनुमान नहीं लगाया जा सकता।...फिर भी वह निरन्तर कृष्ण के साथ है, यही पर्याप्त सन्तोष का विषय है। कृष्ण उसे अपने साथ काम्पिल्य ले गया है, ताकि पाण्डवों की रक्षा की जा सके। कृष्ण उसे अपने साथ ले कर पाण्डवों से मिलने, कुम्भकार के घर भी गया था—यह तो शुभ लक्षण है...

...भीम और अर्जुन ने अपना सामर्थ्य प्रमाणित कर दिया है। अब पाण्डवों पर विपत्ति नहीं आ सकती। पाण्डवों की सुरक्षा, विदुर के जीवन की अंतरतम साथ थी...पाण्डव जीवित हैं, तो धर्म के जीवित रहने की आशा की जा सकती है। कृष्ण के साथ मिलकर पाण्डव, आर्यावर्त में न्याय स्थापित करेंगे...

किन्तु इतना निश्चिन्त भी नहीं रह सकता विदुर! दुर्योधन, शकुनि, कर्ण और और अश्वत्थामा—यह चाण्डाल चौकड़ी अभी काम्पिल्य में ही बैठी जाने कौन-सा षड्यन्त्र रच रही है; और हस्तिनापुर में गिद्ध जैसा बैठा है धृतराष्ट्र! वारणावत में पाण्डवों के जल कर भस्म होने के समाचार के प्रसारित होते ही धृतराष्ट्र ने दुर्योधन का युवराज्याभिषेक कर दिया था। वैसे तो शासन-तन्त्र में पाण्डवों के लिए कोई स्थान नहीं रह गया था। जब यह मान ही लिया गया

था कि पाण्डव जीवित नहीं हैं, तो उनके लिए स्थान रिक्त रख कर करना भी क्या था! दुर्योधन ने प्रशासन में, सेना में, प्रजा में—सब स्थानों पर अपना आधिपत्य स्थापित कर लिया था।...ऐसे में यदि पाण्डव हस्तिनापुर आते हैं, तो उनका स्वागत ही हो—यह आवश्यक नहीं है।...और जब पाण्डव अपने हत्यारों के आमने-सामने होंगे, तो जाने क्या हो...वैसे एक साक्षात्कार तो उनका काम्पिल्य में हो ही चुका है...

"तुम विश्राम करो।" विदुर ने दूत से कहा, "मुझे एक आवश्यक काम से जाना है।"

"मुझे आपके घर में विश्राम करने का निषेध है।" दूत बोला, "उससे गोपनीयता भंग होने की आशंका है।"

"तो?"

"आप मेरी चिन्ता न करें।" दूत ने झुक कर प्रणाम किया, "मेरा तो यह प्रतिदिन का कार्य है।"

दूत ने पुनः प्रणाम किया और वह बाहर निकल गया।

एकान्त होते ही विदुर को लगा कि उसकी प्रसन्नता दूत की उपस्थिति के कारण थोड़ी संयत थी; किन्तु उसके जाते ही वह उन्मुक्त हो उठी थी। वह उसके शरीर में जैसे समा नहीं रही थी। उसकी इच्छा हो रही थी कि दौड़ता हुआ, घर से बाहर निकल जाये और दौड़ता ही चला जाये। उसका कण्ठ व्याकुल था कि वह किसी प्रकार वाणी में अपनी प्रसन्नता को व्यक्त करे...

विदुर उठ कर अन्तःपुर में आया, "पारंसवी! अत्यन्त सुखद समाचार आया है।"

"कैसा समाचार आर्यपुत्र?"

"कुन्ती भाभी और उनके पुत्र जीवित हैं। वे लोग काम्पिल्य में हैं...और अर्जुन ने द्रौपदी को स्वयंवर में जय किया है।..."

पारंसवी अपनी स्तब्धता से बाहर निकल कुछ कह पाती, उससे पूर्व ही विदुर चल पड़ा, "मैं जा रहा हूँ। पितृव्य को यह समाचार दे आऊँ। वे प्रसन्न होंगे।"

बाहर निकलते ही विदुर को ध्यान आया—पारंसवी से पाण्डवों सम्बन्धी समाचार उसने कैसे गुप्त रखा था। जब वह उनको स्मरण कर रोती थी, तो उसका मन किसी भी प्रकार सँभल नहीं पाता था। इच्छा होती थी कि पारंसवी को तो बता ही दे। उसे इस प्रकार रुलाने का क्या लाभ?...किन्तु विदुर ने अपने-आपको बाँधे रखा था।...किसी को नहीं बताना है।...वह जानता था कि

पारंसवी उनके भेद को प्रकट नहीं करेगी, फिर भी गोपनीयता के लिए यही आवश्यक था।...विदुर ने सिवाय महर्षि वेदव्यास और वासुदेव कृष्ण के, और किसी से चर्चा नहीं की थी।...लगता था कि महर्षि और कृष्ण—दोनों ने ही अपने वचन का पूर्ण निर्वाह किया था। वे लोग अपने-अपने अभियान में सफल रहे थे।...और अब...पाण्डव जीवित ही नहीं, सुरक्षित हैं...तथा सफलकाम हुए हैं...

सहसा विदुर के पग थम गये : अब यह समाचार गुप्त नहीं है। सार्वजनिक रूप से प्रचारित होने में अब इसे विलम्ब नहीं होगा। तब सब लोग जान ही जायेंगे—पितृव्य भी, धृतराष्ट्र भी...तब क्या...और विदुर को लगा कि उसके मन में एक नटखट बालक आ बैठा है, जो किसी को ढेला मार कर भी प्रसन्न हो सकता है, चोट पहुँचाकर भी उल्लसित हो सकता है, किसी को तड़पते-तिलमिलाते देख, उसका मनोरंजन भी हो सकता है। उसके विवेक ने इस नटखट का वर्जन भी किया, 'यह उचित नहीं है। यह नृशंसता है।' किन्तु नटखट बालक मौन नहीं रहा। बोला, 'नृशंस को तड़पते देखकर प्रसन्न होना नृशंसता नहीं है। कितनी सात्विकता है इस मनोरंजन में! उसने तो पाण्डवों को आग में जलाया था, मैं उसे बातों से भी न जलाऊँ?'

विदुर का रथ राजप्रासाद की ओर मुड़ गया : पितृव्य के पास बाद में भी जाया जा सकता है। सबसे पहले यह समाचार महाराज धृतराष्ट्र को मिलना चाहिए।

धृतराष्ट्र न सिंहासन-कक्ष में मिला, न शयन-कक्ष में; वह संगीत-कक्ष में संगीत-पान कर रहा था। विदुर को उसने भीतर बुला लिया, "आओ विदुर!" उसने अपनी हथेली उठा कर संकेत किया। संगीत थम गया। गायन रुक गया। कक्ष में शान्ति छा गयी।

विदुर ने अपने स्वर में हृदय का पूर्ण आह्लाद ढाल कर जैसे उन्माद की-सी स्थिति में कहा, "अहोभाग्य महाराज! अहोभाग्य! कुरुवंश की वृद्धि हुई है। काम्पिल्य में कुरुवंश की जयपताका गड़ी है।..."

धृतराष्ट्र ने निमिष भर अपनी अनबूझी अन्धी आँखों से विदुर को देखा; और तत्काल उसके चेहरे पर अबाध प्रसन्नता आ विराजी, "अहोभाग्य! अहोभाग्य!!"

धृतराष्ट्र को इतना प्रसन्न विदुर ने कदाचित् ही कभी देखा था। तब भी नहीं, जब पाण्डवों की मृत्यु का समाचार प्रसारित होने पर उसने दुर्योधन का युवराज्याभिषेक किया था। विदुर को लगा कि धृतराष्ट्र को इस प्रकार प्रसन्न देख कर, उसके मन में तनिक भी क्षोभ नहीं जन्मा है। विदुर पहले से भी कहीं अधिक उल्लसित था। मन हो रहा था कि ताली पीट कर अट्टहास करे : अभी

इस दम्भी को खिसिया कर अपने नखों से अपना वक्ष छीलना पड़ेगा..

"जाओ!" धृतराष्ट्र ने मुक्त कण्ठ से प्रसन्न स्वर में आदेश दिया, "द्रौपदी के लिए कुरुओं के राजकोष से अमूल्य आभूषण लाओ। मेरी पुत्रवधू वे आभूषण धारण करे, जो देवांगनाओं ने भी कभी धारण नहीं किये। कुरुवंश का सारा वैभव पांचाली पर वार दो—वह हमारी राजलक्ष्मी है, कुललक्ष्मी है..."

विदुर खड़ा-खड़ा मुस्कराता रहा; किन्तु उसका मन जैसे किसी उन्मत्त की भाँति सुख के पारावार में आनन्दलाभ कर रहा था।

"जाओ!" धृतराष्ट्र कह रहा था, "नगर-द्वार को सज्जित करो, भवनों को अलंकृत करो, नगर में दीप-मालिका करवाओ। दुर्योधन का स्वागत दिग्विजयी योद्धा के रूप में होना चाहिए।"

विदुर के मन में बैठे नटखट बालक ने जोर का अट्टहास किया और प्रसन्नता से जैसे आकाश की ओर छलाँग लगायी।...विदुर ने धृतराष्ट्र के निकट जा कर बहुत सधे हुए स्वर में इस प्रकार कहा, जैसे उन शब्दों का अत्यन्त स्वादिष्ट खाद्यान्न के रूप में आस्वादन कर रहा हो, "महाराज! पांचाली कृष्णा ने पाण्डवों का वरण किया है। स्वयंवर में पाण्डुपुत्र अर्जुन ने वीर्यशुल्का द्रौपदी को जय किया है।..."

पहले तो धृतराष्ट्र के चेहरे पर ऐसे भाव जागे, जैसे किसी ने, उसके सिर पर वज्र का प्रहार किया हो और उसकी चेतना लुप्त हो रही हो; और अगले ही क्षण लगा, जैसे वह विदुर की बात को ठीक-ठीक समझ गया हो और उसके मुख पर श्मशान की राख की ढेरियाँ लग आयी हों। विदुर उसकी आकृति को देख-देख कर मानो बूँद-बूँद कर अमृत पी रहा था। उसके भीतर का वह नटखट दुष्ट बालक इतना सक्रिय तो कभी भी नहीं था।

किन्तु धृतराष्ट्र में अवशोषण की अद्भुत क्षमता थी। उसने इस आघात को आत्मसात् कर स्वस्थ होने में कुछ ही क्षण लगाये। चेहरे की खिसियाहट को छिपाता हुआ बोला, "अहोभाग्य! अहोभाग्य! पाण्डु-पुत्रों और मेरे पुत्रों में अन्तर ही क्या है! वे भी तो पुत्र-तुल्य ही हैं। उनका अभ्युदय भी तो कुरु-कुल का ही अभ्युदय है। अहोभाग्य...!"

धृतराष्ट्र का स्वर अत्यन्त खोखला था, रिक्त पात्र के समान, जो जितनी अधिक ध्वनि करता है, उतनी ही अपनी रिक्ति प्रमाणित करता है। उसके फैले अधरों और चमकते दाँतों के मुखौटे के पीछे उसका विकराल रुदन जैसे विदुर को अपने श्रवणों में सुनायी दे रहा था।...विदुर ने उसे किशोरावस्था से ही इस प्रकार नाटक करते देखा था।

'धूर्त कहीं का!' विदुर ने मन-ही-मन कहा। वितृष्णा के मारे उसकी इच्छा

हो रही थी कि वह उठ कर चल दे; किन्तु आज उसकी आत्मा में बैठा वह चपल बालक इतना हठी हो उठा था कि उसे धृतराष्ट्र के सामने से उठा कर ले जाना कठिन हो रहा था।

"तो फिर आदेश दें महाराज, कि हस्तिनापुर के महाराज की ओर से कुरुवृद्ध काम्पिल्य जा कर पाण्डवों को ससम्मान लिवा लाएँ!" विदुर बोला, "पांचाली के लिए बहुमूल्य उपहार भेजे जायें। कुरुकुल की वधू पहली बार हस्तिनापुर आये, तो उसके मन में यह भाव न आये कि उसका स्वागत नहीं हुआ।"

"वह तो होगा ही।" धृतराष्ट्र के स्वर में इस विषय को जैसे एक ओर धकेल देने की व्याकुल त्वरा थी, "तुम यह बताओ विदुर, कि तुम्हें यह समाचार कहाँ से मिला?"

धृतराष्ट्र के मन के भाव उसके चेहरे पर से पढ़ने के प्रयास में विदुर की आँखें सिकुड़ गयीं और दृष्टि केन्द्रित हो गयी; किन्तु धृतराष्ट्र का चेहरा उतना ही भाव-शून्य था, जितनी उसकी आँखें! उसके मन की बात जान लेना कठिन था; किन्तु उसके मन में संदेह तो उत्पन्न हुआ ही था।...कैसा संदेह? समाचार की सत्यता के विषय में अथवा विदुर के सम्बन्ध तथा उसकी सक्रियता को लेकर?...

"यह तो सार्वजनिक समाचार है महाराज! यह घटना काम्पिल्य में घटी, जहाँ आर्यावर्त्त और उसके बाहर के अनके राज्यों के लोग उपस्थित थे। स्वयंवर के सम्पन्न होते ही सब लोग अपने-अपने स्थान की ओर चल पड़े हैं। उनके साथ-साथ यह समाचार भी प्रसारित हो रहा है। गंगा के घाटों पर कोई भी यह समाचार सुन सकता है। व्यापारियों के सार्थ के सार्थ काम्पिल्य से विक्रय सामग्री से अधिक तो समाचार ही लाये हैं।" विदुर की मुद्रा बदली, "किन्तु हमारे राजकुमार नहीं लौटे महाराज! उन्हें कहाँ विलम्ब हो रहा है?"

धृतराष्ट्र मन-ही-मन कल्पना कर रहा था कि दुर्योधन ने जब काम्पिल्य में पाण्डवों को देखा होगा तो उसे कैसा लगा होगा। किन्तु पाण्डव जीवित कैसे बच गये? पुरोचन ने किस प्रकार आग लगायी कि वह स्वयं तो भस्म हो गया और जिन्हें भस्म करना था, वे बच कर जीवित निकल गये!...और सहसा उसके मन में एक संशय जागा : कहीं ऐसा तो नहीं कि पाण्डवों को दुर्योधन के षड्यन्त्र की भनक मिल गयी हो और उन्होंने स्वयं ही लाक्षागृह में आग लगा कर पुरोचन को उसमें झोंक दिया हो?...

धृतराष्ट्र को लगा, भय से उसका शरीर थर-थर काँप रहा है।...यदि सचमुच कुछ ऐसा ही हुआ है, तो पाण्डव संतुष्ट हो कर वहीं बैठे नहीं रहेंगे। वे हस्तिनापुर भी आयेंगे।...और यदि उन्होंने अपनी प्रतिहिंसा में राजप्रासाद

को ही अग्निसात् कर दिया? धृतराष्ट्र और उसके पुत्रों को उठा कर जीवित अग्नि में झोंक दिया तो?...

धृतराष्ट्र को अपना चीत्कार कण्ठ में दबाये रखने के लिए भी प्रयत्न करना पड़ा।

"महाराज! दुर्योधन भी तो काम्पिल्य में ही है। उसे भी ज्ञात हो गया होगा कि उसके भाई जीवित हैं। क्या उसके लिए यह उचित नहीं कि वह वहीं हस्तिनापुर की ओर से उनका स्वागत करे और उन्हें ससम्मान यहाँ ले आये?"

धृतराष्ट्र को लगा, जैसे विदुर जान-बूझ कर ही उसके हृदय को अपने वचन-बाणों से खुरच रहा है। क्या वह जानता है कि पाण्डवों के वध के प्रयत्न में वह भी सम्मिलित था?

"हाँ! उचित तो यही है।" धृतराष्ट्र बोला, "कदाचित् उन्हें साथ लाने के लिए ही वे लोग वहाँ रुक गये हैं। इस विवाह में भी तो उन्हें सम्मिलित होना होगा। भाइयों का विवाह है। पांचाल अब तो हमारे समधी बन गये।" धृतराष्ट्र उठ खड़ा हुआ, "अच्छा! मैं विश्राम के लिए जा रहा हूँ।"

"तो महाराज! पाण्डवों को लिवा लाने के लिए काम्पिल्य कौन जायेगा? नगर में उनके स्वागत की तैयारियाँ कौन करेगा?" विदुर कुछ धृष्ट हो कर बोला, "यह तो उचित नहीं है कि अपना घर होते हुए, पाण्डव काम्पिल्य में समधियों के घर पड़े रहें; और न ही यह ही शोभनीय है कि वे काम्पिल्य से आ जायें और यहाँ उनके स्वागत के लिए हस्तिनापुर प्रस्तुत न हो।"

धृतराष्ट्र अपनी खीझ रोक नहीं पाया, "तो तुम स्वयं यहाँ उनके स्वागत की तैयारियाँ करवाकर उनको लिवा लाने के लिए चले जाओ।"

"मैं अकेला क्या-क्या करूँगा महाराज?" विदुर के स्वर में असहायता का भाव तनिक भी नहीं था।

"अकेले क्यों? अपने लिए कुछ सहायक चुन लो!" धृतराष्ट्र ने स्वयं को कुछ-कुछ सँभाल लिया था, "अच्छा! अब मुझे जाने दो।"

धृतराष्ट्र की चिन्ता का कोई अन्त नहीं था।

यह सब क्या हो गया? कहाँ उसने सोचा था कि पाण्डव अब जीवित नहीं हैं। उससे राज्य-सत्ता माँगने का कोई अधिकारी ही नहीं है। दुर्योधन युवराज बन ही चुका था। उसके प्रति पितृव्य का विरोध भी शान्त हो चुका था। वे विरोध करते भी तो किस आधार पर? पाण्डु और उसके पुत्रों के जीवित न रहने पर, राज्य पर अधिकार और था ही किसका? विदुर भी उसे अपने अनुकूल होता दिखायी दिया था। द्रोणाचार्य को अश्वत्थामा और दुर्योधन की मैत्री ने ही, दुर्योधन

के निकट ला दिया था; और युवराज बनते ही युधिष्ठिर ने द्रुपद-सम्बन्धी उनकी नीति का विरोध कर, उनको दुर्योधन के पक्ष में बलात् धकेल दिया था। अहिछत्र के राज्य का लोभ भी कम नहीं था द्रोणाचार्य के लिए। अर्जुन के प्रति उनका स्नेह तभी तक था, जब तक उनका प्रतिशोध लेने के लिए, वह एक उपकरण था। उस घटना के पश्चात् से तो शायद वह द्रोणाचार्य को अपना प्रतिद्वन्द्वी ही दिखायी देने लगा था। पाण्डवों के वारणावत चले जाने से हस्तिनापुर में जैसे सब कुछ शान्त-सा हो गया था।...

और अब ये प्रेत-से जाने कहाँ से उठकर चले आये! उनके जीवित बचने का रहस्य क्या था? और जीवित बचने के पश्चात् वे प्रकट रूप से लौटकर हस्तिनापुर क्यों नही आये? वे कहाँ छिपे रहे? क्यों छिपे रहे? क्या उन्हें संदेह है कि वारणावत में उनके वध का प्रयत्न किया गया था? यदि यह संदेह है तो क्या उन्होंने यह भी सोचा है कि यह प्रयत्न किसकी ओर से हुआ है? क्या उन्हें इसका आभास है?

"महाराज की जय हो!" द्वारपाल ने कक्ष में प्रवेश कर कहा, "युवराज दुर्योधन पधारे हैं।"

"दुर्योधन!" पलंग पर लेटा धृतराष्ट्र उठकर बैठ गया, "युवराज को सम्मान सहित लाओ और आसन दो। उनके भोजन का भी प्रबन्ध करो। वे यात्रा से आये हैं। उन्हें भोजन और विश्राम की आवश्यकता होगी।"

"जो आज्ञा!" द्वारपाल चला गया।

दुर्योधन ने कक्ष में प्रवेश किया, "कुन्ती के पुत्र जीवित हैं पिताजी!"

धृतराष्ट्र इस ओर से असावधान नहीं था कि दुर्योधन ने अपनी व्यग्रता में पिता को प्रणाम तक नहीं किया था। उसने पाण्डवों को अपना भाई तो कभी नहीं समझा था; किन्तु अब वह उन्हें पाण्डव भी नहीं कहता था, मात्र 'कुन्ती के पुत्र!'

"मुझे मालूम है पुत्र!" वह बोला, "मुझे स्वयंवर के अन्य समाचार भी मिल चुके हैं।"

"किसने बताया आपको?"

"विदुर ने।"

"ओह, विदुर!" दुर्योधन ने अपने दाँत पीसे, "उसे सब कुछ ज्ञात रहता है। लगता है कि उस अकेले के गुप्तचर, सम्पूर्ण कुरु-साम्राज्य की गुप्तचर व्यवस्था से अधिक समर्थ हैं।"

"अब करना क्या है?" धृतराष्ट्र का स्वर, ताड़ना की सीमा तक शुष्क था।

"वारणावत में यदि वे जीवित बच गये हैं तो अब उनकी प्रत्यथ हत्या करनी होगी पिताजी!" दुर्योधन बोला, "आप चाहें तो किसी को काम्पिल्य भेजकर उनकी हत्या करवायी जाये। यह सम्भव न हो तो सेना सज्जित कर, काम्पिल्य पर आक्रमण किया जाये। यदि आपको यह भी कठिन लगता है तो फि कुरु-साम्राज्य की सीमा-चौकियों को आदेश भिजवाइए कि कुन्ती के पुत्रों को देखते ही उनका वध कर दिया जाये। हस्तिनापुर की रक्षा-व्यवस्था ऐसी कर दी जाये कि नगर में प्रवेश करते ही उनका वध हो जाये।"

"वे मेरे भाई के पुत्र हैं। वे मुझे अपने पुत्रों के समान प्रिय हैं। मैं उनकी हत्या का आदेश कैसे दे सकता हूँ!" धृतराष्ट्र बोला, "यह दूसरी बात है कि हस्तिनापुर में आने के पश्चात् उनके भवन में फिर किन्हीं अज्ञात कारणों से आग लग जाये; अथवा उनका कोई गुप्त शत्रु, उनको विष दे दे।"

"पिताजी!" दुर्योधन आवेश में बोला; किन्तु दूसरे ही क्षण पिता का संकेत समझकर धीमे स्वर में बोला, "मैं आपकी योजना का महत्व भी समझता हूँ और उसकी श्रेष्ठता का भी। किन्तु पिताजी! अब मैं और प्रतीक्षा नहीं कर सकता। हस्तिनापुर में उनके प्रवेश करते ही परिस्थितियाँ वे नहीं रहेंगी, जो हम चाहते हैं। तत्काल युधिष्ठिर को युवराज बनाये जाने की माँग की जायेगी। उसके भाई भी किन्हीं महत्वपूर्ण पदों पर आधिपत्य स्थापित कर लेंगे। मंत्रियों में उनके प्रति सहानुभूति जागेगी, प्रजा में प्रेम। सेना और सेनाधिकारी उनके अधिकारों को स्वीकार करेंगे। नहीं पिताजी! मैं अब प्रतीक्षा नहीं कर सकता। उनका तत्काल वध होना चाहिए; और इस बार उनके शव पहचाने जाने चाहिए।"

"मैं राजसभा को क्या उत्तर दूँगा?"

"राजसभा में किसी को उत्तर माँगने का अधिकार ही क्या है?" दुर्योधन बोला, "क्या राजा की इच्छा सर्वोपरि नहीं है?"

"नहीं! यद्यपि प्रत्येक राजा चाहता यही है; किन्तु राजा की इच्छा, शासन का सर्वोपरि तर्क नहीं है। कुरुकुल के राजा अपने मंत्रियों, जन-प्रतिनिधियों तथा कुल-वृद्धों की सहायता और उनकी समवेत प्रज्ञा से शासन किया करते थे। मैं वह नहीं करता, किन्तु उसका नाटक अब भी करता हूँ।"

"इस नाटक की अब कोई आवश्यकता नहीं है पिताजी!" दुर्योधन बोला, "आप स्पष्ट और प्रत्यक्ष रूप में क्यों नहीं कह सकते कि आप कुरु-साम्राज्य के सम्राट हैं; और मैं युवराज? कुन्ती के पुत्र हमारे शत्रु हैं, क्योंकि वे हमसे यह राज्य छीनना चाहते हैं। ऐसे में क्या हमारा यह अधिकार नहीं बनता कि हम अपने शत्रुओं का वध कर दें?"

"स्थिति इतनी सरल नहीं है पुत्र, जितनी तुम समझते हो।" धृतराष्ट्र धीरे

से बोला, "मैं पाण्डु के स्थान पर उसकी अनुपस्थिति में राजा बना; और तुम युवराज इसलिए बनाये गये, क्योंकि यह मान लिया गया था कि पाण्डव अब जीवित नहीं हैं। अब, जबकि पाण्डव जीवित हैं, सभा में यह प्रश्न उठेगा कि शासन का वास्तविक अधिकार किसका है?"

"इसीलिए तो कहता हूँ कि इस बार सभासदों को बता दिया जाये कि वे मात्र सभासद हैं—राजा नहीं। और सभासद भी वे राजा की कृपा से हैं। हमें न उनसे भयभीत होना है, न उनके प्रति उत्तरदायी रहना है। हमें सर्वाधिकारसम्पन्न, पूर्णतः स्वतन्त्र राजा बनना है, जिसे स्वेच्छा से कोई भी निर्णय लेने की पूर्ण स्वतन्त्रता हो; और उसकी सभा का कार्य, मात्र राजा का अनुमोदन करना ही हो।

"तो दुर्योधन! वह जरासंध अथवा कंस की सभा हो सकती है। कौरवों की सभा वह कैसे हो सकती है? हमें सभा की मर्यादा बनाये रखने के लिए कुछ तो आडम्बर करना ही होगा।"

"बहुत हो चुका यह सब!" दुर्योधन के स्वर में आवेश था, "मैं अब यह सब नहीं चलने दूँगा। दुर्योधन हाथ में आये अधिकार, धन-सम्पत्ति, राज्य और सेना को—इस सुविधा से नहीं छोड़ देगा। मेरे मार्ग में आने वाले प्रत्येक व्यक्ति को उसका मूल्य चुकाना होगा। आप सभा बुला लें। मैं देखता हूँ, कौन क्या कहता है।...और पिताजी!" उसने रुक कर पिता पर एक कठोर दृष्टि डाली, "मैं आपसे स्पष्ट कह रहा हूँ कि अब न मैं अपनी इच्छाओं का दमन करूँगा और न उन्हें गुप्त रखने का प्रयत्न करूँगा। आपकी सारी सभा जान ले कि मैं क्या चाहता हूँ; और यह भी कि मैं अपनी आकांक्षा की वस्तु पाने के लिए कोई भी उपाय उठा न रखूँगा।"

दुर्योधन चला गया। धृतराष्ट्र जानता था कि दुर्योधन की क्या इच्छा है। उसकी अपनी इच्छा भी दुर्योधन से तनिक भी भिन्न नहीं थी; किन्तु धृतराष्ट्र को लग रहा था कि शकुनि के साथ रह कर भी दुर्योधन ने तनिक-सी भी राजनीति नहीं सीखी थी।...राजा के लिए आवश्यक था कि उसका प्रत्येक कृत्य, आदेश, संकल्प और सिद्धान्त न्यायसंगत प्रतीत हो। उसकी स्वेच्छा और स्वार्थ की कहीं हल्की-सी छाया का भी आभास न हो। वह धर्म, न्याय तथा औचित्य की साक्षात् प्रतिमा ही दिखायी पड़े। तभी तो जन-सामान्य, सैनिकों और बुद्धि जीवियों का समर्थन उसे प्राप्त होता है। अपनी यही छवि बनाये रखने के लिए वह इन सभाओं, मंत्रि-परिषदों, ऋषियों-मुनियों की गोष्ठियों इत्यादि का आयोजन करता रहता है।...किन्तु दुर्योधन कदाचित् नये युग का राजनीतिज्ञ

है। उसकी राजनीति मात्र लोभ और भय पर चलती है। किन्तु शायद वह नहीं जानता कि ये दोनों तत्व मात्र निकृष्ट और सामान्य प्रकृति के लोगों के उपकरण हैं। सात्विक और श्रेष्ठजन इन दोनों से ही प्रभावित नहीं होते। 'लोभ' और 'भय' को उनका समर्थन नहीं मिलता। सात्विक लोग उसके निकट भी नहीं फटकते। ऐसे में राजनीति निर्वस्त्र हो जाती है, सर्वथा नग्न! उसकी रीढ़ के रूप में समाज का बहुमत नहीं होता; दुर्वृत्तों का एक संगठन होता है और देश में मात्र दमन-चक्र और शोषण की चक्की चलती है। उससे राजा शांत चित्त से राजसी भोगों को भोग भी तो नहीं पाता। यदि स्वर्णाभूषण शरीर पर धारण कर हम सुखी न हो सकें और सदा दस्युओं के भय से रक्त सूखता रहे तो उस स्वर्ण से क्या लाभ?...दुर्योधन अपने हठ में कुछ सोचता नहीं है। धृतराष्ट्र उसे इस प्रकार सारे देश से अन्धी टक्कर नहीं मारने देगा। इसमें दुर्योधन का हित नहीं है। धृतराष्ट्र को सभा बुलानी ही होगी।...

सभा में सबसे पहले कर्ण बोला, "मेरा विचार है, राज्य पर किसी भी प्रकार का कोई संकट नहीं आना चाहिए—न बाह्य और न आभ्यन्तरिक! न शत्रुओं की ओर से और न मित्रों अथवा निकट सम्बन्धियों की ओर से। राज्य की सुरक्षा सर्वोपरि है—उससे अधिक महत्वपूर्ण, कोई सगा-सम्बन्धी भी नहीं होता। कई बार ऐसा होता है कि जिन्हें हम अपना शत्रु नहीं मानते, जिनसे कभी किसी हानि अथवा क्षति की अपेक्षा नहीं होती—वे ही राज्य के सबसे बड़े शत्रु प्रमाणित होते हैं। इसलिए मैं कहना चाहता हूँ कि कोई भी सम्बन्ध, पद अथवा स्थिति राज्य की सुरक्षा से अधिक प्रिय, पवित्र अथवा महत्वपूर्ण नहीं है। जिस किसी के कारण राज्य की सुरक्षा और दृढ़ता पर संकट आये, वह हमारा शत्रु है।" भूमिका के पश्चात् क्षण-भर रुक कर उसने बारी-बारी धृतराष्ट्र, भीष्म, द्रोण, विदुर और दुर्योधन पर दृष्टि डाली, "आज हम ऐसे ही एक द्वन्द्व में आ फँसे हैं। कुरुओं का शासन सुचारु रूप से चल रहा है। प्रजा प्रसन्न और सम्पन्न है। हमारे शत्रु हमसे भयभीत हैं। न कोई आन्तरिक शत्रु है, न बाह्य। किन्तु ऐसे में हमें सूचना मिलती है कि स्वर्गीय सम्राट् पाण्डु के पुत्र जीवित हैं। उन्होंने पांचालराज द्रुपद से सम्बन्ध स्थापित कर लिया है और उनके अनेक बलशाली मित्र हैं। वे हस्तिनापुर की ओर प्रयाण करेंगे और राज्य हस्तगत करने का प्रयत्न करेंगे। इससे राज्य के भीतर और बाहर के मित्रों में द्वन्द्व उत्पन्न होगा और कुरुओं का राज्य हर प्रकार से दुर्बल होगा। इसलिए आवश्यक है कि हम अपनी सेना संगठित कर, उन पर आक्रमण कर, उनके मित्रों सहित उनको नष्ट कर दें, ताकि कुरुवंश के लिए बार-बार उठने वाला

यह संकट पूर्णतः समाप्त हो जाये।"

"क्या हम सैनिक रूप से इतने समर्थ हैं कि आक्रमण कर, पाण्डवों और उनके मित्रों को पूर्णतः नष्ट कर दें?" धृतराष्ट्र ने पूछा।

सहसा विदुर तमक कर खड़ा हो गया, "महाराज! आप यह प्रश्न तब पूछें, जब राजसभा यह निर्णय ले कि पाण्डव हमारे शत्रु हैं और हमें उनका वध करना है।"

"तुम क्या कहते हो विदुर?" धृतराष्ट्र का स्वर शांत था।

विदुर स्वयं को शांत रखने का प्रयत्न कर रहा था, फिर भी उसका आक्रोश जैसे कोई अंकुश नहीं मान रहा था। बोला, "शत्रु और मित्र को पहचानना सबके वश का नहीं है महाराज! विशेष कर जब द्वेष और प्रतिहिंसा के धुएँ से व्यक्ति के विवेक का दम घुट चुका हो। मेरा विचार है कि यह हम सबको विदित है कि युधिष्ठिर हमारा युवराज है और हस्तिनापुर के सिंहासन का वास्तविक अधिकारी है। वह न हमारा शत्रु है, न कुरुओं के राज्य का। वह कुरुओं के राज्य का स्वामी है। स्वामी स्वयं अपने ही राज्य का शत्रु कैसे हो सकता है! उचित यही है कि हम धर्म के मार्ग पर चलें और राज्य के वास्तविक अधिकारी को पहचानें। पाण्डवों का स्वागत करें और युधिष्ठिर का राजा अथवा युवराज के रूप में अभिषेक करें। युधिष्ठिर के शत्रुओं को कौरवों का शत्रु मानें और कर्ण जैसे प्रच्छन्न शत्रु का कौरवों की राजसभा में आने का निषेध करें।..."

"मैं यह अनर्गल प्रलाप और नहीं सुन सकता।" दुर्योधन उठ कर खड़ा हो गया, "हस्तिनापुर की राजनीति का प्रथम सत्य यह है कि कुरुश्रेष्ठ महाराज धृतराष्ट्र हस्तिनापुर के राजा हैं और मैं यहाँ का युवराज! हमारा यह अधिकार हमसे कोई नहीं छीन सकता।"

"हस्तिनापुर पर तुम्हारा आधिपत्य अवश्य है; किन्तु उस पर तुम्हारा अधिकार भी है—यह तो किसी ने कभी स्वीकार नहीं किया।" भीष्म बोले।

"तो पितामह भी सुनें।" दुर्योधन उच्च स्वर में बोला, "मैं अब अपने मनोभावों को गुप्त रखना नहीं चाहता। आप मेरा अधिकार मानते हैं या नहीं—किन्तु मैं युवराज हूँ; और अपना यह अधिकार मैं कभी नहीं छोड़ूँगा। युधिष्ठिर और मैं—हस्तिनापुर के दो युवराज नहीं हो सकते; इसलिए हस्तिनापुर में मैं और युधिष्ठिर—दोनों इकट्ठे रह भी नहीं सकते। वह यदि यहाँ आने का प्रयत्न करेगा, तो मैं अपने पूरे सामर्थ्य से उसे रोकूँगा। बहुत सम्भव है कि उसके और मेरे समर्थकों में युद्ध हो। हस्तिनापुर की गली-गली में रक्तपात हो...।"

भीष्म ने क्रोध से एक बार सिर उठा कर दुर्योधन को देखा; किन्तु कुछ सोचकर चुप रह गये और सिर झुका लिया।

"आप क्या कहते हैं आचार्य?" धृतराष्ट्र ने पूछा।

आचार्य कुछ देर मौन बैठे जैसे विचारों का संग्रह करते रहे; फिर बोले, "हस्तिनापुर के सिंहासन पर दुर्योधन का अधिकार है या नहीं—इसमें दो मत हो सकते हैं; किन्तु युधिष्ठिर के अधिकार को ले कर कोई द्वन्द्व नहीं हो सकता। इसलिए युधिष्ठिर और उसके भाइयों के हस्तिनापुर आने पर न तो उन्हें नगर में प्रवेश करने से बलात् रोकना न्यायसंगत है; और न ही उसे राज्याधिकार से वंचित करना धर्म-सम्मत है। किन्तु, इस समय हस्तिनापुर पर आधिपत्य महाराज धृतराष्ट्र और युवराज दुर्योधन का है। वे स्वेच्छा से राज्य छोड़ना नहीं चाहते। इस प्रकार यदि दोनों पक्ष हठ पर अड़े रहे तो रक्तपात अवश्यम्भावी है। इस रक्तपात और गृहकलह से मुक्ति पाने का मेरे विचार में एक ही उपाय है...।"

"वह क्या आचार्य?" धृतराष्ट्र ने व्यग्रता से पूछा।

"कौरवों के राज्य को दो भागों में बाँट दिया जाये।" द्रोण बोले, "युधिष्ठिर और दुर्योधन—दोनों को राज्य मिल जाये। दोनों अपने-अपने नगरों में संतुष्ट होकर, एक-दूसरे से दूर रहें। मेरा विचार है कि ये दोनों एक साथ एक नगर में रह नहीं पायेंगे; और बिना राज्य पाये कोई भी इस नगर को छोड़ कर क्यों जायेगा!"

"यह तो बहुत अच्छा न्याय है आचार्य!" विदुर के स्वर में पर्याप्त कटुता थी, "स्वामी और दस्यु को आपने तुला में बराबर तौल दिया! अधिकारी और अपहरणकर्ता—दोनों धर्म की दृष्टि में समकक्ष हो गये? किसी ने बलात् किसी का राज्य, किसी की धन-सम्पत्ति छीन ली तो कलह को बचाने के लिए, वह राज्य और धन-सम्पत्ति उनमें बराबर बाँट दी जाये?"

द्रोण के मन का जैसे कोई घाव छिल गया : विदुर कहीं द्रोण द्वारा द्रुपद से आधा पंचाल बलात् ले लेने की ओर ही तो संकेत नहीं कर रहा था? वह द्रोण को ही तो दस्यु और अपहरणकर्ता नहीं कह रहा था?...

द्रोण की भृकुटियाँ वक्र हो गयीं, "मंत्रिवर! वैसे तो आप राजनीति के आचार्य माने जानते हैं, किन्तु आप कदाचित् नहीं जानते कि राजनीति में 'अधिकार' से अधिक महत्व 'आधिपत्य' का होता है। शासन, अधिकार से नहीं, आधिपत्य से संचालित होता है! किसी का अधिकार विवादास्पद हो सकता है; किन्तु आधिपत्य स्वयं अपने-आपमें ही प्रमाण है; स्वयंसिद्ध है।"

दुर्योधन ने मुस्करा कर आचार्य की ओर देखा : आचार्य उसका पक्ष ले रहे थे। यद्यपि पूर्णतः प्रसन्न वह तभी होता, जब आचार्य स्वीकार करते कि युधिष्ठिर का हस्तिनापुर पर कोई अधिकार नहीं है। फिर भी यही बहुत था कि वे विदुर का विरोध कर रहे थे; अन्यथा यदि कहीं आचार्य तटस्थ रह जाते तो

पितामह और विदुर मिल कर अपने मन की करवा ले जाते। यद्यपि राजसभा में उसके पक्ष का समर्थन सबसे अधिक कर्ण ही करता था; किन्तु कर्ण की बात का कोई प्रभाव कभी किसी ने ग्रहण नहीं किया। जाने क्या बात थी कि इन वृद्धों में से कोई भी उसकी बात को गम्भीरता से सुनता ही नहीं था।... फिर भी उसने कर्ण की ओर देखा : कर्ण अत्यन्त लज्जित अवस्था में बैठा था; और कुछ कहने को व्यग्र प्रतीत होता था।

कर्ण ने दुर्योधन की आँखों में अपने लिए प्रोत्साहन देखा तो तत्काल उठ कर खड़ा हो गया, "जब आधिपत्य का इतना ही महत्व है, तो हम महाराज धृतराष्ट्र को राजा और राजकुमार दुर्योधन को युवराज क्यों स्वीकार नहीं कर सकते; और किसी भी शासक को यह कैसे कहा जा सकता है कि वह किसी आक्रमणकारी के लिए सिंहासन खाली कर दे? आक्रमणकारी से युद्ध होना चाहिए, उससे अपने राज्य की रक्षा की जानी चाहिए, न कि राज्य पर उसके आधे अथवा पूरे अधिकार के विषय में वाद-विवाद करना चाहिए। मेरी समझ में तो तनिक भी नहीं आता कि जिस राजा का हम अन्न खाते हैं, उसकी सेवा करने के स्थान पर, हम उससे शत्रुता क्यों निबाहते हैं..."

सामान्यतः शांत रहने वाला विदुर इस समय उग्र हो उठा था, "तुम्हारी समझ में यह बात तब आयेगी, जब तुम्हें सारथि और मंत्री का अन्तर ज्ञात हो जायेगा। राजा का अन्न खाने वाला सारथि उसकी सेवा कर, उसका हित साधता है; और मंत्री उसका विरोध करके भी उसके हितों की रक्षा करता है। मंत्री का धर्म है राजा का कल्याण; सारथि का धर्म मात्र रथ हाँकना है।"

कर्ण का चेहरा क्रोध से तमतमा आया। विदुर ने फिर उसके मर्म पर आघात किया था।

"आप क्या कहते हैं पितृव्य!" धृतराष्ट्र ने देर से मौन बैठे, भीष्म की दिशा में मुँह फेरा।

किन्तु भीष्म के कुछ कहने से पहले ही दुर्योधन उठ खड़ा हुआ, "मैं आप सबको स्पष्ट बता रहा हूँ; मैं अपना राज्य किसी के साथ नहीं बाँटूँगा। मुझे यह विभाजन स्वीकार नहीं है।"

"मुझे भी न यह विभाजन स्वीकार है, और न मैं युधिष्ठिर का अधिकार अस्वीकार करता हूँ।" पितामह उठ कर खड़े हो गये, "मैंने कौरवों के राज्य की अखण्डता की रक्षा इसलिए नहीं की थी कि अपनी आँखों के सम्मुख उसे खण्ड-खण्ड होता देखूँ! विभाजन ही करना होता, तो विभाजन युधिष्ठिर और दुर्योधन के मध्य न हो कर, मेरे और चित्रांगद के मध्य हुआ होता। और जहाँ तक आधिपत्य का प्रश्न है, मुझसे अधिक आधिपत्य कुरु-साम्राज्य पर और

किसी का नहीं रहा।..." उन्होंने रुक कर एक दृष्टि अपने श्रोताओं पर डाली, "मैंने राजा का अन्न खाया है या नहीं, कह नहीं सकता; किन्तु मैंने कुरुओं की इस भूमि से उपजा हुआ अन्न खाया है। मैं इस भूमि को खण्डों में विभाजित होते नहीं देखना चाहता; और न ही मैं उस सभा के विचार-विमर्श में सम्मिलित होना चाहता हूँ, जहाँ उस भूमि के विभाजन की चर्चा चल रही हो।"

भीष्म कक्ष के द्वार की ओर चल पड़े। किसी ने उनसे रुकने का अनुरोध नहीं किया और वे कक्ष से बाहर निकल गये।

भीष्म अपने भवन में नहीं जा सके। इतनी उद्विग्नता में दीवारों के मध्य घिर कर उनका दम घुटता। ऐसी स्थिति में तो वे माता गंगा की ही शरण में जा सकते थे। वे गंगा-तट पर बैठे हुए बड़ी देर तक लहरों को देखते रहे; उन्हें लगता था, वे लहरों को देख ही नहीं रहे, मात्र अपने अस्तित्व से ही वे, अपने मन की व्यथा, गंगा माता के सम्मुख निवेदित कर रहे हैं। और जब कोई लहर आ कर, उनके शरीर का स्पर्श कर जाती थी, तो जैसे माँ स्वयं अपने हाथों उन्हें दुलरा जाती थीं।...ऐसा पहली बार ही तो नहीं हुआ था। अपनी उद्विग्नता के क्षणों में वे हर बार इसी प्रक्रिया में से हो कर गुज़रे हैं। उनके और माता गंगा के मध्य शब्द कभी भी आवश्यक नहीं रहे हैं। उनका यहाँ उपस्थित होना मात्र, पर्याप्त होता है...

किन्तु आज उन्हें लग रहा था कि उनके हृदय में जैसे वर्षों से संजोया एक कोमल और अत्यन्त सुन्दर स्वप्न किसी ने अपनी कठोर हथेलियों में दबाकर तोड़ दिया है। उस स्वप्न के छोटे-मोटे भग्न खण्ड जैसे टूटे दर्पण के समान, नुकीले और घातक हो गये हैं। उनकी नोक भीष्म के हृदय में चुभ रही है और धार उसे चीर रही है। वे असंख्य खण्ड, जैसे असंख्य निर्मम आरियों के रूप में बदल गये हैं; और निरन्तर उनके हृदय को कतर रहे हैं। उन्हें लग रहा था, उनके हृदय से बहा हुआ वह रक्त जैसे उनके शरीर से निकल-निकल कर, गंगा के जल में मिल रहा था और उसे भी लाल कर रहा था। माता गंगा को भी उनकी पीड़ा का अनुभव हो ही रहा था...

वर्षों से कौरवों ने इस साम्राज्य की रक्षा के लिए क्या इस कारण अपना रक्त बहाया था कि कुछ मूर्ख और उद्दण्ड लोग, अपने स्वार्थ के लिए, उसको खण्डों में विभाजित कर डालें? ये लोग भरत को, पुरु को, ययाति को, शान्तनु को बाँट डालेंगे। उन सब के दो-दो खण्ड कर डालेंगे। इसकी परम्पराओं और चिन्तन को खण्डित कर देंगे, इसके इतिहास के टुकड़े कर देंगे...

"इतने दुखी क्यों हो भीम!" माता गंगा ने जैसे भीगी बयार के रूप में उनके सिर पर हाथ फेरा, "यह राज्य क्या तुम्हारा था! तुमने राज्य का त्याग

किया था; किन्तु उसका मोह नहीं त्यागा। राजा तो दुखी नहीं है, जिसका राज्य बँटेगा।..."

भीष्म की दृष्टि दूर तक गंगा-जल को छूती हुई निकल गयी, "ठीक कहती हो माँ! यह राज्य मेरा नहीं है। मैंने राज्य का त्याग कर दिया था। त्याग न किया होता, तो वह सब कहाँ पाया होता माँ, जो आज मेरे पास है! राजा का तो वही होता है, जो उसके शासन के अधीन है; किन्तु प्रजा का तो सारा देश होता है। अपनत्व, शासन और आधिपत्य से तो नहीं पनपता माँ! अपने समर्पण से पनपता है। तुम मेरी हो माँ! इसलिए तो नहीं कि तुम मेरी सम्पत्ति हो। तुम मेरी हो माँ! क्योंकि मैं तुम्हारी सम्पत्ति हूँ। उसी प्रकार मैं इस देश की सम्पत्ति हूँ। मेरा और इसका सम्बन्ध भावनात्मक है माँ! मैं इसके एक कण का भी स्वामी नहीं हूँ; किन्तु इसका सारा भूगोल मेरा है, इसका सारा इतिहास मेरा है। राजा तो अपने लिए नया इतिहास लिखवा लेगा; अपने देश को काट लेगा, घेर लेगा; और प्रसन्न होगा। वह अपने लाभ और स्वार्थ की सोचेगा माँ! वह देश का हित कहाँ सोचेगा माँ?..."

गंगा में एक ऊँची लहर उठी, जैसे माँ ने भीष्म के प्रवाह को रोका हो, उसे क्षणभर थम जाने के लिए कहा हो!

भीष्म थम गये।

"तुम्हें युधिष्ठिर और दुर्योधन पर भरोसा नहीं पुत्र? क्या वे अपनी प्रजा का पालन नहीं करेंगे?"

भीष्म तत्काल कुछ नहीं बोले; फिर जैसे ग्लानि के बोझ से दबे हुए बोले, "मैं आज तुम्हारे सामने अपनी असफलता, अपनी पराजय स्वीकार करता हूँ माँ! धृतराष्ट्र और पाण्डु का भी पालन-पोषण मैंने ही किया था। युधिष्ठिर और दुर्योधन का भी! किन्तु मैं अपने प्रयास में सर्वथा असफल रहा हूँ माँ! धृतराष्ट्र, राष्ट्र को धारण नहीं कर रहा, उसे निरन्तर क्षय की ओर धकेलता रहा है और आज भी धकेल रहा है। दुर्योधन तो सर्वथा दुर्योधन ही है माँ! दुर्योधन!...युधिष्ठिर और उसके भाइयों से मैं क्या कहूँ! उन्होंने कौन-सा सुख पाया है मेरे हाथों। वे बेचारे तो जन्मे ही ऋषि कुलों में। फिर जैसे केवल शिक्षा पाने के लिए ही हस्तिनापुर आये। मैं उनका पितामह, स्वयं यहाँ नगर में बैठा रहा और उन्हें मैंने वारणावत भेज दिया—केवल इसलिए कि कुरुकुल अपनी आभ्यन्तरिक कलह से बच जाये। किन्तु मैं क्या जानता था कि वहाँ अग्निदेव उन पर ऐसा कोप करेंगे! मैं तो आज तक इस अग्निकाण्ड को भी समझ नहीं पाया माँ! यदि वह आकस्मिक अग्निकाण्ड था तो पाण्डव उससे बच कर हस्तिनापुर क्यों नहीं आये? वे वनों में क्यों भटकते फिरे? कहीं इसमें

भी इसी दुर्योधन का ही कोई षड्यन्त्र न हो माँ!..."

"यदि साम्राज्य को सुरक्षित रखना है तो किसी एक को तो वंचित करना ही होगा पुत्र!" माँ का स्वर जैसे उनके मन में आकार ग्रहण कर रहा था, "यदि साम्राज्य युधिष्ठिर को मिलेगा, तो दुर्योधन वंचित होगा...और साम्राज्य दुर्योधन को दे दो तो युधिष्ठिर वंचित होगा; किन्तु साम्राज्य अखण्ड रहेगा... क्या दोनों स्थितियाँ एक ही समान नहीं हैं पुत्र?..."

भीष्म जैसे सनाका खा गये, "साम्राज्य तो अखण्ड रहेगा माँ; किन्तु न्याय खण्डित हो जायेगा। दुर्योधन को राज्य न मिले, तो वह वंचित नहीं होगा; क्योंकि वह उसका स्वत्व ही नहीं है। किन्तु युधिष्ठिर को उसके स्वत्व से वंचित करना न्याय नहीं है माँ! मुझे पूर्ण विश्वास है कि यदि मैं उससे कहूँ कि वह राज्य त्याग कर अपने भाइयों सहित वन में चला जाये, तो वह एक क्षण के लिए भी आनाकानी नहीं करेगा।...किन्तु उनको उनकी सज्जनता का दण्ड तो नहीं मिलना चाहिए माँ! मैं उनका स्वत्व उन्हें दिलवा नहीं सकता, तो उनको वंचित करने का ही साधन क्यों बनूँ?"

"साम्राज्य को अखण्ड रखने के लिए पुत्र!"

"नहीं माँ! नहीं!" भीष्म का हृदय जैसे काँप उठा, "यह बहुत बड़ा मूल्य है। साम्राज्य की अखण्डता के लिए भी अधिक है। पशुता को सर्वाधिकार देना, उन्हें न्यान-पक्ष स्वीकार करना, उसके सम्मुख विरोध-विहीन पूर्ण आत्म-समर्पण—बहुत बड़ा मूल्य है, बहुत अधिक!"

"तो साम्राज्य का विभाजन हो जाने दो पुत्र!"

भीष्म का असमंजस न उन्हें कुछ कहने दे रहा था, न मौन ही रहने दे रहा था। धीरे से बोले, "अपने हृदय पर शिला रख कर मैं यह भी स्वीकार कर लेता माँ, यदि कहीं मुझे विश्वास होता कि उससे कलह मिट जायेगी और शान्ति हो जायेगी।"

"क्या ऐसा नहीं होगा पुत्र?"

माँ की सरलता पर भीष्म झुंझला उठे, "क्या तुम नहीं जानती हो माँ, कि ऐसे सारे विभाजन विनाश के अग्रदूत होते हैं? वे शत्रुता, द्वेष और विरोध की नींव पर खड़े राज्य-संगठन हैं। मनुष्य के शरीर का अंग कटता है, तो घाव भर जाता है; किन्तु जब कभी राज्य का कोई अंग कटता है, वह सदा ही रिसता रहता है माँ! वह शान्ति का संदेश नहीं देता, परस्पर शत्रुता को बनाये रखने का कारण बनता है। जो कभी साथ ही न थे, उनके साथ शत्रुता हो न हो; जो साथ थे और पृथक् हो गये हैं, उनमें भयंकर शत्रुता होती है माँ! ये लोग अपनी प्रजा को निरन्तर सैनिकों में परिवर्तित करते रहेंगे, उन्हें लड़ाते रहेंगे।

सीमाओं पर मनुष्य का रक्त बहेगा और प्रजा को समझाया जायेगा कि सीमा के उस पार भयंकर शत्रु बसते हैं, उनमें कोई गुण है ही नहीं। वे इस योग्य नहीं हैं कि उन्हें जीवित रहने दिया जाये। ये उनके मन में घृणा का संचार करते रहेंगे, उनमें हिंसा और शत्रुता के कीटाणुओं का अक्षय भण्डार जन्म लेता रहेगा, माँ!"

"तो फिर इसे रोको भीष्म!" माँ ने जैसे द्रवित हो कर कहा, "अन्याय से थोड़ा समझौता करना पड़े, तो भी रोको। पाण्डवों को थोड़ा दबना पड़े, तो भी रोको।..."

भीष्म जैसे हताश हो गये, "यही तो सोच रहा हूँ माँ! आज की शान्ति पाने के लिए यदि मैंने अन्याय से समझौता किया तो यह प्रक्रिया यहीं समाप्त नहीं होगी। संसार तो घटनाओं की शृंखला है माँ! परिणाम रूप में जन्मी घटना, सदा ही अगली घटना का कारण बनती है। न्याय के मूल्य पर क्रय की गयी शान्ति स्थायी नहीं होगी। अन्याय निरन्तर प्रसारित होता रहेगा और शान्ति संकुचित होती जायेगी; और भविष्य में जब कभी भी हम पुनः न्याय अथवा शान्ति पाना चाहेंगे, हमें उसे विकसित तथा प्रसरित अन्याय का सामना करना होगा, तब आज की अपेक्षा और बड़ा युद्ध करना होगा; इससे भी अधिक रक्त बहाना होगा। अन्याय से समझौता कर छोटे युद्ध को टालना, बड़े संहार की भूमिका है माँ!"

"तो अन्याय से समझौता मत करो पुत्र!" माँ का स्वर आया, "तुम असमर्थ नहीं हो, असहाय नहीं हो। सामर्थ्यवान को इतना दीन होना शोभा नहीं देता पुत्र! दुर्योधन का दमन करो। आवश्यकता होने पर खड्ग उठाओ।"

भीष्म ने अधैर्य से सिर हिलाया, "भीष्म अपने पौत्रों को शत्रुओं के समान दण्डित नहीं कर सकता।...जो किसी से नहीं हारता माँ, वह अपनी ही अगली पीढ़ी से हारता है। युवा लोग तो स्वयं को वृद्धों के अनुरूप ढालते नहीं; वृद्धों को ही युवाओं के मनोनुरूप आचरण करना पड़ता है। मैं अपनी कौटुम्बिक शान्ति के लिए स्वयं ही तो कुटुम्ब का काल नहीं बन सकता। तुमने कभी सुना माँ, कि किसी ने स्वयं अपने वंश की धारा को कुण्ठित किया हो?"

"तो क्या करोगे भीष्म?"

"नहीं जानता माँ! मैं नहीं जानता!"

लक्ष्यहीन भीष्म उठ कर, अपने पैरों को घसीटते हुए चल पड़े।

अश्वत्थामा ने द्रोण के कक्ष में प्रवेश किया, "पिताजी!"

अत्यन्त आत्मविश्वस्त ढंग से बैठे द्रोण, मन-ही-मन जैसे अपनी विजय का

रसपान कर रहे थे। पुत्र के इस प्रकार अकस्मात् आ जाने से उनके आस्वादन में बाधा पड़ी।

"क्या बात है पुत्र!" उन्होंने तटस्थ भाव से अश्वत्थामा को देखा, "बड़े उद्विग्न दिखायी पड़ रहे हो?"

"पिताजी! आपने राजसभा में कर्ण का पक्ष क्यों नहीं लिया?"

द्रोण को पुत्र का यह प्रश्न पर्याप्त अपमानजनक लगा। बोले, "कर्ण का पक्ष लेने का क्या अर्थ है पुत्र? तुम जानते हो, कर्ण के प्रति मेरे मन में कोई राग नहीं है। मेरे लिए न उसकी उद्दण्डता सह्य है, न मूर्खता! उसका पक्ष लेने का क्या अर्थ?"

अश्वत्थामा कुछ खीझता हुआ बोला, "मेरा तात्पर्य वह नहीं था पिताजी! आपने दुर्योधन के लिए हस्तिनापुर का पूर्ण राज्य क्यों नहीं माँगा? आपने कौरवों के राज्य का विभाजन क्यों माँगा? आप जानते नहीं कि दुर्योधन मेरा मित्र है? और फिर न्यायतः भी यह राज्य दुर्योधन का है!"

द्रोण कुछ नहीं बोले। चुपचाप अपने पुत्र का निरीक्षण करते रहे।

"आपके मन में कोई संशय है क्या?" अश्वत्थामा बोला, "या फिर अर्जुन के प्रति आपका प्रेम आपको दुर्योधन के पक्ष में नहीं आने देता?"

"वत्स! एक ओर तुम दुर्योधन से अपनी मैत्री की चर्चा कर रहे हो; युधिष्ठिर और दुर्योधन के पक्षों की बात कर रहे हो और दूसरी ओर न्याय की बात कर रहे हो। कहीं पक्षपात और न्याय भी साथ-साथ हुए हैं?"

अश्वत्थामा को आश्चर्य हुआ। बोला, "तो आप यह नहीं मानते कि हस्तिनापुर का राज्य न्यायतः दुर्योधन का है?"

"नहीं!" द्रोण बोले, "हस्तिनापुर पर दुर्योधन उसी प्रकार अधिकार प्राप्त करने का प्रयत्न कर रहा है, जिस प्रकार मैंने अहिछत्र पर पाया है।"

"तो अहिछत्र पर न्यायतः आपका अधिकार नहीं है?"

"नहीं! मैंने द्रुपद को दण्डित करने के लिए उससे वह राज्य छीना है। छीनना न्याय नहीं होता पुत्र!"

"तो फिर आप युधिष्ठिर के लिए ही सम्पूर्ण कुरु-साम्राज्य माँग लेते। आपने विभाजन की बात ही क्यों की?" अश्वत्थामा रोष से बोला, "आप एक पक्ष में तो हो जाते। ऐसे तो न दुर्योधन आपको अपना मित्र मानेगा, न युधिष्ठिर! आप कहीं के भी नहीं रहेंगे।"

द्रोण कुछ नहीं बोले। थोड़ी देर बैठे अश्वत्थामा को देखते रहे और फिर उठ कर खड़े हो गये। वे अपने स्थान पर खड़े भी नहीं रह सके। सिर झुका कर, पीठ पीछे अपने दोनों हाथ बाँधे कक्ष की एक दीवार से दूसरी दीवार तक टहलते रहे।

"क्या बात है पिताजी!" अश्वत्थामा का क्रोध कुछ कम हुआ, "आप कुछ चिन्तित लगते हैं।"

"चिन्तित! नहीं, चिन्तित नहीं हूँ।" द्रोण सायास मुस्कराए, "मैं तो मात्र तुम्हारे कहने पर अपनी दशा पर विचार कर रहा था। वैसे मैं, अपनी स्थिति से पूर्णतः अवगत भी हूँ और कहीं उससे संतुष्ट भी हूँ।"

अश्वत्थामा का आवेश विलीन हो गया। उसमें थोड़ी स्थिरता भी आयी, "क्या बात है पिताजी?"

"बात यह है पुत्र, कि जहाँ मैं हूँ, वहाँ मुझे युधिष्ठिर और दुर्योधन के विषय में ही नहीं, अपनी अवस्था के विषय में भी सोचना पड़ता है। मैंने अपने-आपको बहुत सारे बन्धनों से बाँध लिया है; और वे बन्धन ऐसे हैं कि मैं इच्छा होने पर भी उनसे मुक्त नहीं हो सकता।"

"कौन-से बन्धन?" अश्वत्थामा को आश्चर्य हो रहा था कि इतने निकट होते हुए भी वह अपने पिता को इतना कम पहचाना है।

"द्रुपद मेरा मित्र नहीं था, किन्तु हितैषी तो था। उसे मित्र बनाने के प्रयास की असफलता की प्रतिक्रिया में मैंने उसे स्वेच्छा से अपना शत्रु बना लिया। अब यदि मैं चाहूँ भी तो मैं न उसका सम्मान लौटा सकता हूँ और न उसका राज्य। उसकी और मेरी शत्रुता कभी समाप्त नहीं हो सकती।..."

अश्वत्थामा ने कुछ विचित्र दृष्टि से द्रोण को देखा : यह क्या हो रहा है पिताजी को! दुर्योधन और युधिष्ठिर के बीच, यह द्रुपद कहाँ से आ गया?

"अब पाण्डवों की स्वामिनी है द्रुपद-पुत्री पांचाली कृष्णा! द्रौपदी के अधिकार-क्षेत्र में अब न मेरा स्वागत हो सकता है, न सत्कार और न सम्मान!" द्रोण बोले, "इसका अर्थ यह है कि यदि मैं न्याय करने बैठता और न्यायतः हस्तिनापुर का सम्पूर्ण राज्य युधिष्ठिर के लिए माँगता, तो यह सारा कुरु-साम्राज्य मेरे लिए निषिद्ध-क्षेत्र हो जाता। मैं अपने मुख से अपने लिए यह निष्कासन क्यों माँगता पुत्र?"

अश्वत्थामा गम्भीर ही नहीं, कुछ चिन्तित भी हो गया था, "तो आप समझते हैं कि यदि आपके प्रस्ताव के अनुसार कुरु-साम्राज्य विभाजित हुआ तो इच्छा होने पर भी आप पाण्डवों के पक्ष में नही जा सकते? आप पाण्डवों के राज्य से सदा निष्कासित ही रहेंगे?"

"हाँ, पुत्र! यदि यह विभाजन हुआ तो हमें दुर्योधन के साथ ही रहना पड़ेगा। अर्जुन के प्रति मेरे मन में कितना भी ममत्व क्यों न हो, अर्जुन के मन में मेरे प्रति कितना भी आदर-सम्मान और पूज्य भाव क्यों न हो, मैं अर्जुन के साथ नहीं रह सकता, क्योंकि अर्जुन के साथ द्रौपदी रहेगी।"

"किन्तु गृहस्वामी तो अर्जुन है।..."

"भ्रम है!" द्रोण बोले, "पुरुष बाहर का स्वामी हो तो हो, घर की स्वामिनी तो स्त्री ही हो सकती है। जिस आगन्तुक का स्वागत स्त्री न करे, उसका सत्कार उस घर में नहीं हो सकता।"

"यदि द्रौपदी को यह समझाया जा सके कि आपकी दुर्भावना मात्र उसके पिता के लिए थी, उसके पति के लिए नहीं, तो?" अश्वत्थामा बोला, "और फिर पिछली बातें भुलाई भी तो जा सकती हैं। कई बार नये सम्बन्ध बनते हैं पिताजी!"

"तुम निरे बालक ही रह गये अश्वत्थामा!" द्रोण हँसे, "युधिष्ठिर ने युवराज बनने पर जब द्रुपद पर किये गये आक्रमण को अन्यायपूर्ण ठहराया था, उसी दिन मैंने मान लिया था कि नीति की दृष्टि से मैं और युधिष्ठिर एकमत नहीं हो सकते। युधिष्ठिर की नीति को देखकर, मेरे मन में कहीं एक गहरा भय समा गया था पुत्र!...यदि उसे पूर्णाधिकार मिल गया तो वह अहिछत्र का शासन मुझसे छीन भी सकता था, द्रुपद को लौटा भी सकता था।...मैं बहुत दिनों तक सर्वथा वंचित रहा हूँ पुत्र! मैंने जो पाया है, बहुत मूल्य देकर पाया है। मेरे मन में कुछ छिन जाने, खो जाने, नष्ट हो जाने का एक स्थायी भाव समाया हुआ है। मैं ऐसा संकट नहीं मोल ले सकता था।...अतः मैंने स्वयं को पाण्डवों से पृथक् कर लिया था। तभी धृतराष्ट्र पाण्डवों को वारणावत भेज सका और वहाँ उनकी हत्या का प्रयत्न किया गया।...तुम समझते हो कि अर्जुन और भीम इस बात को भूल गये होंगे? क्या वे यह नहीं मानेंगे कि उनकी हत्या के प्रयत्न में कहीं थोड़ी-सी सहमति मेरी भी थी?"

"तो फिर आपने दुर्योधन के लिए ही पूरा राज्य क्यों नहीं माँगा? जब पूर्ण न्याय नहीं हो सकता था, तो पूर्ण स्वार्थ ही साधा होता।" अश्वत्थामा का आवेश पुनः जागा, "पाण्डवों का वध करवा दिया जाता अथवा उन्हें राज्य से निष्कासित कर दिया जाता। रहते वे वनों में। चाहे कंद-मूल खाकर तपस्या करते, चाहे आखेट कर अपना पालन करते।"

द्रोण फिर हँसे, एक कड़वी हँसी, "तुमने रंगशाला में अर्जुन का कौशल देखा था। वे वारणावत में हत्या के प्रयत्न को निष्फल कर सकुशल निकल गये। हिडिम्ब और बकासुर को भीम ने मारा। अर्जुन ने वीर्यशुल्का द्रौपदी जीती। अर्जुन और भीम ने मिलकर, आर्यावर्त्त के सारे राजाओं को पीटकर जीवित छोड़ दिया। उनसे पराजित होने वालों में तुम्हरा वीरवार कर्ण भी था और दुर्योधन तो उससे लड़ने का साहस ही नहीं कर पाया।...अब तुम कर सकते हो पाण्डवों का वध?"

अश्वत्थामा पिता को देखता रहा : कुछ बोला नहीं!

"अब द्रुपद, धृष्टद्युम्न और शिखण्डी उनके साथ हैं। कृष्ण, बलराम और सात्यकि उनके पक्ष में हैं। पांचाल और यादव सेनाएँ उनकी सहायता के लिए तैयार खड़ी हैं।" द्रोण ने अपने पुत्र की ओर देखा, "अब रोक सकोगे तुम उनको? कर लोगे उनका वध?"

"तो अधिक-से-अधिक युद्ध ही तो होता। उसमें दुर्योधन विजयी भी तो हो सकता है।" अश्वत्थामा बोला।

"और पराजित भी हो सकता है।" द्रोण बोले, "इसलिए मैंने साम्राज्य का विभाजन चाहा है, ताकि पाण्डव अपना राज्य लेकर संतुष्ट हो जायें। युद्ध न हो। दुर्योधन की पराजय की कोई संभावना ही न रहे।" द्रोण बोले, "मैंने पाण्डवों का राज्य इसलिए नहीं माँगा कि मैं पाण्डवों को सुख और ऐश्वर्य दिलाना चाहता हूँ। वह दुर्योधन की सुरक्षा के लिए ही माँगा था। पाण्डवों को आधा राज्य भी मिल जाये तो वे रक्तपात नहीं करेंगे। युधिष्ठिर अनृशंसता को अपनी नीति मानता है। और पुत्र...।" द्रोण चुप हो गये।

"और क्या पिताजी?"

"दुर्योधन के लिए भी कोई-न-कोई संकट बना ही रहना चाहिए।" द्रोण बोले, "उसकी पूर्ण सुरक्षा का प्रबन्ध हो गया, तो उसे हमारी आश्यकता ही नहीं रहेगी।"

अश्वत्थामा ने चौंककर पिता को देखा : यह वे पिता तो नहीं थे, जिन्हें वह आज तक पहचानता था—वे सीधे और सरल पिता, जिन्हें इस बात का उपालम्भ दिया जा सकता था कि वे जीवन के आरोह-अवरोह को नहीं समझते; जो अपने स्वार्थ को नहीं पहचानते; कदाचित् अश्वत्थामा ने उन्हें आज तक पिता और गुरु के रूप में ही देखा था : वह पिता और गुरु, जो मुक्त हस्त दान करता है। वह अपना सब कुछ लुटाता है और किसी से कुछ नहीं माँगता।...किन्तु यह व्यक्ति जो आज उसके सामने खड़ा था, वह तो जीवन का गणित बहुत भली प्रकार समझ चुका था। वह जीवन का मात्र जोड़ और घटाव ही नहीं जानता था, वह तो गुणा और भाग भी कर सकता था। किसने बना दिया, उसके पिता को ऐसा...

अश्वत्थामा समझ नहीं पा रहा था कि वह पिता के इस रूप से प्रसन्न था या नहीं।...वह पिता के दाता रूप से प्रसन्न था या गणितज्ञ रूप से...

वैसे कुछ-कुछ गणितज्ञ तो पिता हस्तिनापुर में आते ही हो गये थे, अन्यथा अपने शिष्यों के चयन में इतने सावधान न रहते।...अपने शिष्यों से अधिक अपने पुत्र को न सिखाना चाहते।...बेचारे पिता! पुत्र को जो बनाना

चाहते थे, बना नहीं पाये। सर्वश्रेष्ठ धनुर्धर अर्जुन ही रहा।...कैसी पीड़ा रही होगी उनके मन में! स्वयं दाता होते हुए भी पुत्र को अपनी इच्छा के विरुद्ध शिष्य से पिछड़ते हुए देखते रहे...किन्तु अश्वत्थामा तो गणितज्ञ नहीं था।... दुर्योधन उसका मित्र था। दुर्योधन का पक्ष उसका अपना पक्ष था; और उसके पिता दुर्योधन को किसी-न-किसी रूप में दुर्बल बनाये रखना चाहते थे...ताकि वह उन पर निर्भर रहे...

"दुर्योधन मेरा मित्र है पिताजी!" अन्ततः अश्वत्थामा बोला।

द्रोण ने उसे ऐसी दृष्टि से देखा, जैसे उसने कोई मूर्खतापूर्ण बात कही हो, "तुम उसके मित्र हो, वह तुम्हारा मित्र नहीं है।"

"आप यह कैसे कह सकते हैं?" अश्वत्थामा को पिता का यह दृष्टिकोण प्रिय नहीं लगा।

"मित्रता में निरपेक्ष आत्मसमर्पण होता है। वह तुमने किया है।" द्रोण बोले, "दुर्योधन नें नहीं!"

"उसने मुझे क्या नहीं दिया पिताजी?"

"उसने तुम्हें कुछ नहीं दिया, सब कुछ निविष्ट किया है।" द्रोण का स्वर स्थिर और प्रबल था, "सप्रयोजन दान कभी दान नहीं होता पुत्र! यह बात तुम आज तक समझ नहीं पाये।"

लगा, द्रोण ने कोई ऐसी बात कह दी है, जिसका प्रतिकार तो अश्वत्थामा के पास नहीं है; किन्तु उसे स्वीकार करने के लिए उसका मन तत्पर नहीं है। उसका मन जैसे किसी हठी बालक के समान अपने भाव को तर्क के रूप में स्वीकार करना चाहता था। पिता का तर्क तो उसके सारे स्वप्न-संसार को ध्वस्त करने पर तुला हुआ था...सहसा वह बोला, "पिताजी! यदि हम दुर्योधन और युधिष्ठिर के मध्य से हट जायें, स्वतन्त्र रूप से अहिछत्र में जा बसें; किसी का पक्ष-विपक्ष हमारा पक्ष-विपक्ष न हो तो?..."

"मैंने कहा न पुत्र, कि मैंने स्वयं को कुछ ऐसे बन्धनों में बाँध लिया है, जिनसे इच्छा होने पर भी मैं मुक्त नहीं हो सकता।" द्रोण के अधरों पर एक हताश मुस्कान थी।

"क्यों पिताजी?"

"कुरु-साम्राज्य की सुरक्षा से बाहर निकलते ही, द्रुपद हमें वैसे ही दबोच लेगा, जैसे माँ के पंखों की सुरक्षा से पृथक् होते ही कुक्कुट शावक को चील दबोच लेती है।" द्रोण बोले, "और मुझे तनिक भी आश्चर्य नहीं होगा, यदि कौरवों से पृथक् हो स्वतन्त्र होने का प्रयत्न करते ही स्वयं दुर्योधन की सेनाएँ ही हमें घेर लें। वैयक्तिक शौर्य के होते हुए भी राजा के रूप में, मेरा अस्तित्व

इतना छोटा है कि मुझे किसी-न-किसी महाशक्ति, किसी-न-किसी चक्रवर्ती से सुरक्षा-कवच लेना ही होगा। हमें दुर्योधन के ही साथ रहना होगा; इसलिए नहीं कि हम आभ्यन्तरिक रूप में उससे जुड़े हैं, वरन् इसलिए कि बाहरी दबाव हमें एक-दूसरे से जोड़ कर रखेगा।..."

अश्वत्थामा कुछ देर मौन बैठा रहा, जैसे अपनी सद्यःज्ञात स्थिति स्वीकार करने में उसे कुछ कठिनाई हो रही हो...

पिता-पुत्र के मध्य एक लम्बा मौन टँगा रहा और अन्त में अश्वत्थामा ने पूछा, "तो राजसभा का अन्तिम निर्णय क्या है पिताजी?"

"सभा में अन्तिम निर्णय हो नहीं पाया! भीष्म उठ कर चले गये थे; और उनकी अनुपस्थिति में धृतराष्ट्र शायद आज भी कोई ऐसा निर्णय नहीं लेना चाहते, जिसमें युद्ध का संकट हो। तुम्हारे वे मित्र दुर्योधन और कर्ण, जो चाहते हैं—कदाचित् धृतराष्ट्र उसे स्वीकार नहीं करेगा।...बहुत सम्भावना है कि अन्तिम निर्णय यही हो कि पाण्डवों को एक बार हस्तिनापुर बुलाया जाये; और उनसे किसी प्रकार की कोई निर्दोष संधि की जाये। पाण्डव धृतराष्ट्र की इच्छा का विरोध कदाचित् आज भी न करें; और दुर्योधन ने चाहे उनकी हत्या का ही प्रयत्न क्यों न किया हो, वे यदि अपने पितृव्य के दबाव में अथवा कुल को कलंकित होने से बचाने के लिए कोई संधि स्वीकार कर लेते हैं तो उससे पीछे नहीं हटेंगे। और मेरा..."

"मेरा क्या पिताजी?"

"मेरा विचार है कि धृतराष्ट्र अभी दुर्योधन के समान निर्लज्ज नहीं हो पाया है। वह लोकलाज के कारण पाण्डवों का हस्तिनापुर में स्वागत करेगा और उनके प्रति अपना प्रेम प्रदर्शित करेगा। दुर्योधन दुष्ट अवश्य है; किन्तु न तो वह अपने पिता की कोटि का धूर्त है, न अपने मामा की कोटि का!"

"तो हस्तिनापुर से पाण्डवों को निमन्त्रण जायेगा?"

"मेरी अपेक्षा तो यही है।"

"कौन जायेगा?"

"सँभवतः विदुर!"

"ओह! वह विदुर!" अश्वत्थामा के जबड़े भिंच गये।

37

"आओ अर्जुन। यहाँ बैठें।" काम्पिल्य के राजप्रसाद के उद्यान में एक निभृत कोने की ओर कृष्ण ने संकेत किया, "देखो। गंगा का यह दृश्य कितना मनोरम है!"

अर्जुन बैठ गया और बोला, "गंगा का कौन-सा दृश्य मनोरम नहीं है कृष्ण! मैं तो, जो भी दृश्य देखता हूँ, उसी पर मुग्ध हो जाता हूँ और सोचता हूँ—किस दृश्य को, किससे अधिक मनोरम मानूँ! मेरे लिए तो तुम भी एक गंगा हो कृष्ण! तुम्हें भी जितना अधिक जानता जाता हूँ, उतना ही अधिक चकित भी होता जाता हूँ, कि तुम्हारे किस गुण पर अधिक मुग्ध होऊँ, अथवा किस रूप को सराहूँ।..."

कृष्ण खुल कर हँसा, "वाह, क्या चाटुकारिता है! अर्जुन! तुम्हें इसकी क्या आवश्यकता आ पड़ी!..."

अर्जुन खिन्न हो उठा, "यह चाटुकारिता नहीं है, मेरे मन के उद्‌गार हैं। पर तुम्हारा भी इसमें क्या दोष! मेरी ही अभिव्यक्ति में कहीं कोई कमी होगी, जिसके कारण मैं अपनी बात ठीक उसी रूप में सम्प्रेषित नहीं कर पाता हूँ, जिस रूप में करना चाहता हूँ।"

"अरे!" कृष्ण आ कर अर्जुन के साथ बैठ गया, "तुम बहुत भावुक हो अर्जुन! भावुकता बहुत अच्छा गुण है; किन्तु इसमें एक बहुत बड़ा दोष यह है कि इससे मनुष्य की इन्द्रियाँ बहुत शीघ्र व्याकुल हो जाती हैं और मन विचलित हो जाता है : इससे हम कुछ करने योग्य नहीं रह जाते, बस कातर हो कर रो सकते हैं।..."

"तुम्हें मैं बहुत रुदनशील लगता हूँ?" अर्जुन ने जैसे प्रतिवाद किया।

"नहीं! रुदनशील तो तुम नहीं हो, किन्तु भावुक हो।" कृष्ण बोला, "मैं चाहता हूँ कि तुम संवेदनशील बनो, भावुक नहीं!..."

"क्या भावना दोष है?"

"नहीं। भावना दोष नहीं, भावुकता दोष है। जो विवेक को आच्छादित करे और व्यक्ति को कर्म से विचलित कर दे, वह दोष है।" कृष्ण बोला।

"तो मनुष्य पत्थर बन जाये—भावना-शून्य! जो न सुख का अनुभव करे, न दुख का!" अर्जुन बोला, "वह प्राणी कैसा है, जिसमें अनुभूति न हो?"

"लगता है, तुमने कभी इस विषय पर विचार नहीं किया।" कृष्ण हँसा, "अच्छा बताओ, एक रोगी को देख, उसके रोग का निदान कर, उसका उपचार करने वाला वैद्य श्रेष्ठ प्राणी है, अथवा रोगी के प्रकट शारीरिक लक्षणों को देख कर, विचलित हो माथा और सिर पीटने वाला उसका सम्बन्धी?"

"निश्चित रूप से वैद्य ही श्रेष्ठ प्राणी है।"

"वह निष्प्राण, भावना-शून्य, संवेदनशून्य तथा जड़ तो नहीं है?"

"नहीं!"

"तो तुम वैद्य बनना चाहोगे अथवा रोगी के सम्बन्धी?"

"वैद्य!"

"यही तो मैं भी कह रहा हूँ अर्जुन!" कृष्ण बोला, "उस सम्बन्धी की तुलना में वह वैद्य अधिक संवेदनशील है—वह रोग तथा रोगी की स्थिति समझता है। रोगी के लिए उसके मन में सहानुभूति भी है और ममता भी; किन्तु वह रोता नहीं, अश्रु नहीं बहाता, चीत्कार नहीं करता। वह उसका उपचार करता है; उसका कष्ट कम करने का प्रयत्न करता है; उसे मृत्यु के मुख में जाने से बचाने का कार्य करता है। और यदि नहीं बचा पाता तो मृत्यु का साक्षात्कार करता है, उसे स्वीकार करता है।"

"यह केवल वैद्य के लिए ही संभव है, सामान्य जन के लिए नहीं!" अर्जुन बोला।

"पर क्यों?"

"उसे अभ्यास हो जाता है।"

"सामान्यतः हम यही मानते हैं कि उसे अभ्यास हो जाता है; किन्तु उससे अधिक महत्वपूर्ण यह तथ्य है कि उसने प्रकृति-सृजित जीवन को उसकी पूर्णता में ग्रहण करने का अभ्यास किया है। वह मानता है कि जीवन का दूसरा छोर अनिवार्यतः मृत्यु ही है। जन्म तथा मृत्यु—दोनों ही सृष्टि में समानान्तर चलते हैं। सृष्टि में एक ओर सृजनशील शक्तियाँ हैं तो दूसरी ओर क्षयोन्मुखी भी। यहाँ नीरोगता है तो रोग भी हैं। रोग, जीवन की ही एक स्थिति है, किन्तु जीवन की परिणति मृत्यु ही है।"

"तो वैद्य को रोगों के ज्ञान ने ही स्थिर-बुद्धि बना दिया है?"

"नहीं। रोगों के ज्ञान नें नहीं, प्रकृति के स्वीकार ने!" कृष्ण बोला, "जब व्यक्ति किसी एक प्रक्रिया को उसकी सम्पूर्णता में ग्रहण करता है, तो वह उसके भावात्मक और ऋणात्मक—दोनों पक्षों को स्वीकार करता है। जो पर्वतारोहण करता है, वह जानता है कि उसे ऊपर चढ़ना है, तो नीचे भी उतरना है। इसलिए न वह चढ़ने से विचलित होता है, और न उतरने से। इसलिए यदि हम दुख से छुटकारा चाहते हैं तो हमें सुख भी छोड़ने होंगे; या सुख के साथ दुख भी स्वीकार करने होंगे।..."

"पर ऐसा होता क्यों नहीं कृष्ण?" अर्जुन ने पूछा, "वैद्य भी तो किसी सामान्य रोगी के लिए ही इतना स्थिरमति होता है, किन्तु यदि उसके अपने माता-पिता, भाई-बहन, पुत्र-पुत्री, मित्र अथवा सम्बन्धी रुग्ण हो जाते हैं, तो वह भी सामान्य जन के ही समान विचलित हो उठता है, उसे औषध देने में असमर्थ हो जाता है तथा यदि वे मृत्यु को प्राप्त हो जायें तो सामान्य जन के ही समान सिर पटक-पटक कर रोता है।..."

"तुम ठीक कहते हो अर्जुन! सामान्यतः ऐसा ही होता है, क्योकि वैद्य की बुद्धि सामान्य रोगियों के संदर्भ में ही स्थिर होती है, अपने सम्बन्धियों के विषय में नहीं। उसकी स्थिरता बुद्धि तक ही सीमित है, विवेक तक नहीं—वह स्थिरमति है, स्थितप्रज्ञ नहीं, किन्तु योगी स्थितप्रज्ञ होता है, क्योंकि वह प्रकृति को उसकी सम्पूर्णता में अंगीकार करता है। वह जीवन से प्रेम करता है, तो मृत्यु भी उसे उतनी ही आत्मीय लगती है। वह मनोरमता पर मुग्ध होता है तो भयंकरता पर भी! वह भी तो ईश्वर की ही विभूति है। प्रकृति जन्म देते ही जीवन में मृत्यु की प्रक्रिया भी आरम्भ कर देती है! जन्म और मृत्यु, सृष्टि और क्षय—ये तो प्रकृति के श्वास और निःश्वास हैं। भक्त शिव के लास्य पर मुग्ध होता है, तो रुद्र के ताण्डव से भी उतना ही अभिभूत होता है। ये दोनों पृथक् नहीं हैं। खण्ड-बुद्धि, जीवन का सौन्दर्य—किसी एक पक्ष में देखती है, इसलिए विचलित होती है। आसक्ति हो, ममत्व हो, घृणा और वितृष्णा हो—ये सब मनुष्य के विवेक को आच्छादित कर उसे अनासक्त नहीं रहने देते। इसलिए योगी अनासक्ति का अभ्यास करता है। अपना विकास और विस्तार करता है ताकि सृष्टि के दोनों पक्षों से ऊपर उठकर, उनको सम-दृष्टि से देख सके—सुख-दुख को, मानापमान को, हानि-लाभ को, जीवन-मृत्यु को। योगी को तो सुख अथवा दुख के महासागर भी डुबाना तो दूर, भिगो भी नहीं सकते।...केवल इसलिए कि वह प्रकृति को उसकी पूर्णता में स्वीकार करता है, न उसका विरोध करता है, न उससे टकराता है।..."

"तुम उपलब्धि और अनुपलब्धि में एक समान स्थिर रहते हो कृष्ण!" अर्जुन बोला, "तुम्हें कोई अन्तर नहीं पड़ता, स्यमन्तक मणि तुम्हें मिले या न मिले?"

"तुम फिर प्रशंसा पर गये!" कृष्ण हँस पड़े।

"प्रशंसा की बात क्या है," अर्जुन कुछ हत्प्रभ हुआ, "बलराम भैया कुछ आवेश के साथ बता रहे थे कि स्यमन्तक मणि पर पूरा अधिकार होते हुए भी, तुमने वह मणि मातुल अक्रूर को दे दी।..."

"तो अब भी बलराम भैया, स्यमन्तक मणि का मोह छोड़ नहीं पा रहे हैं अर्जुन!" कृष्ण का स्वर अत्यन्त गम्भीर होते हुए भी स्थिर और शान्त था, "मैं नहीं चाहता कि यादवों में किसी प्रकार का कोई भी विरोध उत्पन्न हो, किन्तु उनकी प्रकृति उन्हें अपने मार्ग पर ले जा रही है। अक्रूर काका महाराज उग्रसेन के जामाता हैं, किन्तु दोनों में कुछ मतभेद हो गया है। श्वसुर तथा जामाता का सम्बन्ध है—कोई तीसरा व्यक्ति मध्यस्थ भी नहीं हो सकता। उग्रसेन मेरे नाना हैं और अक्रूर मेरे काका, किन्तु आपसी विरोध के कारण दोनों ही इस भ्रम में

फँस गये हैं कि मैं उनके विरोधी का पक्षधर हूँ। बीच में यह स्यमन्तक मणि आ गयी। स्यमन्तक मणि का मोह इतना बढ़ा कि शतधन्वा ने सत्यभामा के पिता सत्राजित की हत्या कर दी। मैंने जब शतधन्वा का वध कर दिया और उससे मुझे स्यमन्तक नहीं मिली, तो इस सत्य का विश्वास न भैया बलराम ने किया, न स्वयं सत्यभामा ने, और न ही जाम्बवती ने! भैया ने मान लिया कि मैं उनके साथ मणि का स्वामित्व बाँटना नहीं चाहता, इसलिए मैंने मणि छिपा दी है। जाम्बवती का विचार था कि स्यमन्तक उसके पिता जाम्बवान ने मुझे दी थी, इसलिए मेरा कर्त्तव्य था कि मैं वह मणि उसे दे देता, किन्तु मैंने मणि उसे न दे कर सत्यभामा को दे दी है। सत्यभामा यह मानती थी कि स्यमन्तक सत्राजित की सम्पत्ति थी, अतः सत्राजित की मृत्यु के पश्चात् वह उसे ही मिलनी चाहिए थी, किन्तु मैंने वह जाम्बवती को दे दी है।" कृष्ण ने रुक कर अर्जुन को देखा, "मुझे स्यमन्तक में व्यक्तिगत रूप से कोई रुचि नहीं थी, किन्तु मेरे अपने भाई, मेरी पत्नियाँ तथा अनेक मित्र मुझ पर संदेह कर रहे थे, अतः मुझे मणि का पता तो लगाना ही था। मैंने पता लगाया। शतधन्वा की मृत्यु के पश्चात् कृतवर्मा और अक्रूर काका दोनों ही द्वारका को छोड़ गये थे। इसका कारण उनके मन में मेरा भय था। सत्राजित की हत्या में उन दोनों की सहमति थी, और स्यमन्तक मणि भी अक्रूर काका के पास थी।...मैंने काका को बुला भेजा और उनसे स्पष्ट कर दिया कि मैं जानता हूँ कि स्यमन्तक मणि उन्हीं के पास है। यद्यपि सत्राजित की पुत्री हाने के कारण, स्यमन्तक पर सत्यभामा का अधिकार बनता है, फिर भी वे मणि अपने पास ही रखें, किन्तु वह मणि सब को दिखा दें, ताकि मुझ पर लगा लांछन धुल सके और मेरे भाई, मेरी पत्नियों तथा मेरे बन्धुओं के मन मेरी ओर से साफ हो सकें। उन्होंने मेरी बात का विश्वास किया और मणि सब को दिखा दी। तब कहीं जाकर बलराम भैया को यह विश्वास हुआ कि मणि मैंने नहीं छिपायी थी। वे अपने संदेह पर लज्जित हुए और द्वारका में रहने लगे, किन्तु इस बीच दुर्योधन उनका शिष्य बन बैठा था। उसने उनकी इतनी सेवा, प्रशंसा और पूजा की है कि भैया उसके मन का पाप देख नहीं पाते और कदाचित् कभी देख नहीं पायेंगे..."

"तो?"

"यदि कभी तुम लोगों का दुर्योधन से संघर्ष हुआ तो बलराम भैया, दुर्योधन के प्रति अपने प्रेम के कारण उसका पक्षपात करेंगे।"

"तुम्हें स्यमन्तक मणि खोने का कोई दुख नहीं हुआ कृष्ण?" अर्जुन ने पूछा।

"नहीं हुआ। क्योंकि उसके मिलने पर भी मुझे कोई सुख नहीं होता। मणि

मुझे मिल जाती, तो मैं उसे महाराज उग्रसेन को दे देता!" कृष्ण ने सहज भाव से कहा।

"क्यों?"

"क्योंकि ऐसी निधियाँ किसी व्यक्ति की सम्पत्ति नहीं होतीं, वे सम्पूर्ण समाज की थाती हैं।" कृष्ण रुका, "और फिर धन का इस प्रकार का संचय समाज में असन्तुलन उत्पन्न करता है। मुझे लगता है कि स्यमन्तक, यादवों के लिए, अभिशाप बन कर आयी है।" कृष्ण मुस्कराया, "मुझे स्यमन्तक से वंचित होने की नहीं, बलराम भैया से वंचित होने की चिन्ता है। उनके मन का जितना अंश दुर्योधन की ओर आकृष्ट होगा, उतना ही वह अधर्म की ओर भी आकृष्ट होगा।"

"यदि बलराम भैया, दुर्योधन की ओर खड़े हो जायेंगे, तो क्या तुम भी हमारा पक्ष छोड़ दोगे कृष्ण?" अर्जुन के स्वर में सम्भ्रम था।

"मैं न तुम्हारे पक्ष में हूँ, न दुर्योधन के पक्ष में।" कृष्ण हँसा, "मैं तो धर्म के पक्ष में हूँ।...वैसे तुम चिन्ता मत करो!" उसने रुक कर कहा, "यदि हमें हस्तिनापुर जाना पड़ा, तो मैं भैया को भी साथ ले जाऊँगा। मैं जानता हूँ कि धर्म और अधर्म का विवाद उनके सामने नहीं रखना है, किन्तु अभी वह स्थिति नहीं आयी कि वे कृष्ण को छोड़ कर दुर्योधन को चुन लें। वे जानते हैं कि यदि उन्होंने दुर्योधन का पक्ष लिया तो किसी दिन उन्हें कृष्ण के विरुद्ध शस्त्र उठाना पड़ सकता है।..."

"कृष्ण!"

"हाँ, अर्जुन! धर्म के मार्ग में आसक्ति के लिए कोई स्थान नहीं है। अनासक्त विवेक ही हमें धर्म के मार्ग पर चला सकता है।"

महाराज द्रुपद ने विदुर का स्वागत अपने राजप्रासाद के उद्यान में किया।

प्रासाद गंगा के तट पर बना था, और उद्यान की पुष्पों की क्यारियाँ क्रमशः गंगा के घाटों से मिल जाती थीं। वसन्त ऋतु थी। शिशिर और हेमन्त ऋतुएँ बीत चुकी थीं, और ग्रीष्म ऋतु अभी दूर थी। सूर्य का ताप सिंहनी के उन दाँतों के समान ममतामय था, जो अपने शावकों को उनसे पकड़ती है; किन्तु चुभने नहीं देती। बयार की शीतलता का दंश अपनी सम्पूर्ण तीक्ष्णता और कठोरता खो चुका था, और प्रिया के स्पर्श-सा सुखद हो गया था।

महाराज द्रुपद अपने हिण्डोले पर बैठे अत्यन्त मंद गति से झूल रहे थे। पाँचों पाण्डव, धृष्टद्युम्न और शिखण्डी—आसनों पर बैठे थे। द्रौपदी और कुन्ती कुछ दूर पुष्पों की क्यारियों के निकट थीं; किन्तु विदुर को आते देख, वे भी

लौट आती थी।

राजकीय और सामाजिक औपचारिकताओं की समाप्ति पर विदुर ने आसन ग्रहण किया; किन्तु द्रुपद ने उसे वहाँ बैठने नहीं दिया। वे स्वयं उठ कर विदुर के पास आये और उनकी भुजा थाम कर उसे अपने हिण्डोले तक ले गये। "आप यहाँ बैठिये! मेरे साथ!"

"महाराज! एक राजदूत को इतना सम्मान दे रहे हैं!"

"नहीं आर्य विदुर! मैं एक राजदूत के प्रति नहीं, अपने समधी के प्रति अपनी आत्मीयता निवेदित कर रहा हूँ।" द्रुपद बोले, "मैं आपको पाण्डवों के अभिभावक के रूप में स्वीकार करता हूँ। यद्यपि यह अति गोपनीय है, फिर भी युधिष्ठिर ने मुझे बताया है कि आपने किस प्रकार देवी कुन्ती और उनके पुत्रों के प्राणों की रक्षा की है। धृतराष्ट्र के शासन में रहते हुए भी इतना संकट मोल ले कर यदि आपने यह उद्यम न किया होता, तो कदाचित् आर्यों का यह श्रेष्ठतम परिवार जीवित ही न बचता। इच्छा तो होती है कि आपके श्रेय को सारे आर्यवर्त्त में प्रचारित किया जाये..."

"नहीं महाराज!" विदुर बोला, "ऐसा न करें। यह अत्यन्त गोपनीय तथ्य है।"

"समझता हूँ।" द्रुपद बोले, "आपकी सुरक्षा के लिए आवश्यक है कि यह तथ्य गोपनीय ही रहे। आपका हस्तिनापुर के कुरुओं की राजसभा में रहना, शासन और राजकुल में महत्वपूर्ण बने रहना तथा सुरक्षित रहना—मेरे जामाताओं के अभ्युदय के लिए आवश्यक है आर्य!"

"आप मुझे कुछ अधिक ही महत्व दे रहे हैं।" विदुर मुस्कराया, "मैं कुरुओं का एक साधारण राजदूत हूँ। इस समय महाराज धृतराष्ट्र की ओर से संदेश ले कर आया हूँ। उन्होंने कहलवाया है कि उन्हें पाण्डव अपने पुत्रों से कम प्रिय नहीं हैं। उन्हें यह जान कर अत्यन्त प्रसन्नता हुई है कि जिन पाण्डवों को वे मृत मान चुके थे, वे अभी तक जीवित हैं।"

भीम उच्च स्वर में हँसा।

द्रुपद ने उसकी ओर देखा; किन्तु बोले कुछ नहीं। विदुर ने पूछ ही लिया, "क्यों हँस रहे हो पुत्र?"

"काका! महाराज धृतराष्ट्र की प्रसन्नता की कल्पना करके हँस रहा हूँ।" भीम बोला, "उनको समाचार मिला होगा तो प्रसन्नता से उनकी हृदय-गति रुकने-रुकने को हो आयी होगी। कपाल स्वेद से नहा गया होगा; आँखों के सम्मुख अन्धकार छा गया होगा।"

"पुत्र! मैं तो उनका संदेश कह रहा हूँ।" विदुर बोले।

"कहिए आर्य!" द्रुपद बोले।

"उन्होंने भाभी कुन्ती, उनके पुत्रों तथा वधू कृष्णा के लिए भेंटस्वरूप अनेक बहुमूल्य वस्त्राभूषण भेजे हैं, और उन्हें स्वीकार करने की प्रार्थना की है। उन्होंने आपके लिए तथा राजकुमारों के लिए भी कुछ उपहार भेजे हैं। उन्होंने कहा है कि आपके साथ इस सम्बन्ध की स्थापना से वे स्वयं को गौरवान्वित अनुभव करते हैं।" विदुर ने रुक कर द्रुपद की ओर देखा, "कृपया द्वारपालों को आदेश दें कि वे मेरे अनुचरों को उपहारों के साथ यहाँ उपस्थित होने की अनुमति दें।"

द्रुपद ने प्रतिहारी की ओर देखा, "द्वारपालों को आदेश दो।"

हस्तिनापुर से आये अनुचरों ने उपहार ला कर, प्रस्तुत किये, और विदुर ने अपने हाथों उन्हें एक-एक व्यक्ति को भेंट किया।

"तुम लोग जा कर विश्राम करो।" विदुर ने अपने अनुचरों से कहा।

द्रुपद ने भी संकेत से अपने प्रतिहारियों को दूर भेज दिया।

एकान्त पाते ही विदुर बोला, "महाराज धृतराष्ट्र ने कहा है कि देवी कुन्ती तथा उनके पुत्रों का काम्पिल्य-निवास पर्याप्त दीर्घ हो चुका है, अब यदि आप अन्यथा न मानें तो उन्हें हस्तिनापुर लौटने की अनुमति दें। उनके बन्धु-बान्धव उनके जीवित होने का समाचार पा कर अब उनसे मिलने के लिए उत्कण्ठित हैं।..."

भीम पुनः हँसा। किन्तु इस बार विदुर ने उससे कुछ भी पूछे बिना, अपनी बात पूरी की, "हस्तिनापुर की प्रजा अपने प्रिय राजकुमारों के दर्शनों को लालायित हो रही है, और वैसे भी श्वसुरालय में इतने दिनों तक निवास करना कुरुवंशियों को शोभा नहीं देता। उन्हें अपने घर लौट आना चाहिए।" विदुर अपनी बात समाप्त कर मौन हो गया।

द्रुपद ने तत्काल कोई उत्तर नहीं दिया। अन्य कोई व्यक्ति भी नहीं बोला।

अन्ततः द्रुपद ही बोले, "आर्य विदुर! आपका संदेश मैंने सुन लिया। धृतराष्ट्र के संदेश के उत्तर में क्या कहना अथवा क्या करना है—उसका निर्णय हम कुछ समय पश्चात् करेंगे।" उन्होंने रुक कर सीधे विदुर के नयनों में देखा, "अब आप धृतराष्ट्र के दूत अथवा संदेशवाहक मंत्री नहीं हैं। आपको यदि मैंने मात्र कुरुओं का राजदूत ही माना होता तो आपसे सिंहासन-कक्ष में भेंट की होती। वह भेंट राजकीय मर्यादा में बँधी हुई होती और उसमें पारिवारिक आत्मीयता रंच मात्र भी न होती।...किन्तु मैं आपसे एक आत्मीय सम्बन्धी के रूप में बात कर रहा हूँ और आपसे यही सम्बन्ध रखना चाहता हूँ। आपसे

अधिक पाण्डवों का शुभचिन्तक और कोई नहीं है। इसलिए पूछता हूँ कि क्या इस समय पाण्डवों का हस्तिनापुर लौटना उनके हित में है?"

विदुर ने क्षण-भर द्रुपद की ओर देखा और बोला, "महाराज! आपकी चिन्ता मैं समझता हूँ, किन्तु हस्तिनापुर गये बिना, तो पाण्डवों को उनका राज्य मिल भी नहीं सकता।"

"वह ठीक है।" द्रुपद बोले, "आपके आने से पूर्व हम भी इधर हस्तिनापुर जाने की ही योजना बना रहे थे; किन्तु हम दूसरे ढंग से हस्तिनापुर जाना चाहते हैं।"

"दूसरे ढंग से?"

"हाँ; आर्य विदुर! हम हस्तिनापुर पर सैनिक अभियान करना चाहते हैं। हम चाहते हैं कि पाण्डव हस्तिनापुर जायें। उनके साथ पांचाल सेनाएँ जायें, धृष्टद्युम्न और शिखण्डी भी जायें, बहुत सम्भव है, मैं भी जाऊँ। उनके साथ कृष्ण, बलराम और सात्यकि भी जायें। अन्य यादव महारथी और द्वारका का सैन्यबल भी जाये। सम्भव हो तो हमारे मित्र मत्स्य और पाण्डवों की मौसी का पुत्र, शिशुपाल भी जाये। हम हस्तिनापुर को चारों ओर से घेर लें। ऐसे में यदि धृतराष्ट्र और वह दुर्योधन—अपनी सेना भेजें, उनकी ओर से द्रोण, भीष्म और कर्ण युद्ध करने आयें तो हम उनसे युद्ध करें। हम उनके रक्त में स्नान कर, हस्तिनापुर में प्रवेश करेंगे। पाण्डव अपने बल और शौर्य से अपना राज्य प्राप्त करेंगे...।"

विदुर की आँखों में एक विचित्र द्युति कौंधी, "आपकी प्रतिहिंसा इस व्याज से अपना प्रतिशोध तो नहीं चाहती महाराज?"

"क्यों? क्या अपने जामाताओं को, उनका षड्यंत्रपूर्वक छीना गया राज्य वापस दिलाना प्रतिहिंसा और प्रतिशोध है?"

"नहीं!" विदुर ने कहा, "उसका प्रयत्न तो मैं और पितृव्य भीष्म भी कर रहे हैं, किन्तु हमने अभी तक यह नहीं सोचा कि पाण्डव कुरुवंशियों की रक्त-सरिताओं में तैरते हुए हस्तिनापुर के राजसिंहासन तक पहुँचेंगे। युद्ध तो अन्तिम उपाय है महाराज!"

"युद्ध है तो अन्तिम उपाय ही।" द्रुपद बोले, "किन्तु क्या अन्तिम उपाय का प्रयोग करने का समय नहीं आ गया? क्या धृतराष्ट्र और उसके पुत्रों ने पाण्डवों को उनकी माता के साथ जीवित जला देने का षड्यंत्र नहीं किया? यदि आपने रक्षा न की होती, तो पाण्डव जीवित बचे होते क्या?...और कौन प्रतिज्ञापूर्वक कह सकता है कि अब पुनः पाण्डवों की हत्या का प्रयास नहीं किया जायेगा...और जब यह प्रयास किया जायेगा, तो द्रोण और भीष्म उसके समर्थक नहीं होंगे?"

"जहाँ तक मैं समझता हूँ, यदि परिस्थितियाँ वैसी ही रहीं, जैसी थीं, तो दुर्योधन पुनः हत्या का प्रयत्न कर सकता है," विदुर ने कहा, "किन्तु द्रोणाचार्य इस समय पाण्डवों को, कौरवों का आधा साम्राज्य दिलवाने का प्रयत्न कर रहे हैं; और पितृव्य भीष्म मानते हैं कि हस्तिनापुर के राज्य पर दुर्योधन का नहीं, युधिष्ठिर का अधिकार है..."

"तो फिर उन्होंने वारणावत में पाण्डवों के वध का समर्थन क्यों किया?"

"आचार्य द्रोण अपने समर्थन अथवा विरोध के कारण स्वयं ही जानते हैं, किन्तु पितृव्य भीष्म ने कुरुवंश के किसी भी व्यक्ति के वध का समर्थन नहीं किया है।" विदुर रुका, "जहाँ तक मैं जानता हूँ, कदाचित् पितृव्य को आज तक यह मालूम ही नहीं है कि वारणावत में क्या होना था और क्या हुआ!"

"बहुत अबोध हैं वे।" द्रुपद के स्वर में स्पष्ट व्यंग्य था, "जब द्रोण ने मुझे अपमानित कर आधा पंचाल छीन लिया था, तब भी उन्हें पता लगा था या नहीं कि कौरव-सेनाएँ क्या कर रही हैं?"

"वह मालूम था उन्हें।"

"तो उन्होंने द्रोण को यह अनीति करने की अनुमति कैसे दी?"

"उनसे मैंने कभी पूछा नहीं। शायद किसी को यह पूछने का अधिकार भी नहीं है।" विदुर बोला, "किन्तु मैं समझता हूँ कि वह सब द्रोण को आचार्य नियुक्त करते समय उनकी गुरु-दक्षिणा सम्बन्धी स्वीकृत प्रतिज्ञाओं के अन्तर्गत हुआ। वैसे..."

"वैसे क्या?" द्रुपद की आँखों में स्पष्ट रोष था।

"पितृव्य प्राचीन परम्परा के क्षत्रिय-शौर्य के समर्थक सैनिक हैं। बहुत सम्भव है कि कौरव राजकुमारों द्वारा पंचाल पर आक्रमण उन्हें क्षत्रिय-नीति के अनुकूल लगा हो।" विदुर ने कहा, "किन्तु यह मैं शपथपूर्वक कह सकता हूँ कि पितृव्य को न तो भीम को विष दिये जाने की घटना ज्ञात है; और न ही वारणावत के षड्यन्त्र का पता है।"

"तो उन्हें यह सब बताया क्यों नहीं जाता?" द्रुपद उग्र स्वर में बोले, "उनकी नाक के नीचे इतना उत्पात हो और उनकी समाधि ही न टूटे—क्या यह उचित है?"

"इस गोपनीयता के भी कुछ कारण रहे हैं महाराज!" विदुर बोला, "पितृव्य कुलवृद्ध हैं; किन्तु उनके हाथ में कोई सत्ता तो है नहीं। उन्हें ये सूचनाएँ दी जायें और वे क्रोध में दुर्योधन इत्यादि को ताड़ना तो दे आयें किन्तु पाण्डवों की रक्षा न कर सकें, तो?"

"किन्तु अब पाण्डव समर्थ हैं।"

"तो अब वे स्वयं अपने पितामह को सब कुछ बता सकते हैं।" विदुर ने उत्तर दिया, "किन्तु अब साक्षी और प्रमाण के रूप में मुझे उपस्थित होना होगा। मैं भयभीत नहीं हूँ; किन्तु फिर हस्तिनापुर में मेरा रहना सम्भव नहीं होगा।"

द्रुपद का आवेश विचारलीन हो गया, "ठीक है। उन्हें आवश्यकतानुसार ही सूचनाएँ दी जायें।" वे रुके, "...तो आपका प्रस्ताव है कि मैं पाण्डवों और देवी कुन्ती को आपके साथ हस्तिनापुर भेज दूँ?"

"आप उन्हें मेरे साथ भेजें, जैसे वे महाराज धृतराष्ट्र का निमन्त्रण स्वीकार कर हस्तिनापुर लौट रहे हों; किन्तु उन्हें असुरक्षित न भेजें। इतनी व्यवस्था तो कर ही दें कि यदि कौरव सेना उन पर आक्रमण करे तो वे आत्मरक्षा कर सकें।"

द्रुपद मन-ही-मन विचार करते बैठे रहे और फिर जैसे किसी निष्कर्ष पर पहुँच कर बोले, "मैं आपका प्रस्ताव स्वीकार करता हूँ। पाण्डव अपनी राजधानी हस्तिनापुर में लौटेंगे। उनके साथ सेना नहीं, छद्म सेना जायेगी। फिर भी प्रकट रूप से कुछ महारथी साथ होंगे। कृष्ण आ जाये, तो मैं उसके साथ भी परामर्श करना चाहूँगा। मेरी इच्छा है कि वह भी पाण्डवों के साथ हस्तिनापुर जाये। उसकी उपस्थिति मात्र से घटनाओं का रूप बदल जाता है।..." द्रुपद का स्वर उनकी विह्वल मनःस्थिति का भेद खोल रहा था, "किन्तु फिर भी आर्य विदुर! पाण्डवों की सुरक्षा का दायित्व आपका होगा। हस्तिनापुर का भीतरी व्यूह आप सँभालेंगे और आवश्यकता पड़ते ही, मैं बाहर से अपने पूरे सैन्य-बल के साथ हस्तिनापुर पर आक्रमण करूँगा।...क्यों? तुम सहमत हो युधिष्ठिर?" द्रुपद ने पहली बार युधिष्ठिर से पूछा।

"पूज्य! आप हमारे सबसे बड़े मित्र और सहायक ही नहीं, हमारे पिता के समान संरक्षक हैं।" युधिष्ठिर का स्वर कोमल होते हुए भी चिन्ता का भार वहन कर रहा था, "किन्तु मैं राज्य के लिए अपने बन्धु-बान्धवों से युद्ध करना नहीं चाहता।..."

"ओह ज्येष्ठ!" भीम ने भूमि पर पाँव पटका।

विदुर ने भीम की उपेक्षा कर कहा, "चिन्ता मत करो पुत्र! मेरा विचार है कि अभी युद्ध की स्थिति नहीं आयी है।"

और फिर वह द्रुपद की ओर मुड़ा, "महाराज! अब अनुमति दें। मुझे महर्षि वेदव्यास के दर्शन करने के लिए जाना है।"

"अवश्य! अवश्य!! महर्षि के सुलभ होते हुए भी, उनके दर्शन न करना

तो स्वयं को वंचित करना है।" द्रुपद बोले, "मैं भी सोच ही रहा था कि उनके चरणों में थोड़ा समय व्यतीत करूँ। हमारा सौभाग्य है कि वे काम्पिल्य में गंगा-तट पर ठहरे हैं। जाने वे कब प्रस्थान का निश्चय कर लें।"

"किसी भी स्थान पर अनावश्यक आवास महर्षि की प्रकृति नहीं है।" विदुर बोला, "कृष्णा के विवाह के पश्चात् भी यदि वे अभी यहीं हैं, तो बहुत सम्भव है कि वे किसी की प्रतीक्षा कर रहें हों।"

"किसी की प्रतीक्षा?" द्रुपद के चेहरे की रेखाएँ कुछ गहरी हो गयीं।

"हो सकता है कि वे मेरी ही प्रतीक्षा कर रहे हों।" विदुर ने हँस कर कहा, "सम्भव है कि वे पाण्डवों के हस्तिनापुर जाने की प्रतीक्षा कर रहे हों...।"

द्रुपद विचारलीन ही रहे। बोले कुछ नहीं।

विदुर ने उन्हें प्रणाम किया, कुन्ती के चरण छुए, और पाण्डवों, द्रौपदी, धृष्टद्युम्न तथा शिखण्डी को आशीर्वाद दे कर पग बढ़ा दिये। द्रुपद भी विश्राम के लिए चले गये; और कुन्ती भी अधिक देर तक वहाँ नहीं रुकी।

"आर्यपुत्र!" द्रौपदी ने युधिष्ठिर को सम्बोधित किया, "क्या आप समझते हैं कि दुर्योधन आपको हस्तिनापुर का राज्य थाल में सजा कर दे देगा?"

युधिष्ठिर को अकस्मात् पूछे गये इस प्रश्न का संदर्भ समझने में कुछ क्षण लगे। वह बोला, "उससे ऐसी अपेक्षा तो नहीं की जा सकती।"

"तो फिर जब वह स्वेच्छा से आपको अपना अधिकार भी नहीं देगा और आप युद्ध भी नहीं करेंगे, तो आप राज्य कैसे प्राप्त करेंगे?" द्रौपदी बोली, "आप क्षत्रिय हो कर युद्ध से मुँह मोड़ रहे हैं?"

युधिष्ठिर ने उसे उन आँखों से देखा, जिनमें अपने गलत समझे जाने की पीड़ा थी, "मैं युद्ध से मुँह नहीं मोड़ रहा। मैंने केवल यह कहा है कि मैं स्वजनों से युद्ध नहीं करना चाहता।"

"स्वजन कौन है?"

भीम जोर की ताली बजा कर हँसा, ठीक पूछा कृष्णा ने—स्वजन कौन है? जिन्होंने हमारा सर्वस्व छीन लिया, हमारी हत्या का प्रयत्न किया और अब भी हमारा राज्य लिये बैठे हैं—वे हमारे स्वजन हैं, तो फिर हमारे शत्रु कौन होंगे?

"भीम!" युधिष्ठिर के स्वर में बड़े भाई का आदेश था, "क्या पितामह भीष्म, गुरु द्रोण, गुरुपुत्र अश्वत्थामा, पितृव्य महाराज धृतराष्ट्र तथा उनके पुत्र हमारे स्वजन नहीं हैं?"

"स्वजन तथा परजन की परिभाषा इतनी कठिन तो नहीं है आर्यपुत्र!" द्रौपदी बोली, "रक्त-सम्बन्ध से लोग स्वजन होते अवश्य हैं; किन्तु क्या अपने

व्यवहार से वे अन्यजन नहीं हो जाते? युद्ध तो आपको उनसे ही करना होगा, जो आपका स्वत्व छीन लेते हैं। आपके आचार्य द्रोण, पिताजी के कितने आत्मीय थे। भैया के तो वे गुरु भी थे; किन्तु आज काम्पिल्य में कोई भी उन्हें अपना आत्मीय और स्वजन नहीं कहेगा। और दूसरी ओर वासुदेव कृष्ण से हमारा कोई रक्त-सम्बन्ध नहीं है; किन्तु आज उनसे बढ़ कर, हमारा आत्मीय और स्वजन दूसरा कोई नहीं है।"

"वह ठीक है पांचाली!" युधिष्ठिर बोला, "किन्तु राज्य कोई ऐसी वस्तु तो नहीं, जिसके लिए नृशंसतापूर्वक रक्तपात किया जाये और वह भी अपने रक्त-सम्बन्धियों का! मानव-जीवन का लक्ष्य, राज्य तो नहीं है।"

"मानव-जीवन का लक्ष्य मात्र राज्य नहीं है।" इस बार भीम बोला, "किन्तु अपने अधिकारों की रक्षा करना तो मानव-धर्म है। आप अपने धर्म पर भी नहीं चलेंगे धर्मराज?"

"ठीक है! अधिकारों की रक्षा हमें करनी चाहिए!" युधिष्ठिर बोला, "किन्तु यदि इस समय दुर्योधन अपनी दुर्बुद्धि के कारण हठ पर अड़ा है, तो क्या हम थोड़ा धैर्य नहीं रख सकते? उसकी दुर्बुद्धि के कारण सम्पूर्ण कौरव-वंश का नाश कर दें?"

"नहीं! कौरव-वंश का नाश क्यों करें! दुर्योधन की दुर्बुद्धि को पुरस्कृत करें। उसे कुरुओं का साम्राज्य प्रदान कर दें; क्योंकि वह विवेक, धर्म और न्याय–कुछ भी नहीं समझता। आप तो धर्म के बहुत अच्छे व्याख्याता हैं महाराज!" द्रौपदी ने कहा।

"कृष्णा!" अर्जुन पहली बार बोला, "धर्म, न्याय और अधिकारों की बात ठीक ही है; किन्तु ज्येष्ठ की अनृशंसता को भी समझने का प्रयत्न करो। यदि सांसारिक न्याय और अधिकारों के आधार पर तर्क करोगी, तो धर्मराज बहुत विवेकी प्रतीत नहीं होंगे। रजोगुण की तुला पर सतोगुण मूर्खता का पर्याय ही सिद्ध होता है; किन्तु मनुष्य में कुछ दैवी गुण भी होते हैं, जो सांसारिक राग-द्वेष के कारण विचलित नहीं होते। ज्येष्ठ के चरित्र के उन दैवी गुणों को समझने का प्रयत्न करो। उनके स्तर तक उठ कर देखोगी, तो धर्मराज का चरित्र कुछ और ही दिखायी देगा। उनका द्वन्द्व समझ कर ही कोई समाधान हो सकता है। मध्यम के साथ मिल कर उनका परिहास करोगी, तो समस्या नहीं सुलझेगी।"

अर्जुन के सम्बोधन से ही जैसे द्रौपदी पूर्णकाम हो गयी। कैसी सटीक बात कही थी अर्जुन ने! स्वयं युधिष्ठिर ने भी अपनी बात कभी इस प्रकार अभिव्यक्त नहीं की थी। द्रौपदी को लगा, वह अर्जुन के रूप और बल ही

नहीं, उसकी बुद्धि पर भी मुग्ध होती जा रही है। उसका मुग्ध-भाव तो चाहता था कि वह लपक कर, अर्जुन के कण्ठ में अपनी भुजाएँ डाल दे और कहे, 'प्रियतम! मैं तो तुम्हारी इच्छा भर से सब कुछ त्याग सकती हूँ! तुम्हारा साहचर्य मिले तो फिर साम्राज्यों का क्या करना है मुझे!...' किन्तु उसकी व्यावहारिक बुद्धि उसकी मुग्धावस्था को इतना अधिकार देने को प्रस्तुत नहीं थी। वह बार-बार उसे चेतावनी देती थी, 'कृष्णे! कहीं भावना में बह न जाना। यह यथार्थ संसार है। यहाँ मात्र भावना से कार्य नहीं होते। महाराज द्रुपद ने स्वयंवर में सम्पूर्ण आर्यावर्त्त के सर्वश्रेष्ठ धनुर्धर को इसलिए उसके पति के रूप में नहीं चुना था कि वह उसकी भुजाओं में लिपटी वन-विहार करती रहे। अपमान के उस दाह को वह कैसे भूल सकती है! द्रोण अभी जीवित है, ससम्मान हस्तिनापुर में रह रहा है, उसे आश्रय देने वाले भीष्म और धृतराष्ट्र सुरक्षित और जीवित हैं। द्रोण के बल पर ऐंठने वाला दुर्योधन, तुम्हारे पतियों के राज्य का अधिपति बना घूम रहा है।...तुम्हें अब अपने पिता के अपमान का ही प्रतिशोध नहीं लेना है, तुम्हें तो अपने पतियों के आततायी हत्यारों को भी दण्डित करना है।...'

"धर्मराज का द्वन्द्व अपने स्थान पर है सव्यसाची!" द्रौपदी ने उत्तर दिया, "किन्तु द्वन्द्व तो हम सब के हैं।"

"इसीलिए तो हम धैर्यपूर्वक, विवेक की सहायता से, उनका समाधान खोज रहे हैं।" अर्जुन शान्त स्वर में बोला, "युद्ध से हम सब घृणा करते हैं; किन्तु युद्ध ही हमारा व्यवसाय, धर्म और बल भी है। धर्मराज अभी युद्ध की अनिवार्यता से सहमत नहीं हैं।"

द्रौपदी ने आश्चर्य से देखा : भीम ने अर्जुन के कथन को वैसे ही परिहास में नहीं उड़ाया, जैसे कि वह युधिष्ठिर की बात को उड़ा देता था। कहीं ऐसा तो नहीं कि वह धर्मराज को भावुक तथा अर्जुन को विवेकी मानता हो; या फिर वह धर्मराज के आदेशों को मात्र अनुशासन के रूप में स्वीकार करता हो और अर्जुन से वह वस्तुतः स्नेह करता हो। अनुशासन की प्रतिक्रिया में विद्रोह जागता है; किन्तु स्नेह से द्रोह कौन कर सकता है!...

"अच्छा! तुम लोग बैठो।" युधिष्ठिर उठता हुआ बोला, "मैं माँ के पास हो आऊँ।"

"आर्यपुत्र मुझसे रुष्ट हो कर जा रहे हैं क्या?" द्रौपदी की वाणी में आशंका तथा आँखों में विनोद की चपलता थी।

"नहीं प्रिये!" युधिष्ठिर की मुस्कान भी गम्भीर थी, "तुमसे रूठने की नृशंसता तो भीम नहीं कर सकता।"

"जो दुर्योधन से रुष्ट नहीं हुआ, वह तुमसे क्या रुष्ट होगा।"

"पांचाली! भीम पुनः हँसा,"

"तो फिर माँ से मिलने के व्याज से आप हम लोगों को छोड़ कर क्यों जा रहे हैं?" इस बार द्रौपदी भीम के परिहास से सहमत नहीं हो पायी थी।

"व्याज का मुझे अभ्यास नहीं है कृष्णे!" युधिष्ठिर बोला, "मुझे सत्य ही माँ से कुछ विचार-विमर्श करना है।"

द्रौपदी ने जैसे युधिष्ठिर के कथन की सत्यता जानने के लिए सारे भाइयों के चेहरों का शोध किया : सब ही सहमत थे—युधिष्ठिर के कथन में असत्य तो होता ही नहीं, व्याज भी नहीं था। जीवन की छोटी-मोटी असुविधाओं को टालने के लिए भी वह व्याज का अवलम्ब नहीं होता। युधिष्ठिर का वचन, सत्य का पर्याय था।

द्रौपदी के मन में युधिष्ठिर का सम्मान बहुत बढ़ गया। पिता, महाराज द्रुपद ने पहले दिन से अपनी सन्तान को यही सिखाया था : कष्ट, दुख, समस्या, संकट, द्वन्द्व को टालने के लिए असत्य का अवलम्ब मत लो; सत्य से सम्मुख-साक्षात्कार करो। सत्य से व्यक्ति दुर्बल नहीं होता; सत्य उसे बल देता है तथा बल संकट का मुँह मोड़ भी सकता है और उसे सहन करने की क्षमता भी देता है।...

युधिष्ठिर माता के कक्ष में आया।

कुन्ती मुस्करायी, "मैं तुम्हारी प्रतीक्षा ही कर रही थी पुत्र!"

"तुम जानती थीं, कि मैं आऊँगा?"

कुन्ती खुल कर हँसी, "द्वन्द्व की स्थिति में अभी तुम्हें अपनी पत्नी के पास जाने का अभ्यास नहीं है पुत्र, तो माता के पास ही आओगे।"

युधिष्ठिर ने माँ की ओर देखा, "मेरे मन के द्वन्द्व का तुम्हें ज्ञान था माँ?"

"अभी तुम्हारा मन मेरे लिए अबूझ नहीं हुआ है पुत्र!" कुन्ती सहज होती हुई बोली, "तुम्हें ही नहीं, तुम्हारे सारे भाइयों को कुछ नयी बातें समझाना चाहती हूँ वत्स!"

"क्या माँ?"

"तुम लोगों ने अब तक माँ को जाना है युधिष्ठिर, नारी को नहीं।" कुन्ती बोली, "अब तुमने विवाह किया है। नारी से तुम्हारा सम्पर्क हुआ है। क्रमशः उसे जानोगे; किन्तु इतना बता देना मेरा धर्म है कि नारी को माँ समझने की भूल मत करना।"

"नारी ही तो माँ होती है।" युधिष्ठिर ने जैसे प्रतिवाद किया।

"नहीं वत्स!" कुन्ती हँसी, "एक शरीर में रहते हुए भी, नारी माँ नहीं होती। माँ की दृष्टि में क्षमा होती है, मन में वात्सल्य होता है और दान में हाथ उठा होता है; नारी की दृष्टि में निषेध और आलोचना होती है, मन में कामना होती है; और हाथ याचना में फैला होता है। माँ समर्पण का सात्विक जीवन जीती है पुत्र! वह अल्पसन्तोषी होती है—सीधी-सादी और सरल! नारी समर्पित होती नहीं, समर्पण माँगती है। वह कभी संतुष्ट नहीं होती। सरलता का कोई तत्व उसके निर्माण में होता ही नहीं। वह बहुत जटिल रचना है स्रष्टा की। उसकी थाह पाना बहुत कठिन होता है।..."

"पर तुम तो ऐसी नहीं हो माँ!" युधिष्ठिर चकित-सा बोला।

"यही तो कह रही हूँ।" कुन्ती मुस्करायी, "मैं तुम्हारी माता हूँ। मैंने तुम लोगों को पुत्र के रूप में देखा है, पुरुष के रूप में नहीं। जिसे मैंने पुरुष में देखा था, उसके प्रति मैं भी ऐसी नहीं थी। इसीलिए तो कह रही हूँ पुत्र, नारी को समझने का प्रयत्न करो। ऐसा न हो कि तुम पांचाली को प्रसन्न न रख सको।"

"पांचाली को प्रसन्न रखने के लिए क्या करना होगा माँ?"

"राज्य अर्जित करो। जीवन से जूझो। नारी को अपने पुरुष का मात्र अर्जन प्रिय होता है, विसर्जन नहीं। नारी को जीवन से जूझता पुरुष कमनीय लगता है, उससे भयभीत होता अथवा उसकी उपेक्षा करता नहीं। माँ अपने असमर्थ, पराजित और दुर्बल पुत्र को भी, बढ़ कर अपने आँचल में समेट लेती है और कभी उसका विरोध नहीं करती; किन्तु नारी अपने पुरुष को न असमर्थ देखना चाहती है, न पराजित, न दुर्बल! मैंने तुम्हारे पिता द्वारा संसार त्यागने का समर्थन नहीं किया था। उनकी तपस्या को साधना में परिवर्तित कर दिया था, ताकि वे अपनी सांसारिक इच्छाओं की सिद्धि कर सकें। नारी को समझो पुत्र! पांचाली को तुम्हारी समृद्धि से प्रसन्नता होगी। उसे वस्त्र, आभूषण, सम्पत्ति और सत्ता प्रिये होगी पुत्र!"

"किन्तु मैंने तो ऐसी पत्नी की कामना नहीं की थी माँ!"

"तुम्हारी इच्छा अथवा अनिच्छा से तो प्रकृति के नियम नहीं बदल जायेंगे पुत्र!..."

"पांचाली के मन में इतना लोभ है?"

"मैं पांचाली की तो बात ही नहीं कर रही पुत्र! मैं तो नारी मात्र की बात कर रही हूँ। उसमें से न पांचाली अपवाद है, और न स्वयं तुम्हारी माता कुन्ती।"

"लोभ कोई सद्गुण तो नहीं है माँ!"

"ठीक कहते हो पुत्र! किन्तु नारी की जीवन की सुख-समृद्धि के प्रति ललक को मैं लोभ नहीं कहती, जिसे संयत किया जाना चाहिए। वह तो उसकी प्रकृति है पुत्र!" कुन्ती ने रुक कर युधिष्ठिर को देखा, "तुमने वट-वृक्ष देखा न?"

"हाँ, माता!"

"वह अपना विकास कर प्रसन्न है। उसकी शाखाएँ हैं, पत्र हैं, जटाएँ हैं, छोटे-छोटे फल हैं, जो किसी के काम नहीं आते। वह महावृक्ष पथिकों को छाया दे कर, अपने जीवन की सार्थकता पा लेता है। किन्तु दूसरी ओर हरसिंगार का एक छोटा-सा वृक्ष भी तो होता है न पुत्र!"

युधिष्ठिर ने अनायास ही जैसे सहमति में सिर हिला दिया।

"ऋतु आते ही वह पुष्पित हो उठता है। चारों ओर सुगन्ध फैलाता है; किन्तु किसी को छाया नहीं देता। नारी जीवन में रूप और गन्ध का जो महत्व है, उसके लिए क्या तुम उसे दोषी ठहाराओगे? क्या उसे लोभी कहोगे?"

"नहीं माँ!"

"वैसे ही नारी भी प्रकृति का रूप है पुत्र! वह पुष्पित और पल्लवित होना चाहती है। उसके जीवन में रूप, रस, गन्ध...सब के लिए ललक है। जैसे प्रकृति मदमाती और इठलाती है, वैसी ही नारी भी है पुत्र! उसके शरीर की संरचना जैसे पुरुष से भिन्न है, वैसे ही मन की संरचना भी पुरुष के मन से मेल नहीं खाती।"

"किन्तु माँ! क्या वह कभी संतुष्ट नहीं होती? क्या उसका मन जीवन के भोग से कभी नहीं भरता?"

"शरीर की असमर्थता उसे बाध्य कर दे, तो कर दे; किन्तु उसकी कामना तृप्त नहीं होती पुत्र!" कुन्ती बोली, "पांचाली के पास आभूषणों के भण्डार हों, तो भी यदि तुम उसे एक स्वर्ण-कंगन ला कर दोगे तो वह आह्लाद से खिल उठेगी। वह स्वर्ण तथा बहुमूल्य मणि-माणिक्य से लदी होगी, तो भी वेणी में लगाने के लिए एक पुष्प की कामना उसे अतृप्त रखेगी। यह नारी का सहज रूप है। यह उसका दोष नहीं है।"

"किन्तु माँ!" युधिष्ठिर बोला, "द्रौपदी पण्डिता है, शास्त्रज्ञ है, बौद्धिक क्षेत्र में उसकी गति है। वह जीवन के मर्म को समझती है। क्या उसके बाद भी, उसके मन में कंचन की कामना रहेगी?"

"जीवन के आस्वाद के प्रति नारी के मन में ग्लानि का भाव नहीं है पुत्र! जैसाकि बौद्धिक पुरुष के मन में है। इसलिए शास्त्र तथा तत्व-ज्ञान भी द्रौपदी

के नारी-गुणों को नष्ट नहीं करेगा। तुम उसे भौतिक समृद्धि से ही प्रसन्न करने का प्रयत्न करो पुत्र! तुम उसे त्यागपूर्ण उदात्त जीवन की परिकल्पनाओं और प्रयत्नों से लुभा नहीं सकोगे। मुझे पूर्ण विश्वास है कि तुम्हारे पितामह कुरुश्रेष्ठ भीष्म किसी नारी के स्वप्न-पुरुष नहीं हो सकते। यदि कोई नारी उन्हें मुग्ध करने में समर्थ हुई होती तो उन्हें जीवन-सरिता के तट पर इस प्रकार द्रष्टा के रूप में खड़ा न रहने देती; तत्काल उन्हें खींच कर मध्य धार में ले आती और वे निरन्तर उसके पीछे-पीछे तैरते दिखायी देते।..."

लगा, युधिष्ठिर का जैसे कोई मोह भंग हो रहा हो। उसने अवसन्न स्वर में पूछा, "माँ! क्या नारी कभी अपने पुरुष के लिए भी माता नहीं हो सकती?"

"केवल क्षणिक रूप से! स्थायी रूप से यह कभी सम्भव नहीं है। पुरुष की दृष्टि ही उसे नारी बना देती है पुत्र! न पुरुष कभी पुत्र हो पायेगा, और न नारी ही कभी माँ हो पायेगी!"

युधिष्ठिर मौन हो गया, जैसे उसके सारे प्रश्न समाप्त हो गये हों; किन्तु जीवन ने उसे कोई सन्तोषजनक उत्तर न दिया हो।

"अब एक बात अपनी ओर से कहती हूँ पुत्र!" कुन्ती पुनः बोली, "तुम्हें मैंने धर्मराज का पुत्र माना है। तू धर्म का पुत्र है वत्स! धर्म का दूसरा नाम यम है—यम; मृत्यु का देवता। तू इतना कोमल क्यों है पुत्र? तेरा हृदय करुणा से इस प्रकार विगलित क्यों हो उठता है? तू यम के समान कठोर नहीं बनेगा, तो धर्म का पालन कैसे करेगा? अधर्म को दण्डित कैसे करेगा? अधर्म के लिए तू कराल काल नहीं बनेगा, दुष्ट-दलन नहीं करेगा, तो इस संसार में धर्म की स्थापना कैसे होगी?...मैं कब से प्रतीक्षा कर रही हूँ पुत्र, कि तुम लोग समर्थ हो जाओ और अपने पिता को वंचित करने वाले दुष्टों को, स्वयं तुम लोगों की हत्या का प्रयत्न करने वाले आततायी हत्यारों को, उनके पापों का दण्ड दो...और अब जब अवसर आया है, तुम कह रहे हो कि तुम युद्ध नहीं करोगे, क्योंकि वे स्वजन हैं! जहाँ तक सम्पत्ति का सम्बन्ध है पुत्र! जब तक भाई साथ होता है, वह सबसे समर्थ सम्बल होता है, और जैसे ही वह पृथक् होता है—वह सबसे बड़ा शत्रु होता है। अपने शत्रुओं को पहचान पुत्र! और अपनी पत्नी, अपने भाइयों तथा माता का पालन कर। अपने अधिकारों के लिए युद्ध वीरता का लक्षण है, नृशंसता का प्रमाण नहीं!"

"तुम ठीक कहती हो माँ!" युधिष्ठिर धीरे से बोला, "मैं समझ गया हूँ, मुझे अब पुत्र के स्थान पर पुरुष ही बनना होगा।..."

युधिष्ठिर ने आ कर वेदव्यास के चरण छुए।

"बैठो वत्स!"

युधिष्ठिर चुपचाप बैठ गया।

"क्या बात है युधिष्ठिर! कुछ उद्विग्न प्रतीत हो रहे हो!"

युधिष्ठिर ने महर्षि को कुछ इस प्रकार देखा, जैसे पूछ रहा हो, 'कहाँ से आरम्भ करूँ?...' और फिर धीरे से बोला, "मैं बहुत संकट में हूँ तात्!"

"नहीं!" वेदव्यास उन्मुक्त रूप से हँसे, "यह तुम्हारा भ्रम है पुत्र! ये दिन तुम्हारे संकट के कटने के हैं, संकट में होने के नहीं।"

युधिष्ठिर ने महर्षि के दृष्टिकोण को समझने का प्रयत्न किया। बोला, "हाँ तात्! भौतिक संकट कटा है, किन्तु मानसिक संकट बढ़ा है।"

"तुम संकट नहीं, कदाचित् अपने असमंजस की चर्चा कर रहे हो।"

"हाँ आर्य! किन्तु असमंजस से बड़ा संकट किसी चिन्तनशील प्राणी के लिए और क्या हो सकता है?"

"स्पष्ट कहो पुत्र!"

युधिष्ठिर बोला, "मैं समझ नहीं पा रहा हूँ तात्, कि अधिकार के लिए लड़ना श्रेयस्कर है अथवा उसका त्याग?"

"अधिकार के लिए तो लड़ना ही श्रेयस्कर है पुत्र!" वेदव्यास की बड़ी-बड़ी चिन्तनशील आँखों में एक मुस्कान थी, "त्याग देने के पश्चात् तो वह अधिकार रह ही नहीं जाता।"

युधिष्ठिर उनके कथन को ग्रहण कर उस पर मनन करता रहा, फिर बोला, "पितामह ने राज्य का त्याग किया और दुर्योधन राज्य के लिए संसार के समस्त कुकर्म करने को तत्पर बैठा है; मैं उसके लिए अपने स्वजनों का रक्त बहाना नहीं चाहता। कौन-सा मार्ग श्रेयस्कर है?"

"तो पौत्र भी पितामह के मार्ग पर चलना चाहता है!" महर्षि प्रसन्न मन से खिलखिलाए।

"नहीं तात्! मैं तो मात्र शोध कर रहा हूँ कि कौन-सा मार्ग अधिक श्रेयस्कर है।"

"युधिष्ठिर!" इस बार महर्षि का स्वर गम्भीर भी था और आदेशात्मक भी, "जब तक केंचुली सर्प के शरीर पर होती है, तब तक उसमें उसकी पूर्ण आसक्ति होती है; किन्तु जब वह उसे त्याग देता है, तब पलट कर भी उसकी ओर नहीं देखता। यदि सर्प केंचुली के अपने शरीर पर होते हुए भी, उसकी रक्षा नहीं करेगा, तो कष्ट पायेगा, और उसका त्याग कर उसकी रक्षा का प्रयत्न करेगा तो व्यर्थ मूढ़ता करेगा। तुम पहले यह निर्णय करो पुत्र, कि केंचुली

तुम्हारे शरीर पर है, या उसे तुम उतार चुके?"

"केंचुली शरीर पर हो भी तो मैं उसके लिए दूसरों को दंशित नहीं करना चाहता तात्!"

"यह स्थिति प्रकृति को स्वीकार्य नहीं है पुत्र! यदि केंचुली तुम्हारे शरीर पर है, तो उसकी रक्षा के लिए आवश्यक होने पर दूसरों को दंश भी मारना होगा। यदि दूसरों को दंशित नहीं करना चाहते तो केंचुली को शरीर पर रखना भी नहीं होगा।" व्यास बोले, "पुत्र! आसक्ति के रहते संघर्ष छोड़ देना, या तो कायरता है अथवा असामर्थ्य! और पुत्र! आसक्ति के रहते हुए त्याग का भ्रम पालना, अपने अहंकार को स्फीत करने के अतिरिक्त और कुछ नहीं है। कामना से बड़ा शत्रु है अहंकार। कामना तो सहज मानवीय भाव है पुत्र! वह संयत रहे तो सुख भी देती है; किन्तु अहंकार तो भयंकर विषैला नाग है। बह अपने विष-वमन से जाने कितने लोगों को आहत और पीड़ित करता है।" व्यास ने अपनी मुस्कान से अपने कथन के दंश की पीड़ा को कम करने का प्रयत्न किया, "युधिष्ठिर! तुम्हारे मन में राज्य की कामना है तो उसे प्राप्त करने के लिए कर्म करो। कर्म का रूप प्रयत्नमय भी हो सकता है और संघर्षपूर्ण भी। याचक बन कर तुम राज्य की अपनी कामना पूर्ण नहीं कर सकते। यदि तुम राज्य की कामना मन में रखते हुए, त्यागी होने का भ्रम पाल रहे हो, तो सिवाय अपना अहंकार स्फीत करने के और कुछ नहीं कर रहे!"

"नृशंसता के बिना क्या जीवन-यापन हो सकता तात्?"

"भीम यदि नृशंस हो कर, हिडिम्ब और बकासुर का वध न करता, तो क्या तुम लोग जीवित बच जाते?" व्यास मुस्कराए, "जीवन की अनिवार्य हिंसा तो नृशंसता की कोटि में नहीं आती।"

"तो फिर मुझमें और दुर्योधन में अन्तर ही क्या हुआ?" युधिष्ठिर के स्वर में जैसे अपने लिए ही धिक्कार था।

"बहुत अन्तर है पुत्र!" व्यास बोले, "उसने दस्यु-वृत्ति अपनायी है। वह दूसरों की सम्पत्ति छीनने के लिए उनका वध कर रहा है, और तुम अपनी सम्पत्ति की रक्षा के लिए, उससे अनिवार्य संघर्ष करने में भी संकोच कर रहे हो!"

"मैं तो एक ही बात सोचता हूँ कि क्या यह सम्पत्ति इतनी महत्त्वपूर्ण है कि उसके लिए मनुष्य का रक्त बहाया जाये?" युधिष्ठिर का स्वर जैसे चिन्ता से भारी था।

"मनुष्य के रक्त से अधिक मूल्यवान तो संसार में कोई वस्तु नहीं है पुत्र!" व्यास बोले, "इसलिए उसकी रक्षा के लिए संघर्ष करना पड़ता है। यदि तुम यह संघर्ष नहीं करोगे तो बहुत सम्भव है कि उससे कहीं अधिक मानवीय

रक्त बहे, जितना बहाने से तुम भयभीत हो।"

"मैं आपका अभिप्राय नहीं समझा पूज्यपाद्!"

"तुम्हारा संघर्ष न करना दुर्योधन की नृशंसता में वृद्धि करेगा। प्रतिरोध न होने पर वह कितना रक्त बहाने की क्षमता रखता है—इसकी कल्पना तुम कर सकते हो?"

सहसा युधिष्ठिर ने निश्चय किया कि अपने मन में निरन्तर गूँजते प्रश्न को वह अब और नहीं रोकेगा। बोला, "और यदि मैं पितामह का ही मार्ग अंगीकार करूँ तो?"

"वह तुम्हारे लिए सम्भव नहीं है।" व्यास बोले, "तुम मात्र अपनी ओर से त्याग कर सकते हो, जैसाकि तुम्हारे पितामह ने किया था, किन्तु यह संघर्ष युधिष्ठिर का नहीं, पाण्डवों का है। तुम्हें क्या अधिकार है कि भीम, अर्जुन, नकुल और सहदेव के जीवन का सुख-स्वप्न इस प्रकार भंग कर दो, उनकी सम्पत्ति दुर्योधन को दे दो, अथवा अपने भाइयों तथा अपनी माता को दुर्योधन के हाथों मरने के लिए असुरक्षित छोड़ दो?"

युधिष्ठिर के माथे पर चिन्ता की रेखाएँ उभरीं...

"इतना ही नहीं!" व्यास पुनः बोले, "तुम विवाहित हो। तुम्हारी पत्नी है, और भविष्य में सन्तान भी होगी। हस्तिनापुर के राज्य पर उन सबका अधिकार है। तुम उन सबकी ओर से राज्य का त्याग कैसे कर सकते हो?...क्या तुमने द्रौपदी से विवाह इसलिए किया था कि उसे कह सको कि अब तुम्हारे पास कुछ नहीं है; इसलिए तुम वनवास करोगे?" महर्षि ने रुक कर उसे देखा और जैसे अधिक बलपूर्वक कहा, "नहीं युधिष्ठिर! तुम अपने पितामह का मार्ग ग्रहण नहीं कर सकते। तुम गृहस्थ हो। तुम पर अपने भाइयों, माता और पत्नी के भरण-पोषण का दायित्व है। तुम त्याग के मार्ग पर नहीं चल सकते।..."

"तो फिर मेरे लिए तो कोई विकल्प ही नहीं है तात्!"

"हाँ पुत्र! परिस्थितियों ने तुम्हें जहाँ कीलित किया है, तुम वहाँ से हट नहीं सकते! तुम्हें यह संघर्ष करना ही होगा।"

"तो फिर वही हो आर्य! जो अनिवार्य है।" लगा, युधिष्ठिर के माथे पर से चिन्ता की रेखाएँ कुछ धूमिल हो गयी हैं। उसका द्वन्द्व मिट गया है।

"तुम्हारे लिए अभी तक यह एक व्यक्तिगत प्रश्न है पुत्र!" व्यास पुनः बोले, "किन्तु मेरे लिए यह एक वृहत् प्रक्रिया है जिसमें तुम और दुर्योधन नहीं लड़ रहे, सत् और असत् वृत्तियाँ लड़ रही हैं। मैं कभी नहीं चाहूँगा कि इस संघर्ष में सद्वृत्तियाँ थक-हार कर बैठ जायें और असद्वृत्तियाँ आर्यावर्त्त पर शासन करें। संसार में जहाँ कहीं कोई न्याय के पक्ष में एक भी हाथ उठाता

है, वह सम्पूर्ण सृष्टि की सात्विकता को बल देता है; और संसार में व्याप्त पाप और अतिचार के प्रतिरोध में सक्रिय योगदान करता है। जो अपने स्वार्थ से निरपेक्ष यह संघर्ष करता है वह महान् है; किन्तु जो अपने व्यक्तिगत कारणों से भी अन्याय का विरोध करता है, वह कम सार्थक नहीं है। पुत्र! तुम जब अपने राज्य की प्राप्ति के लिए संघर्ष करोगे तो आर्यावर्त्त में प्रसार पाते राक्षसी-तन्त्र का विरोध करोगे। प्रजा को दुर्योधन के आततायी और अत्याचारी शासन से बचा लोगे। तुम्हें अपनी ओर से नहीं, सद्वृत्तियों की ओर से लड़ना है, मन की ग्लानि दूर करो और उठ कर खड़े हो जाओ।"

"आपकी आज्ञा का पालन होगा देव!" युधिष्ठिर असमंजस रहित स्वर में बोला और उठ खड़ा हुआ।

विदुर को लगा, काम्पिल्य में आ कर गंगा का तट कुछ और अधिक ही रमणीय हो गया है। हस्तिनापुर की तुलना में यहाँ उसकी धारा अधिक स्वच्छ लग रही है और तट पर हरीतिमा भी कुछ अधिक ही थी। गंगा के इसी तट पर एक सुन्दर स्थल चुनकर महर्षि वेदव्यास ने अपना अस्थायी आश्रम स्थापित किया था।

"आओ वत्स!" व्यास ने विदुर का स्वागत करते हुए कहा, "गुप्त रूप से हिडिम्बवन में निवास करते हुए जो पाण्डव तुमने मुझे सौंपे थे, उन्हें सुरक्षित रूप से ब्याज सहित तुम्हें लौटा रहा हूँ।" वे मुस्कराए, "अब इसके पश्चात् काम्पिल्य में रुके रहना भी मेरे लिए अनावश्यक हो गया है।"

विदुर ने व्यास के चरणों में सिर रख कर प्रणाम किया "पूज्यवर! आपने पाण्डवों की रक्षा कर धर्म की रक्षा की है, अन्यथा वह मूढ़ दुर्योधन तो कौरव-साम्राज्य की दुर्गति ही कर डालता।"

व्यास हँसे, "तुम पाण्डवों को हस्तिनापुर ले तो जा रहे हो विदुर; किन्तु क्या वहाँ उनकी रक्षा कर लोगे?" और सहसा व्यास का स्वर जैसे कुछ रहस्यपूर्ण हो गया, "विदुर! यदि हस्तिनापुर में यह भेद प्रकट हो गया कि पाण्डवों को दुर्योधन के षड्यंत्र से बचाने वाले तुम थे, तो क्या दुर्योधन इसे शत्रुतापूर्ण कृत्य मान कर तुमसे प्रतिशोध लेना नहीं चाहेगा? तुम वहाँ स्वयं भी सुरक्षित हो क्या?"

"मेरे पास कोई सैनिक बल तो है नहीं तात्! न मैं स्वयं ही कोई योद्धा हूँ। किन्तु मेरा विचार है कि पाण्डव इस भेद को प्रकट नहीं होने देंगे।" विदुर बोला, "वैसे इस भेद को जाने बिना भी दुर्योधन मुझे अपना शत्रु ही मानता है; किन्तु यह आश्चर्य की बात है कि उसने अभी तक न तो कभी मुझको राज्य से निष्कासित करने की माँग की है और न ही मेरी हत्या का कोई षड्यंत्र रचा

है। मेरा विचार है कि धृतराष्ट्र सदा जो धर्मात्मा बने रहने का स्वांग करता है उस पाखण्ड की रक्षा के लिए वह मेरी भी रक्षा करेगा, और उसकी अनुमति के अभाव में दुर्योधन मेरी ओर अँगुली नहीं उठायेगा।...और फिर आपका आशीर्वाद जो है तात्!..."

"विदुर! तुम्हारी रक्षा प्रकृति की सद्वृत्तियाँ कर रही हैं। इसलिए यह और भी आवश्यक हो जाता है कि तुम अपनी रक्षा के लिए उनकी रक्षा करो। पाण्डवों की रक्षा के लिए अधिक तत्पर और सतर्क रहो..."

"पाण्डवों की रक्षा में सबसे अग्रणी है वासुदेव कृष्ण। यह हस्तिनापुर में न रहते हुए भी वहाँ रहेगा। वह अपनी अनुपस्थिति में भी उपस्थित रहता है तात्!..."

"मैं जानता हूँ विदुर!" व्यास बोले, "काम्पिल्य में उसने जिस प्रकार उनकी रक्षा की है--उसे देखा है मैंने!"

"वैसे पहले की अपेक्षा अब पितृव्य भीष्म भी अधिक सतर्क..."

"भीष्म!..."

"क्यों? आपको कोई संशय है पितृव्य के सम्बन्ध में?" विदुर चकित था।

व्यास अपने स्थान से उठ खड़े हुए। अपनी पीठ पर हाथ बाँधे वे कुछ देर तक चिन्तनलीन मुद्रा में टहलते रहे, फिर बोले, "भीष्म पर मुझे कोई संदेह नहीं है—न उनकी सद्वृत्तियों पर और न उनकी क्षमता पर। किन्तु उनके विषय में मेरी समझ अभी बहुत स्पष्ट नहीं है। मेरे मन में अनेक संशय हैं, कुछ आशंकाएँ भी हैं...।"

"कैसी आशंकाएँ पूज्यवर?"

"आरम्भ में भीष्म मुझे अत्यन्त सक्षम और समर्थ व्यक्ति लगे थे और उनकी न्याय-बुद्धि भी मुझे अत्यन्त विश्वसनीय लगी थी; किन्तु..."

"किन्तु क्या आर्य?"

"किन्तु इधर मेरे मन में उनको ले कर कुछ शंकाएँ जन्मी हैं।"

"कैसी शंकाएँ?" विदुर पूरी बात जानने के लिए कुछ अधिक ही व्यग्र हो उठा था।

"पुत्र! जाने क्यों ऐसा लगने लगा कि बहुत ही सात्विक और उदात्त चरित्र के स्वामी होते हुए भी भीष्म का वर्ग-चरित्र ऐसा है कि बहुत सुविधा से वे सत्ता और शासन के साथ तादात्म्य कर लेते हैं। सत्ताविहीन अथवा सत्ता से दूर के लोगों का तर्क, उनकी मनोभावनाएँ, उनकी स्थिति-परिस्थितियाँ—कदाचित् ये सब भीष्म समझ नहीं पाते।..."

"इस धारणा का कारण?"

"भीष्म में सत्ता का वेग बहुत अधिक है। उस वेग से टकरा कर दूसरे व्यक्ति की गति क्या होगी, उसकी चिन्ता उन्हें नहीं होती, चाहे वह व्यक्ति वे स्वयं ही क्यों न हों।" व्यास बोले, "उन्होंने जब मेरे नाना को वचन दिये, तो यह भी नहीं सोचा कि उनकी अपनी गति क्या होगी, राज-परिवार पर उसका क्या प्रभाव पड़ेगा, शासन और प्रजा इससे किस प्रकार प्रभावित होंगे...काशिराज की कन्याओं का हरण करके लाये तो उन कन्याओं की भावनाओं-संवेदनाओं की तनिक भी चिन्ता नहीं की थी..."

विदुर भी जैसे भीष्म को एक नयी दृष्टि से देख रहा था।

"धृतराष्ट्र और दुर्योधन ने आरम्भ से ही पाण्डवों को किस प्रकार पीड़ित किये रखा—भीष्म को इसकी कोई सूचना ही नहीं थी।" व्यास बोले, "कुरु-कुल के संरक्षक, अभिभावक और कर्त्ता होने के नाते उन्हें यह ज्ञात होना चाहिए था कि उनके परिवार में क्या हो रहा है, किन्तु कदाचित् उनकी समस्या यह है कि वे आत्मलीन गृहस्थ हैं। बहुत सम्भव है कि एक वैरागी यदि गृहस्थी चलायेगा, तो वह ऐसे ही चले, किन्तु यह तो उनके व्यवहार को समझना भर हुआ। इससे इस चरित्र की सीमाओं का प्रतिकार तो ही नहीं जाता।" व्यास रुके, "दुर्योधन ने भीम को विष दिया। उन्हें उसकी कोई सूचना नहीं है। वारणावत में इतना बड़ा षड्यन्त्र हुआ, उन्हें कुछ पता ही नहीं कि वहाँ क्या घटित हो रहा है। दुर्योधन ने उनकी आँखों के सामने कर्ण को अंग देश का राजा बना दिया। उन्होंने एक बार भी नहीं पूछा कि दुर्योधन को इसका क्या अधिकार था।..."

"आप ठीक कह रहे हैं तात्!" विदुर कुछ-कुछ सहमत तो हुआ, किन्तु उसे लगा कि व्यास भीम के प्रति कुछ अधिक ही कठोर हो गये हैं, "किन्तु कदाचित् यह सब इसलिए है कि वे कुरुकुल के रक्षक हैं। वे नहीं चाहते कि कुरुकुल का कोई अहित हो, उस पर कोई आँच आये अथवा परिवार के भीतर कोई क्लेश उठ खड़ा हो।"

"यह उनका धर्म है, किन्तु उसके लिए व्यापक मानवीय धर्म की अवहेलना नहीं होनी चाहिए। यह धर्म का नहीं, धर्म की रूढ़ि का पालन है। इससे परिवार का हित नहीं होगा। परिवार की रक्षा करनी हो, तो धर्म की रक्षा की जानी चाहिए। धर्म स्वतः ही परिवार को धारण करेगा। धारण करने का कार्य, केवल धर्म ही करता है, अधर्म तो उसका क्षय ही करेगा।" व्यास बोले, "कुरुकुल के प्रति मोह मुझे भी है, किन्तु दुर्योधन की दुष्टता के कारण मुझे न दुर्योधन से सहानुभूति है, न धृतराष्ट्र से। कौरवों को बचाये रखने का

भी कोई विशेष आग्रह नहीं है, मेरे मन में। सत्य-पक्ष को बचाने का आग्रह है मेरा। भीष्म ने बहुत कुछ त्याग है, किन्तु वंश और साम्राज्य की रक्षा का मोह वे नहीं त्याग सके। इसीलिए उन्हें अधर्म और असत्य से संधि करनी पड़ी है। क्रमशः वे अधर्म को स्वीकार करते गये हैं। इसलिए कदाचित् वे नहीं जानते कि मन से पाण्डवों के साथ होते हुए भी कर्मतः वे कौरवों के ही साथ हैं।" उन्होंने विदुर को देखा, "मुझे लगता है कि भीष्म क्रमशः संधिवादी होते जा रहे हैं और परिणामतः निष्क्रिय भी। कहीं ऐसा न हो कि अन्ततः वे धार्तराष्ट्रों के ही पितामह हो कर रह जायें, पाण्डवों के कुछ भी न रहें।"

विदुर कुछ नहीं बोला। वह महर्षि के कथन पर विचार कर, बैठा रहा।

"इसलिए पुत्र! पाण्डवों को ले कर हस्तिनापुर जाओ, तो सावधान रहो। द्रुपद और वासुदेव कृष्ण से भी कहो। पाण्डवों को असुरक्षित नहीं छोड़ा जा सकता।"

"आपकी आज्ञा का सम्पूर्ण पालन होगा तात्!" विदुर उठ खड़ा हुआ।

38

हस्तिनापुर का मुख्य द्वार 'वर्द्धमान' आज फिर सजाया गया था।

भीष्म इस द्वार को देखते तो कितनी-कितनी स्मृतियाँ उनके मन में लहराने लगती थीं। यह द्वार, मात्र एक द्वार नहीं था, यह मानो कुरुकुल का इतिहास था। कुरुओं की अनेक पीढ़ियों को यह विजय-यात्राओं के लिए विदा करता रहा है; और उनके विजयी हो कर लौटने पर उनका स्वागत करता रहा है। विवाहों के अवसर पर कुल-वधुओं का स्वागत इसी द्वार ने किया है और इसी द्वार से हो कर कुरु-वृद्ध यम-प्रदेश गये हैं। किन्तु ऐसा तो पहली बार हुआ है कि यम-प्रदेश गये हुए, कुरु-जन इस द्वार से लौट रहे हैं। यम-प्रदेश जा कर भी कोई लौटा है? किन्तु पाण्डु-पुत्र लौट रहे हैं, कुन्ती लौट रही है...

अगले ही क्षण भीष्म चिन्तित हो गये : किन्तु यह लौटना भी क्या घर लौटना था...दुर्योधन और कर्ण तो सेना ले कर, पाण्डवों पर आक्रमण कर उनका वध करने की योजनाएँ बना रहे थे...कर्ण और शकुनि की संगति दुर्योधन के लिए तनिक भी लाभदायक नहीं है। जिनका मन ही स्वस्थ नहीं है; वे लोग किसी का भी क्या हित करेंगे...

धृतराष्ट्र ने पाण्डवों के प्रति स्नेह-प्रदर्शन तो बहुत किया है; किन्तु हस्तिनापुर पर युधिष्ठिर का अधिकार स्वीकार करने में उसे असमंजस ही रहा है...असमंजस क्या, वह तो कुरुओं का राज्य, अपने और अपने पुत्र के लिए

प्राप्त कर लेना चाहता है; चाहे अधिकार किसी का भी हो। अपने स्वार्थ के सम्मुख धृतराष्ट्र को कोई न्याय-अन्याय नहीं सूझता। या शायद पुत्र-प्रेम ही उसकी बुद्धि को आच्छादित किये हुए है...और आचार्य द्रोण ने भी साम्राज्य के विभाजन के पक्ष में अपना मत दे दिया है।...पता नहीं, इस द्रोण को क्या हो गया है; वह साम्राज्यों के विभाजन की ही योजनाएँ बनाता रहता है। इसने पांचालों के राज्य का विभाजन कर डाला। तब भीष्म ने सोचा था—शत्रु दुर्बल हुआ। किन्तु तब क्या यह सोचा था कि वृश्चिक तो दंश ही करेगा, हथेली चाहे उसके शत्रु की हो, अथवा संरक्षक की।...और सहसा उनके मन ने पूछा, '...द्रोण अब वृश्चिक हो गया है क्या?...'

चार अश्वारोही आकर द्वार पर रुके।

'ये कौन हो सकते हैं?' भीष्म ने सोचा, 'ये पाण्डव तो नहीं हो सकते।'

अश्वारोहियों ने अश्वों से उतरकर अपना परिचय दिया। वे लोग पाण्डवों के अग्रिम धावक थे। वे सूचना लाये थे कि पाण्डव अपने पिछले पड़ाव से चल पड़े थे और अब हस्तिनापुर पहुँचने ही वाले थे।

भीष्म को आश्चर्य हुआ : पाण्डवों का हस्तिनापुर लौटना भी ऐसा है, जैसे कोई सम्राट् यात्रा कर रहा हो। अग्रिम सूचना देने वाले धावकों के कई दल आये थे।...पाण्डव ही तो आ रहे हैं, किसी चक्रवर्ती की सेना तो नहीं आ रही। पाँच पाण्डव, कुन्ती, विदुर...और हाँ! द्रौपदी भी। कुछ दासियाँ होंगी; कुछ सेवक होंगे। सम्भवतः दो-चार छकड़ों में कुछ सामान भी होगा। द्रुपद ने कुछ तो यौतुक दिया ही होगा, अपनी पुत्री को...

तभी दूर से पथ पर धूल उड़ती दिखायी दी : पाण्डव आ गये थे या फिर धावक ही आये थे?...नहीं। इस बार अश्वारोही नहीं थे। कई रथ थे, जो आगे-पीछे दौड़ रहे थे। पाण्डव ही होंगे...

वे निकट आये। भीष्म ने देखा : पहला रथ वासुदेव कृष्ण का था।

'कृष्ण!...' भीष्म का सारा शरीर जैसे रोमांचित हो उठा! यह तो सोचा ही नहीं था उन्होंने कि कुन्ती का भ्रातुष्पुत्र है कृष्ण! वह अपनी बुआ और भाइयों के साथ हस्तिनापुर आ सकता है।...किन्तु कृष्ण, मांगलिक वेश में न हो कर, युद्ध-वेश में क्यों है? सारे अस्त्र-शस्त्रों से सज्जित! बाहुक द्वारा संचालित कृष्ण का यह रथ कितना विशाल था...और कैसे-कैसे अस्त्र-शस्त्र से संयुक्त!

कृष्ण ने भीष्म के चरण छू कर प्रणाम किया।

भीष्म ने आशीर्वाद देकर पूछा, "कहीं युद्ध के लिए जा रहे हो पुत्र?"

"नहीं पितामह!" कृष्ण के चेहरे पर मुस्कान उभरी, "युद्ध के लिए जा नहीं रहा; युद्ध की सँभावनाओं को टालने का प्रयत्न कर रहा हूँ। काम्पिल्य में

भी और यहाँ भी!"

"यहाँ कैसा युद्ध?" भीष्म चकित थे।

"जहाँ किसी को उसके नैसर्गिक अधिकारों से वंचित किया जायेगा, वहाँ युद्ध होगा ही; जहाँ वंचना, पाखण्ड और षड्यंत्र होंगे, वहाँ संघर्ष अनिवार्य है पितामह!"

भीष्म ने ध्यान से देखा : कृष्ण परिहास नहीं कर रहा था। वह पूर्णतः गम्भीर था।...

और तभी बलराम अपने रथ से उतरा, फिर सात्यकि; और उनके पश्चात् विदुर का रथ आया।

विदुर ने पितामह को बताया, "पाण्डव अकेले नहीं आये हैं पितृव्य! कृष्ण, बलराम और सात्यकि से तो आप मिल ही चुके हैं। यादवों के अनेक और महारथी और अतिरथी भी आये हैं। कृष्ण की नारायणी सेना का एक बड़ा दल साथ आया है। पांचालों का युवराज धृष्टुम्न स्वयं आया है; और उसके साथ पांचालों की अनेक वाहिनियाँ आयी हैं। द्रुपद ने अपने प्रत्येक जामाता को यौतुक में एक-एक सहस्र रथ और एक-एक सहस्र गज दिये हैं, साथ-साथ सहस्रों अश्व भी हैं। रथों, गजों और अश्वों का संचालन करने वाले अथवा महावत नहीं हैं—वे सभी सैनिक हैं। रथों में अस्त्र-शस्त्र तथा युद्ध-सामग्री भरी पड़ी है।"

भीष्म चकित थे, "वे लोग युद्ध करने आये हैं क्या? हस्तिनापुर में पाण्डवों की रक्षा यादव और पांचाल करेंगे?" भीष्म की वाणी में आक्रोश भी था और विषाद भी।

तभी युधिष्ठिर ने आ कर भीष्म के चरण छुए। भीष्म ने उसे कधों से पकड़ कर उठाया और वक्ष से लगा लिया, "ओह, वत्स!"

भीष्म की इच्छा हुई कि युधिष्ठिर से पूछें—वारणावत में क्या हुआ था? यदि वहाँ अकस्मात् ही आग लग गयी थी तो उन्हें स्वयं को मृत प्रचारित करने की क्या आवश्यकता थी? इतने दिनों तक अज्ञातवास क्यों किया उन्होंने? काम्पिल्य में वे ब्राह्मणों के वेश में क्यों आये?...और स्वयंवर जय कर भीम तथा अर्जुन ने अपने स्वाभाविक रूप में प्रकट हो अपने भाइयों से मिलने के स्थान पर, अपना छद्मवेश बनाये रख कर, शेष राजाओं से युद्ध क्यों किया? इसी नाटक में कहीं कोई दुर्घटना हो गयी होती तो?...

उनके मन में जिज्ञासा का जैसे कोई सागर लहरा रहा था, जिसमें प्रश्नों की लहर-पर-लहर उठ रही थी। उनकी इच्छा हो रही थी कि प्रश्नों की ये लहरें, युधिष्ठिर के वक्ष-रूपी कगार से टकरा कर फेन में परिणत हो जायें और

फिर उसके बुदबुद वायु में विलीन हो जायें...

किन्तु ऐसे प्रश्न पूछने का यह कोई अवसर नहीं था।...नव-वधू पांचाली उनके चरणों में प्रणाम निवेदित कर रही थी।...द्रुपद-पुत्री पांचाली कृष्णा, उनकी पौत्र-वधू...भीष्म ने कभी कल्पना भी नहीं की थी कौरवों तथा पांचालों में कभी इस प्रकार के विवाह-सम्बन्ध भी हो सकते हैं।...कैसे स्वीकार किया होगा द्रुपद ने इस सम्बन्ध को? सारा पुराना वैमनस्य एक क्षण में ही समाप्त कर दिया होगा? अर्जुन को अपने अपमान के लिए क्षमा कर दिया होगा?...या वीरता के प्रति द्रुपद के मन में इतना सम्मान है कि सारा अतीत विस्मृत कर दिया?...

भीम ने झूमते-झामते हाथी के समान, भीष्म के चरण छुए। उसकी आँखों में लहराता जीवन का मद, पिछले दिनों की घटनाओं से तनिक भी प्रभावित नहीं लगता था, वरन् वह कुछ और अधिक समृद्ध हो गया था। उसने पहले के से ही चपल बालक के समान हँसकर कहा, "आप तो और भी वृद्ध और दुर्बल हो गये हैं पितामह! आपको तो गोद में उठा कर, मैं सारे हस्तिनापुर का चक्कर लगा सकता हूँ।"

भीष्म ने स्नेह से भीम के सिर पर अपनी हथेली ही नहीं रखी, उसके केशों में अँगुलियाँ भी फिरायीं, "किन्तु ऐसा करना मत बावले! नहीं तो पितामह की सारी गरिमा की पोल खुल जायेगी।"

"आप अपनी गरिमा से बहुत सारे सत्यों को ढँके बैठे हैं पितामह!" भीम हँसा, "जैसे कोई वस्त्र स्वादिष्ट व्यंजनों की थाली को ढँके रहता है।"

भीष्म के अपने मन ने ही उनसे पूछा, 'क्या कह रहा है भीम? क्या वह कह रहा है कि वे सत्य को ढँके बैठे हैं और असत्य प्रचारित हो रहा है—केवल अपनी गरिमा की रक्षा-हेतु।...' और तभी जैसे उनके दूसरे किसी मन ने कहा, 'हाँ! गरिमा के लिए ही तो अनेक सत्यों को अपने मन में छुपाए रखना पड़ता है। उन्होंने आज तक न अपना स्नेह प्रकट होने दिया, न घृणा! इस परिवार की गरिमा के लिए ही तो! उन्होंने अपने वक्ष पर शिला रखकर उन्हें वारणावत भेज दिया—इसीलिए तो कि कौरवों के मध्य शान्ति बनी रहे..."

और तभी आ कर अर्जुन ने उनके चरण छुए।

भीष्म ने बड़े प्रयत्न से अपने अश्रु रोके : इसको भी उन्होंने वारणावत भेज दिया था। इस रूप को, इस बल को, इस कौशल को, साक्षात् धनुर्वेद को! इसको कहीं कुछ हो जाता तो?...'

भीष्म ने उसे आशीर्वाद दिया, "कुरुकुल के गौरव बने रहो पुत्र!"

कुन्ती को सहारा देते-से नकुल और सहदेव आये। तीनों ने भीष्म को

प्रणाम किया।

'अद्भुत माँ है, यह कुन्ती भी।' भीष्म ने सोचा, 'कोई कह सकता है कि यह नकुल तथा सहदेव की माँ नहीं है। आज यदि स्वयं माद्री भी आ जाये तो अपने पुत्रों को ऐसा वात्सल्य नहीं दे पायेगी।...और ये दोनों पुत्र!...इन्होंने भी अपनी माँ के रूप में कभी किसी और नारी की कल्पना की होगी?...और इन सबको भीष्म ने वारणावत भेज दिया था।...पर भीष्म क्या जानते थे कि वहाँ ऐसी दुर्घटना हो जायेगी?...दुर्घटना तो कहीं भी हो सकती है।...हाँ! दुर्घटना तो कहीं भी हो सकती है, किन्तु उन्होंने इन्हें अपनी आँखों से दूर तो कर ही दिया था। उन्हें अपने संरक्षण से परे भेज दिया था। उन्हें राजधानी छोड़ने के लिए बाध्य कर दिया था...किसलिए? हस्तिनापुर में शान्ति बनाये रखने के लिए! कुरुकुल की मर्यादा बचाये रखने के लिए!...उन्हें कुरुकुल की मर्यादा और हस्तिनापुर की शान्ति इन सबसे अधिक प्रिय थी?...दुर्योधन और उसके भाइयों को क्यों वारणावत नहीं भेज दिया उन्होंने? इसलिए कि दुर्योधन का पिता, हस्तिनापुर के सिंहासन पर अपना अधिकार जमाये बैठा है?...कलह बचाने के लिए, हस्तिनापुर की शान्ति और कुरुकुल की मर्यादा बचाए रखने के लिए, उन्होंने भी तो तुष्टिकरण की नीति अपनायी। न्यायानुसार दुष्टों को दण्ड देने की बात क्यों नहीं सोची उन्होंने? उन्होंने भी तो पाण्डवों को ही दबाया, उन्हीं के साथ अत्याचार किया क्योंकि वे भले लड़के थे, उनका सम्मान करते थे। उनकी सज्जनता का ही तो अनुचित लाभ उठाया भीष्म ने...

भीष्म का मन जैसे अपने ही धिक्कार से रो पड़ा : यह क्या किया उन्होंने?...पर वे कर भी क्या सकते थे! वे न्यायाधिकरण में बैठे न्यायाधीश तो थे नहीं कि न्याय-अन्याय, उचित-अनुचित के आधार पर अपने निर्णय की घोषणा कर देते, परिणाम चाहे जो भी होता।...उन्होंने तो वात्सल्यपूर्ण पिता के रूप में यही चाहा कि सारा परिवार सुखी रहे। दुष्ट-दुर्योधन को भी पुत्र के समान ही प्रेम किया।...कुन्ती भी तो अकेले भीम को शेष चार पुत्रों के बराबर भोजन देती है। क्या माना जायेगा कि वह कुछ अनुचित कर रही है? झुकाया तो बाँस को ही जायेगा : वट-वृक्ष को तो झुकाया नहीं जा सकता। उन्होंने पाण्डवों में लचीलापन देखा, तो उन्हें ही झुका लिया, उसमें अनुचित क्या हुआ? परिवार का मुखिया सदा से समझदार बच्चे को ही यह कह कर झुकाता आया है कि 'तू ही मान जा! दूसरा तो मूर्ख है।'

किन्तु भीष्म का मन सारे प्रयत्न करके भी अपने ग्लानि नहीं धो पा रहा था...और फिर कुन्ती की आँखों का उपालम्भ!...जैसे वे चीत्कार कर रही

हों, 'आपने ही हमें, मृत्यु के मुख में धकेला। आपने ही हमें मृत्यु के मुख में धकेला।...'

भीष्म कहना चाह रहे थे, 'चलो पुत्रो! आज तुम अपने पितामह के भवन में रहो। अपने ही घर में आये हो, फिर भी मेरा ही आतिथ्य ग्रहण करो। मैं प्रयत्न करूँगा कि अपने अपराध की क्षति-पूर्ति कर सकूँ, अपना कलंक धो सकूँ।...किन्तु, कुन्ती की वे उपालम्भपूर्ण आँखें...युधिष्ठिर की वह मर्यादित, शिष्ट तटस्थता, भीम का वह परिहास, अर्जुन का स्वाभिमान, नकुल-सहदेव की उपेक्षा...और अब तो उनके साथ पांचाली भी थी। वह क्यों जायेगी, भीष्म के घर? द्रुपद की पुत्री, जिस द्रुपद से परम्परागत अमैत्री के कारण उसकी भावनाओं की तनिक भी चिन्ता नहीं की थी भीष्म ने! द्रोण ने राजकुमारों को द्रुपद पर आक्रमण करने के लिए भेजा तो भीष्म ने तनिक भी हस्तक्षेप नहीं किया था।...तो क्यों जायेगी द्रौपदी भीष्म के घर? क्यों स्वीकार करेगी वह उनका निमंत्रण?...'

धृष्टद्युम्न ने आकर भीष्म को प्रणाम किया, "पितामह! पांचालराज द्रुपद का पुत्र धृष्टद्युम्न आपके चरणों में प्रणाम निवेदित करता है।"

"यशस्वी हो पुत्र!" भीष्म को जैसे अपनी बात कहने का अवलम्ब मिल गया, "हस्तिनापुर में तुम्हारा स्वागत है पुत्र!..."

भीष्म उसे अपने साथ, अपने भवन में ठहरने का निमंत्रण अभी दे भी नहीं पाये थे कि वह बीच में ही बोला, "मैं हस्तिनापुर में प्रवेश नहीं कर रहा पितामह! गंगा-तट पर ही स्कन्धावार स्थापित होगा। उसी में रहूँगा।" उसकी मुस्कान में हल्की-सी कटुता थी, "यही कामना है कि मुझे हस्तिनापुर में प्रवेश न ही करना पड़े।"

"क्यों? तुम्हें कौरवों का आतिथ्य ग्रहण करने में कोई आपत्ति है?" भीष्म के स्वर में जिज्ञासा तथा आश्चर्य के साथ-साथ किंचित विरोध भी था।

"नहीं पितामह! वस्तुतः हम तो इसी प्रतीक्षा में हैं कि हस्तिनापुर में धर्मराज्य स्थापित हो और वह हमारे लिए पिता, गुरु तथा मित्र के आवास के समान आत्मीय हो जाये।" धृष्टद्युम्न बोला, "किन्तु इस समय तो हस्तिनापुर में प्रवेश, सैनिक हस्तक्षेप के लिए ही होगा न!"

"ओह!" भीष्म आगे बढ़े। उन्हें स्मरण हो आया कि दुर्योधन भी कुछ इसी प्रकार की व्यवस्था करना चाहता था कि कौरव सेनाएँ, पाण्डवों को, कुरुओं की सीमा पर ही रोक लें...उसकी बात नहीं मानी गयी तो वह स्वागतार्थ भी नहीं आया।...ये दोनों पक्ष तो अपनी समस्याओं का समाधान ही नहीं, अपनी इच्छाओं की पूर्ति भी सैनिक शक्ति से ही करना चाहते हैं।...और भीष्म हैं

कि अब भी कुरुकुल के भीतर एकता ही नहीं, स्नेह और सौहार्द बनाये रखने का स्वप्न देख रहे हैं...राजनीति क्या इतनी भयंकर होती है कि नीति, परम्परा, जीवन के उदात्त मूल्य-मानक, सद्वृत्तियाँ ही नहीं, भाइयों का स्नेह-सौहार्द भी जल कर नष्ट हो जायेगा...अच्छा ही है कि भीष्म को न कभी राजनीति ही इतनी प्रिय रही, न राज्य का ही मोह रहा...सहसा उनके मन में एक और जिज्ञासा ने सिर उठाया, दुर्योधन तो आरम्भ से ही ऐसा था, किन्तु ऐसा क्या हो गया कि युधिष्ठिर भी सेना-सहित आया है?...युधिष्ठिर की ओर से तो कभी भी झगड़े का प्रयत्न नहीं हुआ...

भीष्म रथारूढ़ हुए, "चलो!"

"किधर चलना है आर्य?"

"अपने भवन की ओर!" भीष्म का स्वर कुछ थका हुआ था, "सभा में जाने से पहले थोड़ा विश्राम करूँगा।"

पाण्डवों के रथ हस्तिनापुर के मार्गों और वीथियों से होते हुए राजभवन की ओर बढ़ रहे थे। सारा नगर ही उनकी एक झलक देखने के लिए उमड़ जाता था। पाण्डव, वैसे भी नागरिकों के प्रिय थे, और आज तो वे यम के देश से लौट कर आये थे। केवल स्वयं ही नहीं आये थे, पंचालराज की कन्या को जय करके लाये थे। न्यायतः युधिष्ठिर हस्तिनापुर का युवराज था। अब उसका राज्याभिषेक भी हो जाना चाहिए था।...और उसके साथ सिंहासन पर बैठेगी, कुरुओं की महारानी द्रौपदी...द्रौपदी का रूप हस्तिनापुर के लिए विस्मयकारी था।...

दुर्योधन ने चाहा था कि पाण्डवों को हस्तिनापुर पहुँचते ही उपेक्षा और ताड़ना मिले, विरोध और अवहेलना मिले; किन्तु राजकीय उपेक्षा होते हुए भी नगरजनों ने उनका ऐसा अद्भुत स्वागत किया था, जो सारी सत्ता के होते हुए भी दुर्योधन का कभी नहीं होना था। नगरवासियों की सुख-सुविधा का कितना भी ध्यान क्यों न रखा जाये, ये किसी के नहीं होते।...दुर्योधन का वश चलता तो नगर के एक-एक व्यक्ति को यातना दे-दे कर मार डालता...

"तुम चिन्ता मत करो मित्र!" कर्ण ने उसे सांत्वना दी, "नगरवासी तो उत्सव और कौतुक-प्रिय होते ही हैं। पाण्डव बहुत दिनों के पश्चात् नगर में आये हैं। लोग अपनी उत्सुकता शान्त कर लें। आवश्यक तो नहीं कि यह उनका पाण्डवों के प्रति प्रेम ही हो!"

"ये लोग जब तक नगर में रहेंगे, मेरा एक क्षण भी शान्ति से व्यतीत नहीं होगा।" दुर्योधन ने झल्ला कर कहा, "और तो और, मेरी अपनी पत्नी,

वह मूर्खा भानुमति, नगर-द्वार पर द्रौपदी के स्वागत के लिए जाना चाहती थी।..."

"द्रौपदी!" कर्ण के जबड़े भिंच गये।

"वहाँ तो मैंने जाने नहीं दिया। अब हठ किये पड़ी है कि द्रौपदी जब माता गान्धारी से मिलने आयेगी, तो वहाँ अवश्य जायेगी।..."

"क्यों मिलना चाहती है वह द्रौपदी से?"

"जाने क्यों मिलना चाहती है!" दुर्योधन ने क्रोध से मुट्ठियाँ भींच लीं, "मूर्खा तो वह है ही, चरम सीमा की हठवादिनी भी है। कहती तो यही है कि लोकाचार का निर्वाह तो करना ही पड़ेगा।...किन्तु मैं जानता हूँ कि वास्तविकता क्या है।..."

"क्या है वास्तविकता?" अपनी अन्यमनस्कता के बीच कर्ण ने पूछा।

"वह देखना चाहती है कि वह कैसी स्त्री है, जिसको प्राप्त करने के लिए पांचालों से अपनी शत्रुता भुला कर मैं अपमानित होने के लिए काम्पिल्य गया था...और..." दुर्योधन के मुख में क्रोध के मारे झाग जम रही थी।

कर्ण ने सिर उठा कर उसकी ओर देखा।

"और शायद वह पाण्डवों के भी दर्शन करना चाहती है..." दुर्योधन का चेहरा काला और विकृत हो आया था, "देखना चाहती है कि उस सव्यसाची का रूप कैसा है, जिसने काम्पिल्य में हम सब किरीट छत्रीयों को धूल चटायी थी।...मूर्खा...!"

"और महाराज ने क्या सोचा है?" कर्ण ने धीरे से पूछा।

"पिताजी!" दुर्योधन का रोष कम नहीं हो पा रहा था, "वे तो मेरी समझ से बाहर हैं। इस समय उन्होंने बस एक ही रट लगा रखी है—पाण्डव मेरे भाई के पुत्र हैं। वे मुझे अपने पुत्रों के समान प्रिय हैं। इसिलए राजप्रासाद में उनका पूरा स्वागत-सत्कार होगा। कुरुकुल की वधू पांचाली कृष्णा को उपहार भी दिये जायेंगे। जाने वे क्यों मेरे इतने शत्रु हो रहे हैं।..."

"क्या सचमुच महाराज के मन में अपने भ्रातृष्पुत्रों के लिए प्रेम जागा है?" कर्ण प्रसन्न नहीं था।

"कह नहीं सकता!" दुर्योधन बोला, "अपने पाखण्ड तो कदाचित् वे स्वयं भी समझ नहीं पाते। एक ओर तो पाण्डवों को वारणावत भेज दिया, दूसरी ओर युधिष्ठिर को युवराज बनाने की तत्परता भी दिखायेंगे। विदुर को दुत्कार भी देंगे और फिर उसे वक्ष से भी लगा लेंगे। पितामह की एक भी इच्छा पूरी नहीं होने देंगे; और दूसरी ओर कोई भी निर्णय करने से पहले, उनकी अनुमति भी अवश्य चाहेंगे!"

भीष्म राजसभा की ओर चले तो उन्हें लगा कि हस्तिनापुर अपनी सामान्य गति से नहीं चल रहा है। दैनिक गतिविधियाँ तो सामान्य रूप से चल ही रही थीं; किन्तु नगर-जीवन की गति में जो उत्तेजना थी, उसका अनुभव भीष्म को हो रहा था।...नगर में सैनिक गतिविधियाँ सामान्य से कहीं अधिक दिखायी दे रही थीं...युद्ध के लिए सन्नद्ध हो कर सैनिक बड़ी संख्या में नगर-द्वारों की ओर जा रहे थे। सामान्यतः जहाँ प्रहरी नहीं होते थे, आज वहाँ भी सैनिक खड़े थे। जाने क्या हो गया था! ये ही सैनिक मांगलिक वेश में होते, तो भीष्म समझते, कदाचित् वे, अपने नगर में लौटकर आये पाण्डवों के स्वागत को समारोहपूर्ण बनाने के लिए हैं।...किन्तु सैनिक तो युद्ध-वेश में थे।...और पाण्डवों के साथ भी तो कितनी सेना आयी है...कहीं...भीष्म का मन उत्तेजना में जैसे स्तब्ध रह गया। कहीं ये लोग युद्ध की तैयारी तो नहीं कर रहे?... बहुत सम्भव है कि दुर्योधन की ओर से इस प्रकार का कोई प्रयत्न हो। वह कह सकता है कि पाण्डव भी तो अपने साथ सेना लाये हैं।...किन्तु भीष्म पूर्ण विश्वास के साथ कह सकते हैं कि युधिष्ठिर, धृतराष्ट्र के निमंत्रण पर हस्तिनापुर आया है, वह युद्ध की इच्छा ले कर नहीं आया है। उन्हें किससे युद्ध करना है! यह तो दुर्योधन का ही मित्र है—कर्ण; जो कह रहा था कि पाण्डवों पर आक्रमण कर, उन्हें नष्ट कर देना चाहिए। उस मूर्ख को सिवाय विध्वंस के और कुछ सूझता ही नहीं है। लगता है, अपनी वीरता प्रदर्शित करने के लिए, उसे कोई अवसर मिल रहा है; इसलिए उसकी निरन्तर यह इच्छा रहती है कि कहीं-न-कहीं, कोई-न-कोई युद्ध होता रहे। इतना ही वीर था तो काम्पिल्य में ब्राह्मण वेशधारी अर्जुन और भीम से पराजित क्यों हो गया?...

...और सहसा भीष्म का ध्यान दूसरी ओर मुड़ गया : वारणावत के अग्निकाण्ड के पश्चात् पाण्डव हस्तिनापुर क्यों नही आये? वे ब्राह्मणों के वेश में देश-विदेश क्यों घूमते रहे? उन्होंने स्वयं को इस प्रकार छिपाये क्यों रखा? और अब आये हैं तो साथ में सेना...क्या सचमुच उनकी धारणा है कि हस्तिनापुर में वे सुरक्षित नहीं हैं? क्या वे हस्तिनापुर से भयभीत हैं? किन्तु क्यों?...क्या वे कर्ण के विचारों से अवगत हैं? क्या उन विचारों से वे सचमुच आशंकित हैं? क्या वे समझते हैं कि हस्तिनापुर की राजसभा इस प्रकार के अनर्गल प्रलापों को गम्भीर प्रस्तावों के रूप में स्वीकार करेगी? उन्हें समझाना होगा।...और इस कर्ण को भी ठीक करना होगा, यह तो सारी राजसभा को विषाक्त कर रहा है...

भीष्म पहुँचे तो उन्हें लगा कि सब लोग उनकी प्रतीक्षा ही कर रहे हैं।

पारिवारिक सत्कार के पश्चात्, धृतराष्ट्र ने पाण्डवों को सभा-भवन में ही बुला लिया था। पूरी राजसभा को तो आमंत्रित नहीं किया गया था; किन्तु सारे आत्मीयजन और सारे महत्त्वपूर्ण लोग, वहाँ उपस्थित थे। वस्तुतः यह पारिवारिक सभा ही थी। पाण्डवों के लौट आने की स्थिति बदल गयी थी ...वस्तुतः स्थिति में परिवर्तन तो आया था, वारणावत के अग्निकाण्ड के पश्चात् पाण्डवों के अन्यत्र चले जाने से। यदि अग्निकाण्ड के पश्चात् वे सीधे हस्तिनापुर चले आये होते, तो न उन्हें मृत माना गया होता और न दुर्योधन को युवराज बनाया गया होता। सारी अड़चन तो दुर्योधन के युवराज्याभिषेक से ही उत्पन्न हुई थी। अब वह अपना पद छोड़ना नहीं चाहता था...और दो-दो युवराज तो हो ही नहीं सकते थे...

"युधिष्ठिर! पुत्र, तुम लोग वारणावत के अग्निदाह के पश्चात् हस्तिनापुर क्यों नहीं आए? अन्यत्र क्यों चले गये?" सब के बैठ जाने पर भीष्म ने पूछा।

युधिष्ठिर कुछ कहने को हुआ; किन्तु जैसे सहज संकोच ने उसे जकड़ लिया और उसका मुख खुलने के स्थान पर, उसकी चिन्तनलीन आँखें कुछ अधिक खुल गयीं। वह एक-एक कर अपने भाइयों को देख रहा था; और फिर उसकी दृष्टि कुछ क्षणों के लिए विदुर पर भी टिकी। भीष्म को लगा, भीम कुछ अधिक व्यग्र हो उठा था। कदाचित् वह चाहता था कि युधिष्ठिर इस प्रश्न का उत्तर दे; नहीं तो...उसके अपने अधर भी कुछ बोलने के लिए फड़फड़ा रहे थे...

किन्तु उन दोनों से पहले दुर्योधन बोला, "पहले इनसे यह पूछिए कि ये हमारे शत्रुओं की सेनाएँ लेकर, हमारे राज्य में क्यों घुस आये हैं? क्या ये लोग समझ पा रहे हैं कि इन लोगों ने क्या किया है?"

"दुर्योधन!" धृतराष्ट्र बोला, "तुम थोड़ी देर शान्त रहो!"

"मैं अब और शान्त नहीं रह सकता पिताजी!" दुर्योधन उत्तेजित स्वर में बोला, "यह तनिक भी मैत्रीपूर्ण कृत्य नहीं है। इन्होंने तो एक प्रकार से हमारे आधे साम्राज्य पर आधिपत्य ही स्थापित कर लिया है। पिताजी ने इन्हें, अपने सम्बन्ध को देखते हुए, हस्तिनापुर आने का निमंत्रण दिया था; और ये हमारे शत्रु पांचालों की सेना ले कर हमारे राज्य में घुस आये। आमंत्रित अतिथियों को सैन्यबल से राज्य के बाहर रोकने की कोई परम्परा कौरव-वंश में होती, तो मैं अवश्य इन्हें सीमाओं के बाहर ही रोक देता!"

"पितृव्य!" युधिष्ठिर अत्यन्त नम्र स्वर में बोला, "दुर्योधन भयभीत है कि हम उसके राज्य पर आधिपत्य जमाने के लिए सैन्य-बल लेकर आये हैं।

यह उसका भ्रम है। हम उसके राज्य में नहीं, अपने राज्य में आये हैं। और हमारे साथ सैन्यबल नहीं, यात्रा की सुविधा के लिए, हमारे मित्रों के कुछ गुल्म और पांचालराज द्रुपद द्वारा दिये गये यौतुक का सामान है। जाने यह किस सैन्य-बल की बात कर रहा है।"

"इस पाखण्ड को छोड़ो युधिष्ठिर!" दुर्योधन पुनः उसी प्रकार उत्तेजित स्वर में बोला, "तुम सैन्यबल के बिना हमारे राज्य में प्रवेश करने का साहस भी नहीं कर सकते; और सेना होने पर भी आमने-सामने युद्ध करने से तुम भयभीत थे। तभी तो पिताजी के निमंत्रण की ओट में हमारे शत्रुओं की इतनी बड़ी सेना ले कर हमारे राज्य में घुस आये हो!"

और बिना किसी भूमिका के भीम उठ कर खड़ा हो गया, "यह राज्य तुम्हारा कैसे हो गया दुर्योधन! स्वर्गीय सम्राट् पाण्डु का राज्य उनके पुत्रों का है।..."

"स्वर्गीय सम्राट् शापग्रस्त थे।" दुर्योधन उतनी ही उत्तेजना के साथ बोला, "उनकी कोई सन्तान नहीं है। कुन्ती के पुत्रों का हस्तिनापुर पर कोई अधिकार नहीं है।"

"मौन हो जाओ!" भीष्म स्वयं को रोक नहीं पाये, "राज्य का विचार तो बाद में होगा। दुर्योधन! तुम वंश का विचार कर रहे हो तो सावधान होकर सुनो! यदि कुन्ती के पुत्रों को तुम स्वर्गीय सम्राट् पाण्डु के पुत्र स्वीकार नहीं करोगे, तो तुम्हारे पिता धृतराष्ट्र को भी स्वर्गीय सम्राट् विचित्रवीर्य की सन्तान स्वीकार नहीं किया जायेगा। यदि धृतराष्ट्र इस सिंहासन पर बैठने का अधिकारी है, तो युधिष्ठिर के अधिकार को कोई चुनौती नहीं दे सकता।... थोड़ा-सा विवाद इस विषय में हो सकता है कि भ्रमवश पाण्डवों को दिवंगत मान लेने के कारण तुम्हें युवराज मान लिया गया तो अब तुम्हारी क्षतिपूर्ति कैसे हो। यह हमारा साधारण-सा पारिवारिक विवाद है।..."

"पारिवारिक विवाद को सुलझाने के लिए युधिष्ठिर शत्रुओं की सेना ले कर क्यों आया है?" दुर्योधन उसी प्रकार उद्दण्डतापूर्वक बोला, "यदि मैंने सावधान हो कर अपना सैन्यबल प्रेरित न किया होता, तो उसकी सेनाओं ने इस समय हमारी राजसभा को भी घेर लिया होता।"

"उनमें कौन शत्रु है हमारा!" भीष्म के कुछ कहने से पहले ही धृतराष्ट्र बोला, "यादव हमारे शत्रु नही हैं। वे हमारे मित्र हैं। कृष्ण भी हमारे अपने परिवार का सदस्य-जैसा है; और पांचाल पहले चाहे हमारे शत्रु रहे हों, अब वे हमारे वैसे ही सम्बन्धी हैं, जैसे कि यादव हैं। जो सम्बन्ध कुन्ती के कारण यादवों का है, वही द्रौपदी के कारण पांचालों का है।"

"वे तुम्हारे शत्रु नहीं हैं दुर्योधन!" भीष्म बोले, "तुम उनके शत्रु हो रहे हो।"

"वे शत्रु नहीं हैं तो मित्रों को क्या आवश्यकता है कि इतनी बड़ी संख्या में सेना ले कर हमारे राज्य में घुस आयें?" दुर्योधन ने प्रतिकार किया।

"यह राज्य तुम्हारा कब से हो गया?" भीम की आँखों में चुनौती से कहीं अधिक क्रोध था।

"आरम्भ से ही कौरव साम्राज्य मेरा है।" दुर्योधन बोला।

"यह राज्य तुम्हारा नहीं है। तुम भी जानते हो कि हमारे जीवित रहते यह तुम्हारा नहीं हो सकता। यदि आरम्भ से ही यह राज्य तुम्हारा था तो विष देने की क्या आवश्यकता थी? वारणावत में जला कर हमारी हत्या के षड्यन्त्र की क्या सार्थकता थी?..."

"क्या?" भीष्म अपनी उत्तेजना सँभाल नहीं पाये। वे अपने स्थान पर उठ कर खड़े हो गये, "भीम!" वत्स, क्या कहा तुमने? तुम्हें विष दिया गया और वारणावत में तुम सबको जला कर भस्म करने का षड्यन्त्र किया गया?"

"हाँ पितामह!" भीम बोला, "ज्येष्ठ आपको यह कभी नहीं बतायेंगे, इसलिए मुझे बोलना पड़ा है। प्रमाणकोटि में दुर्योधन ने मुझे विषाक्त भोजन खिला कर, अचेतावस्था में बाँध कर गंगा में बहा दिया था। आपको याद होगा पितामह! मैं कई दिनों के पश्चात् घर लौटा था और आपने यह मान कर कि मैं उद्दण्ड हो गया हूँ—मेरी ताड़ना की थी...।"

भीष्म वह घटना कैसे भूल सकते थे!

"और हम सब इतने भयभीत थे कि आपको यह भी नहीं बता सकते थे कि वास्तविकता क्या है!" भीम बोला, "और अब वारणावत में मुझे ही नहीं, माता सहित हम पाँचों भाइयों को समाप्त कर देने के विचार से दुर्योधन न जतुगृह बनाया पितामह! वह तो हमें समय रहते ज्ञात हो गया कि वह गृह लाक्षा तथा अन्य प्रज्वलनशील पदार्थों का बना हुआ है और पुरोचन उसका दाह करने के अवसर की प्रतीक्षा में है, तो हम बच गये; अन्यथा हत्या होती और सब यही मानते कि हम आकस्मिक अग्निकाण्ड में भस्म हो गये...।"

भीष्म को लगा कि सारा ब्राह्माण्ड घूम रहा है।...उनकी नाक के नीचे, हस्तिनापुर में अपने ही भाइयों की हत्याओं का षड्यन्त्र रचता रहा दुर्योधन, और कुछ ज्ञात ही नहीं हुआ! वे समझते रहे कि परिवार में साधारण मतभेद तो हैं; किन्तु कोई वैमनस्य नहीं है। वे परिवार को जोड़ कर एक साथ बनाये रखने और परस्पर सौहार्द बढ़ाने का प्रयत्न करते रहे; और यहाँ हत्याओं के षड्यन्त्र होते रहे और हत्यारे पनपते रहे...भीष्म ने तो कभी सोचा ही नहीं था

कि राज्य जैसी नगण्य-सी वस्तु के लिए कोई अपने ही भाइयों की हत्या कर सकता है।...

...कुन्ती ने कितने दीन भाव से कहा था, 'पितृव्य! हमें वारणावत मत भेजिए! हमें इस प्रकार अपने घर से निर्वासित मत कीजिए।'...और भीष्म इस बात पर अड़े रहे कि यदि साथ रह कर धार्तराष्ट्रों और पाण्डवों में वैमनस्य बढ़ता है, तो उन्हें कुछ समय के लिए पृथक् हो ही जाना चाहिए।...वे क्या जानते थे कि वे वैमनस्य दूर कर सौहार्द बढ़ाने के प्रयत्न में पाण्डवों को मृत्यु के मुख में धकेल रहे हैं...'

क्या अधिकार है भीष्म को इस परिवार का कर्ता कहलाने का? क्या अधिकार है उन्हें कुल के संरक्षक होने का दंभ करने का? उन्होंने शान्ति की खोज में सदा अन्यायी दुर्योधन का पक्ष लिया, पाण्डवों का दमन किया...और अन्नतः उन्हें यम-प्रदेश की ओर धकेल दिया। केवल इसलिए कि वे अपनी शालीनता में बँधे, परिवार का क्लेश नहीं बढ़ाना चाहते थे; अपने पितामह का सम्मान करते थे और किसी प्रकार की उद्दण्डता नहीं चाहते थे!...धिक्कार है भीष्म! तुम्हें धिक्कार है!...तुमने भी उन्हें ही पीड़ित किया, जो पहले से ही वंचित थे। तुम दुर्योधन के अपराधों में सहयोग करते रहे, अपने ही पौत्रों की हत्या के षड्यन्त्र में भागी बनते रहे...

उन्हें लगा कि उनको अपने उन समस्त प्रश्नों के उत्तर मिल गये हैं, जिन्हें वे पाण्डवों से पूछना चाहते थे। क्यों पाण्डव वारणावत से हस्तिनापुर नहीं आये? क्यों पाण्डव अज्ञातवास करते रहे? क्यों पाण्डव काम्पिल्य में छद्मवेश में प्रकट हुए?...किन्तु एक प्रश्न अब भी उनके मन में था, पाण्डवों को कैसे ज्ञात हुआ कि वह जतुगृह है? उन्हें इस षड्यंत्र का आभास कैसे हुआ? वह उनकी अपनी सावधानी थी या किसी ने उनको सूचना दी थी? कौन है हस्तिनापुर में सहायक?...किन्तु यह प्रश्न कैसे पूछा जा सकता था!

भीष्म बहिर्मुखी हुए।

"तुम्हारे पास क्या प्रमाण है कि मैंने तुम्हारी हत्या का षड्यंत्र रचा था?" दुर्योधन निर्लज्ज भाव से पूछ रहा था, "कौन साक्षी है इसका?"

युधिष्ठिर ने अपनी दृष्टि झुका ली। भीम की आँखें क्रोध में एक बार उठीं। लगा कि अब वह किसी का नाम उगल देगा या कोई प्रमाण...किन्तु जैसे वह सँभल गया, "साक्षी तो एक ही था—पुरोचन! परन्तु वह तुम्हारे जतुगृह के साथ ही भस्म हो गया!...किन्तु प्रमाण के रूप में तुम्हारे जतुगृह की भस्म आज भी वारणावत में पड़ी है; और कोई भी व्यक्ति देख सकता है कि उस भवन के निर्माण में किस सामग्री का प्रयोग हुआ है। उस सामग्री से ही भवन-निर्माता

का लक्ष्य भी पूर्णतः स्पष्ट हो जाता है। अब तुम इस तथ्य को तो अस्वीकार नहीं करोगे कि उस भवन का निर्माण तुम्हारी ही आज्ञा से तुम्हारे ही परम विश्वस्त अनुचर पुरोचन की देख-रेख में हुआ था...!"

भीष्म को अब किसी प्रमाण की आवश्यकता नहीं थी।...दुर्योधन ने तो पाण्डवों की हत्या कर ही डाली थी...आज यदि वे जीवित हैं तो अपने भाग्य के कारण...अथवा अपने पुरुषार्थ से...

भीष्म उठ कर खड़े हो गये, "धृतराष्ट्र! तुम्हारा पुत्र इस योग्य नहीं है कि वह अपने भाइयों के साथ रह सके। तुम समझ रहे हो न, कि अब हस्तिनापुर में सहवास असम्भव है। इससे पहले कि यहाँ फिर कोई हत्या-काण्ड हो जाये; राज्य का विभाजन कर दुर्योधन को पृथक् कर दो। कौरव-वंश संयुक्त न रहे, किन्तु सुरक्षित तो रहे।" भीष्म का आवेश बढ़ता ही जा रहा था, "आचार्य-द्रोण का ही समाधान ठीक था कि राज्य का विभाजन कर दिया जाये। मैं ही मूर्ख हूँ, जो कुरुवंश और कुरु-राज्य की एकता और अखण्डता को आदर्श और स्वप्न को वक्ष से लगाये बैठा हूँ। किन्तु तुम्हारे इस पुत्र के होते हुए यह सम्भव नहीं है। यह राज्य युधिष्ठिर का है। अपने लिए कुछ लिये बिना दुर्योधन यह राज्य उसे देगा नहीं। तो कर दो इसके खण्ड-खण्ड। भाइयों को चीरने से तो अच्छा है कि राज्य को ही चीर दिया जाये...।"

भीष्म ने मौन हो कर एक बार उपस्थित लोगों को देखा और सिर झुका कर सभा से बाहर चले आये।...रथ में बैठ कर बोले, "सारथि! चलो! गंगा-तट पर ले चलो।"

उनके मन में जैसे अनेक बवण्डर एक साथ उठ खड़े हुए थे : क्या करना है उन्हें इस राज्य का? क्यों वे इसकी सुरक्षा, एकता और अखण्डता के लिए इतने चिन्तित और व्याकुल हो रहे हैं?...किन्तु उनका मन जैसे इस प्रकार की आपत्तियों को सुनता ही नहीं था।...वहाँ तो केवल एक ही विचार भयंकर काले मेघों के समान घुमड़ रहा था...उन्होंने आज कुरुओं के शताब्दियों से चले आ रहे अखण्ड राज्य को दो खण्डों में बाँट दिया था।...इस विभाजन से उत्पन्न विष की मात्रा का अनुमान उन्हें था। इसके प्रभावों और परिणामों की भी वे कल्पना कर सकते थे। उन्होंने एक परिवार को दो स्थायी शत्रुओं में परिणत हो जाने की अनुमति दे दी थी। अब वे दो शत्रु राज्य होंगे। राजाओं की शत्रुता के कारण एक राज्य की प्रजा को मानना पड़ेगा कि दूसरे राज्य की प्रजा उसकी शत्रु है।...

भीष्म गंगा-तट पर आये। पहले थोड़ी देर तक खड़े गंगा के मुक्त प्रवाह

को देखते रहे, जैसे कोई बालक, माँ से कुछ कहने से पहले देखना चाहता है कि माता किस मनःस्थिति में है। वे धीरे-धीरे धारा के निकट आये और अपने पाँव जल में डाल कर बैठ गये।

भीष्म को लगा, गंगा के शीतल जल ने उनके पैरों से आरम्भ कर, उनके सारे शरीर में शीतलता का संचार कर दिया है। उनका मन दुखी तो अब भी था; किन्तु उसकी उद्विग्नता कम हो गयी थी। गंगा का यह प्रभाव उनके लिए नया नहीं था। गंगा के निकट आते ही, उनकी अवस्था वही हो जाती थी, जो माँ की गोद में आ जाने पर बच्चे की होती है।...अब वे कम-से-कम, शान्त मन से सोच तो सकते थे...

"माँ!" उनके मन ने जैसे गंगा से कहा, "मैं न्याय नहीं करवा सका। मैं साम्राज्य की अखण्डता की रक्षा भी नहीं कर सका माँ!...किन्तु यदि मैं इस विभाजन को स्वीकार न करूँ, तो बहुत सम्भव है कि धार्तराष्ट्रों और पाण्डवों की सेनाएँ आज ही युद्ध आरम्भ कर दें। कुरु-वंश का सर्वथा नाश हो जायेगा। भाइयों-भाइयों में यह युद्ध, यह रक्तपात...मैं सहन नहीं कर पाऊँगा माँ!"

"जो समाधान स्वीकार कर लिया, वह कर लिया।" जैसे गंगा ने उनके मन में उत्तर दिया, "अब चिन्ता किस बात की है भीष्म?"

"चिन्ता!" भीष्म के मन ने उत्तर दिया, "एकता पराजित हो गयी है माँ! विभाजन विजयी हुआ। स्नेह दमित हुआ और द्वेष का आधिपत्य हुआ। मैं प्रयत्न करता रहा कि इनके हृदय उदार हों और वे पहले से भी अधिक संकीर्ण हो गये।"

कुछ देर भीष्म के मन में सन्नाटा रहा; फिर एक निर्णायक स्वर उठा, "तुमने पदार्थ तो त्याग दिये भीष्म! किन्तु आसक्ति नहीं त्याग पाये।"

"हाँ माँ! आसक्ति कहाँ त्याग पा रहा हूँ; कुरु-वंश का मोह नहीं त्यागा जाता मुझसे। पाण्डव तो पाण्डव ही हैं; मुझसे तो उस दुष्ट दुर्योधन के प्रति भी अपना मोह नहीं त्यागा जाता।"

"तू ठीक कह रहा है पुत्र!" जैसे माँ ने कहा, "तू परिवार और राज्य के मोह के आल-जाल में कुछ ऐसा फँस गया है कि सत्य भी तो तेरी पकड़ से फिसलता जा रहा है।"

"नहीं माँ! नहीं!" भीष्म तड़प उठे, "सत्य का मोह कहाँ छोड़ा है मैंने?"

"सत्य का आग्रही संधियाँ नहीं करता।" माता ने कहा, "बता, क्या तेरे मन ने सदा ही यही नहीं सोचा कि दुर्योधन नहीं मानता, तो युधिष्ठिर ही मान ले? तुझे शान्ति बहुत प्रिय हो गयी है पुत्र! किन्तु स्मरण रख, सत्य सदा शान्ति में ही नहीं होता। कभी-कभी सत्य, युद्ध के पक्ष में खड़ा हो जाता

है। सच बता, तेरे मन में पाण्डवों के प्रति रोष नहीं जागा कि वे अपने साथ पांचालों और यादवों की सेनाएँ क्यों लाये?"

"जागा था माँ!" भीष्म के मन ने कहा।

"और यह भी बता, यदि पाण्डवों के पक्ष में ये सेनाएँ खड़ी न होतीं, तो दुर्योधन उन्हें राज्य दे देता?"

"नहीं! शायद नहीं माँ!"

"वह विभाजन स्वीकार कर लेता?"

भीष्म का मन स्तब्ध खड़ा रह गया; किन्तु कुछ ही देर में उसने स्वीकार कर लिया, "शायद नहीं!"

"तो पाण्डवों ने सेना ला कर क्या अनुचित किया? उनके पक्ष में खड़ी सेनाएँ न्याय के पक्ष में खड़ी हैं। तू उनकी सहायता तो कर नहीं पाता, उलटे उनके प्रति मन में रोष पालता है। तेरे प्रति उनके मन में जो आदर-सम्मान और स्नेह है, उसका अनुचित लाभ उठा कर उन्हीं को दबाता है?"

भीष्म का मन मौन हो गया; किन्तु उसने अपनी पूर्ण पराजय स्वीकार नहीं की। वह जैसे भीतर-ही-भीतर सुलगता रहा; और फिर अकस्मात् ही फट पड़ा, "इन परिस्थितियों में कुरु-वंश के हित में मैं और कर ही क्या सकता था! न्याय कुछ थोड़ा-बहुत आहत हुआ हो तो हुआ हो; किन्तु वंश बच गया।..." कुछ रुक कर भीष्म पुनः बोले, "और पाण्डवों की सुरक्षा के लिए भी कदाचित् यही एक मार्ग था माँ! मुझे लगता है कि पाण्डवों को दुर्योधन से दूर ही रहना चाहिए। दुर्योधन का कोई पता नहीं, वह कब घात लगा कर वार करे। युधिष्ठिर हस्तिनापुर का राजा बन कर भी कदाचित् दुर्योधन के षड्यंत्रों से अपनी रक्षा न कर पाता। वह अपनी सरलता में ही मारा जाता। अच्छा है कि वे लोग दूर-दूर ही रहें...।"

इस बार भीष्म के मन में गंगा का कोई स्वर, कोई रूप नहीं उभरा, और वे बड़ी देर तक बैठे सोचते रहे, "माँ संतुष्ट हो गयीं क्या?"

वे भली प्रकार जानते थे कि उनके मन का तर्क-वितर्क, उनका यह वाद-विवाद, गंगा के साथ नहीं था। उनका अपना मन ही जैसे अपने विरुद्ध तर्क-वितर्क करता था; या फिर उनका विवेक उनकी भावनाओं और कृत्यों पर टिप्पणी करता था।...पर उन्हें यह स्वीकार करना अच्छा लगता था कि माता गंगा उनके मन में बैठी उनके साथ तर्क-वितर्क कर रही हैं।...वे हो भी तो कितने अकेले गये थे! इतने बड़े परिवार में, कोई ऐसा नहीं था, जिससे तर्क-वितर्क कर सकते, जिसके सम्मुख अपने मन की व्यथा रख सकते—सारे का सारा...

इस समय माता कुछ बोल नहीं रही थीं, तो क्या इन सारे तर्क-वितर्कों से उनकी अन्तरात्मा संतुष्ट हो चुकी थी? उनका विवेक इसके औचित्य को स्वीकार कर चुका था...या...या उनसे पूर्णतः निराश हो चुका था?

पर वे भी क्या करें? वे तो अपने धर्म का पूर्ण निर्वाह करना चाहते थे, किन्तु व्यक्ति; धर्म शायद पूर्ण और निरपेक्ष धर्म नहीं होता...। पूर्ण और निरपेक्ष धर्म का निर्वाह कदाचित् संन्यासी ही कर सकता हो। घर-परिवार और समाज में रह कर क्या पूर्ण और निरपेक्ष धर्म का निर्वाह हो सकता है?...शायद नहीं। अपने राग-द्वेष नहीं छोड़े जाते...हित और अहित की ओर से आँखें बन्द नहीं की जाती।...वासुदेव कृष्ण शायद इसीलिए कहता था कि व्यक्ति को पूर्णतः अनासक्त होना चाहिए। उसका चिन्तन और जीवन, मात्र सत्य में, न्याय में स्थित होना चाहिए।...भीष्म के मन में कृष्ण के प्रति श्रद्धा जागी।...उसमें सचमुच आसक्ति नहीं है। पिछली बार जब वह हस्तिनापुर आया था, तो उसने ठीक ही कहा था कि धृतराष्ट्र जैसे दृष्टिहीन, बुद्धिशून्य लोग अपने भण्डार में पड़े ईंधन-रूपी काष्ठ के लट्ठे से ही प्रेम कर सकते हैं, उद्यान में हँसते-मुस्कराते आम्र-वृक्ष से नहीं।...ये मूर्ख पिता-पुत्र, पाण्डवों को आम्र-वृक्ष बने रहने देना नहीं चाहते, ये उन्हें ईंधन ही बना देना चाहते हैं।...कहीं मेरे स्थान पर कृष्ण होता, तो क्या वह मानता कि इस समय न्याय, शान्ति के पक्ष में नहीं, युद्ध के पक्ष में खड़ा है? क्या वह निर्विकार द्रष्टा के समान अपने वंश को कट कर मर जाने देता? कृष्ण आज भी हस्तिनापुर में है...उससे पूछा जाना चाहिए...

भीष्म लौट कर अपने भवन में आये, तो विदुर उनकी प्रतीक्षा कर रहा था।

"आप कहाँ चले गये थे पितृव्य?"

"कहीं नहीं। यहीं गंगा-तट पर अपने मन की शान्ति ढूँढ़ने गया था।" भीष्म बोले, "राजसभा में क्या हुआ?"

"विभाजन!"

"कैसा विभाजन?" भीष्म से पूछे बिना नहीं रहा गया।

"महाराज धृतराष्ट्र ने पाण्डवों को हस्तिनापुर छोड़ कर यमुना के उस पार चले जाने का आदेश दिया है। उन्हें खाण्डवप्रस्थ का राज्य दिया गया है।"

भीष्म ने चौंककर विदुर की ओर देखा, "यह विभाजन हुआ है? धृतराष्ट्र ने पाण्डवों को राज्य दिया है या मृत्यु-दण्ड? यमुना के पार! यम की भगिनि यमुना। जहाँ धृतराष्ट्र के अपने योद्धा पग नहीं धरते; उसकी अपनी सेनाएँ अस्थायी रूप से जाते हुए भी डरती हैं—वह खाण्डवप्रस्थ उसने पाण्डवों को

स्थायी निवास के लिए दिया है? प्रजा के रूप में क्या दिया है—वन के भयंकर वृक्ष, हिंस्र जीव-जन्तु, गुप्त हत्याओं के षड्यंत्रों में लगे अनेक जातियों के उपद्रवी; दस्युओं, राक्षसों और दैत्यों का सम्मिलित और स्थायी त्रास और आतंक!" सहसा भीष्म रुके, "क्या युधिष्ठिर ने इसे स्वीकार कर लिया?"

"हाँ, पितृव्य!"

"उसके भाइयों ने उसे नहीं रोका?"

"यह संधि महाराज धृतराष्ट्र और युवराज युधिष्ठिर के मध्य, एकान्त में हुई है पितृव्य!"

"उसे कृष्ण ने भी नहीं रोका?"

"कृष्ण वहाँ नहीं था," विदुर ने कहा, "पर सुना है कि बाद में कृष्ण ने हँस कर कहा है, 'अच्छा ही है! तुम भी एक नयी द्वारका का निर्माण कर पाओगे।"

"यह न्याय नहीं हुआ विदुर!" भीष्म बोले, "इस बार धृतराष्ट्र ने उन्हें वारणावत से भी भयंकर स्थान पर भेजा है।"

"जानता हूँ पितृव्य! किन्तु युधिष्ठिर अपने राज्य अथवा राज्याधिकार के लिए धृतराष्ट्र तथा उसके पुत्रों के साथ संघर्ष नहीं करना चाहता।" विदुर बोला, "वह इतने से ही संतुष्ट है। वह कहता है, उसके लिए इतना ही पर्याप्त है। उसका वास्तविक साम्राज्य तो उसके भाई हैं।"

भीष्म के मन में युधिष्ठिर के लिए स्नेह के साथ-साथ सम्मान जागा : यह लड़का वस्तुतः कुरुकुल को सर्वनाश से बचा रहा है। भीष्म ने तो राज्य त्यागा था, क्योंकि वे स्वयं को बन्धन-मुक्त करना चाहते थे; किन्तु युधिष्ठिर? वह किसके लिए राज्य त्याग रहा है? भीष्म को उनके त्याग के कारण यश और सम्मान मिला था; युधिष्ठिर को तो दसों दिशाओं से बस धिक्कार ही मिलेगा। उसे मूर्ख, कायर और आलसी माना जायेगा...

"वह कुरुकुल और कुरुप्रजा का सच्चा शुभचिन्तक है।" भीष्म के मुख से अनायास ही निकला!

"पितृव्य!"...विदुर ने आगे कुछ नहीं कहा।

"क्या बात है विदुर?" भीष्म कुछ चकित थे; विदुर में इस प्रकार का असमंजस उन्होंने कम ही देखा था।

"पितृव्य! राजसभा में दुर्योधन ने कहा कि अब जब, साम्राज्य का विभाजन हो चुका है, पाण्डवों को उनका राज्य दिया जा चुका है, उनके सम्बन्धियों, मित्रों तथा शुभाकांक्षियों के लिए उचित है कि वे हस्तिनापुर छोड़ कर पाण्डवों के साथ, उनके राज्य में चले जायें!"

भीष्म हँसे, "कैकेयी को यदि धृतराष्ट्र की बुद्धि मिली होती तो उसने राम के लिए चौदह वर्षों का वनवास न माँग कर, दशरथ के राज्य का—राम और भरत में विभाजन माँगा होता तथा भरत को अयोध्या तथा राम को दण्डकारण्य का राज्य दिया होता, ताकि राम कभी लौट कर अयोध्या न आते!"

"निश्चित रूप से महाराज धृतराष्ट्र अत्यन्त समर्थ कूटनीतिज्ञ सिद्ध हुए हैं।" विदुर बोला, "किन्तु पितृव्य! दुर्योधन की उस माँग के विषय में आपका क्या विचार है? वह राज्य के साथ प्रजा के विभाजन की भी माँग कर रहा है।"

"उसका संकेत क्या मेरी ओर है?" भीष्म स्वयं नहीं समझ सके कि वे अपने-आप से पूछ रहे थे अथवा विदुर से!

"उसका संकेत आपकी ओर है या नहीं, मैं नहीं जानता, किन्तु मेरी ओर अवश्य है, इसमें कोई संदेह नहीं है।" विदुर ने कहा।

"यह विभाजन नहीं है विदुर!" भीष्म अत्यन्त स्पष्ट शब्दों में बोले, "यह निष्कासन है। पाण्डवों के निष्कासन के साथ प्रजा का निष्कासन नहीं हो सकता।" भीष्म कुछ रुके और शून्य में घूरते रहे। फिर बोले, "यदि यह वस्तुतः विभाजन होता, तो भी मुझे निर्णय में अधिक समय नहीं लगता।"

"क्या निर्णय होता आपका पितृव्य?"

"मुझे पाण्डवों से कितना भी स्नेह क्यों न होगा, मैं न हस्तिनापुर छोड़ सकता हूँ, न गंगा माता को। मुझे अपनी जन्मभूमि में, गंगा माता के निकट रहने का पूर्ण अधिकार है।" भीष्म बोले, "और जिस साधनविहीन स्थिति में पाण्डवों को निष्कासित किया गया है, उसमें उनके साथ कुल-वृद्धों को भेज कर, दुर्योधन उनकी कठिनाइयों में वृद्धि करना चाहता है। मैं यह नहीं होने दूँगा। मेरी मूर्खता थी कि मैं अपने आवेश में राजसभा से उठकर चला आया। मैं वहाँ होता तो यह निष्कासन कदाचित न होने देता।...आज एक संकल्प मैं और कर रहा हूँ विदुर!"

"क्या पितृव्य?"

"आज के पश्चात् राजसभा में कितना भी जघन्य कर्म क्यों न हो रहा हो, कितनी भी घृणित चर्चा क्यों न चल रही हो—भीष्म, सभा में से उठ कर नहीं जायेगा। जो कुछ कहना-सुनना होगा, वहीं कहूँगा-सुनूँगा। सह्य-असह्य—सब का साक्षी रहूँगा—ताकि ऐसा अपराध दूसरी बार न हो।" भीष्म बोले, "और विदुर! तुमको मेरा आदेश है कि तुम हस्तिनापुर छोड़ कर नहीं जाओगे। पुत्र! दुर्योधन की राजसभा में नीति का समर्थक कोई तो होना चाहिए। अब सिंहासन पर चाहे धृतराष्ट्र बैठा रहे; किन्तु सारा शासन दुर्योधन की इच्छा से चलेगा; और

उसके परामर्शदाता होंगे—शकुनि और कर्ण! ऐसे में इस सभा में अपने स्वार्थ के लिए जाने कैसे-कैसे मूढ़तापूर्ण षड्यंत्र रचे जायेंगे! उनके प्रतिरोध-स्वरूप तुमको वहाँ रहना चाहिए पुत्र!"

"महाराज धृतराष्ट्र की भी यही इच्छा है।" विदुर ने कहा।

"मुझे आश्चर्य है।...किन्तु धृतराष्ट्र क्यों चाहता है कि तुम उसकी राजसभा में रहो?"

"यह तो वे ही जानें; किन्तु उन्होंने कहा है कि मैं अपने बड़े भाई को इस प्रकार छोड़ कर नहीं जा सकता। उनका कहना है कि भाई का अधिकार भ्रातुष्पुत्रों से अधिक होता है। उन्होंने यह भी कहा है कि अपने पुत्रों से अपनी रक्षा के लिए उन्हें मेरी आवश्यकता पड़ेगी।"

"यदि वह अपनी धूर्तता में यह सब कह रहा है, तो भी तुम हस्तिनापुर में रहो पुत्र! और यदि वह वस्तुतः तुम्हारी सहायता चाहता है, तो उसकी सहायता अवश्य करो। दुर्योधन से न्याय तो शायद ही किसी को दिलवा सको; किन्तु बहुत सम्भव है कि अपने प्रयत्न से तुम अन्याय की तीव्रता कम कर सको।"

भीष्म रुक गये, "पाण्डव कब जा रहे हैं?"

"दुर्योधन उन्हें शीघ्रातिशीघ्र भेजने के लिए अत्यन्त उत्कण्ठित है। सम्भवतः वे लोग कल ही प्रस्थान करें।" विदुर उठ कर खड़ा हो गया, "मैं चलूँ! सम्भवतः जाने से पहले पाण्डवों को मेरी किसी प्रकार की सहायता की आवश्यकता हो।"

विदुर प्रणाम करके चला गया।

भीष्म अपने पलंग पर लेट गये। बहुत दिनों के पश्चात् उनका बँधा-बँधाया अनुशासित मन कुछ भावुक हो आया था। उनका सारा अतीत जैसे उनकी आँखों के सामने फिर गया था...

"पुत्र युधिष्ठिर! मैं तुम्हें कभी तुम्हारा अधिकार नहीं दिलवा सका।" वे अपनी कल्पना में खड़े युधिष्ठिर से बोले, "तुम्हें हस्तिनापुर में कभी न्याय नहीं मिला।"

...और सहसा उन्हें लगा, उनका मन सोच-सोच कर अत्यन्त भयभीत हो रहा है कि जाने से पहले कुन्ती और द्रौपदी के साथ पाण्डव उनसे विदा लेने आयेंगे तो वे उनका सामना कैसे करेंगे!...

□□□